ein Ullstein Buch

ÜBER DAS BUCH:

Das frühmittelalterliche Panorama Frankreichs in seiner ganzen Farbigkeit, mit seiner Gottessehnsucht und Satansfurcht, seiner Erlösungshoffnung und seinem Hexenglauben öffnet sich vor dem Leser und bildet den Rahmen für das Geschick zweier Menschen, die bereit sind, für ihre Liebe den höchsten Preis zu zahlen... Die schöne, leidenschaftliche Marjolaine wird schuldlos in die Ermordung ihres ungeliebten, um vieles älteren Ehemannes verstrickt. Am Ostermorgen des Jahres 1143 schließt sie sich unerkannt einer Wallfahrergruppe an. Doch auf der langen, an dramatischen Zwischenfällen reichen Wallfahrt, die sie unter Führung des mysteriösen Templerritters de Lusigny zum Grabe des heiligen Jakobus unternimmt, um Ruhe zu finden, begegnet sie Hughes de Fresnoy, dem Mann, der ihr trotz aller Hindernisse zum Schicksal werden wird.

DIE AUTORIN:

Juliette Benzoni, in Paris geboren, studierte am Collège d'Hulst, dann am Institut Catholique Philosophie, Jura und Literatur. Später arbeitete sie als Journalistin. Seit Beginn ihrer Schriftstellerlaufbahn 1950 verzeichnete sie zahllose Erfolge in Frankreich wie im Ausland, die auf der Verbindung von glaubhaft geschildertem historischem Hintergrund und der Entwicklung plastischer Menschenschicksale beruhen. 1973 erhielt sie den Prix Alexandre Dumas. Juliette Benzoni ist mit dem Grafen Benzoni di Conza verheiratet.

Meiner Mutter

Juliette Benzoni

Marjolaine

Weg der Versuchung
Roman

ein Ullstein Buch

ein Ullstein Buch
Nr. 22335
im Verlag Ullstein GmbH,
Frankfurt/M – Berlin
Titel der Originalausgabe:
Un aussi long chemin

Aus dem Französischen
von Hans Nicklisch

Ungekürzte Ausgabe

Umschlagentwurf:
Hansbernd Lindemann
unter Verwendung eines Gemäldes
von Eugène Delacroix, 1840
Bildarchiv Preußischer Kulturbesitz

Taschenbuchausgabe mit
Genehmigung der F. A. Herbig
Verlagsbuchhandlung,
München · Berlin

Printed in Germany 1990
Druck und Verarbeitung:
Presse-Druck Augsburg
ISBN 3 548 22335 4

Oktober 1990

Von derselben Autorin
in der Reihe
der Ullstein Bücher:

Marianne – Ein Stern
für Napoleon (22087)
Marianne – Das Schloß
in der Toskana (22128)
Marianne – Gesandte des
Kaisers (22167)
Marianne und der Mann
der vier Meere (22210)
Marianne – Flammender
Lorbeer (22300)

CIP-Titelaufnahme der
Deutschen Bibliothek

Benzoni, Juliette:
Marjolaine – Weg der Versuchung :
Roman / Juliette Benzoni.
[Aus d. Franz. von Hans Nicklisch]. –
Ungekürzte Ausg. – Frankfurt/M ;
Berlin : Ullstein, 1990
(Ullstein-Buch ; Nr. 22335)
ISBN 3-548-22335-4
NE: GT

Inhalt

»Er kam zu mir trotz der uns trennenden Entfernung, des langen Weges und der Schrecknisse der Reise ...«

Ibn Hazan (XI. Jahrhundert)

Erster Teil

Zwei ferne Herzen

1. Kapitel

Marjolaine und ihr Gespenst

Marjolaine schreckte aus tiefem Schlaf auf und sah um sich. Das Feuer war erloschen und der Raum in Finsternis getaucht. Nur das schmale, mit geöltem Pergament bespannte Fenster zeichnete sich vage im Dunkel ab.

Die junge Frau fühlte sich plötzlich unbehaglich und von einer seltsamen Angst ergriffen. Es war, als habe sie eine Hand, deren Griff sie noch immer um ihre Kehle zu spüren meinte, aus der Tiefe ihres Schlafs unsanft in die Wirklichkeit dieser Winternacht gerissen. Eine Hand, aber auch ein ungewohntes Geräusch, das zu deuten ihr nicht gelang.

Sie lauschte und hörte nur den Wind. In jähen Stößen trieb er seine Regenschwaden um den hohen, viereckigen neuen Turm, der die Glocken der ganz nahe gelegenen Abtei von Saint-Denis barg. Sein Heulen ließ sie für gewöhnlich den Schutz eines fest verschlossenen Zimmers und die Annehmlichkeiten eines weichen Bettes besonders schätzen.

Da die Stille fortdauerte, ging die junge Frau beruhigt daran, sich wieder in dem warmen, molligen Nest einzurichten, in dem ihr unterbrochener Schlaf sie erwartete, als das Geräusch von Schritten über ihrem Kopf sie von neuem zitternder als zuvor auffahren ließ. Diesmal hatte sie nicht geträumt. Jemand ging dort oben mit langsamen, schweren Schritten, unter denen die Dielenbretter des Speichers ächzten, jemand, der nicht daran dachte, seine Anwesenheit zu verheimlichen.

Die Kehle wie ausgedörrt, spürte Marjolaine, wie kalter Schweiß ihr über den nackten Rücken hinunterrann. Als hinge ihr Leben vom kleinsten durch sie verursachten Laut ab, zog sie das Laken und die Decke aus Wolfsfellen mit äußerster Vorsicht an ihre Brust, verzweifelt bemüht, ihre Zähne am Klappern zu hindern.

Oben verstummten die Schritte, doch ein anderes Geräusch ließ sich über dem Klagen des Windes vernehmen: als ob abgebalgte

Felle ausgebreitet, neuerlich gefaltet und auf einen Haufen geworfen würden, bevor man sie zusammenband, um sie fortzuschaffen. Diesmal stöhnte Marjolaine vor Angst auf und preßte, Laken und Decke loslassend, beide Fäuste gegen ihren Mund und biß in sie hinein.

Dieses Geräusch hatte sie viele Male gehört, aber nur bei Tag. Es war genau das gleiche, das Gontran Foletier, ihr Gatte, machte, wenn er für eine Bestellung unter den Fellbündeln, die er nach jeder Rückkehr von einem der großen Wildfellmärkte hier stapelte, seine Auswahl getroffen hatte. Er zog es in der Tat vor, den größten Teil seiner Einkäufe in seinem Haus in Saint-Denis einzulagern, wo das Risiko eines Brandes wegen der Gärten und Nebengebäude, die es umgaben, weitaus geringer war als in seinem sehr schönen, aber engen und weniger stabilen Hause in der Stadt. Es war wirklich das gewohnte Geräusch seines gewichtigen, auch bei nebensächlichsten Gängen bewußt feierlich-majestätischen Schrittes. Mußte man glauben, daß Gontran wiedergekehrt war, obwohl er seine Seele Gott zurückerstattet und sein schwerer Körper seit drei Tagen begonnen hatte, unter den Steinfliesen der Saint-Barthélemy-Kirche, deren Vorsteher er war, wieder zu Staub zu werden?

Der erste Gedanke der jungen Frau war es gewesen, daß sich ein Dieb in ihren Speicher eingeschlichen haben müsse, um den Vorrat kostbarer Felle zu stehlen. Aber das war fast unmöglich. Er hätte dazu die Mauer überklettern müssen, die den Besitz umgab und von stattlicher Höhe war, ohne jedoch die der Mauern der Abtei zu erreichen, an die sich die kleine Domäne auf einer Seite lehnte. Und dann waren da die Hunde des Gärtners, große Doggen, durchaus imstande, einen lebendigen Menschen zu zerreißen, die des Nachts freigelassen wurden und nach Belieben ums Haus streiften. Eben erst hatte Marjolaine eine von ihnen gehört, die zweifellos auf der Jagd nach einem unvorsichtigen Kater knurrend durch die Wasserlachen geprescht war. Niemand konnte zum Haus, wenn diese beiden Bestien frei herumliefen, ausgenommen Gontran selbst.

Was dieses Haus betraf, hatte Gontran als vorsichtiger Mann, der gleicherweise Diebe für seine Pelze wie auch Galane für seine allzu junge und allzu hübsche Frau fürchtete, dessen Türen mit dicken eisernen Riegeln und guten Schlössern versehen, deren Schlüssel nie sein Zimmer oder seine Tasche verließen. Schließlich wurde die Leiter, die das Betreten des Speichers von außen erlaubte, jeden Abend eingeholt und in einer Scheune eingeschlossen, deren Tor die Hütten der Hunde flankierten...

Auf dem Speicher hielt das völlig ungenierte Hin und Her nach wie vor an. Es war das Gehen und Kommen eines Mannes, der bei sich zu Hause ist und sich entsprechend verhält, und Marjolaine, die großen blauen Augen vor Angst geweitet, mühte sich verzweifelt, eine Erklärung für dieses Phänomen zu finden und zugleich in ihrem Gedächtnis nach etwas zu suchen, das als Stoßgebet gegen böse Geister herhalten konnte, denn für sie gab es keinen Zweifel: So tot er auch war, es war Gontran, der über ihrem Kopf herumspazierte.

Doch so groß war ihre Angst, daß ihr auch nicht der kleinste lateinische Brocken einfallen wollte, und so verharrte sie dort, unfähig, sich zu rühren, mit zusammengebissenen Zähnen, um ihr Klappern zu hindern, während über ihr der Höllenspektakel weiterging. Irgend etwas mußte jedoch getan werden! Wenigstens mußte sie nach Guillot, dem Diener, rufen, der in einer Art Hängeboden beim Hühnerstall schlief, und dann vielleicht ein wenig Licht zu machen versuchen, denn in dieser Finsternis drohte der unerklärliche Lärm, sie völlig um den Verstand zu bringen.

Obwohl an allen Gliedern zitternd, fand Marjolaine den Mut, sich ganz langsam ihrem weichen Nest zu entwinden. Die feuchte Kälte sank auf ihren Rücken wie ein durchnäßtes Schweißtuch und verursachte ihr Gänsehaut. Tastend suchte sie nach der mit Eichhörnchenfellen gefütterten langen Robe, in die sie beim Verlassen des Bettes zu schlüpfen pflegte, fand sie nicht, suchte nach ihren Pantoffeln und fand sie ebensowenig. Und doch war sie sicher, die eine auf den Schemel nicht weit vom Bett gelegt und die anderen direkt neben ihr Bett gestellt zu haben.

Vor Kälte bis ins Mark erstarrt, kroch die junge Frau vorsichtig auf Knien über die mit Stroh bedeckten Steinfliesen, noch immer auf der Suche nach ihren Kleidungsstücken. Die Robe mußte auf den Boden gerutscht sein. Und als sie schlafen gegangen war, war der Kater Grimbert gekommen, um auf ihrem Bett zu schnurren. Da er nicht mehr da war, hatte er vielleicht bei seinem Verschwinden

Robe und Pantoffeln verschleppt. Und dieses verfluchte Zimmer kam ihr jetzt so riesig vor!

Mit den Tränen kämpfend, überlegte Marjolaine ernstlich, ob sie nicht in ihr Bett zurückkehren und sich die Decke über den Kopf ziehen sollte, um nichts mehr zu hören, als, von leichten, aber überstürzt schnellen Schritten begleitet, ein schmaler Lichtschein unter der Tür erschien.

Die Tür knarrte beim Öffnen kaum. Auf der Schwelle erschien eine weiße Gestalt mit einer Kerze, die wie von einem Sturmwind bewegt schien, so zitterte die sie haltende Hand, und eine bebende Stimme flüsterte:

»Dame... Dame Marjolaine! Seid... seid Ihr wach?«

Ein Laut, der Befriedigung verriet, antwortete ihr. Der den Boden erhellende Schein der Kerze hatte es Marjolaine erlaubt, ihre Robe und die im Zimmer verstreuten Pantoffeln zu entdecken; sie stürzte sich auf sie.

Sobald sie ihre zarte Nacktheit in den warmen Fellen geborgen hatte, wandte sich Marjolaine dem noch immer auf der Schwelle verharrenden jungen Mädchen zu. Ihre roten Zöpfe wirkten steif vor Schreck, mit einer Hand preßte sie die sie umhüllende Decke an ihre Brust, und mit der anderen bemühte sie sich, die auch jetzt noch vom Sturm ihres Entsetzens geschüttelte Kerze zu halten.

»Habt... habt Ihr gehört?« stammelte sie.

»Ja. Komm herein, schließ die Tür, und versuchen wir, das Feuer in Gang zu bringen«, erwiderte Marjolaine einigermaßen ruhig. Im Bewußtsein, nicht mehr allein dem Dunkel ausgeliefert zu sein, faßte sie wieder Mut.

Und da Aveline, ihr junges Kammermädchen, nicht fähig schien, auch nur die kleinste Bewegung zu machen, nahm sie sie bei der Hand und griff zugleich nach der Kerze, die ihre Besucherin losgelassen hatte. Sie zog sie zum Bett, ließ sie sich setzen und richtete sich dann lauschend auf.

»Horch! Man hört nichts mehr!«

Auf dem Speicher herrschte tatsächlich völlige Stille. Keine Schrittgeräusche mehr, kein Rascheln von Fellen. Ihre Stimmen hatten offenbar den mysteriösen Besucher erschreckt, und in diesem Fall handelte es sich vielleicht doch um einen Dieb.

»Ist das Gespenst fort?« hauchte Aveline.
»Dummkopf! Warum sollte es ein Gespenst sein?«
»Unser Herr ist... ermordet worden. Er ist gestorben, ohne Zeit zu haben, seinen Frieden mit Gott, dem Allmächtigen, zu machen. Seine arme Seele muß im Fegefeuer schmachten.«
»Aber wir haben es weder an Gebeten noch an Weihrauch noch an Kerzen noch an Almosen für die Armen für ihn fehlen lassen, und der Kirche habe ich schon eine schöne Summe dafür gezahlt, daß jeden Tag eine Messe für seinen Seelenfrieden gelesen wird«, erwiderte die junge Witwe grollend. »Ich glaube viel eher, daß jemand nach den schönen Marder- und Fuchsfellen trachtet, die er da oben aufbewahrte.«
»Ein Dieb? Der nicht besser darauf achten würde, daß man ihn nicht hört? Oh, das... das ist unmöglich!«
»Also schauen wir nach.«
»Nachschauen? O nein!«
Auf dem Bett gleich einem gejagten Igel zu einer Kugel zusammengerollt, ein Deckenbündel, aus dem nur die roten Zöpfe heraussahen, zog Aveline es vor, nichts mehr zu sehen, nichts mehr zu hören. Doch in Marjolaine rührte sich eine kleine Reserve unvermuteter Tapferkeit, ererbt vielleicht von ihren Vorfahren, kleinen, armen, aber tapferen Edelleuten. Zum Fenster stürzend, riß sie es auf, und sich ohne auf Wind und Regen zu achten weit durch die schmale Öffnung beugend, begann sie zu schreien:
»Guillot! Colin! Jeannet!... Hierher! Zu Hilfe!«
Ein zwiefaches blutdürstiges Gebell antwortete ihr. Unten bemerkte sie die beiden Doggen Colins, die, die Hinterbeine in eine Wasserlache gestemmt und vor Wut halb erstickend, das Haus zu stürmen suchten. Der Anblick der entfesselten Bestien stärkte ihren Mut. Wenn es wirklich jemand gelungen war, sich auf den Speicher zu schleichen, würde es ihm schwerfallen, lebendig davonzukommen. Und da ihr die sich ins Innere des Hauses öffnende, durch eine kleine Treppe zu erreichende Falltür einfiel, lief sie, von einem völlig unerwarteten Anflug von Heroismus getrieben, dorthin, nachdem sie unterwegs das am Kaminmantel lehnende, dem Spalten der Scheite dienende Handbeil aufgerafft hatte.
Die Unüberlegtheit, die sie beging, wurde ihr jäh bewußt, als sie

am Fuß besagter Treppe stand, ihr Beil in einer Hand, die Kerze in der anderen. Wenn jemand von da oben über sie herfiele, wäre zweifellos ihr letztes Stündlein gekommen, zumal ihr bei verriegelter Haustür niemand von draußen helfen konnte. Schleunigst umkehrend, zog sie sich wieder in ihr Zimmer zurück, dessen Tür sie mittels einer schmalen, langen Bank so gut es ging verbarrikadierte, und wandte sich dann dem Fenster zu, eben zur rechten Zeit, um den Diener, den Gärtner und den Schweinehirt, nach denen sie gerufen hatte, auftauchen zu sehen. Nur mit ihren Hosen bekleidet, einen Sack gegen den Regen über die Schultern geworfen, kamen sie noch halb verschlafen angelaufen.

Guillots heisere Stimme stieg vom Hof zu dem erleuchteten Fenster auf:

»Was ist los, Dame? Habt Ihr gerufen?«

»Wer sollte es wohl sonst gewesen sein? Ich glaube, ein Dieb ist auf dem Speicher. Nehmt Knüppel und Äxte und seht nach!«

»Wie sollte er reingekommen sein?« drang die dünne Stimme Jeannets, des jungen Schweinehirten, zu ihr. »Die Leiter hat die Scheune nicht verlassen. Ich hab' sie eben gesehen.«

»Wo ist Dame Aubierge?« hob Guillot wieder an. »Sollte sie nicht für die Schließung des Hauses gesorgt haben, nachdem ich vor dem Abendläuten meinen letzten Rundgang gemacht hatte?«

»Wer spricht hier von Dame Aubierge?« grollte eine Art Brummbaß aus der Tiefe des Gebäudes.

Unmittelbar darauf folgte ein Geklirr und Gerassel von in Schlössern gedrehten Schlüsseln und zurückgeschobenen Riegeln, dann öffnete sich die Haustür und eine imposante Person erschien mit der Majestät eines Hochseeseglers, der mit vollen Laderäumen in den Hafen einläuft. Von ihm hatte sie den schwarzen, dickbäuchigen Rumpf und die Krönung weißen Leinens. Dame Aubierge hatte damit den Schauplatz der Ereignisse betreten.

Sie stellte eine Macht im Haus, ja eine Art Schutzgeist dar. Sie war die Milchschwester Gontran Foletiers gewesen, und seit dem Tode Dame Foletiers, der Mutter, ersetzte sie Aubierge im Kommando über die dem Kürschner des Königs gehörenden beiden Häuser. Intelligent und bestimmt, gab es kein häusliches Detail, das ihr unbekannt geblieben wäre, ob es sich um die Zahl der Scheuerlappen, der Einmachgläser oder der Hühner im Hühnerhof handelte. Colin, der Gärtner, behauptete sogar, es sei nicht gut, eine Motte in Gontrans Haus zu sein, denn Dame Aubierge kenne die genaue Anzahl der Haare jedes der Pelze der Garderobe ihres Herrn und sei imstande, die Unvorsichtige, die es wage, auch nur ein einziges davon zu verspeisen, zur Rechenschaft zu ziehen.

So, wie sie war, wußte sich die stattliche Dame fast unersetzlich, und die Idee, auch nur den kleinsten Teil ihrer Obliegenheiten in allzu junge und deshalb unerfahrene Hände zu legen, hatte sie nicht einmal gestreift, als Gontran aus purer Lüsternheit die junge, entzückende Marjolaine des Bruyères, Tochter eines kleinen, bedürftigen Adligen aus der Umgebung von Laon geheiratet hatte. Es wäre zweifellos absurd und vielleicht gefährlich gewesen, so gewichtige Dinge einem kleinen Mädchen zu überlassen.

Dieses hatte übrigens nicht einmal daran gedacht, derlei zu verlangen. Marjolaine war noch sehr jung – kaum fünfzehn Jahre! –, als man sie praktisch Gontran verkaufte, und sie hatte sich in dem schönen Haus ihres Gatten mit der Natürlichkeit einer kleinen, eben einem kalten Fluß entronnenen Katze eingenistet, die einen warmen Winkel zum Trocknen und Überdauern der schlimmen Jahreszeit gefunden hat. Um nichts auf der Welt hätte sie sich unterstanden, das winzigste Stückchen einer häuslichen Macht zu fordern, nach der sie nicht das geringste Verlangen trug. Auch wenn ihr Gatte ihr eine Art Schauder einflößte, war es doch recht angenehm, nichts anderes zu tun zu haben, als sich hübsch anzuziehen, um zu den Gottesdiensten zu gehen oder sich im großen Saal aufzuhalten, wo Gontran Freunde und Kunden zu empfangen liebte, sich zu Tisch zu setzen und von Speisen zu kosten, die Dame Aubierge auftragen ließ – Speisen mit seltenen Gewürzen, von denen man bei den Bruyères keine Ahnung hatte – und spazierenzugehen oder zu schlafen, wenn sie die Lust danach ankam. Allerdings waren da auch die Nächte, und sie waren ebensoviele Alpträume, mehr oder weniger lange übrigens je nach den Weinquantitäten, die der Kürschner während des Abendessens in sich hineinschüttete. Es war eine unerfreuliche Plage, aber im Grunde nicht viel unangenehmer als die, denen Marjolaine im alten väterlichen Herrensitz ausgesetzt war, wo die Rauchschwaden der Küche noch durch ein im Dach angebrachtes Loch entwichen[1]) und wo, vom Beten abgesehen, ihre Beschäftigungen hauptsächlich darin bestanden, die Gänse auf die Wiese zu führen und Gemüse zu putzen, vor allem Kohlrabi, die üblicherweise den Hauptbestandteil der Suppen und Speckragouts bildeten, von denen sich eine Familie nährte, die mehr Kinder als Taler besaß.

Aubierges Erscheinen im Hof des Hauses ließ augenblicklich Stille entstehen. Sie hob den Kopf, bemerkte Marjolaine an ihrem Fenster.

»Habt Ihr gerufen, Dame Marjolaine? Was gibt es denn?«

»Es muß ein Dieb auf dem Speicher sein. Ich habe gehört, wie jemand mit den Fellen hantierte, die dort lagern. Sie wurden zu der Öffnung geschleift, wo die Rolle ist.«

»Das scheint mir schwierig«, brummte die dicke Frau und bemühte sich, die erwähnte Öffnung zu erkennen, die nach wie vor durch ihre hölzerne Klappe hermetisch verschlossen schien. »Wie, zum Teufel, hätte er dorthin kommen sollen? Aber wir werden sehen. Rührt Euch nicht vom Fleck, Dame! Vorwärts, Guillot, Jeannet! Folgt mir! Du, Colin, bleibst hier mit deinen Hunden und paßt auf, das niemand da oben herauskommt!«

»Sorgt Euch nicht, Dame Aubierge, niemand wird hier vorbeikommen!« sagte der Gärtner, der schon die Halsbänder der Doggen in seiner Faust versammelte. Sie hatten sich übrigens wie durch Zauberei beim Erscheinen Aubierges beruhigt, vor der sie höllische Angst hatten, wie Colin behauptete.

Die aus der Haushälterin, Guillot und Jeannet bestehende Gruppe verschwand im Innern des Hauses. Die Treppe knarrte protestierend wie unter einer Kavallerieattacke. Trotz Aubierges Rat verließ Marjolaine ihr Zimmer, zaghaft gefolgt von Aveline, deren Neugier ihre Angst überwunden hatte, da sie sich jetzt von einer wahren Macht verteidigt fühlte. Die ganze Gesellschaft fand sich am Fuß der zur Klapptür des Speichers hinaufführenden Treppe zusammen.

»An mir ist es, voranzugehen«, erklärte Guillot in einer schönen Anwandlung von Mut, diktiert im übrigen von der Gewißheit, daß

---

[1]) Kamine gab es erst seit kurzem und dann auch nur in reichen Häusern.

Aubierge ihn ohnehin an die Spitze des Grüppchens beordern würde.
Sie nickte und trat beiseite. Guillot kletterte wie eine Katze hinauf, von den Kerzen derer beleuchtet, die mit in die Luft gereckten Nasen seinen Anstieg verfolgten. Die zweifellos gut geschmierte Klapptür gab nicht das leiseste Quietschen von sich, als der Diener sie vorsichtig anzuheben begann. Sein Kopf und seine Schultern verschwanden in dem schwarzen Loch, während unten jeder den Atem anhielt.
»Nun?« ließ sich Dame Aubierge vernehmen.
»Ich... ich sehe nichts!«
»Was willst du schon groß sehen, Hasenfuß, wenn du da bleibst. Mach voran! Ich komme!«
Mit einer erstaunlichen Behendigkeit für eine so imposante Frau kletterte Aubierge schnell die Stufen hinan, nicht ohne sie unter ihrem Gewicht vor Schmerz aufstöhnen zu lassen. Marjolaine folgte, mit einer Hand ihre Robe anhebend und sich mit der anderen auf die Pfosten des Geländers stützend. Um nicht zurückzubleiben, kletterten auch Jeannet und Aveline zum Speicher hinauf, wo sich alle wieder zusammenfanden, je nach ihrer Größe mehr oder weniger gebückt.
»Hier ist wahrhaftig nichts«, verkündete Aubierge, die den Verschluß der Luke unter dem Giebel geprüft hatte. »Niemand ist hereingekommen. Seid Ihr sicher, nicht geträumt zu haben, Dame Marjolaine?«
»Nein, ich habe nicht geträumt!« empörte sich die junge Frau. »Und der Beweis ist dort! Seht Euch das Bündel Fuchsfelle und kleiner Fellstücke an! Sie waren ordentlich aufgereiht, sauber gestapelt, und nun liegen sie verstreut herum.«
Aubierge runzelte die Stirn. Es traf zu. Zu seinen Lebzeiten hatte Gontran Foletier stets darauf geachtet, daß sein Vorrat an Fellen immer in Ordnung war, und seitdem er diese Welt verlassen hatte, sorgte sie selbst dafür, da ihr der junge Etienne Grimaud, der Neffe des dahingeschiedenen Kürschners, der natürlich sein Nachfolger in der Führung des Geschäftes wurde, nachdem er sein erster Gehilfe gewesen war, nicht genügend Vertrauen einflößte.
Einen langen Moment betrachtete sie die umhergestreuten Felle, die

wie von einem gigantischen Baum an der Schwelle des Winters abgefallene große Blätter aussahen. Dann wandte sich ihr Blick unter ihren schweren, von zu vielen bei Kerzenlicht ausgeführten feinen Arbeiten geröteten, faltigen Lidern wieder Marjolaine zu, die sehr aufrecht in ihrer langen Robe von der Farbe eines gewittrigen Himmels in der Mitte des Speichers stand, die Hände in den Ärmeln verborgen, doch plötzlich so bleich, das lebendige Abbild eines durch ein Wunder an Willenskraft kontrollierten Entsetzens. Sie spürte, daß die junge Witwe im nächsten Moment zusammenbrechen würde.

»Kein Dieb ist hier eingedrungen«, sagte sie bedauernd. »Gehen wir hinunter, wenn es Euch beliebt, Dame Marjolaine. Ihr werdet Euch erkälten.«

Und dann schlug sie, weil sie immerhin eine gute und fromme Christin war und es beschützende Gesten gibt, deren man sich angesichts dunkler Bedrohungen nicht enthalten kann, ein großes Kreuzeszeichen, das seltsamerweise Anlaß zu einem doppelten Aufschrei wurde. Aveline und Jeannet, die endlich begriffen hatten, stürzten auf die Gefahr hin, sich das Genick zu brechen, die Treppe hinunter.

Der Speicher wurde mit einiger Überstürzung verlassen. Obwohl ziemlich mutig, war auch Guillot grau wie Marjolaines Gewand. Er blieb als letzter, um die Klapptür zu schließen, und murmelte dabei, daß er am nächsten Tag kommen würde, um all das aufzuräumen.

»Ganz gewiß nicht!« knurrte Aubierge. »Morgen wird man Meister Etienne ersuchen, hierherzukommen und all das nach Paris zu schaffen. Es hat hier ohnehin nichts mehr zu suchen, und unsere Herrin wird wenigstens nicht mehr geweckt, wenn... wenn der Wind diese Felle durcheinanderbringt!«

Sich zu Marjolaine beugend, fügte sie merklich gedämpft hinzu: „Sobald es Tag wird, Dame Marjolaine, wird man zur Abtei gehen und um Messen bitten müssen... viele Messen, fürchte ich. Auch Almosen sind zu geben. Irgend etwas sagt mir, daß Euer verstorbener Gatte es schwer hat, sich die Pforte des Paradieses durch Monseigneur Sankt Petrus öffnen zu lassen. Man muß ihm ein wenig helfen, wenn man ruhig schlafen will.«

Marjolaine spürte, wie sich das Haar auf ihrem Kopf sträubte. Ein

Gespenst! Es war wirklich ein Gespenst, das auf diesem Speicher hauste, das über ihrem Kopf herumgeirrt war und es zweifellos auch weiterhin Nacht für Nacht tun würde. Sagte man nicht, daß ein Ermordeter erst Ruhe fand, wenn der Gerechtigkeit genüge getan war? Das Gespenst Gontrans! Nicht genug also, daß er sie Jahre physischen Ekels hatte durchleben lassen, würde er nun auf andere Weise weiterhin ihr Dasein vergiften? Niemals würde sie es ertragen können!

Gegen die Panik ankämpfend, die sich ihrer bemächtigte, fand sie nur die Kraft, den Kopf zu schütteln, dann machte sie sich, den dicken, pelzgefütterten Stoff fest um ihren Körper raffend, mit unsicheren Schritten auf den Weg zu ihrem Zimmer. Ihr war plötzlich kalt, kalt bis in die Seele hinein, kälter, als ihr je bei ihrem Vater gewesen war, wenn der Nordwind durch die Risse in den Wänden der oben im einzigen niedrigen Turm gelegenen Kammer pfiff, in der sie sich mit ihren Schwestern wie ein Wurf junger Hunde im Durcheinander eines Bettgestells, groß wie eine Schafskoppel, zusammendrängte. Damals hatten ihre Träume sie warm gehalten.

Es waren Mädchenträume gewesen, voller Unschuld und Naivität, ein wenig närrische Träume auch, in denen der junge Graf Adam de Marchais, der Herr des benachbarten prächtigen Schloßes, die Hauptrolle spielte. Ein wirkliches Schloß war es mit festen Mauern aus sorgsam behauenen Quadern, die der Vater des Grafen Adam in den ersten Jahren dieses 12. Jahrhunderts unter großem Aufwand von Kosten und Schweiß seiner Leibeigenen aus den Steinbrüchen von Compierre hatte heranschaffen lassen. Ein Schloß mit vier Ecktürmen und einem mächtigen, quadratischen Wehrturm, so hoch, daß er, wenn man ihn von fern die waldige Ebene überragen sah, wie ein drohend gen Himmel gereckter Finger aussah, imposanter gewiß als der bescheidene Turm der Pfarrkirche von Marchais. Mit dem schlichten Herrensitz der Pêcherie, dem Gut ihrer Familie, dessen Gebäude kaum die grasige Weite des Moors von Samoussy buckelten, war daneben kein Staat zu machen.

Und auch Graf Adam war ein wirklicher Herr. Sollte sie tausend Jahre leben, würde Marjolaine niemals den Wintertag vergessen, an dem sie ihn auf dem kleinen aufgeschütteten Damm des halbgefrorenen Moors von Samoussy hatte vorbeireiten sehen.

Er näherte sich ihr aus dem Gegenlicht einer großen, rötlich-dämpfigen Sonne im vorsichtigen Schritt seines schwarzen Schlachtrosses, ein wenig im Sattel zusammengesackt, wie man es bei zu großen Männern oft sieht. Unter dem Umhang aus derbem braunem, mit einer goldenen Borte gesäumtem Leinen spannten seine breiten, noch kantigen Schultern den ledernen Waffenrock, auf dem sich – goldene Halbmonde auf rotem Grund – das Emblem zeigte, das sein Großvater während des Kreuzzugs für sich selbst und seine Nachkommen ausgewählt hatte.[1])
Marjolaine hatte Angst verspürt, als sie ihn auf sich zukommen sah, solche Angst, daß sie um ein Haar ins Moor gesprungen wäre, um hinter einem Büschel Schilf Schutz zu suchen. Barbe, ihre Amme, hatte ihr seit langem die Furcht vor jenen herumschweifenden Haudegen eingebläut, die zuweilen durch die Lande streiften, für eigene Rechnung plünderten und sich besser darauf verstanden, den Mädchen die Röcke zu schürzen als Mitleid zu üben. Sie schickte sich also an, ins Wasser zu springen, als etwas, das stärker war, sie zurückgehalten hatte: das Gesicht des Reiters, nun schon nah genug, daß sie es erkennen konnte. Ein schmales Gesicht mit feinen Zügen, erstaunlich bei einem so kraftvollen Körper, meergrüne Augen, graugrün wie die undurchsichtige Weite des Moors, und zu alldem ein voller schwarzer Haarschopf, den der Wind zerzauste. So, wie er war, war er dem jungen Mädchen wie das schönste Wesen der Welt erschienen, mit einem Schlage den Seigneur Aubry, ihren Vater, entthronend, den Marjolaine bisher für das Muster vollendeter männlicher Schönheit gehalten hatte.
Der Weg auf dem Damm war nur schmal, und bald fanden sich Spaziergängerin und Reiter einander gegenüber. Aus der vagen Grübelei gerissen, in die der gleichmäßige Schritt seines Pferdes ihn versetzt hatte, zog Adam de Marchais eine unzufriedene Augenbraue hoch und knurrte das Mädchen in Holzpantinen, das ihn am Weiterreiten hinderte, an:
»Vorwärts, Kleine! Mach mir Platz!«

---

[1]) Die auf dem Schilde gemalten Embleme sollten sehr schnell zu Wappen werden.

»Ich... ich möchte gern, Herr, aber ich müßte ins Wasser treten, und das Wasser ist sehr kalt.«

Es war eine süße Stimme mit Zwischentönen, die sich nicht nach Land anhörten. Der junge Mann beugte sich im Sattel vor, um die, die er zunächst für eine kleine Leibeigene gehalten hatte, besser zu sehen. Unter der Kapuze gewahrte er weiches Haar von fast weißem Blond, eine kleine, von der Kälte gerötete Nase und unter langen, seidigen Wimpern die blausten Augen, die er je gesehen hatte.

»Wer bist du? Und was machst du um diese Zeit im Moor? Die Nacht wird bald sinken.«

»Ich heiße Marjolaine des Bruyères... und ich wohne dort drüben«, fügte sie hinzu, mit ausgestrecktem Arm auf die niedrige Silhouette der Pêcherie weisend.

Er ließ ein kurzes, ein wenig verächtlich klingendes Gelächter hören.

»Ah, die Brut Messire Aubrys und Dame Richaudes! Und wie alt bist du, mein Fräulein?«

»Zwölf Jahre, Messire. Bald dreizehn, am nächsten Johannistag.«

»Was für ein großes Frauenzimmer!«

Plötzlich beugte der Graf sich über den Hals seines Pferdes, streckte die Arme aus, hob das Mädchen, das bei dem jähen Höhenflug eine seiner Pantinen verlor, vom Boden. Er setzte es vor sich aufs Pferd und musterte aufmerksam das kleine Gesicht.

»Man muß wirklich sagen, daß du schon allerliebst bist. Du hast sehr schöne Augen, Kleine, schönes Haar und...«

Mit seiner freien Hand, denn mit der anderen hielt er sie an sich gedrückt, streichelte er sanft ihre Brust, verweilte mit einem leisen Lachen auf den noch zarten Wölbungen, während seine grünen Augen noch undurchdringlicher wurden.

»Bei Gott!« sagte er mit einer ein wenig rauhen Stimme. »Du wirst ein schönes Mädchen werden, das man später gern mit sich ins Bett nehmen wird.«

Ohne sein Streicheln einzustellen, drückte er sie stärker an sich, hüllte sie in seine männliche Wärme und einen angenehmen Duft nach Leder und frischem Stroh, dann, unvermittelt, suchte sein Mund ihre zärtlichen Lippen, deren Beben er spürte.

Lange blieb er so, ohne daß das verdutzte und auf unbestimmte

Weise beunruhigte Kind reagierte. Darauf löste er sich von ihr und ließ sie wieder auf den Boden hinunter, doch auf der anderen Seite seines Pferdes.

»Wir werden uns später wiedersehen, Marjolaine des Bruyères, wenn du groß genug sein wirst, um zu wissen, wie man einen Mann glücklich macht. Jetzt geh schnell heim. Die Sonne ist fort, und das Licht läßt nach. Deine Amme hat dir sicher erzählt, daß des Nachts böse Feen über die Moore irren.«

Dennoch sah sie ihm nach, während er sich jetzt im leichten Trab seines Pferdes entfernte. Sie zitterte am ganzen Leibe, aber die Kälte hatte nichts damit zu tun. Das Zittern kam aus dem Tiefsten ihrer selbst. Es war, als habe es seinen Ausgangspunkt in ihrem Bauch, und zugleich war ihr plötzlich traurig zumute, verbunden mit einem schrecklichen Gefühl von Verlassenheit. Sie wäre gerne noch an Adams Brust gewesen, seinen Geruch und die Härte seines Arms um sich spürend und die Zärtlichkeit seiner Hand auf ihren kleinen Brüsten, die ihr ein wenig weh taten, und die Liebkosung seines Mundes.

Bald war er gänzlich verschwunden, und Marjolaine sah sich wirklich allein. Sie suchte nach ihrem Holzschuh, und da sie ihn nicht fand, mußte er wohl ins Wasser gefallen sein. Sie würde mit einem Schuh und einem Wollstrumpf heimkehren müssen, ganz abgesehen von der fälligen Strafpredigt ihrer Mutter, in Zukunft besser auf ihre Sachen zu achten.

Zu allem Unglück begann es auch noch zu schneien, und der Wind pfiff stärker. Der Boden bedeckte sich mit einer dünnen weißen Schicht, die Äste der hier und da wachsenden Bäume ächzten im Wind, doch Marjolaine spürte weder die feuchte Kälte noch den Schmerz, den die Steine des Weges ihrem Fuß verursachten. Sie durchlebte wieder und wieder den wundervollen Augenblick, in dem Adam de Marchais sie in seine Arme genommen hatte, und unaufhörlich wiederholte sie sich sein Versprechen: »Wir werden uns wiedersehen!« Und von diesem Wintertag an bewohnte der junge Graf das Zimmer im Turm der Pêcherie, wohlverborgen im Grunde der Erinnerung und des Herzens Marjolaines. Aber sie sah Adam de Marchais nicht wieder.

Auf ins Haus dringende Neuigkeiten lauernd und ihrem Vater

lauschend, der dem Ereignis beigewohnt hatte, erfuhr sie, daß er kurz nach ihrer Begegnung vom Grafen de Vermandois zum Ritter geschlagen worden und mit ihm zum König nach Paris aufgebrochen war. Es war das Jahr 1137, und der junge König Ludwig VII., der die Herzogin Aliénor von Aquitanien geheiratet hatte, kehrte mit seiner jungen Gemahlin in die Stadt zurück. Die größten Herren der Umgebung hatten zu erscheinen, um ihren Hofstaat zu bilden und die neue Königin zu begrüßen, der ein Ruf von großer Schönheit und Eleganz voranging. Ein Ruf, der sich bald ihrem Hof, ihrer Umgebung und dem Leben mitteilte, das man in Paris führte.

Aber all das, diese fernen Gerüchte, gelangten nur bröckchenweise bis in die Pêcherie, befriedigten keineswegs Marjolaines Wissensdurst und ließen ihre Phantasie ins Leere laufen. Je mehr sich ihre winterliche Begegnung in die Zeit entfernte, desto mehr wurden die Träume des jungen Mädchens Schmerz und Enttäuschung. Wie könnte sich Adam de Marchais am glanzvollen Hof der Königin noch des Versprechens erinnern, das er ihr gegeben hatte? Er mußte dort so viele schöne Damen um sich haben, so viele graziöse Edelfräulein in Seide und Samt, Dinge, die den armen Töchtern des armen Sire Aubry unerreichbar blieben, es sei denn im Traum.

Das Leben im Herrenhaus am Rande des stehenden Gewässers, der Binsen, des Schilfs und der Wasserlilien war wahrhaftig nicht mit dem beim König zu vergleichen.

Wie Mönchlein gekleidet, im Winter in rauhe Wolle, in grobes Leinen im Sommer, mußten Marjolaine und ihre Schwestern zwischen den endlosen Gebeten und Gottesdiensten, zu denen die Dame des Bruyères sie zwang, an den zahllosen Haushaltspflichten teilnehmen, die das tägliche Dasein einer mit nicht weniger als elf Kindern gesegneten Familie und der trostlose Mangel an Gold oder Silber, zuweilen sogar an Bronze, im väterlichen Geldbeutel notwendig machten.

Die Ländereien des Herrn des Bruyères waren karg, wenig ergiebig und bestanden vor allem aus Moor. Sie ließen sich eben – und das auch nur recht widerwillig – dazu herbei, genug hervorzubringen, um die Hausbewohner zu ernähren und die drei oder vier Leibeigenen, die sie kultivierten, daran zu hindern, Hungers zu sterben. So beschränkte sich das Hauspersonal des Herrensitzes auf Barbe, die Amme der Kinder, und ihre Nichte Jeanette, eine Göre in Marjolaines Alter, die kaum mehr Neigung zu häuslichen Arbeiten zeigte als sie.

Dame Richaude, die Mutter der Brut, bemühte sich nichtsdestoweniger, ihren Rang zu wahren. Das hieß für sie, auf Distanz zu ihrer Umgebung, selbst zu ihren Kindern zu achten, ihre Hände, soweit es sich machen ließ, weiß zu erhalten, indem sie beschwerliche Arbeiten mied und sie täglich mit Hammelfett salbte, die Kirche weit häufiger als die Küche aufzusuchen und von Zeit zu Zeit, mit ihren besten Kleidungsstücken angetan, ihrer Verwandtschaft in Laon und Umgebung zeremoniöse Besuche abzustatten. An diesen Tagen lieh sie sich das einzige Pferd des Gutes aus und ließ sich von dem alten Géraud, dem Stallmeister ihres Gatten, auf dem einzigen Esel eskortieren, was die Arbeiten des Tages beträchtlich behinderte und den Baron dazu zwang, mißgestimmt und zu Fuß über seine Äcker zu irren. Kurz, Dame Richaude schwebte über ihrem Haushalt wie ein großer schwarzer Vogel, dessen Schnabelhiebe immer zu fürchten waren, obwohl man in ihrer Gegenwart stets den Eindruck hatte, daß ihre ständig himmelwärts gerichteten Blicke nicht viel von dem wahrnahmen, was auf der Erde vorging. Die vorgegebene Gleichgültigkeit ärgerte den Baron Aubry, ihren Gatten, kolossal, denn er war ein Mann ohne Phantasie und einzig an den Annehmlichkeiten dieser Welt interessiert, an denen es ihm leider so häufig mangelte. Er aß, trank, liebte und jagte gern; für das überaus erhabene geistige Streben seiner Gattin hatte er nicht den leisesten Sinn. Zuweilen fragte er sich sogar, ob sie je seine Existenz wahrgenommen hätte, wenn er nicht zufällig darauf verfallen wäre, ihr elf Kinder zu machen.

Dabei hatte sich Sire Aubry, als er sie ein Vierteljahrhundert zuvor geheiratet hatte, wenigstens zu der Hoffnung auf erquickliche Nächte berechtigt gefühlt, wenn schon prunkvolle Tage nicht zu erwarten waren, denn Richaude war nicht vermögender als er. Groß und schon recht üppig mit sechzehn Jahren, hatte sie mehrere Wochen hindurch die verliebten Träume des kräftigen Burschen von zwanzig genährt, der er damals war.

Bei der Fronleichnams-Prozession in Laon hatte er das junge Mäd-

chen zum erstenmal gesehen. In kindliches Linnen gekleidet, das volle braune Haar von wilden Rosen gekrönt, folgte sie gemessenen Schritts, ein Kirchenlied singend und eine Drei-Pfund-Kerze in der Hand, dem golden schimmernden Chorrock des von einer ganzen Schar gleichaltriger Mädchen umringten Bischofs.
Doch Aubry hatte nur sie gesehen und sie sofort leidenschaftlich bewundert. Nicht ihrer bescheidenen, jungfräulichen Haltung oder ihrer gesenkten Lider wegen, deren Wimpern zarte Schatten auf ihre Wangen warfen, sondern wegen der beiden voll entfalteten, festen, von Saft schwellenden Brüste, die den Stoff ihres Kleides spannten, und des bezaubernden Wiegens eines von langen Beinen getragenen prachtvollen Beckens, dessen Formen sich im Faltenwurf des Gewebes zuweilen flüchtig abzeichneten.
Er war übrigens nicht der einzige, der sie aufgeregt beobachtete, und wäre sie nicht die Nichte eines Domherrn gewesen, hätte es ihr an unschicklichen Vorschlägen gewiß nicht gefehlt. Aber so arm sie auch war – das Haus Pasly nötigte zu Respekt, und während des Vorbeizugs der Prozession mußten sich die Männer, die Mönche, ja selbst die Chorknaben damit begnügen, verstohlen sehr wenig christliche Blicke nach der erstaunlichen jungen Maid zu werfen. Was Aubry betraf, hatte er darüber die Lust am Trinken und Essen verloren. Er hatte sich dieserhalb seinem Beichtvater eröffnet, der sich seinerseits einer alten Tante des Fräuleins eröffnete, die sich wiederum dem Domherrn eröffnet hatte. Alle diese Eröffnungen hatten zu einem Heiratsantrag in gebührender Form geführt, der um so lieber angenommen worden war, als die junge Richaude keinen Heller Mitgift besaß und man sich sogar fragte, ob sich ein Kloster zu ihrer Aufnahme bereitfinden würde.
So kam es, daß Aubry des Bruyères eines schönen Abends voller Erwartung und mit Ameisenkribbeln in den Fingerspitzen in seinem Bett und in all ihrer natürlichen Pracht die Brüste, die Hüften und die Schenkel hatte betrachten können, die ihn so lange um den Schlaf gebracht hatten. Er hatte sich ihrer mit der Glut eines verdurstenden Kameltreibers bemächtigt, der mitten in der Wüste einen Krug frischen Wassers entdeckt, in der Erwartung, zumindest nach Erledigung der ersten Formalitäten der Entjungferung einen angemessenen Enthusiasmus vorzufinden, denn er verstand sich

ziemlich gut auf die Dinge der Liebe. Ohne gerade dem Modell eines griechischen Gottes zu entsprechen, eignete ihm zudem ein angenehmes Gesicht über einem blonden, schlanken und muskulösen Körper. Doch dieser so offensichtlich für die Wonnen des Alkovens bestimmten Schönen hatte er nicht den kleinsten Seufzer der Befriedigung entrissen. Die Augen weit geöffnet, steif wie ein Stock, absolut leblos, hatte sie die schmeichelhaften Attacken, die er ihr reichlich gewidmet hatte, über sich ergehen lassen. Ja, mehr noch: als sie hatte annehmen können, daß ihr Gatte für diese Nacht ein Ende machte, war sie aus dem Bett gesprungen, hatte sich hastig ein Hemd übergestreift und war auf bloßen Füßen in die kleine Kapelle neben dem Hochzeitszimmer gelaufen, um sich dort mit allen Anzeichen inbrünstiger Reue in ein Gebet zu versenken. Der verblüffte Aubry konnte sogar sehen, wie sie sich mehrfach mit nicht unbeträchtlicher Kraft an die Brust schlug. All das, um von Gott Vergebung für die verabscheuungswürdigen, ja verdammenswerten Praktiken zu erlangen, denen sie sich mit ihrem Ehemann hingegeben hatte.

Und so war es denn jedesmal, wenn Aubry darauf bestand, seine ehelichen Pflichten als Gatte bei Richaude auszuüben. Bei einer so frommen Frau kamen die Kinder natürlich mit großer Regelmäßigkeit. Richaude pries sie übrigens, denn sie erlaubten ihr, sich vom dritten Monat der Schwangerschaft an Aubry zu verweigern, der so genötigt war, sich umzusehen, ob das Gras anderwärts grüner war. Als Resultat ergab sich, daß er mehr und mehr Vergnügen daran fand, denn je mehr Zeit verstrich und die Familie an Zahl zunahm, desto mehr schmolzen die üppigen Reize der schönen Richaude dahin, und nach einer gewissen Anzahl von Jahren war aus der allzu verlockenden Demoiselle de Pasly die Dame des Bruyères geworden, eine große, trockene Person, durchtränkt von Frömmigkeit, umweht von Weihrauch- und Kirchenwachs-Duft und platt wie ein Brett.

Inmitten dieser stattlichen Kinderschar war Marjolaine, das fünfte nach zwei Jungen und zwei Mädchen, ein außergewöhnlich geglücktes Exemplar. Alle anderen waren entweder sehr braunhaarig wie ihre Mutter oder ein wenig rotköpfig wie ihr Vater. Sie allein war von silbrigem, mondlichtfarbenem Blond. Sie allein hatte jenes herrliche, seidigflachsene Haar, das die Märchen den Feen andich-

ten. Sie allein hatte in einer Kollektion von schwarzen oder kastanienbraunen Augen große Augäpfel von einem erstaunlichen Blaugrün, leuchtend und ihre Farbe wechselnd wie die Tiefen der See, wenn ein Sonnenstrahl sie durchdringt. Sie allein hatte ein Antlitz, wie man sich das eines Engels vorstellt, und doch war in der Zeichnung der mandelförmigen, leicht zu den Schläfen geschrägten Augen und der Lippen irgend etwas, das an die ein wenig schwefligen Merkmale eines Teufelchens denken ließ.
Ohne zu zögern, hatte Dame Richaude diese außergewöhnliche Schönheit ihren Gebeten und ihrer langen inneren Versenkung in die himmlischen Herrlichkeiten zugeschrieben, denn sie hielt sich für inspiriert und war nicht weit von der Überzeugung entfernt, wenn auch noch keine Heilige zu sein, so doch gute Aussichten zu haben, eine zu werden. Dieses so schöne Kind konnte nur das greifbare Zeichen der himmlischen Liebe sein, und ganz natürlich hatte sie gedacht, daß Marjolaine, da ihr der Herr Jesus als einzig wünschenswerter Schwiegersohn erschien, eins der Klöster der Umgebung schmücken sollte, sobald die Zeit für sie gekommen sei.
Sire Aubry hingegen sah die Dinge anders. Die seltsame Blondheit seiner Tochter gab ihm zu denken, da er sich deutlich einer alten Geschichte erinnerte, von der er in den glücklichen Tagen seiner Kindheit in der Familie gehört hatte: Eine seiner Großmütter sollte während des Brandes und der Plünderung einer Abtei von einem gewaltig nach Waffenfett und Fischöl stinkenden blonden Riesen mit geschlitzten Augen vergewaltigt worden sein, der auf einem merkwürdigen, mit einem arroganten Drachenkopf gezierten Schiff bis zu ihr gekommen war. Aus diesem glücklicherweise ohne Wiederholung gebliebenen Abenteuer waren zwei Zwillinge mit Flachshaaren und meerfarbenen Augen hervorgegangen, wie sie auch das kleine Mädchen so königlich schmückten. Und der brave Aubry hoffte nun seinerseits, daß die leuchtende Schönheit seines Kindes irgendeinen reichen und mächtigen Seigneur anlocken würde, der ihm – denn er liebte seine Marjolaine – einen seiner Schönheit und Anmut würdigen Rahmen gäbe. Der Graf de Marchais, zum Beispiel, hätte ihm sehr gefallen, doch bald nach seinem Ritterschlag hatte der verführerische Adam die Region verlassen und war seinem natürlichen Lehnsherrn gefolgt, um der Sonne

näher zu sein, und in der Gegend gingen vage Gerüchte um von einer eventuellen Ehe mit einer Demoiselle de Marle. Aubry hatte daraufhin seine Träume hinuntergeschluckt, ohne im geringsten etwas davon zu ahnen, daß sein Töchterchen bereits die Aufmerksamkeit des mächtigen Herrn auf sich gezogen hatte. Leider nicht mit der erhofften Absicht, aber auch davon wußte er nichts. Und ohne deswegen darauf zu verzichten, einen Gatten nach seinen Wünschen zu suchen, hatte Aubry die unvermeidliche Auseinandersetzung mit Richaude auf später verschoben und sich mit einem formellen Veto begnügt, als sie die Frage eines passenden Klosters für Marjolaine aufs Tapet gebracht hatte. Ein so entschiedenes Veto übrigens, daß der an solche Energieäußerungen ihres Gatten kaum gewöhnten Dame der Mund offen geblieben und ihre Miene so beleidigt gewesen war, daß der Baron sich beeilt hatte, sein Verbot durch ein »Wir haben ja noch Zeit!« zu korrigieren.

Und er hatte seine vergleichenden Studien des einigermaßen begüterten Adels der Umgebung von Laon erneut aufgenommen.

Es war ihm freilich nicht viel Zeit geblieben, es sehr weit darin zu bringen, denn auf unvorherzusehendste Art hatte sich ein Freier eingestellt. Er war nicht im geringsten adlig, aber dafür sehr reich. Es war ein Bürger aus Paris, ein Kürschnermeister von fünfundvierzig Jahren. Er hieß Gontran Foletier, und wegen seiner ersten Begegnung mit seiner künftigen Frau wäre er fast erschlagen worden.

Eines Sommertags, an dem die Hitze besonders drückend gewesen war, war Marjolaine beim Hüten der Gänse im Schatten einer Weide eingeschlafen, deren grünes Blattgeriesel bis ins tote Moorwasser längs des aufgeschütteten Dammes hing, der die Pêcherie mit der alten römischen Straße von Reims nach Laon verband. Der Temperatur wegen war die Bekleidung des Mädchens reichlich summarisch und bestand nur aus einem hochgerutschten Leinenhemd und einem Barchentrock. Ihre Beine waren nackt, und um die Frische des Grases besser zu spüren, hatte sie ihre Sandalen abgestreift, die nun an einem Ast über ihrem Kopf hingen.

Sie schlief so fest, daß sie nicht einmal die Fliegen spürte, die sich abwechselnd auf ihre kleine Nase und auf ihre bloßen Waden setzten. Auch von der Annäherung des Reiters auf dem Wege merkte sie nichts. Diesmal handelte es sich übrigens weder um einen

schönen jungen Mann noch um ein stolzes Schlachtroß, sondern um einen Bürger schon reiferen Alters und ein friedliches Maultier, würdig eines dic Bischofsmütze tragenden Abbés.
Wären da nicht die hohe, mit einer schönen Karfunkelagraffe versehene Kappe, die er trug, und die unter ihr hervorquellende eitle Fülle ergrauender Locken gewesen, hätte man den Mann in der Tat angesichts seiner durchtriebenen Miene, seines blühenden Teints und des breit auf massigen Schenkeln lagernden Wanstes für einen Kanonikus halten können. Die Gestalt war in ein schönes ultramarinblaues, mit einer prächtigen gestickten Borte gesäumtcs, doch unter den Achseln betrüblicherweise von Schweißhalbmonden markiertes Seidengewand gekleidet.
So, wie es sich bot, stellte das Ganze das irdische Bild Meister Gontran Foletiers, Kürschners des Königs, dar, der sich auf dem Rückweg von einer Wallfahrt zu Unserer Lieben Frau von Liance befand, deren wundertätiger Ruf damals im ganzen Königreich bekannt war.
Nicht etwa, daß es Meister Foletier darum gegangen wäre, eine besondere Gnade von der Mutter Gottes zu erlangen. Der hochwürdige Abbé Guy de Liance, Herr des Ortes und Doyen des Kapitels von Laon, zählte nur zu seinen guten Kunden, und er hatte ihm schon in Hinblick auf den kommenden Herbst einen mit Fuchspelz gefütterten Mantel geliefert. Von einer kürzlichen Pilgerfahrt ins Heilige Land hatte sich der hochwürdige Herr außer verschiedenen kleineren Leiden eine große Fröstligkeit mitgebracht, die ihn veranlaßte, sich selbst im Hochsommer, sobald die Sonne schwand, mit ebensovielen Hüllen wie eine Zwiebel zu versehen. Der Kürschner, ein wenig ungläubig, wenn niemand ihn sah, doch sonst sehr fromm, hatte die Reise auch genutzt, um ein paar Kerzen anzuzünden und sich einige jener erhabenen Segnungen zu gönnen, die in die Scheuer einzufahren immer von Nutzen ist, wenn man zum Stande jener Händler gehört, die dem Herrn Jesus im Laufe seines irdischen Lebens so sehr mißfielen.
Schläfrig geworden durch die Hitze und den Wein, den man ihm nach der Vesper im Kloster von Liance großzügig kredenzt hatte, druselte Gontran sanft vor sich hin, dem sicheren Fuß seines Maultiers die Sorge überlassend, dem sich wie ein kapriziöses Band

zwischen den Mooren von Samoussy dahinschlängelnden Weg zu folgen. Erst als das Tier an einer kleinen Kreuzung stehenblieb, wo der Weg sich teilte, weil es nicht wußte, welchen der Pfade es wählen sollte, öffnete der Kürschner ein Auge.
Das Bild, das sich ihm unversehens bot, war so hübsch, daß er sich beeilte, auch das andere zu öffnen. Ein paar Schritte vom Weg entfernt schlief, die Wange auf dem gebeugten Arm, ein junges Mädchen, zweifellos das hübscheste, das er je gesehen hatte, im Schatten einer Weide. Sie war so hübsch, daß es das Herz des Mannes zusammenkrampfte: ein kleines Antlitz mit delikaten Zügen, von der seidigen Aureole silberblonden Haars umrahmt, ein zärtlicher Mund, der, im Schlaf lächelnd, frische weiße Zähne zeigte, zarte, von unglaublich langen Wimpern verlängerte Lider. Der in groben, formlosen Kleidungsstücken steckende Körper war unsichtbar, aber die Beine, die der durch eine unbewußte Bewegung im Schlaf hochgerutschte Rock freigab, waren so schlank, so blond, so rosig, daß Gontran nicht die leiseste Lust verspürte, weiterzudruseln. Hellwach kletterte er vorsichtig von seinem Maultier und näherte sich schleichend, überwältigt von dem brutalen Verlangen, von diesem eingeschlafenen kleinen Bauernmädchen zu kosten wie von einer unterwegs gefundenen frischen Quelle.
Das Herz schlug ihm schwer in der Brust. Er bückte sich, hob mit einem Finger den Barchentrock, der ihm für seinen Geschmack nicht genug zeigte. Was er im blauen Schatten des Gewebes entdeckte, benahm ihm völlig den Verstand, und ohne weitere Förmlichkeiten warf er sich mit einem Grunzen, das schon das der Lust vorwegnahm, über Marjolaine.
Durch die auf sie fallende erstickende Masse geweckt, stieß das Mädchen einen Schrei aus.
»Schweig, Kleine! Halt den Mund!« keuchte Gontran, der sich aus seinem schönen, nur ein wenig zu langen Gewand herauszuwinden versuchte. »Sei still! Ich werde dir Süßigkeiten schenken!«
Er hätte sonstwas gesagt, völlig beherrscht von seiner Begierde, die er um jeden Preis befriedigen wollte, aber der Schrei des Mädchens hatte die ein wenig weiter im hohen Gras des Moors schlafenden Gänse aufgestört.
In der Annahme, sie seien gerufen worden, folgte das würdevolle

Geflügel der Stimme seiner Hüterin, aber da es an ihrem Platz nur eine von jähen Zuckungen bewegte Masse fand, von der Geschrei und Gekcuch ausging, machte es sich tapfer daran, Gontrans Kehrseite zu attackieren. Gebissen, gekniffen, von wild schlagenden Flügeln bedrängt, dachte der kopflose Kürschner nur noch daran, sich seiner Quälgeister zu entledigen. Es gelang ihm, sich aufzurichten, so sein Opfer befreiend, das die Gelegenheit zu gleichem nutzte, als er brutal von neuem in den Staub gerissen wurde: der Riemen einer Peitsche hatte sich höllisch schmerzend im gleichen Moment um seinen Hals geschlungen, in dem er sein Gleichgewicht wiederfand. Vor Schmerz wimmernd, fand er sich mit der Nase an den staubigen Gamaschen des Peitschenschwingers wieder, eines lang aufgeschossenen braunhaarigen Burschen, der mit menschenfresserischem Wohlgefallen das zwiefache mörderische Feuer eines seltsam gelben Blicks auf ihn richtete.

Hinter der Weide, wo sie, aus der Umschlingung des fetten Mannes befreit, Zuflucht gesucht hatte, sammelte das Mädchen indessen die Gänse und mühte sich, das Zittern zu unterdrücken, das ihren ganzen Körper schüttelte. Sie schluchzte hysterisch, ohne aufhören zu können, noch erfüllt von Ekel in Erinnerung an den schwitzenden Körper, der sie seiner Willkür hatte gefügig machen wollen. Mechanisch rieb sie mit einem Finger durch den Stoff ihres Rocks die Stellen ihrer Beine, auf die sich die Hände des Mannes gelegt hatten. Und bei seinem Anblick im Staub zu Füßen ihres Bruders empfand sie eine Art wilder Freude; es war gut, daß er für die schreckliche Angst bezahlte, die er sie hatte verspüren lassen.

Doch als die Peitsche zum zweitenmal klatschte und ihrem Opfer ein Jammergebrüll entriß, als ihr der Ausdruck der Augen Reniers verriet, daß er zweifellos den Mann totschlagen würde, wie sie es ihn schon einmal hatte tun sehen – einer der spärlichen Leibeigenen des väterlichen Gutes war der Unglückliche gewesen –, empfand sie wieder die Angst, die der älteste Bruder und seine kalte Grausamkeit ihr schon immer eingeflößt hatten. Und mit leiser, schüchterner Stimme murmelte sie:

»Laßt ihn gehen, Bruder, ich bitte Euch! Die Gänse haben mich behütet. Er hat keine Zeit gehabt, mir Böses anzutun.«

»Was beweist, daß Eure Gänse mehr Verstand haben als Ihr! Was das betrifft, ob er Euch einen Schaden zugefügt hat oder nicht, was wißt Ihr davon? Wenn unsere Mutter Euch untersucht hat, wird sie es uns sagen. Im übrigen zählt allein schon die Absicht in meinen Augen, und alles in allem habe ich gute Lust, dieses dicke Schwein an einem Ast aufzuhängen und es dann zur Ader zu lassen, nur um zu sehen, ob es gute Blutwurst abgeben würde!«

Mager wie eine Wildkatze und fast ebenso bösartig, war Renier des Bruyères, der Älteste der Brut, in der ganzen Gegend gefürchtet. Die Armut der Seinen, die ihm den sehr kostspieligen Weg der Ritterschaft verbot, ließ ihn leiden wie eine schlecht gepflegte Brandwunde, die quält und sich immer mehr entzündet. Er rächte sich dafür oder versuchte es wenigstens, denn nichts vermochte diese unaufhörliche Reizung zu mildern, indem er niemand erlaubte, seinen Adel zu übersehen oder es an der gebührenden Achtung fehlen zu lassen. Mangels des Schwertes hatte er aus der Peitsche und dem Beil seine bevorzugten Waffen gemacht und handhabte beide mit gleicher Geschicklichkeit.

Ohne ihn zu kennen, genügte allein schon der Ton seiner Stimme, Gontran von der Realität seiner Drohung zu überzeugen.

»Ich schwöre bei Unserer Lieben Frau von Liance, daß ich dieses Jüngferchen nur ein bißchen herumgeschubst habe«, stammelte er. »Ist es eine Sünde für einen Mann, sich mit einem kleinen Bauernmädchen, dem man zufällig begegnet, ein bißchen vergnügen zu wollen?«

Ein bissiges Lächeln entblößte Reniers spitze Zähne.

»Nicht, wenn es sich um ein Bauernmädchen handelt, obwohl unsere Landmädchen für solche Schweine wie dich nicht gemacht sind. Aber wenn ein Lump sich an einem adligen Mädchen vergreift, hat er den Galgen zu erwarten, und du wirst deinen bekommen! Zur Sache: wer bist du?«

Zu Tode erschreckt, betete Foletier fieberhaft seine Titel, Funktionen und Qualitäten herunter, ein Fünkchen zitternder Hoffnung verspürend, als er feststellte, daß der schreckliche Blick, den er so fürchtete, nach und nach an Grausamkeit verlor und dafür an List gewann.

»Ein Bürger aus Paris also, wie?« sagte Renier endlich.

»Ja, Seigneur! Kürschner unseres Herrn, des Königs Ludwig, den Gott uns in Gesundheit erhalten möge.«

»Du bist also reich? Übrigens ist es nicht zu übersehen.«
Mit dem Ende der Peitsche wies er auf das seidene Gewand und die Schuhe aus schönem, weichen, verzierten Leder.
»Man sagt es«, erwiderte der Kürschner, als guter Kaufmann angesichts des Handels, dessen Nahen er spürte, wieder vorsichtig geworden, »aber ich bin es weniger, als man behauptet. Wenn eine kleine Summe Euren gerechten Zorn besänftigen und mir zur Vergebung des Fräuleins verhelfen könnte...«
Diesmal lachte Marjolaines Bruder frei heraus, aber dieses Lachen weckte Gontrans Befürchtungen von neuem: Wenn Wölfe lachten, mußte es ähnlich klingen.
»Eine kleine Summe? Du schätzt dein Leben nicht sehr hoch ein, Händler! Doch wie dem auch sei, es kommt meinem Vater zu, dir zu sagen, was es dich kosten wird. Vorwärts marsch! Ohne Widerrede! Ich werde dein Maultier führen. Was dich betrifft, Marjolaine, geh voraus und scher dich ins Haus. Barbe wirst du sagen, daß sie dir zwanzig Schläge mit der Rute geben soll, um dich zu lehren, nicht halbnackt wie eine Leibeigene herumzulaufen.«
Die Kleine machte große Augen. Im Sommer war sie nie anders gekleidet, es sei denn, um die Messe oder die Vesper zu hören, und es war das erstemal, daß Renier ihr ihre Kleidung vorwarf, denn keine ihrer Schwestern ging anders. Aber da sie wußte, daß es nicht gut tat zu widersprechen, wenn ihr ältester Bruder einen gewissen Ton anschlug, senkte sie den Kopf, sammelte ihre Gänse und ging so schnell sie konnte davon, einer Bestrafung entgegen, die sie nicht fürchtete. Barbe war ihre Amme und liebte sie zu sehr, um ihr groß weh zu tun. Und sie hatte es eilig, sich vom Schauplatz einer Szene zu entfernen, die sie noch immer zittern ließ.
Gontran jedoch, der sich vorstellte, daß Fluten von Blut fließen würden, fand den Mut, sich für sie einzusetzen.
»O nein!« flehte er. »Man darf ihr nicht weh tun! Sie hat eine so hübsche Haut!«
»Von der du gern gekostet hättest, wie?« knurrte Renier, von neuem drohend. »Vorwärts! Geh voran, wenn du nicht wieder von meiner Peitsche kosten willst!«
Mit einem Seufzer, der Blätter hätte auffliegen lassen können, setzte Meister Foletier sich in Marsch, aber seltsamerweise hatte er keine

Angst mehr. Bei der Betrachtung des jungen Mädchens, das ein Stück vor ihm der Gänseschar voranschritt, vergaß er, was ihm drohte. Als sie sich aufraffte, und er sie im vollen Licht hatte sehen können, hatte er trotz seiner Bedrängnis einen wahren Schock verspürt. Sie war noch schöner, noch begehrenswerter, als er geglaubt hatte. Unter dem groben Hemd unterschied er deutlich zwei kleine, runde und feste Brüste mit frechen Spitzen und eine so schmale Taille, daß ihr auch die Faltenbündel des sackartigen Rocks nichts anhaben konnten. Und dann waren da diese großen, klaren Augen von der Farbe reinen Wassers, dieses seidige, perlmuttschimmernde Haar, diese langen Beine, an deren nervöse Schlankheit er sich noch so gut erinnerte. Und Gontran, vollblütiger Materialist mit derben, leicht zu weckenden und ebenso schnell durch die Magie seines Reichtums zu befriedigenden Begierden, fand sich plötzlich einem für seine gewöhnliche Gefühlsarithmetik allzu schwierigen Problem konfrontiert.
Wenn ihn bisher Lust auf ein Mädchen ankam, hatte er sie mittels einer Silbermünze oder einiger guter Felle genommen, je nachdem, wie hoch die Schöne sich einschätzte. Diesmal ahnte er, daß weder für Gold noch für Silber etwas zu erlangen wäre, und seien es auch nur ein paar Minuten bei diesem anbetungswürdigen Geschöpf. Ein Mädchen von Adel! Schöner als alle die Schönsten! Und er, der sich für unwiderstehlich hielt, der sich gern mächtig und großartig gab, wenn er im Tausch für einen Moment der Hingabe etwas schenkte, entdeckte hier Demut. Diese kleine Marjolaine war ebenso unerreichbar wie die in kunstvoll drapierte Faltengewänder gehüllten Jungfrauen, die immer mehr die Kirchen bevölkerten.
Es bereitete ihm bitteren Verdruß, der, je mehr sie sich den grün gewordenen Dächern der Pêcherie näherten, wuchs. Fast vergaß er darüber den Burschen mit den bösen Augen, der ihm auf den Fersen folgte. Das Leben hatte ihn bisher verwöhnt, und er schätzte und verstand es nicht, eine Schlappe hinzunehmen. Die kleine Gänsehüterin, die er zweifellos eine Stunde nach ihrer Vergewaltigung wieder vergessen hätte, wurde ihm nun, da sie unerreichbar war, unentbehrlich, und je länger er sie betrachtete, desto entschiedener weigerte er sich, auf sie zu verzichten.
Als guter Kaufmann kannte er den Preis der Dinge und die Macht

gut verteilten Goldes, und als er das ländliche Vorwerk durchquerte, das sich auf den Wirtschaftshof des Herrenhauses öffnete, hatte er beschlossen, was er tun würde.
Ein Blick auf die Mauern, in die Risse und Ritzen sonderbare Netze zeichneten, auf den unebenen Hof, auf das um den Misthaufen wimmelnde Geflügel, auf all das, was die offensichtliche Armut des Hausherrn verriet, bestärkte ihn in seinen Absichten. Hier war vielleicht eine interessante Partie zu spielen.
So ließ sich Gontran auch keineswegs durch sein Mißgeschick beirren, als Renier ihn mit einem tückischen Rippenstoß durch die niedrige Tür eines noch niedrigeren Saals beförderte und er praktsich vor die Füße eines Mannes in abgetragenem braunen Rock rollte, der Kräuterbier trank und direkt auf dem Stein eines gelöschten Kamins saß, um es kühler zu haben. Mit erstaunlicher Geschmeidigkeit für einen Mann seiner Korpulenz raffte er sich auf und stand wieder auf den Beinen, kaum daß er den Boden berührt hatte. Und ohne seinem Henker Zeit zu einer Erklärung zu lassen, haspelte er für Messire Aubry den kleinen Diskurs ab, den er sich unterwegs zurechtgelegt hatte, und der in drei Sätzen besagte: Er sei reich, er liebe Marjolaine, und er habe die Ehre, um ihre Hand anzuhalten.
Das letztere traf die beiden anderen so, daß sie einen Moment nicht reagierten. Renier zog jäh den Atem ein, sein Vater verschluckte sich an seinem Bier, würgte und wischte sich den schaumtriefenden Schnurrbart am Ärmel ab. Beide starrten ehrlich verblüfft den Kürschner an.
»Was hat er gesagt?« fragte der Herr der Pêcherie.
»Er sagt, daß er reich ist und meine Schwester heiraten will«, übersetzte Renier.
»Und woher kommt er?«
»Aus Paris«, fiel Gontran ein, dem es allmählich zuviel wurde, sich mit demütigender Achtlosigkeit behandelt zu sehen. »Aus Paris, wo ich Kürschner des Königs bin, der es gut und gern mit einem abgebrannten Krautjunker aufnehmen kann.«
Eine Antwort für unter seiner Würde haltend, wandte Aubry sich an seinen Sohn:
»Wo hast du ihn gefunden?«
»Auf dem Weg von Liance, Vater. Er...«

Der junge Mann zögerte. Er war nicht dumm, und der unerwartete Antrag des Parisers hatte nicht nur seinen Zorn gedämpft, sondern ihm auch eine Perspektive eröffnet, eine Perspektive, die sich augenblicklich wieder schließen würde, wenn Aubry je erführe, in welcher Situation der Kürschner entdeckt worden war.

»Nun?« fragte Aubry ungeduldig.

»Er stand bei Marjolaine und machte ihr Komplimente. Das gefiel mir nicht. Ich hab' mich geärgert, hab' ihm ein bißchen auf die Finger geklopft und ihn gezwungen, zu Euch mitzukommen.«

Während er sprach, warnte sein drohender Blick Gontran, etwa eine andere Version des Ereignisses vorzubringen. Doch er konnte in dieser Hinsicht ganz ruhig sein. An den Wänden des Saals und über dem Kopf des Hausherrn hing eine ganze Sammlung von Beilen, Degen und Schwertern, die in ausgezeichnetem Zustand schienen und mit denen Bekanntschaft zu machen Gontran nicht die geringste Lust verspürte. Zumal dieser Bär nicht unbedingt beruhigend wirkte.

Aubry musterte die prunkende Masse des Ankömmlings mit zweifelndem Blick. Sein schönes Seidengewand war zwar offensichtlich ein wenig mitgenommen, zeigte deshalb jedoch nicht weniger den Besitzer einer wohlgefüllten Börse an. Und er hatte schon so lange keinen wirklich reichen Mann mehr gesehen, daß er dem Verlangen nicht widerstand, noch ein Weilchen in seiner Gesellschaft zu bleiben. Den leeren Becher zwischen seine Füße stellend, rückte er seinen schweren Körper ein wenig beiseite, um dem anderen auf dem grauen Stein Platz zu schaffen.

»Setzt Euch dahin!« knurrte er. »Und plaudern wir. Geh und sag, man soll uns noch frisches Kräuterbier bringen!« befahl er seinem Sohn.

Obwohl er dem Gespräch gern beigewohnt hätte, verließ Renier den Saal, ohne sich allzusehr bitten zu lassen. Es drängte ihn, zwei Worte mit seiner Schwester zu reden, um zu verhindern, daß sie sich durch unangebrachtes Gejammere etwa einfallen ließe, das glanzvolle, aber zerbrechliche Gebäude einzureißen, das auf die Beine zu stellen er sich bemühte. Für diesen armen, aber nach Reichtum und Ruhm hungernden, von der Aussicht bedrohten Burschen, sich endlos durch ein elendes Dasein inmitten der Moore von Samoussy schleppen zu müssen, stellte der dicke Gontran eine

unverhoffte Chance dar. Wenn er die blonde Marjolaine wirklich heiraten wollte, mußte er eine stattliche Geldsumme ausspucken, dank derer die Familie in der Gegend wieder zu einigem Ansehen kommen würde. Renier könnte dann, ohne sich seiner Lumpen schämen zu müssen, in irgendeinen vornehmen und reichen Haushalt eintreten, um dort den Umgang mit den Waffen zu lernen und sich später das höchst kostspielige Kettenhemd und die nicht weniger kostspielige Ausrüstung kaufen zu lassen, die die Zeremonie des Ritterschlags erforderte. Auch sein Vater könnte neue Waffen erhalten und an den örtlichen Turnieren teilnehmen, von denen ihn seine Armut ausschloß, die ihm jedoch durch seine Kraft sicherlich erlauben würden, einiges Geld zu gewinnen. Danach könnte man zu einem Kreuzzug ins Heilige Land aufbrechen, sich dort vielleicht ein Lehen erringen, während die jüngeren Brüder und Schwestern gute Klöster fänden, um in ihnen ein heiliges Leben zu führen.
Die Träume des jungen Burschen trugen ihn weiter, immer weiter, einem golden erglänzenden Ruhm entgegen, den er für sich selbst errang. Leider verblaßten diese schönen Träume jäh vor Marjolaines entsetztem Gesicht, als er ihr sagte, daß der dicke Mann sie liebe, sie heiraten wolle, und daß der abscheuliche Überfall, dessen sie sich mit Schaudern erinnerte, nur die ein wenig ungeschickte Äußerung einer Liebe gewesen sei, die sich nicht mehr habe zurückhalten können.
»Ich? Diesen fetten, schwitzenden Mann heiraten? Lieber würde ich Nonne in Laon, wie es unsere Mutter möchte!«
Angesichts seiner zerrinnenden Hoffnungen fand Renier, der einen Moment schon die Möglichkeit in sich verspürt hatte, gut, großzügig, umgänglich und brüderlich zu werden – etwas, was ihm seit seiner Kindheit nie mehr passiert war –, mit einem Schlag seine ganze Bösartigkeit wieder. Marjolaines lange Zöpfe packend, die Barbe eben nach zwei oder drei achtlos verabreichten Rutenschlägen mit liebevoller Sorgfalt frisch geflochten hatte, riß er das junge Mädchen vom Boden hoch. Sie schrie auf und Tränen schossen ihr aus den Augen, doch weder ihr Jammern noch die Tränen vermochten Renier zu rühren, der seine Schwester gern erwürgt hätte, wäre ihm nicht inzwischen ihr Handelswert aufgegangen.
»Arme, dumme Gans! Wer erlaubt Euch, hier Euren Willen zu äußern? Dieser Mann ist reich, sehr reich! Dank ihm könnten wir

alle aus diesem dreckigen Schuppen heraus, könnten endlich leben, gute Nahrung essen und uns angemessen kleiden. Und Ihr, armselige Idiotin, bekämt ein warmes, gut eingerichtetes Haus, schöne Kleider, Dienerinnen, Ihr wärt reich und angesehen.«
»Er ist nur ein Bürger, und ich bin von Adel!«
»Was nützt Euch Euer Adel? Hier zu verkommen, bis Euch die Haare ausfallen, bis die Krankheiten des Moors Euren Körper verrotten? Wer wird kommen, um Euch hier herauszuholen? Adam de Marchais, bei dessen Namen Ihr jedesmal errötet, wenn unser Vater ihn ausspricht? Zählt nicht darauf! Er heiratet zu Pfingsten eine Cousine des Grafen de Vermandois, die reichlich Ländereien und schöne Taler besitzt. Er hat nichts zu schaffen mit einer Schmutzliese aus dem Moor, und wäre sie so adlig wie eine Tochter Karls des Großen. Und bildet Euch nicht ein, daß Ihr in ein Kloster in Laon eintreten könntet, wie es sich törichterweise unsere Mutter erträumt: Die Mitgift, die zu zahlen wäre, würde uns alle von Haus und Hof treiben!«
Mit geschlossenen Lidern und von Schmerz gezeichneten Zügen ähnelte Marjolaine einer jungen Märtyrerin. Aber sie litt noch mehr an ihrer Liebe als an ihrem armen Kopf.
„Laßt mich los!« stammelte sie. »Ich werde heiraten, wen Ihr wollt!«
Verdutzt über einen so schnellen Sieg und unfähig, den Anteil der Verzweiflung an dieser so plötzlichen Entscheidung zu erahnen, setzte Renier seine Schwester unerwartet sanft auf den Boden zurück und wischte sogar mit ungeschickter Hand ihre noch immer fließenden Tränen fort.
»Ihr seid ein gutes Mädchen«, murmelte er, unsicher, was er noch sagen könnte. »Eines Tages werdet Ihr mir danken, wenn Ihr merken werdet, daß ich Euer Glück gemacht habe.«

2. Kapitel

Ein Seigneur im Vermandois

»Reib mich stärker!« knurrte der Baron. »Nach all den Tagen zu Pferd muß ich eine Schicht Dreck auf dem Leibe haben. Vorwärts, mehr Kraft!«

Die Perrine kicherte und verdoppelte ihre Bemühung. Die Bürste, fast ebenso hart wie ein Striegel, aber eingeschmiert mit der aus Talg und feiner Buchenasche hergestellten guten Marseiller Seife, rubbelte kräftig über den Rücken, den der in dem mit warmem Wasser gefüllten Steintrog sitzende Hughes de Fresnoy ihr darbot. Um ihre Aufgabe besser erfüllen zu können, hatte Perrine sich auf den Rand gekniet, was ihr ein unsicheres Gleichgewicht bescherte, ihr aber erlaubte, die ganze breite Rückenfläche zu erreichen, die sich mit einem Schlage rötete, während auf dem Wasser graue Flöckchen schwammen.

Als Rücken und Brust die gleiche Färbung angenommen hatten und die langen behaarten Beine eins nach dem anderen ebenfalls gründlich gestriegelt worden waren, erhob sich Hughes, damit das Mädchen auch den Rest seiner Person waschen konnte, aber er setzte sich nicht wieder. Das Wasser war unter einer dicken grauen Schicht verschwunden, und um ihn abzuspülen, schüttete ihm Perrine drei oder vier Eimer Wasser über den Kopf.

Darauf stieg Hughes aus dem Bad und hüllte sich, um sich zu trocknen, in ein Tuch aus grobem Leinen, das nicht viel Feuchtigkeit aufsog, ließ es gleich darauf fallen, und indes Perrine das Spundloch des Troges öffnete, der sich durch den in der Mitte des Baderaums angebrachten Abfluß leerte, streckte er sich bäuchlings auf ein breites Brett, wo er, den Kopf auf den gefalteten Armen, wartend verharrte.

Mit dem Handgelenk die lange, blonde, schweißfeuchte Strähne zurückwerfend, die ihr beharrlich ins Gesicht fiel, trat Perrine mit Bündeln trockener, duftender Kräuter in den Händen zu ihm, um ihn gänzlich trocken zu reiben. Die Haut des Barons hatte die Farbe eines eben kochendem Wasser entnommenen Hummers erlangt. Ein Auge öffnend, rief er:

»Diesmal bist du nicht gerade faul gewesen! Hast du mir wenigstens ein bißchen Haut gelassen? Es fängt gehörig an zu brennen.«
Perrines Kichern wandelte sich zu einer Art fröhlichem Wiehern. »Wie zimperlich Ihr für einen Ritter seid! Aber das Öl wird das Brennen schon besänftigen.«
Aus einer in die Mauer eingelassenen Nische nahm sie einen kleinen tönernen Krug. Das rötliche, parfümierte Öl floß über den geschundenen Rücken. Dann benetzte Perrine ihre Hände mit ihm und machte sich daran, den vor ihr ausgestreckten großen Körper sanft und ausführlich zu massieren. Es war ein prächtiger Körper mit langen, harten Muskeln, dessen Haut dort, wo sie nicht von dichtem schwärzlichem Haar überwuchert war, eine fast kindliche Zartheit besaß. Das Mädchen liebte diesen Moment ihres Tuns, der sie für die während des Bades geleistete harte Arbeit entschädigte und auf so verwirrende Weise vorbereitete, was unweigerlich geschah, wenn einen Moment, eine Sekunde später Hughes sich umdrehen, sich wie ein Raubtier gähnend recken und ächzen würde:
»Fahr fort!«
»Die warmen, sanften Hände begannen von neuem ihr langsames Hin und Her über jeden Muskel der Brust, des flachen Bauchs, der schwellenden Schenkel aus festem Fleisch. Perrine keuchte leise, feucht von Schweiß wie von dem schwülen Dunst, der den Baderaum füllte. Sie belauerte die Vorzeichen der Erregung, die sie so gut zu wecken verstand. Die Wonnen der Liebe gehörten dazu, ergaben sich ganz natürlich aus der Entspannung des Bades, und der Herr – Perrine wußte es nur zu gut – bekam nie genug davon. Ausgestreckt auf seinem Brett, schien es Hughes, als schwebe er auf einer Wolke, während die Hände des Mädchens nach ihrem Belieben mit ihm verfuhren. Niemand wußte wie sie, die Müdigkeit zu vertreiben, einem erschöpften Körper neue Glut einzuflößen. Mit geschlossenen Augen nur auf das mählich, aber immer zielbewußtere Fortschreiten der zärtlichen Berührungen seiner Haut konzentriert, hielt der Seigneur de Fresnoy den Atem zurück. Er spürte nicht einmal mehr die noch frische Wunde, die ihm die Lanze dieses Dummkopfs Jean Pellicorne beim letzten Turnier in Saint-Quentin am Schenkel zugefügt hatte.
Ohne die Augen zu öffnen, hob er plötzlich die Arme. Seine Finger

begegneten dem durchfeuchteten Leinen, das Perrines Schultern bedeckte, zogen es mühelos herunter, denn sie trug nur ein weitgeöffnetes Hemd. Sie half ihm mit einem fast wilden Eifer, während seine großen Hände ihre Brüste mit den achatharten Spitzen umspannten. Dann glitt sie mit einem Stöhnen voller Erwartung zu ihm, um nun nach seiner Lust mit sich verfahren zu lassen.
Eine dreiviertel Stunde später betrat Hughes de Fresnoy makellos hergerichtet, frisiert, parfümiert, rasiert mit Ausnahme des schmalen schwarzen Schnurrbarts, der zu beiden Seiten des Mundes herabhing und ihm ein wenig das Aussehen eines Mongolen verlieh, den großen Saal des Schloßturms, wo man schon zur Mahlzeit gerufen hatte.
Da er sich liebenswürdig gestimmt fühlte, hatte er sich mit größerer Sorgfalt als gewöhnlich gekleidet, vielleicht eines leisen Schuldgefühls seiner Frau Hermelinde gegenüber, die ihren Abscheu nicht verbarg, wenn er an der Tafel mit beschmutzten Kniegamaschen und in seinem ledernen Waffenrock erschien, an dem, durch nichts zu tilgen, die vom Panzerhemd hinterlassenen Fettspuren nicht zu übersehen waren, oder gar in einem der schmucklosen, hemdartigen Unterkleider aus Wolle oder Leinen, die er mit Vorliebe trug. Von den von der koketten Königin Aliénor eingeführten neuen Moden begeistert, bemühte sich Hermelinde, sie bei sich einzubürgern und auch ihren Gatten dazu zu bewegen.
Für diesmal sich fügend, hatte Hughes über lange, enge Hosen aus weißem Leinen ein besticktes Hemd mit Kragen und ein langes, samtenes Gewand gezogen, dessen leuchtendes Blau noch breite Streifen schwarzweißer Stickerei betonten, die den Saum des Gewandes, die beiden langen Gehschlitze vorn und hinten und die breiten, hängenden Ärmel schmückten. Aber keine Macht der Welt hätte Hughes veranlaßt, die modischen Schuhe anzuziehen, die ihm mit ihren langen, aufwärts gebogenen Spitzen grotesk erschienen. Stattdessen trug er unter seiner eleganten Kleidung ein Paar hoher hochroter Stiefel aus geschmeidigem spanischem Leder. Sein sorgfältig gekämmtes, glänzendes Haar fiel in weichen Wellen bis auf den Nacken herab. Ein breiter, lederner Gürtel hielt ein kurzes Schwert nach römischer Art.
Sein Eintritt in dieser Kostümierung erregte bei denen, die ihn, um den monumentalen Kamin gruppiert, in dem ein ganzer Baum-

stamm brannte, erwarteten, lebhaftes Aufsehen. Sein jüngerer Bruder Gerbert, der, halb ausgestreckt auf einer Bank, an einem Strohhalm kaute, stieß einen leisen, bewundernden Pfiff aus, von einem amüsierten Zwinkern begleitet, das keinen Zweifel an seinem Wissen um die Ursache solcher Prachtentfaltung ließ. Ersende, Gerberts Frau, lächelte offen, während die Edelfräulein, die die Schloßherrin und ihre Schwägerin bedienten, errötend die Augen senkten, als habe ihnen der Baron einen unsittlichen Antrag gemacht. Nur Hermelinde, die einen Moment die sechs Fuß hohe Pracht ihres Gatten wortlos gemustert hatte, rümpfte die Nase, schniefte und brach völlig unvorhergesehen in Schluchzen aus, das einen kalten Hauch über die Versammlung warf.
Die Edelfräulein und Ersende drängten sich um die Schloßherrin, um ihr ihre guten Dienste zu bieten, während Hughes, zunächst durch das seltsame Resultat seiner modischen Bemühungen überrascht, gereizt die Schultern zuckend zu seinem Bruder trat.
»Was hat sie denn? Ich bin zu spät, ich weiß, aber ist das ein Grund, um in Tränen auszubrechen?«
Gerberts grüne Augen, die einzige Ähnlichkeit mit seinem Bruder, glitzerten vor Vergnügen.
»Ich weiß nicht, ob du es bemerkt hast, oder ob du es absichtlich machst, aber jedesmal, wenn du Perrine fürs Bad forderst, kommst du zu spät und machst Toilette, als ob du zu einem Festmahl gingst.«
»Alle Mahlzeiten bei mir sind Festmähler!« knurrte Hughes. »Und es ist durchaus normal, nach dem Bad sauberes, bequemes, ja elegantes Zeug anzuziehen.«
»Schon gut! Schon gut! Nicht mit mir! Ich kenne dich zu gut«, erwiderte der Jüngere, die Stimme dämpfend. »Würdest du es wagen zu schwören, daß du nicht im Bad mit Perrine geschlafen hast?«
»Deswegen werde ich keinen Meineid leisten! Natürlich habe ich's mit ihr getrieben! Ich kenne kein heißeres Weibsbild im Umkreis von zehn Meilen!«
»... wo du immerhin alles kennst, was einen Unterrock trägt«, säuselte Gerbert.
Den Einwurf überhörend, warf Hughes einen düsteren Blick auf Hermelinde, die ihre Fassung allmählich wiederzugewinnen schien.

»Jedenfalls ist sie eine richtige Frau, was ich nicht von jeder sagen würde!«
Dabei war er, als er zehn Jahre zuvor geheiratet hatte, völlig überzeugt gewesen, die beste nur mögliche Ehe einzugehen. Er war damals achtzehn gewesen und Hermelinde sechzehn. Sie war schon recht schön, von der gesunden, kraftvollen Schönheit einer noch grünen Frucht, die in der Reife prächtige Entfaltung versprach und einen sinnlichen, zumal von einem so unersättlichen Liebesappetit besessenen Mann schon zu verlocken vermochte. Und dann war sie die Tochter des mächtigen Grafen de Ribemont und brachte in Ländereien und Geld eine schöne Mitgift mit.
Zum erstenmal hatte Hughes sie bei einem auf dem Turnierplatz von Saint-Quentin veranstalteten Turnier neben ihrer Mutter auf der Tribüne der Damen gesehen. Unter dem dunkelblonden, zu dicken Zöpfen verflochtenen und von Gold- und Perlenfäden durchwobenen Haar zeigte Hermelinde ein rosiges Gesicht mit kräftigen Kinnladen, in dem der sehr rote Mund wie eine Wunde blutete. Ihre Augen, grau und neblig, waren dem jungen Mann damals voller Geheimnis erschienen, einem fast ebenso anziehenden Geheimnis wie die festen, spitzen Brüste, die die Seide ihres faltenreichen Kleides spannten.
Er hatte plötzlich Lust auf dieses Mädchen verspürt, das ihm verstohlen schnelle Blicke zuwarf und von Zeit zu Zeit nervös die rosige Spitze ihrer Zunge über die vollen Lippen gleiten ließ. Und während des Lanzenbrechens hatte er größere Heldentaten vollbracht, als er sie sich je zugetraut hätte. Die Gegner fielen vor ihm wie Weizenähren zur Zeit der Ernte, und außer einem gewaltigen Erfolg hatte er auch den Kranz des Siegers erkämpft, den er von der Spitze seiner Lanze auf die Knie des Fräuleins hatte gleiten lassen, um ihr die Ehre zu erweisen, ihn unter dem Beifall aller damit zu krönen.
Die Hochzeit hatte sich sehr schnell ergeben. Graf de Ribemont hatte die Eröffnungen zweier älterer Verwandter, die dieserhalb bei ihm erschienen waren, günstig aufgenommen. Der Baron de Fresnoy war von gutem, altem Stamm, seine Schloßherrschaft war reich, mächtig und ausgedehnt, und zudem waren die Ländereien, die Ribemont seiner jüngeren Tochter zugedacht hatte, den seinen benachbart. Man wurde sich also schnell einig, und bevor Herme-

linde noch hatte wissen lassen, daß sie keinerlei Widerwillen empfand, ihre Hand in die eines so tapferen Ritters zu legen, fand die Hochzeit am folgenden St. Johannistag statt.

Als die junge Braut dann in dem mit schönem, besticktem Linnen und großen Feldblumen-, Wasserlilien- und Geißblattsträußen geschmückten Hochzeitsgemach der Ribemont für ihn ihr Hemd ablegte, war Hughes guten Glaubens gewesen, daß seine Ehe ihm wirklich die totale Glückseligkeit bringen würde. Seine Frau gefiel ihm, und die ersten Nächte waren sehr angenehm.

Unglücklicherweise waren die folgenden es immer weniger, denn so verliebt Hermelinde in ihren Gatten auch war, er war es nicht in sie: Sie gefiel ihm, das war alles. Zudem hatte sie trotz der Belehrungen, die er ihr zu geben versuchte, von der Liebe einen höchst egoistischen Begriff, und obwohl sie viel von ihrem Partner verlangte, tat sie absolut nichts, um es ihm mit Gleichem zu vergelten. Schließlich war sie aus einem größeren Hause als er, die Ehe mit ihr war für den Baron ein wahrer Glücksfall gewesen, und sie erwartete, daß er ihr in Gestalt von häufig wiederholten Umarmungen ewige Dankbarkeit dafür bezeigte.

Hughes, der temperamentvolle Mädchen liebte, wurde dieses stöhnenden Körpers bald überdrüssig, den er Nacht für Nacht mit kreuzweise ausgebreiteten Armen in seinem Bett fand und den er Stunden hindurch mühselig bearbeiten mußte, ohne irgendwelchen Profit übrigens, denn die Monate gingen dahin, ohne daß die neue Dame de Fresnoy auch nur Miene machte, schwanger zu werden. Die Monate, dann die Jahre...

Es war eine bittere Enttäuschung für Hughes. Was nützte es ihm, der Herr eines der mächtigsten und reichsten Schloßbesitze des Vermandois, ja ganz Nordfrankreichs zu sein, wenn er nicht imstande wäre, ihn eines Tages seinen Kindern weiterzugeben? Sein um drei Jahre jüngerer Bruder Gerbert, der seiner schwachen Konstitution wegen (seine Geburt hatte ihrer Mutter das Leben gekostet) vielleicht in einen Orden eingetreten wäre, hätte er sich nicht in Ersende de Cérizy verliebt und sie zwei Jahre nach der Ribemont-Hochzeit geheiratet, hatte schon einen Sohn, Robert, und zwei Töchter, Isabelle und Mahaut, während Hermelindes Bauch hoffnungslos flach blieb.

Die Wahrheit zu sagen: er blieb nicht flach. Um sich über ihre

ehelichen Kümmernisse hinwegzutrösten, begann Hughes' Gattin, Süßigkeiten zu knabbern, und Kümmernisse gab es mehr als genug. Je mehr die eheliche Pflicht für ihren Gatten zur bloßen Pflichtübung wurde, der er so selten wie möglich nachkam, desto zänkischer und naschhafter wurde sie, da sie sich um ein Vergnügen geprellt fühlte, nach dem sie gierig verlangte. Tränenreiche Szenen wechselten mit unmäßigen süßen Schlemmereien ab. Die Schloßküche hörte nicht auf, Weißbrot, Torten, Krapfen und Lebkuchen für sie zu verfertigen, die sie mit Wonne verspeiste und häufig genug darüber vergaß, Ersende, den Kindern oder ihren Edelfräulein etwas anzubieten.
Als sie sich anfangs sanft zu runden begann, hatte Hughes wieder ein gewisses Vergnügen an einem Körper entdeckt, der wundersam weiß und weich wie ein Federbett geworden war. Doch wenn ein Federbett allzu üppig gestopft ist, gerät man auf ihm ins Schwimmen oder verliert sich in ihm, und der Baron erklärte sich bald von der allzu üppigen Fülle weichen, unproduktiven Fleischs überfordert. Er riet Hermelinde, von neuem die gesunde Gewohnheit aufzunehmen, ihm bei der Jagd zu folgen, obwohl er zweifelte, ein Pferd zu finden, das stark genug wäre, sie zu tragen. Für die erste Zeit würde vielleicht ein kräftiges Maultier genügen.
Dieser Vorschlag hatte wahre Tränenfluten und den gesteigerten Verzehr von gebackenen Damaszenerpflaumen zur Folge, die die Gräfin de Ribemont ihrer Tochter als Geschenk hatte zukommen lassen. Hughes gab daraufhin die Angelegenheit auf und überließ Ersende den Versuch, ihre Schwägerin zur Vernunft zu bringen. Doch mußte er sich mit einem neuen Kleid Vergebung erkaufen. Denn obwohl fett geworden, war Hermelinde deshalb nicht weniger kokett. Nicht nur, daß ihre Frauen unablässig ihre Kleider erweitern mußten, auch die flämischen Kaufleute hatten den Weg zum Schloß Fresnoy entdeckt und schienen nicht geneigt, ihn wieder zu vergessen. Aus dem Orient stammende Gewebe, teils mit Gold- und Silberfäden durchwobene Halbsatins, teils zarte Zindeltafte, dazu Damaste, Samte und Musseline häuften sich in großen Stücken in ihren Truhen und kosteten den Baron viel Geld, der gern auf eine ebenso kostspielige wie hinderliche Gattin verzichtet hätte. Hermelindes Rückkehr ins väterliche Haus jedoch hätte die Familie de Ribemont beleidigt, und abgesehen davon, daß Graf

Anselme IV. sehr mächtig war, hatte Hughes ihn gern. Zudem hatte er nicht die geringste Lust, eine Mitgift von seinem Besitz zu amputieren, die zum Reichtum und Glanz seines Hauses wesentlich beitrug. Wenn er aber die hübsche, zarte Ersende gemeinsam mit ihren Edelfräulein mit einer Stickerei beschäftigt sah, ein Liedchen singend, während ihr ihre Kinder zu Füßen saßen, mit offenen Mündern zuhörten oder nach den bunten Seidenfäden haschten, und dann seinen Blick Hermelinde zuwandte, träge hingestreckt auf der reichlich mit Kissen garnierten breiten Bank, die er extra für sie hatte anfertigen lassen, oder schon in ihrem Bett, einen von Honig triefenden Krapfen zwischen ihren Fingerspitzen, überkam ihn zuweilen ein mörderisches Verlangen, und er zog es vor, sich im Stroh der Ställe zu einer der Mägde zu gesellen oder zu einer seiner hübschen Vasallinnen in der Umgebung des Schlosses.
Auf Widerspenstige traf er kaum. Obwohl sein schwarzes Haar und seine braune Haut, erhellt allerdings durch meergrüne Augen, in krassem Gegensatz zu dem männlichen Ideal einer hauptsächlich von den lichten Heroen der Heldengedichte oder der Romane der Tafelrunde beeinflußten Epoche standen, zog seine hohe, muskulöse Gestalt die weiblichen Blicke auf sich, und der Glanz seines schöne weiße Zähne enthüllenden ironischen Lächelns hielt sie fest. Zudem kannten seine Hände, kannte sein Körper aufs Vollkommenste die zärtlichen Riten der Liebe, und einmal in die Falle seiner Arme gesunken, schmolzen die Schönen wie Butter an der Sonne. Um die Ribemont-Familie nicht zu beleidigen, zwang er sich, seine Frau einmal in der Woche mit einem nächtlichen Besuch zu beehren, der ihn geschundener zurückließ als ein langer Ritt. Er schlief danach wie ein Murmeltier, denn um sich zur Arbeit zu ermutigen, bedurfte es zahlreicher Krüge Glühwein, versetzt mit Pfeffer und anderen zur Anregung verliebter Glut geeigneten orientalischen Gewürzen. Hermelinde empfing ihn stets mit einer Mischung aus Begeisterung und Widerwillen, denn so sehr sie es auch liebte, wenn er mit ihr schlief, verabscheute sie den starken Weingeruch, der ihn dabei umschwebte.
Am nächsten Tag verspürte Hughes gewöhnlich Kopf- und Herzschmerzen, von denen er sich befreite, indem er den Kopf ins kalte Wasser des Schloßteichs tauchte, eine Schale heißer Bouillon

schlürfte, sich sodann auf sein Pferd Roland schwang und die Umgebung auf der Suche nach irgendeinem hübschen Mädchen durchstreifte, dessen fester, frischer Körper ihn völlig wieder ins Gleichgewicht brachte.

Indessen schleppte sich Hermelinde zur Schloßkapelle, um Pater Rinaldo, dem Kaplan, ihren Schmerz, ihre Enttäuschungen und selbst ihre Ängste anzuvertrauen, denn je mehr Zeit verstrich, desto häufiger kam ihr in den Sinn, daß Hughes vielleicht gar ein Handlanger Satans sei, was bei einem Mann mit so schwarzem Haar nicht erstaunlich wäre, und daß sie allmählich der Verdammnis anheimfiele, wenn sie sich einer Umarmung überließe, von der sie andererseits nicht lassen könne.

Dieser Pater Rinaldo war ein kleiner, braunhäutiger, pausbäckiger Bursche von ungefähr fünfundvierzig Jahren, den Graf de Ribemont von einem Aufenthalt in Sizilien während seiner Rückkehr vom Heiligen Land mitgebracht hatte. Er war Hermelinde nach ihrer Heirat gefolgt, um weiterhin über eine Seele zu wachen, die, wie er verkündete, auserlesen und geeignet sei, mit der Aureole der Heiligkeit gekrönt zu werden. Rinaldo hatte eine vorwitzig aufgestülpte Nase, aber dunkelsamtene Augen und Hände von äußerster Sanftheit, die die Geste des Segnens mit einer Salbung ohnegleichen ausführten. Was seine Ohren betraf, nahmen sie Tränen und Klagen mit einer bewundernswerten heiteren Ruhe auf, während seine ein wenig zu vollen Lippen mit honigsüßer Jünglingsstimme lindernde Tröstungen und Mahnungen zu gottgefälliger Geduld spendeten, die eines Tages die goldenen Pforten des Paradieses vor der Schloßherrin öffnen würde.

Die Beichte Hermelindes dauerte immer eine Ewigkeit, denn Pater Rinaldo forderte, daß sie alle Einzelheiten ihrer Nächte mit dem Baron bekannte, bevor er ihr Absolution erteilte. Übrigens fand die Dame ein gewisses Vergnügen dabei, da ihr war, als durchlebe sie noch einmal jene diabolischen, aber köstlichen Minuten. Jedenfalls bewunderte sie den Kaplan, dessen Beistand ihr im Laufe der Jahre fast unentbehrlich wurde.

Hughes hingegen verabscheute ihn. Ohnehin liebte er die geistlichen Herren nicht sehr, die er zu reich, zu mächtig und zu anspruchsvoll fand, und seine Abneigung gegen sie kulminierte in der

Person des Kaplans seiner Frau. Doch er nahm ihn hin wie ein notwendiges Übel, wie er Hermelindes Naschhaftigkeit und ihre Ausgaben für ihre Kleidung hinnahm, denn nach jedem ihrer Tête-à-têtes mit dem kleinen Priester schien die Schloßherrin ruhiger und entspannter. Bis zur folgenden Woche, in der alles von neuem begann, hatte er einigermaßen seinen Frieden.
An diesem Tag nun wandte er sich, als er meinte, daß seine Frau genugsam geweint habe, festen Schrittes der Bank zu, auf der sie ruhte, schob sich sacht durch den Kreis der Damen, die ihr Wangen und Augen badeten, bot ihr seine geschlossene Faust und erklärte freundlich:
»Ich habe Hunger. Gestattet Ihr mir, meine Liebe, Euch zur Tafel zu führen? Kaltes Wildbret taugt mir nichts und Euch desgleichen.«
Hermelinde schniefte, schneuzte sich, betrachtete die braune, nervöse Faust, die darauf wartete, daß sie ihre Hand auf sie lege, mit von Tränen geschwollenen, vorwurfsvollen Augen, dann wandte sich ihr Blick dem lächelnden Gesicht ihres Gatten zu.
»Wie...«, schluckte sie, »wie konntet Ihr mir solches antun?«
»Euch was antun, Liebste?«
»Setzt nicht diese Unschuldsmiene auf! Ich weiß genau, warum Ihr stets Perrine anfordert, wenn Ihr zur Badekammer geht.«
»Ich auch. Weil sie die beste Masseuse der ganzen Gegend ist«, erwiderte Hughes ungerührt, »und weil ich es liebe, daß mir gut zur Hand gegangen wird, wenn ich mich wasche. Werft Ihr mir nicht unaufhörlich vor, mich zu wenig zu pflegen?«
»Das Waschen braucht nicht soviel Zeit! Ihr schlaft mit ihr! Ich weiß es! Man hat Euch gesehen!«
»Wer ›man‹?« fragte der Baron, dessen Stimme sich leicht härtete.
»Ihr bildet Euch doch nicht ein, daß ich es Euch sagen werde? Ich weiß es, das genügt.«
»Wenn man anklagt, ist es besser, Beweise beizubringen oder, mangels solcher, Zeugen hören zu lassen.« In weniger schneidendem Ton fuhr er fort: »Wenn Ihr wünscht, meine Teure, daß unser gutes Einvernehmen noch lange Jahre währt, vermeidet es, Küchentratschereien Euer Ohr zu leihen. Ihr solltet wissen, daß der Herr eines großen Schlosses, ebenso übrigens wie die Herrin, auch mancherlei Begierden, Berechnungen, auch Eifersüchteleien ausgesetzt

ist. Nichts ist zu perfide, nichts zu gemein, um zu versuchen, uns zu trennen. Trocknet also Eure Tränen! Ihr vergießt sie ganz umsonst, und das Diner wird ungenießbar sein.«
Unterstützt von Ersende, deren blaue Augen lächelten, deren kleines Gesicht jedoch ernst blieb, willigte Hermelinde endlich ein, ihr Kissennest zu verlassen, aber sie verweigerte die Hand, die ihr Gatte ihr bot, und wandte sich feierlichen Schritts der Schüssel und der Wasserkanne zu, die zwei ihrer Edelfräulein für sie hielten, während die durch reiche Stickereien aus Zypern betonten schweren Falten ihres langen Kleides aus purpurfarbenem, golddurchwobenem Stoff, das sie unter einer Hermelinmantille trug, das den Boden bedeckende frische Stroh beiseitefegten. Ihre noch immer wie bei jungen Frauen lang herabhängenden Zöpfe, die, wie reifere Frauen es taten, zu einem schweren Knoten aufzustecken sie sich weigerte, waren mit Silberfäden und schönen Steinen durchflochten, passend zu denen, die ihren goldenen Stirnreif schmückten.
Trotz ihres Fettes bewahrte sie große Allüre und hätte noch Anspruch auf eine gewisse Schönheit erheben können, denn die sorgsam gepflegte und vor Unbilden der Witterung geschützte Haut ihres Halses, ihrer Schultern und Arme war weiß und seidig geblieben, wenn ein frühzeitiger kupfriger Ausschlag nicht schon ihre Wangen und Nasenflügel bedeckt hätte. Hughes folgte ihr seufzend und nahm auf der herrschaftlichen Bank neben ihr Platz, während die Diener die weißgedeckte Tafel mit Fischen und Pasteten aller Art beluden.
Die Mahlzeit verlief in Schweigen. Da der Schloßherr und die Herrin des Hauses stumm blieben, wagte niemand zu sprechen, auch Gerbert und seine Gattin nicht, die sich damit begnügten, einander mit den Augen zuzulächeln. Nur die Schritte der Diener, das Klirren der Messer, das matte Geräusch der auf die Tafel gestellten Platten oder das der ihren Dienst versehenden Kinnladen ließen sich vernehmen.
Dieses Schweigen war ungewöhnlich, da Hermelinde, die immer lebhaftes Vergnügen an den Mahlzeiten fand, dabei wie eine Elster zu schwatzen pflegte, die Qualität der Speisen und des Weins kommentierte und sie zumeist mit den kulinarischen Genüssen des Schlosses von Ribemont verglich, die sie für unübertrefflich erklärte.

An diesem Tage öffnete sie nur den Mund, um sich die Nahrung einzuverleiben, und hielt die Lider beharrlich gesenkt.
Diese Haltung ärgerte Hughes, brachte ihn schon auf halbem Wege durch die Mahlzeit um den Appetit, und als die Desserts gebracht wurden, erhob er sich brüsk, bat die Damen, im Schmausen fortzufahren, und wandte sich schnell dem Handwaschbecken zu, augenblicks von seinem Stallmeister Bertrand mit einem Handtuch und Fragezeichen in den Augen gefolgt.
»Sattle mir Roland und erwarte mich im Hof«, sagte ihm der Baron, während er sich die Hände trocknete, den Blick noch der Tafel zugewandt, an der sich auf seinen Befehl niemand gerührt hatte.
Die Lider noch immer gesenkt, aß Hermelinde weiter, als sei nichts geschehen, während die anderen Frauen nicht recht wußten, wie sie sich verhalten sollten. Gerbert nutzte den Moment, zu seinem Bruder zu treten, nachdem er die Hand seiner Frau rasch gedrückt hatte.
»Wohin willst du?« fragte er. »Werden wir nach dem Diner nicht Schach spielen?«
»Nein. Wir werden heute abend spielen, wenn du's gern willst. Ich muß hier heraus, ich ersticke hier.«
Den Blick auf Hermelinde gerichtet, murmelte Gerbert:
»Es wäre vielleicht besser, wenn du bliebest. Nimm dich in acht, Hughes! Während sie ihr vorhin die Augen badete, hat deine Frau Ersende gesagt, sie sei deiner müde, werde sich bei ihrer Mutter beklagen und sie um Zuflucht bitten!«
Der Baron zuckte die Schultern.
»Anselme de Ribemont wird es ihr nie erlauben. Er weiß, daß ich es wäre, der sich beklagen könnte, nicht sie, die ihre Pflichten mir und der Schloßherrschaft gegenüber nicht erfüllt hat, da sie uns keine Kinder schenkte!«
»Er weiß es, ja. Aber die Frauen unterstützen einander, und Ida liebt dich nicht. Sie erhoffte sich Besseres für ihre Tochter.«
Hughes brach in höhnisches Gelächter aus.
»Den Grafen de Bohain? Ich weiß! Er ist doppelt so alt wie ich, und man sagt, er habe sich aus dem Heiligen Land eine schlimme Krankheit mitgebracht! Wenn es das ist, was Ida de Ribemont sich für ihre Tochter wünschte...«
»Er ist reicher als du, und wenn man dir Hermelindes Ländereien

nähme, machtest du kein sehr gutes Geschäft. Anselme liebt dich, gewiß, aber er liebt seinen Frieden noch mehr, und gegen Ida gewinnt er nicht allzu oft die Partie.«
»Hör auf, wie ein kleiner Junge vor einer Frau zu zittern! Mag Hermelinde ruhig zu ihrer Mutter gehen und Anselme es hinnehmen, dann werde ich mich an den Grafen de Vermandois, unser aller Lehnsherrn, wenden. Und wenn es nötig ist, zwischen die Schranken zu treten, werde ich's tun. Aber man wird mir nicht wieder nehmen, was mir rechtens gehört.«
Vor Wut schäumend, verließ er den Saal, ohne noch etwas hören zu wollen. Gerbert zog es vor, nicht weiter in ihn zu dringen, und ließ ihn gehen. Resigniert die Schultern zuckend, kehrte er zu seiner Frau zurück, während der Baron die schmale Treppe des Schloßturms hinunterlief, die feste Brücke überquerte, die den Turm mit seinem ummauerten Vorplatz verband, und auf dem Hof landete, wo Bertrand Roland, den mächtigen Rappen und Lieblingsgefährten seines Herrn, gleichmütig am Zügel hielt. Gelassen war Bertrand übrigens stets. So wenig gesprächig, daß man ihn zuweilen hätte für stumm halten können, lieber Geknurr und undefinierbare Laute als Worte verwendend, stammte er aus dem Norden. Ebenso gelassen und blond, wie der Baron dunkel und ungestüm war, mager und lang wie eine Hopfenstange, hatte er ein angenehmes, von der länglichen Schnüffelnase keineswegs entstelltes Gesicht. Nur verriet sie die Lieblingssünde des Mannes, der, wenn auch diskret und unauffällig, neugierig wie eine Katze und stets darauf aus war, sich über alle und alles zu unterrichten. Seine außerordentliche Fähigkeit, sich völlig reglos zu verhalten, ließ ihn zuweilen mit einem Wandteppich verschmelzen, so daß man, durch sein Schweigen getäuscht und vergessend, daß er wohl freiwillig stumm, aber durchaus nicht taub war, in seiner Gegenwart offen sprach. Sein ruhiger Mut und seine stets ausgeglichene Laune machten ihn für den Baron zu einem Diener, den er ebenso schätzte wie sein Pferd.
Als Fresnoy erschien, reichte Bertrand ihm den Zügel zu, aber er schwang sich bereits mit solchem Ungestüm aus dem Stand in den Sattel, daß ein unheilkündendes Geräusch von zerreißendem Stoff seinen Sprung begleitete: Die eleganten, aber nicht eben strapazierfähigen Hosen aus feinem Leinen hatten dem reiterlichen Elan ihres

Eigentümers nicht widerstanden. In Bertrands blauen Augen zeigte sich ein heiterer Schimmer, vertiefte sich jedoch nicht zu einem Lächeln. Er hatte seit langem den genauen Grad der Bedrohlichkeit der Gewitterwolken abzuschätzen gelernt, die manchmal den Blick des Barons verdüsterten.

Dieser versuchte, sich im Sattel umzudrehen, um das Desaster zu ermessen, und fragte, da es ihm natürlich nicht gelang:

»Ist es schlimm?«

»Es ist bis zur Taille offen. Aber der Rock verdeckt es gut.«

»Das soll mich lehren, mich nicht wie ein Stutzter herauszuputzen, nur um die Launen einer dummen Gans zu befriedigen.«

Und beide Sporen gebend, galoppierte er der großen Zugbrücke zu, Hühner und einen Trupp junger Schweine, die sich im Wirtschaftshof tummelten, zu jäher Flucht auseinanderjagend. An solche stürmischen Ausritte gewöhnt, folgte Bertrand ihm auf gleiche Weise.

Eine Weile galoppierten beide durch das von winterkahlen schwärzlichen Gehölzen durchschnittene breite Tal. Schweigsam wie immer, hütete sich Bertrand, auch nur die kleinste Frage zu stellen. Er wartete einfach, bis man eine gewisse Wegkreuzung erreichen würde, um zu erfahren, welchem Ziel sie zustrebten. Nach rechts bedeutete, daß es zur Jagd ging – beim Satteln Rolands hatte er nicht vergessen, darauf zu achten, daß der Jagdspieß richtig am Sattelknopf hing –, nach links jedoch – zur Seite des Herzens – hatte es etwas ganz anderes zu bedeuten.

Er wurde schnell von seinen Zweifeln erlöst: An der Kreuzung angelangt, schlug Hughes in höllischem Tempo den Weg nach links ein und tauchte mit flatternden Schößen in einen niedrigen Wald. Der Stallmeister folgte mit einem Seufzer. Es sah dem Baron wahrhaftig ähnlich, gerade einen Tag zu wählen, an dem der Haussegen bei ihm schief hing, um loszuziehen und mit dieser Pute zu scharmuzieren! Als ob ihm sein hitziges Spielchen mit Perrine nicht für diesen Tag genügte!

Zehn Minuten später bremsten die Pferde mit allen Hufen vor dem Eingang zu einem langen, morastigen Pfad, der sich in einem schmalen Tunnel unter so niedrig hängenden Zweigen verlor, daß keine Rede davon sein konnte, ihm zu Pferd zu folgen. Man mußte absteigen und im Gänsemarsch zu Fuß gehen. Der Forst war an diesem Orte dicht und umgab wie ein dicker Wall einen einsamen Turm, für gewöhnlich die Residenz eines Ritters Gippuin Le Housset, dessen Taten bei Turnieren in der ganzen Provinz und während des vergangenen Regimes selbst bei Hofe Widerhall gefunden hatten. Residenz für gewöhnlich, aber nicht zur Zeit, denn verlockt durch die an Märchenhaftigkeit sich überbietenden Berichte jener seiner Freunde, die »die Reise« gemacht hatten, angezogen von der »goldenen Fata Morgana« des Orients, hatte er sich aufgemacht, um unter dem Banner Foulques von Anjou, dem König Jerusalems, zu dienen. Und das mit dem einzigen Ziel, sich selbst seines ungeschmälerten Wertes zu versichern und den ungläubigen Soldaten des Emirs Zengi zu beweisen, daß er für sich allein sämtliche Helden der Tafelrunde aufwog. Außerdem wollte er seinen üblichen Saufkumpanen zeigen, daß er imstande war, wie jeder andere seinen Turm mit goldenen Kannen und Schüsseln, bestickter Seide und verführerischen sarazenischen Sklavinnen zu möblieren, die ihn im Bett warmhalten würden, wenn seine Dame ihre schlechten Tage hatte. Und den größten Teil des im Hause vorhandenen Geldes zusammenscharrend, war er munter aufgebrochen, zuerst nach Marseille und dann zum großen Abenteuer, besagte Dame im Turm in der vereinten und konzentrischen Obhut eines grindigen Waldes, eines breiten, schlammigen Grabens, einer acht Fuß dicken Mauer sowie von vier Soldaten um die Altersgrenze und einer drallen Amme zurücklassend, deren schläfrige Miene die Schläue eines ganzen Wurfs Füchse verbarg. Episodischere Obhut schließlich bot ein Eremit des Waldes, der seine Paternoster in einer mehrere Klafter vom Schloß entfernten Holzfällerhütte absolvierte, wo er die doppelte Funktion eines Beichtvaters und Schmarotzers ausübte.

Die Dame des Turms hörte auf den lieblichen Namen Osilie. Einigermaßen töricht, wie die absolute Leere ihrer großen Färsenaugen bezeugte, gehörte sie deshalb nicht weniger zu jenen Kreaturen, deren weiche Formen unwiderstehlich die Hand des Mannes anziehen. Üppig in den hoch angesetzten festen Brüsten und mehr noch ums Hinterteil, stellte Dame Osilie eine Art Rente dar, die ihre Amme Brusseline – mit dem stummen Segen des Eremiten Gobert – zum größten Wohle der Hausgemeinschaft angemessen zu nutzen unternommen hatte.

In der Tat hatte Brusseline drei oder vier Monate nach dem Aufbruch ihres Herrn auf dem Grunde der mit Schlössern bewehrten großen Truhe, in der man das Geld zu verwahren pflegte, eine bedenkliche Leere entdeckt. Wovon sollte man nur leben, da der Ritter mit seinen gewaltigen Lanzen- und Degenstößen, die den Topf so reichlich am Kochen hielten, nicht mehr da war? Der größte Teil des Landbesitzes der Le Housset bestand aus Wald, und der Rest brachte nicht viel ein. Zwar gab es Wild, gewiß, aber in der »Garnison« ging verheerend Rheumatismus um, und im Winter hatte man seine liebe Not, die Männer aus ihrem Kaminwinkel zu treiben. Und wenn man nicht sehr schnell eine Lösung fand, würde Sire Gippuin bei seiner Rückkehr aus dem Krieg – wenn er je zurückkehrte – statt der schönen Kreatur, die er verlassen hatte, nur noch kleine Haufen ausgedörrter Knochen auffinden.
Befragt, hatte die in Frage stehende schöne Kreatur ihre Arme in einer herzzerreißenden Geste ausgebreitet, ihre totale Unfähigkeit bekundend, das Problem zu lösen, und zu weinen begonnen. Seit jeher an eine bekömmliche Faulheit gewöhnt gewesen, die sie lange Stunden im Bett hielt, zerstreut durch kleine Imbisse, vorzugsweise von leichtem Backwerk, die man ihr zu jeder Stunde des Tages heraufbrachte.
Es war diese Lebensweise, durch die sie sich den Glanz ihres Teints und die Weichheit ihrer Haut bewahrte, und als sie vernahm, daß sie sie würde ändern müssen, öffnete Osilie die Schleusen eines tiefen Kummers, der ihre Amme völlig verschreckte. Und an dem Morgen, an dem Brusseline beim Schließen von Osilies Gürtel bemerkte, daß dieser Gürtel locker zu sitzen begann, entschloß sie sich zum Handeln, nachdem sie sich zuvor mit dem heiligen Mann besprochen hatte, der sich in seiner Hütte bereits um seine künftige Ernährung sorgte.
Der Eremit war es auch, der sich seiner Einsamkeit entriß und zu dem edlen und mächtigen Seigneur de Fresnoy begab, um seine Aufmerksamkeit auf das eine vornehme Dame bedrohende große Elend zu lenken und an seine Mildherzigkeit zu appellieren. Wie allen Gevatterinnen der Gegend war nämlich auch Brusseline die hervorstechende Neigung des Barons für hübsche Frauen nicht unbekannt.

»So jung, so schön, verlassen in diesem von Wölfen umzingelten Waldturm!« jammerte der Eremit. »Das bricht das Herz, und unser Herrgott würde denjenigen segnen, der in dieser Not zu Hilfe käme und der Dame erlaubte, in Würde die Rückkehr ihres tapferen Gemahls zu erwarten.«
Von dem ganzen Diskurs waren bei Hughes nur vier Worte haften geblieben: »so jung« und »so schön«.
»Ich werde sie morgen aufsuchen«, versprach er.
Er versäumte es nicht.
Als er kurz vor dem Gebet zur sechsten Tagesstunde erschien, fand er sich vor einem von Brusseline sorgsam vorbereiteten Schauspiel, das ihm voller Interesse schien.
Im Winkel eines riesigen Kamins sitzend, in dem ein mageres Feuer brannte, das lange blonde Haar bis auf die Schultern fallend und die Brust seltsamerweise ziemlich entblößt, wenn man die Temperatur bedachte, starrte Osilie mit ihren großen düsteren Augen auf einen Teller mit dampfenden Kohlrabiknollen auf ihren Knien hinunter, der ihre einzige Mahlzeit darstellen sollte. Ein schon recht abgetragenes Kleid aus violettem Samt, ein löchriger Schleier bekleideten sie, und als Hughes sich ihr näherte, um sie zu begrüßen, konnte er sehen, daß große Tränen über ihre Wangen rollten.
Es waren echte Tränen, und die Dame Le Housset brauchte sich auch kaum zum Weinen zu zwingen, denn mangels Vertrauens in ihre schauspielerischen Talente hatte Brusseline ihr gesagt, das sei alles, was sich an Eßbarem im Hause finde.
Dieses herzzerreißende Bild rührte den Baron um so mehr, als Osilie angesichts dieses vor ihr aufgetauchten Unbekannten zu schluchzen begann und ihre durch ein nachlässig geschnürtes Kleid nur unvollkommen geschützten Brüste bei jedem Schluchzer in ihrer ganzen Pracht zu erscheinen drohten.
Um die Dame besser trösten zu können, kniete Hughes vor ihr nieder, was ihm in Anbetracht seiner Größe erlaubte, das Phänomen von nahem zu übersehen. Was Osilie betraf, hielt sie die Erscheinung dieses jungen, schönen, so reich gekleideten Herrn unter so niederschmetternden Umständen für einen Abgesandten des Himmels, und als er sie in seine Arme schloß, um ihre Lippen zu küssen, überließ sie sich ihm mit einem seligen Seufzer, ohne die

kleinste Regung von Widerstand. Konnte man denn einem himmlischen Boten etwas verweigern?
Einen Moment später liebten sich die beiden voller Begeisterung auf der Schütte frischen Strohs, deren Dicke die immer vorausschauende Brusseline erst an diesem Morgen verdoppelt hatte. Sie hatten bis zu diesem Moment noch kein Wort miteinander gewechselt, doch von Stund an brauchten sich Dame Osilie und ihr Hauspersonal keine Sorgen mehr um den Inhalt ihrer Speisekammer und die Erneuerung der Garderobe zu machen.
Diese erste Erfahrung hatte dem Baron in der Tat unerwartete Horizonte eröffnet. Osilie war vielleicht dumm, war deshalb jedoch nicht weniger Frau und mit nicht zu verachtenden Vorzügen versehen. Zweifellos war ihre Konversation begrenzt, aber in allem, was die Spiele der Liebe betraf, bewies sie ungewöhnliche Kenntnisse. Zudem ließ sie, nachdem ihr Dasein in materieller Hinsicht frei von Sorgen geworden war, einen ausgeglichenen Charakter erkennen und empfing einen Liebhaber, dessen Besuche nicht einmal allzu regelmäßig erfolgten, da er in seinen verliebten Neigungen wählerisch war, mit immer dem gleichen trägen Lächeln. Niemals wäre Osilie auf die Idee verfallen, ihm sein Ausbleiben vorzuwerfen, eine wahre Erholung nach seinen ehelichen Ärgernissen.
Es war also dieser gleichermaßen freundliche und verschwiegene Hafen, dem Hughes nach der Szene im Schloß eilends zusteuerte. Er kam, wie es ihm gerade einfiel, mehrere Male im Monat, um bei der weichen Osilie die Ruhe und wollüstige Behaglichkeit zu finden, die sie ihm so vortrefflich zu spenden wußte. So war er fast empört, sie in Tränen aufgelöst anzutreffen.
Bäuchlings auf ihrem Bett ausgestreckt, weinte die Dame de Housset zum Steinerweichen und so beharrlich, daß sie nicht einmal den Kopf hob, als sie den ihr doch wohlbekannten Schritt über das Stroh rascheln hörte, das den Boden ihres Zimmers bedeckte.
Ärgerlich, denn sein Bedarf an Dramen und Gezänk war an diesem Tag gedeckt, wäre Hughes am liebsten auf den Fußspitzen umgekehrt, um Trost bei einer gewissen schönen Müllerin der Umgebung zu suchen, aber Osilie hatte es unterlassen, sich an diesem Morgen anzuziehen, und ihr molliger Körper bildete mit dem das

Bett bedeckenden schwarzen Fell eine so hübsche blonde Landschaft, daß der Appetit des Barons erwachte.
Die Formeln der Höflichkeit außer acht lassend, streckte er die Hände nach den verlockenden rosigen Hügeln aus, doch als er sich ihrer bemächtigen wollte, stieß Osilie einen Schreckensschrei aus, glitt übers Bett wie ein Aal, griff nach ihrem Hemd und preßte es gegen ihren Körper.
»He, was für eine Mücke sticht Euch, Liebste?« protestierte Hughes enttäuscht. »Seid Ihr nicht mehr meine süße Freundin?«
»Nein, ich bin's nicht mehr und hätte es nie sein dürfen! Gott straft mich! Gott straft mich!«
Und von neuem in Tränen ausbrechend, versuchte sie, mit dem weiten Hemd zu Rande zu kommen, dessen Eingang sie nicht fand, was wiederum Gelegenheit zu allen möglichen erfreulich anzusehenden Verrenkungen bot.
»Wollt Ihr es wirklich anziehen?« fragte Hughes scheinheilig. »Mir gefallt Ihr besser ohne.«
»Nie werdet Ihr mich mehr ohne sehen! Niemals mehr! Ich muß Buße tun, während ich den Tod erwarte, der mir nicht erspart bleiben wird, sobald Sire Gippuin aus dem Krieg zurückkehrt.«
Gereizt packte Hughes Osilie mit der einen, das Hemd mit der anderen Hand und unternahm es, der einen ins andere hineinzuhelfen, zog die Schnur zusammen, die das Kleidungsstück am Hals verschloß, und zwang Osilie, sich aufs Bett zu setzen.
»Ihr schwatzt dummes Zeug!« brummte er. »Reden wir jetzt vernünftig.«
Er setzte sich zu ihr, zog sie an sich und tätschelte sanft ihr Haar, um sie zu beruhigen. Die Nase an seiner Achsel, begann Osilie von neuem zu plärren, ohne Scham den schönen Seidenrock durchfeuchtend und ihre Schluchzer durch scheinbar unzusammenhängende Worte unterbrechend, die sich mit der Zeit jedoch zu einem alles in allem ziemlich klaren Satz zusammenfügten: Die Dame war schwanger.
Hughes brauchte nicht lange, um das Problem in seiner ganzen Tragweite zu begreifen. Und die war nicht klein! In der Tat waren es mindestens acht Monate her, daß der Seigneur Gippuin zum großen Abenteuer aufgebrochen war, und obwohl seine Intelligenz

ein redliches Mittelmaß nicht überschritt, wäre es vielleicht schwierig, ihn ein zu erwartendes Kind schlucken zu lassen, selbst wenn er noch diesen Abend auf der Zugbrücke auftauchte.

Um Zeit zum Überlegen zu gewinnen, fragte Hughes:

»Wißt Ihr, Liebste, wann dieses... dieses Ereignis stattgefunden hat?«

»Natürlich weiß ich's!« erwiderte Osilie eifrig. »Es war an meinem Namenstag, als Ihr mir jenen von Goldfäden durchzogenen und so wunderschön mit Granaten geschmückten Gürtel schenktet. Ich war so glücklich, und wir liebten uns mit besonderer Glut.«

Hughes spürte, daß die Haare auf seinem Kopf sich sträubten, und zum erstenmal bedauerte er seine Großzügigkeit.

»Aber das ist drei lange Monate her, wie mir scheint!«

»Glaubt Ihr? Ah, das ist schon möglich.«

»Was heißt, ob ich's glaube? Und Ihr habt es nicht schon früher bemerkt? Das ist unglaublich! Alle Frauen wissen, und das sofort, wenn sie schwanger sind.«

»Ah?«

Er starrte sie mit vage zweifelnder Überraschung an. War sie wahrhaftig so dumm, oder tat sie nur so?

»Aber schließlich hätte Euch doch auffallen müssen, daß Eure... daß die kleinen monatlichen Ärgernisse ausgeblieben sind? Und wenn nicht Euch, die Ihr kindlich seid, hätte Brusseline es merken müssen.«

»Sie hat mir nichts davon gesagt. Und dann sind diese Dinge nie ganz regelmäßig.«

»Wie habt Ihr es denn eigentlich bemerkt?«

Dieser schlichte Satz hatte die Gabe, neuerlich ihre Tränenschleusen zu öffnen.

»Ich habe Herzschmerzen, schreckliche Herzschmerzen, und die Konfitüren, die ich sonst so liebe, ekeln mich. Oh, Messire Hughes, was werden wir tun? Was soll aus mir werden?«

Sie klammerte sich an ihn, und da er das Nahen einer panikartigen Krise spürte, bemühte er sich, sie auf jede Weise zu besänftigen und ihr zu schwören, daß er sie nicht verlassen würde. Das dauerte seine Zeit, aber als er sich eine Stunde später zum Gehen anschickte, ruhte Osilie besänftigt auf ihrem Bett, die kleinen, molligen Hände über einem Bauch gefaltet, der schon ein bißchen weniger flach zu

sein schien. Als er ihr dann einen letzten keuschen Kuß auf die Stirn drückte, hob die Dame zu ihm einen Blick, in dem eine gewisse Befriedigung schimmerte.
»Es ist eine Katastrophe für mich, aber Ihr, mein teurer Seigneur, müßtet doch zufrieden sein?«
»Zufrieden, Euch weinen zu sehen?«
»Nein. Zufrieden zu wissen, daß Ihr ein Kind haben könnt, und daß es nur daran liegt, daß die Dame de Fresnoy unfruchtbar ist, wenn Ihr noch keins habt.«
»Aber daran habe ich nie gezweifelt.«
Er hatte die besten Gründe dafür. Verteilt auf die ganze Provinz konnte man, wenn man nur gründlich suchte, hier und da drei oder vier schwarzhaarige und grünäugige Kinder blonder Männer finden.
»Außerdem«, fügte er hinzu, »wird man dieses Kind verbergen müssen, sobald es geboren ist, und sei es nur, um es dem gerechten Zorn Sire Gippuins zu entziehen. Und ich hoffe von ganzem Herzen, daß er oder sie nicht den schlechten Geschmack haben wird, mir zu ähneln. Also habe ich keinerlei Grund, zufrieden zu sein.«
Osilies fahle Augen waren mit einem Ausdruck listiger Begehrlichkeit auf ihn gerichtet, den er noch nicht an ihnen kannte.
»Es wäre kein so schlechter Geschmack! Ich meine, Euch zu ähneln.«
»Wie versteht Ihr das?«
Osilie ließ ihre Lider wie einen Vorhang sinken und betrachtete aufmerksam ihre ineinander verflochtenen Finger.
»Oh, das ist einfach. Da Eure Gattin keine Früchte tragen kann, könnte die Geburt eines Kindes von nobler Abkunft für Euch eine ausgezeichnete Gelegenheit sein, sie zu verstoßen. Wäre es zudem nicht die beste Lösung für mich? Sire Gippuin, mein Gatte bis zu diesem Tage, könnte sich am Kind eines so hochgestellten Seigneurs nicht vergreifen, und ihm bliebe nur übrig, mich zur Strafe zu verstoßen. Danach stände unserem Glück nichts mehr im Wege.«
Hughes starrte sie mit einer Verblüffung an, die er diesmal nicht zu verbergen suchte.
»Stammt diese brillante Idee von Euch?«
Sie warf ihm einen gekränkten Blick zu.
»Natürlich! Es ist eine ganz natürliche Idee, wie mir scheint. Die

Dame kann Euch kein Kind schenken, ich schenke Euch eins, also ist es ganz natürlich, daß ich ihren Platz einnehme.«
»Barmherzigkeit!« dachte Hughes. Das also war es, worüber dieses Gehirn brütete, das er immer für ein wenig stumpf gehalten hatte. Ihn zu veranlassen, die Tochter des mächtigen Grafen de Ribemont zu verstoßen – und die Mitgift auszuschlagen, die sie ihm gebracht hatte – zum Wohle einer Osilie Le Housset, die ihm nicht einmal genug bringen würde, daß er sich ein neues Panzerhemd davon kaufen könnte. Das klärte auf jeden Fall, daß man all die Zeit auf eine Schwangerschaft gewartet hatte, die man sich einbringlich erhoffte.
Hughes spürte, wie rasender Zorn in ihm aufstieg, aber statt sich ihm zu überlassen, zwang er sich zu einer Sanftheit voller Güte, wenn auch nicht ganz ohne spöttischen Unterton:
»Es gibt da dennoch etwas, das Euch zu entgehen scheint, meine Liebe. Daß nämlich meine Ehe mit Dame Hermelinde – wie die Eure übrigens auch – gesegnet und geweiht worden ist und darum nicht so leicht aufgelöst werden kann.«
»Aber gewiß doch! Und eben dann, wenn die Gattin unfähig ist zu zeugen. Der Gatte ist dann völlig im Recht, ihre Verstoßung zu fordern, und unsere Heilige Mutter, die Kirche, heißt dies nur allzu gern gut.«
»Wenn man ihr mehr bezahlt!« knurrte Hughes, der mit jedem Wort mißtrauischer wurde.
Diese dumme Gans Osilie machte ganz den Eindruck, als rezitiere sie eine Lektion. Blieb zu erfahren, wer sie ihr eingeblasen hatte, und er wollte sich klar darüber werden.
»Ihr redet da wie ein Schreiber oder gar wie ein Klosterverwalter. Das sieht Euch nicht ähnlich. Es paßt vor allem nicht zu Euch. Ihr täuscht Euch!«
»Und ich sage Euch, es ist nicht so!« rief die Dame, die sich zu erregen begann. »Ich sage Euch, daß es wohl so sein kann! Brusseline und vor allem der gute Pater Gobert haben es mir genau erklärt!«
Hughes hätte fast einen Seufzer der Erleichterung ausgestoßen. Das also war es. Der Eremit, der empfindsame Gemüter durch Mären vom grausamen Schicksal durch den Kreuzzug vereinsamter hüb-

scher Frauen so geschickt zu rühren wußte, und diese beiden Frauenzimmer hatten sorgfältig ihre kleine Geschichte ausgeheckt, deren Ziel, ganz klarer Fall, darin bestand, sie alle hinter den festen Mauern des mit allem wohlversorgten Schlosses Fresnoy zu installieren.
»Dann ist es also der gute Pater Gobert?« fragte Hughes nach einem Moment. »Nun, meine Teure, behaltet fürs erste Ruhe. Ich werde mich auf die Suche nach ihm machen, um mit ihm über all dies zu sprechen. Ist er jetzt bei Euch?«
»O nein! Er muß in seiner Klause für die Sünder und das Wohl all jener beten, die seine Heiligkeit schützt. Sucht ihn schnell auf, mein süßer Freund, und einigen wir uns so rasch wie möglich, damit unser Sohn unter Bedingungen zur Welt kommen kann, die eines künftigen Barons de Fresnoy würdig sind.«
Sie redete jetzt wie ein Buch. Innerlich spottend, verließ Hughes Osilie mit der festen Absicht, mit dem unglückseligen Eremiten eine Unterhaltung zu führen, die nicht verfehlen würde, dem heiligen Mann schmerzlich in Erinnerung zu bleiben. All seine Heiligkeit würde nicht genügen, ihn vor dem Gewitter zu schützen, das im Begriff war, sich über seinen unbesonnenen Schultern zusammenzubrauen.
Ein wenig überrascht, seinen Herrn so schnell zurückkehren zu sehen, verließ Bertrand folgsam den Winkel am Feuer, wo er sich wärmte, während er einer in Gemeinschaft mit einer Scheibe Speck methodisch über ein Stück Brot verteilten dicken Zwiebel und einem Krug Wein aus Laon den Garaus machte. Der Stallmeister verabscheute keineswegs die länglichen Ruhepausen in der Küche der Housset, in der gewöhnlich Brusseline regierte, die er für eine intelligente und beredte Frau hielt, denn sie kannte eine Menge Lieder und Geschichtchen, so recht geeignet, ergänzt durch einen Krug Bier oder kühlen Weins munter die Zeit zu vertreiben. All das übrigens, ohne daß Bertrand die leisesten Zweifel in bezug auf die Moral der Amme kultivierte, die ihm schon immer zweifelhaft erschienen war.
An diesem Tage jedoch war Brusseline abwesend, und nur auf die Gesellschaft einer Spülmagd angewiesen, richtete sich Bertrand auf stoisch erduldete Langeweile ein, als die Rückkehr des Barons den leicht schläfrigen Gang seiner Gedanken veränderte. Eines Barons,

der so zorngeladen schien, daß Bertrand es für klüger hielt, keine Fragen zu stellen. Er begnügte sich damit, seinen Krug in einem Zug zu leeren, und folgte Hughes, nicht ohne den Rest seines belegten Brotes mitzunehmen.
Man brach also auf, doch statt den üblichen Rückweg zu nehmen, schlug man sich kreuz und quer durchs Unterholz, und das so planlos und zudem auch ungeduldig, daß der zunehmend verdutzte Stallmeister zu fragen wagte, was man denn eigentlich suche.
»Den Eremiten Gobert!« grollte Hughes. »Den verdammten Einsiedler, den der Teufel holen soll! Ich glaubte zu wissen, daß seine Höhle hier herum liegt«, fügte er mit einer ungewissen Geste hinzu, die großzügig alle vier Horizonte einschloß.
»Da geht's entlang«, sagte Bertrand, auf einen schmalen, halb von den Zweigen des Buschwerks verborgenen Pfad weisend, der längs eines Bachs verlief.
»Woher weißt du?«
»Man erfährt dergleichen, wenn man sich häufig in Küchen aufhält.«
Dem Pfad folgend, fanden sie in der Tat ohne Mühe den Schlupfwinkel des Eremiten, eine kleine, halbzerfallene Kapelle neben einer Art Hütte, die auf höchst bizarre Weise Holz, Stein und Stroh miteinander vereinte, von Gobert aber keine Spur. Der Bewohner des Ortes befand sich weder betend in seiner Kapelle noch in seiner ländlichen Behausung, deren im übrigen aus dicken, gut zusammengefügten Brettern bestehende Tür ein solider Riegel zierte, gesichert durch ein Vorhängeschloß, das Bertrand amüsiert berührte.
»Was kann ein Eremit so sorgsam zu verschließen haben?« meinte er lachend. »Für jemand, der normalerweise das Gelübde der Armut ablegen muß, scheint er sich gut darauf zu verstehen, irdische Güter in seiner Abwesenheit zu schützen.«
»Auf jeden Fall ist er nicht da«, knurrte Hughes, nachdem er pro forma energisch an der Tür gerüttelt hatte, die sich um keinen Zoll bewegte.
»Legt Ihr soviel Wert darauf, diesem Biedermann zu begegnen, Sire Hughes? Er ist wahrhaftig nicht sehr interessant.«
»Er ist es viel mehr, als du dir's vorstellst. Ich schwöre dir, daß er mich in diesem Moment interessiert, und daß auch er jedes Interesse

hat, mir so schnell wie möglich zu begegnen und mich in seinen Dummheiten Ordnung schaffen zu lassen.«
Man wartete ein wenig. Das heißt, der Baron marschierte mit großen Schritten zuerst in der einen, dann in der anderen Richtung um die Einsiedelei herum, was seine Ungeduld und Gereiztheit nur noch steigerte. Zudem fror er. Eine Wolke war über den Bäumen aufgezogen, und die ersten Tropfen eines eisigen Regens begannen zu fallen. Hughes hatte genug und wandte sich seinem Pferd zu. »Kehren wir zurück! Es wird spät. Wir werden morgen wiederkommen.«
Die beiden Reiter durchquerten den Wald, um auf den großen Weg zu gelangen, auf dem sie eilends dahingaloppierten. Während des ganzen Ritts käute Hughes schweigend seinen Zorn und seine Unruhe wieder. Ärgerlich auf sich selbst, auf alle anderen im allgemeinen und besonders auf diese Osilie, die er für so töricht und bequem gehalten hatte und die sich nun als so störend und hinderlich entpuppte, wie er's nie gedacht hätte, brachte er die Zähne nicht auseinander. Was zum Teufel sollte er tun, um aus dieser Sache herauszukommen, denn das allein war wichtig! Und zwar je eher desto besser.
Wenn Gippuin Le Housset sich bereitfand, nicht vor der Geburt des Kindes wieder in seinem Haus zu erscheinen, könnte dieses diskret einer guten Amme anvertraut werden, bevor man es später irgendeinem geeigneten Kloster übergab, um dort in aller Seelenruhe und frommen Sammlung ein Leben zu führen, das nie das Licht der Welt hätte erblicken dürfen. Dies natürlich nur, wenn man annehmen durfte, daß sich die Mutter einverstanden erklärte, was keineswegs gewiß war, wenn man sich an die letzten, so seltsamen Ideen hielt, die man ihrem oberflächlichen Verstand eingeblasen hatte. Wenn Gippuin jedoch vor dem Ereignis zurückkehrte, gab es keinen Zweifel über den weiteren Verlauf, den die Affäre zu nehmen hatte: Hughes und er würden sich zwischen den Schranken des Kampfplatzes begegnen, bis einer von ihnen endgültig ins Gras biß.
In einer Hinsicht wäre Hughes diese Lösung lieber gewesen, denn so sicher er sich auf dem Gebiet der Waffen fühlte, so sehr fürchtete er den von Fallen wimmelnden Morast der weiblichen Listen. Denn wenn er nicht daran starb, würde er es noch mit dem gerechten

Zorn Hermelindes aufzunehmen haben, zu deren Ohren diese Affäre um keinen Preis dringen durfte. Hermelindes Ohren waren ja nur die Verlängerung der Ohren ihrer Mutter, der Dame de Ribemont, die durchaus imstande wäre, die ganze Provinz gegen einen Schwiegersohn aufzuwiegeln, den sie nicht liebte.

Diese bitteren Gedanken trugen nicht dazu bei, die Laune des Barons zu verbessern, sondern nährten eher den Groll, den ihm die guten Ratschläge des Eremiten einflößten, als er im selben Moment, in dem er in den Wirtschaftshof seines Schlosses einritt, diesen selbst unmittelbar vor sich gewahrte. Auf einen langen Stock gestützt, die Kapuze seiner Kutte aus grober Wolle auf dem Rücken, musterte der Eremit mit zurückgebogenem Kopf, einem Spürhund ähnlich, den Schloßturm von Fresnoy mit der ungewissen Miene eines Mannes, der sich nicht zu einem Entschluß durchringen kann. Das Gedröhn, das die Pferde bei der Überquerung der Zugbrücke verursachten, ließ ihn sich umdrehen, und als er den Baron erkannte, stürzte er ihm, seinen Stock schwingend, mit allen Anzeichen übertriebener Freude entgegen, die der Baron ebensowenig teilte wie Bertrand.

»Was macht er hier?« murmelte der Stallmeister.

Es war genau das, was Hughes sich nicht ohne Unruhe fragte, aber da war Gobert schon bei ihm angelangt.

»Ah! Sire Baron! Daß Ihr hier zur rechten Zeit erscheint! Ich war gekommen, um über eine ernste Angelegenheit mit Euch zu sprechen, und man sagte mir, daß Ihr ausgeritten seid. Trotz meiner Enttäuschung zögerte ich in Anbetracht der späten Stunde, Euch zu erwarten.«

»Ihr habt mit mir zu sprechen, frommer Mann? Das trifft sich gut, da ich ebenfalls mit Euch zu sprechen habe. Hier entlang, bitte.« Und Gobert an seiner Kapuze packend, hob er ihn vom Boden und ließ ihn im Trott seines Pferdes halb springend, halb hüpfend den weiten Hof bis zu den Badekammern durchmessen, in die er ihn ein wenig gröblich stieß, nachdem er Bertrand seinen Zügel zugeworfen hatte.

»Zu uns beiden jetzt!« rief er, während der Eremit sich mehr auf das Brett fallen ließ, auf dem Hughes an diesem Morgen von Perrine so achtsam umsorgt worden war, als daß er sich setzte.

»Was habe ich Euch getan, Sire Baron?« stammelte Gobert, erschreckt durch einen seiner persönlichen Ethik so wenig entsprechenden Eintritt in die Materie wie durch die offenkundig bedrohliche Haltung dieses schönen Seigneurs, der ihm bisher nur Anlaß zu Lob gegeben hatte. »Warum behandelt Ihr mich so schlecht, der Euch so ergeben ist?«
Um die Wahrheit zu sagen, wirkte Hughes, aufgepflanzt auf der Schwelle der Badekammer, deren Tür er mit seinen breiten Schultern verstellte, die Fäuste in die Flanken gestemmt, die Beine gespreizt, so wenig beruhigend wie nur möglich.
»Ich werde dir sagen, was du mir getan hast, frommer Mann. Oder vielmehr, was du nicht getan hast. Warum hast du mir nicht gesagt, daß Dame Le Housset schwanger war? Du hast mich doch zu finden gewußt, als ihr alle vor Hunger krepiertet?«
»Aber ich bin doch gerade deshalb gekommen, um es Euch zu berichten, Monseigneur!«
»Heute! Nach vier Monaten! Und warum nicht früher?«
»Nun, eben weil ich nichts davon wußte. Erst heute morgen hat Brusseline mich von diesem Unglück unterrichtet, während unsere arme Dame zum Erbarmen weinte. Da habe ich mir gedacht, daß ich irgend etwas tun müsse, und mein erster Gedanke...«
»... galt mir? Ihr mußtet sofort erscheinen, um mir die große Neuigkeit beizubringen, nicht wahr?« flötete Hughes, die Falsettstimme des Eremiten nachahmend. Dann in verändertem Ton: »Nun, mein guter Freund, für einen angeblich Gott geweihten Mann lügst du unverschämt! Deinen ersten Gedanken – vorausgesetzt, daß es wirklich dein erster war – hast du dazu verwendet, merkwürdige Ratschläge zu geben. Ratschläge, deren schönster der ist, mich meine Frau verstoßen zu lassen und ihren Platz der Gippuins zu geben.«
»Oh, die Idee war von Brusseline, aber ich hieß sie gut, weil sie vielleicht dem Willen Gottes entspricht.«
»Ah, nein, das nicht. Misch nicht Gott in diese Geschichte!«
»Warum nicht?« fragte der andere in so honigsüß sanftem Ton, daß es den Zorn des Barons aufs Äußerste reizte. »Wenn Dame Osilie Euch den Sohn schenkt, den Eure unglückliche Gemahlin Euch nie hat schenken können, ist es da nicht ganz normal, daß sie nach einer doppelten Verstoßung Dame de Fresnoy wird?«

»Und was machst du mit Gippuin in alldem? Ihn könnte die Lust anwandeln, seine ehebrecherische Gattin kaltzumachen. Er ist kein besonders umgänglicher Typ, und es sollte mich wundern, wenn die Ungläubigen seinen Charakter verbessert hätten.«

»Vielleicht kehrt er nicht zurück.«

»Wiederum ein recht christlicher Gedanke, frommer Mann! Aber ich will vernünftig mit dir reden. Zunächst sagt nichts, daß Osilie mit einem Sohn niederkommt, und ebenfalls ist nicht gesagt, daß die Dame de Fresnoy, meine Gattin, mir nie einen Erben schenken wird. Wir sind beide jung. Was die Idee angeht, sie und die reiche Mitgift in gutem Boden und gutem Geld, die sie mir gebracht hat, zu verstoßen, kann keine Rede davon sein. Vergißt du, wessen Tochter sie ist? Man ersetzt eine Ribemont nicht durch eine Osilie. Was würde sie mir im Austausch bringen?«

»Ich habe es Euch gesagt: einen Sohn. Das ist ein Schatz.«

»Schon wieder! Genug der Albernheiten! Hör mir aufmerksam zu, Gobert!«

Und zweifellos, um die Aufmerksamkeit seines Gegners zu erzwingen, packte Hughes ihn von neuem am Kragen seiner Kutte und schüttelte ihn kräftig, den zornigen Blick auf ihn gerichtet.

»Du wirst dorthin zurückkehren, woher du kommst, und wirst dein Gehirn und all deine Geschicklichkeit dazu verwenden, Dame Osilie und Brusseline von ihren törichten Plänen abzubringen. Niemals, du hast richtig verstanden, niemals werde ich Osilie den Platz meiner Gattin geben! Man würde noch in zwei, drei Jahrhunderten über mich lachen!«

»Aber da ist schließlich das Kind!«

»Das Kind! Ich werde Geld geben, damit seine Mutter es aufzieht oder aufziehen läßt, wie sie möchte. Falls es ein Sohn ist, werde ich ihn, sobald er alt genug sein wird, vielleicht als Pagen hierher nehmen. Wenn Gippuin Le Housset indessen vor der Niederkunft zurückkommt, werde ich mich mit ihm schlagen, wie es die Ehre eines Ritters gebietet, was besagen will, daß ich mein Leben für den Ruf der Dame einsetzen werde. Aber sonst nichts. Hast du genau verstanden?«

»Ja, ich habe verstanden. Aber ich werde dafür beten, daß Ihr Eure Meinung ändert, wenn ein schönes Kind geboren wird.«

»So weit ist es noch nicht. Verschwinde jetzt. Und laß dir's nicht einfallen, darüber mit irgend jemand zu reden. Und komm vor allem nicht wieder her, wenn dir deine Haut lieb ist, denn ich bin durchaus fähig, sie dir abzuziehen, um sie an die schöne Eiche neben deiner Einsiedelei zu hängen, wo sie allerliebst räuchern wird, während deine Klause brennt.«

Gobert ließ es sich nicht zweimal sagen und verschwand mit der Eilfertigkeit einer von einer Katze verfolgten Maus. Einen erleichterten Seufzer ausstoßend und überzeugt, eine delikate Situation befriedigend geregelt zu haben, verließ Hughes seinerseits den Raum, um sich seines nun endgültig nicht mehr benutzbaren eleganten Plunders zu entledigen.

Als die Tür zugefallen war und das Geräusch der Schritte des Barons sich entfernte, löste sich jedoch Pater Rinaldo, der beim stürmischen Eintritt des Hausherrn und seines Gefangenen seinen rundlichen, in den Gelenken ein wenig steifen Körper provisorisch hinter die großen Badezuber geduckt hatte, vorsichtig aus seinem Versteck. Glücklicherweise verschmolz die schwarze Kutte, die er bei dieser Art von Expeditionen trug, gut mit den schwärzlichen Schatten der von keinem Feuer mehr erhellten Badekammer.

Der Kaplan war gekommen, wie es von Zeit zu Zeit an den Tagen geschah, an denen die Badekammer geheizt worden war, um ein gewisses Küchenmädchen zu treffen, eine solide Person mit drallen Formen, fleißig bei der Arbeit wie in der Liebe, wenig temperamentvoll und geschwätzig, der er mit Vorliebe Sakramente einer besonderen Art zu spenden pflegte.

Anfangs durch die unerwartete Ankunft des Barons Hughes in Schrecken versetzt, hatte Rinaldo bald ein so lebhaftes Interesse an der Unterhaltung gefunden, die der Zufall ihm mitzuhören erlaubte, daß er sich schon nach kurzem geweigert hätte, seinen gefährlichen Platz selbst mit der reichsten Abtei der Gegend zu vertauschen.

Wieder der Einsamkeit überlassen, unterdrückte er den Wunsch, einen Freudentanz aufzuführen, denn mit dem, was ihm zu Ohren gekommen war, hatte er endlich das lange gesuchte Mittel gefunden, Dame Hermelinde dazu zu bringen, mit einer Ehe Schluß zu machen, die ihr nur Enttäuschungen einbrachte, und die er, Ri-

naldo, schon immer beklagt hatte, denn er verabscheute Hughes de Fresnoy mindestens ebensosehr wie dieser ihn.
Der Plan des Kaplans war einfach. Hermelinde war zu zwingen, sich bei ihrer Mutter zu beklagen, von der er wußte, wie sie reagieren würde, und danach die Auflösung der Ehe zu erlangen. Wenn man geschickt genug war und den Preis zahlte, war es eine durchaus mögliche Sache, und Rinaldo seinerseits machte sich stark dafür, beim Durchwühlen der Genealogien beider Gatten ein größeres Hindernis in Gestalt einer Vetternschaft verbotenen Grades zu entdecken. Wonach Hermelinde und Rinaldo zurückkehren und eine Zeitlang in dem wundervollen Schloß von Ribemont verbringen würden, wo das Dasein soviel angenehmer war als das für den Geschmack des Mönchs zu militärische in Fresnoy, bevor die junge Frau von neuem in den Hafen einer weit besseren Ehe mit demjenigen einliefe, den Rinaldo ihr als Gatten wünschte: den reichen, mächtigen und alten Grafen de Bohain, der zwar weder sehr schön noch in sehr gutem Zustand war, der die Dame und ihre Mitgift jedoch seit langem begehrte und den geschickten Mann großzügig zu belohnen wissen würde, der ihm die eine wie die andere zuführte. Und vor allem hätte man sich für immer dieses verhaßten Barons Hughes entledigt, der bei dem Kaplan immer den betrüblichen Eindruck hinterließ, für ihn nicht wichtiger zu sein als eine alte, von einer nachlässigen Magd vergessene Brotkruste.
Solcherlei Dinge waren es, die ein Sizilianer von gutem Stamm nicht verzeihen konnte. Wäre er mutiger gewesen, als er war, hätte er seinen Feind in einer mondlosen Nacht diskret erdolcht. Doch Mut gehörte nicht zu seinen hervorstechendsten Tugenden, und er fürchtete sich entsetzlich vor den immerhin möglichen Folgen einer solchen Tat. Wenn man ihn erwischte, stürbe er unter den Folterungen, die ihm die Leute des Barons freudig angedeihen lassen würden, nur allzu glücklich, seinen Tod zu rächen und sich nebenbei auch noch ein bißchen zu zerstreuen. Es war ein zu großes Risiko, und nach einiger Überlegung war Rinaldo auf den Gedanken gekommen, daß es fast eine ebenso köstliche Rache wäre, Hughes de Fresnoy um die reiche Mitgift seiner Frau zu bringen, als ihn einen kurzen Moment röcheln zu hören, bevor er starb. Und um wieviel subtiler auch!

Da sich nun diese Möglichkeit ergeben hatte, kam es darauf an, sie sich nicht entgleiten zu lassen.
Die Badekammer verlassend, überzeugte sich Pater Rinaldo, daß niemand ihn sah, schürzte seine Kutte mit beiden Händen und lief sodann dem Eingangstor zu, fest entschlossen, koste es, was es wolle, den merkwürdigen Besucher von eben einzuholen und zur Dame de Fresnoy zu führen. Während des Laufs schon plante er in seinem gewitzten Gehirn, was er diesem sichtlich eingeschüchterten Mann sagen wollte, um ihn zum Schloß zurückzubringen. Das Beste wäre zweifellos, ihm zu erklären, daß der Baron eine wichtige Kleinigkeit vergessen habe und ihn noch einmal zu sehen wünsche. Dieser Eremit, der simpel schien wie eine Ziege, würde das Wort eines mit dem bestechenden Titel Schloßkaplan geschmückten Mönchs nicht in Zweifel ziehen.
Gleich als er unter den interessierten Blicken der Soldaten der Wache im Galopp die Brücke überquerte, gewahrte er die kleine braune Gestalt, die, auf ihren Stock gestützt, mit den Schatten des Abends zu verschmelzen begann. In der Furcht, ihn zu verlieren, beschleunigte er seine Schritte noch mehr und rief:
»He, Ihr dort hinten! Hola! Frommer Eremit, wartet auf mich!«
Ein schmerzender Stich in der Seite zwang ihn für einen Moment zum Halten, um, kaum an solche Gangart gewöhnt, wieder zu Atem zu kommen. Doch Gobert war am Ende des Weges an einer Waldecke stehengeblieben und wartete. Des Schmerzes nicht achtend und bei der Vorstellung, welche Szene er auslösen würde, vor Freude fast weinend, setzte sich Rinaldo wieder in Trab und gesellte sich zu ihm.
Trotz einer leidlichen inneren Ruhe, die ihm die Unterredung mit Gobert hinterlassen hatte, verbrachte Hughes einen trübseligen Abend. Bei seiner Rückkehr ins Schloß hatte er die Idee gehabt, seinen Frieden mit Hermelinde zu machen, aber sie erschien nicht beim Souper und ließ wissen, daß sie leidend sei und nicht gestört zu werden wünsche. Selbst die sanfte Ersende, immer bereit, bei Notständen des Herzens oder des Körpers zu helfen, wurde von Dame Hermelinde abgewiesen.
»Ich glaube, sie schmollt«, vertraute sie ihrem Schwager an. »Morgen wird es besser sein. Bereitet Euch nur darauf vor, ihr ein kleines Geschenk zu machen.«

Hughes zog ein saures Gesicht. Gerade das schätzte Hermelinde kaum: Sie geruhte nur zu lächeln, wenn das Geschenk von Wert, also kostspielig war. Und Hughes war eben in einer Stimmung, in der er die Frauen allzu ruinös fand.
Der einzige Trost: an diesem Abend kam ihm Don Rinaldo nicht mehr vor die Augen. Wie man ihm sagte, hatte sich der Kaplan bei sich eingeschlossen und in Gebete für die Wiederherstellung seines ehelichen Friedens versenkt. Hughes hatte nicht die leiseste Ahnung, daß der rachedurstige Sizilianer, nachdem er Gobert an einen sicheren Ort gebracht hatte, unauffällig mit einem Brief Hermelindes aus dem Schloß verschwunden war und unter prasselndem Regen in Richtung Ribemont galoppierte. Während Hughes den Abend damit verbrachte, mit seinem Bruder Gerbert Schach zu spielen, lief Rinaldo, für dieses eine Mal unbekümmert um die Beschwerlichkeit eines Ritts, seiner Rache wie ein Esel einer Mohrrübe nach.
Das Gewitter, das der Sizilianer so sorgsam vorbereitet hatte, würde sich am folgenden Tage entladen.

3. Kapitel

Das Verbrechen

Marjolaine des Bruyères heiratete Meister Gontran Foletier an einem blühenden Maitag des Jahres 1140.
Es wurde ein schönes Fest, denn der Kürschner, stolz darauf, ein so entzückendes, adliges Geschöpf – noch dazu alles in allem ziemlich leicht – erobert zu haben, hatte es groß aufgezogen und nicht geknausert. So konnte Marjolaine an diesem Tage ihre ganze Verwandtschaft um die reichhaltig bestellte Tafel aufgereiht sehen, in neuen Kleidern und mit den frömmlerisch-strahlenden Mienen frisch dem Fegefeuer entronnener Seelen, vor denen sich die Pforten des Paradieses auftun.
Nicht nur die Familie, auch das Haus hatte seinen Teil abbekommen. Den Hochzeitstag ausgenommen, waren Arbeiter ununterbrochen damit beschäftigt, der alten Pêcherie wieder ein wenig jugendlichen Glanz zu verleihen. Was den Anstifter dieses Glücks,

Renier des Bruyères, betraf, war er als Stallmeister in den Dienst des Seigneurs de Marle getreten. Er wohnte der Hochzeit nicht bei, da ihm daran lag, daß seine neuen Kameraden nichts von der Verbindung seiner Schwester mit einem Bürgerlichen erfuhren.
Diese jedoch sah wahrhaftig wie eine Königin aus. In einer prachtvollen Robe aus Seide von schönem, dunkelpurpurnem Rot, einen gleichfarbigen, von einem Reif aus Gold und Rubinen gehaltenen Schleier über ihrem gelösten blonden Haar, ähnelte Marjolaine ganz und gar einem Heiligenbild, als sie an der Spitze ihres Brautgeleits erschien, in dem ihre zwischen Befriedigung und Neid schwankenden beiden älteren Schwestern Marie und Madeleine und die vier jüngeren, Marthe, Micheline, Mathilde und Monique, die Jüngste der Familie, deren schwarze Augen in Vorfreude auf das schöne Fest wie Sterne glänzten, einen bevorzugten Platz einnahmen. Was die zehnjährigen Zwillinge Nicolas und Augustin anging, waren sie nicht weit davon entfernt, sich wie Männer zu fühlen, und betrachteten alles mit den gebieterischen Blicken des Eigentümers.
Nur Messire Aubry mußte sich bemühen, um seine Bekümmernis zu verhehlen. So reich er auch sein mochte, war der Bräutigam dem von seinem Schwiegervater gehätschelten Idealbild doch reichlich fern, und es hatte des Drängens der ganzen, von Renier bearbeiteten und angestachelten Familie bedurft, um ihm seine Zustimmung zu entreißen. Renier war es sogar gelungen, die hochmütige, doch für die Idee, bei ihrer Verwandtschaft in Laon wieder eine Rolle spielen zu können, empfängliche Richaude umzustimmen. Beim Hochzeitsmahl fraß Messire Aubry maßlos und soff wie ein Schwamm, nur um zu vergessen, daß in wenigen Stunden der feiste Gontran seine fettigen Finger und seinen faßförmigen Leib auf den jungen, reinen Körper seiner kleinen Tochter legen würde.
Es gelang ihm ziemlich gut, und als die Damen Marjolaine zum Hochzeitszimmer geleiteten, zog Aubry des Bruyères, zum Fürchten betrunken, es vor, mit Gepolter unter den Tisch zu rollen und dort im Rhythmus monotonen Geschnarchs den gigantischsten Rausch seines Lebens auszuschlafen.
Unglücklicherweise für sie war Marjolaine nicht betrunken, als sie die Damen, nachdem sie sie entkleidet und parfümiert hatten, nackt zwischen die Laken aus schönem, flandrischen Leinen betteten,

über die sie Blumen und Girlanden streuten. Sie war sogar sehr wach, als Gontran, rot wie ein Kürbis von Wein und allzu lange unterdrückter Begierde, sich neben dem Bett aufpflanzte und mit einem leicht zitternden Finger die Decke zurückwarf, um seine junge Frau zu betrachten.

Hingerissen von soviel Blondheit und dem Anblick des zarten perlmuttfarbenen Fleischs, das im Schatten des Bettes, vom Schein der von ihm hoch–, aber keineswegs sicher gehaltenen Kerze zärtlich vergoldet schimmerte, verharrte der Kürschner eine Weile in dieser Haltung, keuchend, schluckend, Speichel absondernd von zuviel Wein und Gier. Mit vor Entsetzen geweiteten Augen starrte Marjolaine zu ihm auf, kaum wagend zu atmen, die Finger um eine der über das Laken gestreuten Blumen verkrampft. Ein einziges wirres Gebet erfüllte sie, die Bitte, der Tod möge sie sofort ereilen und ihr die Berührung dieses Mannes ersparen. Wäre sie übrigens weniger fromm gewesen, weniger in Schrecken versetzt durch die Flammen der ewigen Verdammnis, hätte sie sich selbst diesen ersehnten Tod gegeben, als sie endgültig erfahren hatte, daß man sie mit dem verheiraten würde, den Renier hatte töten wollen, weil er versucht hatte, sich an ihr zu vergreifen. Damals hatte sie bedauert, es nicht zugelassen zu haben, daß Renier ihn am nächsten Baum aufgeknüpft hatte. Nun war sie ihm ausgeliefert mit allen Rechten, über sie zu verfügen, nur weil ein Segen über sie beide ausgesprochen worden war, und der Bürger Gold gegeben hatte! Einen Moment später stellte Gontran seine Kerze auf den Nachttisch, ließ das talarähnliche, bestickte und parfümierte Gewand, mit dem er sich ausstaffiert hatte, zu Boden gleiten und erschien der Ärmsten in monströser Nacktheit. Sie schloß die Augen so fest sie konnte, versuchte aller Hoffnung zuwider in den Tiefen der Matratze zu verschwinden und wünschte sich aufrichtig, vom Gewicht dieser gewaltigen Fleischmasse erstickt zu werden, um weder die nächste noch irgendeine andere Morgenröte sehen zu müssen.

Doch leider starb sie nicht! Weder als die groben Hände des Gatten ihre hübschen Brüste, ihre zarten Schenkel, ihren schlanken Leib preßten, noch als ihr Mund seine gierigen, feuchten Küsse spürte, noch als sein feister Körper sich auf sie senkte, ihre nervös zusammengepreßten Beine mit einem brutalen Kniestoß öffnete, noch als

er sie schließlich mit der unbeholfenen Bestialität des Männchens, das sich nicht mehr beherrschen kann, entjungferte. Er schien nicht einmal die Tränen zu bemerken, die über das kleine, verzerrte Gesicht liefen. Erst als er sie endlich sich selbst überließ, um sich, breit auf dem Rücken ausgestreckt, ans Schnarchen zu machen, war ihr ein wenig zumute, als stiege sie aus den Tiefen der Hölle wieder auf.
Nein, sie starb nicht daran. Weder in dieser Nacht noch in den folgenden, die ebenso widerlich verliefen, denn der mit einem unerschöpflichen Appetit gesegnete Gontran bekam nicht genug von diesem Frühling in seinem Bett und zwang seine Puppenfrau rücksichtslos Abend für Abend zu einer ebenso abstoßenden wie erschöpfenden nächtlichen Schlacht. Das Resultat war, daß Marjolaine, entschlossen, sich Hungers sterben zu lassen, nach zwei Monaten Ehe nur noch ein Schatten ihrer selbst war und ein Grauen vor dem empfand, was sie sich als Liebe vorstellte.
Aubierge war's, die sie rettete, indem sie ihren einstigen Pflegling unverblümt anfuhr:
»Wollt Ihr sie denn umbringen? Wenn Ihr sie nicht schont und sich erholen laßt, wird sie Euch nicht nur nie die schönen Kinder schenken, die Ihr mit Recht erhoffen könnt, sondern wird meiner Meinung nach nicht einmal mehr das nächste Allerheiligenfest erleben.«
»Was ist denn so Schlimmes daran, wenn ein Gatte seiner jungen und hübschen kleinen Frau jede Nacht seine Liebe beweist?«
»Nichts, wenn die junge und hübsche kleine Frau kräftig genug ist, es zu ertragen. Die Eure ist zu jung und hübsch. Sie wird es nicht mehr sehr lange sein, wenn Ihr Euch nicht zurückhaltet. Seht sie Euch doch an! Sie hält sich nur noch mit Mühe aufrecht, und vor Ringen unter den Augen sieht man kaum mehr das Gesicht! Für einen so schmalen, zarten Körper seid Ihr zu schwer.«
Gontrans feistes, pausbäckiges Gesicht zog sich in die Länge. (Er jedenfalls magerte nicht ab und glich bei Tisch seine nächtlichen Taten wieder aus, indem er die Speisekammer des Hauses doppelt so schnell wie gewöhnlich plünderte.) Einen Moment schien es Aubierge, als würde er zu weinen beginnen.
»Was soll aus mir werden, wenn ich nicht mehr mit ihr schlafen kann? Bestimmt werde ich krank.«

»He, warum geht Ihr nicht wieder in die Bordelle, wenigstens für kurze Zeit? Geht und befriedigt Euren allzu großen Appetit bei irgendeinem kräftig gebauten Mädchen mit gut entwickelten Brüsten und strammen Schenkeln. Inzwischen werde ich Eure kleine Dame, die es dringend nötig hat, wieder aufpäppeln. Es kann ja nicht so angenehm sein, mit einer kleinen, geschundenen Katze zu schlafen.«

»Das ist wahr«, stimmte Gontran zu. »Sie ist so dünn, daß ich sie manchmal im Bett verliere. Und dann muß man zugeben, daß sie beim Vergnügen nicht sehr erfahren ist, weder sehr erfahren noch sehr willig. Du hast recht, Amme, ich werde zur Nacht der Loisel einen Besuch abstatten. Es ist lange her, daß sie mich gesehen hat. Und dann werde ich bald auf die Bälgermärkte fahren. Das wird dir Zeit genug lassen, meine Dame wieder auf die Beine zu bringen. Sorge gut dafür!«

»Habt keine Angst. Und wenn Ihr zurückkommt, schont sie in dieser Hinsicht mehr. Einmal die Woche, zum Beispiel, bis sie siebzehn oder achtzehn Jahre alt und eine schöne, kräftige Pflanze geworden ist, der ihr einen Haufen Knirpse machen werdet!«

Von diesem Tage an verwandelte sich Marjolaines Hölle in eine Art kosiges Paradies, als dessen Schutzengel sich Aubierge erwies. Gut gepflegt, gut genährt, fast jede Nacht allein im großen Bett, fand die junge Frau schnell ihr gesundes Aussehen und den Geschmack am Leben wieder. Sie fand Vergnügen an hübschen Kleidern, an dem behaglichen Haus, ausstaffiert mit großen, religiöse Szenen darstellenden Tapisserien und sogar – unerhörter, durch die Kreuzzüge nach Europa gelangter Luxus – einigen Teppichen aus Aleppo oder Damaskus, die den Stolz der Wände des großen Saals bildeten. Denn niemand wäre auf die Idee gekommen, diese seltenen Wunderwerke über den Boden zu breiten und so täglicher Beschmutzung auszusetzen. Die immer sorgfältig gescheuerten milchweißen Steinfliesen mußten sich im Winter mit Stroh und im Sommer mit täglich erneuerten Lagen duftender Kräuter begnügen.

Um der jungen Frau Gesellschaft zu leisten, wie überhaupt zu ihrer speziellen Bedienung bestimmt, stellte Dame Aubierge für Marjolaine eine Kammerjungfer ein, und so vollzog sich Avelines Eintritt in das Haus des Kürschners. Tochter eines der Bauern der

Abtei von Saint-Denis, zu der Foletier ausgezeichnete Beziehungen unterhielt, war sie rot wie eine Mohrrübe, rund wie eine Haselnuß, mit gleichfalls nußfarbenen Augen, die ständig erstaunt wirkten, wenn sie nicht erschrocken blickten. Denn Aveline, von Natur aus ängstlich, fürchtete sich vor allem und jedem: vor Mäusen, vor der göttlichen Gerechtigkeit, vor schwarzhaarigen Männern, Hunden, Pferden und vor allem vor Dame Aubierge, deren strenger Blick und barsche Stimme sie in höllische Angstzustände versetzten, wenn sie zufällig einmal ihr galten. Aber sie war reizend, liebevoll, ergeben, und gerade der großen Angst wegen, die die Haushälterin ihr einjagte, arbeitete sie sich mit erstaunlicher Schnelligkeit in ihre neuen Aufgaben ein. Zudem schloß sich die nur wenig Ältere sofort an ihre jüngere Herrin an, deren Schönheit und unwirkliche Blondheit sie leidenschaftlich bewunderte.

Amüsiert durch den hübschen Kontrast der beiden jungen Mädchen in seinem Hause, hatte Gontran Foletier ihnen die Spitznamen Mond und Sonne gegeben. Übrigens hätte er gern von den Sommersprossen und Grübchen Avelines gekostet, doch da er wußte, daß er damit ein Donnerwetter Aubierges riskierte, die in puncto Anstand im Hause keinen Spaß verstand, hatte er es für klüger gehalten, es zu lassen. Die alte Frau konnte äußerst unangenehm werden, wenn sie die Lust dazu ankam.

Und die Zeit war vergangen. Marjolaine war gewachsen und entfaltete sich wie eine Treibhausblume. Aber zu Gontrans großer Enttäuschung hatte sie noch nicht Früchte getragen. Er behandelte sie jetzt mit großer Verehrung, zwang sich, ihr nur zweimal die Woche einen Besuch abzustatten und hatte seiner für sie so erschöpfenden Liebesleidenschaft einen Dämpfer aufgesetzt. Allerdings hinterließ das eine Art von Langeweile in ihm, Resultat einer allzu großen Monotonie. Es war ein wenig, als ginge er zur Messe. Dabei erschienen ihm die Gottesdienste mit ihrer Fülle von hübschen Mädchen und freundlich-graziösen Frauen noch vergnüglicher als diese Venus mit den Augen der Heiligen Jungfrau und dem reglosen Körper einer hölzernen Puppe, auf der er sich zu festgelegten Tagen und Stunden mühte, und die einer den Löwen ausgelieferten Märtyrerin glich.

Ermüdet von dieser Übung und dennoch mit dem wenigen, was er an Herz besaß, an diesem entzückenden Geschöpf hängend, begann er in ihr schließlich den schönsten Schmuck seines Hauses zu sehen und ging aus, um Umschau zu halten, ob woanders die Gelegenheit günstiger wäre. Von Bordellmädchen ging er über zu verheirateten Frauen, nahm eine Geliebte, dann eine andere. Die letzte von ihnen war das genaue Gegenteil von Marjolaine.

Groß und üppig, gehörte Jacqueline Ancelin zu jenen Frauen, die auf ihren Wegen jeden Mann veranlassen, sich nach ihnen umzudrehen. Mit üppigem Hinterteil, herausforderndem Busen, nachtschwarzem Haar, das bei dieser Tochter des Poitou noch die einst einem der ungläubigen Reiter Abd-er-Rhamans erwiesenen Gefälligkeiten einer Ahnin bezeugte, einem flaumigen Schatten über den vollen roten Lippen, schwenkte sie beim Gehen auf eine gewisse Art die Hüften, die selbst den Harmlosesten der Harmlosen auf Gedanken bringen konnte. Gontran gehörte nicht zu ihnen. Kaum hatte er Jacqueline im Hause ihres Mannes erblickt, als er noch schneller Feuer fing als bei der ersten Begegnung mit Marjolaine. Ausbert Ancelin, der Besitzer dieses Wunders, war Böttcher von Beruf. Ein guter Böttcher übrigens und meilenweit in der Runde höchst vorteilhaft bekannt, arbeitete er jedoch vor allem für die Abtei von Saint-Denis und hatte sich in dem Dörfchen Cercelle niedergelassen, gerühmt, wie schon sein Name bezeugte[1]), für die Qualität der Faßreifen, die man dort herstellte. Und eben um Fässer in Auftrag zu geben, begab sich Gontran dorthin und war dabei Jacqueline begegnet.

Da die Schöne seine infolge der Anwesenheit der sechs Fuß Muskeln und Nerven des Gatten gezwungenermaßen diskreten Annäherungsversuche mit unwiderstehlichem Blickgeplänkel beantwortet hatte, betrieb er seine Werbung weiter, und als die Zeit der Weinernte gekommen und Ausbert vollauf mit der Arbeit für den Keller des Abtes Suger beschäftigt war, legte er Jacqueline in einem kleinen, buschigen Wäldchen um, selbst ein wenig überrascht, so schnell an sein Ziel gekommen zu sein. Doch um die Wahrheit zu gestehen, war der Böttcher keineswegs ein glücklicher Besitzer,

---

[1]) Cercelle abgeleitet von cerceau=Reifen.

denn obwohl er stattlich aussah, hätte man in der ganzen Provinz einen größeren Hahnrei als ihn kaum finden können. Und natürlich hatte er nicht einmal eine Ahnung davon.
Mit einer reichen Natur begabt, liebte Jacqueline die Männer, selbst den eigenen, dem sie die köstlichen Stunden nicht vorenthielt, wenn sie Zeit dazu fand. Aber es genügte schon, daß eine geschickte Hand sie an der richtigen Stelle leicht berührte, um ihr den Kopf zu verdrehen und den Leib in Glut zu versetzen. Zudem langweilte sie sich maßlos in ihrem Dorf und träumte davon, in Paris zu wohnen. Daß sie Foletier erobert hatte, einen der reichsten Bürger der Stadt, machte ihr Hoffnungen, zumal er ihr, von einer wahren Leidenschaft für sie ergriffen, Geschenke zu machen begann, wie alle Frauen sie gern erhalten, nur daß es für Jacqueline schwierig war, sie bei sich zu tragen.
Als der Beginn der schlechten Jahreszeit den ländlichen Vergnüglichkeiten, die Gontran im übrigen nicht besonders schätzte, ein obligatorisches Ende setzte, hatte der Kürschner in Stains am Rande der Weingegend von Pierrefitte eine Schenke entdeckt, wo man sich auf guten Federbetten mit einem Gläschen neuen Weins zwischen zwei zärtlichen Anstürmen verlustrieren konnte. Großzügige Bezahlung sicherte dem Paar die Diskretion des Wirts, und Jacqueline brauchte nur das berühmte Wäldchen ihrer ersten Umarmungen zu durchqueren, um ihren Liebhaber zu treffen.
An einem Märztag des Jahres 1143 nun, acht Tage vor der von Marjolaine und ihren Hausleuten durchlebten Nacht der Ängste, erhielt Gontran, der sich eben in seinem Haus in Saint-Denis aufhielt (wohin er sich der größeren Nähe wegen immer häufiger begab, und wo er sehr viel Ware lagerte), den Besuch einer alten Frau. Jacqueline hatte sie mit einer dringenden Botschaft beauftragt: Ancelin sei zum Prior von Saint-Ouen gerufen worden, der die Ländereien und Weinberge der mächtigen Tourainer Abtei von Marmoutiers verwalte, um dort seine ganze Kunstfertigkeit einem großen Faß zuzuwenden, das den Stolz dieses berühmten Kellers bilde. Wenigstens zwei Tage habe er damit zu tun und werde natürlich am Orte schlafen. Werde der vielgeliebte Gontran nicht kommen, um diese Nacht, die ihre erste vollständige Liebesnacht wäre und der sehnlich Harrenden erlauben würde, ihren Geliebten

mehr noch als sonst zu verwöhnen, mit ihr zu verbringen? Außerdem könne sie sich dies eine Mal mit all den schönen Dingen schmücken, die er ihr geschenkt habe, und die sie zu ihrem großen Verdruß versteckt halten müsse. Sie werde ihre Schmuckstücke tragen und sonst nichts, und sie würden sich beide auf den schönen Fellen lieben, die sie ihm verdanke.

So in Appetit versetzt, fiel es Gontran weidlich schwer, den Anbruch der Nacht zu erwarten. Sein Maultier besteigend, hastete er, sobald die noch winterlich bleiche Sonne verschwunden war, dem entgegen, was, wie er meinte, die große Nacht seines Lebens werden würde. Aber er sollte sie nie erleben.

Als er der Tür des Hauses zuschlich, nachdem er sein Maultier im Schutz eines Gehölzes versteckt hatte, erhielt er einen so gewaltigen Schlag in den Nacken, daß er ihn nicht nur zu Boden, sondern gleich in die Ewigkeit schickte.

Ein verspäteter Reisender, der kurz darauf auf dem Wege vorüberkam, fand ihn dort, die Arme kreuzweise von sich gestreckt, die Nase auf dem Stein der Schwelle, und machte Lärm, um Hilfe zu rufen. Ausbert Ancelin, der niemals nach Saint-Ouen aufgebrochen war, trat infolge dieses Lärms aus der Tür, entdeckte die Leiche und bückte sich natürlicherweise, um die neben ihr liegengebliebene Waffe aufzuheben. Maßlos verblüfft stellte er fest, daß es, mit Blut besudelt und grauen Haaren verklebt, sein schwerster Böttcherschlegel war. Von da an war sein Schicksal besiegelt: Der Mörder konnte nur er sein, der, müde, ein Geweih zu tragen, um das ihn ein Zehnender beneidet hätte, den Spitzbuben niedergeschlagen hatte, der zu seinem Hause gekommen war, um ihm seine Frau und seine Ehre zu stehlen. Jedermann in Cercelle gab ihm recht, doch wurde er nichtsdestoweniger verhaftet und in das Gefängnis des Abtes von Saint-Denis gebracht, des Gerichtsherrn des ganzen, von seiner großen Abtei abhängigen Bezirks. Seitdem erwartete der unglückliche Ancelin sein Urteil, das ihn aller Wahrscheinlichkeit nach zum Galgen schicken würde, wenn sich keine Stimme erhob, um wenigstens den Versuch zu machen, ihn zu verteidigen.

Marjolaine ihrerseits erfuhr mit Erstaunen, doch ohne den leisesten Kummer vom tragischen Ende eines Gatten, für den sie trotz des behaglichen Lebens, das sie ihm verdankte, nie hatte etwas empfinden können. Daß er Mätressen hatte, genierte sie nicht, ganz im Gegenteil, und im Laufe der Zeit war sie dazu gelangt, in ihnen wohlmeinende Helferinnen zu sehen, die sie zum Teil von den unangenehmen Verpflichtungen des Daseins einer Ehefrau entlasteten. Selbst auf zweimal pro Woche beschränkt, waren ihr Gontrans Liebesergüsse immer ein Alptraum geblieben, und niemals hatte sie ohne ein tiefes Angstgefühl der Donnerstag- oder Sonntagnacht entgegengesehen.

Die durch Foletiers Tod geschaffenen besonderen Umstände hatten sie nicht ohne ernstliche Selbstvorwürfe ihre ganz dem Mörder zugewandte Sympathie entdecken lassen, ja sogar, daß sie ihm dankbar war, sie von einer Kette befreit zu haben, die zu schleppen ihr schwerer und schwerer geworden war. Infolgedessen hatte sie ihn von ganzem Herzen beklagt, als man ihr Ausbert Ancelin zeigte, von zwei Wächtern bewacht, Fesseln an Händen und Füßen, verzweifelt weinend und auf seine Seele schwörend, daß er Foletier nicht getötet habe. Einen Moment hatte er den Kopf gehoben, und sie war einem so schmerzvollen Blick begegnet, daß sie überzeugt worden war: dieser Blick ohne Falsch eines rettungslos verlorenen Tiers konnte unmöglich einem Mörder gehören. So entschloß sie sich, von diesem Moment an alles zu tun, um ihn zu retten.

»Wer immer sich wie ein Spitzbube aufführt, muß sich darauf gefaßt machen, wie ein Spitzbube behandelt zu werden«, erklärte sie fest. Diese ungewöhnliche Haltung hatte als unmittelbare Konsequenz die Aufschiebung des Prozesses gegen Ancelin, dem seine sofortige Hinrichtung gefolgt wäre. Sie trug Dame Foletier auch die vorsichtige Kritik der Gevatterinnen des Saint-Barthélemy-Viertels ein, obwohl man ihre Reaktion zumeist dem Konto ehelichen Kummers und ihrer Eifersucht zuschrieb – Meister Foletier war ja ein so stattlicher Mann gewesen! –, doch, seltsam genug, verhalf sie ihr auch zu einer Art Respekt von Seiten Aubierges. Die Haushälterin war hundert Meilen davon entfernt gewesen, sich vorzustellen, daß diese von Gontran von seiner Wallfahrt mitgebrachte hübsche Nippesfigur über Gerechtigkeit und Menschlichkeit Ideen von einer so nüchternen Weisheit haben könnte. Und sie übernahm ihre Überzeugung mit der gleichen Entschiedenheit, die sie allen Dingen zuwandte, was alle Klatschereien im Nu zum Schweigen

brachte. Es war nie gesund, sich Dame Aubierge zur Feindin zu machen.
Übrigens machte sie sich ihre eigenen Gedanken, nachdem auch sie den Gefangenen gesehen hatte, und zögerte nicht, ihrer jungen Herrin deren Ergebnis anzuvertrauen.
»Unser Herr Jesus und die Heilige Jungfrau müssen Euch inspiriert haben, Dame Marjolaine, als Ihr Euch frei heraus geweigert habt, Euer Recht auf Rache auszuüben.«
»Die Rache gehört Gott allein«, unterbrach die junge Frau sie tugendhaft, noch immer fest ihren edlen Ideen verhaftet.
»Zuvörderst ja! Und außerdem, wenn Ihr wissen wollt, was ich denke, gelingt's mir nicht zu glauben, daß dieser Ancelin schuldig ist. Dieser Unglückliche schwitzt Unschuld aus allen Poren seiner Haut.«
»Das ist auch der Eindruck, den ich hatte. Trotzdem muß es einen Schuldigen geben. Jemand hat Meister Foletier eine Falle gestellt, und wenn es nicht der betrogene Ehemann ist...«
»Es könnte auch jemand anders sein, jemand, der ein Interesse daran hat, Meister Foletier diese Welt verlassen zu sehen.«
Aubierge hatte langsam und leise gesprochen, die Worte deutlich voneinander trennend wie jemand, der laut denkt, und ohne Marjolaine anzusehen, doch nach und nach fand ihr Blick zu dem der jungen Frau zurück und senkte sich in ihn, jäh den Verdacht, den sie hegte, enthüllend. Marjolaines Augen weiteten sich, da sie begriff, an wen die Haushälterin dachte. Sie selbst hatte schon diese Idee gehabt, sie aber für leichtfertig und wenig christlich gehalten und sich darum gehütet, sie zu äußern. Jetzt jedoch wagte sie's.
»Ihr denkt an Etienne, nicht wahr? Ich habe auch daran gedacht, aber es schien mir unmöglich. Er hätte über dieses Abenteuer meines Mannes auf dem laufenden sein müssen, und niemand wußte davon.«
Aubierge zuckte die Schultern.
»Etienne weiß immer alles, was er meint, wissen zu müssen. Was mich betrifft, mißtraue ich ihm schon seit langem. Dieser Bursche ist zu ruhig für sein Alter, zu folgsam auch und ist es schon immer gewesen. Ein Charakter, den man so gut versteckt – denn seine Blicke haben seine Handlungen oder seine Worte oft Lügen gestraft, wenn er sich nicht beobachtet glaubte –, kann nur Überraschungen bergen.«

Marjolaine betrachtete Aubierge verblüfft.
»Aber er behandelt Euch doch wie eine zweite Mutter, mit Respekt und Zuneigung!«
»Zuviel von beidem! Ich bin alt genug, um unterscheiden zu können. Nun, er ist der Erbe seines Onkels, da dieser gestorben ist, ohne Kinder zu hinterlassen. Und ich weiß, daß er fürchtete, Ihr könntet Meister Foletier einen Sohn schenken.«
Diesmal erwiderte Marjolaine nichts, denn Aubierge hatte nur laut ausgesprochen, was sie im stillen dachte. Etienne Grimaud, Sohn Gerberges, der Schwester Gontrans, und eines Winkelschreibers, war nach dem Tode seiner Eltern, beide Opfer einer tödlichen Blatterrosen-Epidemie, die 1126 in Sens gehaust hatte, von seinem Onkel aufgenommen worden. Das Kind war damals drei Jahre alt gewesen, und Gontran, sein einziger Verwandter, hatte es Aubierge anvertraut, von der es aufgezogen worden war. Ohne sonderliche Mühe übrigens: wenig schwatzhaft, schweigsam, selten lachend, viel hörend, mehr noch beobachtend, hatte sich der Junge gefügt, ohne je gegen das ihm auferlegte, keineswegs beschwerliche Dasein und das für ihn vorgesehene Metier zu protestieren. Denn natürlich hatte Gontran, als Etienne zehn Jahre alt geworden war, damit begonnen, ihn in die Arbeit des Kürschners einzuführen.
Geschickt und intelligent, war der Junge schnell zur rechten Hand seines Onkels geworden und hätschelte heimlich den Gedanken, eines Tages dessen Erbe zu werden, als der Kürschner bei der Rückkehr von seiner Expedition zur Notre-Dame de Liance seine baldige Hochzeit angekündigt hatte, gefolgt vom tatsächlichen Erscheinen Marjolaines im häuslichen Reich der Rue Saint-Barthélemy und des Gehöfts von Saint-Denis.
Wenn Etienne so etwas wie Enttäuschung empfunden hatte, hatte er es jedenfalls nie gezeigt, sondern im Gegenteil seine junge Tante mit der normalen Ehrerbietung eines Untergeordneten der neuen Hausherrin gegenüber empfangen. Hingegen hatte er, so groß seine Selbstbeherrschung auch war, die Bewunderung, die ihm ihre Schönheit einflößte, nicht völlig verbergen können, und der Jungverheirateten hatte der Blick voller ungezügelter Begierde nicht gefallen, den sie zuweilen auf sich gerichtet fand. Sie hätten Freunde, ja selbst Verbündete sein können, denn nur drei Jahre trennten sie

voneinander, doch dieses Blicks wegen hatte Marjolaine es immer vorgezogen, Abstand von Etienne zu halten.
Nun, da Gontran nicht mehr da war, machte Etienne ihr Angst, obwohl er in keiner Weise seine Haltung ihr gegenüber geändert hatte, und nur aus diesem Grunde hatte sie sich entschlossen, nach Saint-Denis umzuziehen und ihm das Stadthaus zur freien Verfügung zu überlassen, das ohnehin zum großen Teil dem Fellhandel diente. Aus Gründen der Schicklichkeit war Aubierge der jungen Witwe gefolgt, ihrer in dieser Hinsicht sehr erfahrenen Tochter Péronelle die Sorge um das Haus und den neuen Herrn anvertrauend.
Marjolaine hatte entdeckt, daß es keinerlei Beweise gab, die ihren Verdacht hätten erhärten können, und daß sie dem unglücklichen Ausbert Ancelin nicht die geringste Hilfe bringen konnte. Der Arme hatte nichts als sein gutes Gewissen und seine Tränen.
Während sie an all dies dachte, ging für die junge Frau die lange Nacht zu Ende, in die der mysteriöse Besucher des Speichers soviel Unruhe gebracht hatte. Aveline, die sie bei sich behalten hatte, war schließlich wie zu einer Kugel zusammengerollt am Fußende des großen Bettes eingeschlafen, wo sie den Kater Grimbert vertrat, der offenbar das vorangegangene Durcheinander genutzt hatte, um auf den Dächern ringsum auf Abenteuer auszugehen. Marjolaine war in der molligen Wärme des Bettes liegengeblieben, ausgestreckt auf dem Rücken, die Decken bis zu den Augen hochgezogen, die auch nur ein einziges Mal wieder zu schließen ihr nicht geglückt war, die Ohren gespannt lauschend, um aus dem Pfeifen des Windes herauszuhören, ob sich über ihrem Kopf die Felle wieder zu rühren begännen. Doch kein verdächtiges Geräusch ließ sich vernehmen, bis der Schrei des ersten Hahns, bald von dem aller anderen der Umgebung gefolgt, für die Arbeiter der Felder, Weinberge und Gärten das Zeichen zum Aufstehen gab. Schon lange zuvor hatten die Mönche in der benachbarten Abtei die Frühmesse gesungen. Sie mußten sich schon auf die Lobgesänge vorbereiten, die gesungen wurden, wenn die Morgenröte sich zeigte. Auch die silbernen Schläge der Glocke, die zum Gottesdienst rief, perlten in die Nacht. Wie durch Zauberei beruhigte sich der Wind, sein Stöhnen verstummte, als habe der göttliche Klang einen Schmerz gelindert.

Eine kleine Weile tiefen Friedens trat ein, nur kurz unterbrochen vom Gebell der Hunde, die Colin hereinließ, um ihnen Futter zu geben. Dann war alles wieder still.
Marjolaine schloß die Augen. Sie fühlte sich noch immer nicht schläfrig, aber sie versuchte, ein unerwünschtes Bild zu verjagen, das sich ihr während des Abenteuers der Nacht eingeprägt hatte und sie verfolgte. Sie sah von neuem Colin, wie er ihr in dieser Nacht im Schein seiner Laterne erschienen war: nur mit seinen Hosen und einem über die breiten Schultern geworfenen alten Sacke bekleidet, der so gut wie nichts von seinem muskulösen Oberkörper verbarg. Trotz der Angst, die sie gepackt hielt, war die brutal entjungferte Ehefrau des verstorbenen Gontran über die Schönheit dieses männlichen Torsos erstaunt gewesen, über dessen Haut im Licht der Kerze goldene Reflexe glitten. Sie empfand eine seltsame Verwirrung dabei, die sie nicht verstand und die sie zu verdrängen wünschte.
Sie verdrängte nichts, im Gegenteil, denn sie schlief ein und fiel ohne Übergang in einen absurden Traum: nackter noch als zuvor glitt Colin in ihr Bett und umschlang sie wie eine Schlange oder wie Efeu den alten Apfelbaum im Obstgarten. Auf ihrem ganzen Körper spürte Marjolaine das Gewicht Colins, spürte sie seine Wärme, doch empfand sie weder Ekel noch Abscheu. Es war im Gegenteil ein angenehmes Gefühl, denn der Körper des Burschen war hart und glatt und bewegte sich sanft gegen sie in einer langsamen, fast reglosen Liebkosung, die ihr köstlich schien, und die in den Tiefen ihres Leibes eine eigentümliche Glut entfachte, die ein Bedürfnis und ein Anruf war. Der Beginn einer Art Krampf weckte sie jäh, keuchend, feucht von Schweiß, mit wild klopfendem Herzen.
Sie setzte sich auf und nahm ihre Brüste, die sie schmerzten, in ihre Hände. Dann sah sie, daß Aveline, schon wach, dabei war, im Kamin ein Feuer anzufachen, und sie nicht beachtete.
»Warum machst du Feuer?« fragte sie in einem Ton, dessen Unsicherheit sie sich schämte. »Mir scheint, es ist schrecklich heiß hier!«
»Heiß? Seid Ihr sicher, daß Ihr kein Fieber habt, Herrin? Regen und Wind haben die ganze Nacht hindurch getobt und waren so kalt, daß alles im Haus wie gefroren und feucht ist. Dame Aubierge hat befohlen, überall große Feuer anzuzünden.«

Marjolaine hörte sie nicht. Laken und Decken zurückstoßend, lief sie zum Fenster, dessen Flügel sie in ihrer Hast, frische Luft zu atmen, fast aus den Angeln riß, und sog sie, mit einem Seufzer der Erleichterung die Augen schließend, in gierigen Zügen ein.
»Dame!« rief Aveline empört. »Denkt daran, daß man Euch sehen kann!«
Die junge Frau öffnete die Augen und stellte nicht ohne Erschrekken fest, daß sie in der Tat von jemand beobachtet wurde. Colin war dort unten. Vor dem Stall stehend, starrte er zum Fenster hinauf, höchst erstaunt über den Anblick dieses hübschen Körpers, den er nur zur Hälfte sah. Mit einem beklommenen Stöhnen warf sie sich zurück und schlug das Fenster zu.
»Laß mir ein Bad heraufbringen! Ich will zur ersten Messe gehen!«
»Es braucht Zeit, das Wasser zu wärmen, Herrin. Das Bad wird nicht sofort bereit sein.«
»Wer hat dir etwas von einem warmen Bad gesagt? Ich will ein kaltes Bad, und das gleich!«
Ihre Bestürzung ließ Aveline Mund und Augen zugleich aufreißen.
»Seid Ihr ganz sicher, nicht leidend zu sein, Herrin? Ein kaltes Bad bei diesem Wetter, und wenn Ihr noch dazu ein bißchen Fieber habt? Das ist nicht...«
»Du bist es, die leidend sein wird, wenn du mir nicht innerhalb von fünf Minuten gehorcht hast! Und bereite dich vor, mir zur Kirche zu folgen, falls du nicht die Rute vorziehst.«
Die Rute! Niemals hatte Marjolaine Gebrauch von ihr gemacht. Nicht einmal die Idee wäre ihr je gekommen, doch ihre Miene war plötzlich so entschlossen, daß Aveline es für klüger hielt, nichts mehr einzuwenden. Sie verschwand mit fliegenden roten Zöpfen, fest überzeugt, das Abenteuer dieser Nacht müsse den Geist ihrer jungen Herrin völlig verstört haben.
Sie machte ihre Sache so gut, daß Marjolaine eine halbe Stunde danach mit Aveline auf den Fersen schon auf dem Weg zu der großen, noch im Bau befindlichen Basilika war. Sie ging schnell, die Nase im wieder aufgefrischten, wenn auch zum Glück nicht mehr so rauhen Wind wie in der vergangenen Nacht, sorglich die riesigen Pfützen meidend und in Hinblick auf die Beichte, die sie vor dem Gottesdienst ablegen wollte, die Verwirrung ihres Geistes zu klären

suchend. Ihr Körper hatte seine Ruhe schon wiedergefunden. Das kalte Bad – weniger kalt als anzunehmen gewesen war, denn Aveline hatte den vier Eimern kalten Wassers verstohlen einen mit warmem hinzugefügt – hatte ihre Glut besänftigt, aber das Gefühl der Scham und Entwürdigung, das sie empfand, nicht gemildert. Um sich von dieser Scham reinzuwaschen, wollte sie vor dem Beichtstuhl niederknien. Von ihr und vielleicht auch von der Angst, die diese beunruhigende Nacht ihr hinterlassen hatte, eine Angst, die wiederkehren würde, dessen war sie sicher, wenn der Tag sich neigte. Niemals hatte sie der Hilfe Gottes so sehr bedurft. Das war wenigstens das, was sie dachte, ihr tief empfundenes Schutzverlangen in einen Appell an das Göttliche übersetzend.
Während sie dahinschritt, überließ sie sich einer strengen Gewissensprüfung, um sicher zu sein, nichts zu vergessen, wenn sie vor dem Priester sein würde. Sie dachte, daß die Lösung des Problems, das Gontran für sie darstellte, vielleicht die sein könnte, die ihre Mutter einst für sie gewählt hatte. Im Schutze der Mauern eines Klosters würde nichts, weder Männer noch Gespenster, ihr etwas anhaben können, denn niemand hatte je von einem von Geistern heimgesuchten Kloster gehört, und ebensowenig würde dort etwas die selbst im Traum noch entwürdigenden Manifestationen der fleischlichen Liebe wachrufen.
Wie immer, wenn sie sich zur Kirche begab, hatte sich Marjolaine in ihrem unbewußten Bedürfnis, schön zu sein und bewundert zu werden, mit ganz besonderer Sorgfalt gekleidet. Über ein Hemd aus feinem flandrischen Leinen, fein genug, um den Farbton ihrer Haut ahnen zu lassen, hatte Aveline ihr ein Kleid aus dicker schwarzer, Ton in Ton bestickter Seide gestreift und dann über ihre Schultern ein weites, mit Fehfellen gefüttertes Cape aus feinem Tuch gelegt, über der Brust von einer großen, runden Spange aus ziseliertem Gold zusammengehalten. Der schwarze Schleier, der ihr streng geflochtenes Haar und ihre Schultern umhüllte, bestand aus jenem hauchdünnen Mossul-Gewebe, dessen Gebrauch und Geheimnis die Kreuzritter nach Europa mitgebracht hatten. Daß er schwarz war, hob das leuchtende Blond der jungen Frau nur noch mehr hervor, und mehr als ein bewundernder oder neidischer Blick folgte ihr auf dem von Tieren, Dörflern und Steine oder Sand karrenden

Arbeitern überfüllten Weg, als sie den Hof der Abtei betrat, um zu der provisorischen Kapelle zu gelangen, in der die Gottesdienste stattfanden, bis die Arbeiten an der Basilika abgeschlossen sein würden.

Sechs Jahre zuvor, 1147, hatte der Abt von Saint-Denis, der schon der große Suger, gern angehörter Ratgeber des verstorbenen Königs Ludwig VI. gewesen und nun sehr wenig angehörter des jungen Königs Ludwig VII. war, es unternommen, die noch von Karl dem Großen eingeweihte Kirche umzubauen. Sie war viel zu klein geworden für die großen Menschenmengen, die sich bei jeder Wallfahrt in ihr drängten. Zudem drohte ihr der Verfall. Es hatte Unfälle gegeben, Frauen, Kinder, selbst Männer waren umgekommen, zu Boden getrampelt, erstickt oder niedergeschlagen am Fuße der Schreine, in denen die Reliquien der Heiligen ruhten.

Nachdem er sich entschlossen hatte, das einstmals auf Befehl Pippins des Kurzen errichtete zentrale Kirchenschiff zu erhalten und sich damit zu begnügen, es nur an beiden Enden zu verlängern, hatte Suger bis zum Jahre 1130 die prachtvolle Fassade, die beiden Türme, die sie überragten, und das erstaunliche Vestibül errichten lassen, in dem zum zweitenmal in Frankreich gekreuzte Spitzbogen in Erscheinung traten, die dem Ganzen eine außerordentliche Leichtigkeit verliehen. Danach hatte Suger das Querschiff, den Chor und die Krypta in Angriff genommen, was eine gewaltige Arbeit bedeutete. Aber dank der Mitwirkung so vieler Handwerker, Arbeiter und Künstler, die der tatkräftige Abt zu vereinen gewußt hatte, kam sein Werk schnell voran, und er war voller Hoffnung, es mit Gottes Hilfe in einem Jahr, 1144, einweihen zu können.

Dieser Bau faszinierte Marjolaine. Sie interessierte sich für ihn wie übrigens alle Leute der Umgebung, fand Vergnügen daran, das gewaltige Wunderwerk wachsen zu sehen, das so laut vom Ruhm Gottes und der Geschicklichkeit seiner Erbauer künden würde. Und wenn sie sich zu den Gottesdiensten begab, verfehlte sie nie, einige Schritte in Richtung auf die Baustellen zu tun, um unter den schwieligen Händen der Steinmetzen und Bildhauer die Blumen, das Laubwerk, die phantastischen Tiere und die Figuren der Heiligen entstehen zu sehen. Jedenfalls bis zu dem Tag, an dem sie sich in einem kleinen Gesicht aus Stein wiedererkannte, dem ein junger Mann mit fast zärtlichen Gesten eben die letzte Politur verlieh. Dieses Gesicht nun, von langem Haar umrahmt, erhob sich über einem schmalen, schlanken, ohne das erwähnte Haar jedoch völlig unverhüllten Frauenkörper.

Ihre jäh aufwallende Erregung hatte Marjolaines Gesicht tief gerötet, und sie öffnete den Mund, um ihre Entrüstung hören zu lassen, als der junge Mann, der sie lächelnd betrachtete, gelassen sagte:

»Das ist unsere Mutter Eva! Sie ist schön, nicht wahr?«

»Unsere Mutter Eva?« stammelte die junge Frau.

»Sie selbst! In ihrer furchtbaren und göttlichen Schönheit. Sie wird ihren Platz in einer der Nischen finden, zu hoch, als daß man sie erkennen könnte«, hatte er mit einem kleinen Zwinkern hinzugefügt.

Er schien so zufrieden mit seinem Werk, daß Marjolaine nicht den Mut aufgebracht hatte, ihren Ärger zu äußern. Im übrigen täuschte sie sich vielleicht, vielleicht war es gar nicht ihr Gesicht. Doch wenn sie nun den jungen Bildhauer bemerkte, änderte sie ihren Weg, um nicht bei ihm vorbei zu müssen. Seit jenem Tag vermied sie überhaupt den großen Bauplatz.

Ihrer Hoffnung zum Trotz verhalf ihr die Messe nicht zu der inneren Beruhigung und Stärkung, die sie erwartete. Sie hatte sich gewünscht, gleich bei ihrer Ankunft beichten zu können, um das Heilige Abendmahl zu empfangen, aber seltsamerweise hatte sie sich von einer unerklärlichen Hemmung zurückgehalten gefühlt, als sie einen der Mönche ansprechen und bitten wollte, sie anzuhören. Ihr war, als könne es ihr nie gelingen, die Worte zu finden, die ihr ohne vor Scham zu sterben, erlauben würden, ihre diabolischen Träume zu gestehen. Und dann gab es ja die Geschichte dieser Nacht, die unerklärlichen Geräusche, das Faktum, das ohne Zweifel die schuldbeladene Seele ihres Mannes spukend ins Haus zurückkehrte, Gebete und Messen, vielleicht auch die Bestrafung des Verbrechers fordernd. Der jedoch, den man jetzt das Verbrechen büssen lassen wollte, war nicht der Richtige, Marjolaine hätte ihre Hand dafür ins Feuer gelegt. Es konnte deshalb kein einfacher Mönch sein, vor dem sie ihr Herz ausschütten und ihren Geist reinigen mußte, denn wenn auch manche, auf gutem Wege zur Heiligkeit, die naive Güte junger Lämmer besaßen, waren andere, wie sie aus Erfahrung wußte, fürchterliche Dummköpfe und völlig stumpf.

Der, den sie fast angesprochen hätte, war einer von diesen, und die junge Witwe zog es vor, lieber auf das Abendmahl zu verzichten, als es mit ihm zu tun zu bekommen. Nach der Messe würde sie den ehrwürdigen Abt aufsuchen. Er allein war weise genug, ihre verwirrten Gedanken zu entwirren.

Von diesem Entschluß ganz in Anspruch genommen, hörte sie die Messe ungewöhnlich zerstreut, verwechselte die Antworten des liturgischen Wechselgesangs, manche vergessend und unruhig auf ihren wie von Ameisen kribbelnden Knien hin und her rutschend, immer besorgter beobachtet von Aveline, der das merkwürdige Verhalten einer jungen Frau, die sich für gewöhnlich in der Kirche andächtig wie ein Engel benahm, unerklärlich blieb.

Mehr noch: Kaum hatte der die Messe zelebrierende Mönch, sich zu den Gläubigen wendend, das »ite missa est...« gesprochen und über ihren geneigten Köpfen das Zeichen des Segnens gemacht, als Marjolaine sich schon erhob und zum Ausgang lief, ohne ihre Magd zu verständigen, die ihr, nun endgültig verschreckt, im Laufschritt folgte.

Vor der Kapelle wandte die junge Frau sich entschlossen dem Bauplatz zu und rief den ersten Arbeiter an, den sie bemerkte:

»Ich wünsche den Seigneur Abt zu sehen. Könnt Ihr mir sagen, wo er sich befindet?«

»Der Seigneur Abt ist alt und weise, ich bin jung und verrückt. Zieht Ihr's nicht vor, mit mir zu sprechen?«

»Oh! Ihr seid es!« murmelte Marjolaine, die, sehr verärgert, ihren Bewunderer mit dem Meißel zu spät erkannt hatte.

»Ja, ich. Ihr wißt nicht mal meinen Namen... Dame Foletier.«

»Da Ihr meinen wißt, wißt Ihr auch, daß ich meinen toten Gatten beweine, und ich finde es reichlich kühn, daß Ihr es wagt, zu mir zu sprechen.«

»Ihr wart es, die als erste zu mir gesprochen hat! Zu Eurer Orientierung: man nennt mich Gilbert. Ihr könntet es wie alle machen und mich gleichfalls so nennen.«

Obwohl gereizt, konnte sich Marjolaine der Feststellung nicht enthalten, daß der freche Bildhauer angenehm von Gesicht und gut gewachsen war und daß er zu seinem Haar passende braune Augen hatte, die lebendigsten und fröhlichsten, die sie je gesehen hatte.

»Ich habe keinen Grund, Euch so zu nennen. Beantwortet jetzt die Frage, die ich Euch gestellt habe, oder laßt mich vorbei. Einer Eurer Kameraden wird vielleicht eher bereit sein, mir Auskunft zu geben.«

Mit einem Seufzer ließ Gilbert den Arm sinken, den er vor ihr bis zum Stützbalken eines Gerüstes ausgestreckt hatte, um der jungen Frau den Weg zu verlegen.

»Wenn man so schön ist, sollte man großmütiger sein«, sagte er, »und Euer Verstorbener verdient nicht so viele Tränen, vorausgesetzt, daß Ihr sie wirklich vergießt. Geht jetzt! Der Seigneur Abt ist im Werkschuppen. Ich habe ihn vor kurzem dort eintreten sehen.«

Und ohne zu warten, bis sie sich entfernte, drehte er sich um, nahm Hammer und Meißel wieder auf und machte sich an seine Arbeit: ein Kapitell, dessen weißen Stein er aufblühen ließ.

Erstaunt, so ohne Umstände stehengelassen zu werden, sah Marjolaine ihm einen Moment bei der Arbeit zu, öffnete den Mund zu einer bewundernden Äußerung über das Talent des jungen Mannes, besann sich jedoch, die Schultern zuckend, und setzte ihren Weg in der würdigen, einer Großbürgerin zukommenden Haltung fort, Aveline noch immer stumm auf ihren Fersen.

Die junge Frau fand den Abt von Saint-Denis in der Tat in dem großen Schuppen, der zugleich als Lagerraum, Werkstatt und Büro für die Werkmeister der Basilika diente. Vor einer großen Truhe stehend, von der er mit einer raschen Geste die hinderlichen Planrollen entfernt hatte, reihte er mit sichtlichem Entzücken eine ganze Sammlung kostbarer Steine, Topase und besonders schöne Granate, vor sich auf, die er einem Wildledersack entnahm.

Er war ein kleiner, rothaariger Mann von offensichtlich schwächlicher, ja kränklicher Konstitution, der immer nahe daran schien, aus dem Leben zu scheiden, dessen Energie deswegen jedoch nicht weniger aktiv war. Er bezog sie aus seiner ländlichen Herkunft und hatte durchaus im Sinne, seine erstaunliche Existenz so lange wie möglich fortzusetzen, diese Existenz, die ihn aus der Lehmhütte

eines Bauern von Argenteuil bis in den Kronrat und bis zu dieser mächtigen Abtei von Saint-Denis geführt hatte, der er nun seine ganze Zeit widmete, da er beim jungen König und vor allem bei Königin Aliénor nicht in gutem Ansehen stand.
Als er hinter sich die Schritte des Mönchs hörte, der Marjolaine hereinführte, rief er ohne sich umzudrehen:
»Seht, wie gut es unser Herrgott mit uns meint, Bruder Augustin! Uns fehlten schöne Steine, um die Forderung der lothringischen Goldschmiede zu erfüllen, die wir beauftragt haben, das große goldene Kreuz zu schaffen, das im Chor unserer Kirche erstrahlen soll, und schon läßt uns Graf Thibaut de Champagne eine ganze Kollektion prachtvoller Steine bringen! Einer ist schöner als der andere, und wie herrlich werden sie im Schein der Kerzen funkeln! Wahrhaftig, der Graf ist überaus großzügig.«
»Er muß irgend etwas haben, wofür er sich Vergebung erhofft«, murmelte Bruder Augustin, der offenbar nicht an die Selbstlosigkeit herrschaftlicher Geschenke glaubte.
Nach wie vor in die Bewunderung seiner Steine vertieft, ließ Suger ein Lachen hören.
»Hüten wir uns vor Vorurteilen, Bruder, hüten wir uns vor Vorurteilen! Warum sollte Graf Thibaut nicht um der Liebe Gottes willen einfach beschließen, uns zu helfen, wenn er uns in Verlegenheit weiß?«
»Eins ist gewiß: Euer Ehrwürden hat Glück. Es genügt, daß Ihr irgend etwas braucht, und sofort ist jemand bereit, Euch zu Hilfe zu kommen. Aber darf ich Euer Ehrwürden daran erinnern, daß ich Euch Dame Foletier bringe?«
Die Steine im Stich lassend, wandte sich der Abt mit einem verwirrten Lächeln um.
»Mein Gott, das ist wahr! Verzeiht mir, meine Tochter! Ich war im Begriff, durch Stolz zu sündigen. Stolz auf das Haus Gottes, versteht sich, aber das ist noch lange kein Grund, Seelen in Not warten zu lassen. Laßt uns allein, Bruder Augustin.«
Der Mönch zog sich zurück, während Marjolaine vor dem Abt niederkniete, um den Ring zu küssen, den er ihren Lippen bot, doch statt sich wieder zu erheben, verharrte sie in ihrer demütigen Haltung. Er verwunderte sich.

»Erhebt Euch, ich bitte Euch! Und nehmt Platz!« fuhr er fort, indem er ihr den einzigen Schemel zuschob.

»Es ist, weil ... ich bin gekommen, um eine Gnade zu erbitten.«

»Eine Gnade erbittet sich sitzend genausogut wie auf Knien, ausgenommen natürlich, wenn man sich an den Herrgott wendet. Also setzt Euch dorthin und sagt mir, was Euch quält.«

Er fügte nicht hinzu: »Sagt es schnell!« aber der Blick, mit dem er die Truhe streifte, verriet Marjolaine, daß er Eile hatte, zu seinen Steinen zurückzukehren.

»Ich bin gekommen, Monseigneur, um die Begnadigung des Mannes zu bitten, den man anklagt, Meister Foletier getötet zu haben. Der Gedanke daran, was er im Gefängnis erduldet, raubt mir den Schlaf. Körperlich leiden zu müssen, wenn man schon in seinem Herzen leidet...«

»Ihr kennt diesen Mann?«

»Nein.«

»Wie könnt Ihr dann wissen, daß er in seinem Herzen leidet?«

»Wie könnte er nicht leiden, nachdem er auf so öffentliche Weise von der Sünde seiner Frau erfuhr?«

Sie legte soviel Mitleid in ihre letzten Worte, daß Suger erstaunt die Brauen hob.

»Es hört sich an, als gelte Eure Sympathie mehr dem Mörder als seinem Opfer. Ist es nicht seltsam, wenn man bedenkt, daß es sich um Euren Gatten handelt?«

»Ich habe nie behauptet, Meister Foletier zu lieben. Er hat mich gekauft wie das Fell irgendeines Tiers, und wenn ich eher Sympathie für diesen unglücklichen Ausbert Ancelin empfinde, dann deshalb, weil ich überzeugt bin, daß er nicht der wahre Schuldige ist.«

»Woher nehmt Ihr diese Idee?«

Im Vorgefühl der nun kommenden Auseinandersetzung holte Marjolaine tief Atem und preßte ihre Hände gegeneinander.

»Ich glaube, wenn er getötet hätte, wäre er geflohen. Welcher vernünftige Mensch würde ruhig in seinem Bett bleiben, wenn er weiß, daß eine Leiche vor seiner Tür liegt?«

»Er hat gesagt, daß er im Bett gewesen sei, aber wer bezeugt es außer der ehebrecherischen Frau, in deren Interesse es liegt? Das

Verbrechen ist vielleicht unmittelbar vor der Entdeckung des Körpers begangen worden.«
»Ich glaube nicht. Nach allem, was man mir sagte, war Meister Foletier schon steif. Ein Toter wird es nicht sofort.«
Der Abt betrachtete die junge Frau mit Neugier.
»Habt Ihr schon viele Tote gesehen, so daß Ihr das wißt?«
Sie hob zu ihm die Klarheit ihres Blicks.
»Unsere Zeit ist nicht mitleidig, und die lehnsherrliche Gerichtsbarkeit ist hart. In der Gegend, aus der ich komme, findet man nicht selten Erhängte an den Bäumen oder andere Arten von Toten in den Gehölzen. Es gibt auch Wölfe, den Winter und das Elend.«
»Ihr vergeßt die Waffe des Verbrechens. Euer Gatte«, fügte Suger hinzu, das besitzanzeigende Fürwort absichtsvoll betonend, »wurde mit einem der Werkzeuge Ancelins ermordet.«
»Um ihn desto sicherer als Täter zu bezeichnen. Obwohl solche Berechnung kindisch ist. Wenn Meister Ancelin wirklich der Täter wäre«, erwiderte sie, die Perfidie des Abts mit gleicher Münze heimzahlend, indem sie den »Meister« hervorhob, »hätte er gewiß nicht eins seiner Werkzeuge gewählt und es schon gar nicht neben seinem Opfer liegenlassen. Ihr, die Ihr nicht zögert, mit eigenen Händen am Bau dieser schönen Kirche mitzuwirken, Monseigneur, Ihr wißt sehr gut, in welchem Maße der Mensch, der arbeitet, seine Werkzeuge liebt und achtet. In welchem Hause auch immer, stets findet sich ein Messer, ein Winzermesser, eine Axt für die gemeine Tat.«
Diesmal antwortete Suger nicht sofort. Marjolaines Beurteilung des Falles machte sichtlich ihren Weg bei ihm.
»Es mag sein, daß Ihr recht habt«, gab er endlich zu, »Aber wer ist der Täter in diesem Fall?«
Marjolaine bewahrte einige Momente Schweigen. Es war eine schwerwiegende Sache, eine Mordanklage auszusprechen, und ihr war völlig klar, daß sie nichts besaß, worauf sie ihre Überzeugung gründen konnte. Es war leichter, Ausbert Ancelin auf die Logik der Dinge gestützt zu verteidigen, als einen Schuldigen zu nennen.
»Ich habe keinerlei Beweise«, seufzte sie schließlich. »Ich weiß nur, daß ein anderer größtes Interesse am Verschwinden Meister Foletiers hatte.«

»Welches Interesse?«
»Seinen Fellhandel, sein Vermögen.«
Sie fügte nicht hinzu »seine Frau«, da sie fürchtete, der Abt könnc sie für überheblich halten.
»Seid Ihr nicht Erbe?«
»Gewiß, aber nur des Leibgedinges, das man ausbedungen hatte, und das ein schönes Vermögen darstellt. Mein Gatte hatte einen Neffen, den er wie einen Sohn aufziehen ließ. Dieser junge Mann, der in die Angelegenheiten des Geschäfts eingeweiht ist, ist dazu ausersehen, dessen Herr zu werden, da Foletier keinen Sohn besaß.«
»Und er ist gestorben, ohne einen zu haben. Dagegen hatte er eine junge und sehr hübsche Frau, durchaus fähig, mehr als einen zu haben. Eine Frau, die sein Tod reich und frei macht, die jedoch den Pelzhandel nicht weiterführen könnte. Wie heißt dieser junge Mann?«
Es fiel Marjolaine schwer, die wenigen Silben über die Lippen zu bringen. Sie hatte den Eindruck, sie öffentlich auszuschreien, wenn sie sie ausspräche, und damit nach dem Henker zu rufen. Aber da war ein anderer, der schon auf den Henker wartete, und sie entschloß sich.
»Etienne Grimaud. Aber noch einmal, Monseigneur, ich habe keinen Beweis. Nur ein Gefühl.«
»Gefällt Euch dieser Etienne Grimaud?«
Die grauen Augen des Abtes senkten sich jäh bohrend in die Tiefe des Blicks der jungen Frau, die ihr Herz wie rasend schlagen fühlte.
»Aber nein! Überhaupt nicht! Ich habe ihn nie geliebt.«
»Während Ihr vielleicht einen anderen liebtet?«
»Einen anderen? Welchen anderen?«
»An Euch ist es, das zu wissen. Einen anderen, den Ihr gern heiraten würdet, nachdem Ihr Euch dieses Grimaud entledigt habt, der nach korporativem Brauch die Witwe zum Wohl des Geschäftes heiraten müßte.«
Eine Blutwelle rötete das Antlitz der jungen Frau. Den Respekt vergessend, den sie noch einen Moment zuvor für diesen Mann empfunden hatte, erhob sie sich brüsk und rief:
»Ich will niemand heiraten, Euer Ehrwürden! Niemand, versteht Ihr? Was mein Gatte mich von der Liebe gelehrt hat, macht mir

keine Lust, noch mehr davon zu erfahren, und ich wäre vielleicht schon in ein Kloster gegangen, um dort der einzigen wahren Liebe zu leben, wenn sich in dieser Nacht nicht ein merkwürdiges Ereignis zugetragen hätte.«

»Welches?« fragte Suger, noch immer steif.

»Das Gespenst Meister Foletiers hat auf dem Speicher gespukt. Es hat versucht, die dort lagernden kostbaren Felle fortzuschaffen. Und seht mich nicht so an, als ob ich verrückt wäre: Das ganze Haus hat es gehört, und wir haben den Speicher durchsucht. Deshalb bin ich heute morgen gekommen. Seine Seele ist unzufrieden, weil Ihr nicht den wahren Schuldigen habt...«

»...oder weil wir allzusehr zögern, ihn zu bestrafen! Ich glaube nicht an Gespenster, Dame Foletier, aber ich weiß, daß seltsame Dinge sich ereignen können, wenn es Gott gefällt. Ihr werdet nichtsdestoweniger verstehen, daß ich auf so unklare Gegebenheiten hin Ausbert Ancelin nicht freigeben kann.«

»Aber Ihr könnt ihn ebensowenig hängen! Das wäre ein Verbrechen! Und wenn Ihr bei mir verdächtige Gedanken vermutet, fragt Dame Aubierge, was sie davon hält!« rief Marjolaine, am Ende ihrer Argumente angelangt.

Angstvoll betrachtete sie den kleinen, allmächtigen Mann, der wie Gott selbst mit einem Wort, einer Geste über das Geschick von Hunderten menschlicher Wesen entscheiden konnte. Er sah jedoch nicht danach aus. Noch immer auf seiner Truhe sitzend, nagte er mit sorgenvoller Miene an seinen Fingernägeln.

»Das ist vielleicht eine Idee«, meinte er endlich. Und weiter, als spräche er zu sich selbst: »Ausbert Ancelin hat gebeten, beichten zu dürfen, und er beschwört seine Unschuld. Das ist der Grund, warum ich die Folter bisher nicht habe anwenden lassen.«

»Ein gutes Mittel, um einen Unschuldigen zum Geständnis zu zwingen«, meinte bitter die junge Frau.

»Es führt vor allem zum Geständnis des Schuldigen, und ich muß eine Entscheidung treffen. Kehrt zu Euch zurück, meine Tochter, und schickt mir Dame Aubierge. Ich kenne sie seit langem und vertraue ihrem Urteil sehr.«

Er rutschte endlich von seiner Truhe herunter, wandte Marjolaine den Rücken, nahm den Ledersack zur Hand und entnahm ihm,

einen nach dem anderen, seine Steine. Die junge Frau begriff, daß nichts mehr hinzuzufügen war, grüßte und verließ so schnell den Raum, daß sie fast mit Aveline zusammengeprallt wäre, die gaffend vor dem Werkschuppen hin und her getrottet war.
»Komm!« rief sie ihr zu. »Wir gehen nach Hause.«

4. Kapitel

Hughes, sein Kaplan, sein Bischof...

Man hatte gerade das Wasser für die Mittagsmahlzeit aus Hörnern in die Wasserbecken gegossen, als sich ein dreifacher Trompetenstoß vor dem Schloß vernehmen ließ. Hughes, ausnahmsweise als erster bei den Becken erschienen, war dabei, sich die Hände zu waschen.
»Wer kommt uns denn da ins Haus?« sagte er gut gelaunt, denn gastfreundlich, wie er war, hatte er nichts gegen unerwartete Besucher, die ein wenig Leben in ein tödlich eintöniges Dasein brachten, wenn weder Turniere noch andere Gelegenheiten in Aussicht standen, sich mit den Nachbarn zu raufen.
Er trocknete sich die Hände, eilte dann der Treppe zu, das Handtuch auf den Rand des Beckens werfend, das Bertrand für ihn hielt, um, wie es Brauch war, selbst den Gast zu empfangen, den der Zufall, sein Ruf der Gastfreundlichkeit oder Freundschaft ihm sandte.
Doch leider hielt seine gute Laune dem Anblick einer riesigen Sänfte mit fest geschlossenen Vorhängen aus dickem bestickten Leinen nicht stand, die im Hof erschien, begleitet von einem bewaffneten Trupp, dessen Männer das Wappen Ribemonts trugen. Einer Sänfte, die nach Lage der Dinge nur seine Schwiegermutter enthalten konnte, denn das war das Transportmittel für eine Frau oder für Geistliche.
Als die Vorhänge sich öffneten, mußte er feststellen, daß es wirklich Ida de Ribemont war, die gefürchtetste aller Schwiegermütter, die ihm da ins Haus schneite, und einen bedrückten Seufzer erstickend, näherte sich Hughes schleppenden Schritts der Sänfte, um, wie es

die Höflichkeit der Zeit gebot, der Angekommenen die Hand zu reichen.
Eine Geste, die sie im übrigen mit einer Grimasse des Abscheus übersah, wie man sie im allgemeinen unreinlichen Dingen vorbehält.
»Ist meine Tochter hier?« fragte die Dame trocken.
»Wo sollte sie wohl sonst sein?« erwiderte Hughes liebenswürdig, spürte jedoch bereits, wie ihm der Kamm schwoll.
»Allerdings! Obwohl ich's vorzöge, wenn sie woanders wäre.«
Ohne sich weiter um ihren Schwiegersohn zu kümmern, begann Ida, würdevoll die Treppe des Schloßturms zu erklimmen, und Hughes mußte ihr wohl oder übel folgen. So sah er nicht, wie Pater Rinaldo diskret die Sänfte verließ, in der er während der ganzen Reise geschlafen hatte, und sich in der durch die Ankunft der Sänfte verursachten kleinen Menschenansammlung verlor. Der Pater wünschte vor allen Dingen, wieder in seine Behausung zu gelangen, wo er zu tun hatte.
»Welcher gute Wind führt Euch hierher, Mutter?« fragte der Baron, bemüht, sich höflich zu erweisen.
»Ein Wind der Gerechtigkeit. Und es würde mich sehr verwundern, wenn Ihr ihn gut fändet, Baron. Ah, da bist du ja, meine Tochter!«
Wie durch einen Zauber genesen, lief Hermelinde ihrer Mutter entgegen. Die beiden Frauen umarmten einander auf der Schwelle des großen Saals mit einer Begeisterung, die zumindest bei Ida de Ribemont intensives Entzücken verriet.
So nahe beieinander, wurde die Ähnlichkeit zwischen Mutter und Tochter deutlich: beide hatten die gleichen, leicht raubgierigen Kinnbacken, die gleichen wolkenfarbenen Augen, aber ausgeprägte Machtgier bestimmte jeden Zug der Dame de Ribemont, während das Gesicht ihrer Tochter lediglich Eigensinn und kindliche Herrschsucht widerspiegelte. Doch als schlechter Beobachter begnügte sich Hughes damit, nur die Ähnlichkeiten zu beklagen, die ihm, wenn er seine Schwiegermutter betrachtete, eine ziemlich genaue Vorstellung davon lieferten, wie seine Frau eines Tages aussehen würde.
Mit allen Anzeichen lebhaftester Freude wollte Hermelinde ihre

Mutter zu den Waschbecken führen, bevor sie sie zur gedeckten Tafel geleitete, aber diese lehnte ab.
»Ich bin gekommen, dich zu holen, meine Tochter, nicht, um mich an den Tisch eines treulosen Mannes zu setzen, dessen Zügellosigkeit das Gesprächsthema der Provinz ist, und der dich in aller Öffentlichkeit betrügt. Ihr dürft hier nicht länger bleiben, ohne Euer edles Blut zu verleugnen.«
Die Worte hatten wie eine Herausforderung auf dem Turnierplatz geklungen, und das Gesicht des Barons färbte sich in plötzlichem Zorn purpurrot.
»Da Ihr nur hergekommen zu sein scheint, um mich zu beleidigen, Dame, seid gewiß, daß ich Euch keineswegs bitten werde, Euch an meinen Tisch zu setzen. Ihr könnt gehen, wie Ihr gekommen seid. Was Eure Tochter betrifft, bleibt sie hier.«
»Ich habe ebensoviel Recht wie Ihr«, rief Hermelinde, »meine Mutter an eine Tafel zu bitten, die die meine ist genauso wie die Eure. Ihr Platz wird dort immer ganz oben sein!«
»Wenn ich es will! Jetzt schweigt, Hermelinde. Was Euch betrifft, Dame Ida, erwarte ich, daß Ihr mir Eure stürmische Ankunft erklärt, denn Ihr scheint Euch hier zu benehmen, als wäret Ihr bei Euch, und das werde ich nicht dulden.«
»Ich bin die Mutter Eurer Frau. Ich habe das Recht, über ihr Glück zu wachen.«
»Wieso kommt Ihr hierher, wenn Ihr mir etwas vorzuwerfen habt? Die Angelegenheiten von Männern werden unter Männern geregelt. Wo ist Graf Anselme?«
»In Lille beim Grafen von Flandern, der ihn auf eine große Wolfsjagd mitgenommen hat. Deshalb bin ich hier, denn diese Angelegenheit duldet keinen Aufschub!«
»Welche Angelegenheit?«
Hughes spürte eine Art von Betroffenheit bei allen denen, Vertrauten oder Dienern, die diesem Wortwechsel beiwohnten, aber er schöpfte einen gewißen Trost aus der Tatsache, daß sein Bruder Gerbert, Ersende, Bertrand und seine wichtigsten Untergebenen sich wie selbstverständlich hinter ihm gruppierten, als gelte es, eine Schlacht zu liefern. Und in der Tat, dies war eine!
»Man wird es Euch erklären!« sagte Ida de Ribemont schneidend.

Dann hob sie sich auf die Fußspitzen, schien in der Versammlung jemand zu suchen und rief:
»Pater Rinaldo! Pater Rinaldo, seid Ihr hier?«
»Ich ... ich bin hier, edle Dame«, erwiderte der Kaplan und trat mit gesenkten Augen, die Hände in den Ärmeln verborgen, hervor.
»Geht und holt diesen Gottesmann, den der Herr in seiner Gerechtigkeit geruht hat, auf Euern Weg zu führen.«
Rinaldo entfernte sich einen Augenblick. Bei seiner Rückkehr zog er Gobert hinter sich her, der, sichtlich eingeschüchtert, bestürzt die Augen rollte. Augen, die plötzlich starr wurden, als sie den Baron erkannten. Sogleich wollte er sich der Faust Rinaldos entziehen, um zu flüchten, aber dieser hielt ihn fest.
»Nein, frommer Eremit«, sagte der Mönch. »Ein Mann Gottes muß an jedem Ort und zu jeder Stunde die Wahrheit künden, selbst wenn es schwer ist.«
»Aber welche Wahrheit?« ächzte der Unglückliche, der es nicht einmal wagte, die Augen auf den Baron zu richten, dessen Gesicht nichts Beruhigendes verhieß. Der unerwartete Auftritt des Eremiten hatte bei Hughes einen jener schrecklichen Wutanfälle bewirkt, die sich, glücklicherweise nur selten, seiner bemächtigten und ihn bis an die Grenzen des Wahnsinns brachten. Daß dieser Elende, dem er schlimme Mißhandlungen angedroht hatte, es wagte, unter seinem Dach, in seiner Gegenwart und als Ankläger noch dazu zu erscheinen, würde er nicht dulden. Er machte eine Bewegung, um sich auf ihn zu stürzen, aber Gerbert hielt ihn zurück.
»Was willst du tun?« flüsterte er. »Du mußt ihn reden lassen, wenn du eine Chance haben willst, deine Ehe zu retten.«
Hermelinde nahm das Wort.
»Ich will«, sagte sie, »daß Ihr hier vor allen wiederholt, was Pater Rinaldo in der Badekammer dieses Schlosses gehört hat, und was Ihr mir schon berichtet habt.«
»Dame«, verteidigte sich Gobert, »ich wußte nicht, wer Ihr seid. Der Mönch hat mich aufgehalten, als ich zu mir zurückkehrte, um mir zu sagen, daß der Seigneur Baron mir etwas mitteilen wolle. Ihr habt mir einen Streich gespielt und mich gezwungen, das Wort zu brechen, das ich gegeben hatte.«
»Das Wort eines Menschen wie Ihr?« sagte Ida de Ribemont

verächtlich. »Redet jetzt, wenn Ihr nicht wollt, daß man Euch dazu zwingt.«
»In jedem Fall«, rief Rinaldo, »kann ich alles wiederholen, denn ich habe alles gehört! Er braucht nur zu sagen, ob es wahr ist.«
Sich dem Griff seines Bruders mit einer jähen Schulterbewegung entziehend, war Hughes vorgestürzt, aber nicht auf Gobert. Sein Zorn richtete sich jetzt auf den Sizilianer, diesen elenden Priester, der solcher schwarzen Machenschaften fähig war, und dessen Haß und Böswilligkeit er plötzlich entdeckte. Bevor irgend jemand eingreifen konnte, röchelte der Mann, die Kehle im Schraubstock seiner nervigen Finger.
»Ah, du hast alles gehört? Ah, du kannst alles wiederholen?«
»Gnade!« röchelte der andere. »Erbarmen! Laßt... mich! Zu... zu Hilfe, ed... edle Dame... Aaaah!«
Ida de Ribemont hatte diesen Hilferuf nicht abgewartet. Mit wie Krallen ausgestreckten Händen hatte sie sich auf ihren Schwiegersohn geworfen und versuchte, die Umklammerung zu lösen, die Rinaldo erstickte.
»Laßt diesen Mann los!« kreischte sie. »Laßt ihn los! Er ist ein Mönch. Ein Mann Gottes. Laßt ihn los, oder Ihr werdet dafür zur Rechenschaft gezogen.«
»Von wem? Von Euch? Nur Euer Gemahl kann Rechenschaft von mir fordern.«
Sie griff nach ihm, und mit einem Stoß ließ er sie auf den Boden rollen, genau zu Füßen ihrer Tochter, die sich mit einem Aufschrei über sie warf, um ihr Beistand zu leisten. Währenddessen hatten sich Gerbert und Bertrand ihrerseits auf Hughes gestürzt, um ihn dazu zu bringen, seine Beute fahren zu lassen, aber der Baron hörte nichts. Mit zusammengepreßten Kiefern, die Augen wie Wetterleuchten, fuhr er fort, den Mönch zu schütteln, dessen Jammern schwächer und schwächer wurde.
»Um Himmels Willen, laßt ihn los, Bruder«, flehte Gerbert. »Ihr wißt sehr wohl, daß Ihr das nicht tun dürft!«
Plötzlich, als habe ihn ein Blitz getroffen, erstarrte der Baron. Seine Hände öffneten sich, und Rinaldo entglitt ihnen, sank wie ein aus seinen Gelenken gelöster Hampelmann auf den Steinplatten des Saals in sich zusammen. Er rührte sich nicht mehr, und ohne einen

Augenblick zu verlieren, war Bertrand bei ihm und versuchte, ihn inmitten einer immer lastenderen Stille wieder zu beleben. Nach einem Zeitraum, den niemand hätte bemessen können, hob er den Kopf zu Hughes, der sich nicht bewegt hatte.

»Sire«, flüsterte er, »der Mönch ist tot...«

So wenig Widerhall seine Stimme auch gehabt hatte, weckte sie doch von neuem die ganze Kampfeslust der Dame de Ribemont, die, auf einer langen Bank ausgestreckt, mit Hilfe gewürzten Weins zu ihren Lebensgeistern zurückfand.

»Elender!« kreischte sie. »Ihr habt einen Mönch getötet! Ihr habt einen Mann Gottes getötet. Ihr werdet Euch dafür verantworten müssen!«

Der Baron wandte sich mit steinernem Gesicht zu ihr.

»Ich habe nichts zu verantworten. Ich bin hier der oberste Gerichtsherr. Dieser Mann, einer meiner Diener, hat mich verraten. Niemand, der mir ebenbürtig ist, würde mir Unrecht geben.«

»Er war nicht Euer Diener, sondern der unsere, der unserer Tochter bis hierher gefolgt ist. Und die Männer der Kirche gehören niemandem. Vor dem Bischof, den ich noch in dieser Stunde aufsuchen werde, um meine Klage vorzubringen, werdet Ihr Euch verantworten müssen. Und man wird Euch ins finstere Gefängnis werfen, und man wird Euch...«

»Ratet Eurer Mutter zu schweigen, wenn sie nicht das Geschick dieses Lumps von einem Mönch erleiden will!« sagte Hughes, indem er sich seiner Frau zuwandte.

Doch diese betrachtete ihn jetzt mit Augen voller Schrecken und vermochte nichts zu antworten. Ida erhob sich.

»Wir bleiben nicht einen Augenblick länger an diesem Ort! Kommt, meine Tochter! Ihr wäret hier in Gefahr.«

»Ihr seid meine Frau, Ihr müßt hierbleiben«, sagte Hughes in gleichgültigem Ton.

Hermelinde brach in Schluchzen aus.

»Nein! Nein, ich bleibe nicht! Ihr habt wegen nichts getötet. Ich wußte, was in der Badekammer gesagt wurde. Ich wußte, daß Ihr die Dame Le Housset geschwängert habt, und daß sie will, daß Ihr mich davonjagt, damit sie meinen Platz einnehmen kann. Gut, ich lasse ihn ihr! Und ich will Euch niemals wiedersehen. Niemals.«

Einander stützend, die eine laut zeternd, die andere schluchzend, verschwanden die beiden Frauen über die Treppe, ohne daß Hughes den geringsten Versuch gemacht hätte, sie zurückzuhalten. Plötzlich fühlte er sich müde, unglaublich erschöpft, wie er sich selbst nach dem härtesten, längsten Waffengang nie gefühlt hatte. Mit leicht zitternder Hand fuhr er sich über die Stirn, auf der eiskalter Schweiß perlte, und betrachtete all die ihm zugewandten Gesichter, die keinen anderen Ausdruck als den der Betroffenheit oder des Kummers trugen. Dann fiel sein Blick auf Rinaldos sterbliche Hülle, die immer noch zu seinen Füßen lag.

»Bringt ihn weg! Daß man ihm ein anständiges Leichenbegängnis bereitet...«

Dann wandte er sich zur Tür, leicht auf seinen langen Beinen schwankend wie ein Mann, der zuviel getrunken hat. Aber schon war sein Bruder bei ihm und stützte ihn schweigend.

Sie waren fast an der Tür angelangt, als der Eremit es trotz seiner Angst wagte, sich zu nähern.

»Sire«, sagte er mit erstickter Stimme, »ich schwöre Euch, daß ich nicht wußte... daß ich nicht wollte...«

Hughes lachte kurz und trocken auf.

»Fürchte nichts! Dir wird nichts geschehen. Du hast das nicht angezettelt.«

Und ließ ihn stehen. Von Gerbert unterstützt, ging er hinauf in sein Zimmer und ließ sich wie ein Klumpen auf das breite Bett fallen, das unter seinem Gewicht ächzte. Die Schwaden seiner großen Wut verflogen und ließen ihn wie erschlagen zurück. Sein Kopf schien ihm leer, in den Gliedern spürte er keine Kraft. Bertrand, der ihm gefolgt war, mußte ihn anheben, um ihm ein wenig Wein einzuflößen, den sein Bruder gebracht hatte. Doch als das Getränk seine trockenen Lippen berührte, trank er in langen Zügen und leerte den Becher bis zum letzten Tropfen mit dem beruhigenden Gefühl, daß das Leben in seinen Körper zurückkehrte, und daß der Wein das Blut in seinen Adern schneller fließen ließ.

Das Gefäß zurückgebend, hob er die Augen zu Gerbert:

»Ich hätte das nicht tun sollen, was?«

»Nein. Du hättest es nicht tun sollen. Ihn zum Schweigen gebracht zu haben, ändert nichts. Ida de Ribemont wollte Hermelinde auf

jeden Fall mit sich nehmen und wußte alles. Sie wollte dich nur unter deinem eigenen Dach erniedrigen.«
»Du hast recht. Sie hätte ich töten sollen.«
»Ich glaube nicht, daß das die Dinge geändert hätte. Sie sind so schon ernst genug. Gott weiß, was der Bischof sagen wird.«
»Was hat der schon mit einem sizilianischen Mönch zu tun?« knurrte Hughes.
»Du weißt sehr wohl, daß die Leute der Kirche untereinander zusammenhalten. Dein Unglück kommt hauptsächlich daher, daß Anselme in Lille ist. Wäre er hier gewesen, wären die Dinge anders verlaufen.«
»Während er mich jetzt für die Beleidigung zur Rechenschaft ziehen kann, die ich seinem Haus angetan habe, ohne daß ich an den Lehnsherrn appellieren kann! In was für eine Klemme habe ich mich gebracht! Und all das für eine Osilie Le Housset!«
Ein kurzes Schweigen trat ein, dann fragte Gerbert fast scheu:
»Ist die Geschichte mit der Schwangerschaft wahr? Du hast...«
»Der Frau Gippuins ein Kind gemacht? Ja, es ist wahr. Immerhin sagt sie's!«
Seufzend schüttelte Gerbert den Kopf, goß sich einen Becher Wein ein, den er auf einen Zug leerte, kehrte zurück und setzte sich auf eine Ecke des Bettes, von wo aus er seinen Bruder mit einer Aufmerksamkeit betrachtete, wie man sie im allgemeinen merkwürdigen Phänomenen vorbehält. Dann brach er plötzlich in Gelächter aus:
»Bist du verrückt geworden?« grollte der Ältere. »Ich sehe wirklich nichts Komisches an dieser Geschichte.«
»Doch, dich! Eben noch spieltest du stolz mit dem Gedanken, Hermelinde zu ihrer Mutter zurückzuschicken und auf die einzige Art zu leben, die du liebst: Mädchen und Schlachten, und schon ist Ida gekommen, um dir deine Frau vom Hals zu schaffen, außerdem stehen dir mindestens zwei Kämpfe bevor, mit Anselme de Ribemont und Gippuin Le Housset, und du machst ein Gesicht wie Aschermittwoch. Du solltest zufrieden sein...«
»Zufrieden? Und der Bischof? Meinst du, daß auch er mich auf dem Kampfplatz zur Rechenschaft ziehen wird mit der Waffe in der Hand? Er wird den Blitzstrahl der Kirche auf mich loslassen, wenn

meine Schwiegermutter zufällig einigen Kredit bei ihm hat. Er wird mich exkommunizieren. Vielleicht wird er sogar bis zum Kirchenbann gehen!«

»Übertreibe nicht! Du hast keinen Bischof getötet! Nur einen Mönch. Und noch dazu einen ausländischen.«

»Du weißt sehr wohl, daß das nicht zählt. Was zählt, ist die Tonsur.«

»Wie dem auch sei, der Bischof hat kein Interesse daran, dich zu hart zu treffen und sich einen Feind mehr zu machen. Er hat schon genug zu tun, seitdem die Einwohner seiner Stadt durch den König die Wiedereinsetzung der Gemeindeverfassung veranlaßt haben. Und auch mit den Räubereien des Sire de Coucy, der keine Gelegenheit ausläßt, sich über seine außerhalb der Stadt gelegenen Güter herzumachen. Er wird kaum wünschen, sich auf dem Grund eines Fasses ermorden zu lassen wie sein Vorgänger.«

Das Geräusch einer sich versammelnden Truppe riß Hughes von seinem Bett zu der schmalen Öffnung, die das Fenster vertrat. Unten scharte sich Idas Begleitung um die Sänfte, in die er Hermelinde, in einen weiten, pelzverbrämten Mantel gehüllt, einsteigen sah, während ihr Reisegepäck auf einen Karren gestapelt wurde. So verließ seine Frau sein Haus ohne ein Wort des Abschieds, ohne ihm die geringste Gelegenheit zu geben, sich zu verteidigen. Seine Fäuste ballten sich in ohnmächtigem Zorn. Das sah zu sehr nach einem im Fluge gepackten Vorwand aus.

»Wie kann sie so fortgehen?« fragte er achselzuckend. »Wir bildeten kein sehr gutes Gespann, aber dennoch glaubte ich, daß sie an mir hing.«

»Aber sie tut es ja!« bestätigte Bertrand, der ebenfalls und schon seit längerer Zeit den Hof beobachtete.

»Woran siehst du das?«

»Als sie herauskam, weinte sie. Sie hob den Kopf, um hier herauf zu sehen.«

»Sie weint vielleicht, aber sie geht. Jetzt werde ich mich ihrem Vater stellen müssen, und ich verhehle nicht, daß mir das schwerfällt. Zehn Jahre lang mein Freund! Der Mann, den ich am meisten auf der Welt respektiere! Ich glaube, Gott möge mir verzeihen, wenn er micht tötet, wird er mir einen Dienst erweisen.«

Anselme IV., Graf de Ribemont, erschien eine Woche später in Fresnoy, umgeben von kriegerischem Gepränge, wie es seine Gewohnheit war, was nicht bedeutete, daß er kriegerische Absichten hegte. Dennoch war es besser, auf der Hut zu sein.

Mit viel Eisengerassel von seinem Pferd steigend, ging er schweren Schrittes auf Hughes zu, der ihm ernst und in abwehrbereiter Haltung entgegentrat, von seinem Bruder und seinem Stallmeister gefolgt.

Mit seinen fünfundvierzig Jahren war der Graf ein großer, schwerer Mann, dessen massive Gestalt auf den ersten Blick an einen Bären erinnerte. Er hatte dessen Kraft und Schulterbreite. Aber wenn man in dem rötlichen Gestrüpp, das drei Viertel seines Gesichts bedeckte, das Leuchten seiner nußbraunen Augen entdeckte, kam einem der Gedanke, daß diese furchteinflößende Hülle als Fassade für etwas sehr viel Heitereres dienen könnte. Und genau das war die Wahrheit, denn wenn auch ein tapferer Ritter und gefürchteter Krieger, war Anselme de Ribemont nicht weniger ein fröhlicher Gefährte. Er hatte sich zudem den Ruf eines zutiefst menschlichen Mannes erworben, der mit dem Blut seiner Soldaten und dem Schweiß seiner Leibeigenen haushielt. Was weit davon entfernt war, häufig zu sein.

Hughes war ebenso groß wie er, und als sie sich von Angesicht zu Angesicht gegenüberstanden, trafen sich ihre Blicke auf gleicher Höhe. Der des Ritters war ausnahmsweise ernst, aber Hughes hielt ihm ohne mit der Wimper zu zucken stand, ohne auch nur ein einziges Wort zu sprechen, abwartend, daß der andere seine Absichten kundtat. Würde er ihm den dicken Lederhandschuh ins Gesicht werfen, den er unter seinen Gürtel geschoben hatte? Doch Anselme war kein Mann leichtfertiger Gesten.

»Wo bleibt die Höflichkeit, Hughes de Fresnoy?« brummte er nach einem Augenblick. »Du heißt mich nicht willkommen?«

»Ich hieße dich von ganzem Herzen willkommen, wenn du es wünschst. Es ist an dir.«

»Versuch's immerhin!«

Hughes lächelte schwach.

»Es sei! Wenn du in friedlicher Absicht kommst, bist du hier zu Hause. Soll ich befehlen, daß die Tische gedeckt werden, oder möchtest du, daß wir in den Obstgarten gehen und über unsere Angelegenheiten sprechen?«

»Ich trete gern bei dir ein, wenn du für meine Männer und meine Pferde sorgen läßt. Und ich glaube, ich würde einen Becher Wein annehmen.«

Während Gerbert die notwendigen Befehle gab, ging Hughes seinem Besucher voran zum Saal, wo Dienerinnen schon dabei waren, die Gerüste aufzustellen, auf die lange Bretter gelegt und Tischtücher gebreitet würden, während Diener einen in mehrere Stücke zersägten Baumstamm in den riesigen Kamin legten. Dann drehte er sich zu ihm um:

»Erlaubst du meinem Stallmeister, deinen Helm zu nehmen?«

»Und auch meinen Mantel und sogar mein Schwert! Wir werden uns nicht schlagen. Aber entferne deine Leute. Wir müssen ohne Zeugen reden.«

Eine Handbewegung des Barons ließ die Dienerschaft verschwinden, und während Bertrand verschwand, um eine Kanne Wein und Becher zu holen, bot Anselme de Ribemont den Flammen seine geröteten Hände und ledernen Hosen, die zu dampfen begannen und einen unangenehmen Geruch nach nassem Leder und warmem Fett verbreiteten.

Als Bertrand den Saal verlassen hatte, drehte Anselme sich um und betrachtete unruhigen Blicks seinen Schwiegersohn, der offensichtlich erwartete, daß er spräche, halb ausgestreckt auf einer Bank und scheinbar ohne sonderliches Interesse für die Fortsetzung der Unterredung.

»Was für eine lächerliche Geschichte!« seufzte er. »Ich kann nicht begreifen, wie du dich selbst in eine solche Klemme hast bringen können.«

»Ich gebe zu, es ist vor allem meine Schuld. Aber man hat mir dabei geholfen.«

»Du weißt, daß Ida zu Bischof Martin gegangen ist, um sich zu beklagen?«

»Sie hat keine Zeit verloren. Ich hoffte nur, daß du sie hättest daran hindern können, daß sie sich mit einem Duell zwischen uns beiden zufrieden geben würde. Kurz und gut... ich wagte es im Gedenken an unsere Freundschaft zu hoffen...«

»Was die Freundschaft betrifft, hattest du recht. Was das Duell angeht, keine Rede davon, eben dessentwegen, was uns verbindet. Aber ich bin erst gestern früh aus Lille zurückgekehrt. Der Schaden war schon angerichtet. Du wirst dich wegen öffentlichen Mordes an einem Geistlichen vor dem Bischof verantworten müssen.«

»Ein Elender, der mir nachspionierte, mich denunzierte, nachdem er jahrelang gegen mich komplottiert hat. Ich nehme an, er stand im Sold Bohains. Der hat weder auf deine Tochter noch auf ihre Mitgift verzichtet!«

»Bohain ist weit davon entfernt, mein Schwiegersohn zu werden. Bis jetzt trägst du diesen Titel.«

»Nicht mehr lange. Ich mache mir keine Illusionen. Und all das, weil ich mit einer anderen Frau geschlafen habe!«

Anselme zeigte ein schwaches Lächeln, das nur einen seiner Mundwinkel verzog.

»Weißt du, wir tun das alle hin und wieder. Und wäre es nur mit einer Magd, wenn die Dame des Hauses schwanger ist! Darum sage ich, diese Geschichte ist lächerlich! Übrigens, wäre ich da gewesen, wäre Ida niemals hergekommen und hätte diesen ärgerlichen Auftritt gemacht, der das ganze Drama verursacht hat.«

Er schien plötzlich mit einigen schwierigen Worten zu kämpfen, schluckte ein paarmal, dann stieß er endlich hervor:

»Um so mehr, als die Dame Le Housset wirklich keine häusliche Tragödie wert ist. Sie ist weit davon entfernt, ein sittsames Weib zu sein.«

»Wie das? Was weißt du von ihr?« fragte Hughes schockiert.

Ribemont war sich bewußt, daß er eine Ungeheuerlichkeit aussprach, wenn er die Ehre einer Dame von Adel angriff. Er zerrte an seinen Schnurrbartenden, zauste seinen Bart und entschloß sich endlich, in ein gewaltiges Gelächter auszubrechen. Zwar klang es, um die Wahrheit zu sagen, ein wenig gezwungen, aber es hallte bis in die Höhen des Schloßturms und ließ die Krähen auffliegen.

»Weil du glaubtest, ihr einziger Liebhaber zu sein? Aber wisse, Unglücklicher, daß Gippuin, wenn er eines Tages vom Kreuzzug zurückkehrt, alle Mühe der Welt haben wird, durchs Tor seiner Burg zu kommen, so lang und hart sind seine Hörner!«

»Eine alleinstehende Frau!« rief Hughes entsetzt. »Wie kannst du!«

»Es ist gut, von Zeit zu Zeit die Wahrheit hören zu lassen, selbst wenn es schwer fällt, sie zu hören, und noch schwerer, sie auszusprechen. Wisse, wenn ich das glaubte, was ich beim Grafen von Flandern hörte, sind wir mindestens drei, die einer Edeldame in Nöten zu Hilfe eilten.«

»Wir?«

Anselme nahm eine bescheidene Miene an und begann wieder, sich am Feuer zu wärmen.

„Nun ja! Ich kenne sie auch. Sicherlich nicht so gut wie du, denn ich mußte nur zweimal zu ihrem Turm, wo es ihr, wie man mir sagte, am Nötigsten fehlen sollte. Das letztemal, das war so etwa einen Monat vor Weihnachten. Was bedeutet...«

»Daß du vielleicht die gleichen Chancen hast wie ich, der Vater des Kindes zu sein, das sie erwartet?«

»Vielleicht. Dir das zu sagen, bin ich hergekommen, Hughes, und deshalb lehne ich's auch ab, dir auf dem Kampfplatz zu begegnen, um uns gegenseitig zu töten. Allein, du verstehst gut, daß ich mich weder meiner Frau noch meiner Tochter anvertrauen kann. Ich habe mich darauf beschränkt, der einen wie der anderen zu sagen, wie ich denke. Vor allem der anderen übrigens, die, da sie noch keine Frucht getragen hat, daran denken sollte, sich diskreter und weniger arrogant zu geben.«

Wäre der Turm plötzlich über ihm eingestürzt, hätte Hughes nicht verdutzter sein können als durch die Geständnisse seines Schwiegervaters. So betrog Osilie, an deren Liebe er geglaubt hatte, nicht nur ihren Ehemann, sondern auch ihn? Er empfand ein vages Ekelgefühl bei der Entdeckung, daß dieses Wasser, das er für unschuldig und ziemlich rein gehalten hatte, schlammige Untiefen barg. Aber er war zu erleichtert, um wirklich darüber zornig zu werden. Von allem, was Anselme ihm gesagt hatte, wollte er nur eins behalten: Der Graf de Ribemont konnte sich nur weigern, die Dame de Fresnoy bei sich zu behalten und würde die Trennung nicht gestatten.

»Also wird«, sagte er, ohne daran zu denken, seine Zufriedenheit zu verhehlen, »Hermelinde hierher zurückkehren?«

Eine Wolke verdüsterte das Gesicht des Grafen.

»Nein. Wenigstens nicht jetzt. Ich habe es nicht erreichen können, daß sie mich begleitet. In Anbetracht dessen, was ich zu sagen hatte, habe ich übrigens nicht darauf bestanden. Wenn ihre Mutter nicht gewesen wäre, hätte ich sie dir zurückgebracht, unter Bedeckung, wenn nötig, denn ihr Platz ist bei ihrem Mann. Aber Ida widersetzt sich. Sie hofft, daß der Bischof dich streng bestraft, und sie will nicht, daß ihre Tochter unter den Auswirkungen einer Strafe leidet, die sie nicht verdient hat.«

»Das heißt mütterlich denken. Ich kann es ihr nicht vorwerfen.« Der Baron erhob sich und gesellte sich zu seinem Schwiegervater am Kamin.

»Was dich betrifft, danke ich dir, daß du mir genug vertraut hast, um mir die Wahrheit über Osilie beizubringen. Ich erkenne es um so mehr an, als du doppelt hättest beleidigt sein können, deine Tochter durch eine Frau betrogen zu sehen, deren Liebhaber du warst...«

»Nicht in diesem Maße, habe ich dir gesagt. Ich verdanke ihr nur einige angenehme Augenblicke, aber es war keine Gewohnheit...«

»Du warst weniger einfältig als ich! Einerlei, dieser arme Gippuin, der ein tapferer Krieger ist, verdient nicht solches Los, und ich bedauere jetzt, dazu beigetragen zu haben, ihn zu hörnen. Aber lassen wir das. Würdest du jetzt einwilligen, an meinem Tisch Platz zu nehmen?«

Offensichtlich ebenfalls erleichtert, streckte Anselme de Ribemont sich gewaltig, was die Maschen seines Kettenhemds knirschend spannte.

»Aber sicher! Ich habe teuflischen Hunger! Und Durst habe ich auch. Trinken wir noch eins und laß meinen Stallmeister holen, damit er mich von diesem Eisenzeug befreit. Es wird Zeit, uns zu vergnügen.«

Man schmauste bis spät in die Nacht. Ersende, die mit Anmut den leeren Platz der Hausherrin eingenommen hatte, und die Edelfräulein hatten sich schon lange zurückgezogen, als man noch immer an der langen, mit Überresten aller Art bedeckten Tafel trank. Und erst am Nachmittag des nächsten Tages entschloß sich Ribemont mit belegter Zunge und schwerem Kopf, den Rückweg zu seinem Besitz anzutreten, von einer Eskorte begleitet, die nicht viel frischer war als er.

Er setzte eben den Fuß in den Steigbügel, um sich auf sein Pferd zu hissen, als ein Bote, der unter einer Schicht von Staub und Kotspritzern die Farben des Bischofs von Laon trug, in den Schloßhof einritt. Einen Augenblick später übergab er dem Baron de Fresnoy den Befehl, am kommenden Dienstag, dem Tage der Heiligen Felicitas, zu erscheinen, um sich für die gegen ihn erhobenen Anklagen zu verantworten.
»Ich hätte sehr gewünscht, dir das zu ersparen!« seufzte Anselme. »Hätte meine Frau dich nicht bei ihm denunziert, hätte der Bischof nicht im Traum daran gedacht. Möchtest du, daß ich mit dir gehe?«
»Um eine Ewigkeit an häuslichem Verdruß zu haben? Niemals! Dieser Mönch ist von meiner Hand gestorben, obwohl ich ihn nicht wirklich töten wollte. Ein Mann muß sich für seine Handlungen zu verantworten wissen.«
Stolz in den Morgenwind zu Beginn eines Tages gerufen, der, von einer noch schwachen Sonne erhellt, das Frühjahr ankündigte, war es ein schöner, runder, heroisch klingender Satz, dem es nicht an ritterlicher Allüre fehlte, aber was wirklich darunter zu verstehen war, war weitaus schwieriger zu bewerkstelligen. Als der Baron de Fresnoy am festgesetzten Tage in den großen Stiftssaal des Bischofspalasts von Laon geführt wurde, fühlte er sich viel weniger sicher, als er sich's ansehen lassen wollte. Denn wenn Hughes auch dem Anschein nach die Neigung zeigte, der Kirche gegenüber eine gewisse Lässigkeit zur Schau zu tragen, war er deshalb nicht weniger einer ihrer fast gehorsamsten Söhne, und vor allem waren ihm die furchtbaren Drohungen nicht unbekannt, mit denen sie einen weltlichen Herrn verfolgen konnte, so reich und mächtig er auch sei, da selbst Könige mit ihnen rechneten, manchmal so sehr, daß sie sich unter dem Dräuen ihrer Blitze beugten.
Hughes hatte diese wenig erheiternden Gedanken immer wieder erwogen, während er, begleitet von Gerbert, Bertrand und einigen Soldaten, die Treppe emporstieg, die zu den Toren von Laon führte. Die alte römische Stadt Bibrax war auf einem Hügel erbaut worden, von dem aus man einen unermeßlichen Horizont von Ebenen entdeckte, in dem sich die Ile-de-France, die Picardie, das Vermandois und die Champagne vereinten. Der König besaß dort einen Palast, wohin er selten, wenn überhaupt je kam, und allein

der mächtige Bischof, dessen Wohnsitz seinen viereckigen Turm über die Wachgänge auf den Mauern am Rande des Grabens erhob, regierte oder bemühte sich, als Alleinherrscher über ein turbulentes Volk von Flachshändlern, Hanfhändlern und Tontöpfern zu regieren, das sich bestens darauf verstand, Unordnung zu schaffen, sobald man Miene machte, ihnen die schwer erkämpften Freiheiten wieder zu nehmen.

Er dachte noch darüber nach, als er nach Durchquerung der Schutzwehren des bischöflichen Palastes allein den großen, von schweren Rundbögen gegliederten Stiftssaal betrat, wo der Bischof Gericht zu halten pflegte. Er tat sich plötzlich vor ihm auf, riesengroß und leer wie das Schiff einer Kathedrale mit seinem vor den Mauern aufgereihten Chorgestühl und am Ende, sehr weit entfernt, einem steinernen Sitz, auf dem, die Mitra auf dem Kopf, den Bischofsstab in der Hand, ein altersloser, eher korpulenter Mann saß, der ohne die hohe Kopfbedeckung vielleicht klein gewesen wäre. Ein Mann, der ihm mit Augen entgegensah, die so kalt waren wie die Steine der Mauern, nur in Gesellschaft zweier Benediktinermönche in schwarzen Kutten, die sich zu beiden Seiten seines Thrones hielten. Seine Stimme grollte bis hin zum Baron, der noch nicht aus dem Schatten der Tür getreten war.

»Kommt näher, Baron de Fresnoy!«

Ein Schritt, dann ein anderer, dann noch einer, das Geräusch der Absätze auf den Steinfliesen hallte unter den Wölbungen wider. Der Weg zu diesem mitratragenden Richter schien unendlich. Hughes legte ihn zurück, den Blick auf das schöne Brustkreuz aus ziseliertem Gold und pflaumengroßen Amethysten geheftet, das mit neuem Glanz auf der violetten Seide prangte. Es war nicht so lange her, daß er Martin gesehen hatte, und er kannte dieses Kleinod nicht. Konnte es sein, daß es das Geschenk einer gewissen noblen und reichen Dame war, die er dafür nur allzu gut kannte?

Endlich stand er vor dem Bischof und beugte respektvoll das Knie in Erwartung dessen, was kommen würde.

»Wir haben mit Schmerzen von dem schrecklichen Verbrechen gehört, mein Sohn«, begann der Bischof in hochtrabendem Ton und ohne ihn aufzufordern, sich wieder zu erheben, »dessen Ihr Euch schuldig gemacht habt, ein Verbrechen, das um so hassens-

werter ist, als es an der Person eines Priesters der Heiligen Kirche verübt wurde.«
Offenbar hatte Martin beschlossen, seine Anklagen dem Täter entgegenzuschleudern, ohne ihm zu gestatten, ihn auch nur einen einzigen Augenblick zu unterbrechen, und seinen Ärger verbeißend, mußte Hughes sich darein schicken, daß sich über sein Haupt – und das eine gute Viertelstunde lang – die bittersten Vorwürfe und schimpflichsten Vergleiche mit den schlimmsten Schurken ergossen, deren Missetaten traurige Berühmtheit im Alten und Neuen Testament erlangt hatten. Abwechselnd mit Kain, Goliath, A'hab, Herodes und Judas Ischariot verglichen, spürte der Schuldige, wie der Wind der Katastrophen im gleichen Maße über ihn hinbrauste, wie sich die gelehrsamen Satzperioden des Bischofs entwickelten. Nach einer solchen Schmährede würde dieser kleine, jähzornige Mann ihn sicherlich exkommunizieren, sein Lehen dem Kirchenbann unterstellen, wenn er ihn nicht höchstpersönlich, als Einfachstes von der Welt, dem Henker überantwortete.
Endlich hörte Marin auf, erstens um Atem zu schöpfen, und zweitens, weil es nichts weiter zu sagen gab. Hughes begann alsbald, sich zu verteidigen. Das dauerte bedeutend weniger lange, war dafür jedoch bedeutend klarer: Er beschränkte sich darauf, so einfach wie möglich den üblen Streich zu erklären, den Rinaldo ihm gespielt hatte, und drückte sodann mit gebührender Zerknirschung sein ehrliches Bedauern aus, daß er sich zu einer so schwerwiegenden Handlung hatte hinreißen lassen. Darauf hielt er inne, auch er hatte nichts weiter zu sagen.
Der Bischof neigte sich zu einem seiner Mönche, dann zu dem anderen, stimmte die Meinungen ab und erklärte schließlich feierlich:
»Erhebt Euch wieder, Baron de Fresnoy, und bereitet Euch vor, als guter Christ Euer Urteil zu vernehmen. Um das abscheuliche Verbrechen zu sühnen, dessen Ihr Euch schuldig gemacht habt, werdet Ihr unserem Schatzmeister zehn Pfund feines Silber zahlen, damit Messen gelesen werden für die Ruhe der Seele Eures Opfers, das zu seinem Schöpfer gegangen ist, ohne die Tröstungen der Kirche empfangen zu haben...«
»Oh! Hätte ein so heiliger Mann das so nötig?«
»...wonach«, grollte Martin und zerschmetterte ihn mit seinen

Blicken, »Ihr das Kreuz nehmen und, da Ihr es zu lieben scheint, Euresgleichen zu töten, ins Heilige Land ziehen werdet, um dort die Ungläubigen zur höheren Ehre Gottes des Herrn zu bekämpfen.«

Barmherzigkeit, der Kreuzzug! Hughes hatte nie daran gedacht, denn er fühlte sich von den glühenden Trugbildern des geheimnisvollen Orients wenig verlockt und zog ihnen die kleinen Morgennebel über seinen schönen Ländereien von Fresnoy bei weitem vor. Die Erzählungen, die er von denen gehört hatte, die zurückgekehrt waren, bestärkten ihn noch in seinem häuslichen Geschmack. Der Kampfeslust, die hier und da manch einen Baron, einen Ritter seinem Turm und seiner Scholle entriß und den Zufällen der Landstraßen und den Gefahren des Meeres bis hin zu jenen glühend heißen Landstrichen auslieferte, die sie mitunter erreichten, erschien ihm in der Tat ziemlich verdächtig. Denn wenn diese Barone, diese Ritter sich hin und wieder von dem aufrichtigen Wunsch beseelt fühlten, Gott zu dienen und die armen Pilger zu beschützen, galt diese schöne Begeisterung dann doch meistens dem goldenen Trugbild von Plünderungen und Frauen mit bernsteinfarbener Haut, die man fröhlich in den Häusern der Ungläubigen zum höheren Ruhme Gottes schänden würde. Herr eines schönen Lehens, eines soliden Schlosses und guter Ländereien, hatte Hughes nicht die geringste Lust, dies alles aufzugeben und der immer möglichen Lüsternheit eines Nachbarn zu überlassen – und unglücklicherweise war Gerbert, so tapfer er sein mochte, nicht wirklich ein Krieger –, um einem angeblichen Glück hinterherzugaloppieren, das er wahrhaftig nicht brauchte.

Fest entschlossen, darum zu kämpfen, nicht dorthin zu müssen, aber der Tatsache bewußt, daß es einer delikaten Unterredung bedurfte, um den Dispens vom Kreuzzug zu erwirken, begann Hughes mit einer demütigen Verneigung:

»Die zehn Pfund Silber werden morgen gebracht, Seigneur Martin, aber bevor ich diesen Saal verlasse, wage ich es, Euer Ehrwürden anzuflehen, mir einen Augenblick der Unterredung zu gewähren...«

»So sprecht!«

»Einer Unterredung ohne Zeugen.«

Der Bischof runzelte die Stirn. Sichtlich zögernd, begann er, sein schönes, neues Kreuz zu befingern, murmelte etwas zwischen den Zähnen, räusperte sich und beugte sich schließlich von neuem seinen Mönchen zu, die, ernst mit den tonsurgeschmückten Köpfen nickend, würdig den Weg zum Ausgang einschlugen.
»Jetzt sind wir allein«, sagte er übelgelaunt. »Was habt Ihr zu sagen?«
»Zunächst bitte ich um Erlaubnis, aus dem Vorraum ein kleines Kästchen holen zu dürfen, das ich in den Händen meines Stallmeisters ließ.«
Sobald die Erlaubnis erteilt war, ging Hughes zur Tür, machte Bertrand ein Zeichen, erleichterte ihn um ein Kästchen von geringem Umfang, das er unter seinem Mantel trug. Dann kehrte er zum Bischof zurück, vor dem er erneut das Knie beugte.
»Allmächtiger und guter Seigneur Bischof«, sagte er heuchlerisch, »vor allem möchte ich Euch noch einmal sagen, wie sehr mein schwerer Fehler mich reut und schmerzt. Der Zorn hat mich weiter, als ich wollte, fortgerissen angesichts des Unheils, das dieser Unglückliche bei mir angerichtet hat, indem er meine Gemahlin über ein Abenteuer unterrichtete, das im Grunde ohne große Bedeutung war.«
»Ihr beliebt zu scherzen! Ohne Bedeutung, wenn es sich um Ehebruch handelt, einen Ehebruch noch dazu, der Früchte tragen wird? Eure Geliebte ist schwanger, wie man mir gesagt hat... und auch, daß Ihr daran denkt, ihr den Platz Eurer legitimen Gattin zu geben? All das ist wahrlich von geringer Bedeutung!«
»Der Gedanke, mich von Dame Hermelinde, meiner Frau, zu trennen, ist mir niemals gekommen«, sagte Hughes trocken. »Gewiß, wir haben noch keine Kinder, aber wir warten geduldig, daß es Gott gefallen möge, unsere Verbindung zu segnen, wenn er es für gut erachtet. Was die betrifft, die heute in Hoffnung ist, wünsche ich ihr alle Hilfe geben zu können, derer sie bedürfen könnte, und damit unsere schuldhaften Beziehungen zu beenden.«
Er holte tief Luft, denn der gefährliche Augenblick war gekommen, dann fügte er so behutsam er konnte hinzu:
»Deshalb wage ich's, Euer Ehrwürden demütig anzuflehen, Euer Urteil zu überdenken und zu mildern, so gerecht und gütig es auch

ist, und für den Augenblick meine Entsendung ins Heilige Land zurückzunehmen.«

»Was! Ihr wagt es, gegen mein Urteil Einspruch zu erheben?« rief Martin in einem Ton, wie Salomon ihn angeschlagen haben könnte, wenn irgendein Priester sich herausgenommen hätte, sein Urteil anzufechten.

»Keineswegs, heiliger Bischof, keineswegs! Ich habe zuviel Respekt vor Euch. Früher oder später werde ich das Gelübde des Kreuzritters zur Ehre Gottes und zum Schutz der Pilger sprechen, aber zur gegenwärtigen Stunde wünsche ich zu bleiben, um darüber zu wachen, daß der Unglücklichen, die ich zur Sünde verleitete, nichts Böses geschieht.«

»Gut, dann brecht Ihr auf, sobald sie das Kind zur Welt gebracht hat.«

»Das genügt nicht. Bedenkt, daß ihr Mann zurückkommen kann. Wer wird sie in diesem Fall vor seinem gerechten Zorn schützen? Wer wird ihm auf dem Kampfplatz entgegentreten, wie es sich in einem solchen Fall ziemt? Die Unglückliche ist ohne Familie, ohne Schutz. Ich muß mich zu ihrem Streiter machen, um sie vor dem Tod zu bewahren.«

Martin wollte etwas sagen, aber Hughes war schneller:

»Als Zeichen meiner kindlichen Verehrung und als Unterpfand meiner Aufrichtigkeit wie auch meiner Reue habe ich mir erlaubt, diese bescheidene Gabe für den Kirchenschatz mitzubringen.«

Er nahm das Kästchen, das er unter dem Arm getragen hatte, und reichte es geöffnet dem Bischof. Trotz seiner Haltung voller Majestät konnte dieser seiner Neugier nicht widerstehen und reckte den Hals.

»Was ist das?«

»Ein Familienschatz, ein Andenken an den großen König Hughes, dem zu Ehren ich meinen Namen empfing, und der es nach seiner Wahl zum Thron meinem Ahnherrn gab.« Und Hughes zeigte ihm einen breiten, mit verschlungenen Linien verzierten goldenen Reif, eine schöne merowingische Arbeit, mit vier Amethysten und einem Topas verziert, den er in Wahrheit Evrard de Fonsommes beim »jeu de tables«[1]) abgenommen hatte. »Vielleicht könnte man dar-

---

[1]) Ein Vorläufer des Damespiels

aus eine Krone für irgendein Standbild der Heiligen Jungfrau machen?«
»Sehen wir's uns an!«

Martin nahm den Reif, der groß genug war, um an den Arm eines kräftigen Mannes zu passen, und ließ ihn einen Moment im Licht der hohen Kerzen aufleuchten, die den Saal erhellten. Dann näherte er ihn scheinbar absichtslos seinem Brustkreuz, zweifellos um sich zu überzeugen, ob der violette Farbton der Amethyste übereinstimmte. Gewiß brannte er vor Ungeduld, den goldenen Reif über sein Handgelenk zu streifen. Aber er vertagte die Angelegenheit auf später und legte das Kleinod in das Kästchen zurück, das er schloß und neben sich stellte, ohne daß es ihm ganz gelang, einen Ausdruck der Befriedigung zu verbergen, die ihn daran hinderte, den schroffen Ton von vorhin wieder aufzunehmen.
»Die Absicht ist lobenswert, mein Sohn, und wir danken Euch, daß Ihr die Muttergottes ehren wollt. Aber Euch deswegen vom Kreuzzug zu befreien! Zehn Pfund Silber sind keine ausreichende Strafe. Es ist gut, Euch vor aller Öffentlichkeit und in Eurer Person zu bestrafen.«
»Man bestraft einen Ritter nicht, indem man ihn in den Krieg schickt, Seigneur Bischof, und ich wäre schon aufgebrochen, wenn die Verpflichtungen, die Ihr kennt, mich nicht zurückgehalten hätten.«
Eine tiefe Falte grub sich zwischen die Augenbrauen des Bischofs.
»Ich verstehe, ich verstehe. Aber ich muß Euch bestrafen. Die Gerechtigkeit fordert es, und ...«
Er hielt zur rechten Zeit inne. Vielleicht hätte er hinzugefügt: »Und ich habe es Dame de Ribemont versprochen.« Ein kurzes Schweigen entstand, das zu unterbrechen Hughes sich hütete, und schließlich rief der Bischof, als sei ihm eben die rechte Eingebung gekommen:
»Laßt uns für den Augenblick den Kreuzzug vergessen. Aber macht unterdessen eine Pilgerfahrt! Geht zum Beispiel nach Rom.«
»Das ist sehr weit, und, nochmals, ich muß darüber wachen, daß ...«
»Dann nach Compostela in Galicia?«

»Das ist fast genauso weit.«
Der Bischof machte eine gereizte Bewegung.
»Nehmt Euch in acht, daß Ihr unsere Geduld nicht erschöpft! Ihr gebt kaum einen Beweis von gutem Willen.«
Erneutes Schweigen, an dessen Ende er in unfreundlichem Ton sagte:
»Hört gut zu, denn dieses ist mein letztes Angebot: Ihr geht nach Tours, um am Grabe unseres verehrten Schutzpatrons, des großen Heiligen Martin, zu beten.«
Soviel hatte Hughes nicht erhofft, und er unterdrückte das breite Lächeln, das ihn überkommen wollte.
»Mit Freude, Monseigneur! Mit großer Freude und meiner ganzen Dankbarkeit...«
»Ich bin noch nicht zu Ende. Ihr geht also nach Tours, aber Ihr werdet zwölf Pfund Silber zahlen!«
Verblüfft zuerst, dann entrüstet, verzichtete Hughes darauf, dem Bischof zu sagen, was er von seiner Erpressung hielt. Es hätte auch nur den Ausgang einer Verhandlung in Frage gestellt, auf die besonders stolz zu sein er wenig Grund hatte, denn er hatte sie mit einer Doppelzüngigkeit und einer Betrügerei geführt, an der nichts Ehrenvolles war. Er, ein untadeliger Ritter, hatte einen Diener Gottes angelogen, und das mit bemerkenswerter Beharrlichkeit.
Während er sich den üblichen, respektvollen Grußformulierungen hingab, dachte er, daß er sich zwar etwas ärmer, aber im ganzen recht befriedigend aus der Affäre gezogen hatte. Andererseits würde er den Rosenkranz von Lügen seinem Kaplan beichten müssen. Jedenfalls, wenn er einen neuen gefunden hätte, was wiederum nicht eilte.
Acht Tage später machte sich der Baron de Fresnoy, von seinem Stallmeister Bertrand begleitet, nach Tours auf den Weg.

5. Kapitel

Etienne schlägt einen Handel vor

Eine Überraschung erwartete Marjolaine in der Wohnung. Etienne war da. Auf dem Herdstein sitzend, einen Napf zwischen den Knien, tauchte er Kastanien in Milch. Er war noch nicht lange eingetroffen, denn seine Nase war noch blau vor Kälte, und kleine Reifkristalle glitzerten hier und da in seinem strohfarbenen Haar. Beim Eintritt seiner jungen Tante erhob er sich höflich und begrüßte sie, wie es sich gehörte. Er war genau derselbe wie immer mit seinem flachen, breiten Gesicht, in dem die kleinen Augen zwei grünliche Punkte bildeten, und seinem schmalen Mund, der selten lächelte, doch vom Hals abwärts hatten die Dinge sich geändert. So war das übliche Untergewand aus braunem Wollstoff einem schönen, dicken und seidigen Tuch aus Arras von der Farbe reifer Pflaumen gewichen, das Schuhwerk aus geschmeidigem Leder hatte sich verfeinert, und über einem Holzstuhl lag ein mit Fehpelz gefütterter Umhang, sichtlich neu und mit einer großen silbernen Spange geschmückt, auf der Amethysten schimmerten. Zudem war in der im allgemeinen so bescheidenen Haltung des jungen Mannes eine neue Selbstsicherheit, etwas Triumphierendes, das Marjolaine witterte, wie ein Hund eine noch weit entfernte Gefahr wittert.

Ihr heller Blick traf geradewegs den ihres Besuchers.

»Alle Achtung, Neffe! Wie Ihr Euch herausgeputzt habt! Aber Ihr riskiert, Eure Kleidung auf diesem von Asche beschmutzten Stein zu verderben. Dame Aubierge hätte Euch in den Saal führen sollen.«

Die Beschuldigte, die damit beschäftigt war, die Zubereitung einer Pastete aus Aal in Traubenmost zu überwachen, blickte ärgerlich auf.

»Wollt Ihr womöglich, daß ich diese Rotznase auch noch mit Monseigneur anrede, Dame Marjolaine? In den Saal? Sieh einer an! Und warum sollte ich das, bitte?«

Marjolaine erlaubte sich die Andeutung eines Lächelns.

»Um dort, wo es sich gehört, den Erben meines verstorbenen Gatten zu empfangen. Habt Ihr denn nichts bemerkt? Das ist nicht mehr unser kleiner Etienne, der heute zu uns gekommen ist, das ist Meister Grimaud.«

»Meister Grimaud? Seit wann ist er Meister? Der Tod von Meister Foletier hat ihm noch lange nicht den Meistertitel verschafft, und unter diesen Umständen ist die Küche noch immer gut genug für ihn. Übrigens, seit er hier ist, will er was zu essen.«

»Mir... mir... mir war kalt, und ich... ich war hungrig!« protestierte Etienne, der, wenn er sich aufregte, eine Tendenz zum Stottern hatte. »Aber ich... ich lehne den... den Saal nicht ab, Tante, denn ich muß über wichtige Dinge spre... sprechen, die man in einer Küche nicht sagen kann!« schloß er in einem Zug und warf Aubierge einen mörderischen Blick zu.

»In diesem Fall kommt!« seufzte Marjolaine und setzte sich in Bewegung. »Dame Aubierge wird uns heißen Wein bringen, damit Ihr wieder warm werdet.«

Im Saal erhellte ein im Kamin loderndes großes Feuer die geometrischen Malereien der Wände und die große Leinentapisserie, die einst von Gontrans Mutter gestickt worden war und den Hauptschmuck am Ende des Raums bildete. Marjolaine hielt ihre Hände ans Feuer, nachdem sie Etienne mit einer Handbewegung aufgefordert hatte, auf einer breiten Bank Platz zu nehmen.

»Nun«, sagte sie ruhig, »was habt Ihr mir zu sagen, Neffe? Ich höre.«

Etienne antwortete nicht sofort. Vielleicht suchte er nach den richtigen Worten. Zudem war gerade Aubierge eingetreten, auf ihrem Tablett der heiße, nach dem kostbaren Zimt duftende Wein samt Bechern. Sie machte eine große Affäre daraus, alles auf eine Kommode zu stellen und die Becher zu füllen. Etienne beobachtete ihr Tun und beabsichtigte allem Anschein nach, den Mund zu halten, solange sie sich im Raum aufhielt. Die Haushälterin ihrerseits wünschte sichtlich, ihren Senf zur Unterhaltung dazugeben zu können. Es war Marjolaine, die die Lage klärte.

»Ich hatte es ganz vergessen, Dame Aubierge! Der Seigneur Abt von Saint-Denis, den ich gerade verlassen habe, wünscht Euern Besuch so bald wie möglich. Überlaßt die Küche den Mädchen und geht zu ihm. Er ist im Werkschuppen.«

Aubierges Seufzer hätte weniger solide Mauern zum Einsturz bringen können.

»Ich gehe«, sagte sie.

Und sie ging hinaus, nicht ohne Etienne einen Blick zuzuwerfen, der eine Menge über ihre innersten Gefühle verriet. Aber der Befehl, den Marjolaine gegeben hatte, verschaffte dem jungen Mann unverhofften Zugang zur Sache, und er stürzte sich darauf.
»Ihr habt Monseigneur Suger gesehen?« fragte er.
»Ich habe ihn eben verlassen.«
»Ah! Und hat er Euch gesagt, wann er endlich das Urteil über den Mörder meines Onkels zu vollstrecken gedenkt? Ein solcher Verzug ist skandalös und führt zu Gerede.«
»Ich rate denen, die ›reden‹, es nicht zu nahe an seinen Ohren zu tun. Der Seigneur Abt ist ein Mann Gottes, aber er kann eine schwere Hand haben. Was das Urteil über Ausbert Ancelin betrifft, müßte man seiner Schuld sicher sein.«
Eine jähe Aufwallung von Entrüstung rötete die blassen Wangen des Neffen.
»Seiner Schuld sicher sein? Aber er ist praktisch auf frischer Tat ertappt worden.«
»Findet Ihr? Wenn man alle Leute festsetzen wollte, die eines schönen Morgens einen Leichnam vor der Tür finden, müßte das Halsgericht jeden Tag Leute wieder fortschicken. Es gibt genug Banditen, die nachts in den Straßen herumlaufen.«
»Und das Werkzeug? Das Werkzeug, mit dem der Mord begangen wurde? Gehörte es vielleicht nicht diesem Elenden?«
Marjolaine wiederholte, was sie zuvor gesagt hatte:
»Ein Werkzeug kann gestohlen oder geliehen werden.«
»Aber kommt! Das hält nicht stand! Dieser Mann ist der Mörder. Wer sonst sollte es sein?«
Die heilige Entrüstung, die sich auf dem flachen Gesicht des Burschen ausbreitete, verursachte Marjolaine Übelkeit, und sie hatte Lust, in dies Gesicht zu schlagen.
»Seid nicht so rasch dabei, andere zu verdammen, Neffe! Ihr wißt, was die Heilige Schrift sagt: ›Richte nicht, auf daß du nicht gerichtet wirst.‹ Überlaßt diese Sorge lieber Monseigneur Suger, der ein Ehrenmann ist und voller Weisheit. Wenn er beschließt, daß zusätzliche Zeugenvernehmungen notwendig sind, dann hat er seine Gründe.«
»Seine Gründe? Die möchte ich gern kennen! Was Euch betrifft,

Dame Marjolaine, finde ich Euch recht wenig eifrig bei Eurem Verlangen nach Rache.«

»Was für ein schlechter Christ Ihr seid! Nun vermengt Ihr auch noch alles! Die Rache gehört Gott. Außerdem würde es Meister Foletier nicht wieder lebendig machen, wenn man einen Unschuldigen hängte. Denkt ein wenig über all das nach, Neffe.«

Etienne wurde noch ein wenig röter. Er hatte mit einem Zug den ganzen Inhalt seines Bechers geleert, woraus Marjolaine schloß, daß der Moment für ihn gekommen war, den eigentlichen Zweck dieses ungewöhnlichen Besuchs bekanntzugeben. Tatsächlich räusperte er sich und stieß dann hervor, nicht ohne wieder ins Stottern zu verfallen, was er nicht getan hatte, solange der Zorn seine Zunge löste.

»Kö... Könntet Ihr nicht... aufhören, mich Euern Ne... Neffen zu... nennen? Die Um... Umstände sind nicht mehr... die gleichen!«

»Ich sehe nicht ein, warum? Schuldet Ihr mir weniger Respekt, weil Euer Onkel nicht mehr ist?« fragte sie mit einer Spur von Hochmut.

Plötzlich schwand Etiennes Schüchternheit, wie sich ein Nebelschleier hebt. Marjolaine spürte es an dem ahnungsvollen Schauder, der ihr den Rücken hinunterglitt, an einem kurzen Aufflammen in den Augen des Burschen.

»Auch die Zeit des Respekts ist vorbei«, entgegnete er in einem wieder seltsam fest gewordenen Ton. »Jetzt ist es die der Liebe.«

»Der was?« sagte Marjolaine, die nicht richtig gehört zu haben glaubte. Doch als er sich ihr näherte und seine Hände zu ihr hob, hielt sie es für klüger, sich aus ihrem Sessel zu erheben, ihn zu umrunden und sich seiner als Schutzwall zu bedienen.

»Der Liebe«, wiederholte Etienne, nicht im geringsten aus der Fassung gebracht. »Mein Onkel ist tot: ich bin sein Neffe und Erbe seines Geschäfts, wie Ihr durch Euer Witwentum Erbin eines schönen Teils seines Vermögens seid. Der Brauch verlangt, daß Ihr meine Frau werdet, und ich wünsche mir nichts sehnlicher. Wann heiraten wir?«

Heiraten? Schon? Der bisher so schweigsame und schüchterne Etienne hatte sich entschieden verändert! Und Marjolaine begriff, daß sie kämpfen mußte. Trotz der Angst, die sie überkam, zwang

sie sich, ebenso ruhig zu erscheinen, wie man sich jähzornigen Kindern – oder Verrückten gegenüber gibt.
»Der Brauch ist nicht zwingend, mein lieber Etienne. Was Eure Gefühle mir gegenüber betrifft, so schmeichelhaft sie auch sein mögen, kommen sie nicht in Betracht, denn es gibt noch einen dritten Faktor, den Ihr zu übersehen entschlossen seid: mich. Mich, die nicht die geringste Lust hat, Euch zu heiraten.«
»Und warum das, wenn ich bitten darf?«
»Aber weil ich Euch nicht liebe.«
»Das ist was Rechtes! Liebtet Ihr vielleicht zufällig meinen Onkel, als Ihr ihn geheiratet habt? Laßt mich Euch sagen, daß es kaum den Anschein hatte.«
Marjolaine begriff, daß ihre Stellung schwach war, daß sie etwas anderes finden mußte, und daß vielleicht nur ein stählerner Wille sie von diesem sichtlich verliebten Burschen befreien könnte, von dem sie wußte, daß er starrköpfig war.
»In der Tat, ich liebte Meister Foletier nicht«, sagte sie. »Aber mein Vater hatte diese Ehe befohlen, und ich schuldete meinem Vater absoluten Gehorsam. Jetzt bin ich Witwe und Herrin meiner selbst vor Gott und dem Gesetz der Menschen. Und ich sage, daß ich nicht Eure Frau werde. Begnügt Euch mit dem, was Euch zukommt und Euch übrigens reich macht. Und laßt mich leben, wie ich es möchte. Gründet eine Familie und vergeßt mich.«
»Das Vermögen meines Onkels darf die Familie nicht verlassen. Wenn Ihr Euch wieder verheiratet und es einem anderen gebt, wäre das eine unredliche Handlung.«
»Sagt lieber, daß Ihr den Gedanken nicht ertragt, ein Teil davon könnte Euch entgehen! Besteht nicht darauf, Etienne. Ich habe schon gesagt, daß ich Euch nicht liebe. Zwingt mich nicht, es zu wiederholen, denn ich möchte nicht unfreundlich zu Euch sein.«
Wenn Marjolaine erwartet hatte, ihn verwirrt, stotternd, vielleicht weinend zu sehen, dann hatte sie sich schwer getäuscht. Alles, was sie sah, war ein unverschämtes Lächeln.
»Ob Ihr mich liebt oder nicht, ist ohne Bedeutung, Marjolaine. Was zählt, ist, daß ich Euch liebe.«
»Was wißt Ihr von der Liebe? Seid Ihr überhaupt fähig, zu lieben?«
»Auch das ist, alles in allem, ohne Bedeutung. Ihr seid sehr schön,

und ich habe Lust auf Euch seit dem Tage Eurer Hochzeit. An diesem Tage habe ich mir geschworen, daß ich Euch eines Tages in mein Bett holen werde, und Ihr habt keine Ahnung, wessen ich fähig bin, wenn ich mir etwas geschworen habe.«
Der grüne Blick tauchte unbarmherzig in den des Burschen, der schwankte und sich dann abwandte.
»Ich glaube doch«, sagte Marjolaine ruhig. »Aber was Ihr auch zu diesem oder einem anderen Zweck getan haben mögt, es wird Euch nicht zum Sieg über meinen Willen verhelfen. Und mein Wille ist, daß Ihr niemals etwas anderes für mich sein werdet als der Neffe Meister Foletiers.«
»Seid Ihr dessen sicher?«
»Ganz sicher.«
»Nichts kann Eure Meinung ändern?«
»Nichts!«
»Nicht einmal die Möglichkeit, für den Mord an Eurem Gemahl lebendig begraben zu werden?«
Ein Schweigen, schwer wie ein Stein, senkte sich über den großen stillen Raum. Sogar das Feuer hörte auf zu prasseln, als habe das Entsetzen über die eben ausgesprochenen Worte es erstarren lassen. Marjolaine glaubte, falsch verstanden zu haben.
»Was habt Ihr eben gesagt?« stieß sie endlich hervor.
»Daß Ihr angeklagt werdet, die Ermordung Eures Gatten betrieben zu haben, wenn Ihr nicht einwilligt, mich zu heiraten. Ihr werdet zum Tode verurteilt werden, und Ihr wißt, die Richter finden den Galgen für Frauen nicht schicklich und ziehen es vor, sie angemessen unter einigen Fuß Erde zu begraben.«
Marjolaine bedurfte ihres ganzen Muts, um gegen das Grauen anzukämpfen, das sie jäh überfiel. Es gelang ihr nicht ohne Mühe, indem sie ihre Hände mit aller Kraft gegeneinander preßte.
»Vor einem Augenblick erst«, sagte sie mit tonloser Stimme, »habt Ihr den Kopf Ausbert Ancelins für das gleiche Verbrechen gefordert. Ihr müßt wissen, was Ihr wollt.«
»Ich habe es Euch schon erklärt!« sagte der andere unverschämt. »Im Grunde interessiert mich Ancelin nur bis zu einem gewissen Punkt: er gibt einen sehr passenden Schuldigen ab, aber ich werde

mühelos auf ihn verzichten, wenn Ihr Euch weigert, mein geliebtes Eheweib zu werden.«

Die junge Frau zuckte die Schultern und wandte sich ab, um dieses Gesicht nicht mehr sehen zu müssen, das sie schaudern ließ.

»Albernheit! Ich sehe ganz und gar nicht, wie Ihr das bewerkstelligen wollt.«

»Dennoch ist es ganz einfach: Von Gewissensbissen geplagt, könnte sich Jacqueline Ancelin mit viel Tränen einer Tatsache erinnern, die sie in ihrer schrecklichen Angst vergessen hatte, weil der Mörder sie mit dem Tode bedrohte: Sie habe das Werkzeug ihres Mannes verkauft... und Ihr seid die Käuferin gewesen!«

»Wer wird ein solches Märchen glauben?«

»Alle Welt, wenn sie es mit genug Nachdruck und mit genug Tränen bekräftigt, aber in diesem Punkt vertraue ich ihr: Sie ist eine ausgezeichnete Komödiantin. Mein Onkel hat es zu spüren bekommen. Überdies, was weiß man über Euch? Daß Ihr ein Mädchen von Adel seid, daß Ihr, so jung und so schön, ohne sein Vermögen niemals einen Kürschner geheiratet hättet. In der Nachbarschaft liebt man es, unter sich zu bleiben. Ein Wesen wie Ihr kann nur Mißtrauen oder Leidenschaft erregen. Die Männer betrachten Euch zu liebevoll, die Frauen nicht liebevoll genug. Abgesehen von dieser alten Närrin Aubierge und Eurer Aveline könnt Ihr sicher sein, daß es nicht eine, versteht mich, nicht eine einzige gibt, die nicht bereit wäre, Euch für eine Hexe oder etwas noch Schlimmeres zu halten! Die Anklage gegen die Witwe wird alle Echos wecken, die ich mir wünsche. Vielleicht noch mehr, denn wenn die Anklage einmal ausgesprochen ist, könnte ich nichts mehr für Euch tun! Also wählt, aber wählt schnell!«

Marjolaine wußte, daß er recht hatte, daß man sie kaum liebte, weder in Paris noch in Saint-Denis. In der Tat hatten die Frauen mehr schiefe und giftige als lächelnde Blicke für sie, während sie in den Gesichtern der Männer am häufigsten einen begehrlichen Ausdruck fand. Sie wußte, daß da eine echte Gefahr bestand, aber sie hatte zuviel Mut, um sich ohne Kampf zu ergeben.

»Vertrauen gegen Vertrauen, ›lieber Neffe‹: Es besteht für mich kein Zweifel mehr, daß Ihr meinen Mann getötet habt, vielleicht mit eigener Hand.«

»Nicht vielleicht!« bestätigte Etienne mit grausamem Lächeln. »Gewiß habe ich ihn getötet, nachdem ich den berüchtigten Schlegel gestohlen hatte. Es trifft sich nämlich, daß die schöne Böttcherin auch eine Neigung für mich empfand, und jetzt frißt sie mir aus der Hand dank gewisser Versprechen, die der Tod des Onkels mir zu halten erlaubt. Was wollt Ihr, sie ist eine Frau, die schöne Kleider liebt, und die genug hat von ihrem dreckigen Dorf. Genauso, wie sie vom Onkel genug hatte und von ihrem schwachköpfigen Mann. Sie hat andere Ambitionen. Ein Seigneur aus der Nachbarschaft, wie mir scheint.«

»So wird sie sich weigern, mich anzuklagen, denn das würde die Rückkehr ins Haus ihres Mannes bedeuten.«

»Wie einfältig Ihr seid, Ärmste! In diesem Fall könnte Ancelin sein Gefängnis nie mehr verlassen. Auch ein Selbstmord ist käuflich, müßt Ihr wissen!«

Diesmal schloß Marjolaine die Augen, krank vor Ekel und Entsetzen. Ihr war, als beuge sie sich über die stinkendste aller Jauchegruben. Doch auch dagegen mußte sie kämpfen. Sie öffnete die Augen wieder, sah Etienne herausfordernd an:

»Ich kann das Kloster wählen. Ich dachte übrigens schon daran, denn, wirklich, die Männer, so wie ich sie sehe, gefallen mir nicht. Gott ist wenigstens ohne Überraschung.«

Das Lächeln vertiefte sich und erregte zum erstenmal in Marjolaine eine wahnwitzige Lust zu töten. Etienne schüttelte verneinend den Kopf:

»Seid dessen nicht zu sicher. Im übrigen gestatte ich Euch das Kloster nicht! Entweder ich oder die Grube.«

»Die Wahl ist eingeengt. Gut, ich werde Euch morgen antworten.«

»Wa... warum nicht gleich?« stammelte Etienne, sichtlich enttäuscht.

»Weil ich heute nacht nachdenken muß. Schließlich«, schloß die junge Frau kühl, »werde ich vielleicht den Tod vorziehen. Ich muß wissen, ob ich die Berührung mit der Erde nicht leichter ertrüge als die mit Euch. Geht jetzt!«

»A... aber...!«

»Morgen, sagte ich! Gleiche Stunde, gleicher Ort. Ich erwarte Euch!«

Er begriff, daß es nichts mehr herauszuholen gab und beharrte nicht weiter darauf. Seinen Umhang nehmend, warf er ihn sich über die Schultern und ging hinaus, nicht ohne einen letzten Blick auf die junge Frau zu werfen. Sie stand neben dem Kamin, die Arme über der Brust verschränkt, und starrte in die Flammen, von deren loderndem Hintergrund sich ihr feines Profil in köstlicher Anmut und Jugendlichkeit abhob. Grimaud verspürte Lust, sich auf sie zu stürzen, ihr dort, auf dem Gestreu von frischem Stroh und duftendem Heu, das die Steinfliesen bedeckte, Gewalt anzutun, aber er beherrschte sich. Es würde zu nichts führen, etwas mit Gewalt durchzusetzen. Zweifellos war es besser, Marjolaine die Nacht – und ihre Schrecken – durchleben zu lassen. Sie würde sie mit heilsamer Furcht vor der tiefen, unentrinnbaren Finsternis erfüllen, die sie erwartete.

Als er die Schwelle überschritt, hob er die Hand zu einem spöttischen Gruß:

»Bis morgen also!« tönte er. »Ich glaube, daß Ihr die richtige Wahl treffen werdet. Ich bin ein ziemlich guter Junge, wißt Ihr? Und zudem bin ich jung und liebe Euch!«

Diese Erklärung ohne Zärtlichkeit, fast wie eine Beleidigung hingeworfen, entlockte Marjolaine nicht einmal ein Schulterzucken. Nicht, daß es ihr gleichgültig gewesen wäre, aber sie fühlte sich eine Zeitlang, deren Dauer sie nicht abzuschätzen vermochte, jeder Reaktions-, ja jeder Gefühlsmöglichkeit beraubt. Etiennes zynische und grausame Drohung, die ruhige Unverschämtheit, mit der er, da er sich mit Marjolaine allein wußte, sein Verbrechen eingestanden hatte, all das umschloß Herz und Geist der jungen Frau wie mit einem eisernen Ring. Sie fühlte sich ausgelöscht, als ob man ihre Seele wie eine Kerze ausgeblasen hätte.

Bei der Rückkehr von der Abtei fand Aubierge sie noch an der gleichen Stelle, neben dem Kamin stehend, der Blick starr, die Arme am Körper herabhängend und so bleich, als wäre sie an Ort und Stelle versteinert. Und sofort machte sich die gute Frau ans Werk, nahm Marjolaine in ihre Arme, stellte fest, daß ihre Hände eisig waren, und daß dicke Tränen langsam über ihre bleichen Wangen hinunterrannen.

»Aber was hat dieser Bösewicht Euch angetan, mein Lamm? Was

hat er getan, um Euch in diesen Zustand zu versetzen? Heilige Jungfrau! Seht Euch das an! Sie ist ganz zu Eis erstarrt, genau wie dieser Mann, den die Kinder letzte Woche auf dem Vorplatz der Abtei aus Schnee gemacht haben!«

Ohne daß die junge Frau den geringsten Widerstand leistete, nötigte Aubierge sie, sich zu setzen, lief in die Küche, kam mit einer Wärmeflasche zurück, die sie unter ihre Füße legte, dann mit einer Schale sehr heißen Weines, den sie sie zu trinken zwang, bevor sie sich daran machte, ihren Rücken und ihre Arme zu reiben, und sie hörte erst auf, als sie endlich Farbe in ihr Gesicht zurückkehren sah.

»So, jetzt ist es besser! Und nun müßt Ihr mir alles sagen.«

Das war schnell getan. Marjolaine bedurfte zu sehr einer Schulter, an die sie ihren Kopf lehnen konnte, eines Ohrs, um ihre Bangigkeit und Furcht auszuschütten. Am einen wie am anderen hätte es übrigens fast gefehlt, denn als Aubierge von dem unglaublichen Anschlag hörte, den Grimaud angezettelt hatte, glaubte sie ernstlich, in Ohnmacht zu fallen. Aber sie war eine Frau, die sich schnell wieder erholte: drei Bekreuzigungen, geschwindes Herunterschlukken dessen, was vom Kräuterwein übriggeblieben war, und schon war sie von neuem bereit, dem Leben und den Männern entgegenzutreten.

Sofort fand sie eine radikale Lösung.

»Wir müssen uns dieses Elenden entledigen!«

»Das ist leicht gesagt, viel weniger leicht getan, Dame Aubierge! Wenn man ihn tot findet, wird die Frau reden. Sie soll gut bezahlt worden sein. Ich wette, er hat ihr sein ganzes Erspartes gegeben.«

»... oder das, was er stehlen konnte, indem er heimlich Felle verkaufte! Wir müssen also die Frau finden.«

»Das ist unmöglich! Es scheint, sie hält sich versteckt. Vielleicht sogar bei dem Seigneur, von dem Etienne behauptet, daß er ihr wohl will...«

»So gut versteckt sie auch sein mag, der Seigneur Abt sollte die Macht haben, sie suchen zu lassen.«

»Und was wird sie sagen? Sie wird mich anklagen.«

»Falls man sie in der Folter nicht ihre Lüge gestehen läßt! Man hat Mittel, und wenn sie es zugibt, daß sie mit dem Erben des Opfers Geschäftchen gemacht hat, könnte man ihr andere Fragen stellen.

Und wäre es nur, ob sie dabei bleibt, Euch das Werkzeug verkauft zu haben.«

»Es ist kein Verbrechen, einer geheimnisvollen, reichen Dame ein unschuldiges Werkzeug zu verkaufen, wenn man eine arme, ständig an Geldmangel leidende Frau ist. Außerdem kann es sein, daß Etienne recht hat, wenn er sagt, man liebt mich kaum.«

»Möglich. Aber ich, ich liebe Euch, und ich bin imstande, die hartnäckigsten Klatschmäuler umzustimmen.«

Mit einem traurigen Lächeln streichelte Marjolaine ihre runzlige Wange.

»Nicht vor den Männern des Gerichts, meine arme Freundin. Vor denen hat man zuviel Angst. Und wenn diese Angst sich mit der Lust paart, jemandem zu schaden, kann niemand etwas ausrichten. Ich muß eine andere Lösung finden.«

»Ihr werdet doch nicht einwilligen, dieses Ungeheuer zu heiraten?« fragte Aubierge beunruhigt.

»Um keinen Preis! Selbst wenn ich deshalb mein Leben lassen muß. Aber ich gestehe, im Augenblick weiß ich überhaupt nicht, was ich tun soll. Vielleicht heute nacht fliehen, mich in ein weit entferntes Kloster einschließen und nie wieder herauskommen? Wenn Etienne mich anzeigt, hat es dann keine Bedeutung mehr, denn die menschliche Gerechtigkeit macht an der Schwelle eines Gotteshauses halt.«

»Mit anderen Worten, es wäre eine andere Art von Begräbnis, und dieser Elende könnte in aller Ruhe von sämtlichen Gütern seines Opfers profitieren. Ich schwöre Euch hoch und heilig, daß er nicht lange von ihnen profitieren wird.«

»Wenn er nicht auch Euch umbringt, meine arme Aubierge. Glaubt mir, er ist zu allem fähig. Wozu Euch also unnütz der Gefahr aussetzen?«

»Das werden wir sehen. Was für eine Geschichte, mein Gott! Und ich war so glücklich, Euch eine gute Nachricht zu bringen!«

»Welche?«

»Der arme Ancelin wird nicht gehängt! Der Abt, mit dem ich lange gesprochen habe, hat sich entschlossen, es dem Herrn anheimzustellen, die Frage zu entscheiden, da weder für die Unschuld noch für die Schuld dieses Unglücklichen irgendein Beweis vorhanden ist. Eine Art Gottesurteil also.«

Marjolaine runzelte die Stirn.
»Die Unschuldsprobe? Das gefällt mir nicht, denn so, wie man sie praktiziert, bedeutet sie nichts. Unschuldige bezahlen dabei für die wahren Schuldigen, die ihr nicht unterworfen werden. Was wird man diesen unglücklichen Ancelin erdulden lassen? Wird man ihn ins Wasser werfen, über im Feuer glühend erhitzte Pflugscharen laufen lassen, ihn durch brennendes Gesträuch jagen?«
»Nichts von allem! Der Geist des Seigneur Abt ist zu aufgeklärt, um sich mit solchen Dingen abzugeben. Er wird den Gefangenen einfach der Gnade Gottes überlassen: Meister Ancelin wird an der Pilgerfahrt nach Saint-Jacques de Compostela in Galicia teilnehmen.«
»Wirklich?« sagte die junge Frau, deren Gesicht wie unter einem Sonnenstrahl aufleuchtete. »Was für ein guter Mensch ist Monseigneur Suger. Der Weg ist gefährlich nach allem, was man sagt, aber die meisten derer, die ihn angetreten haben, kehren lebend zurück.«
»Für Euern Schützling wird es schwieriger sein, Dame Marjolaine. Ancelin muß barfuß, in Ketten und unter Bewachung gehen. Ich glaube, er hat wenig Aussicht, da herauszukommen.«
Der Blick der jungen Frau bewölkte sich.
»Barfuß und in Ketten? Aber warum? Ist das nicht ein Versuch, das Urteil Gottes zu verfälschen? Und wir wissen, daß er unschuldig ist, denn der Schuldige hat gestanden. Daß er nach Compostela geht, ist gut, denn im Grunde bringt es ihn in Sicherheit vor den Unternehmungen seiner Feinde, aber nicht in Ketten, nicht barfuß. Er läuft Gefahr zu sterben, bevor er noch das Grab des Apostels erreicht hat.«
»Der Abt kann nichts anderes tun. Es ist schon schön, daß er ihm den Strick erspart. Bedenkt, daß der Mann für schuldig angesehen wird, und daß es schon ein Zeichen von großer Milde ist, ihn am Leben zu lassen.«
»Für wie lange?« schluchzte Marjolaine.
»Ich bitte Euch, beruhigt Euch! Der Mann ist jung und kräftig. Die anderen Pilger werden ihm helfen. Ihr müßt aufhören, Euch seinetwegen zu quälen, da Ihr jetzt sicher seid, daß man ihn nicht hängen wird. Vergeßt ihn! An Euch müßt Ihr denken, an Euch, die Ihr in so großer Gefahr seid.«
»Was kann ich tun?«

Plötzlich sehr müde, ließ Marjolaine sich auf einen Schemel sinken. Einen Augenblick lang hatte sie die über ihr hängende Drohung vergessen und nur an den Mann gedacht, der so zu Unrecht verurteilt war. Jetzt drängte sich ihr erneut die ihr aufgezwungene unmögliche Wahl auf, und das mit einer Dringlichkeit, die sie doppelt grausam machte. Die Stimme Aubierges schien ihr wie im Nebel verloren.

»Warum geht Ihr nicht zur Pêcherie? Ihr habt einen Vater, Brüder. Sie werden Euch schützen.«

»Nicht gegen die Leute des Königs, und das wäre der erste Ort, wo Etienne mich suchen läßt. Außerdem ist mein Vater krank. Ich habe erfahren, daß er seit meiner Heirat sehr viel trinkt. Es ist jetzt meine Mutter, die den ganzen Haushalt führt, und sie hat keine Lust, sich ihrer bürgerlichen Tochter zu oft zu erinnern.«

»Nach allem, was es ihr eingebracht hat? Das ist nicht möglich, mein Lamm, Ihr täuscht Euch.«

»O doch, es ist möglich.«

Es war sogar gewiß. Sobald das Herrenhaus der Pêcherie renoviert war und die Truhen der Familie sich dank der Großzügigkeit Foletiers wieder höchst angenehm gefüllt hatten, hatte Dame Richaude die Beziehungen unmerklich gelockert und nach dem Tode des Kürschners praktisch völlig gelöst. Renier, der ältere Bruder, der unter dem Seigneur de Marle glänzend gedient hatte und ein mustergültiger Krieger zu werden versprach, würde demnächst zum Ritter geschlagen werden. Seine Ausrüstung, die ihm die Aussicht auf gewinnbringende Turniere und ferne Abenteuer öffnete, war zur Zeit das einzige, was seine Mutter interessierte. Um so mehr, als man im Zusammenhang mit ihm auch von einer Hochzeit mit der jüngsten Tochter des Seigneur d'Ostel sprach.

Doch weder beim Ritterschlag noch bei Reniers Hochzeit hätten die des Bruyères Wert darauf gelegt, Marjolaine und ihren wenig dekorativen Ehemann erscheinen zu sehen, selbst wenn man den Geldbeutel des Pariser Kürschners diskret um einen Zuschuß zur kostspieligen Ausstattung des künftigen Ritters erleichtert hätte. Und der Tod Gontrans änderte nichts an der Sache, obwohl er die edle Dame beträchtlich erleichterte, da er einen Gläubiger beseitigte, der auf die Dauer hätte lästig werden können. Was Marjolaine betraf, verbot es die tiefe Trauer, in der sie sich befand, sie zu Festen

einzuladen. Was man sowieso nicht getan hätte, da ihre Situation sie gewissermaßen in den Familienbann gebracht hatte.
Für die weitere Zukunft behielt Dame Richaude es sich zweifellos vor, neue Forderungen an den Geldbeutel ihrer bürgerlichen Tochter zu stellen, sie aber trotzdem auf einer gewissen Distanz von einem Adel zu halten, von dem sie abgefallen war...
All das wußte Marjolaine, und es betrübte sie, aber sie war sicher, daß unter solchen Umständen keine Rede davon sein konnte, in der Pêcherie um Asyl zu bitten, schon gar nicht, wenn sie unter Mordanklage stand. Ein solcher Makel würde sich in der Tat als untilgbar erweisen und alle Bruyères, männlich wie weiblich, wieder in die finsterste Tiefe stürzen, in der es nur Heulen und Zähneklappern gab. Mit anderen Worten, in eine noch katastrophalere Lage als die, aus der sie Marjolaines Heirat befreit hatte.
Aubierge, die sich ohnehin keine Illusionen über die mütterlichen Gefühle der Dame des Bruyère machte, empfahl diese in ihrer Empörung feierlich der Rache des Himmels, aber sie gab schließlich nicht ohne Bedauern zu, daß man in der Tat noch immer am gleichen Punkt war.
»Es muß dennoch eine Lösung zu finden sein«, seufzte sie und bückte sich, um die Glut im Kamin zu schüren und einige Scheite nachzulegen. »Ihr könnt den Mörder Eures Gatten nicht heiraten, mein Lamm, noch Euch einfach verurteilen lassen zu.. Oh! Es ist so entsetzlich, daß ich's nicht einmal aussprechen kann!«
Sie hielt mit hochgeschwungenem Schürhaken plötzlich inne, als habe sie eine himmlische Eingebung.
»Und wenn ich ginge und dem Seigneur Abt von allem erzählte?«
»Das ist nutzlos. Vorhin, als ich ihm meine Überzeugung von der Unschuld dieses armen Ancelin anvertraute, sah ich deutlich, daß er sehr überrascht, wenn nicht entrüstet war. Er muß denken, daß ich mich zu leicht an meinen Witwenstand gewöhne, und von da bis zur Bereitschaft, mich der Anstiftung zum Mord anzuklagen, ist es nicht weit.«
»Aber diese Anklage hält nicht stand! Es genügt, Euch zu kennen.«
»Und gerade er kennt mich nicht. Wenigstens nicht genug«, erwiderte Marjolaine leise. »Für ihn bin ich ein armes Mädchen, das aus Vernunftgründen einen reichen Mann geheiratet hat.«

»... auf Befehl ihrer Eltern!«
»Was weiß er davon?«
»Kommt! Als ob heutzutage ein Mädchen von Adel ohne den Segen der Ihren heiraten könnte.«
»Vielleicht. Aber ich kann diese Heirat gewünscht haben. Es gibt auch schwierige Kinder mit schwachen Eltern.«
»Das ist lächerlich!«
Entmutigt ließ sich Aubierge auf den Herdstein zu Füßen der jungen Frau sinken und begann zu weinen. Sie spürte sehr wohl, daß nicht viel zu machen war, daß die Falle, so plump sie auch sein mochte, gut gestellt war, und daß Marjolaine, falls kein Wunder geschah, eine der beiden gleich fürchterlichen Möglichkeiten hinnehmen mußte: den widerlichen Etienne zu heiraten oder sich auf die abscheulichste Weise opfern zu lassen.
Während eines langen Augenblicks wurde die Stille nur durch das Prasseln des Feuers, das Schluchzen der Haushälterin und die Geräusche unterbrochen, die die im oberen Stockwerk mit Hausarbeiten und im Wirtschaftshof mit dem Geflügel beschäftigten Mägde machten. Reglos auf ihrem Stuhl sitzend, überließ sich Marjolaine einer Art Betäubung ihres ganzen Seins, die die verängstigten Schläge ihres Herzens ein wenig besänftigte. Sie hatte nicht den Mut, nach Worten zu suchen, die Aubierge getröstet hätten, und sie ließ sie weinen, weil sie nicht wußte, was sie ihr sagen sollte. War sie es übrigens, die am meisten Beistand brauchte?
Nach einer Weile erhob Aubierge sich schwerfällig, trocknete sich die Augen mit einem Zipfel ihrer Schürze und seufzte:
»Ich muß für das Abendessen sorgen, Dame Marjolaine.«
»Ich habe überhaupt keinen Hunger.«
»Ihr müßt Euch zwingen. Der Geist funktioniert besser, wenn der Magen sein Genüge hat. Danach werde ich zu Monseigneur Saint-Denis, zur Heiligen Jungfrau, zur Seligen Aubierge, meiner Namenspatronin, und unserem Herrn Jesus beten und sie bitten, Erbarmen mit uns zu haben.«
Sie wandte sich mit schleppenden Schritten zur Tür, gebeugt unter der Last eines Kummers, der über ihre Kräfte ging. Doch auf der Schwelle drehte sie sich plötzlich um.
»Gott möge mir verzeihen, was ich jetzt sage, Dame Marjolaine,

aber mir scheint, die beste Lösung wäre immer noch die, diesen Halunken zu heiraten, denn seht, der Tod bietet keinen Ausweg. Aus einer Ehe kann man immer raus, und wenn's nur an mir liegt, wird es vielleicht schneller gehen, als Ihr denkt. Es gibt Rezepte, Kräuter, die man anwenden kann. Es gibt auch Pilze.«

Eine Handbewegung Marjolaines brachte sie zum Schweigen.

»Sprecht nicht weiter davon, meine gute Aubierge. Ich halte Euch durchaus für fähig, Eure Seele zu gefährden, um mich zu retten. Aber das will ich um keinen Preis. Ich muß ganz allein herausfinden, was Gott von mir erwartet. Geht, ich werde jetzt hinaufgehen und mich umziehen.«

Den Raum verlassend, fand Marjolaine Aveline unmittelbar hinter der Tür. Auf der letzten Stufe der Treppe sitzend, weinte sie wie ein Springbrunnen, den roten Kopf in der Schürze vergraben.

»Was machst du da?« rief die junge Frau.

Die Kleine hob ihr tränenüberströmtes Gesicht.

»Ich habe alles gehört«, schluchzte sie. »Ich ... ich will nicht, daß Ihr ... sterbt!«

Ihre Trostlosigkeit war so offenkundig, daß Marjolaine ein Lächeln nicht unterdrücken konnte.

»Also willst du ebenfalls, daß ich Etienne heirate?«

»O nein! Das auch nicht!«

»Ich habe keine große Wahl, weißt du? Was würdest du an meiner Stelle tun?«

»Fliehen! Weit, sehr weit fort, dahin, wo er uns nicht finden kann. Denn ganz gewiß gehe ich mit Euch!«

Es war das erste Mal, daß die furchtsame Aveline ihre Zuneigung zu ihrer jungen Herrin offenbarte. Sie mußte Marjolaine sehr lieben, um ihr vorzuschlagen, so mit ihr in die Ferne zu gehen, den Gefahren der Landstraßen ausgeliefert, egal wohin, aber dahin, wo weder Etienne noch der Henker sie fassen konnten.

Marjolaine beugte sich über das runde, feuchte Gesicht und küßte es, dann setzte sie sich neben Aveline auf die Stufe.

»Wohin könnten wir gehen?«

»Auf eine Pilgerfahrt, zum Beispiel. Dorthin, wohin der Abt den armen Meister Ancelin schicken will. Ist das weit?«

»Sehr weit. Und außerdem brechen die Pilger erst Ostern auf. Und in jedem Fall wird Etienne mir nicht erlauben, mich zu entfernen. Du hast ja zugehört. Ich muß ihm morgen antworten, sonst ...«

»Dann müssen wir diese Nacht fortgehen, sofort.«

»Wir beide ganz allein auf den Landstraßen. Den Straßenräubern preisgegeben? Wir sind zu jung.«

»Und vor allem, Ihr seid zu schön. Es ist schwierig, unbemerkt durchzukommen, wenn man Euer Gesicht hat. Alles Unglück kommt daher.«

Marjolaine betrachtete die Kleine erstaunt.

»Bist du sicher?«

»Ob ich sicher bin? Ich denke wohl! Wenn Ihr ein häßliches Frauenzimmer oder nur ein gewöhnliches Mädchen wärt, ließe Etienne Euch in Ruhe. Außerdem hätte sich Meister Foletier nicht in Euch vernarrt. Und dann seht Ihr ja, daß es nicht viele Männer oder Burschen gibt, die Euch nicht liebevoll ansehen.«

»Du übertreibst. Ich hätte es bemerkt.«

»Aber Ihr habt es bemerkt! Denkt an den Burschen, der in der Abtei die Steine meißelt, und an die Freunde Meister Foletiers, die sich so gut darauf verstanden, Euch verstohlen zu betrachten, wenn sie zum Schmausen ins Haus kamen. Und an Colin, den Gärtner, der nachts Stunden unter Euerm Fenster zubringt und in die Sterne träumt, auch wenn gar keine Sterne da sind, und wenn es in Strömen gießt oder schneit oder friert.«

»Colin?«

Marjolaine konnte nicht verhindern, daß ihr das Blut ins Gesicht stieg, denn sie erinnerte sich plötzlich des Traums, den sie gegen Morgen geträumt hatte. So dachte also auch der junge Mann an sie? Und vielleicht war er sogar unglücklich ihretwegen?

»Ja, Colin, bei dem ich Tränen der Wut in den Augen gesehen habe, als der Meister Euch im Obstgarten auf den Mund küßte oder Euch die Hand auf den Busen legte. Obwohl das Euch selbst nicht so angenehm gewesen sein mußte.«

»Nicht so sehr, nein. Aber er war mein Gatte, und er hatte alle Rechte.«

»Rechte, die Etienne sich als Erbteil aneignen will. Wahrhaftig, Dame Marjolaine! Seitdem ich Euch diene, hab' ich oft gedacht, daß es in gewissen Fällen kein Geschenk des Himmels ist, zu hübsch zu sein. Ihr hättet die Gattin eines jungen und schönen Seigneurs sein müssen, der Euch geliebt, gedient und verehrt hätte, wie unsere Königin behauptet, daß man es mit den Gattinnen tun soll, und der Euch im Schutz seines Schlosses gut behütet hätte, wo Ihr die Königin der Feste gewesen wärt. Aber jetzt habt Ihr nicht einmal mehr Euern alten Gatten, um Euch vor den Freiern zu schützen.«

»Und kein junger und schöner Seigneur wird je wieder bereit sein, die Witwe eines Bürgerlichen zur Gattin zu nehmen. Ich muß mich also allein verteidigen. Das Unglück ist nur, daß ich nicht weiß, wie. Ich kann doch nicht an einem einzigen Tag alt oder häßlich werden.«

Sie hielt plötzlich inne, von einer entsetzlichen Idee gepackt, die aber vielleicht alles in Ordnung bringen, ihr ein gottgeweihtes Leben lassen und sie von der undenkbaren Vorstellung befreien würde, ihr Dasein mit dem eines Mörders verbinden zu müssen, um einem schrecklichen Tod zu entgehen.

Marjolaine erhob sich und zwang Aveline, ein gleiches zu tun.

»Hol mir Colin und bringe ihn in mein Zimmer. Ich will mit ihm sprechen.«

Aveline brannte sichtlich darauf, Fragen zu stellen und sich einen so seltsamen Befehl erklären zu lassen, aber Marjolaine konnte eine gewisse Miene aufsetzen, die Dame Richaude nicht getadelt hätte, und die jede Lust zu Zudringlichkeiten benahm. Die Kleine ging ohne weitere Fragen, während ihre Herrin langsam zu ihrem Zimmer hinaufstieg, ganz mit dem Gedanken beschäftigt, den ihr nur der Herr selbst eingegeben haben konnte.

Einen Moment später betrat Colin jenes Zimmer, von dem er Aveline zufolge so heftig träumte. Diese ließ ihn eintreten, dann verschwand sie auf Befehl Marjolaines nicht ohne Enttäuschung, zumal die junge Frau ihr ausdrücklich verbot, an der Tür zu horchen.

»Ihr habt nach mir gefragt, Dame?« stammelte der Junge und mißhandelte die Mütze, die er bei seinem Eintritt vom Kopf genommen hatte.

»Ja. Aveline behauptet, daß ich auf Eure Ergebenheit zählen kann. Ist das wahr?«

Ein Funke glomm in den grauen Augen des Burschen auf und erweckte sie jäh zu ungewohntem Glanz, aber das war alles. Seine Stimme blieb ruhig, als er antwortete:
»Befehlt, Dame! Ihr werdet selbst urteilen.«
»Gut. Heute abend also, nach der Vesper und wenn es Nacht wird, sattelst du mein Maultier und bereitest dich vor, mich zu begleiten. Aber du sagst niemandem etwas davon.«
»Ich werde nichts sagen, wenn es Euer Wunsch ist. Wohin gehen wir?«
»Ich will in die Nähe des neuen Markts bei den Wiesen[1]). Kennst du den Ort und die Leute, die dort wohnen?«
»Ich kenne ihn, aber es ist kein Ort, zu dem man nachts gehen sollte. Besonders keine Dame.«
»Dennoch muß ich dorthin. Ich will einen Mann sehen, von dem man mir erzählt hat, einen Mann, der seltsame Kräfte besitzt und wahre Wunder zu vollbringen weiß. Man nennt ihn Sancho, den Navarresen, oder Sancho, den Apotheker.«
Colins Gesicht färbte sich mit einem Schlage hochrot.
»Sancho, der Zauberer, muß es heißen, und alles, was er verdient, ist ein Haufen Knüttelholz und ein Armvoll Reisig, die man vor seinem Haus aufhäufen und anzünden sollte! Jedenfalls werde ich Euch nicht zu diesem Mann führen. Es ist schon zuviel, daß Ihr von seiner Existenz wißt.«
»Was wirfst du ihm vor? Hat er dir etwas getan?«
»Mir nicht. Ich weiß sogar von Leuten, die behaupten oder vielmehr flüstern, daß sie durch ihn von garstigen Krankheiten geheilt worden sind, aber man sagt auch, daß er Monster für Jahrmärkte oder für die Bettlerbrüderschaft machen kann. Man sagt, er könne das Wachstum von Kindern verhindern, so daß sie Zwerge werden, für die man ihm viel bezahlt.«
»Sagt man das wirklich? Wie kommt es dann, daß er nicht schon im Gefängnis oder gar verbrannt ist? Unser König Ludwig, von

[1]) Der Markt sollte später zu den Hallen von Paris werden. Er befand sich außerhalb der Stadtmauern in der Nähe des heutigen Friedhofs des Innocents. Louis VI. hatte ihn 1135 eingerichtet, und Louis VII. hatte ihn 1141 vergrößert, um die Märkte der Place de Grève und der Place Baudoyer, die in der Stadt zu sehr störten, dort unterzubringen.

dem es heißt, daß er so fromm und ehrenhaft sei, sollte einen solchen Helfershelfer des Teufels vor seiner Schwelle leben lassen?«

»Unser König kennt ihn sicher nicht. Was die Leute der Nachbarschaft betrifft – sie haben Angst vor ihm und halten den Mund. Außerdem sagt man, daß eine wichtige Person ihn schützt, daß er einmal – es ist gut sechs oder sieben Jahre her – angezeigt worden ist. Die Wache kam ihn holen. Aber am nächsten Morgen war er wieder in seinem Hause, als ob nichts gewesen wäre, und den Denunzianten hat man erdrosselt im Stadtgraben gefunden. So ziehen die Leute es vor, ihn zu ertragen, zumal er gewisse Dienste zu leisten vermag.«

»Welche Art von Diensten?«

»Das Kind eines Mädchens wegmachen, Koliken kurieren – und was weiß ich noch. Ich bin nie zu ihm gegangen, und Ihr werdet auch nicht zu ihm gehen. – Und vor allem, weshalb?«

»Das geht dich nichts an!« sagte Marjolaine hochmütig. »Es kommt dir nicht zu, Fragen zu stellen. Wenn ich diesen Mann sehen will, habe ich meine Gründe dafür. Aber sag mir, solltest du Angst haben?«

»Ich habe vor niemand Angst, außer für Euch, Dame! Dieser Sancho ist ein schlechter Mensch. Er trägt das Böse im Gesicht, das schwarz ist und verzerrt, das aber immer noch weniger schwarz sein muß als seine Seele. Ihr könnt nicht zu ihm gehen.«

»Ist das der Ton des Gehorsams, deine so berühmte Ergebenheit?«

»Gerade weil ich Euch ergeben bin, werde ich Euch nicht zum Teufel führen.«

Ein kurzes Schweigen trat ein, dann hob Marjolaine die Schultern.

»Sehr gut! Du führst mich nicht dorthin. Du wirst mich übrigens nirgendwohin mehr führen, denn morgen verläßt du dieses Haus.«

Colins Rücken, im Moment zuvor noch so gerade, knickte unter ihrer Verurteilung zusammen wie unter einem Peitschenschlag, während Tränen in seine Augen traten.

»Dame!« flehte er. »Ihr wißt sehr wohl, daß ich lieber sterben als Euern Dienst verlassen würde. Ihr wißt sehr wohl, daß ich, ganz gleich wann, immer bereit bin, Euch bis in die Hölle zu folgen, wenn Ihr es verlangt.«

»Soviel verlange ich nicht von dir. Nur, mich zu diesem Sancho zu begleiten. Aber ich verbiete dir nicht, das Nötige mitzunehmen, um uns im Notfall zu verteidigen.«

Sie hob die Hand, um ihn zu verabschieden, aber er rührte sich nicht.

»Nun, worauf wartest du?«

»Mit Eurer Erlaubnis, Dame, ich möchte Euch gern etwas fragen.«

»Was?«

»Wer hat Euch von dem Navarresen erzählt?«

»Ist das wichtig?«

»Ja. Weil es eine Sünde ist, eine Dame wie Euch wissen zu lassen, daß es Leute wie ihn gibt.«

»Rede keinen Unsinn. Sogar die Königin hört von Straßenräubern, Zauberern und vielleicht noch Schlimmerem reden. Und ich bin weder so zart noch so kostbar.«

»Für mich doch!«

Sie lächelte.

»Du bist ein Kind. Geh jetzt und befolge gewissenhaft meine Befehle. Und kein Wort zu wem auch immer.«

Diesmal ging er, und Marjolaine hörte das leiser werdende Geräusch seiner Schritte. Dann erstickte sie einen Seufzer. Armer Junge! Wenn er nur ahnte, was sie bei Sancho, dem Apotheker, zu tun gedachte, würde er sich voller Schrecken weigern, und zweifellos nichts, weder Bitten noch Drohungen, würden ihn dazu bringen können, sie in dieser Nacht zu begleiten. Dennoch war es der einzige Ausweg, den ihr die von Etienne allzu gut gestellte Falle ließ, das einzige, dessen sie sich bedienen konnte, ohne sich den Zorn Gottes zuzuziehen.

Langsam erhob sie sich, ging zu einem schmalen Spiegel aus poliertem Silber, der nahe dem Fenster alles Licht in sich sammelte, und betrachtete sich lange darin, mit leicht zitternden Fingern die Konturen ihres Gesichts und die Weichheit ihrer Wangen streifend. Das, wozu sie sich entschlossen hatte, erschreckte, ja quälte sie, aber es war der Preis ihrer Freiheit, denn es war das einzige und schnellste ihr zur Verfügung stehende Mittel, um Etienne seine Beute fahren zu lassen und dem entsetzlichen Tod zu entgehen, mit dem er sie bedrohte. Danach hätte sie zweifellos das Recht, zu gehen, wohin sie wollte. In ein Kloster vielleicht, sobald einmal die Pflicht erfüllt war, die sie sich auferlegt hatte: im Rahmen ihrer Möglichkeiten das durch Gontrans Neffen angerichtete Unheil gutzumachen. Am Ostertag wollte sie mit den Pilgern Monseigneur Saint-Jacques' aufbrechen, um so gut sie konnte über den zu Unrecht verurteilten Mann zu wachen und zu verhindern versuchen, daß diese schreckliche Reise für ihn die letzte würde.

Mit einem Seufzer riß Marjolaine sich von dem allzu hübschen Bild im Spiegel los, jenem Spiegel, den sie morgen Aveline geben würde. Dann kniete sie vor einer kleinen Heiligen Jungfrau aus schwarzem Stein nieder, die Gontran ihr am Tag ihrer Hochzeit geschenkt hatte. Ihre Gestalt füllte eine in die Wand geschlagene Nische, und vor ihr brannte zu den Gebetsstunden eine ewige Lampe. Auf ihrem Knie trug Maria den Gottessohn, ebenso starr wie sie selbst, doch trotz der ein wenig strengen Ernsthaftigkeit der beiden Gesichter liebte Marjolaine diese kleine Skulptur und richtete die meisten ihrer Gebete an sie.

In dieser Minute spürte sie mehr als je das Bedürfnis nach göttlichem Beistand, um der schrecklichen Prüfung, die ihr bevorstand, bis zum Ende die Stirn bieten zu können. Sie blieb viele Stunden dort, inbrünstig betend, erregt und voller Verwirrung anfangs, dann mehr und mehr sich beruhigend, je sänftigender die Betäubung langer Gebete ihre Nerven durchdrang. Ihre Tür blieb den ganzen Tag verschlossen, denn sie wollte sich nicht ablenken lassen, weder von Aveline, die dieses plötzliche Verlangen nach Zurückgezogenheit beunruhigte, noch von Dame Aubierge, die sie zum Essen nötigen wollte. Aber als die trübselige Winternacht einbrach, war Marjolaine zu einer Art von Heiterkeit gelangt, die vielleicht ein wenig gekünstelt war, sie jedoch unter dem Zwang zur Läuterung jenen seltsamen Weg finden ließ, der zu einem mit Freuden auf sich genommenen Märtyrertum führt.

Als sie sich wieder erhob, mit steifen Knien, im Geist jedoch sehr hoch über der Erde schwebend, war Marjolaine fester als je von ihrem Entschluß durchdrungen, Sancho, den Navarresen, aufzusuchen und von ihm zu erlangen, was sie wollte. Und als der Augenblick gekommen war, Colin zu treffen, legte sie mit sicheren, präzisen Gesten einen dunklen Schleier um ihr Gesicht und hüllte sich in einen dicken, weiten Umhang. Dann verließ sie ihr Zimmer nach einer letzten Bekreuzigung.

6. Kapitel

Sancho, der Apotheker

Das Haus Sanchos, des Navarresen oder Apothekers, lag nicht weit von der Straße nach Flandern zwischen dem neuen Markt bei den Wiesen und dem mindestens zwei Jahrhunderte alten Friedhof, den man seit kurzem den Friedhof der Unschuldigen nannte. Das kam daher, daß die benachbarte, vom seligen Ludwig VI., dem Dicken, errichtete und damals dem Heiligen Michael geweihte Kirche durch Ludwig VII., den Jüngeren, seinen Sohn, umgenannt worden war, da er es vorzog, sie der Anbetung der jungen Opfer des mörderischen Herodes zu widmen. Es war ein seltsames, reichlich verschrobenes Haus, das dank eines spitzen und schiefen Dachs an eine leicht angetrunkene Alte mit verrutschter Haube erinnerte. Aber es war ein Haus aus guten Steinen, denn es war nichts anderes als ein ehemaliges römisches Grab, aus dessen Ruine die Geschicklichkeit des Navarresen eine anständige Behausung gemacht hatte. Und wenn die Tür auch niedrig war, war sie doch mit eisernen Bändern bewehrt, die ihr eine jeder Prüfung gewachsene Sicherheit gewährten und den Bewohner vor Dieben und Räubern jeder Art schützten, denen der schlechte Ruf des alten Grabmals nicht genügend heilsame Angst eingeflößt hatte.
In den ungewissen Schatten der Nacht erinnerte das Haus und das einzige rote Auge, das das schmale Fenster bildete, an die gräßliche Gestalt eines kauernden Zyklopen, und Marjolaine spürte, als sie es entdeckte, wie ein unangenehmer eiskalter Schauder ihr den Rücken entlanglief. Der Ort mit seinem von den Stadtmauern von Paris verbarrikadierten Horizont war unheilverkündend. Der nächtliche Nebel, der die Rundgänge und die Wachfeuer verhüllte, ließ die Mauern noch höher erscheinen. Noch grausiger war der neue Pranger, den man an einer der Ecken

der Markthalle errichtet hatte, und dessen leere Halseisen ständig auf irgendwelche Opfer zu warten schienen und fortwährend an die grausame Justiz der Zeit erinnerten.
Marjolaine bedurfte dieser Erinnerung nicht, um daran zu denken. Doch als sie vor der Tür des Navarresen angelangt war, blieb sie dort einen Augenblick stehen und betrachtete sie ebenso furchterfüllt, als wäre sie das Tor zur Hölle. Ihr Herz schlug zum Zerspringen in ihrer angstumschnürten Brust.
Mit dem Instinkt des Liebenden spürte Colin ihr Zögern.
»Dame«, flüsterte er, »laßt uns umkehren! Noch ist es Zeit. Glaubt mir, Ihr habt in diesem Haus nichts zu suchen, und Euch kann in ihm nur Unheil widerfahren.«
»Noch größeres Unheil wird mir widerfahren, wenn ich nicht hineingehe. Ich muß hinein. Hilf mir lieber, einen Fuß auf die Erde zu kriegen, denn ich sehe nicht das geringste. Dann warte hier auf mich.«
»Zählt nicht darauf! Ich lasse Euch nicht allein zu diesem Hexenmeister gehen.«
»Mach mir die Sache nicht noch schwieriger, Colin. Du weißt sehr gut, daß du mir gehorchen mußt.«
»Ich weiß. Gut, wenn Ihr wollt, könnt Ihr mich morgen davonjagen, aber heute nacht bleibe ich bei Euch. Ich muß Euch behüten, und ich werde meine Pflicht nicht vernachlässigen. Das schwöre ich bei Gott dem Allmächtigen!«
Marjolaine begriff, daß sie so leicht nicht zum Ziel kommen würde, und sie warf sich vor, Colin für diese nächtliche Unternehmung ausersehen zu haben, statt Guillot oder irgendeinen anderen ihrer Diener. Aber er war wirklich der einzige, den sie wie einen Freund behandeln mochte, und gerade für das, was sie erwartete, brauchte sie mehr als alles andere einen wahren Freund. Doch was würde er sagen, was würde er tun, wenn er erfuhr, welcher Art die Hilfe war, die sie bei dem Apotheker suchte?
»Hör mir gut zu, Colin. Wenn ich dich mit mir eintreten lasse, dann unter einer Bedingung.«
»Sprecht nur.«
»Was du auch sehen oder hören wirst, du sagst kein Wort, du rührst dich nicht. Was ich von diesem Mann verlangen werde, ist entsetz-

lich, aber merke dir dies gut: Für mich ist es eine Frage von Leben und Tod.«
»Tod? Ihr?«
»Ich. Ich flehe dich an, mir zu glauben. Eine schreckliche Gefahr droht mir, wenn dieser Mann nichts für mich tut: Ich muß zwischen einer abscheulichen Heirat und dem Henker wählen. Ich kann's dir nicht erklären.«
»Erklärt nichts, aber wißt, daß ich bereit bin, jeden zu töten, der Euch bedroht. Gehen wir also!«
»Nein. Solange mir eine Chance bleibt, ohne Verbrechen davonzukommen, wird niemand getötet«, sagte sie so hart, daß Colin den Kopf senkte. »Du hast jetzt die Wahl, bei mir zu bleiben oder auf der Stelle zu gehen. Aber wisse, wenn du mich daran hinderst, zu tun, was ich will, wähle ich den Tod, und ich werde dich während der ganzen Zeit, die mir noch zum Leben bleibt, verfluchen. Jetzt wähle!«
Statt einer Antwort schlug Colin mit geballter Faust so kräftig gegen die Tür, daß sie bebte.
»Geht allein! Ich werde hier warten. Ihr braucht nur zu rufen, wenn Ihr meiner bedürft.«
»Wer da?« rief aus dem Inneren des Hauses eine absichtlich gedämpfte Stimme.
»Eine Dame«, antwortete Colin, »eine Dame, die Euch sprechen möchte.«
»Hat eine komische Stimme, die Dame. Nennt Euern Namen!«
»Ich bin Dame Foletier«, fiel Marjolaine ein. »Ich bitte Euch, öffnet mir!«
Geräuschlos öffnete das Haus seinen rötlichen Schlund, der der jungen Frau wie der Rachen der Hölle selbst erschien. Was den Mann betraf, dessen mißgestaltete Silhouette sich davor abhob, stimmte er so mit seiner Umgebung überein, daß Marjolaine einen Schritt zurückwich. Klein, verwachsen, trocken wie ein alter Olivenbaum, dessen Farbe er hatte, bot Sancho, der Navarrese, mit seinem grimassierenden Gesicht, seinen Augen wie glühende Kohlen, seinem Spitzbart und dem schwarzen, strähnig unter der pelzbesetzten Mütze herunterhängenden Haar ein fast zu gelungenes Abbild des Teufels. Aber seine Stimme, gleichzeitig tief und samtig,

war ein Labsal für die Ohren und ließ eine merkwürdige Sanftmut erkennen.

»Tretet ein, Dame«, sagte er höflich. »Das Haus steht Euch offen. Ihr habt nichts von mir zu befürchten.«

So trat sie ein, schob mit plötzlicher Entschlossenheit die Tür hinter sich zu und trennte sich damit freiwillig vom Rest der Welt. Die Würfel waren gefallen, und sie war bereit, dem Schicksal, das sie gewählt hatte, die Stirn zu bieten. Nichts würde sie mehr zurückhalten können.

Langsam und wie von dem funkelnden Blick des Apothekers angezogen, ging sie die wenigen Stufen hinunter, die in den einzigen, runden Raum führten, der ein wenig tiefer lag, und der die alte Grabkammer war. All das, ohne etwas von der seltsamen Austattung dieser noch seltsameren Behausung zu sehen: weder den aus einer Steinplatte bestehenden Tisch, beladen mit einem erstaunlichen Durcheinander von Phiolen, Kräuterbündeln, mit Stücken von Schweinsblasen verschlossenen Töpfen und wundersam geformten Vasen, noch den Herd in der Mitte, der um einen eisernen Dreifuß flammte, und dessen in der Höhe des Gewölbes sich verlierende Rauchschwaden durch ein im Dach angebrachtes Loch abzogen, noch die große, mit lebhaften Farben bemalte Truhe oder den Lehnstuhl aus poliertem Ebenholz, der mit seinen Kissen in verschossenem Rot prächtig und fremd in diesem Schlupfwinkel des Zauberers inmitten von mehr oder weniger krummbeinigen Hockern prangte.

Gerade er war es, zu dem Sanchos Blick seine Besucherin führte, bevor er sie mit einer Handbewegung aufforderte, sich zu setzen, während er vor ihr stehenblieb, die Hände in den Ärmeln seines schwarzen, abgetragenen Gewandes von fast klösterlichem Schnitt verborgen, dessen Falten jedoch ein schön verzierter Ledergürtel um seinen mageren Körper raffte.

Während sie langsam den Schleier um ihren Kopf lüftete und sich bemühte, die unregelmäßigen Schläge ihres Herzens zu beruhigen, musterte Sancho das hinreißende Gesicht, bleich unter den müden Augenringen, das sich ihm enthüllte, ohne daß er sich etwas von seinen Eindrücken anmerken ließ. Er wartete, bis seine Besucherin sprechen würde.

»Ich danke Euch«, sagte sie mit etwas rauher Stimme, »daß Ihr mich zu so später Stunde empfangt, denn Ihr wißt ja nicht einmal, wer ich bin.«
»Glaubt Ihr? Wie sollte man die junge adlige Gattin eines der reichsten Bürger von Paris nicht kennen, wenn jeder ihre Schönheit preist und...«
Mit einer gereizten Bewegung schnitt die junge Frau das Kompliment ab. Von ihrer Schönheit sprechen zu hören, war wirklich das letzte, was sie in dieser Stunde wollte.
»Was wißt Ihr noch?« fragte sie.
»Nicht mehr als jeder: daß Euer Gemahl vor wenigen Tagen gestorben ist, daß er durch Mord umkam, und daß man seinen Mörder gefaßt hat. Ich weiß auch, daß Ihr Euch weigert, von Eurem Recht auf Rache oder Gerechtigkeit Gebrauch zu machen.«
»Ich kann mich nicht an einem Mann rächen, der nichts getan hat, weder meinem Mann, der ihm die Frau gestohlen hatte, noch mir selbst. Was die Gerechtigkeit betrifft, so ist sie blind und glaubt wer weiß was. Aber ich bin nicht hierhergekommen, um von diesem Drama zu sprechen. Ich bin gekommen, um Euch um Hilfe zu bitten.«
»Gegen wen?«
»In Wahrheit gegen niemand, wenn nicht vielleicht gegen mich selbst.«
Sancho zuckte die Schultern.
»Sie ist Euch sicher, wenn ich es vermag, und wenn Ihr mich bezahlt!«
»Ihr werdet Gold bekommen. Da Ihr alles wißt, solltet Ihr wissen, daß ich reich bin.«
»Ich weiß es. Was wollt Ihr?«
Jetzt war der wirklich schwierige Augenblick gekommen, und die Finger der jungen Frau verschränkten sich krampfhaft ineinander.
»Man sagt«, begann sie, »daß Ihr mit Liebestränken, Zaubereien und anderen von der Kirche verbotenen Dingen umzugehen wißt.«
»Das kann sein«, erwiderte der Navarrese mit verächtlicher Miene, »aber man sollte ›diese Dinge‹ nicht nötig haben, wenn man aussieht wie Ihr.«
»Man sagt außerdem, daß Ihr das Wachstum von Kindern verhin-

dern könnt, daß Ihr Gesichter verrenken könnt, um einen Krüppel zu machen, ein Gesicht so verändern könnt, daß selbst eine Mutter ihr Kind nicht mehr erkennen würde. Daß Ihr ganz nach Euerm Belieben heilen oder zerstören könnt.«

Zu Marjolaines Erstaunen begann der Mann zu lachen.

»Sprecht nicht weiter davon! Ich weiß seit langem, was man über mich sagt, und seit noch längerer Zeit weiß ich, welchen Grad von Torheit diese albernen Geschichten von den Straßenecken erreichen können. Aber schließlich bekomme ich dadurch meine Ruhe: Die Angst ist ein guter Schutz. Nun, was wollt Ihr?« schloß er nicht ohne Härte.

»Ich will, daß Ihr mich häßlich macht!«

»Was? Ihr wollt...«

»Häßlich werden, ja! Abscheulich! Ich will, daß man aufhört, mich voller Neid, Haß oder Begierde anzustarren. Ich will, daß Ihr aus mir ein Ungeheuer macht, das zu heiraten kein Mann Lust verspüren würde. Das ist es, was ich will. Könnt Ihr das?«

Verblüfft betrachtete Sancho lange diese bewundernswerte Kreatur, die mit Tränen in der Stimme Häßlichkeit begehrte, wie so viele andere, von der Natur nicht Begünstigte, ihn anflehten, ihr Aussehen zu verbessern. Es war unverständlich. Zumindest, wenn es nicht eine neue, von seinen zahlreichen Feinden ausgelegte Schlinge war. Man würde sehen.

»Es ist viel einfacher, Schönheit zu zerstören, als sie zu schaffen, denn sie ist das Privileg Gottes.«

»Gott? Ihr sprecht von Gott? Ihr?«

»Warum nicht ich? Weil ich so häßlich bin wie der Teufel? Die äußere Hülle eines Menschen und seine Seele stimmen nicht immer vollständig überein. Und Ihr, am meisten bevorzugt von allen, Ihr, die der Schöpfer mit einer Schönheit bedacht hat, wie man sie selten findet, Ihr verachtet sie? Warum stoßt Ihr sie zurück?«

»Wer sagt Euch, daß sie das Werk Gottes ist?« schluchzte Marjolaine. »Bis jetzt hat sie mir nur Leid und Unglück gebracht, und morgen, wenn Ihr mir nicht helft, wird sie mir den Tod bringen, den schrecklichsten aller Tode. Sie bereitet mir Entsetzen.«

Plötzlich beugte sich der Apotheker zu ihr herab, packte mit seinen knochigen Fingern die schmalen Handgelenke seiner Besucherin,

um sie daran zu hindern, ihr schon tränenüberströmtes Gesicht in ihren Händen zu verbergen.
»Seht mich an!« befahl er hart. »Öffnet die Augen und seht mich an! Ich will es wissen, hört Ihr? Ich will alles von Euch wissen, wenn Ihr wollt, daß ich Euch helfe, denn das, was Ihr verlangt, scheint mir die verdammenswerteste aller Sünden zu sein, und ich werde meine Seele nicht damit belasten, ohne zu wissen, warum. Sprecht: Warum wollt Ihr ein Gegenstand des Abscheus werden? Glaubt Ihr, es sei ein Glück, ein Gesicht wie das meine durch ein ganzes Leben zu schleppen? Und ich bin ein Mann! Also sprecht!«
Also sprach Marjolaine. Diesem Mann, dessen Gesicht an Satan selbst erinnerte, gestand sie alles, was einem Priester Gottes zu gestehen sie sich am selben Morgen noch nicht hatte entschließen können. Alles sagte sie: Wie sie gezwungen worden war, Foletier zu heiraten, den Schrecken ihrer Nächte, dann das unablässige Begehren, das ihr auf Schritt und Tritt begegnete, und schließlich den Mord an ihrem Mann und das zynische Geständnis Etienne Grimauds. Endlich den abscheulichen Handel, den er ihr aufgezwungen hatte.
»Jetzt wißt Ihr es«, schloß sie und trocknete sich die Augen mit ihrem Ärmelaufschlag, »und ich denke, daß Ihr mich verstehen könnt. Wenn ich häßlich werde, wird Etienne sich von mir abwenden, und ich könnte mich wenigstens für den Rest meines Daseins in ein Kloster einschließen, um dort im Frieden Gottes zu leben.«
»Wie alt seid Ihr?«
»Ich glaube, ich bin siebzehn Jahre alt.«
»Siebzehn Jahre! Und Ihr sprecht davon, Euch für den Rest Eurer Tage in ein Kloster einzuschließen. Habt Ihr denn nie an die Liebe gedacht?«
»Früher einmal, ja. Doch was ich jetzt von ihr weiß, flößt mir nur Ekel und Abscheu ein. Die Liebe ist eine schmutzige und widerliche Ungeheuerlichkeit. Ich werde in Frieden leben, wenn die Männer sich von mir abwenden und selbst das Grausen empfinden, das sie mir einflößen.«
»Ärmste! Ihr wißt nicht, was Ihr redet! Doch warum in diesem Fall nicht heute nacht noch in ein gutes Kloster fliehen?«
»Weil ich versuchen möchte, ein wenig das Unrecht wiedergut-

zumachen, das meinetwegen einem Unschuldigen getan wurde. Ich möchte Ostern mit denen von Compostela nach Galicia aufbrechen, um den qualvollen Weg eines Unglücklichen zu erleichtern und zu versuchen, ihn zu retten. Das Kloster kommt später.«

»Ich habe verstanden. Aber wißt Ihr nicht, daß Ihr, um häßlich zu werden, leiden müßt? Habt Ihr keine Angst vor den Schmerzen?«

»Doch, aber ich habe mich gezwungen, mich darauf vorzubereiten. Mit Gottes und der Heiligen Jungfrau Hilfe hoffe ich, sie ertragen zu können.«

Sancho richtete sich wieder auf und wandte der jungen Frau den Rücken zu. Er ging zum Herd in der Mitte des Raums, schürte die Glut, bevor er ein Reisigbündel und einige Holzscheite hinzufügte. Dann nahm er einen eisernen Topf, in den er einige Ingredienzien warf, bevor er ihn auf den Dreifuß stellte.

»Was werdet Ihr mir antun?« flüsterte Marjolaine mit kaum vernehmbarer, vor Angst gepreßter Stimme.

»Ich werde Euch etwas zeigen. Wartet hier auf mich.«

Bevor die überraschte Marjolaine hatte protestieren können, war er hinausgegangen und hatte die Tür sorgfältig hinter sich geschlossen. Als er nach einigen Minuten zurückkehrte, die der jungen Frau wie ebensoviele Jahrhunderte vorkamen, zog er einen Mann in Lumpen hinter sich her, der dank eines riesigen Geschwürs, das die Hälfte seines Gesichts bedeckte, noch häßlicher war als er selbst. Der Ankömmling hatte ein Holzbein und stank infolge der starken Hitze wie die Fleischbank eines Kaldaunenhändlers.

»Das ist Adam der Pikarde«, sagte der Apotheker und führte den Elenden vor Marjolaine, die sich angeekelt soweit wie möglich in ihren Sessel zurückzog. »Wie findet Ihr ihn?«

»Habt Ihr ihn ...?«

»Ja, ich«, sagte Sancho mit einem Ausdruck von Zufriedenheit in seiner Stimme, den die junge Frau entsetzlich fand.

»O nein! Trotz allem ... so nicht!«

Der Apotheker begnügte sich mit einem Lächeln. Darauf begab sich ein verblüffendes Wunder: Die knochigen Finger hatten sich auf Adams Gesicht gelegt, machten einige flinke Bewegungen. Und plötzlich verschwand das schreckliche Geschwür wie durch Zauberei, und ein listiges, zweifellos nicht sehr schönes, aber vollkommen

gesundes Gesicht kam zum Vorschein, während der Zauberer ein fleckiges Stück Haut auf den Tisch warf.
»Das ist nicht möglich! Ich träume!« flüsterte die junge Frau, deren bestürzte Augen vom Navarresen zu seinem wunderlichen Gefährten wanderten.
Der stieß ein schallendes Gelächter aus.
»Sicher ist es möglich! Beim Apotheker ist alles möglich, meine Hübsche. Große Kunst, mein Gesicht, was?«
»Aber warum?«
»Weil bei der Kirchentür, wo ich um Barmherzigkeit flehe, mein Unglück großen Eindruck auf die empfindsamen Seelen macht, vor allem, wenn ich ihnen erzähle, daß ich unter den Mauern von Antiochia zum Ruhme Christi Pech abbekommen habe. Das bringt mir eine Menge ein. Aber sieh zu, mich nicht zu verraten! Das könnte dich teuer zu stehen kommen! Inzwischen zeig mir dein gutes Herz.«
Er streckte eine Hand aus, in die Marjolaine, von ihrem Schrecken und ihrer Überraschung noch nicht ganz erholt, ein Silberstück legte, das der andere mit katzenartiger Geschicklichkeit hochspringen ließ.
»Vielen Dank! He, Sancho, du mußt mich wieder in den richtigen Zustand versetzen. Ich habe heut nacht zu tun.«
»Setz dich da hin.«
Das Wunder ereignete sich von neuem, doch diesmal im umgekehrten Sinn. In wenigen Minuten war das Geschwür an seinem Platz, wurde befestigt, und Adam der Pikarde hinkte mit einem vertraulichen Augenzwinkern in Marjolaines Richtung zur Tür und verschwand wie ein Nachtmar, verblüfftes Schweigen zurücklassend. Aber wie durch Zauberkraft war die Angst aus Marjolaines Herzen verflogen, sie entdeckte plötzlich ungeahnte Aussichten, eine Zukunft, die nicht voller Schrecken und Leiden auf den eisigen Stufen eines Klosters verbracht werden mußte. In ihre Gedanken verloren, vergaß sie, daß die Zeit verging, und Sancho holte sie in die Gegenwart zurück.
»Nun, wie habt Ihr Euch entschieden?« fragte er. »Die Nacht vergeht.«
»Verzeiht mir. Aber das ist so unglaublich. Warum tut Ihr das?«

»Ich sagte es Euch, für Geld. Adam hat mich für diese Arbeit gut bezahlt, und ich liebe Geld. Abgesehen davon, daß es in diesen Zeiten, in denen wir leben, besser ist, welches zu haben.«
Marjolaine nahm aus der an ihrem Gürtel hängenden Tasche einen ziemlich gerundeten Geldbeutel, den sie in die sofort zum Empfang ausgestreckte Hand legte. Sancho wog ihn, dann öffnete er ihn und ließ ein gutes Dutzend Goldstücke auf die Platte rollen, die auf dem grauen Stein glitzerten.
»Ich glaube, ich werde ein Wunder vollbringen, junge Dame! Euer Liebhaber wird denken, Ihr hättet Euch an römischem Vitriol oder an kochendem Öl verbrannt, wie es jene Heilige getan hat, deren Namen ich vergessen habe, um den Nachstellungen eines römischen Prokonsuls zu entgehen. Es würde mich wundern, wenn er dann noch Lust hätte, Euch zu heiraten. Übrigens habe ich schon damit begonnen, das Notwendige vorzubereiten«, fügte er hinzu und wandte sich zu der Mixtur, die er zum Kochen gebracht hatte und nun vom Feuer nahm.
»Sagt mir«, fragte er nach einer Weile, »ist der Mann, der Euch begleitet, zuverlässig?«
»Ganz und gar. Ich stehe für ihn ein wie für mich selbst. Auch er liebt mich.«
»Genau das dachte ich. Deshalb wäre es besser, ihn ins Vertrauen zu ziehen, denn er regt sich dort draußen sehr auf. Als ich vorhin hinausging, hatte ich Mühe, ihn zu beruhigen, und ich bin nicht versessen darauf, daß er mir übel mitspielt oder noch Schlimmeres, wenn er Euer neues Gesicht entdeckt. Der Bursche ist imstande, mich umzubringen.«
»Ich habe daran gedacht«, sagte Marjolaine. »Es ist besser, ihn zu rufen und ihm alles zu sagen.«
Als Colin eintrat und Marjolaine friedlich und lächelnd in dem bequemen Sessel sitzen sah, besänftigten sich seine wilden Augen beträchtlich. Seinen erleichterten Seufzer hätte man noch zehn Schritte weit hören können.
»Komm her!« befahl die junge Frau. »Nimm diesen Schemel und setz dich. Was ich dir zu sagen habe, ist ernst, denn du wirst mein Leben in deinen Händen halten.«
»Habt keine Angst, es wird gut aufgehoben sein.«

Während der Apotheker mit den Vorbereitungen zur Umwandlung fortfuhr, unterrichtete Marjolaine Colin von der Gefahr, die ihr drohte, und erklärte ihm, was beschlossen worden war. Es versteht sich von selbst, daß der junge Mann in kürzester Frist Stadien der Wut und Verzweiflung durchlief, bevor er sich endlich beruhigte und nachzudenken begann. Schließlich wandte er sich an den Navarresen.

»Du schwörst, daß sie nicht leiden wird? Daß sie nicht wirklich entstellt wird?«

»Auf alles, was du möchtest, mein Junge. Unter dem Pflaster, das ich ihr auflegen werde, wird sie genauso schön und genauso rein sein wie in diesem Augenblick. Aber es wird besser sein, wenn du sie nicht ansiehst, wenn ich mit ihr fertig bin. Und dann, in einigen Tagen, muß sie noch einmal hierherkommen.«

»Warum?«

»Da eine Brandwunde, so schwer sie auch sein mag, letzten Endes immer heilt, muß ich sie durch eine Narbe ersetzen. Ich nehme an«, fügte er hinzu und wandte sich an Marjolaine, »Ihr habt nicht die Absicht, Euer natürliches Aussehen wiederzuerlangen, bevor Ihr nach Compostela aufbrecht?«

»Nein. Das hier wird mich vor den Gefahren des Weges und den Männern schützen. Ich werde es erst in dem Augenblick wiedererlangen, in dem ich in das Kloster eintrete, das ich nach meiner Rückkehr wählen werde. Ich schwöre es.«

»Nein!« rief Sancho. »Schwört nicht. Ich verbiete es Euch. Andernfalls lasse ich Euch, wie Ihr seid. Ihr wißt nicht, was das Leben noch mit Euch vorhat, und Ihr habt nicht das Recht, Euch so blindlings zu verpflichten. Vielleicht habt Ihr nach der Rückkehr überhaupt keine Lust mehr, Nonne zu werden. Und wenn Ihr meine Meinung wissen wollt – das Grab des Apostels scheint mir ein guter Ort, um dort das Wunder Eurer Heilung zu vollbringen.«

Marjolaine wurde rot vor Zorn.

»Betrug? Falsches Spiel? Welche Schande! Niemals werde ich so etwas tun.«

»Ihr hättet Unrecht. Der heilige Jakobus würde Euch ein kleines zusätzliches Wunder zu seiner schon langen Liste bestimmt nicht übelnehmen. Und das würde Euch endgültig vor den Unternehmungen des Neffen schützen. Denkt nur, eine, an der ein Wunder geschehen ist! Also schwört nicht, denn schließlich ist nicht gesagt, daß Ihr von dieser langen und gefährlichen Reise lebend zurückkehrt.«

»Ich werde da sein, und ich werde auf sie aufpassen«, rief Colin aus. »Und vielleicht wird Dame Marjolaine am Ende des Weges begreifen, daß Ihr recht habt.«

Damit beschäftigt, die Schweinsblase zu dehnen, die er in seine Mixtur eingetaucht hatte, hielt Sancho inne und betrachtete die junge Frau lächelnd.

»Ihr heißt Marjolaine? Was für ein hübscher Name! Es ist der einer Pflanze, deren Wohltaten seit vielen Jahrhunderten bekannt sind. Sie hat lauter kleine weiße und rosa Blüten, und sie verbreitet einen zugleich lieblichen und kräftigen Duft. Sie heilt eine große Anzahl von Leiden, sie gibt den schalsten Gerichten Geschmack, und die alten Griechen glaubten sogar, daß sie, wenn man sie auf Gräber pflanzt, den Seelenfrieden der Verstorbenen sichert. Es ist eine Pflanze meiner Heimat, die man hier selten findet, und ich weiß nicht, wer auf den Gedanken gekommen ist, Euch so zu nennen, aber ich glaube, Ihr seid berufen, viel Gutes auf der Erde zu tun. Und jetzt an die Arbeit!«

Es war fast Mitternacht, als Marjolaine und Colin das Gehöft von Saint-Denis erreichten, wo Dame Aubierge wachte, der die junge Frau hatte sagen müssen, daß sie fortginge, um bei ihrer Rückkehr nicht alle Türen verschlossen zu finden. Zu ihrer großen Überraschung fand sie auch Aveline vor. Die Kleine hatte sich geweigert, schlafen zu gehen, da sie fürchtete, wieder das Gespenst zu hören. Unterwegs hatten Gontrans Witwe und ihr Diener sich über die Notwendigkeit geeinigt, Aubierge ebenso wie die junge Aveline in das Geheimnis einzuweihen. Ihre Treue konnte nicht angezweifelt werden, und ihr Nicht-Wissen hätte die Dinge zu schwierig gemacht. Aber für alle anderen hatte Dame Foletier, begierig, sich Gott zu weihen und der Ehe mit einem Mann zu entgehen, den sie nicht liebte, das Märtyrertum gewählt, indem sie selbst eine Schönheit zerstörte, die ihr nur Schmerz und Kummer bereitet hatte.

Die eine streng und finster, die andere mit vor Bestürzung weit aufgerissenen Augen, hörten die beiden Frauen den kurzen Bericht an, den ihre Herrin ihnen gab. Als sie geendet hatte, beschränkte

sich Aubierge darauf, auf den schwarzen Schleier zu zeigen, der den Kopf der jungen Frau umhüllte, um zu sagen:
»Laßt mich sehen.«
Marjolaine kam ihrer Forderung nach und enthüllte ihr Gesicht, dessen linke Hälfte unter etwas verschwand, das einer frischen, handgroßen Brandwunde zum Verwechseln ähnlich sah. Es verzog den Mund und einen Augenwinkel, griff bis zum Kinn über und verlor sich in den Haaren. Aveline stieß einen Schreckensschrei aus, aber Dame Aubierge bekreuzigte sich begeistert.
»Gelobt sei Gott, der Euch diese Idee eingegeben hat, mein Lamm«, seufzte sie. »Jetzt seid Ihr gerettet! Niemals wird Etienne sein Leben neben einem so entstellten Gesicht verbringen wollen. Aber richtet es so ein, daß er nicht zuviel von der rechten Seite sieht, die beinahe unversehrt ist. Er könnte sich mit einer Frau im Profil begnügen. Jetzt bleibt uns nur, einen würdigen Empfang vorzubereiten.«

Trotz der unverschämten Zuversicht, mit der er am Vorabend geprahlt hatte, schlug Etiennes Herz ein wenig schnell, als er zur verabredeten Zeit vor Marjolaines Haus von seinem Maultier stieg. Und was ihm begegnete, nachdem er die Tür zum Gärtchen durchschritten hatte, tröstete ihn kaum. Guillot und Jeannet, die beiden jungen Diener, flohen mit einem unartikulierten Schrei, als hätte er die Pest, das Küchenmädchen bekreuzigte sich hastig, das Mädchen vom Hühnerhof spuckte in seine Richtung, und um das Maß voll zu machen, fand er die Schwelle des Hauses von der massiven Gestalt Dame Aubierges versperrt, die ihm mit über der mächtigen Brust gekreuzten Armen und einer um so beunruhigenderen Miene entgegensah, als die Klinge eines langen Messers in einer ihrer Hände blitzte.
Als er sich näherte, rührte die Haushälterin sich nicht von der Stelle, um ihn vorbeizulassen. Die Augen wurden noch enger in ihrem Gesicht, in dem Spuren kürzlich vergossener Tränen zu sehen waren.
»Was wollt Ihr hier?« grollte sie und nagelte ihn mit dem bohrenden Blick ihrer steingrauen Augen auf seinem Platz fest.
»Das ist mir ein Em... Empfang! Ich... komme, um Da... Dame Marjolaine zu sehen.«

Schlagartig nahm Aubierge die Arme auseinander, und das Messer bedrohte die Nasenspitze des Erben.
»Und er wagt es noch, ihren Namen auszusprechen, dieser bösartige Lump, dieser Helfershelfer des Satans, dieser Auswurf der Hölle! Wenn es nur nach mir ginge, du elende Mißgeburt, würdest du auf der Stelle dorthin zurückgehen, in die Hölle. Ich hätte dich unter einem Kopfkissen ersticken oder in ein großes Feuer werfen sollen, als der arme heilige Mann, dein Onkel, dich hierherbrachte, damit du als Dank dafür Unheil und Verwüstung stiftetest.«
War es aus Empörung, sich auf diese Art empfangen zu sehen, oder die gänzlich unerwartete Überraschung, die Erinnerung an den verstorbenen Gontran so kühn geheiligt zu hören – jedenfalls fand Etienne einiges Selbstvertrauen zurück, hörte auf zu stottern und griff nun seinerseits an:
»Ihr habt ein tüchtiges Mundwerk, Gevatterin! Steckt also Euer Messer fort und meldet mich Eurer Herrin, denn ich habe mit ihr zu tun.«
»Gevatterin? Für wen hält er sich, dieser schlechte Mensch, dieser Strauchdieb! Ich werde dir Gevatterinnen geben!«
Und ohne weitere Umschweife stürzte Aubierge sich mit geschwungenem Messer auf Etienne, der ihr nur knapp entging und hin und her über den Hof zu rennen begann, verfolgt von einer entfesselten Furie, die ihm, nicht mehr Herrin ihrer selbst, zweifellos übel mitgespielt hätte, wenn in diesem Augenblick nicht Colin aus dem Pferdestall erschienen wäre. Er hielt Aubierge auf, bändigte sie und nahm ihr das Messer.
»Erinnert Euch, Dame Aubierge«, sagte er mit traurigem Ernst, »›Sie‹ hat Befehle gegeben.«
»Mir nicht. Außerdem kann niemand mich daran hindern, zu tun, was die Gerechtigkeit verlangt.«
»Doch! ›Sie‹. Wir müssen ihr gehorchen, und sie verbietet, daß man ihm irgend etwas antut. Andernfalls«, fügte er leise drohend hinzu, »könnt Ihr gern glauben, wäre er schon tot.«
»Schluß jetzt!« brüllte Etienne um so wütender, als er es mit der Angst zu tun bekommen hatte. »Was habt ihr denn alle? Was habe ich getan? Ich werde... Euer... Herr sein und die W... Witwe meines Onkels heiraten, wie es die S... Sitte vorschreibt!«

Die Faust des Gärtners griff zum Kragen des jungen Mannes und hob ihn vom Boden bis zur Höhe seines Gesichts.
»Niemals wirst du mein Herr sein, Etienne Grimaud. Lieber stürzte ich mich in die Seine. Was du getan hast – man wird es dir zeigen. Du willst dein Opfer sehen? Gut, du wirst es sehen! Es erwartet dich. Aber stell dich darauf ein, ihr nicht noch mehr Böses anzutun, denn so wahr ich Colin heiße, wird meine Axt dir den Schädel zersplittern, Bösewicht!«
»La... laßt mich los!« röchelte Grimaud. »Laßt mich los. Ihr erwürgt mich!«
»Wirklich? Ich hätte gute Lust dazu. Aber das ginge zu schnell. Zur Sache, mir scheint, Ihr habt mich gebeten, Euch loszulassen, Meister Grimaud? Hier!«
Und seinen Griff lösend, ließ Colin Etienne in die Schmutzpfütze fallen, sehr zum Schaden seines schönen neuen Rocks und seines reich mit Pelz besetzten Mantels.
»Ich lasse dich festnehmen! Bandit, Lump!«
Colin zuckte die Schultern und begann zu lachen.
»Er glaubt wirklich, mir Angst zu machen, dieser verkommene Halunke! Aber ich werde ›Halleluja‹ singend zum Galgen gehen, Verfluchter, wenn ich zuvor das Vergnügen hatte, dich gekreuzigt zu sehen. Also vorwärts! Erheb dich und geh zu unserer armen, kleinen Dame.«
Von Colin halb getragen, halb gezogen, kehrte der völlig besudelte und mehr tot als lebendige Etienne zum Haus zurück und fand sich vor der Tür eines Zimmers wieder, ohne recht zu wissen, wie er die Treppe heraufgekommen war. Dort öffnete Aveline, auch sie stumm und traurig, den eichenen Türflügel vor ihm. Die merkwürdig verschleierte Stimme Marjolaines drang zu ihm wie aus den Tiefen eines bösen Traums.
»Tretet ein, Etienne Grimaud. Ich erwartete Euch.«
Er trat ein und wähnte sich zunächst einem Gespenst gegenüber. Die junge Frau, weiß gekleidet, den Kopf völlig von einem ebenfalls weißen Schleier verhüllt, lag halb ausgestreckt in ihrem großen Bett, auf Polster und Kissen gestützt. Der Wintertag schien spärlich durch das schmale Fenster und erhellte die weiße Gestalt im Schatten der Bettvorhänge nur schwach. Etwas Licht kam auch von der

Ewigen Lampe, die auf einer Truhe neben einem Topf mit Kräutertee und einer Büchse mit Salbe stand, aber es bestärkte nur die merkwürdige und etwas phantastische Atmosphäre dieses verschlossenen Raums, in dem ein undefinierbarer Geruch nach Weihrauch und getrockneten Kräutern schwebte.

Etienne war auf der Schwelle erstarrt und zwang sich, das Zittern seiner Hände zu meistern. Er blieb dort stehen, wagte nicht weiterzugehen und starrte diese Erscheinung an, der die Angst, die Colin ihm eingeflößt hatte, jedes menschliche Aussehen nahm.

»Kommt, tretet ein«, wiederholte die Stimme, die er nur mit Mühe erkannte. »Seid Ihr nicht gekommen, um Eure Antwort zu holen?«

»Es ist bloß ... ich ... wenn Ihr leidend seid, Dame ... ich ... ich werde später wiederkommen!«

Er wandte sich um, schon bereit, zur Treppe zu laufen, aber der Rückzug war ihm versperrt. Zuerst von Aveline, die kein großes Hindernis gewesen wäre, und nahe der Treppe von der viel furchteinflößenderen Gestalt Colins, der, an die Wand gelehnt, wartete.

»Man hat Euch gesagt, Ihr sollt eintreten«, knurrte er, ohne sich von der Stelle zu rühren. »Soll man Euch helfen?«

»Ich ... nein, es ist nicht nötig.«

Und er trat ein. Hinter ihm schloß Aveline die Tür, von der er sich nicht entfernt hatte, da er nicht wußte, welche Haltung er angesichts dieser weißen, starren Gestalt einnehmen sollte, die keine Bewegung belebte.

»Kommt näher. Ich bin leidend, es ist wahr, aber ich habe darauf bestanden, Euch selbst mitzuteilen, daß Ihr gewonnen habt, daß ich bereit bin, Euch zu heiraten, wenn es Euer Wunsch ist.«

Die jäh in ihm hochschießende Freude fegte mit einem Schlag die unbestimmte Angst beiseite, die ihm den Hals zuschnürte, seitdem diese Tür sich vor ihm geöffnet hatte.

»Ist das wahr? Ihr nehmt an! Marjolaine! Marjolaine, ich bin so glücklich. Mein Gott, ich hätte n ... nie geglaubt, daß das mö ... möglich wäre!«

»Habt Ihr nicht alles dazu getan, was nötig war? Nun, jetzt kommt näher zu mir und gebt mir den Verlobungskuß.«

»So nehmt diesen Schleier fort. Laßt mich Euch ansehen. Oh, Marjolaine! Ich bin so verliebt in Euch.«

»Das ist ganz natürlich.«
Mit langsamen Bewegungen begann sie den Schleier abzuwickeln, der ihren Kopf verhüllte. Ihre Augen erschienen als erstes, dazu lichte, seidige Strähnchen des Haars. Dann fiel der Schleier mit einem Schlag, und Marjolaine beugte sich vor, damit er sie besser sehen konnte.
Er wollte zu ihr stürzen, doch plötzlich hielt er inne, all sein Schwung war dahin, während ein Schreckensschrei seiner Kehle entfuhr und durch das Zimmer hallte, es ausfüllte.
»Nein! Nein! Das ist nicht wahr!«
Was er entdeckte, war abscheulich: Eine riesige Wunde, die von der Schläfe bis zum Kinn reichte, verwüstete eine ganze Seite dieses Gesichts, das am Tag zuvor noch so hinreißend gewesen war, eine ganz frische Wunde, die dem entsetzten Mann schrecklich vorkam, und die, wenn sie heilte, nur tiefe, nicht zu beseitigende Narben hinterlassen konnte.
Kalt beobachtete Marjolaine, wie der Mann sich in entsetzlichem Schrecken verlor, aber ihre Stimme blieb genau so ruhig, genau so kalt, als sie sagte:
»Nun, wollt Ihr Eure Verlobte nicht mehr küssen?«
Er machte eine entsetzte Bewegung, als stieße er das abscheuliche Bild zurück.
»Wie ist das geschehen? Was habt... Ihr getan?«
»Ich habe den Willen Gottes erfüllt und auch den meines Gemahls, dessen gequälte Seele jede Nacht in diesem Haus umgeht. Was Ihr getan habt, ist einer verhängnisvollen Schönheit wegen geschehen, die keine anderen Tragödien mehr verursachen darf. Ich habe mich dafür bestraft, ohne es zu wollen den Tod Meister Foletiers, meines Gemahls, verursacht zu haben. Ihr werdet dadurch bestraft, daß Ihr Euer Leben an der Seite des Ungeheuers verbringen müßt, das ich, wie ich hoffe, geworden bin.«
»Nein! Nein! Niemals! Macht, was Ihr wollt. Geht in ein Kloster oder bleibt in diesem Haus, wie es Euch beliebt, aber ich will Euch nicht mehr sehen. Ich gebe Euch Euer Wort zurück, und Ihr habt nichts mehr von mir zu fürchten.«
Ein Schweigen entstand, das nur der keuchende Atem des jungen Mannes unterbrach. Dann murmelte Marjolaine:

»Wollt Ihr sagen, daß ich von nun an frei bin, über mein Leben, meine Person zu verfügen?«
»Ja, das sage ich! Wir tun, was Ihr wollt. Ich werde das Fellgeschäft führen. Ihr bleibt zu Hause. Aber um der Barmherzigkeit willen, ma... macht diesen Schleier wieder vor!«
»Wie Ihr wünscht. Aber wißt, daß ich nicht die Absicht habe, hierzubleiben, denn ich bin mit meiner Sühne noch nicht fertig. Wenn Ihr es mir erlaubt«, sagte sie und betonte absichtlich das letzte Wort, »möchte ich mich den Wanderern Gottes anschließen, die kommende Ostern zum Grabe des heiligen Jakobus nach Galicia aufbrechen, um durch seine Fürsprache Vergebung für ein Verbrechen zu erlangen, das ich nicht begangen, das ich aber angestiftet habe, ohne es zu wollen.«
»Ich habe Euch nichts zu erlauben! Ich sagte es, Ihr seid fr... frei. Geht, wenn Ihr die Kraft dazu habt. Es ist eine ausgezeichnete Idee, und ich werde Eure Ku... Kutsche vorbereiten.«
»Danke, aber das ist nicht nötig. Ich habe nicht vor, wie eine große Dame zu reisen. Ich weiß Euch Dank für die Absicht. Und nun adieu. Mögen Gott und die gequälte Seele meines Gemahls Euch vergeben, wenn sie können.«
Sie dachte, er würde gehen, aber er rührte sich nicht von der Stelle. Offensichtlich hatte er noch etwas zu sagen, neu ermutigt durch das Vorhandensein des weißen Schleiers. Endlich entschloß er sich.
»Ihr werdet nichts sagen?«
»Von dem, was ich weiß? Nein. Es ist nicht meine Sache, Euer Verbrechen zu gestehen, sondern Eure, wenn die Gewissensbisse ihr Werk getan haben. Und sie werden es tun, dessen bin ich sicher. Ich werde versuchen, gutzumachen, was Ihr getan habt. Die Rache gehört nur Gott.«
Diesmal ging er nach dem schwachen Versuch eines verlegenen Grußes, schloß die Tür hinter sich so leise, als läge eine Leiche in diesem Zimmer. Mit einem Seufzer ließ Marjolaine sich auf ihre Kissen sinken und schloß die Augen, während sie die unregelmäßigen Schläge ihres Herzens zählte. Nach einer Weile öffnete sie sie wieder, richtete sie zur Decke. Auch in der letzten Nacht hatte sie die Geräusche von umhergeworfenen Fellen gehört. Gontran war zweifellos sehr unzufrieden mit der von ihr gefundenen Lösung,

aber er mußte doch verstehen, daß es die einzig mögliche war, wenn sie noch weiterleben wollte und anders leben als in Schande und Ekel. Vielleicht würde er sich in dieser Nacht wieder hören lassen trotz der Gebete in Saint-Denis? Aber das war nicht mehr wichtig, denn sie hatte keine Angst mehr vor dem Gespenst.
Bald würde sie weit fort sein auf einem Weg, der sie zugleich erschreckte und anzog, aber sie würde nicht allein sein, denn jetzt wünschten Colin und Aveline mehr als je, sie zu begleiten. Sie wußte sehr wohl, daß sie nicht den Mut haben würde, diese Zuneigung zurückzuweisen, deren Wärme ihr so gut tat. Zweifellos für lange Zeit und vielleicht für immer würde sie einem verweichlichten, aber gefährlichen Leben den Rücken kehren, das ihr nicht mehr gefiel, falls es ihr überhaupt je gefallen hatte, da sie es mit einem Mann wie Gontran Foletier hatte verbringen müssen.
An ihren verstorbenen Gatten denkend, kam ihr ein ungereimter Gedanke: Für einen Geist bewies er kaum Hellsichtigkeit, wenn er Schrecken in dem unschuldigen Haus seiner Frau verbreitete, statt sich an den Schlaf des Mörders zu halten. Wenn Marjolaine erst fort war, würde er, wenn er unbedingt bei jemandem spuken mußte, sich bei Grimaud zeigen müssen.
Man konnte daran zweifeln. Er war nie sehr klug gewesen, der Meister Foletier, und des Fleisches beraubt, hatte sein Geist vielleicht nicht viele Fortschritte gemacht.
Der Schleier behinderte Marjolaine beim Atmen. Sie nahm ihn ab und legte ganz sacht einen Finger auf ihre linke Wange. Dann erst begann sie zu weinen. Aus Erleichterung zweifellos, wenn sie an die tödliche Gefahr dachte, der sie entronnen war, aber auch aus Furcht vor einer Zukunft, die ihr freudlos erschien, ganz und gar strenger Pflicht geweiht. Einer Zukunft, in der es weder für die hinreißende, sorglose Marjolaine des Bruyères noch für die kleine, allzu herausgeputzte Ehefrau Meister Foletiers Raum gab. Einer Zukunft, die sie jetzt in der weiten Welt suchen mußte, in den Gefahren der Landstraßen, eine Adlige, die keine Daseinsberechtigung mehr hatte, und eine Bürgerliche, die die Bürger nicht anerkannten. Am liebsten wäre sie wie ein unglückliches Kind einfach in die Pêcherie zurückgekehrt, um dort die Wärme der väterlichen Zärtlichkeit wiederzufinden, die Süße ihrer Träume von einst.

Zweiter Teil

Die Wege des Herrn

7. Kapitel

Zwei meerfarbene Augen

Es war, als strahle die Sonne im Chor der alten, fast noch romanischen Basilika. Das Grab Martins, des Apostels der Gallier, reflektierte das Licht Hunderter im Umkreis brennender Kerzen durch die goldene, silberne, juwelengeschmückte Verkleidung, die den alten Sarkophag umschloß, und jeden Tag streckten sich flehende Hände durch das ihn schützende Gitter nach ihm aus, begierig, die ziselierten Metallplättchen zu berühren, die durch den Kontakt mit ihnen ständig poliert wurden.

Es war seit mehr als siebenhundert Jahren, daß der Leichnam Martins, des aus Liebe zur Menschheit Bischof und Bekenner gewordenen römischen Soldaten Martin, des Mannes, der an einem Winterabend seinen Mantel geteilt hatte, die aus allen Himmelsrichtungen kommenden, Heilung erhoffenden Menschen zu den Ufern der Loire, zur Stadt Tours zog. Man sagte, er habe drei Tote wieder zum Leben erweckt und einer großen Anzahl unheilbar Kranker die Gesundheit zurückgegeben.

Leprakranke, Sieche, Wahnsinnige, die man mondsüchtig nannte, sogar vom Teufel Besessene waren nur durch die Berührung des Grabes von ihren Leiden befreit worden. Auch Pilger kamen immer zahlreicher zu diesem Ort der Hoffnung, und es wurde immer schwieriger, das Heiligtum zu beschützen.

Seit dem um das Jahr 400 erfolgten Tod des Wundertäters waren über seiner Grabstätte drei Gebäude einander gefolgt: eine bescheidene hölzerne Kapelle zuerst, dann eine von einem seiner Nachfolger erbaute richtige Kirche, die jedoch durch einen Brand zerstört worden war, der gleichwohl die Grabstätte verschonte, schließlich eine nach den Schrecken des Jahres 1000 durch die Frömmigkeit des Bischofs Henri de Buzançais errichtete Basilika, die man jetzt noch sehen konnte. Aber für die Mönche der benachbarten Abtei, die sie betreuten, bestand keinerlei Zweifel, daß man bald mit einem neuen Bau würde beginnen müssen, denn

die Kirche drohte bereits einzustürzen. Das südliche Querschiff, dessen Mauern von den Menschenmengen beschädigt worden waren, hatte man schon geschlossen.
Wie üblich war die Kirche zum Bersten voll, als Hughes de Fresnoy und sein Stallmeister Bertrand sich mühsam Eintritt verschafften. Männer, Frauen, Greise, Kinder und vor allem Kranke drängelten sich in ihr und warteten geduldig, bis sie an die Reihe kämen, sich dem heiligen Grab durch den Chorumgang zu nähern. Sie sangen aus voller Kehle Gesänge zum Lob des großen heiligen Martin, während Mönche sich mühten, Ordnung in die Menge zu bringen und die, die an ihrem Ziel angelangt waren, dazu zu bewegen, ihren Platz anderen zu überlassen. Es war nicht immer leicht, denn manche bestanden darauf zu bleiben, bis ihre Wünsche erhört worden wären, klammerten sich an das Gitter und flehten, man möge sie dort lassen.
Wenig geduldig von Natur aus, begann Hughes sich einen Weg zu bahnen. Wie jeder andere wollte er in dem berühmten Heiligtum seine Andacht verrichten, wie man ihm aufgetragen hatte, vor allem aber wünschte er, sich das vom Halse zu schaffen, was er als eine Plage ansah: einem der hier anwesenden Priester zu beichten und danach das unterschriebene »Billet« zu erhalten, das dem Bischof von Laon den Vollzug der ihm auferlegten Buße bescheinigte, worauf er nur so schnell wie möglich in sein liebes Fresnoy zurückzukehren brauchte. Doch auch wieder nicht zu schnell, um sich noch ein wenig der Annehmlichkeiten dieses schönen Landes an der Loire erfreuen zu können, wo das Leben so süß schien, und das sich jetzt, Mitte April, auf das lieblichste mit grünen, feinen Gräsern und frischen jungen Blättern schmückte, in deren Mitte die weißen Blüten der Obstbäume zu sprießen begannen.
Im vollen Bewußtsein seiner Ansprüche und seiner herrschaftlichen Vorrechte begann er seine Ellenbogen zu gebrauchen und sich wie ein Keil in die vorwiegend aus Hilfsbedürftigen bestehende Menschenmenge hineinzuschieben, während Bertrand forderte:
»Platz! Platz für den edlen Baron de Fresnoy!«
Einige wichen zur Seite, und Hughes konnte vorankommen, aber bald fand er sich vor einer Art Hindernis: Männer und Frauen, die alle die gleichen langen, dunklen Mäntel trugen und größtenteils

breite Hüte, deren Krempe eine bleierne Muschel zierte. Es war leicht zu sehen, daß es sich um eine Gruppe von Pilgern des heiligen Jakobus auf dem Weg nach Compostela handelte, denn ihre Kleidung war noch neu und ihr Aussehen kraftvoll. Sie mußten Paris zu Ostern verlassen haben, Paris, wo sich jedes Jahr alle die versammelten, die aus den Ländern des Nordens, des Nordwestens oder Nordostens kamen und, um besser vor Gefahren und schlimmen Begegnungen geschützt zu sein, den langen Weg gemeinsam zurücklegen wollten.
Zu einem so noblen Vorhaben aufgebrochen, waren sie nicht im geringsten geneigt, irgendeinem adligen Herrn Platz zu machen, und sie stellten sich den Aufforderungen Bertrands gegenüber taub. Es schien unmöglich, die Schranke von schwarzen Mänteln zu durchbrechen. Doch einen Priester erspähend, wollte sich Hughes mit einem kräftigen Schulterstoß einen Weg zu ihm erzwingen, was ihm den unwilligen Protest eines Mannes von hoher Gestalt und mit ergrauendem Bart eintrug, der mit absolut mönchischer Strenge gekleidet war, dessen tiefe, kultivierte Stimme jedoch auf jemand verwies, der zu befehlen gewohnt war. Gleichzeitig gellte der Schrei einer Frau, auf deren Fuß Hughes getreten war.
Höflich aber bestimmt ersuchte der Pilger den hitzigen Herrn, sich ruhig zu verhalten und wie alle anderen abzuwarten, bis er an der Reihe sei.
»Wir alle hier haben bereits einen langen Weg hinter uns gebracht, aufrechtgehalten von der Hoffnung auf einen belebenden Aufenthalt an diesem heiligen Ort. Wir alle hier warten ohne Ungeduld und singen Loblieder auf Gott den Herrn. Macht es wie wir, mein Bruder!«
»Ich will nur mit diesem Priester sprechen. Laßt mich vorbei!«
»Ihr seht sehr wohl, daß er betet. Stört ihn nicht.«
»Aber ich habe es eilig. Sehr eilig sogar!«
Er wollte sich weiterdrängen, aber der Pilger hielt ihn mit einer für einen schon älteren Mann merkwürdig kräftigen Hand zurück.
»Gleichwohl werdet Ihr warten, mein Bruder. Der Herr hat gesagt, daß die ersten die letzten sein werden. Daß Ihr Baron seid, ist von geringer Bedeutung. Hier gibt es nur Menschen, und Ihr stört das Gebet und die Freude dieser armen Leute.«

In der Tat drehten sich mehrere Pilger nach ihnen um, halb neugierig, halb unwillig. Die Frau, deren Fuß Hughes' Gewicht zu spüren bekommen hatte, und die bisher in ihrem Gebet fortgefahren war, wandte sich um. Und augenblicklich vergaß Hughes völlig, warum er hier war.

Niemals zuvor hatte er Augen wie diese gesehen, die ihn streng über den Rand eines weißen, so drapierten Schleiers betrachteten, daß er nur sie und eine aus der Frisur in die Stirn geglittene seidige Haarsträhne von seltsam silbrigem Blond sehen ließ.

Einmal in seinem Leben hatte Hughes das Meer betrachten können, und er hatte einen unvergeßlichen Eindruck davon zurückbehalten. Das war in der Bucht von Saint-Valéry gewesen, wohin er sich an einem schönen Sommertag zu einem Turnier begeben hatte. Und während einer Zeit, deren Dauer er nicht hätte bemessen können, war er am Strand sitzengeblieben, gefesselt von der wogenden Unendlichkeit, von der er nicht sagen konnte, ob sie mehr blau als grün, mehr grün als blau war. Erst als die Nacht zu sinken begann, als die zauberische Farbe dunkelblau, dann violett geworden war, war er zu den anderen gegangen, um an dem Fest teilzuhaben. Aber dieses eine Mal hatte er nicht unvernünftig getrunken, und bei Anbruch des Tages war er zum Strand zurückgekehrt. Doch, ach, das Wetter war grau, das Meer quecksilberfarben, unruhig und mit Schaumkronen bedeckt gewesen. Auch das war schön, aber es war nicht das gleiche.

Nun aber hatten die Augen der Unbekannten diese wundersame Farbe, und während er sie ansah, verspürte Hughes ungläubig das gleiche berauschende Gefühl von Frieden und Glück, das er am Strand von Saint-Valéry empfunden hatte.

Ohne sich ihrer Wirkung bewußt zu sein, wandte sich die junge Frau mit dem weißen Schleier wieder dem Grabmal zu, nachdem sie den Zudringlichen mit einem Blick vernichtet hatte, und nahm ihren Lobgesang wieder auf, während sie sich fast unmerklich weiterbewegte. Hughes fand es unversehens ganz natürlich, ihr zu folgen, nahm hinter ihr seinen Platz ein und verließ ihn nicht mehr, ohne den überraschten Blick zu gewahren, den ihm der über eine so plötzliche Windstille erstaunte hochgewachsene Pilger zuwarf.

Einen Augenblick später vereinte sich sogar seine Stimme mit denen der Pilger, zögernd zunächst, denn es war ziemlich lange her, daß er Loblieder gesungen hatte. Seit langem an die unvorhersehbaren Stimmungsschwankungen seines Herrn gewöhnt, tat Bertrand ein gleiches.
Unglücklicherweise sang Hughes falsch, und plötzlich diesen ungehobelten Menschen hinter sich, der ihr beinah die Füße zerquetscht hatte, ein frommes Lied, das sie besonders liebte, verhunzen zu hören, verärgerte Marjolaine endgültig. Der schöne und fromme Ausflug ihrer Seele, schon unterwegs zu himmlischen Höhen, war im Nu dahin, verjagt von diesem Einfaltspinsel, der ihr nicht nur weh getan hatte, sondern jetzt auch noch ihre Ohren, wenn auch nicht die Ohren Gottes beleidigte.
Sie beugte sich zu Aveline, die in der vergangenen Nacht wegen Übermüdung schlecht geschlafen hatte und nun, an einem Pfeiler lehnend, döste, und flüsterte:
»Komm, wir gehen.«
»Aber... und das Grab? Wir haben es noch nicht berührt.«
»Wir gehen nach der Vesper.«
Gewohnt, Marjolaine zu folgen, ohne je den Versuch zu machen, den Grund für ihre bisweilen unerwarteten Sinnesänderungen zu verstehen, verließ Aveline folgsam ihren Pfeiler, im Grunde recht zufrieden bei dem Gedanken, zum Gästehaus der Abtei zurückzukehren, wo die Hospitaliterinnen einen so liebevoll umsorgten. Geschickt schlängelten sie sich fort und das große, von der Menge verstopfte Portal meidend, gelang es den beiden Frauen, das Portal des nördlichen Querschiffs zu erreichen, unmittelbar neben der Umfassungsmauer der kleinen Stadt »Martinopolis«, die dem Kult des Heiligen geweiht und ganz nahe bei Tours erbaut worden war. An der Basis des hohen Charlemagne-Turms entlang, der die Kirche krönte, wandten sie sich der Abtei zu.
Odon de Lusigny, der hochgewachsene Pilger, gewissermaßen der Chef der Pilger nordfranzösischer Sprache, sah sie davongehen, versuchte jedoch nicht, sie zurückzuhalten, denn er erriet, daß das Eindringen des Barons dieser jungen Frau mißfallen hatte, für die er sich seit dem Aufbruch interessierte wie für einen nicht alltäg-

lichen Fall, eine Art Seltenheit auf diesem Wege nach Compostela, den er nun zum drittenmal unternahm.

Das Jammern der Mägde und das geschickt dosierte Geschwätz Dame Aubierges hatten Marjolaine in der Tat mit einer Art von tragischem Glorienschein umgeben, der dem Anschein der Heiligkeit ziemlich nahekam. Der weiße Schleier, den die junge Frau ständig um den Kopf trug, und der nur die Augen frei ließ, wenn sie sich an einem dunklen Ort befand, erregte zugleich Furcht und Ehrerbietung, die sich zu einer Art von heiligem Grauen vereinten. Man sagte, die junge Witwe des Kürschners hätte mit eigenen Händen eine allzu vollkommene Schönheit zerstört, um der Erinnerung an einen ermordeten Gatten treu zu bleiben. Man sagte auch, daß ihr Gesicht nichts als eine einzige entsetzliche Wunde sei. Und man sagte außerdem noch, daß sie nach Galicia ginge, weniger um eine Genesung zu erlangen, die sie nicht wünschte, sondern um für das Heil und den Frieden der unruhigen Seele des unbeständigen Gatten zu beten. Schließlich sagte man ... aber was sagte man nicht alles, wenn sich in der Vorstellung des Volks das Gefühl für das Wunderbare mit jenem merkwürdigen Drang nach Buße und unablässiger Erlösung mischte, der eins der Charakteristika jener Zeit war.

Marjolaine ihrerseits schämte sich ein wenig des allzu leicht erworbenen Rufs, aber sie entdeckte auch, daß Aubierge Weisheit bewiesen hatte, als sie ihn ihr aufzwang, denn er sicherte ihr eine gewisse Ungestörtheit, die Achtung ihrer Reisegefährten nicht gerechnet.

Zumal diese vom Aufbruch an die mitfühlende Fürsorglichkeit hatten bemerken können, die die Witwe des Opfers dem vermeintlichen Mörder widmete. Man sah darin den Ausdruck zu höchstem Grad entwickelter christlicher Nächstenliebe, obwohl der zur Pilgerfahrt unter schlimmsten Bedingungen verurteilte Mann alles hatte, was nötig war, um Mitleid zu erregen.

Was Marjolaine betraf, wußte sie sehr wohl, daß sie nie den regnerischen Aprilmorgen vergessen würde, an dem sich unter schneidenden Windstößen die Pilger versammelt hatte, um die Messe zu hören und den letzten Segen vor dem baufälligen Portal der beiden alten Kirchen Notre-Dame und Saint-Etienne zu empfangen, die das Zentrum der Île de la Cité bildeten[1]). So baufällig sogar, daß eine Anzahl reicher Bürger, unter ihnen der verblichene Gontran Foletier, diese Kirchen ihrer Stadt für unwürdig hielten und meinten, daß es an der Zeit sei, sie abzureißen und andere zu errichten. Um deutlich zu zeigen, daß er kein Pilger wie alle die anderen war, hatte man Ausbert Ancelin in einem Karren an den Ort des Treffens gebracht, als müsse er zum Schafott. Ein Mönch, der den Auftrag hatte, ihn während des ganzen Weges zu überwachen, begleitete ihn.

Der Verurteilte hatte vor der Messe eine Art öffentlicher Abbitte leisten müssen, die im übrigen keine war, denn er hatte sich darauf beschränkt, aller Welt seine Unschuld zu beteuern. Und zum erstenmal hatte Marjolaine diesen Mann aus der Nähe sehen können, dessen tragisches und so ungerechtes Geschick sie nach Foletiers Tode nicht zur Ruhe kommen ließ. Sie floß über vor Mitleid mit ihm, einem Mitleid, das sich mit Scham mischte, denn sie hatte nicht den Mut gehabt, den Tod zu riskieren und zu versuchen, seine Schuldlosigkeit ans Tageslicht zu bringen. Aber sie wußte, daß Etiennes Maßnahmen schlau getroffen waren, und daß Ausbert Ancelin vorerst nicht gerettet werden konnte...

Der unfreiwillige Pilger war ein kräftiger Mann von etwa fünfunddreißig Jahren, doch zwei in den Kerkern der Abtei verbrachte Monate und vor allem der Kummer und die quälende Angst um sein unverdientes Los hatten ihn beträchtlich abmagern und blaß werden lassen. Groß und blond, wie die Normannen oft waren, deren Blut er in sich hatte, schien er knochig, und seine Haut war von häßlicher graugelber Farbe. Er hatte ein eigenartiges Gesicht ohne wirkliche Schönheit, aber nicht ohne Charme dank äußerst ausdrucksvoller, von einer Vielzahl vorzeitiger Falten durchzogener Züge. Diese Falten waren vornehmlich auf die glückliche Veranlagung Ausberts zurückzuführen, der bis zu seinem kürzlichen Mißgeschick gern den ganzen Tag lang gelacht und gesungen hatte, wenn er mit den Werkzeugen eines Handwerks umging, für das er

---

[1]) Notre Dame de Paris, die Bischof Maurice de Sully zwanzig Jahre später erbauen sollte, nimmt den Platz dieser Doppelkirche ein.

wahrhafte Liebe empfand. Das Lachen war erstorben, aber die Falten, die die Freuden von einst geprägt hatten, waren noch nicht geschwunden.
Die Mönche von Saint-Denis hatten den Büßer vor dem Aufbruch gewaschen und ihm ein wollenes Hemd und anständige Hosen gegeben, um die im Kerker verfaulte Kleidung zu ersetzen, aber sie hatten es nicht für gut befunden, einen Mantel hinzuzufügen, und der Unglückliche zitterte sichtlich im schneidenden Wind dieses nebligen, kalten Ostermorgens. Seine nackten Füße, durch eine Kette miteinander verbunden, lang genug, um das Gehen zu gestatten, und leicht genug, um kein Hindernis zu sein, waren schon mit Schmutz bedeckt, und wenn er sich auch zu guter Haltung zwang, zeigte sich der Gram in seinem bärtigen Gesicht und vor allem in seinen braunen, von Tränen geröteten Augen, deren Blick all seinen Glanz verloren hatte.
Marjolaine hatte sich ihm genähert, hatte den Kreis der Neugier durchbrochen, der sich um seine elende Gestalt gebildet hatte. Sie trug auf dem Arm einen weiten Mantel aus dickem Wollstoff, den sie ihm über die Schulter warf, und stülpte ihm einen Pilgerhut auf. All das, ohne sich um das teils zustimmend, teils entrüstete Gemurmel der Anwesenden zu kümmern. Einige wußten, wer sie war, und vielleicht hätte sie einige Beschimpfungen hinnehmen müssen, wenn da nicht diese Schleiermaske gewesen wäre, über deren Ursache man bereits flüsterte.
Der mit der Bewachung des Verurteilten beauftragte Mönch hatte protestieren wollen.
»Wenn der Herr Abt es nicht für gut befunden hat, einen Mantel zu geben, ist es da an Euch, meine Tochter, dies zu tun?«
»Der Herr Abt«, erwiderte sie mit lauter, klarer Stimme, »hat diesen Mann der Gerichtsbarkeit Gottes übergeben, der ihm, wenn er richtig urteilt, erlauben wird, lebend zurückzukommen. Er hat nicht gesagt, daß es verboten sei, ihm Barmherzigkeit zu erweisen, denn das hieße, der Entscheidung Gottes zuvorzukommen. Andere hätten unterwegs das getan, was ich hier tat. Und es ist meine Pflicht als Christin, meinem Nächsten in der Not beizustehen.«
Etwas in Ausbert Ancelins Blick belebte sich.
»Dame«, stammelte er mit schüchterner, leiser Stimme, die nicht

zu seiner Breitschultrigkeit paßte, »warum tut Ihr das? Warum sich um mich kümmern, den Ihr nur hassen könnt?«

»Weil ich beim Heil meiner Seele nicht glaube, daß Ihr des Verbrechens schuldig seid, dessen man Euch anklagt, Ausbert Ancelin«, entgegnete sie und erhob erneut ihre Stimme, damit man sie auf dem ganzen Vorplatz hören könne. »Und wenn Gott über Euch verfügen soll, muß man den Anschein vermeiden, daß man ihm sein Urteil diktiert.«

Zwei Tränen rollten über die verwüsteten Wangen des Unglücklichen.

»Dame«, sagte er noch einmal, »selbst wenn ich im nächsten Augenblick sterben müßte, schwöre ich bei meinem Seelenheil, das mir teurer als alles ist, schwöre ich, daß ich Euern Gemahl nicht getöt habe.«

»Ich bin dessen immer sicher gewesen. Seid in Frieden, armer Mann, und achtet darauf, Euch am Leben zu erhalten, damit Eure Schuldlosigkeit zutage kommen kann.«

Beifall hatte diese Worte begrüßt. Eine Schar Kolleg-Zöglinge, von ihrem Saint-Geneviève-Hügel herabkommend, überhäufte die junge Frau mit Ovationen, verhöhnte die Justiz der Mönche und rief den Namen ihres ehemaligen Meisters, Pierre Abélard, in den Morgenwind. Er war im vergangenen Jahr in der Priorei von Saint-Marcel gestorben, ohne das Recht erlangt zu haben, einen Unterricht wiederaufzunehmen, der große Mengen von Zuhörern angezogen hatte.

»Maître Abélard hätte diese Schande nicht geduldet!« rief einer von ihnen, ein hochgewachsener Bursche, der ihr Anführer zu sein schien. »Nehmt die Ketten fort! Der Weg ist ohnedies hart und lang genug, daß ein Mann dort sein Leben lassen kann.«

»Die Mönche von Saint-Denis kennen sich in Gerechtigkeit nicht besser aus als in Geschichte!« rief ein anderer. »Sie haßten Abélard, weil er sie daran hinderte, die Apostelgeschichte abzuleugnen, und weil er die wahre Barmherzigkeit predigte!«

»Nieder mit den Mönchen! Nieder mit Suger! Schande über sie! Und Verdammnis, wenn der Mann unschuldig ist!«

»Christus hat gesagt: ›Lernt von mir, der ich sanftmütig und reinen Herzens bin!‹ Wo ist ihre Sanftmut? Wo ist ihre Barmherzigkeit?«

Tumult begann sich auszubreiten. Einige der Pilger protestierten. Soldaten rückten gegen die Studenten vor, doch diese zerstreuten sich laut kreischend wie ein Schwarm Spatzen und flüchteten durch die Weingärten, die sich den Hang ihres Hügels hinaufzogen, eilends zu ihrem Kolleg, wo sie sich sicher wußten. Die Aufregung legte sich, sobald sie verschwunden waren. Die Priester von Notre-Dame schlugen ein letztes Kreuzeszeichen über den Wanderstöcken der Pilger, und man brach auf, genau auf dem Weg, der durch die Weingärten zum Gipfel des gelehrten Hügels emporführte.
Der Anführer der Pilger intonierte das alte Marschlied, das schon seit zweihundert Jahren auf dem Jakobsweg erscholl, und dessen Rhythmus den Marsch so erleichterte:

E ultreia
E sus eia
Deus aia nos[1])

Die zu Fuß gingen, gruppierten sich instinktiv hinter diesem Odon de Lusigny, dessen zahlreiche Kreuze und Muscheln an Mantel und Hut bezeugten, daß er schon mehrfach auf heiligen Wegen gegangen war. Danach kamen die, die den Weg zu Pferd oder auf dem Rücken von Maultieren zurücklegen würden und die ihre Reittiere auf der anderen Seite des Wassers, am Chor einer kleinen Kapelle abholen mußten. Sie war Saint-Séverin geweiht, einstmals Erzieher des jungen Prinzen Clodoald, der den Wutausbrüchen seines Onkels Clotaire entronnen war.
Colin wartete dort mit drei kräftigen Maultieren, die für Marjolaine, Aveline und ihn selbst bestimmt waren. Nachdem er jedoch die beiden jungen Frauen getroffen hatte, setzten alle drei den Weg zu Fuß fort, wie Marjolaine es sich zumindest für die erste Etappe vorgenommen hatte; die Maultiere sollten nur im Fall zu großer Ermüdung ihrem Zweck dienen.
Es waren an die sechzig Leute, Männer und Frauen aus Flandern, der Champagne, sogar aus Deutschland oder England. Sie hatten sich mit denen aus Paris vereint, kaum zehn an der Zahl. Sie gruppierten sich nach ihrem Heimatgebiet oder nach Sympathie, jede

---

[1]) Und darüber hinaus und weiter hilft uns Gott.

Gruppe ernannte ihren Anführer, aber einige zogen es vor, abseits zu bleiben, vielleicht um vor dem Angesicht Gottes allein zu sein, doch ohne sich zu weit zu entfernen, um nicht noch vom Schutz durch die anderen zu profitieren.

Außer Odon de Lusigny, von dem sie empfangen worden war, hatte Marjolaine ihre Weggenossen beim Aufbruch kaum beachtet. Zudem hatte man während der ganzen ersten Etappe viel gebetet, auf daß Gott diesen Wanderern eine glückliche Reise schenke, und sie hatte leidenschaftlich an diesem allgemeinen Gebet teilgenommen. Es gab ihr erneut Gelegenheit, Gott dafür zu danken, daß er ihr die rettende Idee eingegeben hatte, Sancho den Navarresen aufzusuchen. Wo wäre sie zu dieser Stunde ohne ihn? Mit verzweifeltem Herzen an einen Mann gebunden, der ihr Schauder einflößte, oder tot. Der bloße Gedanke an das, was ihr hätte zustoßen können, wenn sie das Martyrium gewählt hätte, weckte sie noch in der Nacht schweißgebadet und mit rasendem Herzen. Sie glaubte, die Last der schweren Erde über sich zu spüren und langsam zu ersticken.

Sie hatte sich gezwungen, ihrem beunruhigenden Neffen zu vergeben, wie es die Gesetze der Buße und der Pilgerschaft forderten, und soweit es sie persönlich betraf, war ihr das auch gelungen, aber sie konnte das begangene Verbrechen nicht vergeben und noch weniger die Qualen des Mannes, dessen Ketten sie wenige Schritte hinter ihrem Rücken klirren hörte. Und wenn sie von ganzem Herzen hoffte, daß Ausbert Ancelin als Sieger aus der Prüfung hervorgehen würde, so konnte sie auch nicht umhin zu hoffen, daß die göttliche Gerechtigkeit früher oder später furchtbar über den wirklich Schuldigen hereinbrechen würde.

Hinter Longjumeau mit seinen Gerüche verbreitenden Lohgerbereien und seiner hübschen Brücke über die Yvette erreichte man die cluniazensische Priorei von Longpont, die ein Jahrhundert zuvor von einer frommen Dame, Hodierne de Montléry, erbaut worden war, und betete dort, bevor man sich wieder auf den Weg machte, zu einem alten Standbild der Jungfrau mit dem Kind, das einst wunderbarerweise in der Aushöhlung einer Eiche gefunden worden und schon zu Zeiten der Druiden Gegenstand leidenschaftlicher Verehrung gewesen war.

Hier machte man auch die Bekanntschaft eines neuen Pilgers: eines jungen Burschen mit lebhaften Augen und wacher Miene, dessen aufgestülpte Nase mit einer Unzahl von Sommersprossen verziert war. Er erklärte, er heiße Nicolas Troussel, sei der Neffe des Priors von Longpont und Kolleg-Zögling seines Zeichens, was sein Studentengewand und das an seinem Gürtel hängende Schreibzeug bescheinigten. Vor den einigermaßen entsetzten Augen seiner neuen Gefährten schürzte er, sich zu ihnen setzend, sein Gewand bis zum Gürtel, wobei er magere, aber kräftige Beine zeigte, grüßte zunächst die Damen der kleinen Pariser Gruppe – Marjolaine, Aveline, eine gewisse Modestine Mallet, die den Weg gemeinsam mit Léon, ihrem Gatten, machte, und eine weitere Frau, die auf den Namen Agnès hörte – und entbot sodann einen allgemeinen Gruß in die Runde, von einem breiten Lächeln begleitet. Seinen Pilgerstab ergreifend, machte er sich endlich auf den Weg, fröhlich eins jener Lieder pfeifend, die die Frauen beim Spinnen zu singen pflegten.
Er pfiff nicht lange. Nicht ohne Schärfe bedeutete ihm Odon de Lusigny, daß nur Kirchenlieder in den Reihen der frommen Wanderer Hausrecht hätten, und Nicolas beschränkte sich auf diese.
»Schade«, flüsterte er Aveline zu, neben der einzuordnen er sich entschlossen hatte, zweifellos von der gemeinsamen Haarfarbe angezogen. »Ein Kirchenlied ist nicht sehr mitreißend, wenn man tüchtig zugehen will.«
»Na, und?« fragte das junge Mädchen verärgert. »Was macht Ihr hier, Messire? Habt Ihr nicht die Absicht, während des ganzen Wegs zu beten?«
»Ich hab' vor allem die Absicht, die Gegend zu sehen«, vertraute Nicolas ihr mit einem so entwaffnenden Lächeln an, daß sie nicht den Mut hatte, Strenge walten zu lassen. »Ganz allein würde ich nicht weit gehen. Und ich habe große Lust, all das zu sehen, was sich hinter dem Horizont verbirgt.«
Der Bursche mochte siebzehn oder achtzehn Jahre alt sein, und seine braunen Augen blitzten vor Schalkhaftigkeit. Marjolaine, die zugehört hatte, konnte nicht umhin, unter ihrem Schleier zu lächeln. Das erste Lächeln seit langer Zeit, aber der Gedanke, den Weg mit einem so fröhlichen Gesellen zu machen, barg schließlich

nichts Trauriges. Was Nicolas betraf, vereinte er seine Stimme aus vollem Herzen mit denen der anderen, die das erste Kirchenlied des Tages anstimmten, während man bei einem leichten und frischen Wind, der die morgendlichen Nebel verjagte und auf ein wenig Sonne hoffen ließ, wieder aufbrach.

Marjolaine kannte jetzt die Leute besser, die die kleine Gruppe aus Paris bildeten. Sie wußte, daß der unfreundliche und mit seinem Frondienst sichtlich unzufriedene Mönch, der Ausbert Ancelin begleitete, Fulgence hieß. Daß das Händler-Ehepaar in mittleren Jahren, so fromm,. daß sie keine anderen Worte als die der Bibel oder der Litaneien der Heiligen zu kennen schienen, sich mit Vornamen Léon – der »Einäugige« mit Zunamen, seit er bei einem Unfall ein Auge verloren hatte – und Modestine nannten.

Da war noch ein kleiner, rundlicher Mann mit liebenswürdigem Gesicht, Isidore Beautru genannt, dem man die Freude am guten Leben ansah und den man für friedfertig halten konnte, der jedoch von äußerster Nervosität und ständiger Unruhe besessen schien. Er fuhr bei dem geringsten ungewöhnlichen Geräusch zusammen und drehte sich während des Marschs fortwährend um, als fürchte er, irgend etwas oder irgend jemand sich nähern zu sehen.

Ein weiteres Mitglied der Gruppe war eine etwa vierzigjährige Witwe, Agnès de Chelles, deren bescheidene Haltung und angemessene Kleidung eine Frau von guter Herkunft verhießen, deren sanftes, regelmäßiges Gesicht aber unheilbare Traurigkeit verriet. Sie sprach wenig oder überhaupt nicht, betete während des ganzen Wegs, mischte selten ihre Stimme in die religiösen Gesänge, und nicht selten füllten sich ihre Augen mit Tränen. Es gab auch einen Kranken, von dem man nichts wußte, außer daß er in einer großen, geschlossenen, von Maultieren getragenen Sänfte reiste und von vier Männern bewacht wurde, die ebenso stumm und ebenso wenig mitteilsam waren wie blinde Türen. Unterwegs bildete die Sänfte den Schluß des Zugs, ließ sogar eine gewisse Entfernung zwischen sich und der Kolonne der Pilger. Am Etappenziel wurde sie stets beiseite, zum Beispiel in eine Scheune getragen, und der Insasse verließ sie nicht. Man brachte ihm sein Essen, und nur der Anführer der Pilger ging jeden Morgen zu ihm, um zu sehen, wie es ihm ging. Solches Verhalten konnte nur Neugier wecken. Das Gerücht lief

um, es handele sich um eine hochgestellte Persönlichkeit, die wenig Lust habe, sich unter die ordinäre Gesellschaft ihrer Gefährten zu mischen. Man überließ sie bald ihrer stolzen Isolation, darin bestärkt durch die absichtsvoll grimmigen Mienen ihrer Bewacher. Später ging man dazu über, sich Fragen über die Art der Krankheit zu stellen, und der Abstand vergrößerte sich noch mehr.
Endlich war da noch ein junges Paar, das angegeben hatte, aus dem Dorf Suresnes westlich von Paris zu kommen, und sich auf den Weg machen wollte, um dem heiligen Jakobus dafür zu danken, daß er ihre Familien, die sich nicht mochten, zur Eintracht bekehrt hatte. Sie beteten sichtlich einander an. Die Liebe sprach aus jeder ihrer Gesten, aus jedem Blick, den sie wechselten.
Was die anderen Pilger betraf, die aus ferneren Gegenden gekommen waren, so trat man kaum mit ihnen in Verbindung, da die Verschiedenheit der Sprachen den Anschluß nicht leicht machte. Aber es sollte nicht lange dauern, bis der junge Nicolas Troussel sich gründlich über die interessantesten von ihnen informiert hatte. Über Orléans, wo die Pilger aus dem wundertätigen Kelch des Heiligen Euverte das Abendmahl nahmen, und Odon de Lusigny sie mit der Erzählung der erstaunlichen Wunder eines Heiligen traktierte, von dessen Existenz nur sehr wenige wußten, erreichte man Cléry, Beaugency, Blois, Amboise und endlich Tours, wo es üblich war, mindestens drei Tage zu bleiben, um sich von den Strapazen des Wegs zu erholen und die zu pflegen, die krank oder verletzt waren.
So mußte man auch trotz wütender Proteste Bruder Fulgences Ausbert Ancelin die Ketten abnehmen und ihn pflegen, da seine Füße bluteten. Eine seiner Wunden hatte sich entzündet und schmerzte ihn sehr. Aber der Mönch erwies sich als so halsstarrig, daß Marjolaine an die Autorität des Anführers der Pilger appellieren mußte, um zu erreichen, daß der Unglückliche die Pflege erhielt, die er so nötig hatte.
Als Marjolaine mit Aveline die Kirche verließ, wünschte sie ebensosehr, sich von einem lästigen Widerling zu entfernen, wie zurückzukehren, um sich zu überzeugen, wie es ihrem Schützling ging, den sie an diesem Morgen in keinem guten Zustand angetroffen hatte. Ausbert hatte Fieber, und sein Fuß war geschwollen. Außer-

dem hatte Marjolaine Fulgence nicht in der Basilika gesehen, und sie mißtraute jetzt seiner Bosheit: Dieser Mann mußte wünschen, daß sein Gefangener schnellstens starb, was ihm erlauben würde, nach Saint-Denis zurückzukehren, ohne diesen endlosen Weg gehen zu müssen.
Die beiden Frauen näherten sich dem Vorhof des Gästehauses der Abtei, in dem die Pilger wohnten, als sie hinter sich eilige Schritte hörten. Gleichzeitig rief jemand:
»Demoiselle! Demoiselle! Ich bitte Euch, wartet auf mich!«
Marjolaine wandte den Kopf und bemerkte zu ihrem Mißvergnügen, daß der Flegel von vorhin ihr gefolgt war, was sie veranlaßte, ihren Schritt zu beschleunigen, statt stehenzubleiben. Worauf der Mann zu laufen begann, und als sie zusammen vor der Tür ankamen, gelang es ihm zumindest, ihr den Zutritt zu verwehren.
»Ich bitte Euch«, keuchte er ein wenig außer Atem. »Nur ein Wort!«
»Vor kurzem«, sagte die junge Frau, »habe ich die Kirche verlassen, weil Eure Unruhe mein Gebet störte. Und jetzt wagt Ihr es, mir nachzustellen? Ich habe Euch nichts zu sagen. Geht Eures Wegs!«
»Auch ich wollte beten, und Ihr habt mich daran gehindert.«
»Was für eine schamlose Lüge! Ich soll Euch gehindert haben zu beten?«
»Eure Augen haben es getan. Ich habe sie gesehen, und ich habe Gott vergessen, den heiligen Martin und selbst das, was ich hier wollte.«
»Ihr sprecht wie ein Wahnsinniger, und ich verstehe nichts von dem, was Ihr sagt. Geht Eures Wegs, sage ich Euch!«
»Nicht ohne wenigstens Euren Namen erfahren zu haben. Ich will wissen, wer Ihr seid, woher Ihr kommt, wohin Ihr geht.«
»Ich gehe, wohin Gott mich führt, und ich habe meinerseits keinerlei Lust, zu erfahren, wer Ihr seid.«
»Dennoch werde ich es sagen. Mein Name ist Hughes, Baron und Gutsherr von Fresnoy und einer Menge anderer Ländereien im Vermandois. Bis zu diesem Tage glaubte ich mich ehrgeizig und frei. Aber seit ich Eure Augen sah, bin ich nicht mehr frei und habe keinen anderen Ehrgeiz als den, Euch zu dienen.«

Hughes hatte soviel unwillkürliche Leidenschaft in diese wenigen Worte gelegt, soviel unbewußte Aufrichtigkeit, daß der Zorn der jungen Frau sich etwas legte. Sie spürte, daß irgend etwas in ihr vibrierte, ein jähes Klopfen des Herzens, und sie betrachtete diesen Unbekannten aufmerksamer, der verrückte Dinge mit soviel Überzeugung und Inbrunst sagte, als hänge sein Leben davon ab.
Sie sah, daß dieser große Kerl mit seinen trotz ihrer fröhlichen Farbe, die an Blätter im Frühling erinnerte, wilden Augen schön war. Auf eine wilde Art vielleicht, aber sein Lächeln konnte alle Anmut und Unschuld des Lächelns eines Kindes haben, wenn die ironischen Falten um seinen Mund ihn nicht verraten hätten.
Gegen ihren Willen gab Marjolaine ihm ein Lächeln zurück, das der Schleier verbarg. Aber ihre Augen glitzerten gefährlich, und Hughes glaubte, das Meer unter der Sonne wiederzusehen.
»Sire Baron«, sagte sie sanfter, »Ihr müßt Euch nicht um mich kümmern und noch weniger mir dienen, denn ich bin von bescheidenerem Stand als Ihr, und mein Weg ist nicht der Eure. Ich reise hier nur durch auf dem Weg zum Heiligtum des heiligen Jakobus im fernen Land Galicia.«
»O nein! Sagt nicht, daß Ihr dorthin gehen wollt, daß Ihr diesen endlosen und gefährlichen Weg zu gehen gedenkt, Ihr, die Ihr so zerbrechlich, so zart seid?«
»Zartere als ich sind ihn gegangen. Jetzt laßt mich vorbei, Seigneur. Ich habe Euch viel mehr gesagt, als ich beabsichtigte.«
»Nein, denn Ihr habt mir Euren Namen nicht anvertraut.«
»Nun gut, das werden dann meine letzten Worte sein. Ich heiße Marjolaine des Bruyères, Edelfräulein in der Tat, aber Witwe des verstorbenen Meisters Gontran Foletier, der Kürschner in der großen Stadt Paris gewesen ist.«
»Ich wußte, daß Ihr von Adel seid«, rief Hughes, über sein richtiges Urteil erfreut. »Was diesen Kürschner betrifft, verstehe ich nicht recht... Oh! Laßt mich weiter mit Euch sprechen.«
»Nein«, ließ sich eine ernste Stimme hinter ihm hören. »Kein Wort mehr! Laßt sie in Frieden.«
Sofort wütend, fuhr Hughes auf dem Absatz herum und fand sich Nase an Nase dem großen Pilger gegenüber.
»Weswegen mischt Ihr Euch ein, Gevatter?«

»Weil es mich angeht, denn ich bin der Anführer dieser Gruppe von Pilgern. Im übrigen bin ich Odon de Lusigny, Ritter und Bannerherr, was mir das Recht gibt, auf gleichem Fuß mit einem Baron zu sprechen. Also sage ich Euch, laßt diese junge Dame in Frieden ihren Weg gehen, denn sie hat teuer genug dafür bezahlt. Geht, Schwester.«
Odon de Lusigny öffnete vor Marjolaine und Aveline, die die Angelegenheit im übrigen nicht im mindesten interessiert und statt dessen Bertrand zugelächelt hatte, dessen hohe Gestalt der seines Herrn gleichkam, die Tür des Gästehauses, ließ sie eintreten und machte Anstalten, ihnen zu folgen, doch Hughes hielt ihn fest.
»Können wir nicht noch einen Augenblick sprechen?«
»Worüber, mein Gott?«
»Nun, über diese Dame«, erwiderte Hughes mit einem bei ihm ganz ungewöhnlichen Anschein von Verlegenheit, was Bertrand, den stummen Zeugen dieser Szene, erstaunt die Augenbrauen hochziehen ließ. »Glaubt vor allem nicht«, fügte er rasch hinzu, als er sah, daß der andere die Schultern zuckte, »daß ich ihr Verdruß bereiten oder sie irgendwie belästigen will. Aber ich möchte mehr über sie wissen. Ich bin nie jemandem wie ihr begegnet.«
»Das glaube ich gern.«
Plötzlich jedoch haftete sich Lusignys Blick an Fresnoys linken Ringfinger, an dem ein breiter goldener Reif glänzte. Er runzelte die Stirn.
»Seid Ihr verheiratet?«
»Ja, wenn meine Ehe auch sehr krank ist.«
»Das ändert nichts an der Tatsache, und in diesem Fall verstehe ich nicht, was Ihr von Dame Marjolaine wollen könnt.«
»Ich weiß es selbst nicht, aber ich weiß, daß es nichts Schlechtes ist. Es ist ganz einfach so, daß ich sie gesehen habe, und jetzt scheint mir, als sei sie ein Teil meines Lebens.«
»Nein, Ihr habt sie nicht wirklich gesehen. Ihr gehorcht nur der Laune eines Augenblicks. Darum glaubt mir, das sicherste Mittel, ihr zu gefallen, ist immer noch, dem Rat zu folgen, den sie Euch gegeben hat: Geht Eures Wegs und denkt nicht mehr an sie.«
»Das ist unmöglich! Aber vorhin habt Ihr gesagt, daß diese junge Dame teuer für das Recht bezahlt hat, in Frieden ihren Weg zu gehen. Was bedeutet das?«

Der große Pilger zögerte einen Moment, doch da er begriff, daß er niemals mit diesem Starrkopf zu Ende kommen würde, ohne ihm wenigstens ein paar kleine Bissen hinzuwerfen, entschloß er sich.
»In unserer Gruppe achten und bewundern wir Dame Marjolaine sehr, aber weit weniger der Schönheit ihrer Augen als der ihrer Seele wegen. Ihr seid nicht aus Paris, und Ihr wißt nicht, daß sie seit kurzem Witwe ist, daß ihr Gatte, einer der reichsten Bürger unserer Stadt, tot ist, ermordet von einem Mann, dessen Frau er verführt hat, von dem man aber auch sagt, daß er in die sehr junge Frau seines Rivalen verliebt war. Sehr jung und sehr schön.«
»Ich hatte es verstanden.«
»Nein. Ihr habt nichts verstanden, und wie wir alle wißt Ihr nicht, was dieses arme Kind unter dem Schleier verbirgt, den sie niemals ablegt. Es scheint, daß sie, um der Begierde der Männer zu entgehen und ihrem Gatten treu zu bleiben, ihr halbes Gesicht mit Vitriol verbrannt hat.«
Hughes' und Bertrands entsetzte Ausrufe unterbrachen seine Erzählung, dann fuhr er fort:
»So ehrt es uns sehr, auf der heiligen Reise ihre Gefährten zu sein, die sie übrigens nicht für sich selbst macht, sondern für den Seelenfrieden ihres Gemahls und aus Barmherzigkeit.«
»Aus Barmherzigkeit für wen?«
»Ausbert Ancelin, der Mörder Meister Foletiers, ist dazu verurteilt worden, die Pilgerfahrt barfuß und in Ketten zu machen. Dame Marjolaine, die von seiner Unschuld überzeugt ist, bemüht sich, ihm zu helfen, so gut sie kann.«
»Warum? Liebt sie diesen Mann?«
Der Blick, den Lusigny dem Baron zuwandte, enthielt eine Welt von Verachtung.
»Ich spreche von einer Heiligen! Was redet Ihr mir von menschlichen Liebesdingen? Ich habe jetzt genug darüber gesagt. Geht und betet am Grabmal, Baron, und kehrt dann nach Hause zurück. Wir sind Wanderer Gottes. Ihr seid ein Mann, der lüstern auf irdische Genüsse ist, wie ich selbst es einst war. Eine Welt trennt uns.«
Und diesmal wandte Odon de Lusigny Fresnoy entschlossen den Rücken und betrat das Gästehaus.

Auf dem Weg zum großen Saal, in dem die Hospitaliterinnen die Frauen untergebracht hatten, kam Marjolaine am Saal der Männer vorbei und blieb, von herausdringendem lautem Stimmengewirr festgehalten, stehen, da sie glaubte, die schneidende Stimme des Mönchs Fulgence erkannt zu haben. Ihren Kopf durch den Türspalt schiebend, gewahrte sie die Doppelreihe der durch grüne Vorhänge geschlossenen Alkoven, sah, daß der Ausbert Ancelins offen und der Unglückliche bewußtloser Mittelpunkt einer wahren Schlacht war, in der sich sein Wärter und Dame Léonarde, die Oberin der Hospitaliterinnen, gegenüberstanden.
»Dieser Mann ist nicht hier, um sich in einem Bett breitzumachen«, keifte der Bruder, »sondern um die Strafe für ein Verbrechen abzubüßen und zu erfahren, ob Gott beabsichtigt, ihn am Leben zu lassen. Ich fordere also, daß er augenblicklich aufsteht und mit mir kommt, um am Grabe des Heiligen seine Andacht zu verrichten!«
»Und ich widersetze mich! Aufstehen, wenn er nicht einmal bei Bewußtsein ist? Dieser Unglückliche ist vielleicht mehr tot als lebendig. Glaubt Ihr, daß unser großer heiliger Martin glücklich wäre, ihn neben seinem Grab sterben zu sehen? Er glüht vor Fieber und kann nur unter großen Schmerzen den Fuß auf den Boden setzen.«
»Um so schlimmer! Wenn der heilige Martin ihn zu heilen wünscht, wird er ihn heilen, aber ich habe Befehl, darauf zu achten, daß er seine Missetat sühnt. Und ich werde ihn aufstehen lassen.«
Er bückte sich, um die Decken fortzureißen, aber schon war Marjolaine vorgeschnellt und versperrte mit ausgebreiteten Armen den Zugang zum Bett.
»Und ich sage Euch, daß Ihr ihn nicht anrührt, und müßte ich das ganze Gästehaus aufwiegeln, um es zu Zeugen Eurer Grausamkeit zu machen! Ihr habt Befehl, darauf zu achten, daß er nicht entkommt, daß er den Weg zu Ende geht. Ihr habt keinen Befehl erhalten, ihn zu töten, denn ich erinnere Euch, daß er nur dazu verurteilt ist, sich dem Urteil Gottes zu überlassen. Wenn der Herr will, daß er stirbt, wird er sterben, aber ohne Eure Hilfe.«
Der Zorn des Mönchs wandte sich augenblicklich gegen sie.
»Wieder einmal, Weib, stellt Ihr Euch zwischen mich und meinen Gefangenen. Ihr vergeßt den Rang Eures Geschlechts, und außer-

dem ist es für eine Witwe unkeusch, soviel Interesse für einen Mann zu zeigen, besonders wenn dieser Mann ihren Gatten getötet hat.«

»Ich sage, daß er unschuldig ist, und ich werde nie aufhören, es zu sagen.«

»Was Euch zur Hauptverdächtigen macht. Ihr verteidigt ihn zu sehr, und man könnte sich vorstellen, daß Eure Nachsicht vielleicht nur Dankbarkeit, wenn nicht gar ein noch zarteres Gefühl ist. Das könnte zu dem Gedanken verleiten, daß er vielleicht Euer Liebhaber war.«

»Schämt Ihr Euch nicht, Bruder?« donnerte Odon de Lusigny, der den Saal betreten hatte.

»Wessen schämen? Zu sagen, was jeder denkt?«

»Ihr erschwert Euren Fall, in dem Ihr verkündet, daß alle diese braven Leute, die mit uns im Dienste Gottes aufgebrochen sind, die gleichen schmutzigen Gedanken hegen wie Ihr. Laßt diesen Mann, Bruder Fulgence, ich werde mich selbst um ihn kümmern, und geht allein zum Grab, um vor ihm Eure Sünden der Grausamkeit, der Verleumdung und des leichtfertigen Urteils zu bekennen. Gott wäre zu beklagen, wenn er nur Diener wie Euch hätte.«

»So wagt auch Ihr, Euch mir zu widersetzen, dem Bevollmächtigten des sehr hohen und sehr mächtigen Seigneurs Suger, Abt von Saint-Denis?«

»Ich wage es in der Tat, und ich werde noch mehr wagen, wenn Ihr nicht Frieden gebt. Solange ich unsere Gruppe führe, werden die, die zu ihr gehören, Hilfe und Unterstützung von mir erhalten, denn ich fühle mich verantwortlich. Und solange ich lebe, wird niemand versuchen, Gott sein Verhalten zu diktieren. Andernfalls werde ich den Bischof von Tours davon unterrichten, der zufällig ein wenig mein Vetter ist, und ihn bitten, Euch von Eurer Mission zu befreien und sie mir anzuvertrauen. Wählt.«

»Ihr habt kein Recht dazu! Ihr seid weder Priester, noch Mönch, noch ...«

Mit einer raschen Bewegung schlug Odon sein Pilgergewand auseinander und enthüllte darunter ein anderes, kürzeres, das über der Brust mit einem großen roten Kreuz versehen war.

»Ich bin Tempelritter! Mönch und Krieger Gottes! Ich habe mehr Rechte als Ihr. Und wenn ich mich entschlossen habe, für diese

Reise zu vergessen, wer ich bin, erinnert mich nicht daran. Und vergeßt es auch!«

Fulgence begriff, daß er geschlagen war, und zog es vor, zu verschwinden, während Odon sein Gewand wieder schloß und den beiden Frauen zulächelte.

»Darf ich Euch bitten, Schwestern, das Geheimnis zu bewahren? Es ist nichts Strafbares, denn ich mache diese Reise auf Befehl des Großmeisters, aber ich ziehe es vor, daß man mich für einen einfachen Pilger hält.«

Durch ihre Antworten beruhigt, ging auch er, während Dame Léonarde und Marjolaine sich wieder über den Verletzten beugten. Ausbert lag in schmerzlicher Erstarrung, die zeitweise von langen Schaudern und undeutlichen Worten unterbrochen wurde. Sein Gesicht war sehr gerötet, und er schien zu leiden.

»Mir scheint, es geht ihm sehr schlecht«, sagte Marjolaine beunruhigt. »Kann man nichts tun, um ihm Erleichterung zu verschaffen?«

»Wir tun nichts anderes«, brummte die Hospitaliterin. »Unsere Schwester Apothekerin erneuert dreimal täglich das Pflaster aus Mehl und Honig, um zu versuchen, den Eiter aus dem Fuß zu treiben, der die Ursache des ganzen Übels ist, aber das scheint keine sonderlichen Ergebnisse zu bringen.«

»Wenn Ihr erlauben«, murmelte hinter den beiden Frauen eine zögernde, mit einem starken ausländischen Akzent behaftete Stimme, »vielleicht können ich etwas tun.«

Sie sahen, daß ein kleiner Mann, kaum weniger wunderlich als seine Redeweise, jäh aus den Fliesen des Schlafsaals gesprossen war. Über seinem ebenso breiten wie hohen Körper trug er eine Kutte, die vermutlich einstmals weiß gewesen war, inzwischen aber so viele Mißgeschicke und Unbilden des Wetters über sich hatte ergehen lassen müssen, daß man das kaum noch sah. Sein Haar rings um die seltsam axtförmige Tonsur erinnerte an ein frisch gedecktes Strohdach und fiel ihm in Fransen in die Stirn. Was sein wieder und wieder durch Sonne und zuviel Wind gegerbtes Gesicht betraf, schien es ein wenig aufs Geratewohl von einem nachlässigen Bildhauer geformt zu sein, der es für gut befunden hatte, die Nase nach rechts zu biegen. Aber die Augen, treuherziges Blau wie von blü-

hendem Flachs, durchbrachen das braune Leder dieses Gesichts wie zwei auf einen Sommerhimmel hin geöffnete kleine Fenster.
Er sah, daß die Damen ihn neugierig musterten und grüßte linkisch, die Hände in den Ärmeln verborgen.
»Ihr könnt etwas für diesen Unglücklichen tun?« fragte Léonarde. »Könnt Ihr uns sagen, wer Ihr seid?«
»Ich sein Bran Maelduin. Ich komme von großes Kloster in Bangor auf der Insel Irland. Ich wissen ein wenig Medizin.«
Das ernste Gesicht der Hospitaliterin hellte sich durch ein Lächeln des Willkommens auf.
»Wir hier kennen das mächtige Kloster von Bangor gut, Bruder. Erst vor kurzer Zeit hatten wir das Glück, seinen ehemaligen Prior, den Bischof von Armagh, hier willkommen zu heißen. Entschuldigt, wenn ich seinen schwierigen Namen nicht richtig ausspreche: Ma... Malachie, glaube ich?«
Der Ire runzelte indigniert die Stirn.
»Was Ihr sagen? Welcher Name? Bei uns wir sagen Maol-Maodhog Ua Morgair. Überhaupt nicht schwer. Ich sein Vetter, und ich ihn treffen nach heiliger Reise bei großem Abbé Bernard.«
»Wenn Ihr es vorzieht, lateinisch zu sprechen«, schlug Léonarde vor, die einige Mühe hatte, der Rede des kleinen Mönchs zu folgen, dessen Akzent das Zuhören dornenvoll machte.
»Vielen Dank, aber Erleichterung strafbar! Ich hier für Gebet und Buße, aber auch zu lernen. Zeigt mir den Fuß.«
Von neuem entfernte man das Pflaster, das die gerötete, von dem Oedem geschwollene Haut bedeckte. Bran Maelduin beugte sich darüber, schnüffelte, tastete mit einem Finger, der so leicht war wie Schmetterlingsflügel, schüttelte den Kopf und erklärte schließlich:
»Nicht schön. Ihr haben Wurzel... eh... *lilia candida*?«
»Lilienzwiebeln? Wir haben welche im Garten, aber sie sind natürlich in der Erde und warten darauf, in einem Monat zu blühen.«
»Ihr sie holen!« sagte er und hob beide Hände mit gespreizten Fingern. »Ihr waschen Erde ab, Ihr herbringen.«
»Ihr wollt, daß man zehn Lilienzwiebeln ausgräbt?« rief Léonarde entsetzt. »Aber der Bruder Gärtner wird nie einwilligen! Er hebt sie für die heilige Mutter Gottes auf.«
»Wenn nicht ausgraben *lilia*«, sagte Bran Maelduin entschieden,

»bald begraben Mann. Holen Wurzel, kochen zwei in Milch und Roggenmehl, dann legen auf Fuß. Dreimal am Tag!« fügte er hinzu und zeigte drei Finger.

»Man soll dreimal am Tag Umschläge mit zwei in Milch und Roggenmehl gekochten Zwiebeln machen?« übersetzte Marjolaine. »Ist es richtig so?«

Entzückt, so gut verstanden worden zu sein, nickte der Ire energisch und schenkte der jungen Frau ein breites Lächeln.

»Ja. Man muß machen.«

»Also gut«, seufzte Dame Léonarde resigniert, »man kann es immerhin versuchen.«

Und sie ging davon, um den Gärtner zu umgarnen. Danach bereitete sie mit Marjolaines Hilfe, die sich in ihren Dienst gestellt hatte, den ersten Umschlag vor, den sie unter Bran Maelduins beifälligen Blicken lauwarm auf den Fuß des Kranken legte. Der kleine Mönch hatte sich zum Krankenwärter ernannt, um die Wirkung seiner Behandlung zu überwachen, und sich auf einem Schemel am Kopfende des immer noch halb bewußtlosen Ausbert niedergelassen, nachdem er einen großen Topf Salbeitee angefordert hatte, den er ihn trinken ließ.

»Ich bleibe hier«, sagte er zu der jungen Frau, die ihn fragte, ob er sie noch brauche. »Ihr könnt gehen.«

Über das Ergehen ihres Schützlings beruhigt, entschloß sich Marjolaine, ihre Pilgerfahrt zum Grab des heiligen Martin zu vollenden, und begab sich in den Frauensaal, um Aveline zu holen. Doch die kleine Dienerin, nur allzu glücklich über einen Augenblick der Ruhe, hatte sich wie eine Kugel auf ihrer Bettstatt zusammengerollt und schlief mit solcher Hingabe, daß die junge Frau nicht das Herz hatte, sie zu wecken.

Den Schleier fester um ihren Kopf ziehend, verließ sie den Saal und folgte dem breiten Korridor, der das Gästehaus der Abtei in zwei Hälften teilte. Sie war nicht weit von der Pforte entfernt, als sie hörte, daß eine zaghafte Stimme sie rief, begleitet von einem Mäusegetrippel. Sie blieb stehen und lächelte der kleinen Frau zu, die auf sie zulief.

»Geht Ihr zufällig in die Kirche, Dame Marjolaine?« fragte sie.

»Allerdings. Ich konnte vorhin meine Andacht vor dem Grabmal nicht verrichten, weil zuviele Leute dort waren. Jetzt wird es vielleicht leichter sein.«

»Ich konnte überhaupt nicht gehen. Ich hatte schreckliche Kopfschmerzen, und mein Mann war sehr ungehalten, daß er allein gehen mußte. Darf ich Euch begleiten?«

»Fühlt Ihr Euch besser?«

»Ja. Und dann würde Meister Mallet sich sicherlich ärgern, wenn ich nicht nachkäme. Ich bin nicht hier, um mich zu verzärteln.«

Ihrem Namen getreu, war Modestine eine kleine, alterslose Frau ohne irgendwelche hervorstechenden Merkmale und völlig beiseitegedrängt durch die zänkische Persönlichkeit ihres Gatten, ohne den man sie nie bemerkt hätte. Ihr Haar, ihre Gesichtsfarbe, ihre Kleider waren grau, und sie glich mehr einem Schatten als einem Lebewesen. Sie und ihr Mann, Léon Mallet, Händler im Bezirk Saint-Leufroy in Paris, waren nach Compostela aufgebrochen, um ein Gelübde zu erfüllen und sich für die fast wundersame Heilung Modestines zu bedanken, wie sie ihren Weggenossen anvertraut hatten.

Angesichts der Miene der Händlersfrau dachte Marjolaine bei sich, daß sie sich zweifellos nicht viel besser fühlte, aber den Zorn ihres Gatten fürchtete und sich bezwang. Außerdem hoffte sie bestimmt, daß Léon, wenn sie in Begleitung käme, seine schlechte Laune über ihre Verspätung nicht zu sehr zeigen würde.

»In diesem Fall«, sagte sie artig, »gehen wir zusammen.«

Modestine dankte ihr mit einem scheuen Lächeln, aber als beide die Schwelle des Gotteshauses betraten, blieb sie plötzlich stehen und bat Marjolaine sehr verwirrt, einen Augenblick auf sie zu warten. Sie habe ihre Geldtasche in ihrem Alkoven vergessen, was sie hindern würde, Almosen zu geben, wie es sich gehörte.

»Beeilt Euch aber«, sagte die junge Frau ein wenig ärgerlich, »sonst kommen wir hin, wenn die Kerzen niedergebrannt sind. Es wird spät.«

»Oh, ich werde nur einen Augenblick brauchen. Wartet auf mich, ich bitte Euch.«

Allein geblieben, stieß Marjolaine einen Seufzer aus, dann begann sie langsam vor dem Portal hin und her zu gehen. Die Augen zu Boden gerichtet, sah sie nichts von dem, was um sie herum geschah.

Und plötzlich ertönte ein Schrei, ein Gebrüll sogar.
»Vorsicht!«
Fast gleichzeitig warf jemand Marjolaine zu Boden, sie fand sich flach auf dem Bauch, halb erdrückt von einem schweren Körper, der sie sofort wieder freigab. Und als er sich aufraffte, stellte die junge Frau mit ärgerlicher Betroffenheit fest, daß ihr Angreifer niemand anders war als dieser unerträgliche Baron de Fresnoy, der es sich fraglos zur Aufgabe gemacht zu haben schien, ihr Verdruß zu bereiten.
»Wieder Ihr?« rief sie wütend. »Aber seid Ihr denn ganz verrückt geworden? Was kommt Euch an, mich zu Boden zu werfen? Seht, in was für eine Verfassung Ihr mich gebracht habt. Ich bin voller Schmutz.«
»Aber Ihr lebt«, sagte der junge Nicolas Troussel, der in dem Moment hinzugekommen war, in dem Hughes Marjolaine in den Schmutz geworfen hatte. »Ein Stein hat sich von da oben gelöst«, fuhr er fort, auf den die Mauer der Abtei krönenden Rundgang weisend. »Ohne diesen Seigneur wäre er direkt auf Euch gefallen. Ihr seid gerade noch davongekommen.«
In der Tat lag ein mächtiger Tragstein an der Stelle, wo die junge Frau noch einen Augenblick zuvor gestanden hatte. Marjolaine sah abwechselnd auf den Stein und den, der sie vor ihm gerettet hatte: auf den einen mit einem nachträglichen Schauder der Angst, auf den anderen mit einer Art von Verlegenheit. Aber als er ihr die Hand reichte, um ihr beim Aufstehen behilflich zu sein, nahm sie sie an. Und als diese nervige, warme und feste Hand sich um die ihre schloß, verspürte sie ein seltsames Gefühl von Trost. Die Angst, die sie befallen hatte, schwand, und wenn ihr plötzlich nach Weinen zumute war, dann vor allem aus Erleichterung.
»Danke, Seigneur«, sagte sie schüchtern. »Danke, und entschuldigt, daß ich mich so ungehobelt benommen habe.«
»Das macht nichts. Jeder andere hätte unter diesen Umständen ebenso reagiert.«
Mittlerweile hatte der Vorfall einiges Aufsehen erregt. Passanten waren stehengeblieben, zwei Hospitaliterinnen waren aus dem Gästehaus gekommen, ebenso Modestine, die mit ihrer Geldbörse in der Hand herbeigelaufen kam. Die drei Frauen bemühten sich um

Marjolaine und brachten sie ins Haus zurück, um ihr zu helfen, sich zu säubern, und ihr nach dieser Aufregung ein wenig Ruhe zu verschaffen.
Bevor sie jedoch im Haus verschwanden, hielt Hughes eine von ihnen fest.
»Ist die Mauer da oben denn in so schlechtem Zustand?« fragte er und wies hinauf.
»Nicht eigentlich. Es werden nur Reparaturen vorgenommen. Der Frost dieses Winters hat die Steine zum Bersten gebracht. Ich verstehe nicht, wie einer von ihnen sich lösen konnte, denn die Arbeiten sind sehr weit fortgeschritten. Auf jeden Fall werde ich veranlassen, daß jemand nachsieht. Diese junge Frau hätte ja getötet werden können.«
Das war genau Hughes' Ansicht, und während er mit Bertrand zu ihrer Herberge am Ufer der Loire zurückritt, konnte er sich nicht enthalten, seine heimlichen Gedanken auszusprechen:
»Vielleicht habe ich zuviel Phantasie, aber ich frage mich, ob sich dieser Stein ganz von allein gelöst hat? Obwohl ich überhaupt nicht verstehe, warum oder wer dieser jungen Dame ans Leben wollen könnte?«
»Da war jemand«, sagte Bertrand. »Als der Stein fiel, habe ich eine undeutliche Gestalt gesehen, die sofort verschwand.«
»Bist du sicher?«
»Daß ich jemand gesehen habe, ja. Aber daß er den Stein gestoßen hat, nein. Immerhin fällt es schwer, beides nicht in Zusammenhang zu bringen.«
»Anders gesagt, du glaubst, daß es sich um einen Mordversuch handelt. Aber wer? Und warum? Du hast vorhin den großen Pilger gehört. Man verehrt sie fast wie eine Heilige. Und dann, wer kann solche Augen schließen wollen?«
Ein Augenblick des Schweigens entstand, nur unterbrochen vom ruhigen Schritt der Pferde. Dann wagte Bertrand zu fragen:
»Sie gefällt Euch sehr, nicht wahr?«
»Ich weiß nicht. Ich weiß, ja, daß sie mich anzieht, ohne daß ich recht verstehe, warum. Da ist dieser wunderbare Blick, all diese Anmut und die Seide ihres Haars.«
»Aber da ist auch dieser Schleier, den sie ständig trägt, dieser

Schleier, der ohne Zweifel eine entsetzliche Brandwunde verbirgt. Vielleicht könntet Ihr den Anblick ihres Gesichts nicht einmal ertragen, wenn sie es für Euch enthüllte.«

»Hältst du mich für weibisch? Ich habe schon schreckliche Verletzungen gesehen. Ich habe auch Leprakranke gesehen, und ich habe vor den schlimmsten Greuels nie auch nur die Augen verschlossen. Und dann geht's auch nicht darum. Was ich wissen möchte, ist, wer so kaltblütig ein so zartes Geschöpf vernichten will, von dem jeder behauptet, daß es edel und hochherzig sei.«

»Vielleicht sind wir drauf und dran, ein Märchen zu erfinden. Vielleicht habe ich nur einen Arbeiter gesehen, der dort oben entlangging, und es kann sein, daß ein schlecht gefügter Stein sich gerade in diesem Augenblick löste. Es gibt Zufälle.«

»Aber du glaubst nicht daran. Und ich auch nicht.«

»Wir können also Seigneur Odon de Lusigny, dem Anführer der Pilger, nur von dem Verdacht berichten, der uns gekommen ist. Schließlich ist es an ihm, über seine Herde zu wachen. Er wird Vorsichtsmaßnahmen treffen und diese Dame strenger bewachen müssen. Aber ich fürchte sehr, er wird uns für verrückt halten.«

Die beiden Männer ritten an der Loire entlang und hielten in schweigender Übereinstimmung auf einem grasbewachsenen Abhang an, der sanft bis ans Wasser hinabfiel. Der Fluß, noch angeschwollen von kürzlichen Regenfällen, die das Land gewaschen und das junge Gras gewässert hatten, wälzte seine gelblichen Fluten zwischen Ufern dahin, auf denen sich der Frühling einstellte. Die noch zaghafte Sonne spielte zwischen weißen Wolken Versteck und verwandelte die Loire in einen funkenübersäten Perlmuttfluß. Vor ihnen, jenseits der Insel, die durch die große Brücke mit beiden Ufern verbunden war, konnte man die stufenweise sich übereinander reihenden weißen Häuser der jetzigen Vorstadt Saint-Symphorien sehen, die einst die Wiege von Tours gewesen war, und die imposanten Gebäude der großen, vom heiligen Martin selbst gegründeten Abtei von Marmoutiers. Sie war drauf und dran, eine der mächtigsten der Christenheit zu werden, nachdem im Jahre 1095 Papst Urban sie besucht hatte, um den heiligen Kreuzzug zu verkünden. Es war ein Anblick von großer Schönheit und friedvoller Majestät.

Doch von all dem sah Hughes nicht viel, auch wenn er sich gern von der Sanftheit des Lichts und der Landschaft umschmeicheln ließ. Er folgte mit dem Blick dem blaugrünen Flug eines Eisvogels, betont durch das silbrige Aufblitzen eines Fischs, den der Vogel gerade gefangen hatte. Und er glaubte, eine Träne am Lid der Augen zu sehen, die ihn verzaubert hatten.

Vom Pferd gestiegen, kontrollierte Bertrand seinen Sattelgurt, oder tat wenigstens so, und sagte nichts, ein Schweigen respektierend, von dem er wußte, daß es immer ungesund war, es zu stören, wenn der Baron es vorzog, zu schweigen...

»Hör zu«, sagte Hughes endlich. »Wir werden uns hier trennen.«

Die Finger des Stallmeisters hielten inne, aber er sagte nichts, sondern wartete auf das, was kommen würde.

»Du kehrst nach Fresnoy zurück, und du sagst Sire Gerbert, daß er länger, als ich dachte, auf mein Lehen achtgeben soll.«

»Wie lange?« fragte Bertrand mit gleichmütiger Stimme.

»Ich weiß es nicht. So lange, wie es braucht, um nach Compostela in Galicia zu gehen und von dort zurückzukommen, wenn Gott mir die Rückkehr gewährt. Du wirst meinem Bruder nach besten Kräften helfen und dienen, und du wirst auch zu Bischof Martin gehen und ihm sagen, daß ich mich aus eigenem Willen, von der Gnade Gottes ergriffen, entschlossen habe, die Buße, die er mir auferlegt, zu verlängern.«

»Ihr wollt übermorgen mit den Pilgern aufbrechen?«

»Ja. Und versuche nicht, mich davon abzubringen. Du hast recht, ich könnte Odon de Lusigny warnen, ihn bitten, auf Marjolaine zu achten, aber er führt eine zu zahlreiche Gruppe, um sich einer Einzelnen widmen zu können. Und ich könnte nicht mehr in Ruhe leben, wenn ich sie in Gefahr weiß! Ich will selbst auf sie achtgeben. Und sage mir nicht, daß ich ein Narr sei! Es ist möglich, daß ich einer bin, aber wenn das auch niemand gerne hört, ich stehe zu meiner Narrheit.«

»Also werde ich's nicht sagen, aber...«

»Kein aber! Ich will nichts hören. Ich werde den Wanderern Gottes folgen, und du kehrst zum Logis zurück.«

»Nein!«

Hughes' blitzende Augen richteten sich hochmütig auf das friedfertige Gesicht seines Stallmeisters.
»Was hast du gesagt? Ich habe schlecht verstanden.«
»Ich glaube nicht. Ich habe nein gesagt. Das ist klar. Das heißt, daß ich nicht nach Fresnoy zurückkehren werde. Jedenfalls nicht ohne Euch. Und sagt mir nicht, daß Ihr mich unter der Peitsche verenden lassen könntet, weil ich mich geweigert habe, Euch zu gehorchen, auch das weiß ich. Nur habt Ihr keinerlei Recht mehr über mich von dem Augenblick an, da auch ich von der Gnade Gottes berührt worden bin. Seit einem Augenblick fühle ich mich in der Tat seelisch als Pilger. Und es wäre unrecht von Euch, verbrecherisch sogar, hinzugehen und Euer Heil zu suchen, während Ihr mir das Recht verweigert, gleichzeitig für mich dasselbe zu tun.«
Nie in seinem Leben hatte Bertrand eine so lange Rede gehalten, und Hughes war diesem Schwall übrigens in ruhigem Ton vorgetragener Worte höchst verblüfft gefolgt, ohne auch nur die Kraft zu finden, ihn zu unterbrechen.
»Du hast bisher nie so gesprochen, Bertrand!«
Der andere lächelte sein merkwürdiges Lächeln, das sich darauf beschränkte, die Lippen zu verziehen, ohne die Zähne zu zeigen.
»Ich spreche nur unter besonderen Umständen oder wenn Not am Mann ist. Es ist wahrscheinlich, daß es so bald nicht wieder vorkommen wird. Wir brechen also zusammen mit den Pilgern auf. Wißt Ihr, was nötig ist, damit der Anführer uns nimmt?«
»Wenn er ablehnt, folgen wir in einiger Entfernung. Nichts kann uns daran hindern, zu gehen, wohin wir wollen. Der Weg gehört allen, und der Heilige wird einen Andächtigen mehr nicht zurückweisen.«
»Auch wenn sein Vorhaben irdischer und nicht himmlischer Liebe entstammt?«
»Das werde ich dort wissen«, rief Hughes leidenschaftlich. »Wenn er mein Gebet erhört, wird der heilige Jakobus ein Wunder mehr vollbringen. Er wird diese verwundete Blume heilen, die man Marjolaine nennt.«

8. Kapitel

Rast bei Sainte-Cathérine-de-Fierbois

Die Behandlung durch Bran Maelduin bewirkte bei Ausbert Ancelin eine Art Wunder. In vierundzwanzig Stunden reifte der Abzess und begann zu nässen. Mit außerordentlicher Geschicklichkeit schnitt der kleine irische Mönch ihn auf, leerte ihn so weit wie möglich, wusch die Wunde mit Wein und legte dann ein neues Pflaster auf, das die Austreibung des sich möglicherweise noch bildenden Eiters fördern sollte, und verband schließlich alles mit sauberem Leinen.

Die Operation ging natürlich nicht vonstatten, ohne die Entrüstung Bruder Fulgences zu erregen, der auf seinen Gefangenen aufpaßte wie ein Wachhund auf seinen Knochen und alle diese »Verzärtelungen« für unvereinbar mit einer den Vorschriften entsprechenden Buße erklärte. Doch trotz all seiner ausdrücklichen Befehle beschränkte sich Bran Maelduin auf die Antwort: »Ich nicht verstehen«, und zog es bei weitem vor, ihn über die Angelegenheit mit Odon de Lusigny, Dame Léonarde, Marjolaine und Nicolas Troussel debattieren zu lassen, die großes Interesse an dem Mann mit der axtförmigen Tonsur genommen hatten. Zu viert bildeten sie einen schwer zu durchbrechenden Schutzwall um den Verletzten. Aber als Fulgence nach Anlegung des Verbandes einmal mehr versuchte, Ausbert aus seinem Bett zu zerren, war der Ire, der sich ein paar Schritte entfernt hatte, um seine blutbefleckten Hände zu waschen, nicht zu halten. Er packte seinen Mitbruder am Kragen seiner Kutte und trat ihm gleichzeitig kräftig gegen die Beine, was diesen in Blitzesschnelle zu Boden streckte.

»*Miserere mei, frater*«, sagte Bran Maelduin scheinheilig und bediente sich des Lateinischen, um ganz sicher zu sein, verstanden zu werden, während sein Widersacher sich mühsam erhob, noch verblüfft über das, was ihm zugestoßen war. »Wenn Ihr wollt, daß er morgen geht, muß man ihn diese Nacht noch in Ruhe lassen«, fügte er in der gleichen Sprache hinzu.

»Also gut, morgen werden wir sehen. Aber er muß wirklich gehen, sonst wiegele ich die Menge gegen Euch auf.«

Als für die Pilger die Stunde gekommen war, das gastliche Haus zu verlassen, hätte sich fast eine ähnliche Szene abgespielt, denn Fulgence befahl, die Eisen, die dem Büßer abgenommen worden waren, um seinen geschwollenen Fuß pflegen zu können, wieder anzulegen. Bran Maelduin protestierte. Er nahm sogar schon Kampfstellung ein, als Ausbert Ancelin sich selbst einmischte.
»Laßt sie mich wieder anlegen, Bruder«, sagte er friedlich zu seinem jähzornigen Verteidiger. »Ich glaube, ich kann sie ertragen, denn mein Knöchel ist nicht mehr geschwollen. Es ist schon schön, daß es Euch gelungen ist, mich zu pflegen und das Übel zu beseitigen. Ich bin Euch dafür sehr zu Dank verpflichtet. Aber jetzt muß ich mich unterwerfen. Ihr würdet Euch einen Feind machen.«
Die Eisen wurden also angelegt, doch dann begannen sich die Dinge von neuem zu verschlimmern. Fulgence forderte, daß die Leinenlappen entfernt würden: Ancelin müsse barfuß gehen. Empört protestierend rief Bran Maelduin die göttliche Gerechtigkeit gegen die Grausamkeit des Mönchs an, der zweifellos den verletzten Fuß von neuem infizieren wollte, und sein Zorngeschrei wiegelte alle Pilger auf, von denen einige noch im Refektorium waren, andere schon im Hof. Odon de Lusigny eilte herbei und regelte den Konflikt endgültig, indem er entschied, daß der Verband zu bleiben habe.
»Es handelt sich nicht um Schuhwerk, sondern um einen Schutz gegen den Schmutz. Der andere Fuß bleibt nackt. Was Euch betrifft, Bruder, dies ist die letzte Warnung, die ich Euch gebe. Entweder Ihr hört auf, diesen Mann zu quälen, oder ich jage Euch davon. Schwester Léonarde, wollt Ihr so gut sein, ein Paar Krücken für diesen Mann zu beschaffen, um ihm bei einem Marsch zu helfen, der auf alle Fälle mühsam sein wird.«
Mit den ersten Strahlen der Sonne, die inmitten des rosigsten Morgenrots aufging, fanden die Pilger sich vor der Basilika ein, um die Messe zu hören und die letzten Segnungen zu empfangen, bevor sie den Weg nach Süden antraten.
Der Aufenthalt in Tours hatte allen sehr gut getan. Die Gesichter der Gesunden waren ausgeruht, die Kranken hatten neue Kräfte bekommen, die Kleider waren entstaubt und gereinigt, die Wäsche gewaschen worden, und in die Vorratssäcke und Henkelkörbe

hatten Bürger aus der Stadt freizügig Brot und Käse verteilt, um die Reisenden zu stärken, während die Kürbisflaschen sich mit lieblichem Loire-Wein, einem Geschenk des Bischofs, gefüllt hatten. Die Armen hatten im Hinblick auf die kommenden Furten und Wegegelder Almosen empfangen, und alle fühlten sich voller Mut, um den zweiten Teil des Weges zu beginnen.

Man hörte es an der Inbrunst, die sie in die Antwortgesänge und Hymnen der Messe legten, die vor dem großen Portal zelebriert wurde, damit alle daran teilhaben konnten.

Zum erstenmal, seitdem man Paris verlassen hatte, folgte Marjolaine dem Gottesdienst, ohne sich wirklich für ihn zu interessieren. Der Unfall, der ihr fast das Leben gekostet hätte, war zum großen Teil der Grund dafür. Sie war zutiefst beunruhigt darüber. Zunächst aus einem fast abergläubischen Grund, denn sie sah in diesem ohne Anlaß vom Himmel gefallenen Stein ein Zeichen der Unzufriedenheit des Herrn. Während der folgenden schlaflosen Nacht hatte sie den tieferen Grund für ein so hohes Mißfallen gesucht. Womit hatte sie Gott erzürnt? War es, weil sie zu einer List gegriffen hatte, um einem Los zu entgehen, für das »man« sie vielleicht seit jeher bestimmt hatte? War es, weil sie versuchte, einem von der Kirche verdammten Mann zu helfen? Wenn ihr diese letzte Hypothese auch unwahrscheinlich erschien, denn sie hatte mit eigenen Ohren das zynische Geständnis des wahren Schuldigen vernommen. Was war es dann?

Am nächsten Morgen war sie fast entschlossen gewesen, den Pilgerzug zu verlassen, nach Paris zurückzukehren, die falsche Narbe abzureißen, die ihr Gesicht verzerrte, und sich schließlich der göttlichen Gerechtigkeit zu überlassen, als Colin erschienen war. Sehr düster hatte er begonnen, Aveline derb auszuschelten, weil sie nicht genügend auf ihre Herrin achtgebe und es sich bequem mache, während diese allein den schlimmsten Gefahren ausgesetzt sei. Er wurde so laut, daß Marjolaine verstimmt noch lauter wurde als er. Was ihm einfalle, eine Unschuldige anzugreifen? Und inwiefern hätte Avelines Gegenwart ihre Herrin vor einem herunterfallenden Stein bewahren können?

»In Nichts«, sagte Colin. »Aber sie ist hier, um Euch zu helfen und, wie ich, darauf achtzugeben, daß Euch nichts geschieht. Ich mache

mir genug Vorwürfe, daß ich meinen Dienst nicht mit genügend Aufmerksamkeit versehen habe. Aber sie nicht weniger. Von jetzt an wird immer einer von uns beiden Eure Umgebung überwachen: vor, hinter, über und unter Euern Füßen.«
»Bist du verrückt geworden? Es war nur ein Unfall.«
»Nein. Man hat versucht, Euch zu töten. Der Seigneur, der Euch gerettet hat, sagte es mir, ziemlich unfreundlich übrigens, und warf mir vor, meine Arbeit nicht zu tun. Und er hatte recht.«
»Er hat dir gesagt, daß man mich töten wollte?«
»Genau. Sein Stallmeister hat in dem Augenblick, als der Stein herunterfiel, jemand oben am Mauerrand gesehen.«
»Das ist unmöglich. Wer kann mir nach dem Leben trachten?«
»Ich habe keine Ahnung. Er übrigens auch nicht, aber ich schwöre Euch, daß ich die Augen offenhalten werde, und wenn irgend jemand das Geringste gegen Euch versucht, wird er auf der Stelle sein Leben lassen.«
Nachdem sie so erfahren hatte, daß das berühmte Zeichen des Himmels keins war, hatte Marjolaine sich nur sehr wenig erleichtert gefühlt. Ihre unbeantwortet gebliebenen Fragen hatten lediglich den Gegenstand gewechselt. Und sie hätte vielleicht eine weitere schlaflose Nacht verbracht, hätte Aveline nicht gehört, wie sie sich unaufhörlich hin und herwälzte, und der Sache ein Ende gemacht, indem sie einen beruhigenden Trank für sie bereitete, den sie von Dame Léonarde erbeten hatte.
Der anbrechende Tag versprach klar zu werden, und in der reinen Morgenluft schienen die Gebete und Gesänge unmittelbarer und leichter als sonst aufzusteigen. Wenn das Wetter so war, liebte Marjolaine diese Gott gewidmeten Augenblicke, in denen der Tagesmarsch in irgendein Paradies zu führen schien. An diesem Tag blieb das Herz der jungen Frau jedoch unruhig und schwerer, als es seit dem Aufbruch gewesen war, denn als sie auf dem Hof der Kirche anlangte, war der erste Mensch, den sie sah, der Seigneur de Fresnoy, und bei diesem Wiedersehen verspürte sie eine seltsame Erregung.
Einen weiten dunklen Mantel locker über die breiten Schultern geworfen, der ein einfaches, mit Leder und Silber gegürtetes Obergewand aus schwarzer Wolle sehen ließ, hielt er sich sehr aufrecht

im Sattel und schien auf etwas zu warten. Die langen schwarzen Strähnen seines Haars glänzten wie das Fell seines Pferdes in den ersten Sonnenstrahlen, und die Haut seines scharfgeschnittenen Gesichts spiegelte, so schien es der jungen Frau, etwas von diesem neuen Licht wider. Als sie in sein Gesichtsfeld trat, traf sie der Schock seines grünen, plötzlich aufleuchtenden Blicks, der sich auf sie heftete und sie nicht mehr losließ.

Verwirrt, ohne recht zu wissen, warum, verängstigt sogar, wie vor einer noch verborgenen Gefahr, die die Nerven jedoch schon wahrnahmen, beschleunigte sie, die Augen abwendend, den Schritt, um die dem Altar nächsten Reihen zu erreichen, was ihr als eine Art Schutz erschien. Aber das Gewicht des grünen Blicks blieb auf ihrem Nacken, und sie war sich dessen bewußt, als wäre es ein stechender Schmerz. Es war wie ein Brennen, dem sie unmöglich entrinnen konnte.

Sie brauchte sich nicht lange zu fragen, warum der Fremde da war, denn alsbald hörte sie seine Stimme ganz in der Nähe. Er sprach mit Odon de Lusigny, dem er die Einwilligung des Bischofs von Tours überreicht hatte, die ihm erlaubte, an der Pilgerfahrt nach Compostela teilzunehmen, wie es die Regel für jeden Pilger verlangte. Dieser neue Zuwachs schien dem Tempelherrn aber wenig zu gefallen, und wider ihren Willen spitzte Marjolaine die Ohren, um zu hören, was die beiden Männer miteinander sprachen.

»Ich glaubte, Euch geraten zu haben, nach Hause zurückzukehren, Sire Baron«, warf Odon de Lusigny ihm vor. »Wie kommt es, daß ich Euch hier zu dieser Stunde wiederfinde, entschlossen, Euch uns anzuschließen?«

»Kann ich mich nicht, angezogen von Eurem Beispiel, entschlossen haben, einige Schritte mit Euch auf dem Weg des Heils zu machen? Der Weg gehört allen, Bruder, und jeder kann ihn einschlagen, wenn es ihm gutdünkt.«

Die ironische, ja arrogante Stimme hatte nicht viel von der Demut, die die Voraussetzung für eine Wallfahrt war. Vielleicht hoffte Fresnoy, den Anführer der Pilger in der Falle des Zorns zu fangen, aber es gelang ihm nicht.

»Zweifellos. Bevor ich Euch jedoch gestatte, Euch denen anzuschließen, die ich führe, möchte ich wissen, welches Ziel Ihr wirklich verfolgt, denn wenn Ihr nur Verwirrung in eine unschuldige Seele bringen wollt und versucht, sie zur Sünde zu verleiten, nehme ich Euch nicht auf.«

»Seine Gnaden, der Bischof dieser Stadt, hat mich ermächtigt ...«

»Ich habe es gesehen, aber das genügt nicht. Ihr wißt sehr wohl, daß Ihr auch mein Einverständnis braucht. Wenigstens, um Euch uns anzuschließen, denn ich habe, wie Ihr sagtet, keinerlei Macht, Euch daran zu hindern, diesen oder jenen Weg zu gehen.«

Ein kurzes Schweigen entstand, währenddessen Marjolaine gegen das Verlangen ankämpfte, sich umzudrehen, um die beiden Männer zu sehen. Dann hörte sie:

»Ich möchte Euch einen Augenblick abseits sprechen. Was ich zu sagen habe, ist nicht für alle Ohren bestimmt.«

»So beeilt Euch, denn die Messe fängt gleich an.«

Marjolaine war gezwungen, ihre Neugier zu zügeln, eine Neugier, die sie dennoch bewog, den Kopf zu wenden, um Hughes de Fresnoy und Odon de Lusigny unter dem Vordach eines Hauses angeregt miteinander sprechen zu sehen. Es dauerte nicht lange. Einen Augenblick später kam der Anführer der Pilger zurück, um seinen Platz am Fuße des Altars einzunehmen. Als er seinen Gesprächspartner verließ, hatte Marjolaine ihn ziemlich laut sagen hören:

»Es sei! Ihr werdet am Ende des Zuges mit den Reitern gehen, denn wir haben viele Frauen und kaum Verteidiger für die gefährlicheren Wegstrecken. Aber gebt acht, daß ich Euch nichts vorzuwerfen habe.«

»Was ihm vorwerfen?« flüsterte Aveline, die sich offensichtlich auch für diese Szene interessiert hatte. »Ich versteh's nicht, warum Sire Odon diesen schönen Herrn so schlecht behandelt, der so freundlich mit Euch sprach und Euch gerettet hat. Ich bin jedenfalls sehr froh, daß er mit uns geht.«

Marjolaine konnte sich eines Lächelns nicht enthalten.

»Würde er dir gefallen?«

Die Kleine wurde rot.

»Er ist ein Seigneur. Ich würde nie wagen ... Aber sein Stallmeister ist ein ziemlich schöner Mann. Es wird angenehm sein, den Weg mit ihnen zu gehen«, fügte sie mit einer Befriedigung hinzu, die ihre Herrin schleunigst dämpfte.

»Vor allem macht Colin den Weg mit ihnen. Ich habe mich entschlossen, soviel wie möglich zu Fuß weiterzugehen, und ich hoffe, du machst es genauso.«

»Oh! Warum?«

»Weil wir nicht in Gesellschaft liebenswürdiger Jünglinge Blumen pflücken werden, wie man es macht, wenn der Mai wiederkehrt. Wir werden am Grab eines Apostels Christi beten. Verwechsle das nicht. Und schweig jetzt. Die Messe beginnt.«

Der Gesang »*Asperges me ...*«, der die Ankunft der Geistlichkeit begrüßte, erstickte den tiefen Seufzer der kleinen Aveline.

Als die Schar der Gotteswanderer sich auf dem Weg nach Süden in Bewegung setzte und vor allem, als sie nach den Toren von Tours den Übergang über den Cher erreicht hatte, sah Marjolaine, daß sie zahlreicher waren als bei der Ankunft in der Stadt des Heiligen Martin. Etwa zehn neue Pilger hatten sich dem aus Paris gekommenen Trupp angeschlossen. Zweifellos einfache Leute, denn sie gingen zu Fuß, mit Ausnahme des Seigneurs de Fresnoy natürlich, den die junge Frau am Ende des Zuges nicht weit von der berühmten Sänfte mit den so fest verschlossenen Vorhängen entfernt mit seinem Stallmeister reiten sehen konnte.

»Weiß man, woher die Neuen kommen?« erkundigte sich Modestine. Sie trottete neben Marjolaine, die sie seit der Geschichte mit dem Stein mit schüchterner Fürsorglichkeit umgab, da sie sich bittere Vorwürfe machte, durch ihre Aufforderung, sie zu erwarten, fast zur Ursache eines schweren Unfalls geworden zu sein. Marjolaine ihrerseits wäre es lieber gewesen, wenn sie sich etwas weniger um sie gekümmert hätte, denn auf die Dauer konnte die geschwätzige und etwas einfältige arme Modestine sich als recht ermüdend erweisen, aber sie hatte Mitleid mit ihr, denn ihr Gatte verriet eine gewisse Tendenz, sie grob zu behandeln. Es war barmherzig, der Händlersfrau zu erlauben, zwischen ihr und ihrem Léon, der zudem durch Zahnschmerzen, die ihn während der Nacht überfallen hatten, völlig unerträglich geworden war, einigen Abstand zu wahren.

»Ich habe keine Ahnung«, antwortete Marjolaine. »Ich habe eben erst bemerkt, daß sie da sind.«

»Ich kann Euch Bescheid geben«, warf Nicolas Troussel ein, der einige Schritte hinter den drei Frauen neben dem irischen Mönch ging. »Drei kommen aus der Bretagne, die andern sind aus Anjou oder aus den Grenzgebieten der Normandie. Nur der große Pilger, den Ihr vorn neben Messire Odon seht, kommt aus Burgund.«

»Aus Burgund?« staunte Bran Maelduin. »Das ist großer Umweg.«

»Er hat noch einen größeren gemacht, denn er kommt schon von einem heiligen Ort, dem Mont-Saint-Michel. Vielleicht vollendet er in Compostela eine Wallfahrt zu allen großen Kirchen?«

»Oh, dann ist er ein hochgestellter Pilger«, sagte Modestine. »Das erklärt, warum er neben Messire Odon geht, der ihm Ehrerbietung und Hochachtung zu erweisen scheint.«

»Ja. Das ist übrigens ziemlich erstaunlich, denn er ist nur ein einfacher Zimmermann.«

Marjolaine betrachtete den Burschen mit belustigter Neugier.

»Seigneur, wie kommt es, daß Ihr in so kurzer Zeit so viele Dinge in Erfahrung bringt?«

»Ich beobachte, holde Dame, und ich erkundige mich.«

»Das ist möglich. Was habt Ihr also bei diesem Neuankömmling beobachtet, und bei wem habt Ihr Euch erkundigt?«

»Aber bei ihm selbst. Ich hatte den großen Beutel bemerkt, den er trägt, aus dem Werkzeuggriffe herausragen. Also habe ich ihn gefragt, wer er wäre. Er hat mir sehr höflich geantwortet, daß er sich Bénigne Bereit-zur-guten-Tat nenne, aus Dijon gebürtig sei und Zimmerman, Reisender der Heiligen Pflicht.«

»Reisender der Heiligen Pflicht? Was soll das heißen?«

Nicolas schob seine Mütze zurück, kratzte sich am Kopf und verzog das Gesicht zu einer komischen Grimasse.

»Darüber weiß ich nichts, denn ich hatte nicht die Zeit, ihn danach zu fragen. Die Messe begann. Aber seid unbesorgt, ich werde mich erkundigen.«

Odon stimmte das Marschlied der Pilger an, um den Kraftaufwand zu unterstützen, den der Anstieg zum Plateau von Champeigne erforderte, und Marjolaine gesellte ihre Stimme zu denen der anderen, wenn auch mehr aus Gewohnheit als aus Überzeugung. Sie brauchte keinen Lobgesang, um die schwache Steigung der alten römischen Straße zu bewältigen, deren Steinplatten, über die einst Cäsars Wagen gerollt war, hier und da noch fortlaufend aneinanderstießen. An diesem schönen, vom schnellen Flügelschlag der vom

Winter befreiten Vögel durchquerten Morgen zu marschieren, erschien ihr als eine der angenehmsten Betätigungen der Welt. Und ohne die unharmonischen Stimmen ihrer Weggefährten wäre es noch schöner gewesen, denn sie fügten der Anmut einer neu ergrünenden Landschaft nichts hinzu, eher im Gegenteil. Es wäre soviel schöner gewesen, schweigend seinen Weg zu gehen, um besser den friedlichen Lauten der Erde und des Himmels zu lauschen. Es war lange, wirklich sehr lange her, daß Marjolaine solche innere Freude empfunden hatte.

Sie dachte, daß sie diese Freude vielleicht der Heiligkeit der Reise, der Hoffnung auf die endgültige Erleuchtung verdanke, wenn man die geheiligte Stadt erreicht haben würde. Doch plötzlich drehte sie sich um, als habe eine geheime Stimme es ihr gebieterisch befohlen. Und über dem Auf und Ab der Köpfe begegnete sie dem Blick des Ritters und empfand keinerlei Zorn dabei. Ganz im Gegenteil, es schien ihr, als vermehre sich ihre Freude noch. Ein Umstand, den sie sich schleunigst vorwarf, ohne sich deswegen trauriger zu fühlen.

Gegen Mittag passierte man den Indre im Schutz des gigantischen viereckigen Schloßturms von Montbazon. Die Festung gehörte dem mächtigen Grafen von Anjou, dessen Leute streng darüber wachten, daß man die Pilger ohne Wegegeld vorbeiziehen ließ. Man war inzwischen drei Meilen gelaufen, und Marjolaine fühlte sich ein wenig ermüdet. Aber noch immer weigerte sie sich standhaft, auf ihre Maultiere zu warten, in deren Nähe der Baron und sein Stallmeister ritten. Der grüne Blick war schon von weitem gefährlich genug. Sie fürchtete sich davor, ihm zu nahe zu kommen. Auf die Dauer drohte das natürlich ein Problem zu werden: Würde sie den ganzen langen Weg nach Compostela zu Fuß gehen müssen?

Offensichtlich dachte Aveline das gleiche. Ihre Augen wanderten oft zu Colin, den Maultieren und den Reitern hinter ihnen zurück. Ein Seufzer entfuhr ihr, den Marjolaine sich weigerte, zu hören.

Als man den Fluß hinter sich hatte, hielt man jenseits der Böschung an, um etwas Brot und Käse zu essen. Colin brachte seiner Herrin Proviant, aber es gelang ihm ebensowenig wie Aveline, sie dazu zu bringen, den Tagesmarsch auf bequemere Art zu beschließen. Sie weigerte sich, sie anzuhören, und ließ sie stehen, um Ausbert

Ancelin, dem Fulgence nur Brot und Wasser zugestand, etwas Käse und Wein zu bringen.
Sie fand den Büßer am Wegrand hingesunken. Trotz der vom Anführer der Pilger beschafften Krücken hatten sich die drei Meilen Weg als eine zu harte Prüfung für einen gerade erst vom Fieber befreiten Mann erwiesen. Neben ihm versuchte Fulgence mit gereizter Ungeschicklichkeit, ihm ein Stück Brot in den Mund zu schieben, aber ohne Erfolg.
Den Mönch beiseitestoßend, ließ Marjolaine sich neben Ausbert nieder und legte seinen Kopf auf ihre Knie, ohne daß er es auch nur zu merken schien. Das Leiden war in seine verwüsteten Gesichtszüge eingegraben, in die Ringe um seine geschlossenen Augen. Er atmete schwer und schien ohne Bewußtsein.
Die junge Frau wollte einen Becher Wein an seine zusammengepreßten Lippen führen, aber sie zog sich sofort den Protest Fulgences zu.
»Er ist zu Brot und Wasser der Buße verurteilt«, schrie er und versuchte, sich des Bechers zu bemächtigen.
Aber mit einer für eine zarte junge Frau unerwarteten Kraft stieß Marjolaine ihn zurück.
»Und er wird hier sogar sterben, wenn man nichts unternimmt. Schweigt also, Bruder!«
»Dann war es der Wille Gottes«, sagte der andere starrköpfig.
»Der Wille Gottes hat nie verlangt, daß man es an Barmherzigkeit fehlen läßt. Es wäre an der Zeit für Euch, Eure christlichen Tugenden zu revidieren. Ihr macht seltsamen Gebrauch davon.«
Da es ihr nicht gelang, Ancelin, der tatsächlich ohnmächtig geworden war, zum Trinken zu bringen, richtete Marjolaine sich auf und suchte mit dem Blick Odon de Lusigny und den irischen Mönch. Aber der eine wie der andere hatten sich zum hinteren Ende des Zuges begeben, wo ein Streit mit Leuten aus der Bretagne ausgebrochen war, deren Sprache der Ire verstand. Hughes hingegen sah sie nicht. Er war ihr gefolgt, hielt sich nur einige Schritte entfernt und näherte sich ihr nun.
»Laßt mich Euch helfen, Dame, denn offenbar liegt Euch sehr daran, diesem Elenden zu helfen«, sagte er.
Sie warf ihm einen vernichtenden Blick zu.

»Wer erlaubt Euch, ihn einen Elenden zu nennen? Ihr wißt nichts von ihm.«

»Meint Ihr nicht, daß dies kaum der rechte Moment ist, darüber zu streiten? Wenn er nicht tot ist, fehlt nicht viel dazu. Laßt mich machen!«

Er kniete sich seinerseits neben ihn, ohne daß Fulgence, von seinem Äußeren beeindruckt, diesmal zu protestieren wagte. Ein paar kurze, aber ohne Brutalität verabfolgte Klapse brachten den Kranken wieder zur Besinnung. Er öffnete halb die Augen. Hughes bemächtigte sich darauf seines Kopfes und konnte ihm ein wenig Wein einflößen, was wieder etwas Farbe in seine bleichen Wangen brachte.

»Wie fühlst du dich?« fragte der Baron.

»Ein... bißchen besser... danke... Seigneur.«

»Bringt ihn dazu, sein Brot zu essen«, knurrte Fulgence. »Wir werden bald wieder aufbrechen. Dann wird er aufstehen müssen.«

Die beiden jungen Leute bemühten sich, dem Kranken etwas Brot und Käse einzuverleiben, aber aus dem Essen wurde nichts Rechtes. Ausbert machte sichtlich große Anstrengungen, um denen, die ihm helfen wollten, eine Freude zu machen. Nach drei oder vier Bissen weigerte er sich jedoch mit dem Anflug eines schüchternen Lächelns.

»Ich kann nicht, vergebt mir!«

»Dann auf mit ihm!« sagte Fulgence. »Es ist Zeit.«

Er packte ihn unter den Armen und zwang ihn, sich zu erheben, schob ihm seine Krücken zu, doch im selben Moment, in dem er ihn losließ, färbte Ausberts Gesicht sich grün, und er brach erneut zusammen.

»Was er wieder machen?« rief Bran Maelduin, der die Szene von weitem beobachtet hatte und nun herbeieilte. »Ich sein eine Minute fort, und er begehen Schandtat.«

Er beugte sich über den Kranken, von dem Fulgence zurückwich.

»Ihr alle seht, daß er halbtot ist. Ich werde ihn von seinen Sünden freisprechen und ihn sein trauriges Leben hier beenden lassen, in Frieden im Angesicht Gottes. Man wird ihn unter diesen Baum legen.«

Der kleine irische Mönch schnellte hoch, als hätte ihn eine Schlange gebissen.

»Ich niemals lassen sterben, wenn noch nicht tot, und selbst wenn ganz tot! Ich dann begraben.«
Er beugte sich wieder hinunter. Nachdem er von Hughes Wein verlangt hatte, streute er eine Prise von einem Pulver hinein, das er seinem Bettelsack entnommen hatte, vermischte alles und zwang Ausbert, einen tiefen Schluck davon zu nehmen. Währenddessen hatte Marjolaine Colin gerufen und ihm befohlen, das Maultier zu holen, das sie nicht ritt.
»Wenn Ihr nicht alle aufhalten wollt«, sagte sie zu Bran Maelduin, »wäre es das beste, Meister Ancelin auf dieses Tier zu setzen. Auf diese Art wird er ohne allzuviele Schmerzen am Abend das Ziel der heutigen Etappe erreichen, wo er wieder von Euch versorgt werden kann.«
Auf diesem Ohr hörte Bruder Fulgence natürlich nicht, und er ließ das lauthals wissen. Wer hatte je von einem Büßer gehört, der dazu verurteilt war, zu Fuß zu gehen, und der sich auf einem Maultier breitmachte wie ein Domherr. Solange er lebte, würde es so etwas jedenfalls nicht geben! Man würde den Mann in Ruhe unter einem Baum sterben lassen. Ein Streit folgte dieser Stellungnahme, ein Streit, der sich ewig in die Länge hätte ziehen können, hätte Hughes, der plötzlich die Geduld verlor, nicht den Mönch bei der Kutte ergriffen und, nachdem er ihn gehörig geschüttelt hatte, zu Boden geworfen. Dann zog er sein Schwert und hielt es Fulgence an die Kehle.
»Solange Ihr lebt, sagt Ihr, frommer Mann? Das ist eine Sache, die sich sehr schnell ändern läßt, wenn Ihr nicht schweigt.«
»Ich bin ein Mönch, ein Mann Gottes! Man tötet keinen Diener des Herrn!« stammelte sein Opfer.
»Ich habe schon einen getötet, und ich habe dafür bezahlt. Diese Wallfahrt, die ich nicht vorhergesehen hatte, ist Buße genug, um mir zu erlauben, noch einen zweiten zu töten. Wenn Ihr es jetzt vorzieht, uns zu verlassen und nach Paris zurückzukehren, wird niemand Euch daran hindern. Ihr habt mein Wort als Ritter, daß dieser Mann, wenn er lebt, nach Compostela gehen wird.«
»Nein, ich muß bei ihm bleiben bis zum Ende, was immer auch geschieht.«
»Sieh einer an! Habe ich geträumt, oder habt Ihr vor einem Augen-

blick noch davon gesprochen, ihn allein unter einem Baum sterben zu lassen?«

»Ihr habt nichts verstanden! Und nehmt dieses Schwert fort, Ihr verletzt mich.«

»Unter einer Bedingung: Ihr hört auf, Euch mit diesem Mann zu befassen. Beschränkt Euch darauf, ihm zu folgen, ohne Euch in irgend etwas einzumischen, weder in seine Gesundheit noch in seine Ernährung. Man wird dafür sorgen. Ist das versprochen?«

Fulgence zögerte einen Moment, aber die Spitze des Schwerts bewegte sich ein ganz klein wenig näher, und Angst erfaßte ihn um so mehr, als keiner der Umstehenden ein Wörtchen sagte oder auch nur die geringsten Anstalten traf, ihm zu helfen.

»Versprochen!« seufzte er endlich. »Aber unter der Bedingung, daß er den Weg barfuß und in Ketten fortsetzte, wie es vom Abt von Saint-Denis angeordnet wurde.«

»Einverstanden! Auf einem Maultier können seine nackten Füße kaum verletzt werden.«

Hughes schob das Schwert in die Scheide zurück und hob, von dem begeisterten Bran Maelduin unterstützt, dessen Augen vor Freude sprühten, Ausbert auf Marjolaines Maultier. Dann wandte er sich zu ihr.

»Da Ihr nun nicht beritten seid, Dame«, sagte er höflich, »nehmt mein Pferd.«

Die großen Augen von der Farbe des Meers, die ihn bezauberten, lächelten ihn an, und das war seine Belohnung.

»Ich habe zwei andere Maultiere, Messire. Ich gehe also nur, weil ich es gern möchte. Aber habt vielen Dank für Euer Angebot und Eure Hilfe.«

Odon de Lusigny kam in Begleitung Bénignes, des Zimmermanns zurück. Die Pilger, die ihre Mahlzeit beendet hatten, erhoben sich zu einem Dankgebet. Hughes ließ Marjolaine gehen, wie sie gewollt hatte, und nahm seinen Platz neben Bertrand wieder ein, der ihn mit einem versteckten Lächeln empfing.

»Wir machen große Fortschritte auf dem Wege der Heiligkeit, Sire Hughes«, sagte er. »Ich kenne welche, die weder ihren Augen noch ihren Ohren trauen würden, wenn sie an meiner Stelle wären.«

»Nun, mach es wie sie. Glaub weder deinen Augen noch deinen Ohren, aber schweig!«

Er schwang sich in den Sattel und ritt zu der kleinen, aus Marjolaines Maultieren bestehenden Gruppe, über die jetzt Bran Maelduin, fest entschlossen, seinen Kranken nicht zu verlassen, und Colin wachten. Danach kamen die Reittiere zweier flämischer Kaufleute, von denen man nicht genau wußte, ob sie sich ihrer Geschäfte oder der Frömmigkeit wegen an der Reise beteiligten, die eines jungen Engländers, der die Wallfahrt gezwungenermaßen machte, um sich einer Erbschaft zu versichern, für die der Erblasser diese Bedingung gestellt hatte, und schließlich die einer vornehmen dänischen Dame, die mit einem Gefolge reiste, das eindrucksvoll genug war, um eine fühlbare Barriere zwischen ihr und den anderen Pilgern zu errichten. Niemand verstand übrigens ihre Sprache, und wenn sie sich auch mit großer Pünktlichkeit bei allen Gebeten und anderen Zeremonien zeigte, zog sie es im allgemeinen doch vor, sich abseits zu halten. Die Sänfte mit den vier Dienern beendete den Zug.

Anfangs hatte dieser Kasten aus Holz, Eisen und Leder, aus dem nie ein Geräusch drang und der von kräftigen Maultieren getragen wurde, die allgemeine Neugier erregt, aber die abweisenden Mienen der Diener hatten sie schnell entmutigt. Sie hatten sich darauf beschränkt, wissen zu lassen, daß ihr Herr sehr krank sei, und niemand hatte es für gut befunden, auf weiteren Auskünften zu beharren. Nach und nach hatten Mißtrauen und Furcht dafür gesorgt, daß man dem Gefährt aus dem Wege ging, zumal von jemand vermutet worden war, daß der fragliche Kranke vielleicht von Lepra befallen sein könne. Nur Nicolas Troussel, neugierig wie eine Katze, behielt seine Wißbegier bei. Er hatte sich geschworen, lange vor dem Ende der Reise in Erfahrung zu bringen, woran man war.

Die abendliche Rast fand in Sainte-Cathérine-de-Fierbois statt, nach weiteren vier Meilen auf dem schönen, geraden Weg, der das Plateau von Sainte-Maure überquerte. Es gab dort neben einigen Häusern eine kleine, von einer Priorei betreute Kapelle von bedeutendem Ruf. Man verwahrte in ihr das von Karl Martell zur Niederwerfung der Sarazenen bei Poitiers benutzte und danach dem Allmächtigen dargebrachte Schwert. Ein Wäldchen schützte die Kapelle vor den Winden, die über das Plateau wehten.

Auch ein Gasthaus gab es am Ausgang des Dorfs und direkt am Rande der Straße gelegen, und als sie Sainte-Cathérine erreichten, bat Odon de Lusigny alle die Pilger, die über die Mittel dazu verfügten, das Gasthaus zu wählen und die Gasträume der Priorei den Armen und Kranken zu lassen.

So war Marjolaine gezwungen, das Gasthaus zu wählen, ohne Begeisterung übrigens, denn natürlich nahmen auch Hughes und sein Stallmeister dort Quartier. Außerdem gab es nicht viel Platz, denn es war kein großes Gasthaus, nur ein Rastplatz an der großen Straße, wo fast nur Fuhrleute, Pilger und Hausierer abstiegen. Zudem nahmen die dänische Dame, die flämischen Kaufleute und der junge Engländer den besten Teil in Beschlag, was nicht eben für ihre christliche Nächstenliebe sprach. Wie auch immer, Marjolaine mußte nicht nur ihre Kammer, sondern auch ihr Bett – geräumig wie ein Hammelpferch allerdings – mit Aveline, Agnès de Chelles, Modestine und der jungen Pernette teilen, der Jungvermählten aus Suresnes, für die sie eine instinktive Sympathie empfand.

Es war eine hübsche Blondine mit braunen Augen, zierlich und geschmeidig wie eine Weidengerte. Scheu wie eine junge Katze, mischte sie sich kaum unter die anderen Pilger. Sie und Pierre, ihr Gefährte, trennten sich so wenig wie möglich voneinander. Den ganzen Tag marschierten sie Hand in Hand, und Pierre trug beider Last, um die zarten Schultern Pernettes zu schonen. Sie sahen nur einander, so in Anspruch genommen von ihrer Liebe, daß diese Liebe für sie alles andere zu ersetzen schien, Brot wie Religion. Während der Ruhepausen konnte man sie beieinander sitzen sehen, einer dicht beim anderen, einer an den anderen gelehnt, wie zwei Vögel auf einem Zweig, und niemand blieben die zarten Aufmerksamkeiten und zärtlichen Blicke verborgen, mit denen sie einander bedachten. Sobald sie zusammen waren, war alles gut. Sie lebten wie in einer Art regenbogenfarbener Wolke, die halbwegs zwischen Erde und Himmel schwebte. Einer Wolke, die Glück heißen mußte.

Für Marjolaine stellte dieses junge Paar gleichzeitig ein Wunder und ein Rätsel dar. Ein Wunder, weil es ein Bild der Liebe zeigte, wie sie es nie für möglich gehalten hatte, einer Liebe wie die, von der sie einst im Moor von Samoussy träumte, als sie dort die Gänse der

Pêcherie gehütet und ihre Holzschuhe und ihre Träume an die niedrigen Zweige einer Weide gehängt hatte, um an heißen Tagen in ihrem Schatten zu schlafen.

Wenn sie sah, wie sie ein und dasselbe Leben lebten, die gleiche Luft atmeten, begann sie sich zu fragen, wo sie an diesem Tag wäre, wenn ihre Schönheit damals nicht Gontrans Lüsternheit und dadurch die Habgier ihres Bruders Renier geweckt hätte, wenn sie die Chance gehabt hätte, einen Burschen gleichen Alters und gleichen Herzens zu heiraten, einen Burschen, den sie hätte lieben können, der sie geliebt hätte. Auf jeden Fall sicher nicht im Begriff, in Gemeinschaft mit einer Schar von Pilgern auf den Straßen umherzuziehen, das Gesicht von einer falschen Narbe entstellt.

Das junge Paar gab auch ein Rätsel auf, denn obwohl sie sich als Bauern ausgaben, war besonders bei Pernette etwas zu Feines, eine natürliche Eleganz in der Art, wie sie ihre groben Kleider trug, ein gewisser Ton in der Art, sich auszudrücken, die schlecht zu der Rauheit der Erde paßten und Marjolaines Sympathie herausforderten, als sei Pernette eine ihrer zahlreichen kleinen Schwestern.

Während sie und die anderen sich an diesem Abend in dem riesigen Bett einrichteten, wäre sie glücklich gewesen, mit der Kleinen ein wenig plaudern zu können, aber nur ein »Guten Abend« und ein Lächeln waren möglich gewesen wegen der drei anderen Frauen, besonders wegen Modestine, die ununterbrochen schwatzte, sich in alles einmischte und keine Unterhaltung sich hätte entwickeln lassen, ohne ihr Quentchen dazuzugeben. Agnès de Chelles dagegen war eine schweigsame Natur. Nachdem sie lange auf den Knien am Fuß des Bettes gebetet hatte, legte sie sich auf dessen Rand, ähnlich einer jener steinernen Figuren, die man auf den Platten der Gräber zu meißeln begonnen hatte.

Als die Kerze ausgeblasen war, schliefen Aveline, Pernette und die Händlersfrau sofort ein, doch Marjolaine konnte trotz der schweren Müdigkeit nach dem langen Tagesmarsch keinen Schlaf finden. Es hatte seinen Grund weder in der Unbequemlichkeit des groben Bettes, durch dessen Strohmatratze unangenehme Halme stachen, noch gar darin, daß Modestine zu schnarchen begonnen hatte. Es lag an der nervösen, durch die Müdigkeit vielleicht noch verstärkten Erregung, von der Marjolaine ergriffen war, und derer sie nicht

Herr werden konnte. Da sie sich nicht völlig ausgezogen hatte, war es ihr auch zu heiß, und vor allem mangelte es an Luft, denn wegen der Angst vor nächtlicher Kühle, zu der Modestine sich bekannt hatte, war das einzige Fenster sorgfältig geschlossen worden.
Die junge Frau bekam Lust, ein paar Augenblicke Luft zu schnappen. Vielleicht würde sie danach einschlafen können. Sie erhob sich so sacht wie möglich, nahm ihre Schuhe, ihren Mantel, wand ihren Schleier um den Kopf, öffnete vorsichtig die Tür und verließ das Zimmer. Es lag im Erdgeschoß, und man gelangte unmittelbar unter eine hölzerne Galerie, die die obere Etage abschloß und einen von den verschiedenen Gebäuden des Gasthofs gebildeten Innenhof beherrschte.
Die Nacht war dank des schönen Mondscheins fast so licht wie der Tagesanbruch. Sie war auch frisch, und Marjolaine atmete ihren Duft nach neuem Grün mit Entzücken. Unter der Galerie schliefen in ihre Mäntel, in Ziegenfelle oder Decken gehüllte Leute, denn der Gasthof war überfüllt. Die junge Frau machte ein paar Schritte aus dem Schatten des Balkons in Richtung auf den großen Baum, der mitten im Hof den Pferden und Maultieren Schutz bot, die im Stall keinen Platz gefunden hatten. Die ihren gehörten dazu, und sie vermied sorgsam Colin, der neben ihnen schlief. Sie hatte bei ihrer Ankunft eine aus drei großen Steinen bestehende Bank bemerkt, auf der sie sich ein wenig niederlassen wollte. Ihr ging sie mit leisen Schritten zu.
Es war in diesem Moment, daß sich aus dem dichten Schatten des Baums eine Gestalt löste und sich ihr näherte, einen langen Schatten über den Lichtsee werfend, den der Hof im Mondschein bildete. Aber diese plötzliche Erscheinung ließ Marjolaine nicht einmal erbeben. Es war, als habe etwas in ihr eine Begegnung erwartet.
»Wie habt Ihr erraten, daß ich mir so sehr wünschte, Ihr würdet hierherkommen?« murmelte Hughes mit leiser Stimme. »Habt Ihr gefühlt, daß ich Euch mit all meinen Kräften rief?«
Sie blickte überrascht zu ihm auf.
»Ich möchte nicht unhöflich sein, Sire Baron, aber Ihr seid es nicht, den ich suchte. Nur etwas frische Luft, denn man erstickt in der engen Kammer, in der wir zu viert schlafen müssen.«
»Was auch immer der Grund sein mag, der Euch hierher geführt hat, ich segne ihn, denn Ihr seid hier.«

Unter dem dünnen Schutz des weißen Schleiers hörte er sie lachen.
»Ist das ein Unterschied?«
»Ein sehr großer Unterschied! Es war eine Mondnacht wie alle anderen, eine jener Nächte, in denen man gern länger draußen bleibt, einfach, weil das Licht schön ist. Eure Gegenwart aber macht etwas Wundersames daraus. Ihr verändert alle Dinge um Euch herum.«
»Solltet Ihr ein Poet sein? Ihr seht nicht so aus, und ich hätte es nie geglaubt.«
»Ich auch nicht. Zweifellos ist das eins der Dinge, die Ihr für mich verändert, wie auch den ganzen Rest meines Lebens.«
»Ich? Ich verändere Euer Leben?«
»Wer sonst? Ich bin nach Tours gekommen, um eine von meinem Bischof auferlegte Buße abzuleisten. Als diese Aufgabe erfüllt war, wollte ich so schnell wie möglich nach Hause zurück. Und dann, beim Grabmal, habe ich Euch gesehen, bin ich Euern Augen begegnet, den schönsten Augen, die ich je sah. Da begann alles um mich her und in mir zu wanken, und statt zu meinem Schloß im Vermandois zurückzukehren, bin ich hier auf dem Weg ans Ende der Welt, in der Gesellschaft einer Schar unbekannter Pilger.«
»Ans Ende der Welt? Übertreibt Ihr nicht ein bißchen? Wir gehen nicht nach Jerusalem.«
»Ihr könntet genausogut dorthin gehen, ohne daß ich davon abließe. Bis zum Ende der Welt, das heißt für mich, soweit es Euch gefällt, mich zu führen, denn ich wünsche in Wahrheit nur eins: Euch zu folgen und bei Euch zu sein.«
Marjolaines Augen öffneten sich weit. Doch es war ihr nicht zum Lachen zumute. Dieser Mann sprach wie aus der Tiefe eines Traums. Es war zugleich seltsam und faszinierend, aber sie wehrte sich gegen die Verzauberung.
»Seid Ihr völlig sicher, ganz bei Sinnen zu sein, Sire Baron? Eure Worte scheinen mir närrisch. Man wendet seinem gewohnten Leben nicht den Rücken, um einer völlig Unbekannten zu folgen.«
Hughes lächelte, und einmal mehr mußte die junge Frau feststellen, daß dieses Lächeln sehr viel Charme besaß.
»Aber Ihr seid keine Unbekannte für mich. Mir scheint im Gegenteil, daß ich Euch immer gekannt, immer auf Euch gewartet habe.«

»Was für eine Narrheit! Was erwartet Ihr denn von mir?«
Er hob die mächtigen Schultern, schüttelte den Kopf und lächelte ein wenig belustigt.
»Ich weiß es nicht. Was ich aber weiß, ist, daß der bloße Gedanke, Euch nicht mehr zu sehen, mir unerträglich geworden ist. Statt nach Hause zu gehen, gehe ich dahin, wohin Ihr geht. So einfach ist das.«
Ein Schweigen entstand. Nur die Geräusche der lebendigen Nacht über dem schlafenden Land ergriffen von dem Ort Besitz. Marjolaine hörte in sich das Echo der Worte ihres Begleiters. So seltsame und so zärtliche Worte, daß sie sich Mühe geben mußte, um ihrem Zauber zu entgehen.
»Ihr dürft mir nicht folgen«, sagte sie endlich, »Ihr dürft es nicht! Es ist nicht zu spät, darauf zu verzichten. Kehrt zu Euch zurück, wie Ihr beschlossen hattet.«
»Das ist unmöglich. Ich habe keine Lust mehr dazu. Überdies zieht mich nichts dorthin.«
»Wie soll ich Euch glauben? Seid Ihr denn Herr verwüsteter Ländereien, eines leeren Schlosses? Habt Ihr keine Lehnsherrschaft, die durch Eure Abwesenheit Gefahren ausgesetzt ist?«
»Mein Bruder Gerbert wacht darüber und auch Dame Ersende, seine junge Frau. Mit ihnen hat mein Besitz nichts zu fürchten.«
»Ihr könntet auch eine Braut haben? Gibt es dort keine schöne Dame, die um Euch bangt?«
»Nein, keine Dame. Sogar meine Frau hat Fresnoy verlassen.«
Das Wort traf Marjolaine tausendmal erdrückender als der Stein, dem sie fast zum Opfer gefallen wäre. Ihre Kehle schnürte sich zusammen und verweigerte ihr für endlose Sekunden den Gebrauch von Worten, dann öffnete sie sich jäh, und sie hörte sich rufen:
»Ihr seid verheiratet?«
»Ja, aber nicht mehr lange, glaube ich, und bald werde ich es nicht mehr sein.«
»Wenn man verheiratet ist, bleibt man verheiratet. So will es das Gesetz des Herrn.«
Sie hatte sich erhoben, und vom wildesten Zorn gepackt, den sie je verspürt hatte, richtete sie sich wie ein wütender kleiner Hahn vor ihm auf.

»Geht nach Hause zurück, Baron, und das schnell! Was sucht Ihr bei mir mit Euern honigsüßen Worten? Was wollt Ihr hier bei diesen Leuten, die ihr Heil suchen? Verheiratet! Wahrhaftig, Ihr seid verheiratet, und Ihr maßt Euch an, mir zu folgen? Was für eine Schande! Geht! Daß ich Euch niemals wiedersehe!«

Sie wollte fliehen, aber er hielt sie mit Gewalt fest.

»Ihr versteht nicht. Meine Frau und ich sind getrennt, aber wir sind es immer gewesen. Wir haben keine Kinder, und unsere Ehe wird auf ihren Wunsch für ungültig erklärt. Das hat mir ein wenig Kummer gemacht, aber nun ist es ohne Bedeutung, denn ich liebe Euch, ich, der ich nie jemand geliebt habe!«

»Ihr liebt mich? Wirklich?«

Mit einer wütenden Bewegung riß sie den Schleier ab, der ihr Gesicht verbarg, und wandte die entstellte Seite zum Licht, damit er sie besser sehen konnte.

»Seht mich an! Und wagt noch einmal zu sagen, daß Ihr mich liebt!«

Hughes hatte zu viele Verwundungen gesehen, teils bei Turnieren, teils bei gelegentlichen Kämpfen empfangen, um von dem, was er sah, erschüttert zu sein: eine große, unregelmäßig sternförmige Narbe, die quer über die Wange bis zu einem Mundwinkel lief und einen der Nasenflügel leicht verzerrte. Das Werk Sanchos, des Navarresen, war perfekt, und die Haut schrumpelte so natürlich, als handelte es sich wirklich um die Spuren einer Brandwunde, doch Hughes empfand keinerlei Schrecken, wich nicht einmal vor dem zurück, worauf Marjolaine mit bitterer Verzweiflung gerechnet hatte. Nichts als ein maßloses Mitleid ... und dazu die Befriedigung, festzustellen, daß die unversehrte Seite ihres Gesichts sehr hübsch war.

»Man sagt mir, Ihr hättet das getan?« bemerkte er ruhig.

»Ja, ich. Ich selbst, um der schändlichen Liebe eines Elenden zu entrinnen. Was sagt Ihr also dazu, Baron?« fragte sie mit bitterer Ironie. »Habt Ihr immer noch Lust, mir ›bis ans Ende der Welt‹ zu folgen?«

Hughes hob die Hand. Mit zärtlichem Finger wollte er die Narbe berühren, aber Marjolaine hinderte ihn daran, indem sie hastig zurückwich. Er hörte ihren beschleunigten, gepreßten Atem und erriet, oder glaubte zu erraten, wie sie litt.

»Mein armer Liebling«, sagte er mit einer Zärtlichkeit, deren er sich nie für fähig gehalten hätte, »ich glaube, ich liebe Euch jetzt, da ich die Wahrheit weiß, noch mehr. Und Ihr habt mir einen neuen Grund gegeben, nach Compostela zu reisen, einen Grund, den Ihr nicht zurückweisen könnt.«

»Welchen?«

»Ich werde zum Heiligen Jakobus beten, daß er Euch heilt. Er kann es, denn er hat die Macht dazu, und ich werde so beten, daß er mich erhören muß.«

Er machte eine Bewegung, um die junge Frau an sich zu ziehen, aber sie stieß ihn heftig zurück. Plötzlich in Schluchzen ausbrechend, rief sie:

»Laßt mich! Ich verabscheue Euch! Oh, wie ich Euch verabscheue! Ihr habt nicht das Recht, Euch meiner Seele zu bemächtigen. Geht. Ich will Euch nie mehr wiedersehen, niemals.«

Als wäre die ganze Hölle hinter ihr her, lief sie davon, floh, von Tränen blind, um in das stickige Zimmer zu gelangen, das ihr jetzt als die nächste und sicherste Zuflucht erschien.

Gegen Ende der Nacht brachten die vom Meer her aufgezogenen Wolken Regen, und als für die Wanderer Gottes der Augenblick gekommen war, ihren Weg wieder aufzunehmen, durchnäßte ein feiner, durchdringender Sprühregen die Landschaft und entlockte den Aufbrechenden einige Seufzer, wenn nicht gar hier und dort ein Murren. Bei klarem Wetter im Licht der ersten Sonnenstrahlen auf einer guten Straße zu marschieren, war eine Sache, eine andere war's, endlos den Rücken unter dem Guß zu beugen und sich zu bemühen, soviel wie möglich von der innerlichen Wärme zu bewahren.

Marjolaine, die in der Nacht kein Auge zugetan hatte, zeigte eine so niedergeschlagene Miene und schien so müde, daß Colin, überzeugt, daß sie ihn schelten würde, nach Odon die Lusigny suchte und ihn bat, der jungen Frau zu befehlen, auf einem Maultier Platz zu nehmen, wenigstens für diese Tagesstrecke. Und zu seiner großen Überraschung willigte sie ein, ohne den geringsten Einspruch zu erheben.

In der Tat war ihr zumute, als könne sie keine hundert Schritte gehen, ohne zusammenzubrechen, denn zur Last ihrer schlaflosen

Nacht fügte sich die ihres langen Marsches vom Tag zuvor. So ließ sie sich gehorsam zu ihrem Maultier führen, zur großen Freude Avelines, die nun nichts mehr zwang, zu Fuß zu gehen. Und die nun hoffte, ihre Romanze mit Bertrand wieder aufnehmen zu können, der schon ein reger Austausch von Blicken und Lächeln vorangegangen war.

Als sie zu ihren Maultieren trat, konnte sich Marjolaine einer gewissen Unruhe nicht erwehren. Sie fragte sich, ob Hughes de Fresnoy wohl darauf verzichten würde, ihr während des ganzen Weges zu folgen, wie er erklärt hatte. Er schien ein eigensinniger Mensch zu sein, aber vielleicht war sein Stolz durch die heftigen Worte verletzt worden, die sie ihm ins Gesicht geschleudert hatte. Sie fühlte sich voller Ungewißheit und wußte nicht recht, ob sie sich mehr davor fürchtete, ihm wieder zu begegnen, oder ihn nicht mehr zu sehen. Die hohe Gestalt und der schreckliche grüne Blick waren nur zu sehr dazu angetan, sie zu verfolgen.

Doch kaum hatte sie den Gasthof verlassen, als sie ihn schon auf sich zukommen sah. Er war bleich, und vielleicht hatte auch er nicht viel geschlafen.

»Da seid Ihr«, sagte sie, während er sie mit steifer Höflichkeit begrüßte. »Wollt Ihr mir Adieu sagen?«

»Noch nicht. Vergebt mir, holde Dame, aber da ist eine Frage, die ich Euch stellen möchte, bevor ich mich entscheide, was ich zu tun habe.«

»Was wollt Ihr wissen?«

Er zögerte einen Moment, als fürchte er sich vor den Worten, die folgen würden. Dann wies er auf Ausbert Ancelin, dem der irische Mönch auf dem Wege zum Maultier behilflich war.

»Sagt mir, was dieser Mann, für den Ihr soviel Interesse zeigt, für Euch bedeutet.«

»Ich verstehe den Sinn Eurer Frage nicht.«

»Und doch ist sie einfach, aber ich werde sie in einer anderen Form wiederholen: Liebt Ihr ihn?«

Unter dem bangen Blick des jungen Mannes fühlte Marjolaine sich plötzlich unbehaglich. In diesen Augen waren zuviele Dinge, die zu sehen sie sich weigerte, obwohl sie vor Verlangen danach zu sterben meinte. Und dann war die Frage wirklich direkt, und sie

versuchte, ihr auszuweichen, aber sie war zu müde, um es auf geschickte Weise zu tun.
»Inwieweit können meine Gefühle Euch interessieren?«
»Ist es wirklich nötig, Euch das zu erklären? Es ist ganz einfach so, Dame, wenn Euer Herz diesem Mann gehört, würde das heißen, daß ich nichts mehr zu hoffen habe.«
»Ihr könntet auf keinen Fall etwas erhoffen, denn Ihr seid verheiratet.«
Er schob den Einwand mit einer gereizten Bewegung beiseite, die verriet, wie wenig Bedeutung Hermelinde gegenwärtig in seinen Augen hatte.
»Vergeßt das und antwortet mir. Wenn Ihr diesen Mann liebt, kehre ich nach Hause zurück, wie Ihr es mir heute nacht befohlen habt. Ich bitte Euch, sagt mir die Wahrheit, liebt Ihr ihn?«
Wie war sie doch leicht zu sagen, diese Wahrheit! Es war so einfach zu sagen, daß sie für Ausbert, bedauernswertes Opfer der Machenschaften Etienne Grimauds, nur Mitleid und schlichte Freundschaft empfand. Doch Hughes hatte in einer unbewußt bittenden Geste die Hände nach ihr ausgestreckt, und an einer dieser Hände glänzte der goldene Ehering, und das Herz der jungen Frau krampfte sich zusammen. Dieser Mann gehörte einer anderen, und man mußte sich vor ihm hüten. Mit all seinem Charme war er nichts als ein verführerisches Bild der Sünde. Einer um so gefährlicheren Sünde, als sie ihren verlockenden Abgrund während des ganzen langen Weges der Erlösung geöffnet halten würde. Seine Begleitung bis nach Compostela hinzunehmen, war die sichere Verdammnis, denn offensichtlich hatte der Anblick eines entstellten Gesichts nicht ausgereicht, ihn zu entmutigen. Und wie oft würde es ihr gelingen, des seltsamen Gefühls Herr zu werden, das sie zu ihm zog? Die ganze Nacht hatte sie diese warme Stimme gehört, die ihr zuflüsterte: »Mein armer Liebling, ich glaube, daß ich Euch jetzt, da ich die Wahrheit kenne, noch mehr liebe.«
Das war zu süß, zu verlockend für ihr einsames Herz. Ihr wurde klar, daß sie danach verlangte, sie wieder und wieder und sogar andere, ähnliche Worte zu hören. Und daß die Gefahr groß war. Also wählte sie die fromme Lüge.
»Ja«, hauchte sie, »ich liebe ihn.«

Sie wagte nicht, ihre Augen zu Hughes zu erheben, aber sie sah, wie seine Hände sich verkrampften, und sie hörte ihn schwerer atmen.

»Ihr liebt ihn?« wiederholte er, als ob er es nicht glauben könne. »Seid Ihr dessen sicher? Ihr seid so jung.«

Sie hob müde die Schultern.

»Wenn ich ihn nicht liebte, warum nähme ich an dieser langen und gefahrvollen Reise teil? Ist das nicht der wahre Beweis der Liebe?«

Es entstand ein Augenblick des Schweigens, der Marjolaine wie ein Jahrhundert vorkam. Sie schloß die Augen, denn sie fürchtete, sich nicht länger beherrschen zu können, aber in dem Moment, in dem sie vielleicht ihr Wort zurückgenommen, die Wahrheit herausgeschrien hätte, hörte sie Hughes' Stimme, plötzlich kalt und weit entfernt:

»Vergebt mir, Dame. Ich werde Euch nicht mehr belästigen.«

Die Augen unversehens voller Tränen, sah sie, wie er zu seinem Stallmeister ging, der etwas weiter entfernt gewartet hatte und ihrer beider Pferde am Zügel hielt. Er sprang in den Sattel, wendete den Kopf seines Pferdes nach Norden und verschwand hinter einer Baumgruppe im feuchten Nebel dieses trübseligen Morgens. Allein geblieben, drehte Bertrand sich um und winkte mit der Hand. Dann hörte Marjolaine hinter sich jemand in Schluchzen ausbrechen und sah, daß es Aveline war.

9. Kapitel

Bénigne Bereit-zur-guten-Tat, Reisender der Heiligen Pflicht

Als sie es nach einem langen Marsch gegen den Abendhimmel sich abzeichnen sahen, glaubten die Pilger, Poitiers sei eine überirdische Stadt. Auf seinem grünen Vorgebirge inmitten der klaren Gewässer des Clain und der Boivre, die es umflossen, glich diese weiße Stadt, von der sinkenden Sonne beleuchtet, denn sie hatte sich am späten Nachmittag endlich zu erscheinen entschlossen, einer wunder-

samen, von Wasser und von Wolken getragenen Insel. Es hätte nicht viel gefehlt, daß sie bei ihrem Anblick auf die Knie gefallen wären, und Bran Maelduin fragte voller Bewunderung, ob das nicht die Insel Avalons sei, von der die Barden seiner Heimat träumten. Und mit rascherem Schritt machten sie sich auf, die steile Rampe zu ersteigen, die zu den Wällen führte.
Als sie deren Tore durchschritten, umfing sie die Stadt wie mit einem Freudenfeuer. Lieblingsresidenz der Königin von Frankreich gewordenen Herzogin Aliénor, deren prächtiges, vom Maubergeon-Turm flankiertes Schloß von Macht und Reichtum zeugte, war Poitiers jetzt dank des mächtigen Schutzes, den es genoß, zu voller Blüte gelangt. Kaufleute und Handwerker schlossen sich wie in Paris zu Berufsinnungen zusammen, deren Einfluß auf das Leben der Stadt ständig wuchs. Man spürte den Wohlstand in den engen Straßen mit ihren gut besuchten Geschäften, in den Gasthöfen voller Betriebsamkeit, in den liebenswert offenen Gesichtern der Bewohner, auf den Plätzen, wo Steinmetze und Maler zum höheren Ruhme Gottes am Werk waren, wie auch auf den Baustellen der Kirchen, die prächtig und der Hauptstadt einer großen Königin würdig zu werden versprachen.
Die ganze Stadt hallte wider vom Hämmern, nicht nur von dem der Bauarbeiter, sondern auch von dem der Waffenschmiede, denn die Helme und Panzerhemden aus Poitiers waren bis in die fernsten Länder, ja bis zur Insel Island für ihre Haltbarkeit und Vollkommenheit berühmt. Dieser Ruf zog die flämischen und venezianischen Kaufleute zu den großen neuen Markthallen der Stadt, und wenn der Versuch des durch seinen Reichtum stark gewordenen Volks von Poitiers, im Jahre 1137 einen Gemeinderat zu bilden, auch mißlungen war, so war zumindest der königliche Zorn sehr gemäßigt gewesen, und die Stadt hatte in nichts dadurch gelitten.
Odon de Lusigny hatte seinen Gefährten mitgeteilt, daß man zwei Nächte in Poitiers verbringen würde, um die drei Schutzheiligen der Stadt angemessen verehren zu können: Notre-Dame, der man eben eins der schönsten Heiligtümer errichtete, das man je gesehen hatte, den großen Heiligen Hilarius, einen angesehenen Wundertäter, und die fast ebenso große Heilige Radegunde, einst Königin und verehelicht mit dem wilden König Chlotar I., einem entsetz-

lichen Rohling, vor dem sie geflüchtet war. Lusigny versprach übrigens, ihnen zu gegebener Zeit die wundersamen Geschichten dieser beiden Letzteren zu erzählen, und während sie die Herberge zum Heiligen Jakobus erreichten, die ebenfalls im Südwesten der Stadt in der Nähe des Tors der Tranchée für die Wanderer nach Compostela neu erbaut worden war, freuten sich die Pilger schon auf die Wonnen des nächsten Tages und auf die zahlreichen Gnaden, die ihnen aus ihren frommen Besuchen erwachsen würden. Modestine und ihr griesgrämiger Gatte, der übrigens noch immer Zahnschmerzen hatte, weinten fast vor Freude.

Nur Marjolaine und ihre Aveline nahmen an der allgemeinen Fröhlichkeit nicht teil, wenn auch eine von ihnen sich mutig zwang, so zu tun. Aveline jedoch machte sich nicht einmal die Mühe, den Kummer zu verbergen, der sie erfüllte, seitdem man den Baron und seinen Stallmeister im Nebel eines regnerischen Morgens hatte verschwinden sehen. Sie weinte bei jedem Anlaß, was dazu beitrug, Colin gewaltig zu reizen.

»Dieses Gewinsel wegen eines großen Aufschneiders, mit dem du keine zwanzig Worte gewechselt haben kannst! Wenn ich unsere Herrin wäre, würde ich dich kräftig versohlen, damit dein Verstand wieder an die richtige Stelle rückt!«

»Unsere Dame Marjolaine weiß nicht, was das ist, jemand schlagen. Und du, kümmere dich um deine eigenen Angelegenheiten und laß mich weinen, wenn ich will.«

Ganz gewiß hatte Marjolaine keine Lust, ihre kleine Dienerin zu schlagen, zumal sie sich für diesen Kummer mit verantwortlich fühlte. Im Gegenteil, sie beneidete sie, daß sie ihren Gefühlen so freien Lauf lassen konnte, ohne Scheu vor dem Urteil der anderen, mit dem sie nichts anzufangen wußte, dessen Gefangene Marjolaine jedoch bleiben mußte, notgedrungen dem unwahren Bilde treu, das Aubierge ihr eingehämmert hatte. Doch was sie empfand, war nicht wirklich Kummer. Tatsächlich geriet sie vor allem darüber in Wut, in welchem Maße Hughes de Fresnoys Verschwinden sie schmerzte. Hatte sie sich doch inzwischen Mühe genug gegeben, sich selbst davon zu überzeugen, daß er vor allem und einzig und allein ein hassenswertes und verabscheuungswürdiges Wesen war! Trotzdem war sie gezwungen, sich im Innersten ihres Herzens einzugestehen, daß dieses unmögliche Wesen ihr fehlte, und daß sie Kälte und Einsamkeit empfand, wenn sie während der langen Märsche die Wärme seines Blicks nicht mehr im Nacken und auf ihren Schultern spürte.

Zweifellos würde es lange Zeit und viel Geduld brauchen, um die Erinnerung an das zu löschen, was die köstlichste aller Sünden hätte sein können. Der endlose Weg würde ihr alle Muße lassen, noch einmal die zu kurzen Augenblicke zu durchleben, in denen sie geglaubt hatte, ihr eigenes Herz in einem anderen Rhythmus schlagen zu hören. Vielleicht würde sie dann die Antwort auf die Frage finden, die sie sich seit der Nacht in Sainte-Cathérine unaufhörlich stellte: War das die Liebe?

Das Drama, das am zweiten Abend in Poitiers seinen Lauf zu nehmen begann, bot ihr neuen Stoff zu Überlegungen über die merkwürdige Macht dieser Liebe und darüber, wie sie sein konnte, wenn sie voll erlebt wurde.

Die Pilger waren nach einem sehr ausgefüllten Tag in ihre Herberge zurückgekehrt, die Augen noch geblendet von dem, was sie gesehen hatten: den von Gold rieselnden, juwelenbesetzten Schrein des heiligen Hilarius, reicher vielleicht noch als der des Heiligen Martin, die Pracht der heiligen Radegunde, und vor allem die wundervollen Bilder, die einfache Männer mit gesegneten Händen an der Fassade der noch im Bau befindlichen Kirche Notre-Dame-La-Grande entstehen ließen. Sie hatten Adam und Eva gesehen und die Schlange, die Propheten, den Engel der Verkündigung, die rührende Geburt Christi, die Apostel, den heiligen Hilarius und den heiligen Martin und noch viele andere Wunderdinge mehr wie die große Benediktinerabtei von Montierneuf, wo unter prächtigen Grabmälern die Herzöge von Aquitanien ruhten, Grafen von Poitou, Ahnherren Aliénors.

Alle diese Baustellen brachten in die Stadt intensives Leben. Die neuen Steine spiegelten das Licht und schufen an den Ecken der schmalen Straßen Flächen blendenden Glanzes. Alle Wege führten zu den Kirchenvorplätzen zurück. Die von den Unbilden der Witterung geschwärzten Baugerüste nahmen in der Sonne purpurne Färbung an, schienen sich in kostbare Geflechte zu verwandeln, die sich wie riesige Spinnennetze über die werdenden Bauten spannten.

Auf diesen Spinnennetzen arbeiteten, häufig unter Lebensgefahr, weißgekleidete Männer, die oft nach Absolution und der Heiligen Kommunion verlangten, bevor sie ihr gefahrvolles Tagewerk begannen.

Die Betrachtung soviel reiner Schönheit hatte Marjolaine ihre Qualen ein wenig vergessen lassen. Sie fühlte sich müde, und da sie keinen Hunger verspürte, wünschte sie sich nur einen guten Nachtschlaf, um am nächsten Morgen frisch zu sein.

Sie war gerade in das kleine Zimmer zurückgekehrt, das ihr glücklicherweise nur für sie selbst und Aveline zugeteilt worden war, als die junge Pernette hereinstürzte, und, von Schluchzen geschüttelt, ihr zu Füßen fiel.

»Dame, um der Barmherzigkeit willen, rettet mich, rettet uns!«

Es kam so plötzlich, daß die verblüffte Marjolaine im ersten Moment nichts zu sagen fand. Merkwürdigerweise war es Aveline, die als erste reagierte und sich zu der jungen Frau niederbeugte, die Marjolaines Knie umfaßte und, noch haltloser schluchzend, völlig außer sich flehte, man möge sie doch retten. Sie versuchte, sie aufzuheben, aber Pernette klammerte sich fest, wie ein Ertrinkender sich an einen Ast klammert. Sie zitterte am ganzen Körper, und Marjolaine, die ihre Überraschung überwunden hatte, vereinte ihre Kräfte mit denen Avelines.

»Beruhigt Euch, mein Kleines«, sagte sie sanft. »Niemand wird Euch etwas zuleide tun, wenn ich es verhindern kann. Und steht vor allem auf und setzt Euch neben mich. Ihr müßt mir sagen, was ich für Euch tun kann.«

Von ihrer besänftigenden Stimme etwas beruhigt, ließ die Kleine sich zum Bett führen, wo Marjolaine sich neben sie setzte. Aber sie weinte ununterbrochen, und ihre abgerissenen Worte waren kaum zu verstehen. Von einem Onkel war die Rede, von einer tödlichen Gefahr, von Pierre. Aber es war unmöglich, all das zu entwirren. Völlig verzweifelt, ließ Marjolaine sie ein wenig frisches Wasser trinken, was nicht ohne Verschlucken abging, aber endlich erlangte Pernette genügend Kontrolle über sich, um zu erzählen, was sich ereignet hatte: Als sie mit den andern in die Herberge zurückkehrte, hatte sie plötzlich zwei staubbedeckte Reiter gesehen, die sie mit Schrecken erkannte, denn es waren zwei Männer, die sie nie wiederzusehen gehofft hatte. Das war der Grund ihrer Panik, die sie immer noch zittern ließ.

»Ihr müßt verstehen. Diese beiden Männer sind mein Onkel, der zugleich mein Vormund ist, und sein Sohn.«

»Und Ihr habt soviel Angst vor ihnen? Aber warum?« fragte Marjolaine.

»Weil ich vor ihnen geflohen bin. Mein Onkel will mich mit seinem Sohn verheiraten, und ich verabscheue ihn!«

»Aber wie kann das möglich sein? Seid Ihr nicht schon mit diesem jungen Mann verheiratet, der Euch begleitet?«

Pernette verbarg ihr Gesicht in den Händen und begann wieder zu weinen.

»Nein... Wir sind nicht verheiratet... nicht wirklich!«

Dann erzählte sie ihre Geschichte, eine sehr einfache und sehr traurige Geschichte: die einer Liebe zwischen zwei Menschen, die sich nie hätten begegnen dürfen. Erstens kam sie nicht aus Suresnes, sondern aus Pontoise, der kleinen königlichen Stadt, für die der verstorbene König Ludwig VI. soviel getan hatte. Als Vollwaise – denn ihre Mutter war im Kindbett gestorben und ihr Vater, ein kleiner Adliger aus der Umgebung, war auf recht merkwürdige Art in einem von Banditen, von denen man nie mehr etwas gehört hatte, gelegten Hinterhalt umgekommen – war sie von ihrem Onkel großgezogen worden, dem nun einzigen Verwalter der väterlichen Güter. Von ihrer Mutter, die sie sterbend zur Erbin eingesetzt hatte, besaß Pernette etwas Vermögen und einige Ländereien, ein Besitz, den der Onkel seinem Sohn sichern wollte, indem er ihn mit seinem Mündel vermählte.

Wäre der Vetter ein junger Mann wie viele andere gewesen, das heißt, wenn er einen annehmbaren Ehemann hätte abgeben können, wäre Pernette nie auf die Idee gekommen, ihr Haus zu fliehen. Aber er war häßlich und mißgestaltet und vor allem ein tückischer und grausamer junger Rohling, dessen Instinkte dem niedrigsten Tier zur Schande gereicht hätten. Der bloße Gedanke, eine Nacht mit ihm zu verbringen, erfüllte das junge Mädchen mit Abscheu.

Als sie ins heiratsfähige Alter gekommen war, begriff sie, daß sie sich wehren mußte. Aber wie, da der Onkel als natürlicher Stellvertreter des Vaters alle Rechte über sie hatte? Nach und nach, und das trotz ihres tiefen Glaubens, begann sie an das Bett der Oise zu denken wie an einen letzten Zufluchtsort, der ihr bleiben könnte. Um diese Zeit war die Liebe, und zwar die unerwartetste von allen, in ihr Herz gekommen.

Auf die schnellste und einfachste Art hatte Pernette sich in Pierre verliebt, der ihr indessen durch Stand und Herkunft sehr fern war. Als Zimmermanns-Lehrling war er beim Bau von Saint-Maclou, der schönen neuen Kirche in Pontoise beschäftigt. Pernette und er waren sich bei der Messe begegnet, und der erste Blick, den sie tauschten, war endgültig gewesen: beide hatten sie ihr ganzes Herz hineingelegt. Doch als wohlerzogenes Mädchen hatte Pernette nichts getan, um den jungen Mann wiederzusehen. Er war es, der ihr diskret gefolgt war, um zu sehen, wo sie wohnte, der sie erwartet hatte, wenn sie, von einer – leicht zu bestechenden – Magd begleitet, zu den Gottesdiensten gekommen war, oder wenn sie in Pontoise die für den kleinen Haushalt der Familie notwendigen Einkäufe machte. Onkel Mathieu war seit vielen Jahren Witwer und fand es normal, Pernette die Aufgaben einer Hausherrin zu überlassen.

Mit der Zeit war die Liebe der beiden jungen Menschen für den einen wie für den anderen zum einzigen Sinn ihres Lebens geworden, und als der Onkel Pernette bekanntgegeben hatte, daß ihre Verlobung mit ihrem Vetter Guy am Sonntag nach Ostern stattfinden sollte, waren Pierre und seine süße Freundin wie von Sinnen. Es mußte etwas getan werden, und die verrücktesten Ideen waren ihnen gekommen. Pierre wollte den gräßlichen Vetter sogar töten, und Pernette hatte alle Mühe, ihm klarzumachen, daß er dann gefangen und aufgehängt würde, und daß sie dann nur noch ihr erstes Vorhaben ausführen konnte: kopfüber in den Fluß zu springen, um ein Leben zu beenden, das von nun an des kleinsten Zaubers beraubt sein würde. Blieb die Flucht zu zweit mit dem Risiko, wieder eingefangen zu werden mit allen unangenehmen Folgerungen, die sich daraus ergeben konnten.

Und dann war die wunderbare Idee gekommen. Pierre hatte einen Vetter, der, um der Hölle seiner widerwärtigen Gattin zu entkommen, eines schönen Morgens nach Galicia aufgebrochen war. Er war mit großen Gnadenbeweisen zurückgekehrt und vor allem mit einem Selbstvertrauen, das er nie gehabt hatte. Sein Ansehen in seinem Dorf wuchs daraufhin so sehr, daß die unmögliche Frau sich zu seiner demütigen Dienerin machte. Der Vetter erzählte von Wundern aller Art, die am Grabmal des Apostels geschehen waren. So hatte sich nach und nach während der naiven und begeisterten Berichte bei dem jungen Mann die Idee festgesetzt, daß alles möglich werden würde von dem Moment an, in dem man sich aufmachte, um am Grabe des allmächtigen Fürsprechers zu beten.

Pernette und Pierre hatten sich also entschlossen, gemeinsam aufzubrechen. Sie hatten sich einem alten Mönch anvertraut, der bei der Geburt des jungen Mädchens zugegen gewesen war, und der sich schlicht und barmherzig bereitfand, sie als Eheleute zusammenzugeben, damit sie unterwegs nicht in unverzeihliche Sünde verfielen. Aber er hatte das feierliche Versprechen von ihnen gefordert, während der gesamten Dauer der heiligen Reise keusch zu bleiben, um für die Unterlassungssünde zu büßen, die Genehmigung der Familie umgangen zu haben. Wenn sie Compostela lebend erreichten, konnten sie um eine neue Einsegnung bitten und ihre Ehe als gültig betrachten. Sie würden dann richtige Eheleute sein, denen niemand dieses Recht absprechen würde, zumal sie keinerlei Absicht hatten, in ihre Heimat zurückzukehren.

Beide hatten geschworen. Der Mönch hatte ihnen daraufhin die Erlaubnis erteilt, unter dem Namen Pierre L'Aubier, begleitet von seiner Frau, abzureisen. Das war außerdem ein zusätzlicher Schutz, denn Mathieu d'Oigny wußte nichts vom Roman seiner Nichte, ja er wußte nicht einmal von der Existenz des jungen Mannes. Und zwei Nächte .vor dem großen Aufbruch waren die beiden Flüchtlinge in Paris angelangt, um sich unter die Gruppe von Pilgern zu mischen. Doch offenbar hatten alle diese Vorsichtsmaßnahmen nichts genützt, denn der Onkel und der Vetter hatten es verstanden, ihre Fährte aufzuspüren und herauszubekommen, daß sie bis Poitiers gekommen waren.

»Ich flehe Euch an, Dame Marjolaine, helft uns! Wenn Ihr es nicht tut, sind wir verloren. Sie werden Pierre töten und mich gewaltsam zurückbringen.«

»Glaubt Ihr, sie würden auf mich hören, auf mich, die sie nicht kennen?«

»Auf Euch vielleicht nicht, denn sie verachten die Frauen und ihre Schwäche, aber Messire de Lusigny hält viel von Euch. Wenn Ihr mit ihm sprechen würdet...«

Marjolaine war schon aufgestanden.

»Bleibt hier. Ich gehe. Ich muß mich beeilen! Verschließ diese Tür hinter mir«, befahl sie Aveline, »und laß niemand herein.«

Sie machte sich sofort auf die Suche nach Odon de Lusigny.

In dem von Arkaden umgebebenen Hof entdeckte sie ihn. Er saß auf einem Stein, plauderte mit dem großen Zimmermann, den man in Tours aufgenommen hatte, und schien die letzten Strahlen der Sonne zu genießen, die den ganzen Tag geschienen hatte. Doch der Seufzer der Erleichterung, den sie ausstoßen wollte, blieb ihr in der Kehle stecken, denn im Eingang besagten Hofes sah sie plötzlich zwei staubbedeckte Männer, in denen sie dank der Beschreibung Pernettes mühelos Mathieu d'Oigny und seinen Sohn Guy erkannte. Letzterer war in der Tat von abstoßender Häßlichkeit, und das Mitleid, das sie plötzlich für Pernette empfand, die für den Rest ihres Lebens dieser Mißgeburt ausgeliefert zu werden drohte, bestärkte sie in ihrem Entschluß, sie um jeden Preis davor zu retten. Die beiden Männer sprachen mit einem der Mönche, die den Dienst in der Herberge versahen, und dieser wies eben auf die von Odon und dem Zimmermann gebildete kleine Gruppe. Marjolaine stürzte vor, überquerte laufend den Hof und sagte, bemüht, ihre Stimme nicht laut werden zu lassen:

»Schnell, Sire Odon! Kommt schnell! Etwas Schlimmes geschieht! Kommt auch, Bruder Pilger. Wir brauchen Euch beide.«

»Aber was geht vor?« fragte der Tempelherr.

»Ich werde es Euch sagen, aber ich flehe Euch an, kommt augenblicklich.«

Marjolaines Aufregung genügte, um zu beweisen, daß sich in der Tat ein Drama abspielte, und die beiden Männer folgten ihr, ohne weitere Fragen zu stellen. Sie führte sie in eine zu dieser Stunde verlassene Kapelle, denn sie war sicher, daß man es nicht wagen würde, ihr dahin zu folgen.

»Nun?« fragte Lusigny.

»Vergebt mir, daß ich Euch ein wenig heftig aus Eurer Ruhe gerissen habe, aber es war höchste Zeit. Am Eingang dieses Hauses stehen zwei Männer, die Euch zu sprechen verlangen werden, aber ich muß Euch vor ihnen mitteilen, was sie zu sagen haben, um ein großes Unglück abzuwenden.«

»Woher wißt Ihr, was sie zu sagen haben? Kennt Ihr sie?«

»Ich habe sie nie gesehen. Aber ich bitte Euch, hört mir zu. Die Zeit drängt.«

»Darf ich auch hören, was Ihr zu sagen habt?« fragte Bénigne.

»Auch Ihr, gewiß. Man hat mir gesagt, daß Ihr Zimmermeister seid. Ist das wahr?«

»Es ist wahr, aber...«

»Dann könnt Ihr vielleicht viel tun für die beiden Unglücklichen, von denen ich Euch erzählen will.«

Schnell, aber klar in allem wiederholte Marjolaine Pernettes Erzählung.

»Jetzt«, sagte sie abschließend, »sind der Onkel und der Vetter da. Ich habe sie gesehen, und sie werden Euch suchen.«

Im spärlichen Schein der Altarlampe, der einzigen Lichtquelle in der schmalen, kleinen Kapelle, erschien ihr Odon de Lusignys Gesicht ernst, und ernster noch der Blick, den er auf sie richtete. Einen Moment fürchtete sie, in ihm eine schlechte Wahl als Empfänger ihres vertraulichen Berichts getroffen zu haben, und sie vermißte Hughes de Fresnoy. Seine Art, die schwierigsten Fragen zu regeln, war vielleicht nicht sehr moralisch, aber im Grunde recht bequem.

»Nach dem Feudalrecht«, erklärte Odon, »hat dieser Herr in Ermangelung ihrer Eltern alle väterlichen Rechte über seine Nichte. Niemand darf sich ihm widersetzen und über das Geschick seines Mündels entscheiden.«

»Doch«, unterbrach Marjolaine trocken. »Zuerst die Natur und dann die Barmherzigkeit. Wenn Ihr den Vetter gesehen habt, Messire, werdet Ihr verstehen – so hoffe ich wenigstens –, daß dieses unglückliche Kind bereit gewesen wäre, das Schlimmste zu wählen, um einem solchen Schicksal zu entgehen. Solltet Ihr der Meinung sein, sie hätte besser daran getan, sich zu ertränken?«

»Natürlich nicht!« sagte er erschrocken. »Aber mit diesem Burschen fliehen...«

»Mit dem sie verheiratet ist, vergeßt das nicht.«

»Ohne die väterliche Zustimmung, vergeßt auch das nicht.«
»Auf jeden Fall hat niemand das Recht, sie zu verurteilen, weder Ihr noch ich. Ich möchte wissen, ob Ihr bereit seid, ihr zu helfen.«
»Ich sehe nicht, wie.«
»Und doch ist es einfach. Weder von der Heirat noch von dem Ehemann soll die Rede sein, um so weniger, als der Onkel weder vom einen noch vom anderen etwas weiß.«
»Seid Ihr dessen sicher?«
»Pernette sagt, es scheine ihr unmöglich, daß er davon erfahren haben könne. Ich denke, ich werde alle Schuld auf mich nehmen und diesen Männern sagen, daß ich Pernette bewogen habe, mich auf dieser Wallfahrt zu begleiten in der Hoffnung, daß die Gnade des heiligen Jakobus über sie komme und ihr ermögliche, klarer zu sehen.«
»Aber der Bursche? So wie ich ihn kenne – und ich halte ihn für mutig – wird er seinen Titel als Ehemann lautstark in Anspruch nehmen.«
»Und sich töten lassen, ohne daß jemand etwas für ihn tun kann. Aber vielleicht gibt es da auch eine Lösung: Er ist Zimmermann wie Ihr, Bruder Pilger. Könntet Ihr nicht sagen, daß er Euch begleitet, daß er...«
Ein breites Lächeln erhellte plötzlich das große Gesicht des burgundischen Zimmermanns.
»Mein Lehrling? Warum nicht? Wir haben das gleiche Handwerk, und schon aus diesem Grunde schulde ich ihm Hilfe. Die Idee ist gut. Sagt mir, wo ich ihn finde, damit ich ihn warnen und daran hindern kann, sich zu zeigen. Ich hoffe nur, es ist nicht zu spät.«
Von Marjolaine unterrichtet, verließ Bénigne eilig die Kapelle, um sich auf die Suche nach Pierre zu begeben, und ließ die junge Frau und den Anführer der Pilger allein zurück. Letzterer dachte sichtlich nach und zögerte.
„Ich flehe Euch an«, seufzte Marjolaine, »Ihr müßt Euch entscheiden. Wollt Ihr uns helfen?«
Er zuckte die Schultern.
»Ich habe kaum noch eine Wahl, jetzt, da Bénigne Partei ergriffen hat. Aber habt Ihr daran gedacht, daß sie, wenn diese Leute irgend jemand von unseren Reisegefährten ausfragen, geliefert sind?«

»Das ist ein Risiko, ich gebe es zu, aber je länger wir zögern, desto größer wird das Risiko.«

»Also laßt uns gehen, und möge Gott uns die Lügen verzeihen, die wir aussprechen werden.«

Als sie den Hof wieder betraten, setzte Marjolaines Herz einen Schlag aus: Die beiden Männer sprachen schon mit Nicolas Troussel. Ihr Gesichtsausdruck erschien ihr ungewöhnlich ernst, auch wenn der des jungen Mannes ungezwungen und heiter wie immer war. Als er sie bemerkte, rief er:

»Seht, da ist Messire de Lusigny, unser Anführer. Wendet Euch an ihn, ich verstehe nichts von dem, was Ihr mir erzählt.«

»Worum handelt es sich?« fragte Odon ruhig.

»Wenn ich recht begriffen habe, was er sagt, behauptet dieser Seigneur, wir hätten seine Nichte entführt.«

Marjolaine ließ Lusigny keine Zeit zu antworten.

»Ihr seid also Sire d'Oigny?« fragte sie den älteren der beiden Männer, den sie nicht zweimal anzusehen brauchte, um festzustellen, daß er wahrlich ein Grobian war, und noch dazu einer von der schlimmsten Sorte: von der, die versucht, bei aller Flegelei eine gewiße herrschaftliche Großartigkeit an den Tag zu legen. Habsucht sprach aus seinen kleinen grauen Augen, die kalt und hart wie Stein waren, und Bosheit aus der dünnen Schlangenlinie seines Mundes. Die gute Qualität seiner staubbedeckten Kleidung änderte nichts am Bild der Person, ebenso wenig wie die hochfahrende Kopfhaltung, zu der er sich zwang. Vielleicht, um sich mehr von seinem Sprößling zu unterscheiden, der ihm sehr ähnlich sah, aber schielte, bucklig und verwachsen war.

»Ich bin in der Tat Sire d'Oigny«, antwortete der Mann hoheitsvoll. »Woher kennt Ihr mich. Und vor allem wer seid Ihr, Jungfer?«

Dies Wort ließ Odon endgültig in Marjolaines Lager überwechseln.

»Wenn Ihr wollt, daß wir Euch antworten, kann ich Euch nicht genug zur Höflichkeit raten!« sagte er scharf. »Diese junge Dame...«

»Laßt, Messire«, unterbrach die junge Frau sanft. »Ich werde ihm antworten. Mein Name ist Marjolaine des Bruyères, Dame Foletier«, fügte sie hinzu, während sie sich nicht ohne Hoheit d'Oigny zuwandte, »und ich war es, die Pernette eingeladen hat, mich auf dieser heiligen Pilgerfahrt nach Compostela in Galicia zu begleiten. Ihre Seele war in Nöten und so nahe der Verzweiflung, daß die Zuflucht zu einem großen Heiligen mir ganz natürlich erschien.«

»Wahrhaftig? Ihr habt sie eingeladen? Und mit welchem Recht? Wißt Ihr nicht, daß sie völlig von mir abhängig ist? Eine solche Reise könnte nicht ohne meine Einwilligung stattfinden.«

»Hättet Ihr sie ihr gegeben?«

»Gewiß nicht! Meine Nichte soll meinen Sohn hier heiraten.«

»Ich weiß. Die Seele eines jeden jungen Mädchens wäre angesichts solcher Aussicht in Nöten.«

»Ein Mädchen hat von dem Augenblick an, da die Eltern entschieden haben, seine Meinung nicht zu äußern. Es muß nur gehorchen.«

»Zweifellos. Aber Pernette wünschte eben nicht, Euch zu gehorchen. Wenn Ihr alles wissen wollt, sie dachte daran, ihrem Leben ein Ende zu machen, als ich dazwischenkam.«

»Ihrem Leben ein Ende machen?« sagte der Mann, als ob die Worte keinen Sinn für ihn hätten.

»Aber ja. Sich töten, wenn Ihr das vorzieht. Ich mußte so schnell wie möglich handeln, wenn ich sie vor einer solchen Gefahr bewahren wollte, Messire.«

»Dame Marjolaine dachte«, unterbrach Odon de Lusigny, »daß die Gnaden, die man am Grab des Apostels empfängt, die Kraft haben würden, Eure Nichte zu einer vernünftigeren Ansicht ihrer Pflichten zurückzuführen. Deshalb habe ich eingewilligt, daß sie Dame Marjolaine begleitet.«

»Dame Marjolaine, Dame Marjolaine!« raunzte d'Oigny. »Diesen Namen höre ich zum erstenmal! Wer seid Ihr, wo kommt Ihr her? Und vor allem, warum verbergt Ihr Euer Gesicht?«

»Sie braucht Euch zu diesem Punkt nicht zu antworten«, knurrte Odon. »Wißt lediglich, daß die Geschichte dieser Dame derart ist, daß sie uns Respekt abverlangt, und daß wir alle hier höchste Achtung vor ihr haben. Eure Nichte könnte nicht in besseren Händen sein.«

»Das ist möglich, aber es sagt mir nicht, wo sie herkommt, und vor allem nicht, wie meine Nichte sie kennenlernen konnte, da ich sie nie gesehen habe. Wohnt Ihr in Pontoise oder in der Umgebung?«

»Nein, aber ich habe mich dort oft im Kloster der Benediktinerinnen aufgehalten, dessen Priorin eine Verwandte von mir ist«, bestätigte die junge Frau, die diesmal nicht log, denn sie hatte sich erinnert, daß eine Cousine ihres Vaters, Marguerite d'Avesnes, in Pontoise tatsächlich einem klösterlichen Konvent vorstand. »In der Kirche«, fügte sie hinzu, »habe ich Eure Nichte kennengelernt. Wir sind Freundinnen geworden, und als ich sie so verzweifelt sah, wollte ich ihr helfen. Ihr solltet mir deswegen nicht böse sein, Messire, auch ihr nicht. Sie ist nicht in dem Maße schuldig, wie Ihr glaubt.«

»Holt sie her!«

Der Ton war barsch, und Marjolaine spürte, wie Zorn sich in ihr regte. Vielleicht hätte sie eine heftige Antwort gegeben, doch Lusignys Hand legte sich besänftigend auf ihren Arm.

»Das ist alles nur sehr natürlich, Schwester. Geht und bringt dieses Kind her.«

Trotz allem beunruhigt, denn Mathieu d'Oignys Gesicht verhieß ihr nichts Gutes, gehorchte Marjolaine. Sie holte Pernette, die sie unterwegs schnell von dem unterrichtete, was vorging, und von dem, was sie gesagt hatte. Die Kleine zitterte wie Espenlaub, als sie am Arm ihrer Freundin ihrem Onkel entgegenging, zweifellos nicht viel weniger angstvoll, als wenn sie zum Galgen gegangen wäre. Sie hatte einige Gründe, sich zu fürchten, denn nachdem er sie mit Vorwürfen überschüttet hatte, die sie mit gesenktem Kopf und weinend über sich ergehen ließ, packte Mathieu sie zum Ärger Marjolaines am Arm und zog sie heftig zu sich.

»Jetzt kommt, wir reisen ab! Und daß niemand versuche, uns daran zu hindern!«

Plötzlich hatte er sein Schwert gezogen, schwang es über seinem Kopf und bedrohte mit ihm abwechselnd Marjolaine und den Anführer der Pilger.

»Ihr seid hier an einem frommen Ort«, donnerte dieser. »Wie könnt Ihr es wagen, das Schwert zu ziehen? Das ist eine Todsünde.«

»Nehmt zur Kenntnis, guter Mann«, höhnte der unerfreuliche Kerl, »daß ich stets bekomme, was ich will, weil ich niemand, nicht einmal Gott, das Recht zugestehe, mich daran zu hindern. Rührt Euch also nicht von der Stelle, ihr beiden, während wir weggehen. Führe deine Braut fort, mein Sohn.«

»Es würde ihm schlecht bekommen«, ließ sich unerwartet eine

spöttische Stimme vernehmen. »Wenn er auch nur den Versuch macht, sie anzurühren, schneide ich ihm die Kehle durch.«

Mit jäher Erleichterung sah Marjolaine, daß Nicolas Troussel den abscheulichen Guy mit einem Arm von hinten umfaßt hielt und ihm mit der anderen Hand die Schneide des Dolchs sacht an den Hals drückte. Mathieu fuhr wie ein Verrückter zu ihm herum.

»Laß meinen Sohn los, oder ich spieße dich auf!« schrie er.

»Versuch's nur«, sagte der Student lachend. »Er wird vor mir sterben.«

Und der Dolch drückte ein wenig fester und entlockte dem Burschen einen Schreckensschrei.

»Tut, was er sagt, Vater! Und laßt sie diese Dirne fortschaffen!«

»Niemals!«

»Seid vernünftig. Die Reise ist lang und gefährlich. Wenn sie dabei krepiert, habt Ihr ihr Vermögen, ohne daß ich sie heiraten muß.«

Langsam senkte Mathieu seine Waffe. Ein Funken von Interesse war in seinen kleinen Augen aufgeglommen.

»Gut, warum soll sie nicht weitermachen? Aber wir gehen mit ihr. Laß uns Pilger werden, Sohn. Das könnte vergnüglich sein.«

Das war offensichtlich mehr, als Odon de Lusigny ertragen konnte. Er entriß den Händen des trübseligen Großmauls das Schwert, schleuderte es weit in den Hof, dann packte er ihn beim Rockkragen und trug ihn, außergewöhnliche Kraft demonstrierend, mit ausgestrecktem Arm bis zum Eingang der Herberge. Dort angelangt, warf er ihn schonungslos in den Straßenstaub, während Nicolas mit seinem Sohn ebenso verfuhr.

»Elende wie du haben nichts zu tun mit denen, die sich abmühen, Wahrheit und Gnade zu finden! Geh und laß dich nie mehr auf unserem Wege sehen, denn so wahr ich Odon de Lusigny heiße, werde ich dich zerbrechen, wie ich dieses Schwert zerbreche, das zu tragen du nicht würdig bist.«

»Wir werden uns trotzdem wiedersehen!« brüllte der andere und drohte mit der Faust. »Und ich schwöre dir, daß du es bereuen wirst!«

Das schwere Tor der Herberge, von Nicolas zugeschlagen, schnitt ihm das Wort ab. Odon wischte sich über die Stirn, auf der Schweiß perlte, und sah seinen jungen Gefährten ernst an.

»Dank für Eure Hilfe, Nicolas Troussel.«
»Oh, ich denke, Ihr hättet Euch ganz gut allein aus der Affäre gezogen«, sagte der junge Mann sorglos, »aber ich dachte, es wäre besser, wenn ich die Sünde auf mich nähme, an einem frommen Ort eine Waffe zu ziehen.«
Lusigny runzelte die Stirn.
»Wer hat Euch gesagt, daß ich ein Schwert trage?«
Diesmal brach Nicolas in Gelächter aus.
»Habt Ihr keins? Ihr wäret der erste Tempelherr, der freiwillig darauf verzichtete. Und fragt mich nicht, wer mir gesagt hat, daß Ihr dem sehr heiligen Orden des Tempels von Jerusalem angehört. Euer Gewand hat sich neulich ein wenig geöffnet, als Ihr ein durchgehendes Pferd festhieltet. Ich habe das Kreuz gesehen.«
»Vergeßt das!« befahl Odon kurz. »Es paßt nicht in meine Pläne, daß all und jeder es weiß, sonst würde ich mein Ordensgewand nicht verbergen.«
»Gebt mir keine Erklärungen«, sagte Nicolas engelhaft. »Ich habe es schon vergessen.«
Unter den Arkaden fanden sie Marjolaine wieder, die neben Pernette saß und sich bemühte, sie zu trösten. Als sie sie kommen sah, warf sich Pierres kleine Frau ihnen zu Füßen, um sich dafür zu bedanken, daß sie sie beschützt hatten. Odon de Lusigny hob sie auf und trocknete liebevoll die Tränen, die über das hübsche Gesicht liefen.
»Ihr habt einen großen Fehler begangen, mein Kind, obwohl ich nicht weiß, wer den Mut haben könnte, ihn Euch vorzuwerfen. Ich habe getan, was ich konnte, aber die Wahrheit zwingt mich, Euch zu sagen, daß die Gefahr nicht beseitigt ist. Dieser Mann ist voller Haß und wird alles tun, um sich zu rächen. Ich fürchte, er wird uns folgen.«
»Mitten unter Euch allen fürchte ich nichts«, sagte Pernette. »Und außerdem wird Pierre mich zu beschützen wissen. Da Ihr so barmherzig gewesen seid, uns nicht hinauszuwerfen, fürchten wir nichts mehr.«
»Ich wünschte, ich könnte das gleiche sagen. Auf jeden Fall müssen wir gewisse Vorkehrungen treffen. Nicolas, holt mir Pierre und Bénigne. Geht mit ihnen in die Kapelle. Kommt mit mir, Dame Marjolaine, und auch Ihr, Pernette.«

Als die drei Männer in der Kapelle zu ihnen stießen, bat er Nicolas, an der Tür zu wachen, um jede Störung zu verhindern.
»Wir werden Euch sagen, was wir beschlossen haben«, fügte er mit einem Lächeln hinzu. »Ich glaube, Ihr habt Euch das Recht dazu verdient.«
Der junge Mann grüßte, lächelte und machte sich davon, während Lusigny sich zu Pierre wandte, der beim Anblick Pernettes sofort auf sie zugestürzt war und sie in die Arme genommen hatte.
»Dies ist weder der Ort noch die Zeit für Herzensergüsse«, sagte er ernst zu ihm.
»Ich weiß, aber ich habe solche Angst, sie zu verlieren. Ihr wißt nicht, was ich durchgemacht habe.«
»Oh, das ist einfach«, sagte Bénigne ruhig. »Ich habe mich einen Moment gefragt, ob ich nicht gezwungen wäre, ihn niederzuschlagen, um ihn zur Ruhe zu bringen. Dieser Bursche war außer Rand und Band. Er wollte um jeden Preis den Onkel in Stücke hauen.«
»Sie ist vor Gott meine Frau!« rief der junge Mann empört. »Warum sollte ich nicht das Recht haben, sie zu verteidigen?«
»Weil Ihr überhaupt nichts hättet verteidigen können«, sagte Marjolaine. »Das einzige, was Ihr damit erreicht hättet, wäre, unser Werk zu zerstören, und zu dieser Stunde wäre Pernette zweifellos in den Händen des Seigneur d'Oigny und Ihr auf dem Weg ins Gefängnis. Vielleicht sogar Schlimmeres.«
»Ich wußte, welche Risiken wir eingingen, und ich habe nie jemand darum gebeten, mich zu schützen. Ich will ...«
»Genug davon!« knurrte Lusigny. »Es ist reichlich kühn von dir, mein Junge, hier deine Stimme zu erheben. Denke daran, deine Fehler zu betrachten, bevor du deine Rechte forderst. Du hast ein Mädchen aus adligem Hause von seinen Pflichten abgebracht, obwohl du zum Volk gehörst, du hast sie entführt, und ihr habt euch durch eine Lüge bei uns eingeführt.«
»Was für eine Lüge? Wir sind verheiratet.«
»Würdest du wagen zu schwören, daß deine Ehe gültig ist? Hattest du um die väterliche Genehmigung nachgesucht, die beim Onkel liegt?«
Pierre zuckte die Schultern.

»Wäre das nicht das beste Mittel gewesen, sie für immer zu verlieren? Wir hatten keine Wahl.«

»Vielleicht, aber wir hatten sie, die Wahl. Das Recht befiehlt uns, Pernette ihrer Familie zurückzugeben und dich der Gerechtigkeit auszuliefern. Wir haben es nicht getan. Mehr noch, um euch zu retten, haben wir, Dame Marjolaine und ich, schamlos gelogen: sie, die Zierde dieser Pilgerfahrt, und ich, ein Ritter. Wir werden dafür büßen müssen. Hast du daran gedacht?«

Beschämt senkte Pierre den Kopf, dann kniete er demütig vor dem Tempelherrn nieder.

»Verzeiht mein Aufbrausen, Herr Ritter. Ich wollte Euch nicht beleidigen. Seht, ich liebe sie so sehr, daß der Gedanke, sie zu verlieren, mich verrückt macht.«

»Dennoch müßt ihr euch trennen. Wenigstens für eine Weile.«

Wieder kampfbereit, sprang Pierre auf.

»Uns trennen? Niemals!«

»Ich habe gesagt: nur für eine Weile. Und du mußt begreifen, daß das deine einzige Chance ist, danach alle anderen Tage deines Lebens mit ihr zusammenzuleben.«

Schnell schilderte er die Szene im Hof und wie er die beiden Oignys schließlich hinausgeworfen hatte. Er sprach auch seine Überzeugung aus, daß die Sache damit nicht zu Ende sein werde.

»Wenn ich mich nicht sehr täusche, werden die beiden Männer uns folgen, um Pernette zu beobachten. Du gehörst von jetzt an zu Bénigne, dem hier anwesenden Zimmermeister.«

»Und die anderen? Die, die mit uns von Paris aufgebrochen sind? Was werden sie denken. Wenn die beiden uns folgen, werden sie schnell alles wissen.«

»Das glaube ich nicht, denn ihr werdet euch so benehmen, daß niemand sich wundert. Was die Fremden betrifft, sie kennen Euch nicht einmal.«

»Gut. Ich werde mit Meister Bénigne reisen. Wenn das die Trennung ist, dann ist sie nicht sehr schmerzlich. Ich könnte Pernette den ganzen Tag sehen, und Ihr wißt, in der Nacht schlafen wir nur inmitten der anderen zusammen.«

Odon de Lusigny stieß einen Seufzer aus und legte langsam seine Hand auf die Schulter des jungen Mannes.

»Nein, denn Bénigne begleitet uns nicht nach Compostela. Er wird uns in drei Tagen vor Saint-Jean-d'Angély verlassen, und das, um eine Mission von höchster Wichtigkeit zu erfüllen. Du wirst ihm folgen müssen, Junge.«

»Dann gehe ich mit ihm«, rief Pernette aus. »Es gibt keinerlei Grund, weshalb ich ihm nicht folgen sollte.«

»Doch, es gibt einen, und einen sehr ernsten. Wenn Ihr den Weg nicht mit Dame Marjolaine fortsetzt, wird Mathieu d'Oigny Euch suchen, Euch finden und damit meinen Plan gefährden, oder vielmehr den Plan des Tempels, der keinesfalls gefährdet werden darf. Bei der Rückkehr werdet Ihr Euren Gatten wieder treffen.«

»Aber wohin geht er? Wo kann ich ihn wiederfinden?«

Es war Bénigne, der die Antwort übernahm.

»Mit Eurer Erlaubnis, Messire, laßt mich es ihnen erklären. Dann werden sie verstehen, daß sie großes Glück gehabt haben, als sie sich uns anschlosssen, aber um wirklich etwas davon zu haben, müssen sie das Spiel mitspielen.«

Dann, zu Pierre gewandt:

»Hör zu, Junge. Da du der Ehemann bist, schuldet sie dir Gehorsam, und es ist an dir, in Kenntnis der Sache zu entscheiden, da du jetzt weißt, wer ich bin.«

»Ihr habt es mir vorhin gesagt«, erwiderte der Bursche mit einem Respekt, den er dem Anführer der Pilger nicht entgegenzubringen gesonnen schien. »Ihr seid Bénigne Bereit-zur-guten-Tat, Reisender der Heiligen Pflicht Gottes.«

»Was ist denn das?« konnte Marjolaine sich nicht enthalten zu fragen.

„Später, wenn Ihr beliebt, edle Dame. Wißt lediglich, daß es ein sehr bedeutsamer Ehrentitel für einen jungen Zimmermanns- oder Steinmetzgesellen ist. Jetzt muß ich diesem Burschen die Mission erklären, mit der ich beauftragt bin.«

»Entschuldigt bitte«, sagte Marjolaine leicht verärgert.

»Seit Monaten habe ich auf Befehl Monseigneurs Robert de Craon, des Großmeisters des Tempels von Jerusalem, in dessen Dienst ich alles, was ich weiß, gestellt habe, an den Küsten der Normandie die Kunst studiert, jene schnellen Schiffe zu bauen, die seit so vielen Jahren wikingische Piraten zu unserem Land gebracht haben, und sie sogar zu verbessern, damit sie zahlreiche Reisen auf dem unendlichen Meer unternehmen können, um unbekannte Länder jenseits von ihm zu entdecken. Jetzt habe ich gelernt, was ich lernen wollte, und ich kann genauso gut feste Schiffe bauen wie Stapelblöcke und einen Hafen für sie errichten.«

»Aber es gibt keine Länder jenseits des Meers«, sagte Pierre. »Es gibt nur einen bodenlosen Abgrund, in den seine Wasser sich stürzen und die Unvorsichtigen mit sich reißen, die es wagen, sich dort Gefahren auszusetzen.«

Bénigne lächelte, was seinem groben Gesicht kindlichen Charme verlieh.

»Es gibt viele Dinge, die du nicht weißt, Junge, aber das ist nicht deine Schuld, denn sehr wenige wissen mehr darüber als du. Wisse, daß der Großmeister im Orient in den Besitz von alten Dokumenten geraten ist, die seltsame Dinge erzählen, von deren Wahrhaftigkeit der Tempel sich überzeugen will. Darum braucht es Schiffe, darum werden wir welche bauen.«

»Wo das?«

Bénignes Blick fragte Lusigny. Durfte er noch mehr sagen? Es war der große Pilger, der die Folge übernahm.

»Einige Dutzend Meilen von hier, in einem Dorf an der Küste, Rochella genannt, wo unsere Brüder schon einiges Land erworben haben.«

Bénigne wandte sich überrascht zu ihm.

»Ich glaubte, Messire, daß wir uns in Châtelaillon niederlassen würden, das schon eine Menge Einrichtungen besitzt.«

»Das ist geändert worden. Ich hätte es dir zu gegebener Zeit gesagt. Seitdem der Herzog von Aquitanien, der Vater Königin Aliénors, Châtelaillon allzu leicht verwüstet hat, ist uns dieser Ort verdächtig geworden. Außerdem scheint das Meer eine Landzunge zu überspülen, so daß sie vielleicht in absehbarer Zeit verschwinden wird. Rochella, mit seinem Kalksteinplateau geschützt in einer Bucht gelegen und von der Landseite her durch Sümpfe verteidigt, kann und muß ein großer Hafen werden. Von dort werden die Schiffe des Templer-Ordens auslaufen, um die Länder zu entdecken, von denen die Dokumente sprechen. Dort wirst du die Brüder treffen, die dich schon erwarten, dich und das versprochene Gold.«

»Seid ohne Furcht. Wir werden beide unser Ziel erreichen. Jetzt, mein Junge«, fügte er, wieder zu Pierre gewandt, hinzu, »ist es an dir, uns zu sagen, was du wählst: die Trennung von deiner Liebsten, und das für einige Monate, um mir bei der Erfüllung meiner Aufgabe zu helfen, oder lieber das Abenteuer, zu zweit allein zu bleiben, mit dem Risiko, bald im Tod vereint zu sein.«
Pierre drehte sich zu Pernette um, deren große, tränengefüllte Augen sich nicht von ihm lösten. Er ging zu ihr, nahm sanft ihr Gesicht zwischen seine Hände und küßte ihre zitternden Lippen.
»Meine Süße, ich will leben und mit dir leben. Was man uns anbietet, ist unerwartet. Ich möchte es annehmen.«
»Dein Wille ist immer der meine gewesen. Ich werde dir gehorchen.«
Sie schluckte mutig ihre Tränen hinunter und zwang sich sogar zu einem Lächeln.
»Auch ich«, sagte sie, »will mit dir leben. Vielleicht könnten auch wir uns auf die Suche nach den unbekannten Ländern machen.«
»Gut«, sagte Odon de Lusigny. »Du bist ein Mann, Pierre. Als Gegenleistung verpfände ich meine Ritterehre, daß deiner Frau nichts Böses zustößt, solange ich am Leben bin. Ich werde sie dir selbst bringen, wenn wir unser Gelübde erfüllt haben, und ihr könnt auf ein schönes Leben unter dem mächtigen Schutz des Templer-Ordens hoffen. Jetzt wird es gut sein, zu den anderen zu gehen. Das Abendessen wird bald aufgetragen.«
Als sie die Kapelle verließen, hielt Bénigne Marjolaine zurück.
»Ich wollte Euch vorhin nicht beleidigen, holde Dame, als ich es ablehnte, Euch zu antworten. Wollt Ihr mir verzeihen?«
»Meine Frage war unüberlegt, Meister Bénigne. Ich bin es, die sich entschuldigen muß.«
»Ich bitte Euch, laßt mich Euch jetzt erklären, was die Heilige Pflicht bedeutet, denn ich glaube, Ihr könnt diese Dinge verstehen. Messire de Lusigny hält viel von Euch und sagt, daß wenige Frauen Euer Verständnis besitzen.«
»Er ist zu gütig. Wenn es sich jedoch um ein Geheimnis handelt, bitte ich Euch inständig, mir zu glauben, daß ich ohne weiteres verstehe.«
»Ein Geheimnis? Tatsächlich ist es eins, aber es gehört zu den von

der Erleuchtung gehüteten, die Worte außerhalb der Orte der Einweihung nicht verraten können. Die Heilige Pflicht ist ein Gesetz, auf das jene einen Eid geleistet haben, die für würdig befunden wurden, Mitwisser zu sein. Ein Arbeitsgesetz.«

»Ein Arbeitsgesetz?«

»Ja. Es ist vor wenigen Jahren in meiner Heimat Burgund aufgestellt worden, in der Abtei von Fontenay, wo sich Männer von großem Wissen, Mönche... und andere versammelten, Kenner alter Traditionen der Baukunst. Dort haben unsere Meister ein geometrisches Verfahren des Zuschnitts von Zimmerwerk und Behauens der Steine entwickelt, das auf die Prinzipien eines Griechen namens Euklid zurückgeht, und aus dem eine neue Baukunst hervorgehen wird. Dieses Verfahren heißt die ›Klare Linie‹, und wir, reisende Gesellen der Heiligen Pflicht Gottes, wir müssen seine Wunder überall in der Welt anwenden. Und wir gehen überall dorthin, wo man unser Wissen braucht. Versteht Ihr?«

Marjolaine lächelte.

»Das sind ziemlich schwierige Dinge für den bescheidenen Verstand einer Frau, Meister Bénigne, aber ich glaube, ich habe verstanden dank der Sorgfalt, mit der Ihr es mir erklärt habt. All das scheint einfach.«

»Und dennoch habe ich Euch in Wirklichkeit nichts gesagt. Deshalb habe ich von Geheimnissen gesprochen, die von der Erleuchtung gehütet werden. Sie sind die bestgehüteten von allen.«

»Erlaubt Ihr mir, noch ein wenig Neugier zu zeigen?«

Das nachsichtige Lächeln des Zimmermanns nahm einen leichten Zug von Geringschätzung an.

»Ihr seid eine Frau, das kommt Euch zu. Außerdem seid Ihr intelligent. Was wollt Ihr wissen?«

»Das Wort Neugier war unrichtig, ich hätte Besorgnis sagen sollen. Messire de Lusigny hat vorhin von Gold gesprochen, und ich glaubte zu verstehen, daß dieses Gold Euch begleitet, da Ihr mit ihm wohlbehalten Euer Ziel erreichen sollt.«

»Ich rechne damit«, erwiderte Bénigne, ohne etwas preiszugeben, doch ziemlich kühl.

»Glaubt nicht, daß ich mich für dieses Gold selbst interessiere. Ich fürchte nur, verstanden zu haben, daß es sich hier bei Euch befindet. Mit anderen Worten, wenn eine bedeutende Summe unter uns mitgeführt wird, vervielfachen sich die Gefahren des Weges. Eine solche Belastung kann einfachen Pilgern, wie wir es sind, nur Risiken bringen. Ist das angesichts der Schwierigkeit der Reise nicht ein bißchen zuviel?«

Bénigne antwortete nicht sogleich. Er senkte den Kopf und schien eine annehmbare Antwort auf eine schwierige Frage von seinen Schuhspitzen ablesen zu wollen.

»Ihr habt vollkommen recht, und, glaubt mir, wir haben das Für und Wider sorgfältig erwogen, bevor wir dieses Abenteuer unternahmen. Aber in aller Aufrichtigkeit, ich glaube nicht, daß Ihr und Eure Gefährten ein großes Risiko eingeht. Dieses Geheimnis ist sowohl vom Augenschein als auch von Furcht gehütet. Außerdem werdet Ihr bald von dieser Gefahr befreit sein. Eine beträchtliche Gruppe von Pilgern ist ein guter Schutz. Wir hätten keinen besseren finden können, und die Sache, die trotz allem auch Gottes Sache ist, verdient es, daß wir dieses Risiko auf uns nahmen. Darf ich Euch inzwischen empfehlen, über diesen Gegenstand Schweigen zu bewahren? Messire de Lusigny hat vorhin ein wenig voreilig gesprochen, und ich bedaure, daß er das Gold erwähnt hat. Was man nicht kennt, fürchtet man nicht. Eure Frage bestätigt nur, daß ich recht hatte.«

»Seid ohne Furcht. Ich werde niemand etwas sagen, und ich werde Pernette, die sich übrigens deswegen keine großen Sorgen machen dürfte, Schweigen auferlegen.«

In dieser Nacht lag Marjolaine lange Zeit wach. Die großen Augen in der Dunkelheit geöffnet, dem friedlichen Atmen Avelines und Pernettes lauschend, die sie veranlaßt hatte, bei ihr zu schlafen, ließ sie noch einmal die peinliche Szene dieses Tages in ihrer Erinnerung vorüberziehen. Sie sah das wutverzerrte Gesicht Mathieu d'Oignys und das noch schlimmere seines Sohns. Bei dem Gedanken, daß Männer voller Haß und Rachsucht sich an ihre Fersen heften, auf Gelegenheiten lauern würden, ihre Rachsucht zu befriedigen und Pernette zurückzuholen, schnürte die Angst ihr das Herz zusammen. Das Gold, so gut es auch versteckt sein mochte, trug nichts zu ihrer Beruhigung bei, und sie zählte im Geiste diejenigen ihrer Gefährten, auf die man sich im Fall eines Angriffs würde stützen

können, besonders wenn der riesige Bénigne und Pierre sie verlassen hätten. Gewiß, Odon de Lusigny war stark und tapfer wie alle seine Brüder des mächtigen kriegerischen Ordens. Aber – und Marjolaine machte sich Vorwürfe, ohne daß es ihr deswegen gelang, ihr Bedauern zu mindern – wie viel sicherer hätte sie sich gefühlt, wenn sie hinter sich einen gewissen Ritter mit seinem Stallmeister, seinem Schwert und einem Paar besonders unverschämten Augen gewußt hätte. Doch besagter Ritter mußte jetzt weit fort sein, auf dem Weg zu einem Schloß und einem Leben, in denen Marjolaine nie ihren Platz haben würde.
Sie schloß die Augen und versuchte zu schlafen. Aber erst, als die Tränen ihren Hals zu netzen begannen, merkte sie, daß sie weinte.

10. Kapitel

Die Mördergrube

Der Krieg zwischen Bruder Fulgence und Bran Maelduin entbrannte am nächsten Tag von neuem. Da Ausbert sich besser fühlte und seinen Wächter nicht unnütz aufregen wollte, hatte er sich bescheiden bei Marjolaine für ihre mitfühlende Gefälligkeit bedankt und ihr das geliehene Maultier zurückgeben lassen. Doch als er auf seine Krücken gestützt erschien, den Fuß mit einem Stück Leinen umwickelt, hatte Fulgence, durch Fresnoys Verschwinden gestärkt, die Entfernung des Verbandes gefordert.
»Er muß barfuß gehen!« wiederholte er unbarmherzig.
Offenbar hatte Bran es vorausgesehen. Er kniete ruhig vor dem Büßer nieder, nahm ihm das beanstandete Leinen ab, zog sodann aus seiner Kutte ein Paar Sandalen, wie Mönche sie tragen, nur durch einen einfachen Riemen am Fuß gehaltene Ledersohlen, und machte sich daran, sie Ancelin anzuziehen.
»Laßt das!« brüllte Fulgence. »Ich habe barfuß gesagt!«
»Ich behaupten, Füße nackt«, erwiderte der Ire und wies auf die kaum von den schmalen Riemen bedeckten Zehen seines Schützlings.
Die Unterscheidung war zweifellos für den reizbaren Mönch zu

subtil, denn er weigerte sich, diese Form von Nacktheit anzuerkennen. Er wollte sich der Sandalen bemächtigen, doch Bran Maelduin widersetzte sich. Ein Wort gab das andere, und unter den teils interessierten, teils verdutzten Blicken ihrer Weggefährten tauschten Fulgence und der Ire eine ganze Kollektion von Injurien, die ihrer Beschlagenheit auf diesem Gebiet alle Ehre machten und von denen manche zwar von irischer Folklore gefärbt, aber deswegen nicht weniger wirksam waren. Vielleicht wären sie miteinander gar ins Handgemenge geraten, wenn Odon de Lusigny, damit beschäftigt, dem Prior der Klosterherberge im Namen aller ein Almosen zu übergeben, nicht eben noch rechtzeitig erschienen wäre.
Die Sorgen, die ihm die Fortsetzung der Reise verursachte, waren deutlich von seinem Gesicht abzulesen, und das Gekeif des Mönchs reizte ihn außerordentlich. Er befahl beiden Männern zu schweigen, mahnte sie, sich zu schämen, weil sie sich dazu hatten hinreißen lassen, als Christen einander zu beschimpfen, erlegte ihnen für die abendliche Rast eine Buße auf, und als ihm Fulgence in gekränktem Ton die Ursache des Streits auseinanderzusetzen versuchte, schnitt er ihm das Wort ab:
»Genug davon, Bruder Fulgence! Wir werden bald ein Gebiet erreichen, in dem es für die Sicherheit aller besser sein wird, wenn wir möglichst viele gesunde Männer unter uns haben. Dieser da ist kräftig und dank unserem irischen Bruder fast geheilt. Es ist sinnlos und sogar gefährlich für alle, ihn wieder in einen Invaliden zu verwandeln.«
»Ein gefährliches Gebiet? Welche Art von Gefahr?«
»Alle Arten: die Hochwasser führenden Flüsse zum Strombereich der Garonne, die Sandwüsten im Süden von Bordeaux, dann das Gebirge und seine Fallen... und schließlich hier und da auch die Menschen«, fügte er in Gedanken an die beiden Oignys hinzu. Dabei schweifte sein Blick über seine Herde hinweg und suchte sie in der kleinen Menge von Einwohnern Poitiers' zu erkennen, die gekommen waren, um dem Aufbruch der Pilger beizuwohnen.
Er sah sie nicht und fand darin einen gewißen Trost. Nicht, daß er Angst vor dem hatte, was diese Männer tun konnten, denn er vertraute auf seine Kraft und seinen eigenen Mut, aber die Idee, daß ein doppelter Haß alle diese braven Leute begleiten könne, für die

er die Verantwortung trug, gefiel ihm nicht. Und an diesem Morgen richtete er während der Messe ein noch inbrünstigeres Gebet als sonst an Gott, daß der Weg für die Pilger, die er nach Galicia führen sollte, nicht zu grausam sein möge.
Offenbar war Gott nicht geneigt, ihn anzuhören, denn nach Beendigung der Messe wurde ihm mitgeteilt, daß die leidende dänische Dame sich entschlossen habe, einige Tage in Poitiers zu bleiben, wo sie in der besten Herberge abgestiegen war. Sie und ihre Leute waren alle beritten, sie würden keine Mühe haben, die Wanderer vor den hohen Bergen wieder einzuholen; ihr Kaplan, der ihr als Dolmetsch diente, habe die Absicht, sich an Führer zu wenden, um nicht den Weg zu verlieren.
Lusigny konnte sich nur einverstanden erklären, wenn auch nicht ohne Bedauern: Die Eskorte der Dame bestand aus rund zehn kräftigen, gut bewaffneten Männern, die sich als wertvolle Hilfe erweisen konnten. Einen Moment erwog er den Gedanken, den Gouverneur der Stadt um bewaffnetes Geleit bis nach Saint-Jean d'Angély zu bitten, wie es in schwierigen Gebieten oft üblich war. Doch das im Namen der Königin gut verwaltete und im allgemeinen von gastfreundlichen, weil über fruchtbare Erde gebietenden Leuten bevölkerte Poitou konnte keinesfalls als gefährliche Region gelten. Und dann: Warum nur bis Saint-Jean d'Angély und nicht darüber hinaus?
Es war schwer zu erklären, sogar sich selbst, aber den Tempelritter bedrängte ein unangenehmes Vorgefühl, zweifellos seiner Verantwortung für das ihm von den Brüdern in Paris anvertraute Gold entstammend. Das Gold, das fünf seiner Leute – vier draußen und einer im Innern, der den Kranken spielte und jeden Tag wechselte – in der berühmten Sänfte transportierten, die seine Gefährten anfangs neugierig gemacht und dann so verschreckt hatte. Das Gold, das auf diese Weise schon ungefährdet den größten Teil der Strecke zurückgelegt hatte. Man hatte allen Grund anzunehmen, daß auch der Rest des Weges unter der Bewachung Bénignes, Pierres und der anderen fünf ebenso glücklich vonstatten gehen würde. Was Lusigny betraf, verhehlte er sich nicht, daß ihn die von den beiden Oignys drohende Gefahr wesentlich gleichgültiger ließe, wenn der Schatz den Pilgerzug verlassen hätte, um sich Rochelle zuzuwen-

den. Bis zur Wegkreuzung von Aulnay, wo sich die Trennung vollziehen würde, waren noch fast drei Marschtage zu bewältigen. Gewiß, es wäre möglich, sich noch am selben Tag zu trennen, denn unter den Mauern des Schlosses von Lusignan, an dem sie vorbei mußten, öffnete sich ein Weg in Richtung zum Meer. Doch er schlängelte sich quer durch ein gefährliches Sumpfgebiet, war wenig bekannt und bot keinerlei Schutz. Die Fracht und ihre Begleiter konnten auf ihm verschwinden, ohne daß jemand hätte sagen können, was aus ihnen geworden war, und ohne andere Spuren als zwei oder drei große Blasen auf der Oberfläche des Schlamms zu hinterlassen. Besser war's, sich an das zu halten, wozu man sich entschlossen hatte.

Doch an diesem Tag ereignete sich nichts. Vom Fuß des von Poitiers gekrönten Vorgebirges aus verlief der Weg durch eine weite, von klaren Wasserläufen in kühlen, felsigen Tälern und buschigen Waldstücken unterbrochene Ebene, hier und dort überragt von zuweilen recht imposanten römischen Ruinen, auf deren Verschwinden man nicht lange würde warten müssen, da sie als Steinbrüche der Errichtung neuer Dörfer und vor allem dem erstaunlichen Erblühen weißer Kirchen dienten, die man allerorten entstehen sah. In diesem reichen und gut verwalteten Poitou verlangte das kleinste Dorf, das bescheidenste Kloster nach dem Besitz eines neuen Wunderwerks. Es war, als wirke das ganze Land zusammen, um die Steine den Ruhm eines Gottes singen zu lassen, der es verstanden hatte, es vor dem sarazenischen Eroberer zu bewahren, und der noch mächtiger war als die allmächtige Gräfin-Königin.

Der von Vögeln überquerte Himmel war grau und mild. Nebel kam gegen Abend auf, als sie auf dem Gipfel eines kleinen Hügels die Kapelle und die Scheunen auftauchen sahen, bei denen sie Rast machen wollten.

Am zweiten Tag durchwanderten sie einige jener mit Heidekraut, Ginster und Farnen bewachsenen poitevinischen Heiden, die den Blick ungehindert über die weiten Flächen einer beruhigenden Landschaft vagabundieren ließen. Unglücklicherweise war mit dem Morgen der Regen zurückgekehrt und nahm der Gegend viel von ihrem blühenden Reiz. Die Pilger ertrugen seine Unannehmlichkeiten, ohne sich zu beklagen. Nur Léon Mallet füllte die Luft mit seinem Jammern und Stöhnen, aber niemand dachte daran, es ihm zu verübeln, denn seine geschwollene Wange verriet deutlich genug, welches Martyrium er erduldete. Marjolaines Gesellschaft verlassend, suchte Modestine ihm zu helfen, was, obgleich ein wenig übertrieben, deshalb nicht weniger rührend war, da es ihr mehr Undank als Dank eintrug.

Als man bei sinkender Nacht Unterschlupf in den Nebengebäuden eines festen, sicher ummauerten Schlosses fand, dessen Herrn Lusigny kannte, atmete der Anführer der Pilger auf. Nur noch wenige Stunden, und man würde sich von der lästigen Sänfte trennen. Lusigny würde sich beträchtlich erleichtert fühlen.

Gewiß, für die anderen Pilger mußte man noch eine Erklärung finden. Aber die Sänfte folgte ihnen immer in einem gewissen, durch die um sie gewobene Legende begründeten Abstand, und wenn sie verschwände, würden sich die anderen höchstwahrscheinlich mit einem Seufzer der Erleichterung begnügen. Was Bénigne und Pierre anging, wäre es das beste, wenn sie sich ebenfalls scheinbar unvorsichtig entfernten. Bei der Rast in Saint-Jean d'Angély würde man ihre Abwesenheit bemerken. Man würde so tun, als ob man sie suche, und schließlich den Weg ohne sie fortsetzen. Pernette vergösse sicherlich Ströme von Tränen, aber es gehörte ohnedies nicht viel dazu, dieses Resultat zu erzielen. Die Kleine klammerte sich an Marjolaine wie ein junger Hund, der seinen Herrn verloren hat. Es würde sie hart ankommen, nicht mehr Hand in Hand mit Pierre zu gehen, der ein paar Schritte hinter ihr mit Bénigne fachsimpelte, aber vor allem fürchtete sie den Augenblick der Trennung und suchte in der Freundschaft der jungen Witwe einen Schutzwall gegen eine Verzweiflung, deren sie sich, wie sie wußte, nur sehr schwer erwehren würde.

Nach der großzügigen Verteilung von Brot und Suppe, die er in den Scheunen persönlich vornahm, zog der Schloßherr von Bouix Odon de Lusigny beiseite.

»Mein Freund«, sagte er, »es wird nötig sein, daß Ihr Eure Leute gut zusammenhaltet, wenn Ihr den großen Wald von Aulnay erreicht. Vor allem dürft Ihr nicht vom Weg abweichen, was bei nebligem Wetter wie heute abend und möglicherweise auch morgen früh nicht leicht ist. Besonders an der Wegkreuzung beim Croix Pèlerine.«

»Ich erinnere mich daran. Vor drei Jahren bin ich schon einmal dort vorbeigekommen, als ich mich nach Aragon begab.«

»Vertraut Euren Erinnerungen nicht. Die Mönche von La Villedieu haben andere Wege angelegt. Zwar haben sie an der Kreuzung einen Pfahl eingerammt und an dessen Ende ein Brett genagelt, das den Weg nach Saint-Jean anzeigt, doch im Nebel ist die Richtung schwer auszumachen, und man kann sich irren.«

»Was uns zu einem Umweg zwingen würde, und daran ist mir nichts gelegen, denn ich will die Beine meiner guten Leute schonen. Der Weg ist ohnehin lang genug.«

»Zweifellos, aber nicht davon will ich reden. Seit ein paar Monaten hält sich im Wald um die Priorei von Saint-Mandé im Osten Aulnays eine Bande von Straßenräubern. Sie sollen die Mönche ausgerottet haben, wie es heißt.«

»Wieso ›wie es heißt‹? Habt Ihr Euch dort nicht umgesehen? Was tun die Seigneurs der Umgebung, wenn eine Bande von Landstreichern Mönche ungestraft umbringen kann?«

»Der Winter war hart, Sire Odon, und wir sind wenige, die ein Kastell oder befestigtes Haus besitzen. Wir haben kaum Soldaten. Man muß schon die schönen Tage erwarten, um sich zusammenzutun und gemeinsam mit den Männern des Gouverneurs von Saint-Jean, der uns Hilfe versprochen hat, zur Treibjagd anzutreten. Bis dahin liegt uns vor allem daran, unsere Leute und unsere Häuser zu schützen. Wenn Ihr jedoch nicht vom richtigen Weg abirrt, habt Ihr weniger zu fürchten, denn kurz nach der Kreuzung weicht der Wald von der Straße zurück, und Hinterhalte sind kaum mehr möglich. Um so weniger, als Ihr zahlreich seid.«

Lusigny verzog das Gesicht.

»Sicherlich, aber ich habe kaum mit Waffen vertraute Männer: Mönche, brave Bürger, auch Kaufleute und Kranke. Dazu den Büßer, den Ihr gesehen habt. Sind diese Straßenräuber zahlreich?«

»Man weiß es nicht. Manche sagen etwa zwanzig, andere reden von einer Menge. Aber das vielleicht nur, weil sie nicht zählen können und eine Handvoll Männer, wenn man Angst hat, wie eine Armee wirkt. Auf jeden Fall seid Ihr gewarnt. Bereitet Euch folglich vor und bereitet auch Eure Leute vor. Wenn ich an Eurer Stelle wäre, würde ich für diese Etappe die Ketten des Sträflings entfernen. Er ist groß und kräftig und könnte bei einem Kampf nützlich sein.«

»Zweifellos, aber der Bruder, der ihn bewacht, wird es nicht erlauben. Ich habe schon genügend Ärger deswegen gehabt. Habt Dank für Euren Rat, mein Freund. Ich werde mich daran halten, doch vor allem werde ich mich der Gnade Gottes überlassen.«

In dieser Nacht war es an Odon de Lusigny, kein Auge zu schließen. Er verwünschte die übertriebene Vorsicht des Gouverneurs von Saint-Jean d'Angély, der erst die schönen Tage erwarten mußte, um sein Gebiet von einer Bande von Übeltätern zu säubern. Hatte er denn nie im Winter den Wolf gejagt? Es war für die Tempelritter vielleicht an der Zeit, sich zum Wohl des Landes stärker in dieser Region festzusetzen, in der man ihnen bisher keinen Grund und Boden zum Geschenk gemacht hatte. Die Ländereien, die sie um Rochelle besaßen, hatten sie diskret von ihnen ergebenen Männern kaufen lassen, die sie ihnen dann in aller Öffentlichkeit schenken würden, ein Verfahren, das nicht verfehlen konnte, weitere Spenden nach sich zu ziehen. Diese Straße, eine der wichtigsten Verbindungen der Christenheit mit dem Wallfahrtsort Compostela, bedurfte des Schutzes.

Am Morgen des dritten Tages ertränkte ein sintflutartiger Regen die Umgebung und machte die Herzen all derer schwer, die stundenlang unter diesem Guß würden marschieren müssen. Als Bran Maelduin kurz vor Tagesanbruch in der Scheune, in der die meisten Pilger geschlafen hatten, die Messe zelebrierte, klangen daher die Gebete noch inbrünstiger als sonst und die Odon de Lusignys mehr noch als die der anderen, denn es gelang ihm nicht, sich eines düsteren Vorgefühls zu erwehren. Nach dem Segen schüttete es förmlich wie aus Eimern, und Modestine näherte sich dem Anführer der Pilger.

»Könnte man unseren Aufbruch nicht noch ein bißchen verzögern, Messire? Mein armer Mann hat die ganze Nacht nicht geschlafen, so sehr leidet er. Seht nur seine Wange an, sie ist doppelt so dick wie die andere.«

»Das ist unmöglich, arme Frau. Und eben wegen dieses schlimmen Wetters. Wenn es anhält, dürften wir vielen Hochwasser führenden

Flüssen begegnen, und deren Überquerung wird unmöglich werden. Sagt Eurem Gatten, er soll sich zusammennehmen. Nur noch ein wenig Mut! Saint-Jean d'Angély ist eine ansehnliche Stadt, dort werden wir sicher einen Arzt finden.«
»Warum Arzt?« protestierte Bran Maelduin, der zugehört hatte. »Ich können behandeln kranken Zahn. Ich herausreißen und alles gut. Aber Mann zimperlich. Er sich weigern.«
Ein langgezogenes Jammergeheul antwortete ihm. Bei der bloßen Idee, daß der energische kleine Mönch seinem kranken Zahn mit einem barbarischen Instrument, das nur eine Kneifzange sein konnte, zu Leibe rücken würde, fühlte sich Léon Mallet einer Ohnmacht nahe. Es war Modestine, die sein Geheul übersetzte:
»Ihn herausreißen? Ihr könntet ihn dabei töten, Bruder! Der Schmerz wäre zu stark, und sein Herz ist nicht sehr gut, obwohl er nicht so aussieht.«
»Pffuit! Kleiner Moment großer Schmerz, dann Schmerz verflogen, aus! Mann kein Mut«, schloß er bekümmert.
Plötzlich wühlte er in seinem Sack, zog ein winziges tiefbraunes Etwas heraus, das er Modestine in die Hand drückte und das sie mit mißtrauischer Miene betrachtete. Es ähnelte ein bißchen einem Nagel und verströmte einen angenehmen Geruch.
»Du sagen Ehemann, lutschen und auf kranken Zahn drücken. Wertvolles Gewürz und gut für Zähne.«
Léon zu überzeugen, war nicht leicht, doch Modestine gelang es, und zu ihrer großen Überraschung stellte sie bald fest, daß das Gejammere ihres Gatten allmählich nachließ, so daß man daran denken konnte, Bouix zu verlassen.
An diesem Morgen machte man sich keineswegs frohen Herzens auf, denn die Wege waren so durchweicht und schlammig, daß man oft Mühe hatte, die Füße aus dem Schlamm zu ziehen, wenn sie sich nicht gar in Moraste verwandelten, in denen man bis zur halben Wade versank. Niemand dachte daran zu singen, und wenn Odon de Lusigny, Bran Maelduin oder Bruder Fulgence zuweilen ein Gebet anstimmten, fanden sie keinen Widerhall, da jeder zuviel damit zu tun hatte, darauf zu achten, wohin er seine Füße setzte. Man marschierte so gut es ging, den Rücken unter dem Regenguß gebeugt, der selbst noch die dicksten Wollstoffe durchdrang. Es

würde vieler Sonnentage oder eines höllischen Feuers bedürfen, um all das wieder zu trocknen.
Auf den drei Maultieren Marjolaines ritten jetzt Pernette, Aveline und sie selbst. Colin, der tapfer zu Fuß ging, hatte es verlangt, denn der sichere Schritt der Tiere ließ sie die schlimmsten Stellen vermeiden, und wenn die drei Frauen schon einen durchnäßten Rücken hatten, blieben so wenigstens ihre Füße fast im Trockenen.
Als man das Croix Pèlerine erreichte, stieß Lusigny einen Seufzer der Erleichterung aus. Es regnete noch, gewiß, aber es war nicht mehr die Sintflut von kurz zuvor, und die Kreuzung mit dem Pfahl, der den Weg nach Saint-Jean anzeigte, war deutlich zu erkennen.
»Gott ist mit uns, meine Kinder!« rief er freudig. »Vorwärts, geben wir uns jetzt ein wenig Mühe und singen wir, um ihm zu danken. Ich fürchtete, wir könnten bei diesem starken Regen, der so undurchsichtig wie Nebel ist, den rechten Weg nicht finden.«
Er stimmte kraftvoll das übliche Marschlied an, während er als erster den gewählten Weg betrat. Um sich auch leiblich den rechten Mut zu schaffen, zog jeder etwas aus seinem Bettelsack, der eine ein Stück trockenes Brot, der andere einen Rest schon ein wenig ranzigen Specks oder einen steinharten Ziegenkäse.
»Das ist bequem«, lachte Nicolas Troussel. »Wenn man trinken will, braucht man nur das Maul aufzusperren.«
So wurde fast eine halbe Meile zurückgelegt. Doch Odon de Lusigny hörte nicht nur auf zu singen, je weiter sie vorankamen, auch seine Miene verdüsterte sich mehr und mehr. Der Wald wich keineswegs wie in seiner Erinnerung von der Straße zurück, sondern schien sich im Gegenteil mehr um sie zu schließen, den zu einer schmalen Schneise gewordenen Weg zu ersticken. Plötzlich senkte er sich in steiler Schräge auf den Grund einer Schlucht, die den Reisenden um so unheimlicher erschien, als unter dem dichten Geäst der Bäume einige aus Zweigen hastig zusammengefügte Kreuze aus dem Moos und den modrigen Blättern des vergangenen Winters ragten. An einigen waren Muscheln befestigt, ein sicheres Zeichen, daß die, die dort schliefen, Pilger waren. Doch von wem getötet? Odon de Lusigny hielt an und brachte durch Heben seines Stocks die ganze Kolonne zum Stehen.

»Meine Brüder«, sagte er, »dieser Weg ist nicht der richtige. Wir müssen zum Croix Pèlerine zurück.«
»Warum sollte es nicht der richtige sein?« fragte jemand. »Er verlief in gleicher Richtung wie sein Nachbar und hat keine Biegung gemacht.«
»Er ist trotzdem nicht der richtige, und ich fürchte sogar, daß er viel schlimmer ist, als Ihr es Euch vorstellt.«
»Wißt Ihr genau, daß Ihr Euch nicht irrt?« fuhr der Mann, einer der Kaufleute, fort. »Ich sehe da Muscheln an diesen Kreuzen. Es ruhen also Pilger hier. Demnach ist dieser Weg der richtige. Kennt Ihr ihn so gut? Seid Ihr aus dieser Gegend?«
»Nein, aber ich bin vor drei Jahren schon einmal dieser Straße gefolgt, und ich erkenne sie nicht wieder.«
»Alles verändert sich in drei Jahren, und zurückzumarschieren, noch dazu bei diesem abscheulichen Wetter, wäre vielleicht überflüssige Mühe. Meiner Meinung nach sollten wir weitergehen. Vielleicht begegnen wir einem Holzfäller oder Köhler, der uns sagen wird, woran wir sind.«
Der Regen setzte wieder heftig ein, und niemand hatte Lust umzukehren. Lusigny spürte es. Er hätte vielleicht selbst seine Erinnerung in Zweifel gezogen, wenn ihm nicht eingefallen wäre, was der Schloßherr von Bouix am Vorabend gesagt hatte: der Wald weiche kurz nach dem Croix Pèlerine von der Straße zurück. Er war in der Tat zurückgewichen, doch nur, um wieder näher und dichter heranzudrängen.
»Gehen wir noch ein bißchen weiter«, bat Bran Maelduin, der sah, daß Ausbert Ancelin sich härter abmühte als die andern. »Vielleicht finden Unterschlupf und, wie unser Bruder sagt, jemand für Auskunft geben. In jedem Wald viele Wege.«
Lusigny zögerte noch. Wenn er die Banditen erwähnte, von denen ihr letzter Gastgeber gesprochen hatte, riskierte er, eine Panik auszulösen, mit der er nicht fertig werden würde. Wichtig war, immer südwärts zu marschieren, und noch war die Höhe von Aulnay nicht erreicht. Auf einen Querweg zu stoßen, war immer möglich.
»Gehen wir also noch ein wenig«, sagte er endlich widerwillig. »Vielleicht finden wir wirklich Hilfe.«

»Ich sehe etwas dort hinten zwischen den Bäumen!« rief Nicolas. »Es sieht nach einer Hütte, nach Gebäuden aus.«
Es waren nur Ruinen. Rauchgeschwärzte Ruinen neben dicken, von einem kürzlichen Brand halb verzehrten, gekrümmten Bäumen, Alptraumruinen, denn an den noch aufrechten Flügeln eines Scheunentors war der gekreuzigte, entstellte Körper einer Frau genagelt, aus deren aufgeschlitztem Leib die Gedärme hingen. Zwei weitere Leichen, Männer diesmal, lagen mit den Gesichtern zur Erde im Schlamm zu ihren Füßen.
Den Schreckensschreien der Frauen antwortete das wütende Grollen der Männer, vermischt mit einigem angstvollen Gestöhn.
»Nur Wilde können das getan haben!« stieß Nicolas mit tonloser Stimme hervor, während Marjolaine sich zur Seite warf, um ihren Schleier herunterzuzerren und das Wenige, was sie gegessen hatte, zu erbrechen.
Schweigen folgte. Von Entsetzen überwältigt, drängten sich die Pilger zusammen wie eine verschreckte Herde. Nur Odon de Lusigny, Bran Maelduin, Nicolas, Bénigne, Pierre, die beiden Kaufleute und Colin schoben sich instinktiv schützend vor die andern. Bruder Fulgence hingegen hatte es vorgezogen, sich so klein wie möglich zu machen und hinter der hohen Gestalt seines Gefangenen in Deckung zu gehen, an dessen Ketten er sich trotz Ancelins Protesten klammerte, der um jeden Preis an der gemeinsamen Verteidigung teilnehmen wollte, falls der Feind sich zeigte.
»Was werden wir tun?« stammelte Léon Mallet.
»Wir können nur eins von zwei Dingen tun: weitergehen oder zurückweichen«, erwiderte Lusigny. »Ich glaube, mich zu erinnern, daß Ihr überwiegend dafür wart weiterzugehen, während ich Euch warnte, dieser Weg sei nicht der unsere.«
Aller Augen wandten sich dem Tunnel aus Zweigen und jungen Blättern zu, der nun allen seltsam bedrohlich erschien. Und es gab nur noch das einmütige Verlangen, den Rückweg zum Croix Pèlerine anzutreten. Unglücklicherweise war es schon zu spät.
Quer über den abwärts führenden Weg waren unversehens vier zerlumpte, aber bis an die Zähne bewaffnete Männer erschienen, vier weitere gingen hinter ihnen in Stellung, und zu beiden Seiten des Weges tauchten, man wußte nicht woher, noch andere auf. Es

war, als habe jeder Baum plötzlich einen Banditen ausgespien. Einer von ihnen, ein struppiger, in Wolfsfelle gehüllter Riese, offensichtlich ihr Anführer, pflanzte sich mit in die Seiten gestemmten Fäusten einige Schritte vor Lusigny auf und lachte höhnisch.
»Was für eine hübsche, fette Herde, um die zu ersetzen, die uns der Winter gefressen hat! Es wird eine wahre Lust sein, sie zu scheren, nicht wahr, ihr Burschen? Und sie bis auf die Knochen zu scheren! Aber die Frauen wird man natürlich schonen. Wenigstens die, die noch jung sind.«
»Wir sind nur Pilger des heiligen Jakobus«, erwiderte Odon de Lusigny, sich zur Ruhe zwingend. »Wir sind arm und haben nichts, was eure Begehrlichkeit befriedigen könnte.«
»Nichts? Geht doch! Im Gegenteil, Ihr seid reich. Ihr habt Maultiere, Pferde, Schuhe, gute Kleidung, während wir in Lumpen gehen. Ihr habt dort hinten sogar, wenn ich recht sehe, eine große Sänfte, die recht angenehm sein muß.«
»Wenn du sie berührst, wirst du sterben und deine Männer auch. In dieser Sänfte befindet sich ein Kranker, der seine Heilung erflehen will.«
»Es gibt keine Krankheit, die ein guter Degenstoß nicht heilen könnte.«
»Glaubst du. Selbst das Blut, das er vergießen wird, kann töten. Der Mann ist aussätzig.«
Ein Schauer des Schreckens schüttelte die Pilger in Erinnerung an Momente, in denen sie sich, wenn auch noch so wenig, der Sänfte genähert hatten. Selbst Nicolas wurde bleich, denn er hatte sich oft um sie herumgeschlichen, weil er sich geschworen hatte, herauszufinden, was sie enthielt. Der Anführer der Räuber verzog sein Gesicht zu einer angewiderten Grimasse.
»Man wird sie mit allem verbrennen, was sich in ihr verbirgt, sobald wir mit euch fertig sind. Auf jeden Fall weiß ich, daß ihr reich seid. Eure Ankunft ist uns gemeldet worden.«
»Wie könnte das sein? Wir haben uns im Weg geirrt.«
Das breite Grinsen des Mannes enthüllte eine ganze Kollektion schadhafter Zähne, von denen einige schon total schwarz waren.
»Mit unserer Nachhilfe. Wir waren es, die die Richtung des Pfahls dieser braven Mönche geändert haben. Aber genug jetzt!!«

In diesem Augenblick wurde ein Mann hinter seinen schmierigen Wolfsfellen sichtbar, in dem Lusigny nicht ohne Abscheu Matthieu d'Oigny erkannte.

»Einen Moment, Sire Loup!«[1] rief er. »Denk an dein Versprechen! Ich bin's, der dich verständigt hat. Gib mir jetzt meine Nichte heraus.«

Pernettes Jammern schnitt ihm das Wort ab:

»O nein! Nein! Habt Erbarmen!«

Marjolaine, an die die Kleine sich klammerte, spürte plötzlich, daß deren Hände sich lösten. Von iher Angst überwältigt, war Pernette ohnmächtig zu Boden geglitten.

Loup, denn offenbar war das sein Name, zuckte die mächtigen Schultern.

»Verschieben wir die Herzensergüsse auf später. Du brauchst sie dir nur selbst zu holen. Aber seid ihr bereit, ihr Pilger, uns alles zu geben, was ihr bei euch habt?«

Ruhig warf Odon de Lusigny seinen Mantel und das lange braune Gewand darunter zurück und erschien in einem über dem anliegenden Rock getragenen weißen Hemd mit rotem Kreuz und engen ledernen Hosen. Der Anblick dieses schon berühmten Kreuzes ließ den Loup die Stirn runzeln.

»Ein Templer? Was machst du unter diesem Pilgerhabit? Und wo ist dein Bruder? Man sagt, daß ihr immer zu zweit gehen müßt.«

»Die Regel verbietet nicht, daß man sich trennt, wenn es sich darum handelt, am Grabe eines großen Heiligen eine Andacht zu verrichten, um für eine Schuld um Vergebung zu bitten. Aber wir sind nicht hier, um über unsere Ordensregel zu disputieren. Diese guten Leute sind mir anvertraut, und wenn du ihnen das Wenige nehmen willst, das sie haben, mußt du zuerst mich töten. Und das wird nicht so leicht sein.«

Noch während der letzten Worte hatte der Ritter das lange, zweischneidige Schwert aus der Scheide gezogen, das an seinem Gürtel hing.

»Man kann's ja immerhin versuchen. Heda, ihr andern! Drauf auf die Herde und keine Gnade!«

---

[1]) loup=franz. Wolf

Mit den andern Frauen von der Schar der Pilger umgeben, begann Marjolaine ein Gebet, während sie sich bemühte, Pernette zu schützen, die aufzuheben niemandem eingefallen war. Um sie herum brach die Hölle los. Die Pilger, zu denen sich die von der Sänfte gesellt hatten, wehrten sich gegen die Räuber so gut sie konnten, da sie nur zu gut wußten, daß es um ihr Leben ging. Selbst die Kaufleute und der ewig nörgelnde junge Engländer bewiesen unerwarteten Mut. Sie alle hatten Waffen unter ihren fast mönchischen Kutten verborgen und wußten sich ihrer offenbar zu bedienen. Doch der Vorteil der größeren Zahl wirkte sich nicht für sie aus, denn unter ihren Gefährten gab es Feiglinge reinsten Wassers wie Bruder Fulgence und Léon Mallet.
Von Ausbert Ancelin ließ sich Gleiches nicht sagen. Die Hände aneinanderpressend, bediente er sich seiner Kette wie eines Dreschflegels und leistete gute Arbeit, die ihm Nicolas' begeisterten Beifall eintrug. Dieses Bild war das letzte, das Marjolaine vergönnt war. Von einem heftigen Schlag von hinten getroffen, brach sie neben Pernette zusammen, während von sehr weither eine Stimme zu ihr drang, eine Stimme, die über den Lärm des Kampfes hinweg ihren Namen rief:
»Marjolaine! Wo seid Ihr, Marjolaine?«
Sie öffnete wieder die Augen an einem Ort, der ihr wie das Vorzimmer der Hölle erschien. Düster war er trotz der Flammenbündel, die hier und da ihren Schein verbreiteten, und eine Art Dämon mit blutigem Gesicht beugte sich über sie. Aber es mußte wohl ein ziemlich guter Teufel sein, denn er gab ihr frisches Wasser zu trinken. Ein anderer, von dem sie nichts sah, der ganz schwarz sein mußte und von weit weniger guten Absichten beseelt, bemühte sich, ihr Kleid zu öffnen, und betastete ihre Schulter, die sie sehr schmerzte.
»Sie kommt wieder zu sich«, raunte der rote Dämon mit einer Stimme, die die junge Frau veranlaßte, ihre Augen weit zu öffnen.
»Sie? Ihr seid es wieder?« murmelte sie verblüfft, denn in dem blutverschmierten Gesicht hatte sie zwei Augen von einer gewissen grünen Farbe blitzen sehen, deren besondere Nuance zu vergessen ihr nie gelingen würde. Im nächsten Moment konnte sie auch die weißen Zähne des Mannes blitzen sehen.

»Ich bin es wieder!« sagte Hughes de Fresnoy fröhlich. »Ich, der ich mich nicht entschließen konnte, Euch schutzlos den Gefahren des Weges zu überlassen, und der Euch von fern seit Sainte-Cathérine gefolgt ist.«
»Aber warum?«
»Ich hab's Euch eben gesagt: Ich war nicht ruhig. Und Ihr müßt mir danken, denn ohne die gute Arbeit, die Bertrand und ich geleistet haben, wäre es nicht mehr vielen von Euch vergönnt, zu dieser Stunde die Luft Gottes zu atmen.«
Der schwarze Dämon, kein anderer als Bran Maelduin mit schmutzverschmiertem Gesicht, zerrte wieder ungeduldig an ihrem Kleid und schimpfte:
»Ich will ansehen Wunde von junge Dame. Rufen Dienerin, um Kleid auszuziehen.«
»Welche Wunde?« fragte Marjolaine, die, noch immer im Bann ihrer Überraschung, sich nicht bewußt war, daß sie Hughes mit den Augen verschlang. »Ich habe nur ein bißchen Kopfschmerzen.«
»Euer Kleid ist voller Blut. Ihr seid niedergeschlagen worden, wenn ich der Beule an Eurem Kopf glaube«, erwiderte Hughes und drückte vorsichtig auf die entsprechende Stelle, was der jungen Frau ein schmerzliches Stöhnen entriß. »Und darüber hinaus hat man Euch einen Dolchstich in den Rücken versetzt. Doch Gott sei Dank ist der Riß im Kleid nahe der Schulter. Es wird nichts Schlimmes sein, hoffe ich.«
Er bemühte sich, unbeschwert zu sprechen, um die scheußliche Angst besser bemänteln zu können, die sich seiner bemächtigte, als er nach beendigtem Kampf nach ihr gerufen, sie dann gesucht und schließlich zwischen den Toten gefunden hatte. Er hatte sie bewußtlos in die Scheune getragen, die dank des strömenden Regens am Morgen nur teilweise niedergebrannt war, und sie dort auf eine Schütte Stroh gelegt.
Er suchte Aveline mit dem Blick, sah sie in einiger Entfernung am Boden sitzen, damit beschäftigt, den am Arm verletzten Bertrand aufmerksam zu umsorgen, und rief sie ein wenig schroff:
»Kommt her und kümmert Euch ein bißchen um Eure Herrin! Mein Stallmeister ist imstande, für sich selbst zu sorgen.«
Dann beugte er sich von neuem über Marjolaine, zögerte jedoch,

die Schlammspuren fortzuwischen, die ihr Antlitz beschmutzten und die große Narbe noch grausiger machten.

»Das muß abgewaschen werden«, sagte er.

»Ich machen später«, versetzte Bran Maelduin. »Ich nicht lieben das Blut, es fließt. Schmutzigkeit nicht gefährlich, Blut ja.«

Noch verwirrt, weil sie ihre Pflichten vernachlässigt hatte, vereinte Aveline nun ihre Bemühungen mit denen des Mönchs, um Marjolaines Schulter zu entblößen. Diese hob ihren Blick zu Fresnoy.

»Ich bitte Euch, Sire, Euch zu entfernen. Es schickt sich nicht, daß man mich vor Euch entkleidet.«

Hughes wollte erwidern, daß es ihm nur darum gehe, sich des Grades ihrer Verletzung zu versichern, als Nicolas Troussel plötzlich im Schein der von Bran Maelduin angezündeten Laterne erschien, schmutzig zum Fürchten und auch er mit Blut besudelt.

»Messire de Lusigny verlangt nach Euch, Sire Hughes«, sagte er in einem Ton voller Trauer. »Kommt schnell! Ich fürchte, es bleibt nicht mehr viel Zeit.«

»Ist er verletzt?« fragte Marjolaine.

»Ihr könntet fragen, ob er schon tot ist. Geht, Messire! Ihr müßt Euch beeilen!«

Nicht weit von der Stelle entfernt, wo Marjolaine ruhte, lag der Tempelritter auf dem gestampften Boden der Scheune, gestützt von Bénigne, dessen Augen schwer waren von zurückgehaltenen Tränen. Bei jedem seiner Atemzüge sprudelte unheilkündend Blut aus einer Wunde in der Brust und trug dazu bei, das weiße Hemd noch tiefer zu röten. Seine Augen waren geschlossen, doch er öffnete sie, als die beiden Männer zu ihm traten. Hughes kniete neben ihm nieder.

»Hier bin ich, Seigneur Ritter«, sagte er respektvoll. »Was kann ich für Euch tun?«

»Ihr... habt schon viel getan! Ohne Euch... wären wir alle tot, denke ich. Sind wir noch viele?«

»Kaum mehr als etwa dreißig«, sagte Nicolas betrübt. »Und ein paar sind verwundet. Glücklicherweise bekamen die letzten Räuber es mit der Angst zu tun, nachdem Ihr ihren Anführer mit eigener Hand getötet hattet, und sind geflohen.«

»Zu spät! So viele Tote! Mein Gott, so viele Tote!«

Schwere Tränen füllten die Augen des Sterbenden. Hughes konnte es nicht ertragen.

»Ihr habt soviel getan, Sire Odon! Nie habe ich jemand mit solcher Hingabe, solcher Tapferkeit kämpfen sehen. Ihr habt alles getan, was möglich war und mehr noch als das, denn nun steht auch Ihr vor den Pforten des Todes.«

»Ich ... ich mußte es. Ich war ihr Anführer. Was soll nun aus den Überlebenden werden?«

»Ich glaube, es wäre das Beste, sie in ihre Heimat zurückzuführen. Ich werde es für Euch tun.«

»Sie zurückführen? Jeder, der sich auf die Wege Gottes begibt, muß sie bis zum Ende gehen! Sie werden es nicht hinnehmen. Ihr müßt sie dorthin führen, wohin sie gehen müssen. Ich vertraue sie Euch an.«

»Mir?«

»Euch ... Ah, ich ersticke ... Aber ich muß sprechen!«

Blut rann aus seinem Mund. Bran Maelduin, der hinzugetreten war, drehte ihm den Kopf leicht zur Seite, damit dieses Blut besser abfließen konnte.

»Ich schon sagen, nicht soviel sprechen«, tadelte er ihn milde. »Leben verrinnen schneller.«

»Das ... ist nicht wichtig. Sire Hughes, Ihr wolltet ... einer Frau bis nach Compostela folgen. Ich bitte Euch jetzt, sie mit denen, die noch dazu fähig sind, dorthin zu führen.«

»Ich soll Pilger führen? Warum vertraut Ihr sie nicht dem Mann an, den ich bei Euch sehe, Euerm Freund?«

»Weil sein Weg nicht dieser ist. Ich ... oh, erklär es ihm, Bénigne.«

Während Lusigny allmählich wieder zu Atem kam, berichtete Bénigne in wenigen Sätzen, was Marjolaine schon wußte.

»Zwei der Wächter sind getötet worden«, sagte er abschließend, »aber Gott sei Dank ist die Sänfte unversehrt. Während des Kampfes vorhin hat sich ein Holzfäller dieses Waldes, dessen Familie ausgerottet worden ist, zu uns gesellt. Auch er hat gute Arbeit geleistet, und vor allem wird er uns auf den richtigen Weg zurückbringen können.«

»Warum schaffen wir Sire Odon nicht in diese verdammte Sänfte? Er wird in ihr besser aufgehoben sein und ...«

»Ich bin Mönch-Soldat«, unterbrach ihn Lusigny. »Ein Mönch muß auf der Erde sterben. Hört noch, denn meine Mission war doppelter Natur: die Herde führen... aber auch meinem Orden dienen. Oh, helft mir, Bruder, ich spüre, daß das Leben verrinnt... Ein paar Minuten noch!«
Bran Maelduin ließ ihn einige Tropfen aus einer kleinen Flasche schlucken, die er aus seinem Bettelsack kramte, und ein Hauch von matter Röte kehrte in die bleichen Wangen des Sterbenden zurück.
»Dank!... Hier, nehmt das!«
Mit Bénignes Hilfe öffnete er sein Hemd und zog ein merkwürdiges Schmuckstück hervor, das er an einer eisernen Kette trug. Es hatte die Form eines Dreizacks, dessen eine Seite, wundervoll ziseliert, aber von der Zeit abgeschliffen, eine von zwei Seepferdchen umrahmte Sonne mit menschlichem Antlitz zeigte. Das Metall, aus dem es gefertigt war, war Hughes unbekannt, dem Gold ziemlich ähnlich, aber dunkler und vor allem schwerer.
Lusigny legte es ihm in die Hand.
»Hört!« flüsterte er. »Westlich von Santiago am Ufer des Meers gibt es einen kleinen Hafen, Noya genannt. Die, die ihn bevölkern, sind Menschen des Ozeans... Abkömmlinge eines vor Hunderten von Jahren von den Fluten verschlungenen Volks... fern im Okzident... eines sehr gelehrten, sehr mächtigen Volks, das die Länder und Meere durchstreifen konnte. Seine Angehörigen nannte man Atlantiden. Sucht das Oberhaupt dieses Orts... zeigt ihm den Dreizack. Gebt ihn ihm auch... aber im Austausch gegen die Geheimnisse der Schiffahrtskunst seiner Vorfahren. Ihr werdet sie Bénigne übergeben... an dem Ort, den er Euch nennen wird.«
Mit einem schmerzvollen Röcheln warf er sich, nach Luft ringend, zurück, während Hughes das seltsame Schmuckstück verdutzt betrachtete.
»Wie ist das bis zu Euch gekommen?« konnte er sich nicht hindern zu fragen.
Über das Gesicht des mit dem Tode Ringenden glitt der Schatten eines Lächelns.
»Das Geheimnis... des Großmeisters! Das Volk des Meers besaß

Kolonien ... Tartessos, im Süden Spaniens, auch das versunken ... Tyr ... Oh, ich sterbe! *Non nobis, Domine, non nobis ... sed nomini tuo ... da gloriam ...*«[1])

Sein letztes Wort trug sein letzter Atemhauch davon. Behutsam schloß Hughes die müden Augen, die sich in die Ewigkeit geöffnet hatten, und erhob sich, während Bénigne den Oberkörper respektvoll zu Boden gleiten ließ und die Hände des Toten fromm über dem schartigen Schwert faltete.

»Ich werde ihm gehorchen«, sagte Hughes. »Ich werde seinen Auftrag erfüllen.«

Langsam legte er die Eisenkette mit dem Dreizack um seinen Hals und ließ das Ganze unter seinem Hemd verschwinden. Aber welch seltsame Geschichte! Wie sollte man an dieses völlig verschwundene, sagenhafte Volk glauben?

»Verschwunden in eine einzige Nacht«, sagte Bran Maelduin ernst. »Bei uns alte Druiden kennen Königreich Atlantis. Erzählen wunderbare Geschichte. Ich auch erzählen, aber später.«

»Ich fange an zu glauben, daß ich Templer hätte werden sollen«, knurrte Hughes. »Das wäre viel interessanter als nur Baron.«

»Alle Brüder des Tempels sind nicht so gelehrt, wie Sire Odon es gewesen ist«, sagte Bénigne leise.« Er war einer der Meister, ein Eingeweihter, vom Großmeister Messire de Craon mit ganz besonderem Vertrauen ausgezeichnet. Aber es wäre besser, nicht darüber zu reden.«

»Also werde ich nicht darüber reden«, bemerkte Hughes ein wenig steif. »Fürs erste muß ich mich um all die Unglücklichen kümmern, für die ich jetzt Sorge zu tragen habe. Danach werden wir gemeinsam sehen, was zu tun ist. Aber ich glaube, unsere dringlichste Pflicht wird sein, Sire Odon zu bestatten.«

»Nein«, widersprach Bénigne. »Mit Eurer Erlaubnis, Seigneur, wird er in der Sänfte Platz nehmen, und ich werde ihn mitnehmen, damit er in einem Fleckchen Erde des Ordens ruhen kann. Er hat es wahrlich verdient.«

»Wie es Euch beliebt.«

---

[1]) Nicht für uns, Herr, sondern für deinen Namen gib den Ruhm! (Wahlspruch des Templerordens)

Von Bertrand gefolgt, der nun den linken Arm in der Binde trug, begab sich Fresnoy zuerst zu Marjolaine, die ihn beruhigte: ihre Wunde sei nicht tief, da die Klinge zweifellos durch die Ungeschicklichkeit dessen, der den Stoß geführt habe, abgeglitten sei.
»Ich werde diesen Mann finden müssen«, sagte Hughes. »Habt Ihr eine Idee, wer es sein könnte?«
»Nicht die leiseste. Ich habe ihn nicht gesehen. Im Durcheinander dieses Kampfes mußte man jeden Moment mit etwas Schlimmem rechnen.«
»Gewiß, aber es ist leicht, eine Frau zu erkennen, wenn man sie vor sich hat. Zuerst hat man Euch niedergeschlagen und dann verwundet. Es ist nicht schwer zu erraten, daß man Euch töten wollte.«
In Erinnerung an die Geschichte mit dem vom Dach des Gotteshauses in Tours sich lösenden Stein hätte er hinzufügen können: »Und es ist nicht das erste Mal«. Doch er zog es vor, von diesem unangenehmen Zwischenfall nicht wieder zu sprechen, um der jungen Frau keine Angst einzujagen. Er warf sich schon hinreichend vor, einer Regung von Eifersucht erlegen zu sein, durch die er sie lange genug aus den Augen verloren hatte, um dem mysteriösen Mörder Gelegenheit zu einem neuen Versuch zu geben.
»Habt keine Angst«, fügte er gedämpft hinzu, »von nun an werde ich über Euch wachen. Bevor Sire Odon starb, hat er mir seine Herde anvertraut. Ich werde jetzt ihr Hirte bis Compostela sein.«
Das freudige Aufleuchten in ihren so geliebten Augen wärmte sein Herz. Seine hohe Gestalt beugend, nahm er die kleine, schmutzige Hand und drückte einen kurzen Moment seine Lippen auf sie.
»Wirklich! Jetzt und solange es Euch gefällt erkläre ich mich zu Eurem Ritter, Dame Marjolaine!«
Sie blickte dem Hinausgehenden nach, dann ließ sie sich aufs Stroh zurücksinken und schloß die Augen, um nicht die Freude zu verraten, die sie erfüllte. Es war wundervoll zu wissen, daß sie bis zum Ende des Weges diese außerordentliche Kraft, diesen Schutz neben sich haben würde, und das, ohne daß sie es sich vorwerfen müßte. Odon de Lusigny hatte es für richtig gehalten, die Führung seiner Pilger dem Mut eines Ritters zu übergeben, den er hatte würdigen können. Es war also Gottes Wille, der sich zu seinem Ruhm durch den Mund eines sterbenden guten Menschen äußerte. Das bedeutete

nicht, daß Marjolaine plötzlich bereit gewesen wäre, ihre Pflichten geschweige denn den blitzenden Ring an Hughes' Hand zu vergessen, doch während einiger Wochen wenigstens würde sie an seiner Seite leben, ohne daß es eine Sünde wäre. Während einiger Wochen würde sie genügend Erinnerungen, genügend Glück in die Scheuer bringen, um den ganzen Rest ihres Daseins zu erhellen, wenn nach ihrer Rückkehr der Augenblick käme, in dem sich die Pforten eines Klosters hinter ihr schlössen...

Vor der halb eingestürzten Scheune bot sich Fresnoy ein selbst für einen Kampf und Tod gewöhnten Mann dramatisches Schauspiel. Leichen häuften sich, die von Pilgern und Banditen durcheinander in dieser Stunde der Rückkehr zur gemeinsamen Erde. Von Pierre und Isidore Baudru, dem kleinen Pariser, der sich ständig umsah, unterstützt, war Nicolas schon damit beschäftigt, Gruben auszuheben, um die seiner Gefährten zu begraben, die den Himmel Galicias nicht sehen würden, während zwei andere Männer mit dem Sortieren der Toten begannen.

»Geh und hilf ihnen«, sagte Hughes zu Bertrand. »Ich werde Kreuze vorbereiten.«

Seinen Dolch ziehend, machte er sich daran, Äste von einer Weide abzuschneiden, die nahebei neben einem schmalen Rinnsal wuchs, und suchte, um sie in Kreuzform zu verbinden, nach den Riemen und Bändern, die die Hosen um die Waden der Männer zusammenhielten. Die Toten denen er sie nahm, würden sie nicht mehr brauchen.

Dabei gewahrte er einen üppig behaarten und bebärteten, in grobes Tuch gekleideten Mann, der sich ein paar Schritte entfernt einer scheußlichen Arbeit an den Leichen der Räuber hingab, die man schon von den anderen getrennt hatte. Mit einem mächtigen Axthieb öffnete er ihnen die Brust, riß das Herz heraus und warf es zwei Hunden zu, die ihn umsprangen. Entsetzt warf sich Hughes auf ihn, um ihm seine Waffe zu entreißen, doch der Mann war von herkulischer Kraft und stieß Fresnoy zurück, als sei er nicht schwerer als ein Vogel.

»Zurück!« grunzte er. »Misch dich nicht in meine Angelegenheiten, wenn du's nicht mit meiner Axt oder den Fangzähnen meiner Hunde zu tun kriegen willst!«

»Warum tust du das?« fragte Hughes, sich aufraffend. »Bist du kein Christ, da du den Tod so beleidigst?«
»Ich war Christ! Aber diese Schufte hier sind es nie gewesen. Sie haben die Meinen umgebracht. Die, die du gekreuzigt am Tor gesehen hast, mit aufgeschlitztem Bauch, nachdem sie sie vergewaltigt hatten, war meine Frau! Meine drei Kinder haben sie lebend in die Flammen geworfen, die mein Haus verschlangen. Laß mich also meine Arbeit tun.«
»Bist du der Holzfäller, der mit uns gekämpft hat?«
»Ja, der bin ich. Wenn ihr nur schon bei Tagesanbruch gekommen wärt!«
»Wir haben uns im Weg geirrt. Wir wären nicht hier vorbeigekommen. Man hat uns gesagt, daß du uns auf den richtigen Weg zurückführen könntest.«
»Ich kenne diesen Wald ebensogut wie die Hasen und Wildschweine. Ich werde euch führen.«
»Danke. Aber gib deinen Hunden nicht all dies schlechte Fleisch. Sie werden krepieren.«
Der Mann ließ die Axt sinken, die er schon zum Schlag erhoben hatte, und schien zu überlegen.
»Du hast vielleicht recht. Und da sie alles sind, was mir bleibt, möcht' ich sie noch behalten. Die Wölfe werden in dieser Nacht bestimmt meine Arbeit beenden.«
»Wölfe? Gibt's hier welche?«
»Ein paar, ja. Eine verdammte Bande. Als unsere Häuser noch standen, waren wir immerhin geschützt, und meine Brüder und ich haben welche getötet. Aber wenn ich an deiner Stelle wäre, würd' ich all die Leute nicht in diesem schlechten Unterschlupf lassen, dieser Scheune, die sich kaum noch aufrecht hält. Dies Fleisch hier wird sie anlocken. Und wenn es wieder zu regnen anfängt, wird es ohnehin besser sein, vor der Nacht ein Unterkommen zu finden.«
»Ich wünschte mir nichts Besseres, aber wo?«
»Nicht weit von hier liegt Saint-Mandé, eine Priorei, in der es früher ein Dutzend Mönche gab. Die Banditen haben sie massakriert und eine Zeitlang da gehaust, sind aber nicht geblieben. Die Gebäude sind leer, aber sie haben nicht alles verbrannt. Und außerdem regnet's da nicht.«

»Also einverstanden. Wenn wir unsere Gefährten beerdigt haben, brechen wir auf.«
»Gut. Ich werde euch dabei zur Hand gehen.«
Auch Bran Maelduin, der alle Verwundeten verbunden hatte, kam hinzu, um ein letztes Gebet zu sprechen und die Leichen der Gefährten zu segnen, die man in der von Nässe schweren Erde begrub. Der Körper der Frau des Holzfällers war vom Scheunentor abgenommen worden und wurde mit den Leichen ihrer beiden Brüder auf die gleiche fromme Weise bestattet. Dann setzte man die von Hughes gefertigten Kreuze.
In diesem Augenblick geschah es, daß sich ins Drama, ins Grauen die lächerlichste Groteske mischte. Die letzten Worte des »De Profundis« waren kaum verklungen, als eine scheußlich näselnde Stimme die Echos des Waldes weckte, eine Stimme, die sang:

»Es waren aus Paris drei Damen,
die gern ein Weinchen zu sich nahmen ...«

Und aus einem Winkel der Scheune erschien Bruder Fulgence, wie im Tanz auf einem Fuß sich drehend, die Arme graziös gerundet erhoben und mit allen Anzeichen absoluter Glückseligkeit in die Runde grüßend. Neben ihm trottend, versuchte Ausbert Ancelin, dem er plötzlich überströmende Zärtlichkeit zu widmen schien, vergeblich, ihn zu einem dem Ernst des Augenblicks angemessenerem Benehmen zu bringen.
Ein entrüstetes Gemurmel durchlief die Reihen derer, die gekommen waren, um der Beerdigung beizuwohnen, doch Fulgence ließ sich dadurch nicht stören, schien nur um so glücklicher sein Liedchen zu singen und schloß mit Aplomp:

«... und fielen drum – pardautz! – in den Dreck,
noch schmutziger als Ferkel!«

Hughes stürzte hinzu, während es Bran Maelduin eben noch gelang, Pierre zurückzuhalten, der sich auf den Sänger werfen wollte.
»Was ist mit ihm?« fragte Fresnoy und packte den Mönch an seiner Kutte, ließ sie jedoch schleunigst wieder los, da Fulgence, ent-

schieden von allumfassender Zuneigung erfüllt, ihn zu umarmen strebte. »Er ist betrunken, wahrhaftig! Man muß ihm den Kopf in Wasser tunken!«
»Leider nicht, Seigneur, er ist nicht betrunken«, widersprach Ancelin. »Ich glaube, er ist verrückt geworden, verrückt vor Angst! Während des Kampfs vorhin klammerte er sich an mich, schrie und heulte und versuchte, mich mit sich in die Deckung der Bäume zu zerren. Er klapperte mit den Zähnen wie im Frost, und seine Stimme zitterte. Und plötzlich ließ er mich los und lachte... das war's! Seitdem ist er so. Vor einem Moment wollte er um jeden Preis Blümchen pflücken. Er suchte nach Veilchen.«
»Unglaublich! Kann man sich wirklich so fürchten, daß man den Verstand verliert?«
Ancelin lächelte.
»Das kommt einem so tapferen Mann wie Euch, Sire Ritter, merkwürdig vor. Euer ganzes Leben ist Gefahr, Kampf und Wagnis. Aber er ist nur ein kleiner, ein bißchen verweichlichter Mönch, der sich nichts anderes als ein friedliches, behütetes Dasein in der schönen Abtei von Saint-Denis wünschte. Und da hat ihn nun Monseigneur Suger ausgewählt und den Zufällen und Gefahren der Wege in Begleitung eines Mannes ausgesetzt, den man eines Verbrechens beschuldigt, und den er für einen schlimmen Sünder hält. Eines Mannes, dessen Kraft ihm Angst machte. Und ich glaube bestimmt, daß er Angst gehabt hat, seitdem wir Paris verließen. Deshalb, glaube ich, hat er sich mir gegenüber so hart gezeigt.«
Fresnoy musterte neugierig den gefesselten Mann.
»Und du grollst ihm nicht wegen dem, was er dich hat erdulden lassen? Er verlangte so sehr danach, nach Saint-Denis zurückzukehren, daß er alles tat, um dich so schnell wie möglich sterben zu lassen.«
»Das war nicht ganz seine Schuld. Ich habe es erst vor kurzem begriffen.«
»Begriffen, das? Nun, mein Freund, ich fange an, mich zu fragen, ob du nicht aus dem Holz bist, aus dem man Heilige macht.«
»Sagt das nicht! Ich habe Meister Foletier nicht umgebracht, aber ich hätte es tun können, denn ich war eifersüchtig wegen meiner Frau. Nur liebte ich sie und wollte nicht glauben, daß sie mich

betrog. Ich hatte Angst, sie zu verlieren. Sagt also nicht, daß ich ein Heiliger sein könnte, ich bin nur ein armer, ein bißchen feiger Mann.«

»Feige? Nachdem du dich so geschlagen hast? Übrigens werde ich dich von den Ketten befreien. Komm her, Holzfäller! Du solltest imstande sein, diese Ketten zu entfernen.«

Der Mann näherte sich, um die Fesseln zu untersuchen, doch Ausbert stieß ihn zurück.

»Der Bruder ist verrückt geworden, aber ich bin immer noch verurteilt. Ich werde meine Ketten behalten. Habe ich nicht guten Gebrauch von ihnen gemacht?«

»Aber du wirst noch besseren Gebrauch von einem Schwert oder einer Axt machen. Wir sind nur noch ein Drittel von dem, was wir waren, und ich brauche kräftige Männer.«

»Ich bin kräftig, und ich muß mich dem Gottesurteil unterwerfen. Mir ist bisher schon zuviel geholfen worden.«

Marjolaine, die mit den andern zum letzten Gebet hinausgegangen war und nun ein wenig bleich zu den beiden Männern trat, mischte sich in diesem Moment ein:

»Wir wissen alle, daß Ihr unschuldig seid, mein Freund. Und auch Gott weiß es, der erlaubt hat, daß wir Euch ein wenig helfen. Ihr habt Euch keiner Strafe zu unterwerfen. Und wir brauchen jetzt soviel Hilfe.«

Ausbert wandte sich ihr mit einem so leuchtenden, so verzückten Lächeln zu, daß Hughes von neuem einen Anflug nagender Eifersucht verspürte.

»Dame«, sagte der gefesselte Mann, »ich schulde Euch viel. Ich möchte Euch Freude bereiten, aber mir scheint, daß es unrecht wäre und Gott nicht zufrieden sein würde, wenn ich das Unglück dieses armen Mönchs nutzte, um mich von meiner Bürde zu befreien. An Gott ist es zu richten, nicht an mir.«

»Das Unglück dieses armen Mönchs!« spottete Hughes. »Im Augenblick sieht er jedenfalls hundertmal glücklicher aus als wir alle. Mach, was du willst, Freund, aber ich wiederhole, daß ich Arme brauche. Deine Kette ist nur eine kümmerliche Waffe, selbst wenn du guten Gebrauch von ihr gemacht hast. Denk ein wenig an die anderen. Manche sind völlig unfähig, sich zu verteidigen.«

»Ich bitte Euch, lieber Ausbert«, murmelte Marjolaine, »hört auf den Ritter. Messire Odon hat ihn mit seiner ganzen Macht und auch mit seiner Aufgabe betraut. Wir müssen ihm helfen.«
Ausbert zögerte einen Moment. Marjolaine hatte eine seiner Hände ergriffen, und er starrte mit einer Art Entsetzen auf die hübschen, fein gegliederten Finger, die auf dem groben Eisen lagen.
»Wenn es so ist, will ich, daß man mir die Kette von meinen Händen nimmt. Dann könnte ich eine Waffe führen. Aber die Kette an den Beinen will ich behalten!«
Hughes stieß einen gereizten Seufzer aus.
»So sei's! Holzfäller, nimm ihm diese Kette ab! Übrigens, wie heißt du?«
»Man nennt mich Guegan, aber du kannst mich rufen, wie du willst.«
»So wird's gemacht«, knurrte Hughes und drehte sich auf den Hacken um, unfähig, Marjolaines Hand noch länger auf Ancelins Arm liegen zu sehen.

11. Kapitel

Die Fährmänner des Waldflusses

»Adieu«, sagte Bénigne. »Und Gott möge Euch beschützen, Sire Baron. Ihr werdet keine leichte Aufgabe haben.«
»Ihr nicht weniger«, erwiderte Hughes. »Ihr seid nur vier Männer zur Verteidigung der Sänfte.«
Der Zimmermann lächelte.
»Vergeßt nicht, Sire Odon! Ein Toter, den man zu seinem Grabe trägt, übt große Macht auf die Geister aus.«
Die Stunde der Trennung war gekommen. Dank Guegan hatten sie nach einer in der alten, schon aufgegebenen Kirche der Priorei von Saint-Mandé verbrachten Nacht Aulnay-de-Saintonge ohne weitere Zwischenfälle erreicht. Der Regen hatte aufgehört, aber die morgendlichen Nebel blieben, aus denen die Gerüste und neu gesetzten Steine einer im Bau befindlichen Kirche ragten. Es waren Mönche, die es eilig hatten, Aulnay ein neues Wunder romanischer Kunst zu bieten.

An der Wegkreuzung wartete die der Mördergrube entronnene Handvoll Pilger, auf den Böschungen sitzend. Pernette weinte rückhaltlos, ihr Gesicht an Marjolaines Schulter verbergend. Sie würde ihren Weg ohne ihren Pierre fortsetzen müssen, wie es der Templer angeordnet hatte, denn wenn auch Guy d'Oigny, ihr absurder Verlobter, unter den Leichen entdeckt worden war, war die des Vaters unauffindbar geblieben. Man wußte nicht, was aus Mathieu d'Oigny geworden sein mochte. Vielleicht folgte er im Verborgenen den Pilgern und lauerte auf eine günstige Gelegenheit, sie von neuem zu attackieren. Der Tod seines Sohnes mußte seinen Haß noch schüren, und da ihm nun nur Pernettes Tod den Besitz ihres Erbes sichern konnte, würde er wahrscheinlich alles versuchen, um sie umzubringen. Es war unmöglich, die schwache Eskorte der Sänfte mit dieser zusätzlichen Gefahr zu belasten. Der Abschied der beiden hatte hinter verschlossenen Türen in der Kapelle von Saint-Mandé stattgefunden.
Bevor er sich endgültig trennte, sagte Bénigne noch ohne jeden Versuch, seine Besorgnis zu verbergen:
»Sire Odon hatte schon dreimal diesen Weg zum Grabe des Apostels zurückgelegt. Werdet Ihr, Seigneur Hughes, den richtigen Weg finden?«
»Ich habe eine Zunge, Freund, ich werde fragen. Nicht alle, die sich dorthin aufmachen, haben jemand als Führer, der zuvor schon einmal den Weg gemacht hat. Jeden Abend nach jeder Etappe werde ich die des nächsten Tages vorbereiten, wie ich es auch stets bei kriegerischen Expeditionen getan habe. Ich nehme an, daß es möglich sein wird, Führer zu finden.«
»Verlaßt Euch nicht zu sehr auf sie. Der schlechte Führer, der Euch geradewegs in eine Falle führen wird, ist leichter zu finden als der gute.«
Hughes' breites Lächeln ließ seine Wolfszähne blitzen.
»Er wird dann bemerken, daß ich kein Pilger wie die anderen bin. Ich gehe nicht nach Galicia, um ein Gelübde zu erfüllen, sondern einzig und allein, weil Sire Odon mir seine Herde anvertraut hat, und ich werde alle Mittel einsetzen, solange ich lebe, um meine Mission zu einem guten Ende zu bringen. Alle Mittel, versteht Ihr? Und vor allem dies«, fügte er hinzu und wies auf das an seinem

Gürtel hängende lange Schwert. »Fürs erste brauche ich mich übrigens um den Weg nicht zu sorgen. Guegan hier wird uns bis Saintes führen.«

»Wenn du mich willst, werde ich dich noch weiter begleiten«, sagte der düstere Holzfäller. »Mein Leben liegt hinter mir. Mich hält nichts mehr in diesem Wald, der mein ganzer Horizont war. Jetzt kann ich ebensogut da sterben, wohin es Gott gefallen wird, mich zu führen. Wenn du uns, mich und meine Hunde, ernährst, werden wir dir getreulich dienen.«

Hughes nahm ohne Zögern und sogar mit einer gewissen Erleichterung an. Die Kraft des Mannes und die Fangzähne seiner Tiere waren eine beachtliche Unterstützung angesichts der Gefahren des Wegs, selbst wenn die Schatten seiner verzweifelten Seele ihn zu einem ziemlich melancholischen Begleiter machten.

»Ihr seht«, fuhr er fort, wieder zu Bénigne gewandt, »der Herrgott sorgt schon für uns. Zieht also in Frieden. Ich hoffe, Euch bald zu berichten, was man mir aufgetragen hat.«

Bénigne lächelte, grüßte und setzte sich an die Spitze seines kleinen Trupps. Die Sänfte mit ihrer traurigen Last bog in den Weg zur Rechten ein, der in Richtung des Meers verlief. Die hohe Gestalt des Zimmermanns, verdoppelt durch die Pierres, verschwand hinter der nächsten Waldecke.

»Wie kommt es, daß der Bursche so seine Frau verläßt?« fragte giftig Léon Mallet, ohne seine Mißbilligung zu verbergen.

Hughes hätte ihm gern gesagt, daß ihn das nichts anginge, bezwang jedoch seine Zunge. Wenn er schon jetzt anfing, seine Leute anzufahren, würde der weitere Marsch noch schwieriger. Er bemühte sich deshalb um Höflichkeit.

»Er verläßt sie nicht, er trennt sich nur für eine gewisse Zeit von ihr. Er ist sehr arm. Meister Bénigne, der Zimmermann ist wie er und an der Küste des großen Ozeans eine neue Kirche errichten wird, hat ihm Arbeit angeboten.«

»Und sein Gelübde?« protestierte der andere. »Sein Gelübde als Pilger? Es sieht nicht so aus, als legte er viel Gewicht darauf.«

»Doch, gerade! Und das ist der Grund, warum diese beiden Kinder sich trennen. Sie haben beschlossen, daß die junge Frau allein die Wallfahrt beenden soll, damit Gott und der heilige Jakobus nichts dadurch verlieren. Auf dem Rückweg wird sie wieder zu ihm stoßen. Habt Ihr noch eine Frage zu stellen?«

Der Ton gab zu verstehen, daß die Geduld des Barons de Fresnoy ihre äußerste Grenze erreicht hatte. Trotz seines schwerfälligen Begriffsvermögens spürte es Léon und zog es vor, sich daran zu erinnern, daß er einen kranken Zahn besaß. Er ließ von Hughes also ab, um sich ganz seinen Leiden hinzugeben, von denen er im weiteren Verlauf des Tages seinen Weggefährten die Ohren volljammerte. Er überhäufte sie derart mit seinen Klagen, seinem Gestöhn und Geheul, daß Bran Maelduin es satt bekam und bei der Abendrast meinte, daß die Dinge nun lange genug gedauert hätten.

»Ich ihn sehr schnell heilen«, versprach er Hughes, der eben den Kurzwarenhändler anfuhr, sich seines kümmerlichen Mutes wegen zu schämen. »Ihr nur ein bißchen beiseite gehen.«

Seinen schmutzigen Ärmel aufkrempelnd, trat der kleine Mönch einen Schritt zurück, ballte eine Faust, knorrig wie ein alter Rebstock, und schlug zu. Der kraftvoll geführte Schlag traf den Jammerbold am Kinn und beförderte ihn ins Land der Träume. Ohne eine Sekunde zu verlieren und ohne sich um Modestines Geschrei zu kümmern, die die himmlische Gerechtigkeit anrief, warf er sich über den bewußtlosen Léon, setzte sich rittlings auf seine Brust, öffnete ihm den Mund, steckte seine Nase hinein, um im Lichte der von Hughes gehaltenen Laterne die Örtlichkeit näher zu besichtigen, und schließlich eine Gott weiß wo gefundene Zange aus der Tasche ziehend, zwängte er sie in den geöffneten Mund und riß mit einem kräftigen Ruck den schuldigen Zahn heraus, ein außerordentliches altes, schwarzes, zweihorniges Monstrum, das er triumphierend der Runde zeigte.

»Ihr jetzt schlafen ruhig«, schloß er freundlich.

Offenbar ohne die leiseste Anstrengung drehte er sodann Léon Mallet auf den Bauch, um zu verhüten, daß ihn das in die Kehle rinnende Blut erstickte, und überließ ihn der tränenfeuchten Fürsorglichkeit seiner Frau.

Die anderen Pilger waren der Szene mit sichtlichem Interesse gefolgt, und Hughes konnte ein Lachen nicht unterdrücken.

»Ich ahnte nicht, daß Ihr ein so rauher Kumpan seid, Bruder Fremder. Ihr habt diesen Mann hier so leicht umgedreht, als wäre

er ein Getreidesack. Und es läßt sich sagen, daß Ihr Euch Eurer Fäuste zu bedienen wißt.«
»Oh, alle das können bei uns«, winkte Bran bescheiden ab. »Und ich nicht wissen, ob stark. Mein verehrter Vater sein Mann, der ein Wildschwein unter jedem Arm tragen kann.«
»Ich bin nicht sicher, ob der Bruder nicht auch dazu imstande wäre«, sagte Ausbert Ancelin. »Man brauchte ihn nur beim Kampf gegen die Banditen zu sehen. Er hatte einen dicken Ast gepackt und schlug mit aller Kraft auf sie ein. Sie purzelten um ihn herum wie Fliegen im Herbst.«
»Aber warum seid Ihr dann Mönch geworden, wenn Ihr ein so tapferer Kämpfer seid?« fragte nun Marjolaine.
Bran Maelduin errötete wie jedesmal, wenn die junge Frau das Wort an ihn richtete, und senkte die Augen.
»Oh, weil mein verehrter Vater meinen, ich von zu schwächlicher Beschaffenheit und gerade gut genug für Kirchenlieder singen. Und dann«, fügte er mit einem strahlenden, großzügig an alle verteilten Lächeln hinzu, »ich lieben Herrgott mit ganzes Herz!«
Und danach begab sich der kleine Mönch unter einen Baum, um dort andächtig zu jenem Gott zu beten, den er so liebte.
Hughes folgte ihm mechanisch von fern. Dieser Mann, der so voller Gewißheit war, weil er sich ganz natürlich den Geboten des Schicksals zu öffnen wußte, zog ihn an. Alles war einfach für Bran Maelduin. Es genügte ihm, sich dem Willen Gottes zu überlassen und sich sorgsam jeder noch so geringen Einmischung durch eigene Wünsche zu enthalten. Aber vielleicht kam er wirklich von einem anderen Planeten, aus einer verzauberten Welt, wo menschliche Wesen, Dinge, Pflanzen und Tiere täglich in Verbindung mit der Gottheit und den fremden, ungreifbaren, je nachdem wohlwollenden oder böswilligen Geistern standen, die unablässig zwischen Erde und Himmel kreisen. So fand es der Ire als stolz sich bekennendes Glied der Kirche ganz natürlich, sich ebenso stolz als Abkömmling und Erbe jener alten Druiden zu erklären, die einst die Sonne, den Mond, die Sterne, die großen Eichen und alle kosmischen Kräfte verehrten, durch welche die Welt in Bewegung gerät. All das roch für Fresnoy ein wenig nach Götzendienst, während es diesem von irgendwoher gekommenen Wesen ganz natürlich schien.

Die seltsame Mission, mit der Odon de Lusigny Fresnoy betraut hatte, erstaunte Bran Maelduin ebensowenig wie die Tatsache, daß ein einfacher Zimmermann wie Bénigne in Gesellschaft eines adligen Leichnams und einer Truhe voll Gold sich aufmachte, um einen Hafen zu gründen, Schiffe zu bauen und zu einem völlig verrückten Unternehmen auszulaufen, von dem er aller Wahrscheinlichkeit nach nicht zurückkehren würde. Jedermann wußte ja, daß das riesige westliche Meer keine andere Begrenzung hatte als den unergründlichen Abgrund des Unendlichen.

Während sich am Abend des Vortages die der Mördergrube entronnenen Pilger wund und erschöpft bemüht hatten, schlafend wieder ein wenig zu Kräften zu kommen, um ihren Weg fortsetzen zu können, hatte Hughes lange mit dem Zimmermann und dem kleinen Mönch gesprochen, um zu versuchen, wenigstens etwas von dem, was ihm geschah, zu verstehen.

Da waren vor allem jene Leute, denen er begegnen sollte, jene Nachfahren eines großen, vom Meer verschlungenen und im Besitz von so kostbaren Geheimnissen vermuteten Volkes, daß man ohne weiteres menschliche Leben opfern konnte, um sie sich anzueignen. Doch auf alle seine Fragen hatte Bénigne mit jenem ruhigen Glauben geantwortet, der selbst den bestverankerten Zweifeln trotzt. Er wiederholte immer das Gleiche: Im Orient habe der Großmeister des Tempels Spuren entdeckt, Schriften jenes mysteriösen Volks, der Großmeister wisse für alle, der Großmeister befehle allen. Folglich mußte sein Wille, der nur der Wille Gottes selbst sein könne, erfüllt werden.

Und Bran Maelduin überbot diese phantastischen Träume noch. Wie Bénigne, dieses Abbild des Großmeisters, glaubte er, daß jenseits des großen Meers andere Länder, andere Menschen existierten. Er sprach von einem gewissen Brendan, einem heiligen Mann seines Landes, der, aufgebrochen über die Fluten auf der Suche nach dem Paradies, zurückgekehrt sei, um die Wunder einer nach vielen Tagen der Meerfahrt entdeckten märchenhaften Insel zu beschreiben.

»Meine beiden Schutzheiligen, Maelduin und vor allem Bran, Sohn von Fébal, haben verbracht zwei Monate in Land von Feen, Insel bedeckt mit Apfelbäume von Gold. Zweifel daran nicht geben.

Kann ich kommen mit dir, wenn erstes Schiff fertig?« fügte der Mönch mit einem Lächeln voller Hoffnung hinzu, dem Bénignes Lächeln antwortete.
»Auf unseren Schiffen wird immer Platz für einen Mann Gottes wie dich sein, Bruder Mönch«, sagte er freundlich.
Hughes verzichtete schließlich auf weitere Fragen. Diese Leute schienen ihrer Sache sicher, und schließlich war es ihre Angelegenheit, wenn sie darauf bestanden, Märchen für bare Münze zu halten. Doch er war keineswegs überzeugt, und Marjolaine, die, ins Stroh gekauert, wo sie eigentlich schlafen sollte, aufmerksam dem Gespräch der drei Männer gelauscht hatte, konnte sich eines Lächelns nicht erwehren: Es waren tatsächlich merkwürdige Dinge für das Begriffsvermögen eines Barons, der daran gewöhnt war, nur von Jagden, Turnieren, Kriegen und Mädchen sprechen zu hören. So fragte sie ihn, als er bei seinem Aufbruch zur letzten Runde bei ihr vorbeikam:
»Ihr glaubt nicht daran, nicht wahr, Sire Hughes? An diese wundersamen Länder, diese fernen Inseln, wo die Sonne alle Tage scheint?«
Er blieb stehen und sah sie an, so zerbrechlich und rührend auf ihrem Strohlager mit diesem ewigen weißen Schleier, der nur ihre bezaubernden Augen sehen ließ. Das Verlangen, sie in die Arme zu nehmen, überfiel ihn in diesem Moment so heftig, daß es ihn große Mühe kostete, ihm nicht nachzugeben. Er begnügte sich damit, neben ihr niederzuknien, nicht in Ehrerbietung, sondern ganz einfach, um ihr näher zu sein.
»Glaubt Ihr denn daran?«
»Gewiß. Warum sollte ich nicht daran glauben? Ich weiß nichts oder nur wenig über die Welt, die uns umgibt, es sei denn, daß sie nicht sehr schön ist, wenn man sie näher betrachtet, trotz all der schönen Kirchen, die man baut. Sie umschließt soviel Elend, soviel Leid, soviel Gewalt. Stellt man sich dann vor, daß irgendwo Länder existieren, wo die Blumen das ganze Jahr blühen, wo es keinen Winter gibt, keinen Schlamm, keinen Schnee, und wo die Sonne freigebig ist, Länder, die dem Paradies ähnlich sind, tut es gut, daran zu glauben.«
»Ihr liebt die Welt nicht, in der wir leben?«
»Warum sollte ich sie lieben? Sie hat mir kaum Anlaß dazu gegeben.

Das Haus meines Vaters war ärmlich und das Leben dort hart, und doch vermisse ich das Haus meines Vaters. Ich habe es von dem Tage an vermißt, an dem ich es verließ und mit dem reichen Haus meines Gatten vertauschte, denn keine Freude hat mich dort erwartet. Und ich bin nicht die einzige. Es gibt zu viele Unterschiede zwischen den Menschen, zuviel Ungerechtigkeit vor allem. Seht Euch nur diesen armen Ausbert Ancelin an, ohne den geringsten Beweis zu einer so harten Strafe verurteilt.«

Wieder Ancelin! Hughes erhob sich jäh, fand ein perverses Vergnügen daran, die junge Frau mit seiner ganzen hohen Gestalt zu beherrschen.

»Euer Beispiel ist schlecht gewählt«, sagte er trocken. »Ancelin hat Glück gehabt: er hätte gehängt werden können. Es ist schon gut, daß man ihm die Wohltat des Zweifels zugebilligt hat.«

Marjolaine spürte die Veränderung des Tons, begriff jedoch nicht deren Ursache und vermutete nur, daß sie den Kastenstolz des Barons dadurch verletzt haben müsse, daß sie seine Aufmerksamkeit auf das Geschick eines schlichten Böttchers gelenkt hatte. Ihn eben noch so einfach und freundlich zu erleben, hatte sie vergessen lassen, daß Fresnoy kein Pilger wie die anderen war, es auch nicht sein konnte. Sie lächelte ihm ein wenig gezwungen zu, was ihre türkisfarbenen Augen nicht weniger aufleuchten ließ.

»Ihr habt recht, es hätte viel schlimmer werden können. Nicht wiedergutzumachen. Deshalb sage ich, daß unsere Welt nicht so schön ist, wie sie aussieht, und daß es süß ist, von einer anderen zu träumen.«

Unzufrieden zog Hughes es vor, das Gespräch auf ein anderes Gleis zu lenken.

»Wie kommt es, daß Eure Dienerin nicht bei Euch ist?«

»Ich weiß es nicht. Sie hat wohl frische Luft schöpfen wollen. Das Ende dieses grausamen Tages hat uns ein wenig Frieden gebracht. Und ich spüre fast nicht mehr meine Schulter.«

Hughes fiel es nicht schwer, sich vorzustellen, wo Aveline sein mochte. Ohne Frage in Gesellschaft des gleichfalls unauffindbaren Bertrand. Der Bursche hatte Glück: seine Liebelei brauchte keinerlei Probleme zu überwinden. Er war ein junger Mann, die Kleine ein Mädchen, und unter der Bedingung, daß er unerfreuliche Folgen zu vermeiden wußte, konnte er mit seiner Schönen techteln, ohne daß sich jemand darüber aufhielt. Nicht jeder hatte solches Glück, und plötzlich unzufrieden mit allem und allen und mehr noch mit sich selbst, weil er sich von Narren in diese Geschichte hatte hineinziehen lassen, hatte sich der Baron Hughes in seinen Winkel der Scheune begeben, um dort wenigstens noch die Portion Schlaf zu finden, die er dringend benötigte. Doch als sich Bertrand ungefähr eine Stunde später ein bißchen verlegen zu ihm gesellte, war es ihm noch immer nicht geglückt, die Augen zu schließen.

»Nun«, knurrte er, »geht's mit der Liebschaft voran?«

Bertrand senkte betreten die Nase, konnte jedoch ein entzücktes Lächeln nicht verbergen.

»Ich glaube, ja. Ist es Euch nicht recht, Seigneur Hughes? Verzeiht mir die Verspätung. Die Zeit ist vergangen, ohne daß ich es merkte.«

»Das Gegenteil würde mich wundern. Entschuldige dich nicht, die Kleine ist charmant. Aber mach keine Dummheiten. Ich möchte Dame Marjolaine, der sie gehört, nicht verstimmen. Außerdem bist du von guter Abkunft, und sie ist nur eine kleine Dienerin. Dein Vater wäre mit einer Heirat bestimmt nicht einverstanden.«

»Oh, ich weiß!« seufzte Bertrand, dessen Fröhlichkeit jäh verflog. »Und es quält mich ziemlich, denn Aveline gefällt mir mehr und mehr, und ich habe große Angst, daß ich sie lieben könnte.«

Er wirkte plötzlich so unglücklich, daß Hughes sich vorwarf, sein Glück getrübt zu haben. Es war das erste Mal, daß der im allgemeinen so verschlossene Bursche sich so weit hatte gehen lassen, sein Herz ein wenig zu öffnen. Die Sache mußte ernst sein.

»Was wirst du tun, wenn das passiert? Ich meine, wenn du wirklich liebst?«

»Ich weiß es nicht. Manchmal sage ich mir, daß das Abenteuer, auf das wir uns eingelassen haben, vielleicht eine Lösung bringt. Alles, was uns seit Tours geschieht, ist so erstaunlich. Der heilige Jakobus wird vielleicht geruhen, uns zu helfen, er, der so schöne Wunder tut. Und dann gibt's ja noch immer die Möglichkeit, daß wir auf dieser so schlecht begonnenen Reise unsere Knochen lassen. Warum sich also um den nächsten Tag sorgen, wenn das Heute lächelt? Morgen wird's vielleicht nie geben.«

Hughes musterte seinen Stallmeister bewundernd. Ihm gefiel diese Philosophie, und er hätte sie sich gern zu eigen gemacht. Sein Pech war nur, daß ihm die Liebe nicht lächelte. Er mußte eine Frau bis ans Ende der Welt geleiten, die offen bekannte, in einen anderen verliebt zu sein, und über diesen anderen mußte er auch noch sorgsam wachen. Zudem hatte er eine mysteriöse Mission zu erfüllen, ihm anvertraut durch einen Mann, den er nicht kannte, und für eine Sache, die ihn nicht interessierte. In Augenblicken wie diesem fragte er sich wirklich, ob das Leben einen Sinn besitze.

Er sollte es sich noch häufiger fragen, während er in den folgenden Tagen seine je nach den Umständen psalmodierende oder stöhnende, doch meist schlecht gelaunte Schar durch Ebenen und Täler führte. Und das bei abscheulichem Wetter, das kaum zum Singen, nicht einmal von Kirchenliedern, einlud.

Die himmlischen Geister schienen dieser unglückseligen Pilgerschar entschieden zu zürnen und sich zu bemühen, die Aufgabe ihres Führers zu komplizieren. Jeden Morgen vollzog sich der Aufbruch unter wütenden Regengüssen, so daß sie den ganzen Tag in schon durchnäßten Kleidern marschieren mußten, da diese während der Nacht nicht trocken geworden waren.

So entschloß sich Hughes, nach Überquerung der Gironde zu Schiff von Blaye aus in Bordeaux angelangt, drei Tage in dem vom Herzog Guillaume X. von Aquitanien, Vater der Königin Aliénor, für die Pilger des heiligen Jakobus gegründeten, ganz neuen Hospiz zu bleiben.

Diese Rast war unbedingt nötig. Viele der Pilger hatten sich erkältet. Manche, wie Agnès de Chelles, husteten und schnaubten den ganzen Tag. Bei anderen, zu denen Léon Mallet gehörte, machten sich alte Rheumatismen bemerkbar, und Bran Maelduins Künste reichten nicht mehr aus. Um so weniger, als die Reserven seines Medizinsacks nicht unerschöpflich waren, und das schlechte Wetter ihm nicht erlaubt hatte, sich auf die Suche nach guten Kräutern zu machen, die bei trockenem Wetter gesammelt werden mußten, wenn sie nicht verfaulen sollten. Immerhin gelang es ihm, seine Rheumapatienten durch Auflegen von Kohlblättern beträchtlich zu erleichtern, und verbrauchte davon in wenigen Stunden soviel, daß es den Hausvater des Hospizes verblüffte. Die Erkälteten stopfte er in solchem Maße mit zerquetschtem Knoblauch voll, daß es die ganze Gemeinschaft belästigte. Um Beschwerden zu vermeiden, entblätterte er den eine Mauer überwuchernden Efeu und verarbeitete die Blätter zu bitteren, wenig angenehm schmeckenden Tees, die jedoch wahre Wunder wirkten.

Was Marjolaine betraf, litt sie an nichts, es sei denn an einer Art seelischen Sehnens, seitdem ihr in Blaye das Grab der schönen Aude, der Braut Rolands, des Paladins Karls des Großen, gezeigt worden war. Sie war vor Schmerz gestorben, als sie die Nachricht seines Todes unter den Schwertern der Sarazenen in Roncevaux erhielt. Aude ruhte unter einem schön gravierten Stein zwischen ihrem Bruder Olivier, Rolands tapferem Gefährten, und dem, den sie mehr geliebt hatte als das Leben. Und Marjolaine hatte vor dem Grab lange von diesem neuen Beweis für die Macht einer großen Liebe geträumt, einer Liebe, die kennenzulernen sie nun zu wünschen begann, obgleich sie sich vor ihr fürchtete. Instinktiv hatte sie beim Verlassen des Grabes Hughes' Blick gesucht. Doch der junge Baron interessierte sich nicht für Lieben der Legende. An eine Wand des Kirchenportals gelehnt, wartete er, mit Bertrand plaudernd, darauf, daß seine Schutzbefohlenen ihren Besuch beendet hätten. Als Marjolaine an ihm vorüberging, hob er nicht einmal den Blick und ließ sie nur in Begleitung Colins und Avelines zum Landeplatz hinuntergehen.

Übrigens kümmerte er sich seit der Rast in Saint-Mandé praktisch nicht mehr um sie. Er begrüßte sie morgens und wünschte ihr abends eine gute Nacht, aber niemals mehr spürte die junge Frau die irritierende und süße Last seines auf sie gerichteten Blicks. Hughes schien völlig vergessen zu haben, daß er eines Abends zu ihr von Liebe gesprochen hatte.

Marjolaine hatte anfangs ein wenig Enttäuschung darüber empfunden, dann war da etwas wie ein unangenehmer kleiner Schmerz in der Gegend des Herzens gewesen, der noch nicht Kummer, aber vielleicht schon dessen Vorläufer war. Darauf flüchtete sie sich ins Gebet und bemühte sich, ihn nicht mehr mit den Augen zu suchen.

In Bordeaux überließ sie Colin, dessen Nase und Augen infolge eines bösen Schnupfens trieften, den therapeutischen Tees des irischen Mönchs, während Aveline ungehemmt den Wachtraum pflegte, dessen Urheber Bertrand war und der ihr das Aussehen einer Schlafwandlerin verlieh. Von Modestine begleitet, machte sich die junge Frau auf, um zu Seurin, dem Heiligen der Stadt, zu beten, der in der Kirche einer großen Abtei der Benediktiner ruhte. Man zeigte ihr den Stab des heiligen Martial und das Hifthorn jenes Rolands, dessen Liebesgeschichte sie in Blaye so angerührt hatte, was ihre Melancholie von neuem weckte.

Im Gegensatz zu ihr war Modestine fröhlich und überaus glücklich, für eine Weile dem Gejammer ihres von Schmerzen geplagten Gatten entronnen zu sein. Sie schwatzte ohne Unterlaß, was Marjolaine ein wenig ablenkte, sie aber trotzdem die Abwesenheit Pernettes bedauern ließ, die zu den Erkälteten zählte.

Die Gesellschaft der kleinen Frau Pierres war Marjolaine in der Tat lieb geworden. Sie befragte sie gern über ihre Liebe, und es gefiel ihr, sie erzählen zu hören, wie sie Pierre kennengelernt und sich in ihn verliebt hatte. Pernette ließ sich nie lange bitten, denn diese Konfidenzen ließen ihr die Trennung weniger grausam erscheinen, da sie sie dem, den sie liebte, näher brachten.

Nach Verlassen der Kirche nutzten die beiden Frauen einen der seltenen Sonnenstrahlen dieses feuchten Frühlings, um auf dem alten Friedhof anzuhalten und sich auf die umgestürzten Steine eines einstigen, nun aufgegebenen Grabes zu setzen. Marjolaine fühlte sich müde, doch in Wahrheit war sie es vor allem des unaufhörlichen Geschwätzes ihrer Begleiterin, ohne zu wissen, wie sie ihm ein Ende machen sollte.

»Ich liebe diesen Ort«, sagte sie für alle Fälle. »Bleiben wir einen Moment, um den Vögeln zu lauschen.«

»Das ist eine hübsche Idee!«

Doch das beglückende Schweigen dauerte nicht lange. Bald ergriff Modestine wieder das Wort, wenn auch in der besten Absicht der Welt.

»Ich finde Euch ein wenig blaß, Dame Marjolaine«, sagte sie. »Fühlt Ihr Euch wohl?«

»Aber ja. Vielleicht bin ich ein wenig müde. Die letzten Tage sind anstrengend gewesen.«

»Trotzdem wart Ihr auf dem Schiff nicht krank«, bemerkte die

Kurzwarenhändlerin, die während der kurzen Überfahrt geglaubt hatte, sterben zu müssen, nicht ohne Neid. »Aber ich glaube, Ihr eßt nicht genug. Meistens gebt Ihr einen Teil Eurer Nahrung den anderen. Das ist gut, doch es ist ein Fehler, wenn man so lange Wege zurücklegt.«

»Ich habe ein Maultier zu meiner Verfügung, während die anderen zu Fuß gehen. Und zudem habe ich eine gute Gesundheit.«

»Vielleicht, aber trotzdem muß man sich vorsehen. Um mir eine Freude zu machen, werdet Ihr jetzt mit mir ein bißchen frühstükken. Heute morgen habe ich ein paar Aniskuchen gekauft. Nehmt einen von ihnen.«

Sie hatte ihre Tasche geöffnet und brachte, säuberlich in einem weißen Taschentuch zusammengelegt, zwei runde, nach Anis duftende Kuchenstücke zum Vorschein, von denen sie eins Marjolaine anbot, die es auch annahm, um sie nicht zu kränken.

»Ich habe keinen großen Hunger«, sagte sie lächelnd. »Mit Eurer Erlaubnis werde ich es später essen.«

»Oh, Ihr werdet mich doch nicht allein essen lassen?« protestierte die andere, die schon tüchtig in die goldgelbe Kruste ihres Kuchens biß.

»Ich würde Euch gern Gesellschaft leisten!« rief unversehens eine fröhliche Stimme, und der Kopf Nicolas Troussels erschien über einer Buchsbaumhecke, an die sich das Ruinengrab lehnte. »Ich sterbe immer vor Hunger.«

»Ich hab' aber nur zwei Kuchen.«

»Nehmt in diesem Fall meinen, Freund Nicolas«, sagte Marjolaine. »Ich habe wirklich keinen Hunger, und so hat Dame Modestine gute Gesellschaft.«

»Oh, das wäre nicht dasselbe!« rief die Kurzwarenhändlerin mit verlegener Miene.

Indessen biß Nicolas bereits mit Appetit in das duftende Gebäck, und dieser Anblick schien Modestine nicht recht zu gefallen, denn sich jäh erhebend, schüttelte sie die Krümel von ihrem Kleid.

»Wenn Ihr ausgeruht seid, Dame Marjolaine, könnten wir zum Hospiz zurückkehren. Ich bin in Sorge um meinen Mann und möchte ihn nicht zu lange ganz allein lassen.«

»Wie Ihr wollt. Kehren wir also zurück. Kommt Ihr mit, Nicolas?«

»Ehrlich gesagt, nur zu gern. Ich habe alles gesehen, und die Stunde des Abendessens naht.«

Als sie in der Umgebung des Hospizes angelangt waren, klammerte sich Modestine plötzlich an Marjolaines Arm und krümmte sich keuchend wie ein krankes Tier.

»Entschuldigt, ich... ich fühle mich nicht gut... Oh, mein Gott, was ist mit mir?«

»Was habt Ihr, Dame Modestine? Seid Ihr krank?«

Sie war bleicher als gewöhnlich, wie Marjolaine auf den ersten Blick fand. Ihre Nase schien ihr spitzer, und sie hielt sich stöhnend den Bauch.

»Es... es ist wie Feuer! Oh, mir ist schlecht! Mir ist schlecht...«

Besorgt ließ Marjolaine sie sich auf die Steinbank unter dem Portalvorbau setzen.

»Bleibt hier. Ich gehe und hole Hilfe! Paßt auf sie auf, Nicolas«, fügte sie hinzu, als Modestine sich zu erbrechen begann.

Sie stürzte ins Hospiz, trieb einen Mönch und eine barmherzige Schwester auf und machte sich dann auf die Suche nach Bran Maelduin, den sie schließlich betend in der Kapelle fand.

»Kommt schnell, Bruder Bran! Wir haben eine Kranke.«

Es waren sogar zwei, denn als der kleine Mönch und Marjolaine den Vorbau erreichten, fanden sie Modestine auf der Bank ausgestreckt in den Händen der barmherzigen Schwester und den Benediktiner kniend neben Nicolas, der sich vor Schmerz auf dem Boden wand.

»Mein Gott!« sagte Marjolaine. »Diese Aniskuchen müssen schlecht gewesen sein!«

»Was für Kuchen? Aniskuchen?« fragte Bran Maelduin.

Sie berichtete, daß Modestine zwei Kuchen auf dem Markt gekauft habe, daß sie ihr einen von ihnen angeboten und daß Nicolas den ihr zugedachten gegessen habe, während die Kurzwarenhändlerin den ihren aß.

»Milch!« schrie der Ire. »Viel Milch! Schnell, Schwester, Milch! Sie sicher vergiftet!«

Indes die Schwester zur Küche lief, wurden die Kranken davongetragen, und plötzlich fand sich Marjolaine Hughes gegenüber, der, angezogen von dem Lärm, erschienen war. Er fragte natürlich, was

geschehen sei, und Marjolaine mußte ihren Bericht wiederholen, den er mit gerunzelter Stirn anhörte.
»Wo hat diese Modestine ihre Kuchen gekauft?« erkundigte er sich.
»Ich weiß nicht. Zweifellos diesen Morgen, als wir einen Spaziergang über den Markt machten. Sie hat mir gesagt, sie habe sie bei einem Pastetenbäcker gekauft, aber bei welchem? Wie wir alle kennt sie hier niemand. Wie wollt Ihr, daß wir ihn wiederfinden? Es sei denn, sie weiß genau, wo sich sein Stand befindet.«
Hughes antwortete nicht. Er überlegte. Diese Geschichte gefiel ihm nicht und weniger noch der Umstand, daß Marjolaine selbst den Kuchen hätte essen können. Und dann war da noch etwas anderes: Es war das zweite Mal, daß tödliche Gefahr die junge Witwe in der Gesellschaft der Kurzwarenhändlerin streifte.
»Was gibt es, Sire Hughes?« fragte die junge Frau, durch seinen düsteren Gesichtsausdruck beunruhigt. »Warum diese trübe Miene? Es ist nur ein Zufall, und ich hoffe aufrichtig, daß die beiden Unglücklichen bald wieder gesund sein werden.«
»Ich hoffe es auch. Sehen wir einmal, wie es mit ihnen steht.«
Modestine, die sich mehrmals übergeben und danach einen großen Becher Milch getrunken hatte, schien in ziemlich gutem Zustand zu sein. Mit geschlossenen Augen auf ihrem Bett liegend, bemühte sie sich, mit schwacher Stimme auf Hughes' Fragen zu antworten. Ja, sie habe diese Kuchen auf dem Markt gekauft und sogar zwei davon seit dem Morgen gegessen. Nein, sie erinnere sich nicht, von wem. Sie hätten in einem flachen Korb gelegen. Von der barmherzigen Schwester leise gebeten, die Kranke ruhen zu lassen, ging Hughes zu den Männern.
Nicolas' Zustand erwies sich als weit beunruhigender. Bran Maelduin hatte ihm einen Finger in den Schlund gesteckt, um ihn zum Erbrechen zu bringen, ihn danach mit erhitzten Steinen in Decken gepackt und es sich schließlich zur Pflicht gemacht, ihn den Inhalt eines gewaltigen Topfs mit Milch schlucken zu lassen, von der der arme Bursche übrigens gute Dreiviertel wieder ausspie. Das verbliebene Viertel tat jedoch offenbar befriedigend seine Wirkung. Nach und nach schienen die schmerzhaften Krämpfe seltener zu werden, und nach zwei Stunden des Kampfes hörten sie völlig auf. Erschöpft, mit bleifarbenem Gesicht und hohlen Augen schlief Nicolas endlich ein.

»Was haltet Ihr davon?« fragte Hughes Bran Maelduin, der, fast ebenso erschöpft wie sein Patient, mit Hilfe eines Laienbruders im Krankenraum wieder Ordnung zu schaffen begann.
Der kleine Mönch zuckte müde die Schultern und schob mit dem Arm Strähnen seines schweißfeuchten strohfarbenen Haars zurück.
»Gott nur wissen. Wenn diese arme Bursche morgen noch lebendig, er vielleicht gerettet. Auf jeden Fall nicht können aufbrechen. Ich bleiben mit ihm.«
»Euch zurückzulassen, kommt nicht in Frage, Bruder. Ihr seid allzu wertvoll für uns. Wir werden warten.«
»Diese Nacht«, sagte Marjolaine, »werde ich bei ihm wachen.« Mit Tränen in den Augen hatte sie dem erschöpfenden Ringen des kleinen Mönchs beigewohnt. Doch Hughes erhob sofort Einspruch.
»Ausgeschlossen! Das ist nicht der Platz einer Frau!«
»Vielleicht nicht irgendeiner anderen Frau. Aber wenn Nicolas nicht statt meiner diesen verfluchten Kuchen gegessen hätte, läge ich jetzt in diesem Bett und wäre vielleicht dabei zu sterben.«
»Nein«, dachte Hughes grimmig, »du wärst nicht an seiner Stelle, meine Süße, denn du bist weniger kraftvoll als er. Du hättest gewiß nicht die Kraft gehabt, ins Hospiz zurückzukehren, und du würdest mit dieser armen Idiotin, der Ursache allen Übels, in irgendeiner Gasse liegen.«
Diese Vorstellung, sie tot zu sehen, weckte in ihm einen so unerträglichen Schmerz, daß es ihn verblüffte. Da er nie der Leidenschaft begegnet war, war ihm ihre furchtbare Macht unbekannt, und er erschrak vor ihr wie ein Kind an der Schwelle tiefster Finsternis. Dennoch spürte er, daß jetzt das Dasein ohne Marjolaine nichts anderes mehr als dies wäre: unergründliche Finsternis. Er mußte sie vor allem Unheil bewahren. So konnte keine Rede davon sein, sie wachen zu lassen, und er machte es ihr nachdrücklich klar.
»Ihr werdet schlafen. Bertrand und ich werden einander ablösen und bei Nicolas wachen.«
»Warum nicht ich?« protestierte Ausbert Ancelin. »Ihr fordert niemals meine Hilfe, während ich Euch soviel schulde.«
Es traf zu. Hughes vermied nach Möglichkeit selbst die Gesellschaft des eigensinnigen Büßers, der das unerhörte Glück hatte, die Fürsorglichkeit, ja vielleicht sogar die Liebe Marjolaines zu besitzen.

»Habt Ihr nicht schon genug mit Fulgence zu tun, den Ihr beharrlich mit uns schleppt, obwohl wir ihn im erstbesten Kloster zurücklassen könnten?«

Auch das traf zu. Ancelin hatte sich zum Führer und Schutzengel dessen gemacht, der sein Wärter, wenn nicht gar sein Henker gewesen war, bevor er den Verstand verloren hatte. Klugheit hätte geboten, ihn einem Kloster seines Ordens anzuvertrauen, wenigstens bis man ihn bei der Rückkehr wieder abholen würde. Doch Ausbert hatte sich stets energisch dagegen gewehrt, und seine Argumente waren nicht ohne Gewicht gewesen.

Auf Anordnung seines Abts muß er mit mir nach Compostela gehen. Das ist seine Pflicht. Und vielleicht findet er am Grab des Apostels wieder seinen Verstand.«

Man konnte ihm noch so sehr klarmachen, daß sich der zänkische Charakter des Mönchs sofort wieder erweisen würde, sobald er seinen Verstand wiedererlangte, während seine Narrheit ihn sanft, freundlich und fröhlich wie einen Fink im Frühling machte. Trotz des schlechten Wetters und der Schwierigkeiten des Wegs gab es in der Pilgerschar ständig jemand, der sang, wenn seine Lieder auch nicht gerade immer Meisterstücke an Frömmigkeit waren. Aber er sang, und das war die Hauptsache.

»Ihr wißt, warum ich ihn mitnehmen möchte«, begann Ancelin wieder ernst. »Er ist der Zeuge meiner bewältigten Buße. Und da er jetzt schläft, sehe ich nicht ein, warum ich nicht wenigstens ein Drittel der Nacht wachen sollte. Auch Ihr braucht Ruhe, Messire Hughes.«

Der Baron kapitulierte.

»Gut. Übernehmt die erste Wache. Ich werde um Mitternacht kommen. Achtet nur darauf, alles zu tun, was unser Bruder Bran anordnen wird.«

An Marjolaine sich wendend, bot Hughes ihr die Hand, um sie zu ihrem Lager zurückzuführen. Er spürte, daß die Finger der jungen Frau in den seinen zitterten, mißverstand jedoch die Ursache ihrer Erregung.

»Sorgt Euch nicht, reizende Dame«, sagte er in zärtlich tröstendem Ton. »Ich bin ehrlich überzeugt, daß die größte Gefahr vorüber ist, denn der Bursche ist eingeschlafen. Seine Konstitution ist gut, er wird davonkommen.«

Mit niedergeschlagenen Augen warf Marjolaine einen Blick auf ihre vereinten Hände. Es war das erste Mal, daß der Baron sie wie eine ihm Gleichgestellte behandelte und ihr seine Hand als Stütze bot. Und dann hatte auch der besonders zärtliche Ton der beiden kleinen Worte »reizende Dame«, die er gleichfalls zum ersten Mal gebrauchte, ihr das Herz erwärmt. Plötzlich verspürte sie das Verlangen, ihm ohne lange Vorrede zu gestehen, daß sie an jenem Abend in Sainte-Cathérine-de-Fierbois gelogen, daß sie für Ausbert Ancelin niemals ein anderes Gefühl als tiefes, mit Gewissensbissen verbundenes Mitleid empfunden hatte, denn da sie die Wahrheit über den Tod ihres Gatten wußte, hätte sie das Martyrium auf sich nehmen müssen, statt ihn diesem Leidensweg auszusetzen. Es verlangte sie danach zu sagen, daß sie ihn, Hughes de Fresnoy, mit einer Liebe liebte, die sie erst mit dem Leben verlassen würde, und wenn er seinen Blick in diesem Augenblick ihr zugewandt hätte, vielleicht gar mit jenem Ausdruck sehnlichen Bittens, den sie einst in ihm gesehen hatte, wäre sie unfähig gewesen, ihm zu widerstehen. Doch er ging ruhig neben ihr her, den Blick in die Tiefe des breiten Flurs, dem sie folgten, gerichtet, und seine Hand zitterte jedenfalls nicht. Er schien im Gegenteil besorgt.
Am Ziel angelangt, gab er die Hand seiner Begleiterin nicht sofort frei.
»Seid Ihr mit dieser Modestine Mallet sehr befreundet?« fragte er.
»Befreundet ist nicht das richtige Wort, und ich werfe es mir vor, denn ich glaube, daß sie Freude an meiner Gesellschaft findet. Ich bemühe mich, ihr ebenfalls Freundschaft zu erweisen, aber ...«
»Aber es gelingt Euch nicht recht. Zwingt Euch nicht dazu, Dame Marjolaine. Es wäre mir sogar lieb, wenn Ihr Euch möglichst fern von ihr hieltet.«
Sie sah überrascht zu ihm auf.
»Warum? Diese arme Frau hat in bester Absicht Kuchen gekauft, und es ist nicht ihre Schuld, wenn es sich erwies, daß er aus schlechtem Mehl gemacht war. Ihr habt ja gesehen, wie krank sie war.«
»Krank, ja, ohne Zweifel. Immerhin weit weniger als Nicolas.«
»Weil sie das Glück hatte, sich sehr schnell zu übergeben.«
»Eben. Ein bißchen zu schnell. Hört auf mich, Marjolaine, und

verkehrt nicht zu nah mit ihr. Es ist das zweite Mal, daß Euch in ihrer Gesellschaft etwas zustößt. Ich liebe solche Zufälle nicht.«
Er wollte sich entfernen, besann sich jedoch.
»Übrigens, könntet Ihr mir sagen, wo sie sich befand, als Ihr während des Kampfs verwundet wurdet?«
Diesmal brach Marjolaine in helles Gelächter aus.
»Ihr verdächtigt sie doch nicht etwa, die Absicht gehabt zu haben, mich zu erstechen? Die Arme hätte nie die Kraft dazu gehabt!«
»Man braucht nicht soviel Kraft dazu, schon gar nicht, um den Streich zu verfehlen. Aber antwortet mir. Wo war sie?«
»Ehrlich, ich weiß es nicht. Messire de Lusigny hatte uns Frauen in die Mitte des Kreises der Männer dirigiert, die kämpfen konnten, und ich erinnere mich nicht, Modestine überhaupt gesehen zu haben. Sie wird nicht in meiner Nähe gewesen sein und zwar zweifellos mit ihrem Gatten beschäftigt, der so sehr an Zahnweh litt.«
»Oder unmittelbar hinter dir«, dachte Hughes, »was noch immer die beste Position ist, um jemand zu erstechen, ohne gesehen zu werden.« Aber er wollte die junge Frau nicht unnötig aufregen.
»Vergeßt es«, sagte er nett. »Es kann sein, daß ich mich irre. Aber trotzdem, kommt mit dieser Frau weniger zusammen. Und wäre es nur, um mir Freude zu machen.«
»Ich werde es versuchen«, sagte Marjolaine.

Nicolas Troussel starb nicht. Nach vier Tagen der Ruhe im Bett bei gesunder Ernährung fand er seine ganze gute Laune wieder, und Hughes konnte den baldigen Aufbruch ins Auge fassen, übrigens in größerer Zahl, da die in Poitiers zurückgelassene dänische Dame sie eingeholt hatte. Doch seine Freude war nur von kurzer Dauer, denn kaum war man in Belin angelangt – nur etwa zehn Meilen südlich Bordeaux' an der großen römischen Straße, die geradewegs zu den Pyrenäen führte –, als die Dänin beschloß, wieder haltzumachen, um dem Grab Ogiers des Dänen, ihres Landsmannes legendären Angedenkens, der sich zu Zeiten des mächtigen Karls des Großen so ruhmvoll ausgezeichnet hatte, gründlich Ehre zu erweisen. Seine Gebeine ruhten jetzt in einer Kapelle in Gesellschaft ebenso berühmter Verstorbener wie er, Gefährten seiner Aben-

teuer: Arastain de Bretagne, Garin le Lorrain, Gondebaud, König von Friesland, und andere Pairs des großen Karl, die in Spanien für den christlichen Glauben massakriert worden waren, nachdem sie die heidnischen Armeen besiegt hatten. Da Gräfin Dagmar zudem behauptete, Nachfahrin mindestens zweier dieser Helden zu sein, des Dänen und des Friesen, war es Hughes trotz des Eindrucks, den er auf sie machte, unmöglich, sie dazu zu bringen, die Andachtsübungen ihres Vorfahrenkults abzukürzen.
»Nur eine kleine Woche«, bat ihr Dolmetscher. »So lange muß es wenigstens sein. Bedenkt doch, Seigneur, die Gräfin wird nicht so bald auf fränkischen Boden zurückkehren.«
»Wir haben schon zuviel Zeit verloren«, entgegnete Hughes, »und wir anderen Pilger haben keinen Grund, eine Woche lang zu Ausländern zu beten, selbst wenn sie Gefährten Karls des Großen waren. Ich erinnere Euch, daß wir nach Compostela wollen.«
Und so brach man zu Marjolaines geheimer Befriedigung auf, der der streichelnde Blick nicht gefallen hatte, mit dem die Dänin Hughes bedachte, als sie sah, wer an Odon de Lusignys Stelle getreten war. Ihre kindliche Familienliebe mußte sehr ausgeprägt sein, wenn sie zurückblieb, denn seine Weigerung, trotz der bewaffneten Macht, die sie repräsentierte, auf sie zu warten, hatte sie sichtlich enttäuscht. Der besagte streichelnde Blick war übrigens von zwei flachsblütenblauen Augen ausgegangen, viel zu großen und viel zu blauen Augen für Marjolaines Seelenfrieden, und es war daher ein lebhaftes Gefühl der Erlösung, mit dem sie gemeinsam mit den anderen den Weg durch die Region des Landes antrat.
Dabei war es alles andere als ein angenehmer Weg. Die römische Straße zog sich gerade durch eine trostlose Landschaft, eine sandige Ebene, in der die Dörfer selten waren. Man bekam unterwegs weder Fleisch noch Fisch noch Wein. Quellwasser war fast unbekannt, und zum erstenmal segneten die Pilger das schlechte Wetter, das ihnen wenigstens zu trinken erlaubte und ihnen ersparte, von den Bremsen geplagt zu werden, die es in diesen Heidegebieten seit dem Sommeranfang im Überfluß gab, wie ihnen der Mönch versicherte, der sich bereitgefunden hatte, ihnen bis Ostabat als Führer zu dienen.
Zudem mußten alle während der dreitägigen Durchquerung dieser

unwirtlichen Gegend zu Fuß gehen, und diejenigen, die Reittiere besaßen, mußten sie am Zügel führen, um ihrem Gewicht nichts hinzuzufügen. Der Boden bestand nämlich aus Seesand, und es war nicht selten, daß man bis ans Knie in ihn einsank. Ein Führer war unentbehrlich, um in der Nähe des Meers Treibsände zu vermeiden, die in wenigen Sekunden einen Menschen oder selbst ein Pferd ohne Hoffnung, sie je wiederzusehen, verschlingen konnten.

Diesen ganzen Weg bewältigte Marjolaine zwischen Pernette und Aveline, von Colin auf den Fersen gefolgt. Der junge Bursche, dem Fresnoy strenge Anweisungen erteilt hatte, entfernte sich keinen Schritt von ihr und willigte nur ein, sie aus den Augen zu lassen, wenn es um die natürlichsten Bedürfnisse ging, aber auch dann nur gebührend von ihren beiden Begleiterinnen eskortiert. Sie machten ihre Sache so gut, daß es Modestine nicht gelang, mehr als drei Worte mit der jungen Frau zu wechseln. Und das auch nicht ohne Zeugen.

»Ich bin überzeugt, daß ihr Leben in Gefahr ist«, hatte Hughes Colin gesagt. »Wenn ihr während des Restes der Reise auch nur das Geringste geschieht, werde ich dich mit eigener Hand töten.«

»Ihr werdet Euch diese Mühe nicht zu geben brauchen«, erwiderte der junge Diener nicht ohne Dreistigkeit. »Ich würde es schon selbst tun.«

Es herrschte also allgemeine Erleichterung, als man endlich die weit freundlichere Gascogne erreichte, wo die Abstinenz dank eines ausgezeichneten Rotweins und frischer Nahrung ein Ende nahm. Man ließ sich Weißbrot, Geflügel, Fische, Schinken, Honig und Früchte schmecken, wofür die Reicheren unter den Pilgern bezahlten, die die gemeinsam durchlebten Gefahren zu einem besseren Verständnis von Brüderlichkeit hatten finden lassen. Der Mut aller fand sich durch die ausgezeichnete Mahlzeit wiederhergestellt, trotz des Wetters, das bei seiner Widrigkeit verharrte.

So langte man gegen Ende eines ebenso grauen Tages wie alle anderen zuvor am Ufer eines Flusses an. Es war kein sehr breiter Fluß, jedoch durch all das schlimme Wetter, das wie eine Plage über das ganze Land hereingebrochen war, angeschwollen. Seine gelblichen Fluten schossen tosend zwischen grünenden Uferböschungen und den noch sichtbaren Pfeilern einer alten römischen Brücke dahin, die neu zu errichten offenbar niemand den Mut gehabt hatte. Dafür verband ein an den Stämmen zweier mächtiger Kastanien befestigtes dickes Seil die beiden Ufer.

»Wenn das alles ist, was den Fluß überqueren hilft«, sagte Ausbert, »wird es nicht leicht sein.«

»Ich werde diese Leute da fragen«, meinte Hughes, auf zwei magere, zerlumpte, schwarzhaarige Männer weisend, die unter einem Baum saßen und so ruhig auf den Fluß hinaussahen, als schiene die Sonne.

»Sie sehen nicht gerade vertrauenerweckend aus«, bemerkte Colin. Bertrand zuckte die Schultern.

»Sie sind nur zwei, und wir sind ein ganzer Trupp. Hoffen wir nur, daß sie eine christliche Sprache sprechen.«

Seit Bordeaux hatte man in der Tat einige Schwierigkeiten, sich verständlich zu machen. Doch die beiden mußten daran gewöhnt sein, Reisende passieren zu sehen, denn einer von ihnen antwortete klar auf Hughes' Frage. Gewiß, es gebe ein Mittel, dieses Gewässer zu überqueren. Üblicherweise gehe es in einer Barke vor sich. Das Seil sei nur dazu da, um sie des Hochwassers wegen auf Kurs zu halten.

»Ich sehe keine Barke«, sagte Hughes.

»Wir lassen sie nicht sehen«, erklärte der Mann, »sonst würde man sie uns stehlen. Wir werden sie holen, wenn wir ins Geschäft kommen.«

»Geschäft? Was soll das heißen?«

»Daß es sehr schlechtes Wetter ist, daß es nur eine Barke gibt, und daß es nötig sein wird, bei so vielen Leuten mehrere Überfahrten zu machen. Das wird Euch ein Geldstück für jeden und vier für ein Pferd kosten.«

»Dieb!«

Empört wollte Bertrand dem Mann an die Kehle, doch Hughes hielt ihn zurück.

»Du bist zu gierig, Freund! Wir sind nur Pilger auf dem Weg nach Compostela.«

»Kann sein. Ihr jedenfalls ähnelt keinem Pilger. Ihr seht viel eher nach einem Seigneur aus.«

»Was ich bin, geht dich nichts an. Willst du deine Barke holen, ja oder nein?«

»Das kommt drauf an. Wollt Ihr bezahlen, ja oder nein?«

»Und wenn ich dir die Gedärme herausrisse?« knirschte Fresnoy zwischen den Zähnen und legte die Hand auf den Griff seines Schwerts.

»Das würde Euch auch kaum dazu verhelfen, über's Wasser zu kommen.«

»Dein Kumpan da wäre vielleicht eher bereit.«

»Das würde mich wundern. Er ist mein Bruder, aber er ist taub und stumm. Der Seigneur d'Aspremont fand ihn zu geschwätzig. Er hat ihm die Zunge abgeschnitten, und weil er schon einmal dabei war, auch gleich noch die Ohren. Verhandelt also mit mir oder überhaupt nicht. Wenn Euch danach zumute ist«, fügte er hinzu, während er sich erhob und Strohrestchen aus seinen Lumpen schüttelte, »könnt Ihr jetzt immer noch versuchen, nur mit Hilfe des Seils hinüberzukommen wie der, den Ihr da drüben seht.« Er wies auf einen großen dunklen Fleck an jenseitigen Ufer des Flusses ein Stück talabwärts, etwas, das sich im Schilf verfangen hatte. »Für Eure Männer und Euch, der ihr jung und kräftig seid, ginge es vielleicht, aber die Frauen...«

Marjolaine und ihre beiden Begleiterinnen waren eben die Böschung herabgekommen und zu Hughes getreten, und der Mann musterte sie mit einem spöttischen Lächeln.

»Ein paar von uns haben fast kein Geld mehr«, bat Pernette. »Könntet Ihr nicht barmherzig sein, braver Mann? Der Weg ist noch lang, und es wird sicherlich noch mehr Flüsse geben.«

Das magere braune Gesicht des Mannes verzog sich zu einem hämischen Lächeln.

»Warum sollte man Euch das Geld für die anderen lassen? Ihr werdet mit ihnen schon zurechtkommen, wenn es an der Zeit ist. Für ein so hübsches Mädchen wie Euch dürfte das nicht sehr schwierig sein.«

»Wir haben genug geredet, Sire Hughes«, unterbrach Marjolaine. »Ich werde für die bezahlen, die nicht genug haben. Wir müssen hinüber, denn es wird spät, und nach den Worten des Mannes, der uns bis hierher geführt hat, ist noch eine halbe Meile zurückzulegen, bevor wie die Abtei Saint-Jean-de-Sorde erreichen, wo wir über Nacht bleiben wollen.«

»Nein, ich werde bezahlen«, sagte Hughes, »aber der Abt wird heute abend von dir hören, Freund!«
Das kurze Auflachen des Mannes ließ blanke weiße Zähne sehen. »Auch das würde mich wundern. Er ist vor zwei Tagen gestorben. Die Mönche haben genug damit zu tun, sich um seine Nachfolge zu raufen. Vorwärts, laßt Euer Geld sehen, und wir werden die Barke holen.«
Fresnoy ließ einige Münzen in die schmutzige Hand fallen. Darauf schüttelte der Mann seinen Bruder, der sich während der Diskussion keinen Fingerbreit gerührt hatte, worauf beide bis zum Rand des Wassers hinunterkletterten und für einen Moment den Blicken der Pilger entschwanden. Als sie wieder auftauchten, konnten diese feststellen, daß es sich bei der fraglichen Barke nur um einen grob ausgehöhlten, dicken Baumstamm handelte, der außer dem Fährmann kaum mehr als fünf Personen aufnehmen konnte.
»Das ist deine Barke?« murrte Guegan, dessen Hunde knurrend an den zerlumpten Hosen der Männer schnupperten. »Wie willst du da ein Pferd reinbringen?«
»Ich hab' nie gesagt, daß ich Pferde übersetzen würde. Die vier Münzen geben dem Besitzer nur das Recht, sie vom Boot aus am Zügel zu führen. So ein Pferd schwimmt sehr gut. Und was deine Hunde angeht, halt sie zurück! Sonst weigere ich mich, sie rüberzubringen. Sie werden dann auch schwimmen müssen.«
»Genug jetzt!« rief Hughes. »Wir werden jetzt mit dem Übersetzen anfangen. Dame Marjolaine, Dame Pernette, Aveline, Bertrand und Colin, Ihr steigt ein. Danach werden alle anderen jeweils zu fünft hinübergebracht. Ich werde als Letzter folgen. Bertrand, du wirst die Ankunft am anderen Ufer sichern.«
»Auf die Art werden wir nie zum Ende kommen!« murrte der Fährmann. »Das Boot kann gut zwei mehr aufnehmen. Entweder so, oder es wird nichts draus! Da, diese beiden!« fügte er hinzu und packte Léon und Modestine, die kreischend zu protestieren begannen.
Bertrand und Colin blieben am Heck des Boots, um die Maultiere und das Pferd des Stallmeisters beim Schwimmen zu führen. Dann griff der Fährmann nach einem auf dem Boden liegenden langen Ruder, während sein Bruder das Seil packte und das Boot vom Ufer

abstieß. Doch sofort wurde deutlich, daß es, wie Hughes gefürchtet hatte, zu schwer beladen war. Die unebenen Bordkanten streiften das Wasser. Es überspülte die sich an sie klammernden Hände der Frauen.

Marjolaine bemühte sich, weder das Wasser, dessen schäumendes Tosen ihr Angst machte, noch die Leiche zu betrachten, in deren Nähe sie drüben landen würden. Sie hielt ihren Blick beharrlich auf den Weg gerichtet, der am anderen Ufer zwischen hohen, belaubten Bäumen die Böschung erklomm. Wenn sie nicht so Angst gehabt hätte, hätte ihr dieser Augenblick gefallen, denn die Luft schien reiner, seitdem der Regen am frühen Nachmittag aufgehört hatte, und man konnte die silbrigen Töne einer Glocke hören, die irgendwo vor ihr das Angelus läutete. Zweifellos die der Abtei.

Sie waren fast in der Mitte des Flusses angelangt, als das Branden der Fluten um einen der stehengebliebenen Brückenpfeiler das Boot ins Schwanken brachte, nicht viel, aber für Modestine noch zu stark. Mit einem Schreckensschrei wollte sie sich aufrichten, und die dadurch verursachte Störung des Gleichgewichts ließ das Boot kentern. Kreischend versuchte sie sich festzuhalten und packte mit beiden Händen Marjolaines Mantel. Die beiden Frauen glitten ins graue Wasser...

Es geschah so plötzlich, daß Marjolaine keine Zeit blieb, einen Laut auszustoßen, während Modestines Geschrei ihr einen kräftigen Schluck sandigen Wassers eintrug. Die eine an die andere geklammert, verschwanden beide Frauen nicht sofort in den tosenden Fluten. Dank der Weite ihrer Kleidung hielten sie sich noch einen Moment an der Oberfläche, doch die Gewebe sogen sich rasch voll und zogen sie durch ihr Gewicht in die Tiefe.

Zu erschrocken, um zu kämpfen, sah Marjolaine nichts mehr, war sich nur der an ihrem Mantel hängenden, hektisch sich bewegenden Last bewußt, denn Modestine hatte sie nicht losgelassen.

In einem Anflug von Selbsterhaltungstrieb löste die junge Frau den Verschluß, der das schwere Kleidungsstück um ihren Hals festhielt, und der Mantel sank mit der noch immer sich an ihn klammernden Händlerin auf den Grund des Flusses. Aber das Gefühl der Befreiung währte nicht lange. Die Strömung trieb Marjolaine gegen große Felsen, und als sie wieder an der Oberfläche erschien, stieß sie mit der Schläfe gegen einen von ihnen und tauchte wie ein Stein ins Dunkel der Bewußtlosigkeit...

»Ein Wunder! Es ist ein Wunder! Jesus, Maria, seid gesegnet! Der Herr hat uns ein Wunder beschert!«

Das gleichsam mechanische Gemurmel eines Gebets ließ sich vernehmen und überzeugte Marjolaine endgültig, daß sie tot war. Doch die Augen öffnend, gewahrte sie über sich gebeugt einen Kreis allzu bekannter Gesichter, als daß sie zur Bevölkerung des Paradieses hätten gehören können. An erster Stelle das Fresnoys. Sein nasses schwarzes Haar klebte ihm noch in der Stirn, und sie erriet ohne Mühe, daß er sich ins Wasser gestürzt hatte, um sie zu retten. Aber in seinem Blick war der gleiche staunende Ausdruck wie in denen der anderen.

»Geheilt!« flüsterte er, von einer Erregung erfüllt, die seine Stimme heiser werden ließ. »Ihr seid geheilt, bezaubernde Dame! Gott hat das Wunder getan, auf das ich so gehofft hatte!«

Instinktiv hob Marjolaine die Hand zu ihrem Gesicht und begriff. Nicht nur ihr Schleier war im Wasser geblieben, auch die Narbe, die übrigens richtig an ihrem Platz zu halten ihr bei all der Feuchtigkeit immer schwerer gefallen war. Sie empfand dabei eine seltsame Mischung von Freude – denn es verschaffte ihr das Glück, sich den Augen dessen, den zu lieben sie sich endlich einzugestehen wagte, in ihrer ganzen Schönheit zu zeigen –, doch auch von Unbehagen, Verlegenheit. Ihre Gefährten würden es sich nicht nehmen lassen, sie zur Heiligen zu erklären, was sie von vornherein mit Abscheu von sich wies. Ihre verzückten Gesichter verrieten es ebenso wie die Ehrerbietung, mit der Pernette ihre Hände küßte.

Sie wollte sie ihr entziehen.

»Ich bitte Euch«, murmelte sie, »es ist kein so großes Wunder, wie Ihr glaubt. Seit einiger Zeit schon hat sich das Brennen meines Gesichts spürbar gemildert.«

»Aber nichts davon ist geblieben! Nicht die kleinste Spur! Ihr seht also, daß es doch ein Wunder ist. Oh, Dame Marjolaine, ich bin so glücklich! Ihr seid so gut, und ich liebe Euch so!«

Es war unmöglich, sie aus ihrem Irrtum zu reißen, da sie eine so große Freude empfand. Und als sie die anderen ansah und vor allem dem besorgten Blick Colins begegnete, der sie, einen Finger auf die Lippen legend, stumm zur Verschwiegenheit mahnte, begriff Marjolaine, daß es ein ernster Fehler wäre, sie zu enttäuschen, denn der Sturz wäre für sie zu tief. Sie fühlten sich alle durch sie von Gott geehrt und ausgezeichnet, denn sie hatten das Glück, von nun an mit einer zu wandern, an der ein Wunder geschehen war. Jemand stimmte übrigens das *Te Deum* an, und alle fielen im Chor ein, während Pernette und Agnès de Chelles, deren tränenfeuchte Augen voller Hoffnung strahlten, der Geretteten halfen, sich aufzusetzen und sich dann zu erheben. Hughes warf ihr seinen eigenen Mantel um die Schultern und hüllte sie mit fast frommen Gesten ein. Erst da bemerkte sie Modestine, die man ebenfalls hatte retten können.

Im Gras liegend, wurde sie von Bran Maelduin betreut, dem Ausbert assistierte. Der Ire bemühte sich, sie von all dem geschluckten Wasser zu befreien, und rieb sie kräftig. Doch als sie ein paar Schritte entfernt Marjolaine sich aufrichten sah, von ihrem mysteriösen Schleier befreit und mit völlig unversehrtem Gesicht, stieß Modestine einen Schrei aus, schob die, die ihr halfen, beiseite und kroch mühsam auf Händen und Knien zu der jungen Frau. Einen Moment starrte sie sie verblüfft und entsetzt an, dann brach sie in Schluchzen aus, warf sich wie anbetend vor ihr nieder und stammelte:

»Vergebung! Ich wollte nicht! Oh, vergebt mir! Ich werde es nicht wieder tun!«

Ihre Worte fielen wie Steine in ein Schweigen, das nur der Lärm des Flusses störte.

»Was wollt Ihr denn nicht wieder tun?« fragte Hughes, während Marjolaine scheußlich verlegen die Frau aufzuheben suchte, die hartnäckig darauf bestand, ihr die Füße zu küssen.

Doch Modestine blieb keine Zeit zu antworten. Schon hatte sich ihr Mann auf sie gestürzt, wickelte sie ohne Umstände in einen Mantel und versuchte, sie hochzureißen.

»Nichts, gar nichts, Messire! Ich fürchte, meine arme Frau ist närrisch geworden. Dieser Unfall, die Angst, die sie hatte! Habt Ihr gesehen, wie sie Dame Marjolaine anstarrte? Sie hat sie offenbar für eine Erscheinung gehalten. Man sollte nicht beachten, was sie sagt. Ich werde sie pflegen.«

Er sprach schnell wie jemand, der überzeugen muß und die Worte pausenlos aneinanderreiht, um keinen Raum für Fragen zu lassen. Hughes hörte ihm zu, ohne recht zu wissen, was er daraus machen sollte. Modestine schluchzte jetzt in den Armen ihres Gatten, der sie mit einem Aufwand an Kraft, dem sie nicht widerstehen konnte, beiseite zog.
»Ich möchte ihr trotzdem ein paar Fragen stellen«, knurrte er zwischen den Zähnen.
Er wollte dem Paar folgen, doch Marjolaine vertrat ihm den Weg.
»Laßt sie, Sire Hughes! Meister Mallet hat recht. Der Schreck muß der Armen den Verstand verwirrt haben.«
Er lächelte ihr zu, beruhigt und zu jedem Gehorsam bereit für ein Lächeln dieses Geschöpfs, das Gott ihm im vollen Glanz einer noch strahlenderen Schönheit, als er sich's hatte vorstellen können, zurückerstattete.
»Wir werden Euch zur Abtei geleiten«, sagte er freundlich. »Da alle übergesetzt worden sind, nehmen wir unseren Weg wieder auf, sonst wird die Nacht uns noch einholen. Und Ihr braucht Ruhe.«
Er ließ ungesagt, daß er nach wie vor die Absicht hatte, Modestine fern von den Ohren ihres Mannes einem Verhör zu unterziehen, sobald sie sich von ihrem Schrecken erholt haben würde. Denn die Frage blieb offen, welcher Schuld, welchem Verbrechen die Bitte galt, ihr Vergebung zu gewähren.
Er stieg die Böschung zum weiterführenden Weg hinauf, als Marjolaine ihn noch einmal anrief.
»Wir sind Pilger, Seigneur, und unterwegs für unser Seelenheil. Meint Ihr nicht, daß es eine große Sünde wäre, wenn wir die Leiche dieses Unglücklichen im Schilf verrotten ließen? Die Nacht ist nah, aber wir haben vielleicht noch Zeit, ihn christlich zu bestatten. Und wenn wir sie nicht haben, nehmen wir sie uns.«
»Ihr habt recht.«
Schon waren Ausbert und Nicolas wieder zum Wasser hinuntergelaufen. Der junge Bursche watete ins Schilf, bewaffnet mit einem langen Ruder des Boots, dessen anderes Ende Ancelin fest im Griff hielt. An diese rettende Stütze geklammert, gelang es Nicolas, einen Zipfel der Kleidung des Toten zu erwischen und ihn langsam zum

Ufer zu ziehen, wo die anderen Männer ihn packten. Man legte ihn ins Gras und drehte ihn um.
Pernette war es, die einen lauten Schrei ausstieß und auf die Knie sank. Der Leichnam, den man aus dem Fluß gezogen hatte, war der Mathieu d'Oignys. Er war nicht ertrunken; man hatte ihn erdolcht, bevor er ins Wasser geworfen worden war.
Hughes drehte sich rasch nach den beiden Fährleuten um, aber sobald der Leichnam auf dem Trockenen gewesen war, hatten sie ihr Ruder ergriffen und sich so schnell sie konnten davongemacht.
»Böser Mann finden bösen Tod«, seufzte Bran Maelduin.
Und ein großes Kreuzeszeichen schlagend, stimmte er das Gebet für die Toten an, während Ausbert und Colin sich daran machten, ein Grab für Mathieu d'Oigny zu schaufeln, der den Tod gefunden hatte, ohne seine Rache gekühlt zu haben.

12. Kapitel

Modestine

Je höher sie stiegen, desto schärfer blies der Wind auf den Vorbergen der Pyrenäen, die langgezogenen Nebelschleier verjagend und von neuem zusammentreibend, die zuweilen den Weg verbargen. Seitdem sie bei Tagesanbruch das Dorf Saint-Jean-au-pied-du-Port verlassen hatten, führte die alte römische Straße sie ununterbrochen über einen drei Meilen langen Anstieg zum Col de Bentardé hinauf. Es war ein schmaler, schlecht begehbarer Weg, besonders der Bruchstücke der alten Steinplatten wegen, die einst die Römer gelegt und die der Frost und die Jahre inzwischen gespalten und zerbrochen hatten. Der Fuß stolperte unablässig über sie, und man mußte sich vorsehen, nicht zu fallen, wenigstens die, die nicht das Glück hatten, vom sicheren Schritt eines Maultiers zu profitieren. Rauh und steil stieg der Weg durch eine immer kargere Landschaft an, die schließlich mit dem wolkenverhangenen Himmel zu verschmelzen begann.
Dennoch hatte man ihn dem leichteren durch das Val Carlos vorgezogen, der baskischen und navarresischen Banditen wegen, die ihn

unsicher machten, denn trotz der kleinen, getreuen, aus Guegan, Ausbert, Nicolas, Colin, Bran Maelduin und selbst dem ängstlichen Isidore Beautru bestehenden Truppe, nicht zu vergessen Bertrand und die beiden flämischen Kaufleute, fürchtete Hughes, nicht über genügende Kräfte zu verfügen, um es mit einer kampfgeübten Bande aufnehmen zu können. Und Gott allein wußte, was für schreckliche Geschichten über diese Straßenräuber umliefen. Es hieß, daß sie weder Frauen noch Greise noch Kinder schonten.

Trotz der Gegenwart Marjolaines, die nun alle als ihre Fahnenträgerin anzusehen schienen, hatte niemand seit dem Aufbruch im Morgengrauen ein Wort gesprochen. Der Anstieg war zu hart, um selbst durch Kirchenlieder Atem zu vergeuden, den die Höhe ohnehin kürzer werden ließ. Zudem kreisten ihre Gedanken um jene Banditen, von denen zuviel gesprochen worden war, und die ausnahmsweise vielleicht die Straße gewechselt hatten.

Seiner Gewohnheit entsprechend, ging Hughes, sein Pferd am Zügel führend, an der Spitze, gefolgt von Ausbert Ancelin und Bran Maelduin. Marjolaine kam danach, von der immer verträumten Aveline und Pernette begleitet, die glücklich war, seitdem der tragische Tod ihres Onkels sie endgültig von einer ernsten Gefahr befreit hatte. Und voller Begeisterung wanderte sie nun Compostela zu, wo sie nur die innigste Danksagung abzustatten hatte. Danach würde sie freudig zu dem sie in Rochella erwartenden Glück zurückkehren können.

Colin folgte natürlich wie stets Marjolaine, doch Hughes' Befürchtungen schienen nun gegenstandslos. Nicht nur, daß Modestine die Gesellschaft der jungen Frau nicht mehr suchte, sie hielt sich ihr sichtlich so fern wie nur möglich, wanderte in den letzten Reihen unmittelbar vor Bertrand, Guegan und dessen Hunden, die die Kolonne beschlossen.

Obwohl ihr Mann sie immer wieder beschwor, weigerte sie sich, diesen Platz zu verlassen, und hätte er auf sie gehört, wären sie noch weiter zurück marschiert, völlig von der Schar der Pilger getrennt. Doch Léon Mallet war auf diesem Ohr taub, behielt ihre Hand in der seinen und zwang sie so, wenigstens im Schutze der Männer und der Tiere zu bleiben.

Seit der Überfahrt über den Fluß bei Peau hatte sich Modestine sehr verändert. Nichts mehr von endlosen Schwatzereien, von stundenlang geleierten Gebeten als Echo auf die ihres Gatten. Niemand vernahm mehr auch nur den Klang ihrer Stimme, selbst während der gemeinsamen Gebete. War das Etappenziel erreicht, zog sie sich fern von den andern in den verborgensten Winkel zurück, dorthin, wo der Schatten am dichtesten war. Dann konnte man sehen, daß Léon zu ihr trat, mit leiser Stimme und drängender Miene auf sie einsprach, aber sie antwortete nicht, schüttelte allenfalls verneinend den Kopf, schloß die Augen und schlief ein oder tat so, als ob sie schliefe.

Mitleidig hatte Marjolaine versucht, sie in dieser verzweifelten Verlassenheit zu erreichen, an der sie Gefallen zu finden schien, doch Modestine hatte sie so angstvoll angestarrt, daß sie nicht wagte, darauf zu bestehen. Bran Maelduin, den sie eilends zu ihr schickte, als sie merkte, daß die arme Frau so gut wie nichts aß, war nicht erfolgreicher gewesen; auf seine Beschwörungen und Bitten hatte sie nur mit Schweigen und Tränen geantwortet. Sie sah den Mönch traurig an, sagte jedoch nichts.

»Ich fürchte sehr, daß meine arme Frau ihren Verstand in diesem verwünschten Fluß gelassen hat«, sagte Léon Mallet bekümmert. »Sie wird nie zum Grab gelangen, wenn es so weitergeht. Es muß aber sein, denn nur Monseigneur, der heilige Jakobus, kann ihr ihre fünf Sinne wiedergeben.«

Und er überließ sich einer geräuschvollen Verzweiflung, die niemand rührte außer Agnès de Chelles, deren Nächstenliebe und reines Herz nichts von den Heucheleien der menschlichen Seele wußte. Sie beklagte ihn, doch da sie Modestine noch mehr beklagte, zwang sie sich, aus ihrer zweifellos durch Schüchternheit verursachten Reserve herauszutreten, die sie ein wenig unnahbar machte und ihr Verhältnis bestimmte, seitdem man Paris verlassen hatte. Sie hielt sich von nun an neben Modestine, bot ihr ihren Arm, wenn sie strauchelte, ließ sich bei ihr nieder und gesellte sich zu ihr abseits von den andern in den dunklen Winkeln, die die Kurzwarenhändlerin bevorzugte. Sie versuchte geduldig und sanft die Art von Behexung zu brechen, die die Unglückliche in ihrer Versunkenheit erstarren ließ. Das einzige positive Resultat war, daß Modestine sie nicht floh und aus ihrer Hand sogar ein wenig Nahrung annahm.

Die Situation bekümmerte Marjolaine und weckte in ihr Gewissensbisse, als ob sie Schuld daran trüge. Schließlich traf es vielleicht auch zu, denn der Beginn von Modestines Verstörtheit war einem falschen Wunder zuzuschreiben. Es bedrückte sie, ihr in keiner Weise helfen zu können, was wiederum Hughes reizte, der eher dazu neigte, sich erleichtert zu fühlen, weil er Modestine nicht mehr wie eine unheilkündende Fliege um Marjolaine herumschwirren sah.
Als man auf dem Col de Bentarté anlangte, pfiff der Wind in so heftigen Stößen, daß sich die Wanderer gebeugt gegen ihn anstemmen mußten, um vorwärtszukommen. Die Steigung lag fürs erste hinter ihnen, doch sie mußten dem Gratweg an den zackigen Gipfeln entlang folgen. Der Himmel schien so niedrig, daß Marjolaine meinte, die Wolken berühren zu können, wenn sie nur die Arme ausstreckte. Sie fror und manchmal wurde ihr auch warm, wenn Fresnoy sich umwandte, um sie mit einem Blick zu umfangen, der ihr Herz vor Freude hüpfen, ihre Seele jedoch verzweifeln ließ. Würden der heilige Jakobus, die Jungfrau, ja Gott selbst sie daran hindern können, sich der verbotenen Liebe zu einem verheirateten Mann hinzugeben? Der Kampf drohte in jedem Fall hart zu werden, härter noch als dieser gefährliche Weg.

Man stieg nun ab zum Col d'Ibaneta oder de Roncevaux, wo sich inmitten von Tannen die niedrigen Dächer und dicken, von mächtigen Strebepfeilern gestützten Mauern der neuen, vor kaum fünfzehn Jahren in gemeinsamer Bemühung des Bischofs von Pamplona, Sancho de la Rode, und des streitbaren Königs Alfons von Navarra errichteten Hospizes erhoben. Der Weg verlief unter einem Gewölbe quer durch das Kloster, und ein viereckiger Turm, in dem die Glocke hing, beherrschte das Ganze. Doch niemand blieb stehen, um das mächtige, für die Ewigkeit bestimmte Bauwerk zu bewundern, errichtet zum Wohle all derer, die aus Frömmigkeit oder jedem anderen Grunde, aus Frankreich oder Spanien kommend, den schwierigen Weg über die Pyrenäen bewältigen mußten. Alle waren sie zum Umfallen müde, und die hilfsbereiten Hände der Mönche in schwarzen Kutten halfen mehr als einem die wenigen Meter zu überwinden, die die Straße von dem großen Saal trennten, wo Hilfe und Stärkung sie erwarteten. Diese letzte und doch nur

geringfügige Anstrengung war ihnen unmöglich geworden. Zweifellos war diese Etappe die schlimmste gewesen, die die Pilger seit der Mördergrube erlebt hatten.
Diesmal konnte von Kammern für zwei oder drei, ja selbst von Schlafräumen keine Rede sein. Es war ein Durchgangs-, kein Aufenthaltsort. Nur die Kranken und Verletzten konnten in einem Krankenraum gepflegt werden. Alle anderen drängten sich in einem großen, mit einem riesigen Kamin ausgestatteten Saal zusammen. Es waren viele Menschen unter den schon rauchgeschwärzten Gewölben versammelt: »Jakober«, kenntlich an den an ihre Hüte genähten sinnbildhaften Muscheln und ihren Augen, voll der ruhigen Freude derer, die ihr Gelübde erfüllt haben, Maultiertreiber, die die nahende Nacht mit ihren durch Wölfe und Bären drohenden Gefahren gezwungen hatte, hier – übrigens nicht ungern – einzukehren, navarresische Bauern in schwarzer, oft zerrissener Kleidung, die ihre braunen Beine und schmutzigen Füße zeigten, Glücksritter in alten Panzerhemden mit zerbrochenen Kettengliedern, anonyme Wanderer, glücklich, tödlicher Einsamkeit entronnen zu sein. Sie alle drängten sich um das große Feuer zusammen, auf dem Boden oder auf grob gezimmerten Bänken sitzend, und nahmen dankbar Brot und Suppe von den Mönchen entgegen, die in ihren schwarzen, mit roten Kreuzen versehenen Kutten ebensovielen Phantomen glichen.
Marjolaine, Pernette und Aveline hatten, da sie Frauen waren, Platz auf dem Kaminstein selbst gefunden. Einen warmen Napf umklammernd, bekamen sie nach und nach ihre Farben wieder und spürten, wie das Leben in ihre durch die Kälte der Gipfel erstarrten Körper zurückkehrte: Dort oben und nicht weit von der Straße entfernt hatte noch immer Schnee gelegen.
Marjolaines Blick folgte der hohen Gestalt Fresnoys, der, von Bertrand gefolgt, durch den Saal ging und seine Leute zählte, um sicher zu sein, daß niemand fehlte. Doch an seiner Miene merkte die junge Frau, daß irgend etwas nicht stimmte, und da er eben nicht weit vom Kamin vorüberging, rief sie ihn an:
»Ihr scheint besorgt, Sire Hughes!«
»Ich scheine nicht, ich bin besorgt. Dame de Chelles und diese arme Modestine fehlen. Niemand weiß, wo sie sind.«

»Wie geht das zu? Wanderten sie nicht unmittelbar vor Ancelin und Eurem Stallmeister? Übrigens sehe ich dort drüben Léon Mallet, der mit großem Appetit seine Suppe löffelt und nicht so aussieht, als ob er beunruhigt sei.«

Hughes zuckte verächtlich die Schultern.

»Er sieht nie beunruhigt aus. Seitdem sich Dame Agnès um seine Frau kümmert, scheint er recht ruhig zu leben. Aber wie dem auch sei, weder die eine noch die andere ist da. Bertrand sagt, daß Dame Modestine, die an Leibschmerzen litt, kurz vor dem Kloster allein sein wollte, und Dame Agnès ist ihr natürlich gefolgt.«

»Habt Ihr nicht auf sie gewartet?« fragte Marjolaine.

»Nein«, erwiderte Bertrand, sichtlich verlegen, sich über ein so delikates Thema äußern zu müssen. »Sie baten uns weiterzugehen. Es war nur noch ein kurzes Wegstück zurückzulegen, also keine Gefahr. Bevor wir zum Kloster kamen, warteten wir auf sie, riefen sogar. Eine Stimme antwortete uns: ›Einen Augenblick! Wir kommen! Laßt uns nur beten!‹ Aber sie beten nun schon eine ganze Weile, und wir haben Sire Hughes verständigt. Er hat sie unter den Leuten hier im Saal gesucht, weil er dachte, daß sie vielleicht auf einem anderen Weg gekommen wären.«

»Wir müssen jetzt nachsehen, wo sie sind. Guegan!«

Der Holzfäller war niemals weit von Hughes entfernt, zu dessen Hüter er sich aufgeschwungen hatte.

»Seigneur?«

»Komm mit deinen Hunden. Wir müssen diese Frauen finden. In der Einsamkeit beten, wenn die Nacht anbricht, noch dazu an einem so verlassenen Ort, ist Tollheit. Du hättest sie nicht verlassen sollen, Bertrand!«

»Ich konnte mich schließlich nicht in das mischen, was sie tun wollten, ob es nun beten oder was anderes war.«

»Gut. Lassen wir das jetzt und gehen wir sie suchen. Es ist schon Nacht. Laß dir vom Hausvater Fackeln geben.«

Mehr zu sagen, blieb ihm keine Zeit, denn die Tür des Saals sprang auf und ließ einen Windstoß herein, der den Staub aufwirbelte. Halb von einem Mönch gestützt, der über seiner Pelerine einen breitkrempigen schwarzen Hut trug, halb von ihm getragen, erschien Agnès de Chelles schluchzend mit zerrissenem Kleid und

blutbefleckte Gesicht in einem Zustand, der Marjolaine und Hughes veranlaßte, von der gleichen Regung getrieben zu ihr zu stürzen. Doch das, was ihr geschehen sein mochte, war zweifellos über ihre Kräfte gegangen, denn kaum hatten ihre Füße die Steinplatten des großen Saals berührt, als Agnès aus den Armen ihres Führers ohnmächtig zu Boden glitt.
Man trug sie nahe zum Kamin, bettete sie auf eine Matratze, indes der Mönch berichtete, was er von der Geschichte wußte: Bei der Rückkehr zum Kloster, nachdem er einem Hirten geholfen hatte, einige verirrte Tiere wiederzufinden, hatte er Schluchzen und Rufe gehört, die von jenseits der Bäume zu kommen schienen. Er wußte, daß es dort einen tiefen Spalt in den Felsen gab, und war höchst beunruhigt gewesen, weil er dachte, daß jemand hineingestürzt sei und um Hilfe rufe.
Tatsächlich habe er am Rand des Spalts diese an einen Strauch sich klammernde, mit den Füßen im Leeren hängende Frau gefunden. Sie müsse sich gegen einen ganzen Wurf Wildkatzen gewehrt haben, habe nur noch leise gestöhnt und sich bemüht, genügend Kraft zu bewahren, um sich zu halten. Er habe sie dann herausgezogen und ihr geholfen, zum Kloster zurückzugelangen. Mehr wisse er nicht.
»Habt Ihr nur diese eine Frau gefunden?« fragte Hughes. »Es waren doch zwei.«
Der Mönch schüttelte bedrückt den Kopf.
»Ich habe nur eine gefunden. Die andere ist in den Spalt gestürzt. Das ist alles, was ich aus dieser Unglücklichen habe herauskriegen können: Ihre Begleiterin, wenn's eine gab, ist in der Tiefe des Lochs. An Gewittertagen kann man das Wasser unten tosen hören.«
Bei Agnès' Ankunft hatte Léon endlich seine Suppe oder vielmehr seinen leeren Teller stehenlassen und sich zögernd der Gruppe genähert, die sich um die Liegende gebildet hatte. Er starrte sie an. Sein leerer, irgendwie stumpfsinniger Blick heftete sich sodann auf den Mönch, der sie gebracht hatte.
»Was sagst du da, schwarzer Mann? Meine Frau ist tot?«
»Wenn sich's um die Begleiterin dieser hier handelt, dann ja, dann hat deine Frau zum Schöpfer zurückgefunden«, antwortete der Klosterbruder.

Mallet schürzte bösartig die Oberlippe wie ein Hund, der beißen will.
»Dann hat die da sie getötet!« knurrte er, während er sich über die Liegende beugte und ihr mit der Faust drohte.
»Niemand hat sie getötet. Sie ist hineingestürzt, das ist alles.«
»Das ist nicht wahr! Die da hat sie bestimmt in das Loch gestoßen. Man braucht nur ihr Gesicht zu sehen: meine arme Modestine hat sich gewehrt...«
»Es gab keinerlei Grund dafür«, unterbrach ihn Hughes. »Seit der Überfahrt über den Fluß hat Dame Agnès sich mit viel Güte um Eure Frau gekümmert. Sie hätte sie nie unversehens zur erstbesten Felskluft gezerrt, um sie hineinzustoßen.«
»Zumal es Modestine war«, bekräftigte Bertrand, »die sich vom Weg entfernen wollte, weil sie, wie sie sagte, Bauchschmerzen hätte. Stimmt's, Guegan?«
»Genau«, versicherte dieser. »Wir haben schon von der Höhe aus diese Kluft bei den Bäumen bemerkt, aber wir dachten nicht, daß sie dahin wollte.«
Doch Mallet, der Einäugige, wollte sich nicht überzeugen lassen. Gegen alle Vernunft beharrte er darauf, daß Agnès seine Frau umgebracht habe, und daß sie dafür bestraft werden müsse. Er legte dabei soviel Gehässigkeit an den Tag, daß Marjolaine ihm empört Schweigen gebot.
»Niemand wünscht Eure Albernheiten zu hören! Wenn Dame Agnès wieder zu sich kommen wird, werden wir wissen, was passiert ist. Und das wird nicht lange auf sich warten lassen.«
Dank Bran Maelduins Bemühungen kehrte allmählich wieder die Farbe in Agnès' Gesicht zurück, das, nun vom Blut gereinigt, für alle sichtbar tiefe Kratzspuren aufwies. Man ließ sie gewärmten Wein trinken, hüllte sie in Ziegenfelle und machte es ihr bequemer.
»Nun?« begann Mallet wieder unverschämt. »Werdet Ihr uns endlich sagen, böse Frau, warum Ihr Modestine in das Loch gestoßen habt?«
»Ich habe sie nicht gestoßen, ich habe sie nur daran hindern wollen, hineinzuspringen, und wir haben bei diesem Loch miteinander gekämpft. Es war entsetzlich! Alles war schrecklich von dem Augenblick an, in dem wir den Zug der Pilger verließen, weil sie sich

zurückziehen mußte. Ich war besorgt, weil sie zu leiden schien, und wollte ihr helfen, sich niederzuhocken, doch stattdessen warf sie sich auf die Knie, begann zu weinen, schlug sich heftig an die Brust und sagte, daß sie schuldig sei. Sie wolle mit mir sprechen und allein mit mir sprechen. Und dann hat sie entsetzliche Dinge gesagt.«
Sie hielt einen Moment inne, sah sich suchend nach Léon Mallet um, der seltsamerweise aus der vordersten Reihe verschwunden war und in die Gruppe zurückwich, die sich um den Kamin gebildet hatte. Als sie ihn entdeckte, streckte sie jäh den Arm aus und wies mit dem Finger auf ihn.
»Dieser Mann muß arretiert werden! Er ist ein Mörder und ein recht feiger Mörder dazu, da er sich zur Ausführung seiner Verbrechen seiner Frau bediente!«
Wenn Verblüffung die meisten derer, die sie hörten, erstarren ließ, war dies bei Hughes und Bertrand nicht der Fall. Der erstere stürzte Mallet hinterher, der sich in der offensichtlichen Absicht zu flüchten mit Fausthieben einen Weg zur Tür zu bahnen suchte, der andere lief eben zu dieser Tür, um ihm den Weg abzuschneiden.
Ohne Ausflucht zwischen diesen beiden gleich bedrohlichen Gestalten, ließ sich der Händler auf die Knie fallen und kreuzte die Arme über dem Kopf, um sich vor eventuellen Schlägen zu schützen. Doch weder dem Baron noch seinem Stallmeister lag daran, ihn zu schlagen. Sie begnügten sich damit, Mallets Arme zu packen und ihn zu Agnès zurückzutragen, als handle es sich um ein Gepäckstück.
»Sprecht jetzt, Dame, und sagt alles, was Ihr zu sagen habt!«
Es war schnell getan. Von einer wahren Krise der Verzweiflung gepackt und von dem Bedürfnis gedrängt, sich von den sie quälenden Gewissensbissen zu befreien, hatte Modestine in einem einzigen Wortschwall den ganzen schäbigen Betrug preisgegeben: Sie und ihr Mann waren nicht wirkliche Pilger. Sie hatten eine stattliche Summe dafür erhalten, die Wallfahrt mitzumachen und unterwegs dafür zu sorgen, daß Marjolaine Foletier sie nicht lebend überstand. Sprachlos lauschend, glaubte diese ihren Ohren nicht trauen zu dürfen, und Agnès mußte das Gesagte noch einmal wiederholen, um sie zu überzeugen, daß etwas so Ungeheuerliches möglich sein könne.

»War es Etienne Grimaud, der Euch bezahlt hat?« fragte sie, über den Mann gebeugt, den Bertrand und Hughes auf den Knien festhielten.
Ohne recht zu wissen, warum, hoffte sie, daß er es verneinen würde, daß Etienne sein Gewissen wenigstens nicht mit einem weiteren Verbrechen beladen hatte. Aber Léon hatte jetzt zu sehr Angst, um an Leugnen zu denken. Fresnoys eiserne Finger preßten seine Haut, quetschten sein Fleisch, bedrohten selbst seine Knochen.
»Ja, er war's! Er hatte darauf verzichtet, Dame Marjolaine zu heiraten, seit sie sich verunstaltet hatte, aber auf ihren Teil des Vermögens hatte er nicht verzichtet. Was er wollte, war das ganze Erbe seines verstorbenen Onkels, und das war nur möglich, wenn die Witwe verschwand.«
»Das ist klar«, grollte Hughes, dessen Lust, den Händler zu erwürgen, so unübersehbar war, daß Bran Maelduin zu ihm trat und die Hand auf seine Schulter legte. »Und wie war in Tours die Sache mit dem vom Hospizdach gefallenen Stein?«
»Das war ich. Ich hatte Modestine angewiesen, Dame Foletier zu der Stelle zu führen, wo ich sie erwartete.«
»Dich habe ich also bemerkt!« rief Bertrand. »Ich wußte, daß ich jemand da oben gesehen hatte.«
Hughes gab ihm ein Zeichen zu schweigen.
»Das wäre das erste! Und der Stich mit dem Dolch während des Kampfs im Wald?«
»Das war wieder ich, aber ich bin in meinen Bewegungen behindert gewesen. Es ging in diesem Moment so stürmisch zu. Der Stich ist schlecht geführt worden. Die Klinge glitt ab.«
»Das zweite also! Wie wär's, wenn wir jetzt von den Aniskuchen in Bordeaux sprächen? Solltest du nicht etwas damit zu tun gehabt haben?«
»Ja. Ich war's, der sie gekauft hat. Ich hab' ein Pulver reingetan, das mir in Paris ein alter Mann aus der Rue de la Juiverie gegeben hatte, aber natürlich hab' ich in einen von ihnen ein anderes Pulver getan, das nur zum Erbrechen reizen sollte. Das war der, den Modestine dann gegessen hat.«
»Immer besser! Reden wir jetzt von dem Sturz in den Fluß während des Übersetzens.«

»Ah, nein!« protestierte Mallet. »Damit hab' ich nichts zu tun. Meine arme Modestine fürchtete mich, aber nicht so, daß sie sich ins Wasser gestürzt hätte, um mir zu gehorchen. Sie hatte viel zu sehr Angst. Und gerade, weil sie solche Angst hatte, hat sie sich an Dame Marjolaine geklammert und sie mitgezogen ... Was werdet Ihr mit mir tun?«
»Dich töten!« rief Ausbert Ancelin zornig. »Und ich werde gern diese widerliche Arbeit auf mich nehmen, Sire Hughes! Für all das Böse, das er Dame Marjolaine antun wollte, bin ich bereit, Euch als Henker zu dienen, denn Euer nobles Schwert kann sich nicht mit so gemeinem Blut beschmutzen!«
»Nein«, warf Marjolaine rasch ein, »tötet ihn nicht, Sire Hughes! Der wirkliche Schuldige ist nicht er, es ist der, der das Verbrechen bestellt hat. Es ist Etienne Grimaud, denn er ist auch der wahre Mörder Meister Foletiers, meines toten Gatten.«
Ancelin hob verstört-ungläubige Augen zu ihr.
»Woher wißt Ihr das?«
»Er hat es mir selbst gesagt. Nun bin ich an der Reihe, zu gestehen, armer Ausbert Ancelin, denn Ihr habt diesen ganzen Leidensweg nur deshalb durchlitten, weil ich Angst hatte zu sprechen.«
Sie hatte die Stimme erhoben, und alle Köpfe wandten sich ihr zu, während Colin zu ihr trat.
»Ihr werdet dies später sagen, Dame. Eure Angelegenheiten gehen alle diese Fremden nichts an.«
»Die, die seit so vielen Tagen unsere Weggefährten sind, sind keine Fremden«, sagte sie sanft. »Und von den anderen verstehen die meisten unsere Sprache nicht.«
Es war wahr. Die Bauern, die Maultiertreiber, die fremdsprachigen Pilger wandten sich bereits ab, kehrten zu ihrer Mahlzeit oder ihrem Schläfchen zurück, nachdem sie sich einen Moment für das, was da vorging, interessiert hatten. Um Marjolaine, die sich neben Agnès gesetzt hatte, um sie zu stützen, waren fast nur noch die Leute, die ihr nach und nach vertraut geworden waren.
»Ich muß sprechen«, hob die junge Frau wieder an, »damit Ihr, die Ihr hier anwesend seid, diesen Mann gerecht beurteilen könnt.«
Sie senkte einen Augenblick den Kopf zu einem kurzen Gebet, um die Gnade zu erlangen, alles zu sagen, dann begann sie ruhig mit

friedlicher, klarer Stimme die Umstände von Gontran Foletiers Tod zu berichten. Sie schilderte alles: die Liebschaft Gontrans mit Ancelins Frau, das Verbrechen, den verhaßten Handel, zu dem Etienne Grimaud sie gezwungen hatte, und wie sie, um ihm Grauen einzuflößen, das Mittel gewählt hatte, ihre unheilvolle Schönheit zu zerstören. Sie hätte mit ihrem Besuch bei Sancho dem Navarresen fortfahren müssen, doch Colins flehender Blick hielt sie zurück. Mit Ausnahme Fresnoys und Bran Maelduins waren alle einfache, wundergläubige Leute, die ihr vielleicht nicht verzeihen würden, wenn sie ihnen die schöne Illusion des Mirakels raubte. Sie würde es nur den Ohren des Mannes anvertrauen, den sie liebte, wenn der unvermeidliche Augenblick der Trennung käme, damit er kein allzu edles Bild von ihr bewahrte. Die Demütigung, die sie dann empfände, wäre ihre freiwillig gewählte Strafe, weil sie in diesem Moment nicht alles gesagt hatte.
Hughes hatte aufmerksam Marjolaines Bericht gelauscht. Als sie schwieg, glitt sein Blick über all die Gesichter, um die Wirkung abzuschätzen, und blieb schließlich an den von Tränenspuren gezeichneten Zügen Léon Mallets haften, dem er nicht erlaubt hatte, sich aufzurichten.
»Was sollen wir nun, nachdem Dame Marjolaine ihre Geschichte erzählt hat, mit diesem Mann machen, Kameraden?«
Der Mönch, der Agnès zurückgebracht hatte, ließ sich als erster vernehmen:
»Ein Urteil zu fällen ist Gottes Sache. Wenn Ihr es dennoch tun wollt, tut es woanders und nicht in diesem Haus«, sagte er ernst. »Dies ist ein Asyl, kein mit einem Schafott ausgerüstetes Gefängnis.«
»Ich glaube nicht, daß es unsere Absicht ist, diesen heiligen Ort zu beschmutzen«, erwiderte Hughes trocken. »Euer Rat, Bruder Bran?«
Der kleine Mönch hatte einige Mühe, sich hören zu lassen, denn alle anderen schrien gleichzeitig durcheinander, daß Mallet hundertmal den Tod verdiene, und daß man ihn nach Verlassen des Hospizes am erstbesten Baum aufknüpfen müsse. Bran Maelduin wartete friedlich, bis der Tumult sich legte, und erklärte sodann, zu Marjolaine gewandt:

»Ich denken, daß Tod ruft Tod, daß Blut fordern Blut, aber wo ist Tod?«
»Schließlich«, rief Nicolas, »hat er sie dreimal umbringen wollen und hätte es bestimmt wieder versucht, wenn seine arme Frau nicht verrückt geworden wäre!«
Von neuem mischte Marjolaine sich ein. Ihr sanfter Blick suchte die blauen Augen des kleinen Mönchs und lächelte ihm zu, um ihm zu verstehen zu geben, daß sie ihn verstanden hatte.
»Vielleicht auch nicht. Unser Bruder will sagen, daß ich nicht tot bin.«
»Das ist nicht seine Schuld«, sagte Pernette. »Man darf ihm nicht verzeihen. Was er getan hat, ist zu schlimm.«
»Aber ich verlange nicht, daß man ihm verzeiht. Ich meine, daß er mit uns weiterwandern sollte«, sagte Marjolaine, »weiterwandern und auch mit uns zurückkehren, um vor dem Abt von Saint-Denis Ausbert Ancelins volle und ganze Unschuld zu bezeugen. Bedenkt, daß er der einzige Zeuge ist, den wir haben. Wir müssen ihm sein Leben lassen, damit er den wirklichen Mörder anklagen und den falschen Schuldigen endgültig reinwaschen kann.«
Ein Schweigen entstand. Jeder erwog für sich die Stichhaltigkeit der Argumente, aber die Idee, den ganzen Weg mit einem entlarvten Mörder zurücklegen zu müssen, gefiel niemand.
»Und dann«, sagte Bertrand, die Gedanken der anderen übersetzend, »könnte er vielleicht Gelegenheit finden zu fliehen. Ganz abgesehen davon, daß Dame Marjolaines Leben noch in Gefahr wäre, solange er bei uns bliebe.«
»Trotzdem müssen wir ihn nach Paris zurückbringen«, fiel Hughes ein. »Das ist das einzige Mittel, Gerechtigkeit für alle zu erlangen.«
»Und wenn er sich, einmal in Paris, zu sprechen weigerte?«
»Wir sind alle Zeugen. Und ich schwöre Euch, daß er sprechen wird, denn, bei meinem Seelenheil, sonst werde ich ihn mit eigener Hand töten.«
Unversehens warf sich Léon zu seinen Füßen nieder.
»Nehmt mich mit, Sire Baron! Ich werde sprechen, ich schwör's! Wenn Ihr mir das Leben laßt, werde ich alles sagen, was Ihr wollt. Und wenn Ihr fürchtet, daß ich flüchten könnte, legt mir die Ketten an, die Meister Ancelin so lange getragen hat und noch immer trägt.

Und laßt mich auch bewachen. Niemals werde ich mehr versuchen, Böses zu tun. Ich schwöre es auf meine Seele, und in Compostela werde ich öffentlich um Vergebung bitten und ebenfalls in Saint-Denis. Aber seid gnädig, sprecht einige Gebete für meine arme Modestine! Ich... ich liebte sie sehr, und sie war bestimmt nicht schlecht.«

Es kam so unerwartet, daß niemand etwas zu sagen wußte. Waren die Tränen, die dieser harte und egoistische Mann vergoß, nur seiner Angst zuzuschreiben? Oder entsprangen sie zum Teil auch einem Gefühl echten Kummers?

»Du liebtest deine Frau«, sagte Hughes ernst, »und doch hast du sie gezwungen zu töten.«

Mallet senkte den Kopf und verbarg sein Gesicht in den Händen. »Ich sah nur das Geld. Und dann hatte Meister Grimaud mir gesagt, diese Marjolaine sei schlecht, sie sei eine Helfershelferin Satans, eine Hexe, die seinen braven Onkel in ihre Netze gelockt habe. Sie müsse sterben, und es sei eine gute Tat. Auch Modestine liebte Reichtum, und sie liebte mich. Sie hat mir in allem gehorcht. Und nun ist sie gestorben, gestorben ohne Beichte, tot durch ihre Hand und durch meine Schuld! Und sie wird nie das Paradies betreten!«

Von neuem breitete sich Stille aus, nur gestört durch das Knistern der Flammen und das Schnarchen derer, die in den dunklen Winkeln des Saals schliefen. Marjolaine erhob sich, kauerte sich neben dem Schurken nieder, hob seinen Kopf und trocknete sanft die Tränen, die über sein vom Kummer verschwollenes Gesicht liefen.

»Morgen«, versprach sie, »werden wir alle an dem Grab beten, das sie sich gewählt hat. Und ich glaube, daß ihr Barmherzigkeit zuteil werden wird, da ihr Geist nicht mehr bei ihr war, als sie freiwillig in den Tod ging.«

»Herr, laßt Euren Unwillen nicht an mir aus und züchtigt mich nicht in Eurem Zorn...«

Um den schwarzen Felsspalt, in den sich Modestine gestürzt hatte, von einem für sie allzu belasteten Gewissen getrieben, schloß sich gedrängt der Kreis der Pilger, während die laute Stimme des Abtes von Roncevaux den Allmächtigen beschwor, die, die dort unten lag, nicht mit der noch unerträglicheren Last seines Fluchs zu zerschmettern. Über den waldigen Hängen brach der Tag kaum an, und der von den nahen Schneegipfeln kommende scharfe Wind blähte die weiten Reisemäntel. Alle sahen sie auf den von dürrem Geäst umwucherten Spalt, aus dem leichter Nebel aufstieg wie Atem zur Winterszeit.

»Ich bin die Auferstehung und das Leben. Wer an mich glaubt, wird leben, selbst wenn er tot sein wird.«

Der Stelle gegenüber, an der sie stand, konnte Marjolaine Léon Mallet auf dem Stein knien sehen, von dem aus Modestine in die Tiefe gesprungen war. Er trug die Ketten, die man gestern Ausbert Ancelin abgenommen hatte, und Ancelin stand neben ihm, bereit, ihm zu helfen. Und Marjolaine dachte darüber nach, welche Überraschungen die menschliche Seele barg, das Beste und das Schlimmste.

Das Wasser der Segnung fiel jetzt auf das Nichts Modestines, dann stieg der bläuliche Dunst des Weihrauchs zu dem seit Tagen zum erstenmal klaren Himmel auf. Nicht eine Wolke in der Unermeßlichkeit von schieferfarbenem Blau, in dem einsam und prächtig der Morgenstern glänzte. Der Himmel erblaßte von einem Moment zum anderen mehr und verkündete, daß ein schöner Tag die ersten Schritte nach Spanien hinein mühelos machen und die Art Freude, die ein schöner Morgen bringt, sie begleiten würde.

Die Stimme des Abtes schwoll an:

»Gott in seiner Barmherzigkeit hat gewollt, daß diese aufgehende Sonne aus seiner Höhe zu uns kommt, um die zu erleuchten, die in der Finsternis und im Schatten des Todes wandeln und um unsere Schritte auf den Weg des Friedens zu führen...«

Es war in diesem Moment, daß die Sonne wie von unsichtbaren Fesseln befreit über die schneeigen Gipfel sprang, die das zarte Licht der Morgenröte erhellte.

»Es ist Zeit, unseren Weg wiederaufzunehmen«, sagte Hughes.

Ausbert Ancelin bückte sich und half Léon Mallet, sich aufzurichten.

13. Kapitel

Eine gewittrige Nacht

Von dem Augenblick an, in dem die Sonne über dem endgültigen Abschied von Modestine aufging, wurde sie zur täglichen Gefährtin der Wandernden. Es war, als habe die hohe Schranke der Pyrenäen hinter ihnen die Pforten des schlechten Wetters geschlossen.
Wärme und Licht erfüllten sie mit einem ganz neuen Mut, und sie sangen einmütigen Herzens, während sie zu dem Dorf Saint-Michel am Fuß der Berge hinabstiegen. Die Etappe des Tages, bis Viscarret, verlief, ohne daß sie es recht bemerkten, und ebenso die des nächsten Tages, die sie zu der kleinen Stadt Pamplona führte. Sie war auf einer Anhöhe über dem Rio Arga erbaut, dessen Windungen das Vorgebirge umrundeten, und erinnerte sie deswegen ein wenig an Poitiers.
Eng von schroffen Wällen umschlossen, bot ihnen die Hauptstadt Navarras sofort nach ihrer Ankunft das Asyl des Hospitals der Magdalena. Aber nicht alle betraten es, denn schon auf der Schwelle der Stadt näherte sich Isidore Beautru, der kleine Pariser Pilger, der so wenig von sich hermachte, daß man ihn immer vergaß, und der während des ganzen Marschs stets mehr nach hinten als nach vorn geblickt hatte, um Hughes und Bran Maelduin anzuzeigen, daß er an seinem Ziel angelangt sei und nicht mehr mit ihnen weiterzöge.
»Ich komme, um Vergebung zu erbitten«, sagte er, kniend die ausgefranste Kutte des kleinen Mönchs küssend. »Ich habe bis hierher die Reise mit Euch gemacht, aber ich bin kein wahrer Pilger.«
»Was? Ihr auch nicht?« rief Hughes, verblüfft über die Feststellung, wieviele dem religiösen Anlaß reichlich fremde Motive sich in der allgemeinen Frömmigkeit versteckten.
Außer ihm selbst, aufgebrochen aus Liebe zu einer Frau, waren da Pierre und Pernette, die sich auf den Weg gemacht hatten, um das Recht zu haben, zusammenzuleben, Léon Mallet und Modestine, die einen schändlichen Auftrag ausführen wollten, der von den Straßenräubern umgebrachte junge Engländer David, für den die Wallfahrt eine Verpflichtung gewesen war, um Anspruch auf eine

Erbschaft zu erlangen, die beiden flämischen Kaufleute, deren Absichten ebenso kommerziell wie fromm waren, Marjolaine selbst, die sich zur Beteiligung nur entschlossen hatte, um Ausbert Ancelin zu beschützen, der seinerseits durch Richterspruch dazu verurteilt worden war. Und wenn man die seltsame Mission des im Kampf getöteten Tempelritters und die Tatsache hinzunahm, daß die Pilgerschar dazu gedient hatte, den zur Anlegung eines Hafens bestimmten Goldtransport zu decken, lag für Hughes der Gedanke nicht mehr fern, daß es unter denen, die die ihn umgebende kleine, vertraute Gruppe bildeten, außer Bran Maelduin und Agnès de Chelles kaum wirkliche Pilger gab. Denn auch bei Nicolas Troussel waren Zweifel erlaubt: Der junge Bursche verbarg keineswegs, daß er die Wanderung nur mitmachte, um neue Landschaften zu sehen. Jetzt blieb nur zu erfahren, warum auch Isidore den Trupp verließ, und er fragte ihn in ziemlich schroffem Ton, der den kleinen Mann betreten die Nase senken ließ.

»Ich fliehe zugleich vor habgierigen Gläubigern und einer zänkischen Ehefrau, die mich ruiniert und mein Leben zur Hölle gemacht hat. In Pamplona, wo es eine große französische Kolonie gibt, habe ich einen Vetter, der Tuchhändler ist wie ich, und der mich gern bei sich aufnehmen wird. Dort wird mich niemand finden.«

»Und der Herrgott?« fragte streng Bran Maelduin. »Du ihn anlügen? Das sehr schlimm.«

»Er hat recht«, bekräftigte Hughes. »Ihr könntet wenigstens bis zum Ziel mit uns kommen. Niemand wird Euch hindern, bei der Rückkehr hier haltzumachen.«

»Das ist unmöglich. Ich muß sofort ein bestimmtes Geschäft in die Wege leiten, von dem mir mein Vetter geschrieben hatte. Aber danach – ich versprech's Euch unter Eid, Bruder Bran – werde ich die Wallfahrt beenden. Nur ein bißchen später und mit anderen als Euch zweifellos. Aber ich werde Euch vermissen, und das wird meine Buße sein. Vergebt Ihr mir?«

»Was mich betrifft«, sagte Fresnoy, »habe ich Euch nichts zu vergeben. Jeder richtet sich sein Leben ein, wie er es versteht.«

»Ich ebensowenig«, seufzte Bran, dessen Miene ihre gewohnte Freundlichkeit wiedergefunden hatte. »Aber nur, wenn Ihr versprechen, Pilgerfahrt bis in einem Jahr nachholen.«

Beautrus Gesicht strahlte auf.
»Ist versprochen! Wollt Ihr nicht mit mir zu meinem Vetter kommen? Er wohnt im Viertel von Saint-Sernin, wo die Franzosen sind. Er wird sich freuen, Euch zu sehen.«
»Nein, danke«, erwiderte Hughes. »Wir müssen uns um die Brüder kümmern, die uns bleiben. Geht mit Gott, wie man hier sagt.«
Sie sahen der flinken Gestalt des Tuchhändlers nach, die hinter der Ecke einer der zahlreichen staubigen und schwärzlichen Gäßchen verschwand, die den größten Teil des Straßennetzes von Pamplona ausmachten.
»Noch einer weniger«, seufzte Hughes, während sie wieder zu ihrem Trupp stießen, der geduldig vor dem Stadttor wartete. »Ich frage mich, wieviele wir sein werden, wenn wir in Galicia ankommen.«
»Ein einziger genügen, wenn sein Herz ganz rein«, lächelte der Ire.
Hughes zog es vor, nicht zu antworten. Er fürchtete, feststellen zu müssen, daß dies nicht der Fall wäre, wenn es sich um ihn handelte. Seit der Heilung Marjolaines, die er für ein Wunder hielt, durchlebte er seltsame Tage und noch seltsamere Nächte. Die Gefühle, die ihm die junge Frau einflößte, waren ein merkwürdiges und ziemlich unerfreuliches Gemisch von Verehrung, wie man sie normalerweise heiligen Dingen schuldet, und unbändiger Leidenschaft. Seit sie ihm in der ganzen Pracht ihrer unversehrten Schönheit erschienen war, hatte Fresnoy in sich das Erwachen seines ihm so vertrauten Dämons verspürt. Die Enthaltsamkeit, die er sich notgedrungen seit Tours auferlegt hatte, wurde ihm entsetzlich schwer, und wenn er, allein mit sich, bemüht war, sich von der völligen Reinheit seiner Gefühle für Marjolaine zu überzeugen, hörte er in den Tiefen seines Bewußtseins das spöttische Gelächter des alten Dämons, der ihm eine ganz andere Wahrheit soufflierte: Niemals noch hatte er eine Frau so begehrt, wie er diese begehrte. Und sich nicht mehr mit dem magischen Glanz ihrer meerfarbenen Augen begnügend, ließ er, wenn er sich nicht beobachtet wußte, seinen Blick häufig über ihr schlichtes, dunkles Kleid gleiten, um zu versuchen, die Schätze, die es verbarg und deren Form die Bewegungen der jungen Frau verrieten, wenigstens zu erahnen.
Die nun jeden Tag zunehmende Wärme verhalf ihm zu nichts. Sein

Blut pochte jedesmal, wenn die junge Frau sich ihm näherte, schwer in seinen Adern, was ihn veranlaßte, sie zu fliehen, aus Furcht, sich nicht kontrollieren zu können. Weil er Tags zuvor gegen Abend beobachtet hatte, wie Aveline Kleid und Hemd ihrer Herrin öffnete, um deren Schultern und Nacken mit einem Duftwasser zu erfrischen, hatte er während der Nacht kein Auge zugetan, sich im Stroh seines Lagers von einer Seite zur andern gewälzt, vor den Augen immer von neuem die Vision des Ansatzes eines Busens, der köstlich sein mußte.

Er beschloß, von nun an so weit wie möglich von ihr entfernt zu marschieren, überließ es Bran Maelduin und Ausbert Ancelin, die Kolonne der Pilger anzuführen, und bildete mit Bertrand die Nachhut.

Doch er sollte die Erinnerung an den Abend in Pamplona wie an einen letzten zauberhaften Moment vor der Hölle eines kargen, unter Eifersuchtsqualen durchlittenen Weges lange bewahren.

Großzügig von den Herrschern Navarras unterstützt, bot das Hospital der Magdalena mehr an Charme und wohltuender Umgebung als die beste Herberge. Zu den Mahlzeiten wurden die Pilger in ein großes Refektorium nahe einer riesigen Küche gebeten, wie man sie auch in Frankreich nur in der Abtei von Fontevrault fand, in der sich Laienbrüder und Küchenjungen um Kochtöpfe voller schmackhafter Dinge betätigten. Hatte man sich gestärkt, konnte man in einem mit Sträuchern, duftenden Kräutern und Blumen bepflanzten Klosterhof, den man durch ein elegant aus Stein gehauenes Portal betrat, die Abendluft genießen.

Der Gegensatz zwischen diesem reizvollen Garten und der Rauhheit der ihn umgebenden Stadt erhöhte dessen Anmut noch mehr, zumal an diesem Abend ein Lied erklang. Lässig an den Stamm eines silbrigen Olivenbaums gelehnt, zupfte ein kleiner brauner, elegant in besticktes feines Leinen gekleideter Mann seine Laute und sang dazu zum Mond hinauf.

Ohne die Gruppe der Pilger zu beachten, die sich schweigend längs des Kreuzgangs verteilte, murmelte er der Nacht Worte zu, die nur Worte der Liebe sein konnten, aber in einer unbekannten Sprache, und sein Lächeln enthüllte im Mondlicht glänzend weiße Zähne.

Reglos nahe einem der Pfeiler des Kreuzgangs stehend, lauschte ihm Marjolaine und schloß, von der streichelnden Stimme gebannt, langsam die Augen, um intensiver zu hören. Sie bemerkte nicht, daß Hughes sich ihr näherte. Er hatte kein Geräusch verursacht, und einen Augenblick blieb er einige Schritte von ihr entfernt stehen, um sie besser betrachten zu können.

In der unwirklichen Helligkeit der Nacht schienen die Flechten ihres hellen Haars wie aus purem Silber gesponnen. Vor dem dunkleren Hintergrund des glatten Steins konnte Hughes deutlich ihr feines Profil erkennen. Und so licht war diese Nacht, daß er selbst die zarten Schatten ihrer langen Wimpern und das leichte Beben ihrer halb geöffneten Lippen bemerkte.

Sie war erregt. Schnellere Atemzüge hoben ihre Brüste unter dem dünnen Gewebe ihres sauberen Leinenkleides, das sie für diesen Abend angelegt hatte. Konnte es eine schönere, bezauberndere Frau auf dieser Welt geben? Hughes spürte, daß sein Herz schneller schlug und das Blut ihm im schweren Takt des Verlangens in die Schläfen stieg. Er mußte sich ihr nähern, mußte sie berühren. Sie war die plötzlich an der Biegung eines steinigen Weges auftauchende Blume, der Fluß der Frische nach einem staubigen Tag.

Ein letzter Rest Vorsicht ließ ihn sich nach den anderen umdrehen, doch niemand achtete auf ihn, auch nicht auf sie. Jeder schien im Gegenteil einen Moment der Isolierung zu suchen, um sich ungestört von der Schönheit der singenden Stimme umhüllen zu lassen. Die Frauen verließen den Schatten des Kreuzgangs, um sich zwischen die Pflanzen des Gartens zu setzen. So tat er leise einen Schritt auf sie zu, dann einen zweiten. An ihren Traum verloren, hörte sie ihn nicht. Erst als Hughes' Hand sich um die ihre schloß, öffnete sie die Augen und wandte langsam ihr Gesicht zu ihm.

Hughes' Herz hüpfte. Marjolaine war nicht zurückgeschreckt, und der leuchtende Blick, den sie zu dem Mann hob, enthielt keine Überraschung. Es war, als habe sie diesen Moment erwartet. Vielleicht war Hughes ohne es zu wissen ins Herz ihres Traums eingedrungen, eines Traums, den die junge Frau dank dieses Liebesliedes nicht mehr von der Wirklichkeit zu trennen vermochte. Einen Augenblick später war sie in seinen Armen.

Hughes hatte unversehens das Gefühl, alle Blumen eines Frühlingsgartens an sich zu drücken. Diese Kindfrau war ganz Frische und Anmut. Ihre zarten Lippen schienen in der Glut dieses Kusses zu schmelzen, dessen Leidenschaftlichkeit er nicht mehr bändigen konnte. Mit seinem ganzen verlangenden Körper machte sich Hughes die zärtlichen Rundungen dieses sich ihm überlassenden Leibes zu eigen, und schon dröhnten die Siegesglocken an seine Ohren. Er fühlte, wie sie in seinen Armen schwerer wurde und unter der sehr langsamen, sehr vorsichtigen Liebkosung seiner Hand, die von ihrem schlanken Hals zur Rundung der Schulter glitt, um sich zu noch süßeren Rundungen vorzutasten, zu vibrieren begann.

Plötzlich weit geöffnet, durchforschten Hughes' Augen das Dunkel des Gartens auf der Suche nach einer Zuflucht, zu der er sie in einem Moment, in einer Sekunde tragen könne, um sie endlich zu der Seinen zu machen, als eben in diesem Moment das Lied jäh mit einem Aufschrei der Liebe und einem triumphalen Akkord abbrach, der wie eine Feile über Hughes' Nerven glitt. Beifall brach rundum im Kreuzgang aus. Aus seinem Traum erwacht, lächelte der Sänger und dankte. Marjolaine erwachte ebenfalls, riß sich aus den Armen, die sie festzuhalten glaubten.

Sie wich zurück, umfing Hughes mit einem Blick, dem die sonst gewohnte Reinheit fehlte, öffnete den Mund, um etwas zu sagen, doch es gelang ihr nicht. In der Annahme, sie sei vielleicht empört, sagte er nichts, streckte nur bittend die Hände nach ihr aus. Marjolaine betrachtete diese großen, starken Hände, deren Zartheit sie eben erfahren hatte, diesen Mann, der ihr ganzes Sein durch eine ungeheuerliche Empfindung erschüttert hatte, deren sie sich nie für fähig gehalten hätte, diesen Mann, den sie anbetete und der sie zweifellos liebte. Die Lust, sich von neuem von diesen Händen umfassen zu lassen, die Kraft und die Sicherheit dieser Arme, dieser männlichen Brust wiederzufinden, wurde so stark, daß die junge Frau ihr zu erliegen glaubte. Doch dann klang irgendwo im Schatten des Kreuzgangs ein Gelächter auf, und der überwältigenden Versuchung den Rücken kehrend, lief Marjolaine davon.

Die ganze Nacht blieb Hughes im Garten. An eine Zypresse gelehnt, beschwor er immer von neuem seinen Moment des Paradieses, jeden Augenblick hoffend, daß er eine Fortsetzung finden, daß

Marjolaine zu ihm kommen würde. Doch die Morgenröte überglutete Pamplonas Dächer, ohne daß sie erschien.

Als die Stunde des Aufbruchs schlug, wagte sie nicht einmal die Augen zu ihm zu heben und nahm schweigend ihren üblichen Platz zwischen Pernette und Aveline wieder ein. Mit schwerem Herzen ging Hughes davon, um sich, wie beschlossen, zur Nachhut zu gesellen. Seiner beschränkten männlichen Logik zufolge hatte er in der vergangenen Nacht eine Schlappe erlitten. Wenn er indes nur einen Moment in Marjolaines frohem Herzen hätte lesen können, hätte er sich glücklicher als der mächtigste König der Erde gefühlt. Doch Marjolaines Herz war der geheimste und verschlossenste Ort der Welt.

Trotz des Verlangens, das sie verspürte, und vielleicht gerade wegen dieses Verlangens, das in ihrem Körper brannte, bemühte sich die junge Frau, ihre Begleiterinnen keinen Schritt zu verlassen und Hughes so weit wie möglich aus dem Wege zu gehen. Nur zu gut wußte sie, daß sie bei seiner Berührung den normalen Begierden ihrer so schmählich enttäuschten Jugend, der Leidenschaft, die sie zu diesem Mann und den verbotenen Wonnen trieb, die er verkörperte, nicht lange widerstehen könnte. Und so richtete sich das Mißverständnis zwischen den beiden Menschen ein, die alles füreinander bestimmte.

Nach Pamplona schlug man den Weg ein, den man den Weg der Sterne nannte, weil er, westwärts führend, dem Verlauf der Milchstraße folgte. San Juan de la Cadena, San Antonio, Zizur, Menor, Basongaiz, Legarda und Obanos sahen den beträchtlich zusammengeschmolzenen Zug derer passieren, die eines Aprilmorgens von einer Flußinsel namens Paris aufgebrochen waren. Danach gelangte man nach Puente la Reina mit seiner alten römischen Brücke, wo die beiden aus Frankreich kommenden Strassen, die von Roncevaux und die über den Somport, zusammentrafen. Und bei der Ankunft im Hospiz stellten Hughes und die Seinen nicht ohne einigen Ärger fest, daß sich ein Trupp französischer und ausländischer Pilger, von einem Mönch vom Puy-en-Velay geführt, schon dort befand, und daß der Platz sehr beschränkt war.

Was Marjolaine betraf, sah sie nur eins: Im Hof des Hospizes erkannte sie sofort einen der Männer Gräfin Dagmars, der ein allzu gut aufgeschirrtes Pferd zum Stall führte, um nicht aufzufallen. Die schöne Dänin mußte in Puente la Reina sein, und die junge Frau empfand keine Freude darüber.

»Wie hat sie es geschafft?« überlegte Nicolas Troussel laut. »Wenn sie demselben Weg gefolgt wäre wie wir, hätten wir sie bemerken müssen. Was ist mit diesem Col de Somport?«

Da niemand ihm antworten konnte, zog er bei einem der neu Dazugekommenen, einem Savoyarden, der über einige Kenntnisse verfügte, Erkundigungen ein. So erfuhr er, daß der Somport sich viel weiter östlich von ihrem eigenen Weg befand – mindestens zwanzig Meilen! –, daß aber jemand, der von Bordeaux oder selbst von Belin kam, ihn über eine Stadt namens Mont-de-Marsan in direkter Linie erreichen konnte.

»Da haben wir's«, schloß der Bursche. »Die schöne Dame muß sich beeilt haben, um schon hier zu sein. Allerdings hat sie auch Pferde.«

»Jedenfalls«, sagte Pernette lachend, »kann sie nicht allzu lange am Grab ihrer Vorfahren gebetet haben. Was mich wundert, ist, daß sie uns nicht schon früher eingeholt hat.«

»Erinnert Ihr Euch dieser scheußlichen Heidegegend, des Landes? Es hat nicht viel gefehlt, und wir hätten uns da verirrt. Ihr muß es geglückt sein, und da sie keine christliche Sprache spricht, hat sich ihr Weg verlängert.«

Nicolas täuschte sich, was die christliche Sprache betraf: Gräfin Dagmar sprach in der Tat nicht Französisch, aber sie verstand sich ein bißchen auf Latein, wenigstens auf das Latein der Kirche, wie man es in den Abteien und Schlössern Europas lernte, um dem Ablauf der zahlreichen religiösen Zeremonien folgen zu können. So war es auch die Sprache Virgils, wenn auch durch Jahrhunderte des mehr oder weniger exakten Psalmodierens korrigiert, doch gewiß nicht verbessert, in der sie sich an Hughes wandte, kaum daß sie ihn im Hof des Hospizes bemerkt und nachdem sie ein für die Gelegenheit bestimmtes strahlendes Lächeln auf ihre Lippen gezaubert hatte, das in ihren großen blauen Augen glitzernden Widerhall fand.

»Was für eine Schamlosigkeit!« murmelte Marjolaine, plötzlich tief errötend. »Ich möchte wissen, was sie von ihm will.«

»Ich könnte Sire Bertrand fragen«, schlug Aveline mit dem Eifer vor, den sie stets an den Tag legte, sobald sich eine Gelegenheit zeigte, mit ihrem Geliebten zusammenzukommen.
Eine Chance, die sich ihr nur selten bot, doch diesmal nahm Marjolaine ihren Vorschlag an.
»Wenn du willst«, sagte sie mit gespielt gleichgültiger Miene.
Die Kleine kehrte sehr schnell zurück, doch immer noch viel zu langsam für die Ungeduld ihrer Herrin.
»Nun?« fragte sie.
»Ihre Diener haben gejagt und gefischt. Sie lädt Messire Hughes ein, ihre Mahlzeit zu teilen.«
»Oh! Und nimmt er an?«
»Ich weiß nicht, aber es sieht so aus.«
In der Tat schien Fresnoy, nachdem er den schwierigen Erklärungen der blonden Dame mit einem halben Lächeln gelauscht hatte, ihre Vorschläge mit Vergnügen aufzunehmen. Zwar wies er mit entschuldigender Miene auf seine bestaubte Kleidung, verneigte sich dann jedoch mit einem breiten Lächeln, das nur eins bedeuten konnte: daß er an der Mahlzeit der Dänin teilnehmen würde.
»Adlige Dame und adliger Herr sein geschaffen für Verstehen!« kommentierte philosophisch Bran Maelduin, der die Szene ebenfalls beobachtet hatte.
Zum erstenmal seit ihrer Begegnung warf Marjolaine ihm einen Blick zu, der nicht liebevoll war. Auch sie war schließlich eine adlige Dame, und an jenem Abend schien Hughes ihre Gesellschaft jeder anderen vorgezogen zu haben. Aber diese große nordische Pute brauchte nur mit einem Lächeln wiederaufzutauchen, und schon hatte er nicht einmal mehr einen Blick für sie.
In dieser Nacht war es Marjolaine, die kein Auge zu schließen vermochte.

Beim nächsten Sonnenaufgang war es eine wahre Menschenschlange, die die römische Brücke überquerte und den Weg einschlug, der sich wie eine Natter über die gelben, kahlen Hügel dieser ausgedörrten, rauhen Landschaft schlängelte. Die beiden Trupps würden den Rest des Weges gemeinsam zurücklegen, wie das immer geschah. Doch da die Pilger, die Gerbert, der Mönch vom Puy, führte, keine mörderische Attacke hatten überstehen müssen, waren sie zahlreicher als die aus Paris. Außerdem waren sie vor diesen in Puente la Reina angelangt und hielten sich deshalb für berechtigt, einen gewissen Vorsprung zu wahren. Sie hasteten also in der offensichtlichen Absicht voran, als erste die Kirchen zu erreichen, deren Besuch zur Verehrung der in ihnen verwahrten Reliquien obligatorisch war, und in den Etappenzielen die besten Plätze zu belegen.

Hughes und die Seinen sahen diesem Treiben zunächst zu, ohne recht zu verstehen, was diese Hast auf einem ohnehin anstrengenden und ermüdenden Wege sollte. Sie begriffen erst, als sie sich im ersten Übernachtungsort mit einer halbzerstörten Scheune begnügen mußten, da Herberge und Gästehaus des örtlichen kleinen Klosters bereits von ihren Mitbrüdern überfüllt waren.

Es verbesserte die Beziehungen keineswegs. Streitigkeiten ergaben sich, nachdem Fresnoy Gerbert hochmütig mangelnde Neigung zur Nächstenliebe und einen merkwürdigen Begriff von Brüderlichkeit vorgeworfen hatte. Worauf Gerbert erwiderte, daß er für Körper wie für Seelen zu sorgen und keinerlei Veranlassung habe, für von einem Laien geführte Leute Platz zu lassen, einem Laien, der sich nicht selbst auf ordentliche Weise zu helfen wisse.

Das entfachte zwischen den beiderseitigen Gefolgsleuten eine hübsche Schlägerei, die glücklicherweise keine ernstlicheren Spuren als blaue Augen und eingeschlagene Zähne hinterließ, den Kämpfern jedoch einen scharfen Verweis des Abtes von Logrona einbrachte, wo die Prügelei stattgefunden hatte, verbunden mit der Verpflichtung, statt des üblichen einen zwei Kreuzwege auf Knien zurückzulegen.

Hughes gefiel die Buße wenig und er beschloß, sobald Burgos erreicht war, den Leuten vom Puy wenigstens vierundzwanzig Stunden Vorsprung zu lassen. Es wäre eine einfache Sache, da die Hauptstadt Kastiliens reich an Klöstern, Hospizen und frommen Stiftungen war, die sie der Reue des Infanten Urtaca, des »Infanten mit der grausamen Seele«, verdankte. Er hatte den größten Teil seines Lebens damit verbracht, sich unerbittlich an seinen Feinden zu rächen und Klöster zu bauen.

Der verlängerte Aufenthalt war übrigens aus mehr als einem Grund notwendig. Die Sonne schien während des ganzen Tages heiß auf dieses schattenlose Land herab, die graslosen, staubigen und steinigen Wege waren hart für die Füße, die sich in dem schon mitgenommenen Schuhwerk wundgelaufen hatten. Denen, die zu Fuß gingen, verschaffte man eine Art Leinensandalen, die ihnen Erleichterung brachten, vor allem Léon Mallet, der durch die von Ancelin geerbten Ketten sehr zu leiden hatte. Da er sich weigerte, sie abzunehmen, umwickelte sie Bran Maelduin mit Lappen, um zu verhindern, daß seine Füße durch das dauernde Reiben zu sehr schwollen.

Marjolaine ihrerseits war über diesen neuerlichen Aufenthalt glücklich gewesen. Zum einen, weil sie als echte Tochter des Nordens die ungewohnte Sonnenglut schlecht vertrug, zum anderen, weil sie hoffte, daß die Dänin mit denen vom Puy aufbrechen würde. Doch leider verschwanden sie ohne sie, und als man sich wieder auf den Weg machte, war es offensichtlich, daß sie sich so wenig wie möglich von Hughes zu entfernen gedachte. Wenn der Baron ritt, klebte Dagmars Pferd fast an dem seinen, und wenn er es vorzog, zu Fuß zu gehen, tat es die Gräfin ihm nach. In ihrer Haltung war etwas, das Marjolaine aufbrachte: eine Art Unterwürfigkeit, seltsam bei einer so hochmütigen Frau, verbunden mit dem Benehmen einer Besitzerin, als sei sie schon die Dame de Fresnoy. Wenn sie sich zufällig einmal nicht bei ihm befand, richtete sie es in der Tat so ein, daß er ihr nicht außer Sicht geriet.

Zwar schien Hughes sie kaum zu ermutigen und bemühte sich auch nicht mehr um sie als nötig, doch Marjolaine sah es anders: Für sie konnte der kleinste Blick, den der Baron seiner Bewunderin zuwandte, nur von Liebe erfüllt sein. Der Weg wurde so für die junge Frau zu einer endlosen Qual, denn auch ihr von einem ruhigen Gemüt nicht mehr unterstützter Körper litt.

Jeden Tag fiel es ihr schwerer, sich wieder auf den Weg zu machen, diesen Weg, den zu Fuß zurückzulegen sie sich vorgenommen hatte, in der Hoffnung, daß die Müdigkeit ihre Liebesqual betäuben würde. Und das trotz der Bitten und Beschwörungen Colins, Avelines und selbst Ausbert Ancelins, der Marjolaine mit wachsender Besorgnis beobachtete. Den närrischen Fulgence der Obhut Léon Mallets überlassend, bemühte er sich, ihr jedesmal, wenn es möglich war, an schwierigen Stellen seinen Arm zu bieten. Er glaubte tatsächlich, daß sie, von Gewissensbissen verfolgt, weil sie ihn hatte verurteilen lassen, sich freiwillig und seinetwegen zu einer so beschwerlichen Buße zwang.

An dem Abend, an dem Marjolaine bei der Ankunft im Etappenort ohnmächtig wurde, war es Pernette, die sich beunruhigte. Auch sie beobachtete ihre bevorzugte Gefährtin. Sie hatte bemerkt, daß sie kaum mehr aß, aber auch sie selbst aß nur wenig, da die Hitze des Tages und die aus der örtlichen Küche dringenden Gerüche ihren Appetit nicht sonderlich reizten.

Als Marjolaine wieder zu sich kam, warf Pernette es ihr dringlich vor, und mit Avelines Hilfe gelang es ihr, sie zu ein wenig Brot, Honig und einem Schluck Ziegenmilch zu überreden.

»Ihr werdet nicht bis ans Ziel kommen, Liebe, wenn Ihr nicht vernünftig werdet.«

»Ich habe niemals mehr Hunger. Nur Wasser verlockt mich.«

»Ihr müßt essen, sonst werde ich's Bruder Bran sagen. Ich hätte es schon getan, wenn Ihr nicht wieder so schnell zu Euch gekommen wärt.«

»Tut es nicht. Er hat genug mit den andern zu tun. Ich werde versuchen, Euch zuliebe mehr zu essen.«

Beruhigt kehrte Pernette auf ihre Seite des ihnen zugewiesenen behelfsmäßigen Lagers zurück, fand aber keinen Schlaf. Sie spürte, daß irgend etwas nicht stimmte, und daß Marjolaines Zustand nicht nur von ihrem Mangel an Appetit herrührte. Als sie sie später in der Nacht weinen hörte, leise nur, um ihre Gefährtinnen, die sie eingeschlafen wähnte, nicht zu stören, war sie sich dessen gewiß. Sie ließ sie weinen, um sie nicht der Erleichterung durch die Tränen zu berauben, aber sie suchte nach dem Grund. Am folgenden Tag brauchte sie nur einen Moment, um ihn zu entdecken: Hughes macht eben die Runde bei seinen Schutzbefohlenen, um ihnen einen guten Morgen zu wünschen, als Gräfin Dagmar erschien, sich natürlich sofort auf ihn stürzte und dabei die, die sich in seiner Nähe befanden, beiseite schob. Pernette sah, daß Marjolaines Blick sich noch mehr verdunkelte, daß sie sich abwandte und in Richtung der Pferde entfernte, als interessiere sie der weitere Verlauf der Szene nicht mehr. In ihrer Erinnerung beschwor Pernette das Verhalten

ihrer Freundin vor dem endgültigen Auftauchen der Dänin bei ihnen herauf und begriff, daß Marjolaine litt, weil sie Hughes liebte und glaubte, er seinerseits sei in die ungestüme Gräfin verliebt.
Es war keine erbauliche Feststellung, und im ersten Moment suchte Pernette vergeblich nach einem Mittel, mit dessen Hilfe man dem Kummer ihrer Freundin beikommen könnte. Weder konnte man die Dänin zwingen, ein weiteres Mal den Pilgerzug zu verlassen, noch Hughes bitten, sie auf Distanz zu halten. Vielleicht täte er es sogar, wenn es möglich wäre, ihm Marjolaines Gefühle zu enthüllen, aber Pernette gestand dieses Recht niemandem zu. Selbst nicht in der besten Absicht der Welt. Das Geheimnis der jungen Frau gehörte ihr allein.
Sie überdachte die Frage wieder und wieder, während sich die Kolonne inmitten der üblichen Geschäftigkeit, des Geklingels der Maultierglöckchen, der letzten Gebete vor dem Marsch und der Rufe der Bewohner des Orts, die für sich und ihre Familien den Segen der frommen Wanderer erbaten, zum Aufbruch ordnete.
Plötzlich tauchten an der Ecke eines Gäßchens Hand in Hand und Blick in Blick Aveline und Bertrand auf. Sie trennten sich sofort, als sie sich den anderen so nahe sahen, und Bertrand wandte sich seinem Herrn zu, der eben damit beschäftigt war, den Steigbügel für die Dänin zu halten. Ohne noch einen Moment zu überlegen, lief Pernette ihm entgegen.
»Kann ich Euch einen Moment sprechen, Messire?«
»Gewiß! Ich glaube, wir haben noch ein paar Minuten Zeit.«
Pernette sprang daraufhin ins Wasser. Kühl und bestimmt beklagte sie sich über die egoistische und unverantwortliche Haltung seines Herrn. Was denke sich Messire Hughes, wenn er sich ausschließlich um die Ausländerin kümmere, obwohl jedermann oder fast jedermann ihn brauche? Er achte auf niemand mehr, bloß auf diese große blonde Stute, die ihn völlig in Beschlag nehme. Sire Odon de Lusigny habe ihm seine wandernde Herde gewiß nicht anvertraut, damit er unterwegs die perfekte Liebe mit der Zuletztgekommenen praktiziere! Eine Wallfahrt sei nicht die rechte Gelegenheit dafür, zumal der Seigneur de Fresnoy verheiratet sei, und die Gräfin, ziehe man ihr Alter und ihre Schönheit in Betracht, sicherlich irgendeinen Gatten in ihrem weit entfernten Lande zurückgelassen haben müsse.

Es sei weder ehrenhaft noch anständig, und vor allem sei es ein beklagenswertes Beispiel für die einfachen Leute, die zu führen der Seigneur Hughes übernommen habe.
Alles war gesagt, Pernette schwieg außer Atem und ließ zwischen sich und Bertrand einen Moment Stille entstehen, ein wenig geniert seitens der jungen Frau, leicht überrascht, was Bertrand betraf. Wenn eine andere als Pernette ihm auf eine so bissige Art gekommen wäre, hätte Bertrand sich mit einem Lächeln und dem Ersuchen begnügt, sich mit ihren Beschwerden an den zu wenden, den sie betrafen. Es hätte ganz schlicht bedeutet, daß sein verführungslustiger Herr wieder mal ein Opfer gefunden hatte. Aber er kannte Pernette nur zu gut und wußte, daß kein Mann auf der Welt, verfüge er auch über Luzifers Schönheit und Charme, etwas gegen ein Herz vermochte, das ganz Pierre gehörte. Dieses Herz zählte zu denen, die sich nicht zurücknehmen, wenn sie sich einmal gegeben haben. Es mußte also anderes dahinterstecken.
Um mehr darüber zu erfahren, beschloß er, in die Verschanzung der Kleinen vorzustoßen.
»Warum kommt Ihr damit zu mir, Pernette? Ich bin nur der Stallmeister Sire Hughes' und habe kein Recht, über sein Verhalten zu urteilen, geschweige denn ihn hören zu lassen, daß er sich schlecht benimmt, wenn es der Fall sein sollte.«
»Es fällt schwer, anders zu denken: Er ist die ganze Zeit mit dieser Frau zusammen.«
»Ich würde eher sagen, daß sie mit ihm zusammen ist. Das ist ein kleiner Unterschied... Aber woher kommt es, daß Ihr Euch so für meinen Herrn interessiert? Hat die Entfernung Euch schon den vergessen lassen, von dem Ihr sagtet, daß Ihr ihn so liebt?«
»Ich? Meinen Pierre vergessen?«
Entrüstung bebte in ihrem Aufschrei.
»Warum also dann?«
»Wir sind unterwegs, um Buße zu tun und Gnade für unsere Fehler zu erlangen. Ist es da nicht skandalös, wenn die, die uns ein Beispiel geben sollten, es so auf die leichte Schulter nehmen?«
Bertrand begann zu lachen.
»Hört, Pernette, steigt nicht gleich auf Euer hohes Roß! Ihr seid

weder prüde noch kümmert Ihr Euch so sehr um das Benehmen der anderen. Wenn Ihr mir also die Wahrheit sagtet?«

»Welche Wahrheit?«

»Die eine. Ihr wärt nie gekommen, um mir diese Strafpredigt zu halten, wenn es sich darum handelte, Eure eigenen Gefühle auszudrücken. Nicht Ihr seid schockiert, sondern eine andere. Eine andere, der Ihr helfen wollt, weil sie eifersüchtig ist, weil sie vielleicht leidet...«

»Nicht vielleicht! Ich bitte Euch, Sire Bertrand, fragt mich nicht mehr, da Ihr die Wahrheit erraten habt.«

»Doch, denn ich muß mehr wissen, wenn Ihr wollt, daß ich Euch helfe. Diese andere ist nicht Aveline, die mir, glaube ich, ihr Wort gegeben hat. Und da es nicht dieses heilige Geschöpf, diese Agnès de Chelles sein kann, die übrigens auch nicht mehr im Alter der Torheiten des Herzens ist, sehe ich nur noch eine Person, die Euch teuer genug ist, um Euch zu einem so seltsamen Schritt zu veranlassen. Diese andere kann nur...«

»Habt Mitleid, nennt nicht ihren Namen! Ich werfe mir schon genug vor, ein Geheimnis preisgegeben zu haben, das mir nicht gehört. Aber sie ist so unglücklich, Sire Bertrand, so unglücklich! Sie ißt nicht mehr, sie weint des Nachts, und sie zwingt sich mit Anstrengung auf diesen harten Weg, um für diese Liebe zu büßen, in der sie eine Todsünde sieht. Wenn Euer Herr seine Liebschaft nur nicht vor ihren Augen ausbreitete, wenn er sie in Frieden zum Grab des Apostels gelangen ließe, der sie vielleicht heilen wird!«

Tränen standen in ihren Augen, und Bertrand fühlte sich von Mitleid ergriffen. Sie fuhr sich rasch mit dem Ärmel über ihr Gesicht, um die Tränenspuren zu trocknen, denn man rief schon nach ihnen. Bevor sie sich abwenden konnte, hielt er sie noch einmal zurück.

»Ein Wort noch, Dame Pernette. Haltet Ihr es für eine so große Sünde, Sire Hughes zu lieben?«

Sie hob ihren klaren Blick zu ihm, suchte den seinen.

»Er ist verheiratet, nicht?«

»Ja, aber...«

»Es gibt kein ›aber‹. Ihr habt an meiner Stelle geantwortet.«

Als er zu Fresnoy hinüberging, kam Bertrand bei Marjolaine vorbei, die eben von Colin nachdrücklich genötigt wurde, ihr Maultier zu besteigen. Aveline hatte ihm von dem Unwohlsein seiner Herrin am Abend zuvor berichtet, und er drohte ihr, Bruder Bran oder gar Sire Hughes persönlich zu Hilfe zu rufen, wenn sie ihm nicht folgte. Der Stallmeister konnte sich nicht hindern, die junge Frau unter dem breitkrempigen Hut, der sie anfangs vor dem Regen bewahrt hatte und ihr nun als Schutz gegen die allzu heiße Sonne diente, genau zu mustern. Armes Ding! Wie traurig sie aussah. Ihr hübsches Gesicht wirkte wie um die Hälfte verkleinert, und die Ringe, die die schönen, traurigen Augen umgaben, schienen das ganze Fleisch aufzuzehren. Warum hatte Aveline ihm nur nichts von dem jämmerlichen Zustand ihrer Herrin gesagt? Es war allerdings nicht zu leugnen, daß sie, wenn sie beieinander waren, alle anderen vergaßen, selbst die, die ihnen am meisten am Herzen lagen. Er würde irgend etwas tun müssen. Aber was?

In Wahrheit vermochte Bertrand das Verhalten seines Herrn nicht mehr recht zu begreifen, seitdem Gräfin Dagmar in sein Leben getreten war. Dieser Mann, der behauptete, sterblich in die sanfte Marjolaine verliebt zu sein, so verliebt, daß er alles verlassen hatte, um ihr auf den schlimmsten Wegen Europas zu folgen, schien völlig vergessen zu haben, warum er diese verrückte Reise unternommen hatte. Seit Puente la Reina unterhielt er sich oft mit der Dänin, und obwohl ihre Gespräche durch die Schwierigkeiten sprachlicher Verständigung sehr behindert wurden, schien er Gefallen an ihrer Gesellschaft zu finden und ließ sich mit der offensichtlichen Befriedigung eines Katers, der nach einem Bad in einem eisigen Fluß die vertraute Wärme eines guten Feuers wiederfindet, von ihr bewundern.
Augenscheinlich hatte der Fresnoy, den er bis zu dem Abenteuer von Tours gekannt hatte – ein Wüstling, Schürzenjäger, immer unterwegs zwischen zwei Betten, vom Lager der einen in die Arme der anderen –, nichts gemein mit dem Ritter des Heldenliedes, erfüllt von seiner Liebe und hoher Geistigkeit, der zu sein er sich seit seiner Begegnung mit Marjolaine bemühte. Und nun war da wieder der alte Fresnoy, den die üppige Dagmar mit ihren großen blauen, trügerisch unschuldigen Augen, die Bertrand so stark an die

Osilie le Houssets erinnerten, zu neuem Leben erweckt hatte. Bertrand täuschte sich nicht, wenn sein Herr fast jeden Abend die gemeinsame Kammer im Moment des Schlafengehens mit der Bemerkung verließ, noch ein bißchen frische Luft schöpfen zu wollen. Er kehrte im allgemeinen erst nach zwei Stunden und so erschöpft zurück, daß er wie ein Stein auf seinen Strohsack fiel, um sofort in bleiernen Schlaf zu versinken.

Da er nie an die Möglichkeit irgendeiner Zukunft mit einer jungen Frau geglaubt hatte, die zwar schön wie eine Fee, deren Art zu leben jedoch die einer Nonne war, hatte Bertrand in diesem jähen Gefühlsumschwung seines Herrn nichts Ungehöriges gesehen. Es war sogar besser so, da es alle Arten von Komplikationen vermied, wenn die Zeit zur Rückkehr und zwangsläufigen Trennung käme. Aber was ihm Pernette berichtet und er selbst von Marjolaines Qual erahnt hatte, änderte die Dinge sehr.

Während des Tagesmarschs wälzte der Stallmeister das Problem bei sich hin und her. Der Hitze und eines Gewitters wegen, das den ganzen Tag gedroht hatte und nun sein erstes Grollen hören ließ, machte man nach vier Meilen in einem Dorf halt, dessen Häuser aus Strohlehm sich dicht um eine Kirche und ein im Bau befindliches Hospiz drängten. Die mit dem Bau beschäftigten Mönche hatten nur einen eben vollendeten Saal zu bieten, in dem die Männer sich einrichteten, während die Frauen bei dem Alkalden des Dorfs unterkamen, dessen befestigtes Haus sich nicht weit vom Bauplatz erhob. Übrigens war man kaum unter Dach, als das Gewitter mit einem wahren Wolkenbruch losbrach und den Boden in wenigen Minuten in einen roten Schlammsee verwandelte.

Bertrand schätzte Wetter und Unterkunft nach ihrem wahren Wert. An diesem Abend würde Marjolaine nicht mehr leiden. Hughes hatte keine Möglichkeit, seine Dänin zu treffen, falls ihm Liebe im Schlamm nicht lag. Andererseits war es schwierig, inmitten der anderen Männer eine intime und daher gezwungenermaßen heikle Diskussion zu beginnen. Es gab also nichts anderes zu tun, als eine günstigere Gelegenheit zu erwarten und eine ruhige Nacht zu verbringen.

Nachdem er mit gutem Appetit ein aus Oliven, getrocknetem Fisch und Roggenbrot bestehendes Abendessen verspeist und erfreu-

licherweise mit einem noch in Burgos besorgten ausgezeichneten kastilischen Wein begossen hatte, versank er alsbald in den Schlaf des Gerechten, eingewiegt vom Prasseln des Regens auf die Ziegel des Dachs und die von Bran Maelduin gemurmelten Vespergebete. Er schlief so gut, daß er weder hörte, wie sich das Gewitter dem Gebirge zu entfernte, noch daß das Prasseln des Regens mählich nachließ und schließlich verstummte. Ebensowenig hörte er, daß Hughes sich leise erhob, sich zur Tür wandte, sie öffnete und hinausglitt. Die andern schnarchten allerdings so hingegeben, daß sie auch das Erwachen einer ganzen Kompanie überhört hätten.
Das Gewitter hatte die Nacht gründlich rein gefegt. Sie war klar und licht, auch frisch wie seit langem nicht mehr. Hughes atmete in tiefen Zügen die mit den Düften der feuchten Erde gesättigte Luft. Einer so kargen, trockenen Erde, daß sie schon fast alles vom Himmel verschüttete Wasser getrunken hatte. Der ockerfarbene Schlamm, in dem nur hier und da noch Pfützen schimmerten, würde morgen wieder Staub sein.
Den Kopf hebend, betrachtete er den langen, glitzernden Streifen der Milchstraße, die eine milchige Spur durch das tiefe Blau des Himmels zog. Es war der Weg des heiligen Jakobus, unendlich und majestätisch, dem der »Camino Francès«, der irdische Weg der Pilger, genau folgte wie einst die drei Könige dem Stern. Niemals hatte seine Pracht Hughes so tief berührt wie an diesem Abend, und er sah zu diesem großen, besternten Weg mit einer bei ihm ganz neuen Demut auf. Er hatte sich soviel davon erhofft, als er sich töricht nach Galicia aufgemacht hatte, um der entzückenden und mysteriösen Marjolaine zu folgen. Jetzt fühlte er sich ihr ferner denn je. Sie floh ihn, suchte ihn nicht einmal mehr mit einem jener blauen Blicke, die er so liebte. Hatte er sie so sehr verletzt, als er sich im Garten von Pamplona von seinen Gefühlen hatte hinreißen lassen? Sie schien krank seitdem, auch traurig. Nur diesem elenden Ausbert Ancelin, der ihr wie ein besorgter Hund folgte, schenkte sie hin und wieder eines jener seltenen Lächeln, die noch ihr zartes Antlitz erhellten.
Hughes war zu der Vermutung gelangt, daß er ihr Abscheu einflößte, und als sich Dagmar in Puente la Reina ihm buchstäblich an den Hals geworfen hatte, hatte er es als eine Art Heilmittel hingenom-

men, wie er es auch in Fresnoy stets zu verwenden pflegte, wenn er irgendeinen Kummer hatte, denn der willige Körper einer Frau war für ihn immer der beste Balsam gewesen. Vom ersten Abend an hatte er mit ihr geschlafen und dabei die seltsame Empfindung gehabt, um mehrere Monate zurückversetzt und mit Osilie zusammenzusein. Die Dänin hatte ihre großen, ein wenig verschleierten Augen, ihre festen Brüste und ihr dralles Hinterteil. Sie besaß auch Osilies unersättlichen Liebesappetit, und Hughes hatte sich in ihren Armen erleichtert von einer allzu langen Enthaltsamkeit befreien können und geglaubt, endgültig aus dem Zauberbann zweier meerfarbener Augen ausgebrochen zu sein, der ihn gefangen hielt.
Doch er irrte sich. Es war nur ein flüchtiger Eindruck gewesen, verjagt durch die Rückkehr des Tages und den bloßen Anblick Marjolaines, die, von einem Sonnenstrahl gestreift, aus einer Kapelle trat.
Dreimal war er seitdem ins Bett der Dänin zurückgekehrt. Dreimal hatte er sich in dem Moment, in dem er sich in sie verströmte, befreit geglaubt, doch er vergaß die Dänin im selben Augenblick, in dem er sie verlassen hatte. Die einzige Erinnerung, die sich weigerte, ihn zu verlassen, war die, göttlich süß und quälend zugleich, an die Minute, in der er Marjolaines Körper, ihr Haar, ihre Lippen ganz nah gespürt hatte. Marjolaine, die ihm keinen Blick mehr schenkte, und die zu diesem Ancelin zurückgekehrt war, mit dem sie Mitleid zu haben vorgab.
Im Gegensatz zu dem, was Bertrand hätte annehmen können, wenn er ihn hätte hinausschlüpfen sehen, hatte Hughes keineswegs die Absicht, die Gräfin aufzusuchen. Er verspürte ganz einfach ein Bedürfnis nach ein wenig Einsamkeit, das Verlangen, sich für ein paar Minuten von diesen Leuten zu trennen, die der Zufall und seine eigene Narrheit zu seinen ständigen Begleitern gemacht hatten. Auch die endlose Länge des Weges belastete ihn. Vielleicht hätte er ein zweites Mal aufgegeben, wenn da nicht dieses einem Sterbenden gegebene Versprechen gewesen wäre. Aber konnte ein Ritter seinen Eid mißachten, ohne auf seine Ehre zu verzichten?
Wie so oft in solchen Momenten des Zweifels und der Entmutigung tastete er unter seinem Hemd nach dem seltsamen Emblem eines noch seltsameren Volkes, das Lusigny ihm übergeben hatte, und

von dem er sich nie trennte. Jedesmal, wenn seine Finger sich darum schlossen, war ihm, als kehrten Kraft und Mut in ihn zurück. In den Stunden der Lust hatte Dagmar ihn oft danach gefragt und als echte Evastochter sogar versucht, sich geben zu lassen, was ihr ein einzigartiges Schmuckstück zu sein schien. Er hatte alle ihre Fragen durch die Erklärung abgeschnitten, daß dieser Gegenstand seit Generationen in seiner Familie sei, und daß er sich unter keinen Umständen von ihm trennen dürfe, wenn er sich nicht einem Fluch aussetzen wolle. Abergläubisch, wie sie war, hatte die Dänin nicht darauf bestanden. Sie schien im Gegenteil ein perverses Vergnügen dabei zu empfinden, wenn die Spitzen des Dreizacks sich in ihre Haut preßten, sobald Hughes sie an sich drückte, und sie suchte diese Berührung.
Die Augen zu den Sternen erhoben, das Schmuckstück in der Hand, wanderte Hughes langsam durchs Dorf. Erst als er die rechteckigen Mauern eines befestigten Hauses vor sich sah, bemerkte er, daß er unwillkürlich zum Wohnsitz des Alkalden gegangen war, bei dem die Frauen Aufnahme gefunden hatten. Ein von allen Winden Kastiliens gezauster alter Olivenbaum erhob sich daneben, nicht weit von einem offenen Schuppen, in dem Stroh und Ackergerätschaften aufbewahrt wurden. Hughes ging zu ihm, lehnte sich an den knorrigen Stamm und suchte sich vorzustellen, hinter welcher dieser mit primitiv gearbeiteten Zinnen versehenen Mauern Marjolaine ruhte.
Er stellte sie sich vor, liegend in der lichten Seide ihres Haars, nachdem sie sich aus ihrer schweren Kleidung geschält hatte, um ihre zarte Haut von der frischeren Nachtluft streicheln zu lassen. Und seine Phantasie zeigte sie ihm mit einer so brennenden Deutlichkeit, daß sie sein Blut in Brand setzte. Daß ein Wunder an ihr geschehen war, bedeutete ihm nichts mehr, selbst wenn es besagen sollte, daß Gott ihr damit das Siegel des Verbots aufgedrückt hatte. Er hungerte und dürstete nach dieser Frau. Er wollte sie mit aller Kraft, aller Glut seiner Jugend und seiner fordernden Männlichkeit, auch wenn er sich um einer einzigen Stunde der Liebe willen unwiderruflich verdammen sollte.
»Sie soll zu mir kommen!« betete er mit verzweifelter Wut. »Wenn sie nur kommt, will ich verdammt sein!«

Und dann glaubte er, daß der Teufel sein Gebet gehört haben müsse. Nicht weit von ihm wurde die mit mächtigen Nägeln beschlagene Tür halb aufgestoßen, um einer weiblichen Gestalt Durchlaß zu gewähren. Im Licht der Sterne sah Hughes das Schimmern hellen Haars und spürte, wie sein Herzschlag stockte, denn die Frau kam direkt auf ihn zu. Von seinem Verlangen getrieben, lief er ihr mit offenen Armen entgegen, bereit, sie zu umfangen. Erst als sie an seine Brust sank, erkannte er Dagmar.
Wütend wollte er sie zurückstoßen, doch sie hatte ihre Arme um seinen Hals geschlungen und hielt ihn fest.
»Du... du... Zwei Nächte ohne dich«, flüsterte sie in schlechtem Latein. »Ich warte, und du bist gekommen. Ich war dort«, fügte sie hinzu, mit dem Kopf zur Mauerkrone des Hauses hinaufweisend. »Ich habe gesehen.«
Ohne die Hände zu beachten, die sie fortzuschieben suchten, bedeckte sie sein Gesicht und seinen Hals mit Küssen, ihren schon erregten und nur von einem langen Hemd geschützten Körper an ihn schmiegend. Er reckte den Hals, um ihren Küssen zu entgehen.
»Dagmar! Nein, deswegen bin ich nicht gekommen!«
»Doch, doch! Ich will, ich will dich!«
Nach und nach gewann sie an Boden bei diesem schon vom Verlangen nach einer anderen besessenen Mann. Instinktiv antwortete Hughes Körper auf die Herausforderungen dieses anderen, der sich, glühend an ihn gepreßt, wie in einem verschwiegenen, äußerst wirksamen Tanz mit ihm vereinte. Plötzlich gab er den Kampf auf: Warum sollte er widerstehen, die köstliche Erleichterung verweigern, die ihm in einem Moment zuteil werden würde? Diese Frau schenkte ihm für einen Augenblick Vergessen, die Möglichkeit, sein Fieber zu dämpfen und danach ein wenig Schlaf zu finden. Er hob sie vom Boden, warf sich mit ihr in das im Schuppen aufgehäufte Stroh und befreite sie von ihrem Hemd, bevor er sich in sie versenkte, wie man sich in ein tiefes Wasser wirft, um in ihm sein Leben zu lassen.
Von seinem Liebesrausch fortgerissen, in seinen Ohren das Pochen seines Bluts und Dagmars beglücktes Stöhnen, hörte er weder den leisen Schrei noch gleich darauf das Geräusch leichter, flüchtender Schritte...

Das heisere Krähen eines Hahns in der Nachbarschaft weckte Hughes aus tiefem Schlaf, in den er versunken war. Die Dänin schlief noch an seiner Seite, nur notdürftig von ihrem Hemd bedeckt, das ein vollkommen geformtes Bein freiließ. Hughes weckte sie mit einem Klaps auf den Schenkel und wies dann mit dem Finger aufs Haus. Der Tag würde bald anbrechen, es war höchste Zeit zurückzukehren.

Ohne ein Abschiedswort wandte er ihr den Rücken und schlug im Laufschritt den Weg zum Hospiz ein. Von weitem schon vernahm er das Psalmodieren der am Bau beschäftigten Mönche, die die Messe des Tagesanbruchs begingen, bevor sie sich an ihre Arbeit machten. In dem mit Brettern und Balken vollgestopften Hof stieß er auf Bertrand, der mit über der Brust gekreuzten Armen angewidert die Rückkunft seines Herrn beobachtete und bei sich dachte, daß er wie ein Kater aussehe, der nach einer auf den Dächern verbrachten Nacht in sein Quartier zurückkehre.

»Es ist wohl überflüssig zu fragen, ob die Nacht fröhlich gewesen ist, Sire Baron?« murrte er, ohne daran zu denken, seinen Zorn zu verbergen, der Hughes verblüffte. »Merkwürdige Art, sich aufzuführen für jemand, der für Seelen zu sorgen hat, nicht wahr?«

»Was soll das heißen?« knurrte Hughes hochnäsig.

»Daß es nicht so recht zusammenpaßt, den ganzen Tag Kirchenlieder zu singen und zu allen Heiligen zu beten, denen wir auf diesem endlosen Weg begegnen, und während der Nächte mit der Dänin Unzucht zu treiben! Wenn Ihr das in Compostela einem Priester in der Beichte erzählt, frage ich mich, welche Art Buße er Euch auferlegen wird.«

Zorn, durch sein schlechtes Gewissen noch genährt, flammte jäh in Hughes auf.

»Und du? Was für eine Buße werde ich dir auferlegen, um dich dafür zu strafen, daß du deinen Herrn angreifst? Die Peitsche erscheint mir am geeignetsten.«

»Schlagt nur zu, wenn Euch das amüsiert. Ihr werdet Euern Fall nur verschlimmern. Auf diesem Wege sind wir nur Christen, alle von gleichem Stand, und ich habe das Recht, Euch zu sagen, daß Ihr Euch schlecht führt, Ihr, der Ihr ein Beispiel geben solltet.«

»Geht dich das etwas an, sag? Geht es dich an? Ich mache, was ich will, verstehst du?«
Mit vorgestreckten Händen hatte sich Hughes auf seinen Stallmeister gestürzt und ihn an der Gurgel gepackt. Bertrand verteidigte sich nicht, obwohl die harten Finger ihren Druck verstärkten. Er keuchte nur:
»Habt Ihr ihr noch nicht genug angetan?«
»Wem?«
»Ihr wißt es genau. Ihr!«
Augenblicks ließ Hughes ihn los. Verstört wischte er sich mit dem Ärmel die Schweißperlen von der Stirn.
»Unfug! Sie macht sich über mich lustig. Nur ihr Ancelin zählt für sie.«
Bertrand zuckte die Schultern.
»Ancelin? Wie könnt Ihr nur so blind sein? Es ist dieselbe schlimme Geschichte, die sie in dieses Abenteuer gestürzt hat. Sie sind, jeder auf seine Weise, beide Opfer desselben Schurken. Es ist normal, daß sie sich untereinander helfen, daß sich einer auf den andern stützt. Als Ihr Dame Marjolaines Ritter wart, hat sie sich kaum mit Ancelin beschäftigt, über dessen Los sie beruhigt sein konnte. Nur lauft Ihr jetzt hinter den Röcken einer anderen her.«
»Du bist verrückt! Du phantasierst!«
»Ich phantasiere? Habt Ihr nicht ihre Miene gesehen? Wißt Ihr, daß sie nicht mehr schläft, daß sie nicht mehr ißt, daß sie sich in der Hoffnung zum Gehen zwingt, endgültig ihren Körper zu zerstören, und daß es ihr gelingen wird, weil sie krank ist? Und warum all das?«
»Sag's mir, wenn du soviel weißt!«
»Nein! Entdeckt es selbst! Und wenn Ihr mir nicht glaubt, fragt nur Pernette. Da ist sie übrigens gerade!«
Pernette lief in der Tat auf sie zu, die Haube war ihr auf den Rücken gerutscht, der Rock klatschte ihr gegen die Beine. Sie wirkte verschreckt, und Aveline folgte ihr in ebenso aufgeregtem Zustand.
»Marjolaine ...!« rief sie atemlos und fiel fast gegen Hughes.
»Nun? Und was ist?«
»Sie ist verschwunden!«

14. Kapitel

Die letzte Etappe

Es war nur allzu wahr. Inmitten der hastig versammelten Pilger begannen Pernette und Aveline von neuem ihren kurzen Bericht. Nach dem Gewitter in der Nacht hatte Marjolaine noch ein Weilchen hinausgehen wollen, um ein bißchen frische Luft zu atmen. Sie hatte jede Begleitung abgelehnt, da sie, wie sie sagte, das Bedürfnis habe, allein zu sein, und außerdem würde sie nicht lange draußen bleiben. Sie wirkte ruhiger und weniger müde als sonst, und sie hatte fast gut gegessen, wenn man das vom Alkalden servierte bescheidene Mahl in Rechnung stellte.

»Wir haben nicht gewagt, sie daran zu hindern, ein paar Schritte zu machen«, sagte Aveline. »Es schien ihr soviel Vergnügen zu machen. Nachdem sie gegangen war, bin ich wieder eingeschlafen.«

»Ich auch«, ergänzte Pernette. »Und ich kann es mir nicht verzeihen. Als wir aufwachten, war sie nicht in der Kammer. Wir dachten, sie wäre hinausgegangen, um am Brunnen im Hof ein bißchen Toilette zu machen, aber sie war auch dort nicht.«

Sie hatten dann mit Hilfe der Dienstboten des Alkalden, Agnès de Chelles' und anderer Frauen überall gesucht, auch rund ums Haus, und dabei ihren Namen gerufen. Selbst durch die wenigen Dorfstraßen und zur kleinen Kirche waren sie gelaufen, doch nirgends war eine Spur von ihr zu finden gewesen.

»Aber hat sie denn niemand gesehen?« rief Ausbert. »Eine Magd, eine der Frauen der dänischen Dame, was weiß ich? Natürlich ist es schwierig, sich mit ihnen zu verständigen.«

»Und warum nicht die dänische Dame selbst?« bemerkte Bertrand spöttisch. »Sie hat einen Dolmetscher, um sich verständlich zu machen.«

»Ich werde sie selbst fragen«, unterbrach Hughes und ging Dagmar entgegen, die sich eben mit ihren Leuten zum Gros der Pilger gesellte.

Aber auch sie hatte Marjolaine nicht gesehen.

»Fortgegangen, um kleinen Weg zu machen?« vermutete sie mit

einem so zweideutigen Lächeln, daß Hughes Lust verspürte, sie zu schlagen.

Angst schnürte ihm das Herz zusammen. Er befragte Pernette, um den genauen Zeitpunkt festzulegen, an dem Marjolaine hinausgegangen war. Gleich nach dem Gewitter oder ein wenig später? Es war gleich nach dem Gewitter gewesen, als das Prasseln des Regens aufs Dach aufgehört hatte. Bei sich dachte er, daß die junge Frau sich draußen befunden haben mußte, als er selbst ins Freie getreten war, und daß sie noch dort gewesen sein mußte, als er Dagmar unter dem Olivenbaum getroffen hatte. Der Gedanke, daß sie sie vielleicht gesehen hatte, streifte ihn, aber er wehrte sich gegen ihn mit einer Art von Entsetzen, in dem Scham einen großen Platz einnahm. Übrigens brauchte ihr Verschwinden in keinerlei Beziehung zu seinem Abenteuer mit der Dänin zu stehen. Marjolaine hatte sich vielleicht ein bißchen zu weit in dieser ihr unbekannten Gegend entfernt, vielleicht hatte sie einen kleinen Unfall gehabt. Man würde sie suchen, man würde sie finden.

»Wir müssen uns alle auf die Suche nach ihr machen«, befahl er. »Natürlich kann keine Rede davon sein, ohne sie von hier aufzubrechen. Ich gehe zum Alkalden, um ihn um Hilfe zu bitten.«

»Und auch um die von Brüder Mönche«, fügte Bran Maelduin hinzu. »Sie sehr gut kennen Land ringsum.«

Man zerstreute sich in alle Richtungen, Mönche, Pilger, Bauern; Colin aber hatte nicht erst auf Hughes' Befehl gewartet, um sich auf die Suche nach seiner geliebten Herrin zu machen. Bedrängten Herzens und den Tränen nahe hatte er immer weitere Kreise um das Haus des Alkalden zu ziehen begonnen, mit der Nase fest am Boden nach dem kleinsten Anzeichen spähend, das auf eine Richtung hinweisen konnte. Doch auf diesem rauhen, vom Wind kahlgefegten Plateau, auf dem Bäume selten waren und im Sommer das Wasser in den Bächen versickerte, war es sehr schwierig, eine Spur aufzunehmen. Und doch hätten sich nach dem Gewitter Schritte abzeichnen müssen. Aber da war nichts. Die aufgeweichte Erde hatte nicht einmal Gerüche bewahrt.

Hughes stellte fest, nachdem er Aveline um ein Marjolaine gehörendes Kleidungsstück gebeten und es Guegans Hunden zum Schnuppern gegeben hatte: Den sichtlich durch den Boden und das unge-

wohnte Klima irritierten Tieren gelang es nicht, sich für eine bestimmte Richtung zu entscheiden. Immerhin schienen sie mehr von den Bergen angezogen, die den Horizont begrenzten.
Der Tag verstrich erschöpfend und quälend. Während die Männer die Gegend durchstreiften, deren gelbe Bodenwellen Sanddünen ähnelten, knieten die Frauen betend in der Kirche. Nur Pernette hatte der Suche folgen wollen.
Sie hatte Bertrand gefragt, ob er mit seinem Herrn gesprochen habe. Ja, er habe es getan, aber erst heute morgen, als dieser kurz vor Sonnenaufgang zurückgekehrt sei. Der Stallmeister hatte getreulich berichtet, was zwischen ihnen vorgefallen war, unmittelbar bevor sie von Marjolaines Verschwinden erfahren hatten.
»Also«, folgerte Pernette, »war Sire Hughes in dieser Nacht mit dieser Frau zusammen. Wohin sind sie gegangen?«
»Ich weiß nichts darüber. Ich sehe nicht, wo sie in dieser kahlen Gegend einen Schlupfwinkel gefunden haben könnten. Er hat sie wohl kaum im Haus des Alkalden aufgesucht.«
»Sicher nicht. Sie muß hinausgegangen sein. Vielleicht zur selben Zeit wie Marjolaine. Wenn sie sie gesehen hatte ... Mein Gott, wir müssen sie finden! Es muß sie sehr getroffen haben. Gott weiß, was sie hat tun können! Davonlaufen, immer geradeaus, oder Schlimmeres noch!«
»Der Fluß ist trocken, in ihn hat sie sich nicht stürzen können. Und ich kann mir nicht vorstellen, wie sie sich sonst in dieser Einöde hätte umbringen können.«
»Wenn man sterben will, findet man immer ein Mittel. Denkt an Modestine! Wir müssen alles durchsuchen, jedes Loch, das wir finden können.«
Man hatte es Stunde um Stunde getan, doch ohne Erfolg. Die Sonne war jetzt nahe daran, ihren Lauf zu beenden, und die Männer kehrten einer nach dem anderen entmutigt zurück. Nur Hughes, von Guegan und den Hunden begleitet, gab nicht auf, an die simple Idee sich klammernd, die ihn hinderte, den Verstand zu verlieren: daß Marjolaine sich nicht in Luft habe auflösen können. Und dennoch schien es, als sei sie von der Oberfläche der Erde verschwunden.

Währenddessen langweilte sich Fulgence. In der durch Marjolaines Verschwinden verursachten Aufregung hatte man sich an diesem Tage wenig um ihn gekümmert. Ausbert Ancelin, sein üblicher Mentor, durchstreifte wie die anderen die Gegend und hatte ihn der Obhut Léon Mallets überlassen, der einen schmerzenden Knöchel pflegte und, durch die Hitze ermüdet, nur zu einem Gebet in die Kirche gehumpelt war, nachdem er ein Weilchen an der Suche teilgenommen hatte. Danach war er eingeschlafen, und Fulgence, den es nicht im mindesten nach Schlaf verlangte, hatte die Gelegenheit zu einem kleinen Ausflug genutzt.

Das Hospiz verlassend, auf dessen Bauplatz die Arbeit ruhte, wandte er sich dem fast trockenen Bett eines etwa eine Viertelstunde vom Dorf entfernten, ziemlich breiten Bachs zu. Kurz zuvor war er mit Mallet nah an dieser flachen steinigen Schlucht vorbeigekommen und hatte in der spärlichen Vegetation des Ufers ihn verlockende gelbe Blumen bemerkt. Natürlich hatte er hinabklettern wollen, um sie sich zu holen, aber Mallet hatte nichts davon wissen wollen. Man war nicht zum Blumenpflücken hier, und zudem brauchte er den Arm seines Gefährten, um zum Hospiz zurückzukehren. Fulgence war ihm deswegen böse gewesen; es verlangte ihn mehr denn je nach diesen Blumen.

Mit dem besonderen Instinkt, den Narren entfalten, wenn es sich darum handelt, einen Wunsch zu befriedigen, kehrte der Mönch von Saint-Denis geradewegs zu der Stelle zurück und stieß einen Seufzer der Befriedigung aus, als er feststellte, daß die Blumen noch da waren. Seine abgetragene, ausgefranste Kutte schürzend, machte er sich also durch Steingeriesel und Felsbrocken an den Abstieg, um zu ihnen zu gelangen.

In diesem Augenblick entdeckte der mit Pernette von ihrer entmutigenden Suche zurückkehrende Colin unten die Kutte des am Bachbett angelangten Mönchs.

»Da haben wir's!« knurrte er. »Léon hat den Narren entwischen lassen. Da unten ist er und pflückt jetzt Blumen.«

»Das ist doch nichts Böses«, seufzte Pernette, die ihre Beine nicht mehr spürte. »Ich hätte nie geglaubt, daß in dieser gelben Einöde auch nur eine Blume wachsen könnte.«

»Das hindert nicht, daß wir ihn da nicht lassen können. Ich werde ihn holen.«
Darauf machte sich der junge Mann schimpfend und fluchend ebenfalls daran, zum Bachbett hinunterzuklettern. Doch kaum bei Fulgence angelangt, ließ er wieder von ihm ab. Gegenüber auf der anderen Seite des ausgetrockneten Bachs hatte er, halb von einem Büschel hoher Schilfrohre verborgen, die man unter einem anderen Blickwinkel auch vom Weg aus sah, etwas Dunkles bemerkt, das sein Herz schneller schlagen ließ.
Von Felsbrocken zu Felsbrocken springend und zwischendurch in den Kiessand einsinkend, gelangte er atemlos zum Schilf, und das Gebrüll, das er ausstieß, hätte ausgereicht, um bis zu den Grenzen der Provinz zu dringen.
»Hier ist sie, Pernette!... Hier ist sie, ich habe sie gefunden!«
Ihm antwortete ein Freudenschrei der jungen Frau, die nun gleichfalls den Abhang hinunterhastete. Indessen untersuchte Colin besorgt Marjolaine. Der Gedanke, daß sie tot sein könnte, kam ihm nicht einmal, denn ihr Gesicht war stark gerötet, aber sie war bewußtlos und atmete mühsam. Er legte seine Hand auf ihre Stirn und fand sie glühend heiß: Trotz des dürftigen Schutzes des Schilfs mußte die Sonne sie voll getroffen haben.
»Dreht Euch um, ich möchte ihr Kleid öffnen«, sagte, neben ihm auftauchend, Pernette.
»Meint Ihr nicht, daß es das beste wäre, sie ins Hospiz zu bringen? Helft mir, sie hochzuheben. Ich kann sie bis dorthin tragen.«
Doch als er sie anheben wollte, stieß Marjolaine ein Stöhnen aus, und Pernette, die nach ihren Knöcheln greifen wollte, hielt jäh in ihrer Bewegung inne: Der linke Fuß der jungen Frau bildete mit dem Bein einen ungewöhnlichen Winkel.
»Ich fürchte, sie hat sich ein Bein gebrochen. Wir brauchen eine Bahre, um sie zurückzubringen. Geht und holt Hilfe, Colin. Ich werde bei ihr bleiben. Aber lauft, denn die Sonne geht unter.«
Colin verschwand wie ein Pfeil. Indessen ging Pernette, nachdem sie das Kleid der Verletzten aufgeschnürt hatte, zu dem kümmerlichen Wassergerinnsel hinunter, das noch immer zwischen den Sandbänken floß, tauchte ihr Taschentuch hinein und kehrte zurück, um es auf das Gesicht der Bewußtlosen zu legen, dessen Röte

sie fast ebenso erschreckte wie ihre anhaltende Ohnmacht und ihr unnatürliches Atmen.
Kaum eine halbe Stunde verging bis zur Rückkehr Colins, begleitet von zwei Mönchen, die eine Art Bahre aus starken Schilfrohren und grobem Leinen trugen. Ihnen voraus lief Bran Maelduin. Seine Kutte mit beiden Händen raffend, hatte er sich die Möglichkeit verschafft, noch schneller zu laufen als sie.
Die Diagnose des Iren war schnell gestellt.
»Ist die Sonne! Sie stürzen während der Nacht, machen Fuß kaputt, finden eben Kraft für suchen Schutz bei Schilf, dann scheinen Sonne.«
»Aber warum hat sie dann nicht gerufen? Wir sind wenigstens zweimal hier vorbeigegangen, ohne etwas zu sehen.«
»Sie war vielleicht schon bewußtlos. Sie hat sich vielleicht beim Fallen auch den Kopf gestoßen«, sagte Pernette. »Und vielleicht hatte sie auch keine große Lust, gerettet zu werden.«
»Keine Lust, gerettet zu werden? Warum?« fragte Bran Maelduin.
Die junge Frau errötete.
»Ich weiß nicht. Nur eine Idee. Sie war alle diese Tage so traurig. Es war, als fiele ihr das Leben mehr und mehr zur Last.«
»Wegen dem Seigneur Baron?«
Pernette antwortete nicht, wandte nur den Kopf ab. Es war entschieden sehr schwierig, dem Scharfblick dieser friedlichen blauen Augen auch nur das Geringste zu verheimlichen. Es gab Momente, in denen Bran Maelduin die Macht zu haben schien, die menschlichen Herzen zu öffnen und ohne die leiseste Mühe in ihnen zu lesen.
Vorsichtig auf die Bahre gebettet, wurde die noch immer bewußtlose Marjolaine, der einen Schluck Wasser einzuflößen Bran Maelduin gelungen war, im triumphierenden Glorienschein eines herrlichen Sonnenuntergangs zum Dorf zurückgebracht. Erde, Himmel und die schon blau sich färbenden Berge schienen wie aus schmelzendem Gold gemacht, doch keiner von denen, die die junge Frau umgaben, nahm an dieser Pracht teil. Pernette fragte sich nur mit bedrängtem Herzen, ob sich nicht in all diesem Leuchten die goldene Pforte des Paradieses für Marjolaine öffnen würde.
Als sie eintrafen, fanden sie alle Welt versammelt vor, abgesehen von Hughes, der noch nicht zurückgekehrt war. Inmitten tiefen

Schweigens gelangte der kleine Zug zum Haus des Alkalden, wo Mägde und Hausherrin sich beeilten, das beste Lager herzurichten. Mit Hilfe der weinenden Aveline und der weit gefaßteren Agnès de Chelles brachte Pernette Marjolaine zu Bett, aber es war Bran, der ohne Zögern ihren Schuh aufschnitt, um den Fuß zu befreien, der zum Glück keine sichtbare Verletzung aufwies. Vielleicht war er nur verstaucht.
Die Bewußtlosigkeit seiner Patientin nutzend, richtete er den Fuß wieder ein und nahm sodann mit seinen geschickten, leichten Fingern so gewissenhaft wie nur möglich eine Untersuchung vor.
»Möglich, nicht gebrochen«, murmelte er.
Während Pernette nach seinen Anweisungen Marjolaine in regelmäßigen Abständen einen Schluck Wasser einflößte, ließ er sich Hammelfett geben, zerrieb ein paar trockene Blätter und vermengte beides zu einer Salbe, mit der er den verletzten Knöchel bestrich, bevor er ihn mit einer schmalen Binde feinen Leinens umwickelte und dann mit einem festen, steiferen Verband versah. Nachdem dies getan war, badete er vorsichtig das von der Sonne verbrannte Gesicht, verlangte Olivenöl, mit dem er es einrieb, worauf er es mit feuchten Kompressen bedeckte.
Hughes tauchte in diesem Moment wieder auf, von der Kirchenglocke zurückgerufen. Man hatte verabredet, durch eine bestimmte Anzahl von Schlägen zu melden, wenn die Vermißte gefunden worden wäre. Er wirkte wie ein Wahnwitziger, als er in der Tür der Kammer erschien. Er war so lange gelaufen und hatte so geschwitzt, daß er von Kopf bis Fuß ockerfarben war und die Frauen bei seinem Anblick vor Schreck aufschrien. Doch er achtete nicht darauf, er sah nur die liegende Gestalt, das wieder von weißem Leinenzeug verhüllte Antlitz.
»Sie ist doch nicht...?«
»Nein«, sagte Pernette kühl. »Sie lebt. Es fragt sich nur, wie lange noch.«
»Morgen erst wissen, ob Sonne hat getötet junge Marjolaine... oder nur Verstand... oder überhaupt nichts.«
»Wollt Ihr sagen, daß sie sterben oder wahnsinnig werden kann?«
»Genau das ist es, was er sagen will: vielleicht wird sie gesund werden, wenn Gott es will. Aber vielleicht wird sie auch sterben

oder ihren Verstand nie wiederfinden wie der arme Fulgence. Und der einzig Schuldige an diesem Unglück werdet Ihr sein!«
»Ich? Seid Ihr verrückt?«
»Ich glaube nicht. Letzte Nacht seid Ihr wie in den anderen Nächten mit der Dänin zusammengekommen. Ihr könnt es nicht leugnen, denn das wäre eine Lüge.«
»Wer denkt daran zu leugnen?« erwiderte Hughes hochmütig. »Ich finde es kühn, daß Ihr Rechenschaft von mir zu fordern wagt.«
»Trotzdem werde ich damit fortfahren. Wo seid Ihr nach dem Gewitter mit Eurer Geliebten zusammengekommen?«
»Ich bin nicht mit ihr zusammengekommen, ich bin ihr zufällig begegnet.«
»Wer soll Euch das glauben?« schrie Pernette außer sich. »Gewiß nicht Dame Marjolaine, wenn sie Euch hören könnte. Ich bin sicher, daß sie Euch zusammen gesehen hat, und deshalb ist sie auch blindlings geflohen wie eine Wahnwitzige, die zu werden sie im Begriff war. Aber war das im Grunde nicht eben das, was Ihr wolltet?«
»Was ich wollte?« wiederholte Hughes mechanisch, wie betäubt durch den zornigen Ausbruch, dem die andern widerspruchslos zuhörten.
»Gewiß! Die Ärmste hatte sich durch die süßen Worte einfangen lassen, die Ihr ihr früher sagtet. Doch sie war rein und wollte weder ihre Seele noch vor allem die heilige Reise beschmutzen, indem sie sich Euch wie die andere hingab! Dafür habt Ihr sie bestrafen wollen und Tag für Tag, Nacht für Nacht Eure gemeine diabolische Liebschaft vor ihr ausgebreitet. Nur liebte sie Euch, ohne zu wagen, es sich selbst einzugestehen. Jetzt seht Ihr das Ergebnis. Deshalb erkläre ich hier laut, wie ich es vor allen erklären werde, daß Ihr, Hughes de Fresnoy, falls Marjolaine stirbt, sie getötet habt!«
Vor der wie eine Rachegöttin vor ihm stehenden Pernette senkte Hughes zur großen Überraschung der Zeugen der Szene den Kopf.
»Ich war eifersüchtig«, gestand er mit einer von Tränen aufgerauhten Stimme. »Ich glaubte, sie liebe Ausbert Ancelin. Sie hatte es mir eines Abends gesagt. Ich habe es geglaubt. Nun weiß ich, daß Ihr es seid, die recht hat, Dame Pernette!«
Inmitten tiefen Schweigens trat er zum Bett, bückte sich, nahm die

auf der Decke liegende glühende Hand und küßte sanft die wunden Stellen. Dann drehte er sich um, sah Bran Maelduin gerade in die Augen.

»Wollt Ihr meine Beichte hören?« fragte er einfach.

Der Ire nickte.

»Komm«, sagte er.

Während dreier Tage sah Marjolaine weder Morgen- noch Abenddämmerung noch die dem Tage folgende Nacht. Sie schwankte zwischen Bewußtsein und dem Nichts, glühend in einem Fieber, das nicht nachließ, den Kopf voller Feuer, den Körper von schleichendem Schmerz gequält. Aber es war der Geist, der am meisten litt. Aus der Tiefe des Abgrunds, in dem er schwebte, erschuf er sich ohne Unterlaß von neuem die grausame Szene, deren Zeugin Marjolaine nach dem Gewitter geworden war: Hughes, der die Dänin umarmte, sie dann in seinen Armen davontrug, mit ihr ins Stroh sank und sie liebte.

Dabei war es ihr an jenem Abend ein wenig besser gegangen, und wenn sie hinausgetreten war, dann wirklich nur, um die Frische zu atmen, die Nacht und die Sterne zu betrachten, wie sie es an jenem Abend in Sainte-Cathérine-de-Fierbois getan hatte. Sie war ein wenig ums Haus des Alkalden herumgegangen. Dann hatte sie Schritte gehört und, hinter der Hausecke versteckt, Fresnoy zum Olivenbaum kommen sehen. Eine unendlich süße Freude hatte sie in dieser Sekunde erfüllt: Er kam zu ihr, wie er unter die Ulme von Sainte-Cathérine gekommen war, er hatte ihren unbewußt stumm an ihn gerichteten Ruf gehört. Diesmal würde sie ihm nicht mehr sagen, daß sie einen anderen liebte, würde sie seine Liebe nicht mehr fliehen, wie sie es in Pamplona getan hatte. Sie würde zu ihm laufen, die für sie zu quälend gewordene, zu zerstörerische Liebe gestehen. Sie würde in seine Arme fliegen, sich umfangen, forttragen, vernichten lassen. Und dann ... dann war die Dänin erschienen. Sie war es, die Hughes erwartet, sie hatte er in die Arme geschlossen. Marjolaine hatte gespürt, daß irgend etwas in ihr zerbrach. Sie hatte einen so schrecklichen, schneidenden Schmerz empfunden, daß sie geflohen, wie eine Wahnsinnige davongelaufen war, blind und taub für alles außerhalb dieser Qual, von der sie sich befreien wollte. Sie

gehorchte keiner vernünftigen Regung mehr. Sie wußte nicht, wohin sie lief. Sie sah nichts... Und dann war der Sturz gekommen, und sie war in die Hölle gekippt. Jene Hölle, die sie noch immer in ihrem Fieber quälte, und die der barmherzige Tod zu löschen nicht geneigt schien.
Während dieser drei Tage schlich Hughes um das Haus herum wie ein kranker Wolf, der einen Unterschlupf und Nahrung sucht. Bran Maelduin hatte ihn von der Sünde der Wollust freigesprochen, aber es gelang ihm nicht, sie sich selbst zu vergeben. Mit von Angst gepeinigtem Herzen lauerte er auf den Augenblick, in dem ihr Dasein sein Ende fände, den Augenblick, in dem man kommen würde, um ihm zu sagen, daß die Geliebte aufgehört habe zu leben. Von Bran Maelduin verjagt, war die Dänin samt ihren Frauen und Bewachern abgezogen. Mit ihnen auch die wenigen ausländischen Pilger, die der Mördergrube entronnen und der Kolonne der anderen nur gefolgt waren, ohne sich je unter sie zu mischen. Unter ihnen auch die flämischen Kaufleute, denen die Wächter der Gräfin bessere Garantie für ihre Sicherheit verhießen als die zerschlissene Kutte Bran Maelduins oder selbst das lange Schwert des Sire de Fresnoy. Zumal drei Viertel des Weges schon bewältigt waren und man, um nach Compostela zu gelangen, nur westwärts dem von Kirchen, Klöstern, Hospizen gesäumten »Camino Francès« zu folgen brauchte, dem Sonnenuntergang entgegen. Und kaum eine Handvoll blieb im Dorf zurück, um auf Marjolaines letzten Seufzer oder ihre Rückkehr ins Leben zu harren: Hughes und Bertrand, Aveline, Colin, Pernette und Agnès de Chelles, Bran Maelduin, Nicolas, Ausbert, Fulgence, Léon Mallet und Guegan. Die Frauen lösten einander am Bett der Kranken ab, die Männer jagten und halfen den Mönchen, um ihre Unterkunft zu bezahlen, und alle flehten den Himmel an, er möge ihnen die Tragödie ersparen.
Als Aveline sich am Morgen des vierten Tages mit vor Schlaflosigkeit geröteten Lidern über Marjolaine beugte und ihr die Hand auf die Stirn legte, um ihre Temperatur abzuschätzen, sah sie plötzlich, daß sich die Augen der jungen Frau weit öffneten, Augen, die ihre natürliche Klarheit wiedergefunden hatten und die ihr leise zulächelten, bevor sie sich in dem unbekannten Raum umsahen.
»Was tu' ich hier?« fragte Marjolaine.

Aveline war so erschüttert, daß sie sie nur sprachlos anzustarren vermochte.
»Fühlt Ihr Euch besser?« fragte sie nach einem Moment, der ihr eine Ewigkeit zu währen schien.
»Ja. Ich glaube. Mir ist, als ginge es mir fast gut ...«
Ihr blieb keine Zeit, den Satz zu beenden. Schon war Aveline aus der Kammer gestürzt und rief so laut sie konnte:
»Dame Marjolaine ist wieder gesund! Dame Marjolaine ist gesund! Kommt alle, sie ist geheilt!«
Sie lachte und weinte zugleich, schrie wie närrisch und weckte alle Echos im Dorf. Einen Augenblick später waren alle vor dem Hause versammelt. Die Frauen stürzten schon in die Kammer, doch als Hughes die zu ihr führende Treppe hinaufeilen wollte, stellte sich ihm Bran Maelduin in den Weg.
»Nein! Ich gehen allein zuerst! Nur Körper besser gehen.«
»Fürchtet Ihr, daß ich ihr schaden könnte? Ich will ihr nur sagen, daß ich sie liebe!«
»Augenblick vielleicht nicht gut gewählt für sprechen von Liebe.«
Bei Marjolaine eintretend, konstatierte der kleine Mönch, daß es ihr in der Tat viel besser ging. Das Fieber war gefallen, und wenn ihre Schwäche auch noch groß war und ihr Fuß sie noch leiden ließ, nahm sie wenigstens doch gern die Nahrung zu sich, die man ihr brachte. Bevor Bran Maelduin erschien, hatte Pernette der jungen Frau mit größter Schonung erklärt, wie sich ihr schreckliches Abenteuer abgespielt, wie man sie gefunden, zurückgebracht, gepflegt und wie sich in den letzten vier Tagen bis jetzt die Existenz aller um die ihre gedreht habe. So dankte sie dem Iren warm für seine Bemühungen und bedauerte nur, daß sie ihretwegen die Pilgerfahrt hatten unterbrechen müssen.
»Reise nicht unterbrochen«, sagte Bran friedlich. »Wer fort wollen, fort.«
»Die, die wir nicht brauchten, sind weitergezogen«, übersetzte Pernette mit hörbarem Groll. »Die Dänin mit ihren Leuten und all dem Unheil, das sie gebracht hat. Es sind nur noch Freunde um Euch. Und Sire Hughes.«
Ein Zittern überlief Marjolaine, während Bran Maelduin Pernette einen Blick voller Vorwurf zuwarf.

»Er ist also noch hier? Er ist nicht mit der andern aufgebrochen?«
»Nein. Er ist unten. Er ist jeden Tag, jede Nacht, zu allen Stunden dort gewesen. Oh, liebste Marjolaine, er war so unglücklich über das Böse, das er Euch angetan hat und...«
Die junge Frau unterbrach sie mit einer Handbewegung.
»Er hat mir nichts Böses angetan. Ich allein bin schuldig! Ich und meine närrische Phantasie. Ich wäre fast einer teuflischen Versuchung erlegen und bin dafür bestraft worden, wie es sich gehört. Es ist gut so, klagt niemand an.«
»Dann kann ich ihm sagen«, begann Pernette wieder, »daß Ihr ihm verzeiht? Kann ich ihm erlauben, zu Euch zu kommen?«
»Ich habe ihm nichts zu verzeihen. Sagt es ihm. Sagt ihm auch, daß es für ihn wie für mich besser sein wird, wenn wir uns nicht mehr sehen. Ich möchte, daß er fortgeht, daß er den andern folgt. Um uns nach Compostela zu führen, brauchen wir nur Bruder Bran. Und der Baron hat eine Mission zu erfüllen.«
»Fortgeht ohne Euch? Er wird nie einwilligen!«
»Er wird es müssen. Auf jeden Fall hätten wir nur noch ein kurzes Stück Weg zusammen zurückgelegt. Ich hatte beschlossen, daß wir uns in Compostela trennen würden. Stellt mir keine weiteren Fragen, Pernette. Laßt mich ein wenig ruhen und seid mir deswegen nicht böse. Heute abend, Bruder Bran, möchte ich, daß Ihr zurückkehrt, um mit mir zu sprechen. Ich muß klar sehen und mit Euch entscheiden, was ich tun muß.«
Nach diesen Worten schloß sie die Augen. Schweigend zogen sich alle zurück. Bran Maelduin beschränkte sich darauf, Hughes zu sagen, daß Marjolaine eingeschlafen und zu müde sei, um an diesem Abend wen auch immer zu empfangen. Der Kummer, der dieses harte Mannsgesicht prägte, flößte ihm tiefes Mitgefühl ein, wie er es schon während der verzweifelten Beichte des Ritters empfunden hatte. Morgen wäre noch Zeit genug, ihm beizubringen, daß Marjolaine ihn nie mehr sehen wollte und seine Abreise wünschte. Der kleine Mönch fürchtete jetzt diesen Moment, von dem er wußte, daß er peinvoll sein würde.
Um sich Mut zu schaffen, suchte er die kleine Kirche des Dorfes auf. Es war eine armselige, kahle Kirche: Mauern aus mit Stroh untermischtem Lehm, ein Altar aus rohem Stein, ein großes schwar-

zes Holzkreuz, vor dem Kerzen aus gelbem Wachs brannten, die nicht allzu gut rochen. Doch eben durch ihre Kargheit erinnerte sie den Iren an die Kapellen seines Landes, und er fand in ihr den gleichen Frieden wieder.
Auf der festgestampften Erde ihres Bodens kniend, betete er lange Zeit für jene beiden Wesen, die er liebte, die einander liebten, und die dennoch zu trennen alles sich verschworen hatte.
»Du, der du die Gerechtigkeit und Güte bist, o Herr, warum hast du zugelassen, daß sie sich begegneten, da nichts möglich war? Sie ist zu rein für ihn, der nur ein Mann aus Fleisch und Blut ist. Er kann ihr nur menschliche Liebe geben, und die menschliche Liebe erfüllt sie mit Schrecken, läßt sie vielleicht gar schaudern, weil sie in ihr eine Sünde sieht. Und doch liebt sie ihn, würde alles hinnehmen, wenn alles möglich wäre. Aber er ist verheiratet! O Herr, ich flehe dich an, hab' Erbarmen mit ihnen! Gib ihnen wenigstens Vergessen, da das Glück nicht möglich ist. Und hilf mir, deinem ungeschickten Diener, ihnen die Grausamkeit der Trennung zu mildern. Hilf mir, die Worte zu finden, mir, dessen Sprache von der ihren verschieden ist, um ihnen zu sagen, daß sie sich eines Tages bei dir für die Ewigkeit wiederfinden werden.«

Es war diese selbe Kirche, der Platz am Fuße dieses selben Kreuzes, die er wählte, um Hughes noch am gleichen Abend zu sagen, was Marjolaine ihm aufgetragen hatte: daß er nach Compostela aufbrechen solle, ohne sich ihrer Genesung zu versichern, die ohnehin nicht lange auf sich warten lassen würde. Sie selbst würde sich dort nur so lange aufhalten, wie es die volle Erfüllung ihres Pilgergelübdes erforderte. Danach würde sie sich zu einem benachbarten Hafen begeben, denn sie hatte in Blaye erfahren, daß es möglich war, übers Meer Compostela zu erreichen, wenn man in einem La Coruña genannten Hafen an Land ging. Sie würde dann also übers Meer nach Frankreich zurückkehren, um sich bis ans Ende ihrer Tage in ein Kloster einzuschließen.
»Sie will, daß ich gehe?« fragte Hughes mit tonloser Stimme.
»Ja.«
»Daß ich gehe, ohne sie wiederzusehen?«

»Ja«, wiederholte Bran Maelduin, ohne zu wagen, diesen Mann anzusehen, der, bleich geworden, zu Tode getroffen schien.
Da er ihn einer Ohnmacht nahe fühlte, fügte er hinzu, Marjolaine wünsche, daß man Léon Mallet endgültig befreie. Es bestehe kein Grund mehr, ihn dem Gericht auszuliefern, um die Bestrafung Etienne Grimauds zu erlangen. Sobald sie das von ihr erwählte Asyl erreicht habe, werde sie ihrem »Neffen« in aller Form eine Schenkung zukommen lassen, die totale Abtretung ihres gesamten Besitzes mit Ausnahme der dem Kloster bestimmten Mitgift, in der Hoffnung, daß er sich bessern werde. Sie bat außerdem, Hughes möge sich darum kümmern, daß Ausbert Ancelin, endgültig von aller Schuld befreit, wieder ein normales Leben beginnen könne.
Mit geballten Fäusten hörte Hughes diesen Empfehlungen zu, die so sehr einem Testament glichen. Er schloß die Augen, um den aufsteigenden Tränen durch die Schranken seiner Lider zu wehren. Es verlangte ihn danach zu weinen, zu schreien, sich auf dem Boden zu wälzen, ja sogar diesen Freund zu schlagen, dessen, wenn auch mitfühlende, Stimme Dinge sagte, die ihn so schmerzten. Sie nicht mehr sehen, sie nicht mehr hören! Nur wissen, daß sie irgendwo unter den Steinen eines Klosters lebendig begraben existierte. Was sie betraf, würde sie von ihm das schändliche Bild eines ohne Liebe mit einer anderen Frau sich paarenden Mannes bewahren. Er bliebe es in ihrem Geiste, solange sie lebte. Sie wollte ihm nicht erlauben, ihr zu sagen, daß er nicht nur so war, wie sie ihn gesehen hatte, und daß seine Liebe aus ihm einen anderen Menschen hätte machen können, einen Menschen, der ihrer würdig gewesen wäre. Und als Bran Maelduin ihn dann fragte, ob er zu erfüllen bereit sei, was Marjolaine wünsche, sagte er:
»Ja, aber unter einer Bedingung. Ich werde noch diese Nacht nach Compostela aufbrechen. Ich werde sie allein diese Reise beenden lassen, die so schön hätte sein sollen. Aber ich will sie in Compostela wiedersehen. Ich will sie ein einziges Mal wiedersehen!«
»Sie nicht einwilligen.«
»Doch. Sie wird es nicht verweigern können. Ich will sie in der Kathedrale wiedersehen, am Grabe des Apostels, wohin sie zu führen ich geschworen hatte. Ich werde Euch Tag und Stunde sagen, denn ich werde wissen, wann Ihr ankommt. Ich werde sie

inmitten der Menge wiedersehen, aber ich werde sie wiedersehen! Um diesen Preis nur nehme ich es auf mich, zu gehen.«
Ein Schweigen entstand. Bran Maelduin sagte nichts. Den Blick gesenkt, die Hände in den ausgefransten Ärmeln verborgen, schien er zu überlegen oder zu beten.
»Werdet Ihr sie darum bitten?«
Der Ire nickte, und Hughes fuhr fort:
»Wird sie kommen?«
»Ja. Ich werde sagen. Sie kommen.«

Die Nacht war noch schwarz, und der Hahn hatte eben gekräht, als der Schritt der Pferde die Echos des schlafenden Dorfes weckte. Marjolaine, die nicht schlief, hörte ihn lauter werden, einen Moment nahe dem Hause innehalten, endlich zu einem Galopp anschwellen, der rasch leiser wurde und völlig verklang. Der Hahn krähte zum zweitenmal.
Neben sich hörte sie Aveline weinen und sagte liebevoll:
»Du wirst ihn wiedersehen, Kleines. Ich habe es versprochen.«
»Aber für wie lange? Es ist jetzt zu Ende! Es ist zu Ende!«
»Wer weiß? Du bist frei, wenn du willst. Du könntest ihm folgen, wenn ich mich auf den Weg machen werde.«
»Ihr... Ihr wißt doch, daß es nicht so ist. Er ist nur Stallmeister, aber er wird vielleicht Ritter werden. Er ist von Adel, und ich bin nichts. Ich wußte, daß es eines Tages zu Ende sein würde. Ich hätte es nur gern gehabt, wenn es noch ein Weilchen, nur ein kleines Weilchen gedauert hätte.«
Marjolaine schloß die Augen. Etwas verkrampfte sich in ihrer Brust, und über den Schmerz ihrer kleinen Dienerin ließ sie die Tränen rinnen, die sie sich selbst verweigerte.
Zwei Tage später verließen Marjolaine und ihre letzten Gefährten ihrerseits das kleine kastilische Dorf. Es war mehr als an der Zeit für sie alle, in der Stadt, in der Wunder das tägliche Brot waren, Frieden und Vergessen zu suchen.

Eines Abends gewahrten die Pilger von der Höhe des Mont de la Joie, wo sie alle dem Brauch entsprechend ein kleines Kreuz pflanzten, endlich die Kirchtürme und Dächer von Compostela. Es war während des Sonnenuntergangs, und die Stadt leuchtete vor einem Hintergrund von flüssigem Gold, in diesem unwirklichen Licht so sehr ihrem Traumbild gleich, daß alle sich auf die Knie warfen, um diese so lange ersehnte Erde zu küssen und zu beten. Vor kurzem erst hatten sie in dem kleinen Fluß, dessen lustiger Name Lavamentula Nicolas Troussel hatte lauthals auflachen lassen, gebadet, sich auch gründlich gewaschen, um sich vom Staub der letzten Tage, von den letzten wäßrig-eitrigen Ausscheidungen der Wunden des Weges zu reinigen und die Stadt, die ihnen das Vorzimmer zum Paradies selbst zu sein schien, so sauber wie nur möglich zu betreten.

Seitdem sie in Galicia waren, war ihnen der Weg übrigens weit weniger hart vorgekommen. Zu Ende war's mit der wilden Ödnis Kastiliens, zu Ende mit den menschenleeren Landschaften ohne Gras und Grün. Galicia mit seinen Fichten- und Eichenwäldern, seinen Zypressen und den Blumen, die unter den sanften Regen in den Gärten sprossen, mit dem salzigen Wind, der ihnen vom nahen Meer her entgegenblies, war für sie schon ein Ort des Erholens und Genießens. Die letzten Etappen schienen unter ihren Schritten hurtig dahingeschwunden zu sein, während sie im Geiste all die Prüfungen, Mühen und Leiden durch ihre Freude tilgen ließen. Sie waren fast hundert gewesen, als sie sich auf den Weg gemacht hatten und erreichten nun zehnmal weniger zahlreich ihr Ziel. Und mehr als einer fragte sich, ob er den Mut haben würde, den Weg in umgekehrter Richtung zurückzulegen. Alle wußten, daß Marjolaine übers Meer zurückkehren würde, und alle dachten, daß es vielleicht keine so schlechte Idee sei, es ebenso zu machen, da das Gelübde erfüllt war.

Den Wanderern blieben kaum noch drei kleine Meilen, um ihren endgültigen Bestimmungsort zu erreichen, und da der Abend milde war, kampierten sie, wo sie sich befanden, am Fuß der neuen Kirche, die einige Jahre zuvor ein Erzbischof zum Ruhme des Heiligen Kreuzes hatte erbauen lassen. Sie schliefen dort alle wie die Kinder, im kurzen Grase liegend, glücklich, angelangt zu sein und auf *Den* vertrauend, der sie bis hierher geführt hatte.

Es waren viele unterwegs auf dieser letzten Etappe: Pilger, die bereits vor ihnen angekommen waren, andere, die noch eintrafen, bevor die Sonne völlig vom Horizont verschlungen wurde. So war es auch, als der Tag zurückkehrte, eine recht stattliche Schar, die im milden Schein einer rosigen Morgenröte zur Stadt hinunterzog. Alle wären am liebsten gelaufen, doch sie hielten sich zurück, weil Kranke unter ihnen waren, die man auf Bahren trug, hinkende Krüppel, die langsamer vorankamen, obwohl man ihnen nach Kräften half.

Und dann war da die Stadt. Von der Höhe der Türme hatten die Wächter bereits das Nahen der Pilger verkündet. Schon war ein kleiner Trupp Priester mit einem aus seiner Mitte ragenden Kreuz vor der Mauer erschienen und kam ihnen singend entgegen. Alle sanken auf die Knie, um sie zu empfangen und die erste Segnung zu erwarten, die ihnen ein kleiner, rebholztrockener Kanoniker erteilte, dessen schwarze Augen in fanatischem Feuer glühten. Einen Danksagungschor anstimmend, zogen sie darauf gemeinsam weiter, dem Ruf der großen Glocke folgend, die hoch oben in der blauen Luft zu ihren Ehren läutete.

Das Tor von Frankreich nahm den Zug auf, den schon eine die Straße halb verstopfende, das Aussehen der Pilger neugierig kommentierende Menge erwartete. Auch die Hausdiener der Herbergen waren gekommen, um unter den Ankömmlingen die herauszufischen, die ihnen am betuchtesten schienen, und um die, die Pferde oder Maultiere hatten, schlug man sich fast. Dabei wußten diese Leute nur zu gut, daß niemand ihnen folgen würde, bevor sie in der Kathedrale, wo sich das Grab befand, die erste Andacht gehalten hatten.

Die Menge war so dicht, daß Marjolaine Hughes nicht bemerkte, der sich im Schatten des Tores hielt. Doch Bran Maelduin sah ihn und machte ihm ein Zeichen, ihnen zu folgen.

Seitdem er sie verlassen hatte, lebte Marjolaine wie in einem grauen Nebel, den die Sonne nicht mehr durchdrang. Ihres verletzten Fußes wegen, der ihr das Wandern verbot, hatte sie ihr Maultier nicht mehr verlassen und ließ sich von ihm tragen, ohne etwas zu sehen, ohne etwas zu hören. An den gemeinsamen Gebeten und Gesängen nahm sie nicht mehr teil. Es war, als habe Hughes beim Verlassen des Trupps ein für ihre Vitalität wesentliches Organ mit sich genommen, und die, die sie umgaben, beobachteten diese Frau, die sie gut zu kennen glaubten und die ihnen nun so ganz und gar fremd erschien, mit einer Art Furcht. Ihre Stimme klang noch immer ebenso sanft, ihre Gestenn waren noch ebenso im Einklang mit ihrem Wesen, ihre Liebenswürdigkeit war unverändert. Die Veränderung betraf allein ihr jetzt viel selteneres, eher starres als freundliches Lächeln und vor allem ihre Augen, in denen kein Glanz mehr war.

Die Kathedrale, von der die Christen in aller Welt mehr noch als von Rom und fast ebenso wie von Jerusalem träumten, tauchte endlich vor den Augen der Pilger auf, als sie um eine Straßenecke bogen. Einige unter ihnen begannen zu weinen: Dort, vor ihnen, sahen sie, sie empfangend und segnend, Christus in seiner Majestät und den hochgerühmten heiligen Jakobus erscheinen, von dem sie soviel erhofften. Und dann die Kirche, strahlend im Glanz ihrer hellen Mauern, die das Licht der Sonne zu absorbieren schienen, die gewaltige Kirche mit ihren Türmen und ihren drei kunstvoll aus Stein gehauenen Portalen, ihren neun unteren und sechs oberen Schiffen, die die große Kapelle des Erlösers umgaben, die Kirche, die ihnen allen schon als Beweis der Größe Gottes erschien. Aufschluchzend fiel Agnès de Chelles auf die Knie, um sich so der Schwelle des Gotteshauses zu nähern.

Die Leute aus Frankreich mußten es durch das Nordportal betreten, vor dem das Hospiz für die armen Pilger lag. Jenseits von ihm breitete sich ein Vorhof, zu dem man über neun Stufen hinabstieg. Unterhalb dieser Stufen sprudelte der schönste Springbrunnen, den sie je gesehen hatten: ein mächtiges steinernes Becken, groß genug, um fünfzehn badende Menschen aufzunehmen, aus dem eine hohe bronzene Säule ragte. Von der Höhe dieser Säule spien vier steinerne Löwen Strahlen in der Sonne funkelnden, klaren Wassers. Dahinter befand sich der Markt, der lärmendste, malerischste Markt, den eine heilige Stadt je gekannt hatte. Außer den kleinen Sankt-Jakobs-Muscheln, die jeder heimkehrende Pilger mitzubringen sich schuldig war, fand man dort lokale Erzeugnisse, Wein, Krüge mit Öl, Bettelsäcke aus Hirschleder, Schuhe, um die zu ersetzen, die der Weg verschlissen hatte, Gürtel, Mäntel, Körbe wie auch medizinische Kräuter in vollen Flaschen und selbst völlig vorbereitete Salben.

Doch über all das glitt Marjolaines Blick fast gleichgültig, und wenn ihr Herz beim Anblick der Kathedrale auch schneller geschlagen hatte wie auch schon beim Betreten der Stadt, dann nur, weil in dieser Stadt der Mann atmete, der ihre Seele erobert hatte, weil er sie in dieser Kathedrale zu der letzten Zusammenkunft erwartete, die sie erhoffte und fürchtete, ohne entwirren zu können, welches von diesen beiden Gefühlen überwog. Es war, als hätten die Flammen der Liebe ihren Glauben verzehrt.
Mit Colins und Avelines Hilfe stieg sie von ihrem Maultier, dann trat sie, mehr von ihnen getragen als nur gestützt, in den kühlen Schatten der hohen Wölbungen. Instinktiv wandte sie den Kopf, suchte Bran Maelduins Blick. War dies der Moment der letzten Begegnung?
»Nein«, murmelte der Mönch, ihre stumme Frage beantwortend. »Morgen. Vor große Messe.«
Marjolaine bemühte sich danach zu beten, aber das Herz war nicht dabei, und sie erschrak darüber. Was war im Laufe dieses langen Weges mit ihr geschehen, das die Frömmigkeit von einst hatte schwinden lassen? Früher hatte sie sich keinem Altar nähern können, ohne sich von Liebe und Freude ganz erfüllt zu fühlen. Heute, in diesem Augenblick, in dem sie sich einem der erhabensten Orte der Christenheit näherte, um vor dem Grabe des großen Heiligen Jakobus niederzuknien, empfand sie nichts mehr, keine Spur von Freude. Ihr Herz war nur Schmerz und Finsternis. Und es war weder der göttliche Erlöser noch der Allmächtige, nach dem sie in ihrer Not rief: es war der Blick, das Lächeln, die Wärme eines Mannes, der, wie sie wußte, allen anderen Männern ähnlich, für sie jedoch unvergleichlich war.
In der Herberge »Zum wilden Mann«, in der der kleine Trupp eingekehrt war, nachdem Marjolaine es übernommen hatte, für alle zu zahlen, schloß sie sich in einer Kammer ein, die so schmal war, daß sie einer Nonnenzelle ähnelte, ein Eindruck, den die Abwesenheit jeden Komforts noch verstärkte. Aber es war der einzige nur für eine Person geeignete Raum. Pernette, Aveline und Agnès hatten protestiert, doch sie hatte widerstanden und nur erlaubt, daß man ihr nach einer schnellen Toilette beim Entkleiden und Zu-Bett-Gehen half.

Die ganze Nacht blieb sie ausgestreckt auf ihrem schmalen Lager, die Augen weit geöffnet, die Hände nervös über ihrem Magen ineinander schlingend. Die Morgenröte erwartend, versuchte sie zu beten, um die Kraft zu finden, dem die Stirn zu bieten, was kommen würde. Was würde sie ihm sagen? Welche Bitten würde er an sie richten? Und was würde sie erwidern? Hätte sie überhaupt die Kraft, ihn noch einmal zurückzuweisen, ihm ins Gesicht zu sagen, daß sie ihn niemals in ihrem Leben wiedersehen wolle, daß er sie vergessen müsse, weil er einer anderen gehöre und zwischen ihnen keine Liebe möglich sei?

»Er wird es begreifen müssen«, flüsterte sie. Dann wandte sie den Kopf zum schmalen Fenster, durch das sie allmählich einen der Türme der Kirche zu erkennen begann: »Aber danach, o Herr, gewährt mir einen schnellen, sehr schnellen Tod!«

Als der Tag angebrochen war, ließ sie sich von ihren Gefährtinnen mit noch größerer Sorgfalt als sonst ankleiden und frisieren. Sie legte das beste Kleid an, das sie noch besaß, ein Gewand aus feiner violetter Seide, das sie für die Hauptmesse von Compostela mitgenommen hatte. Sie war während der Wallfahrt abgemagert, und das Kleid war ihr ein wenig zu weit geworden, aber sie sah in den Augen der anderen Frauen, daß sie trotz der überstandenen Mühen noch sehr schön war.

Bevor sie gingen, nahm sie Aveline beiseite. Die Augen der Kleinen waren von vergossenen Tränen gerötet, und sie nahm sie in die Arme.

»Ich sag's dir noch einmal, Aveline: Wenn du deinem Freund folgen willst, bist du frei.«

»Aber er ist es nicht. Er möchte die Seinen nicht durch die Heirat mit einer Dienerin verärgern.«

»Was weißt du davon? Pernette ist ein adeliges Mädchen, und trotzdem ist sie mit Pierre, einem einfachen Zimmermann, geflohen. Wenn Bertrand dich liebt, wird er dich bitten, zu bleiben.«

»Nein, Dame! Er liebt mich ohne Zweifel, denn er sagt es, und ich glaube, er spricht die Wahrheit. Aber er liebt seine Ehre und auch seinen Herrn, von dem er sich nie trennen wird. Ich denke, daß ich Euch, wenn Ihr es wollt, dorthin folgen werde, wohin Ihr geht, wie er ihm dorthin folgen wird, wohin er geht. Ich werde versuchen, ebenso tapfer zu sein wie Ihr.«

Die Glocken ergossen Wogen fröhlicher Harmonie über die Stadt, als Marjolaine und die Ihren die Kathedrale betraten. Nur Bran Maelduin fehlte, aber er hatte am Vorabend gesagt, daß er sie unten treffen werde. In der Tat erwartete er sie neben einem der großen Weihwasserkessel des Nordportals und nahm Marjolaines Hand, um sie zum Hauptaltar zu führen, wo sich das unter einem Wald gelber Kerzen fast verschwindende Grab befand.

Es waren schon viele Leute in der Kirche, in Sprachgruppen um ihre Führer versammelte Pilger, doch dem irischen Mönch war es offenbar gelungen, für seine Freunde und sich selbst einige Plätze reservieren zu lassen. So gelangten sie bis auf wenige Schritte zu dem von einer ganzen Kohorte Kranker umlagerten Grabe, die flehend magere oder verschwollene Hände, oft nur Armstümpfe nach ihm ausstreckten. Aneinandergeklammerte, von einem Mönch geführte Blinde näherten sich langsam, Krüppel humpelten auf ihren Krücken heran, kettenbeladene oder mit Dornen gekrönte Büßer schleppten sich über die von den Füßen unzähliger Menschen schon abgetretenen Fliesen. In dem aus großen, vergoldeten Gefäßen aufsteigenden Weihrauchnebel ähnelten sie einem Zug wandernder Gespenster.

Plötzlich ergriff Bran Maelduin von neuem Marjolaines Hand.

»Seht!« gebot er, auf eine Gruppe weisend, die unmittelbar der Schar der Blinden folgte.

Und Marjolaine gewahrte mit fast versagendem Herzen Hughes. Sehr aufrecht, die Augen starr auf den brennenden Kerzenwald des Altars gerichtet, durchquerte er langsam das Kirchenschiff. Sein Kopf war unbedeckt, und seine Hände trugen eine große brennende Kerze.

Seine ungewöhnliche Bekleidung überraschte Marjolaine, denn er trug nur sein Hemd und seine eng um die Hüften gegürteten Hosen. Seine Füße waren nackt. Hinter ihm schritten zwei Mönche in schwarzen Kutten, die Gesichter durch Kapuzen verdeckt, und als letzter folgte Bertrand mit einem Kissen, auf dem ein Paar goldener Sporen lag.

Die Menge der Pilger teilte sich vor ihnen mit einer Art von Respekt, untermischt mit Neugier. An ihrem Arm spürte Marjolaine das Zittern des Arms von Aveline, während zugleich beklemmende Angst in ihr aufstieg. Was hatte all das zu bedeuten?

Hughes trat bis zu den Stufen des Altars vor, von dem er keinen Blick wandte, und kniete nieder. Er betete einen Moment, dann hob er den Kopf und rief mit starker Stimme:
»Ich, Hughes, christlicher Baron, Herr über Fresnoy und andere Ländereien in der Provinz Vermandois, ich komme zu dir, Monseigneur Saint-Jacques, Apostel der Gallier und von Gott Geliebter, um dich anzuflehen, dich zu bitten, vom Allmächtigen Vergebung für die Verbrechen, Fehler und Sünden zu erlangen, die ich im Laufe meines Lebens des Hochmuts und der Torheit begangen habe. Ich versündigte mich an dir, denn ich habe den zu dir führenden Weg der Sterne nur aus Liebe zu einer Frau eingeschlagen und dieser Frau, deren ein König nicht würdig wäre, nur Schmerz und Leid zu bereiten gewußt. Dich, den ich getäuscht habe, sie, die ich hätte beschmutzen können, die, die mir folgten und die ich durch mein Verhalten empörte, bitte ich um Vergebung, Erbarmen und Mitleid mit den Qualen, die ich erdulde und die die jetzt von mir geforderten nicht besänftigen werden.«
Plötzlich bückte er sich. Einer der Mönche riß ihm das Hemd von den Schultern. Der andere schürzte einen seiner Ärmel, schwang eine lederne Peitsche hoch und ließ sie mit aller Kraft auf den gebeugten Rücken niedersausen.
Erschreckt und entsetzt, wollte Marjolaine schreien, nach vorn stürzen, doch Bran Maelduin hielt sie mit einer Hand zurück, während er die andere auf ihren Mund preßte.
»Schweig!« murmelte er lateinisch. »Du hast kein Recht dazu. Er hat diese öffentliche Buße vor dir gewollt. Es ist seine Art, dir seine Liebe zu gestehen. Es ist auch seine Art, Abschied von dir zu nehmen, damit du ihn nie vergißt.«
Die Peitsche war einmal, zweimal, zehnmal und mehr noch klatschend niedergesaust. Mit zusammengepreßten Zähnen mühte sich Hughes, Schmerzenslaute zurückzuhalten. Blut rann jetzt über den von Striemen gezeichneten Rücken. Unversehens hob er den Kopf. Marjolaine sah sein schweißfeuchtes Gesicht, seine grünen Augen voller Tränen, die die ihren suchten, als habe er immer gewußt, wo sie sich befand.
»Ich werde dich immer lieben«, flüsterte er.
Und brach bewußtlos auf den Stufen zusammen. Die Kerze rollte

über den Boden. Bertrand hielt den Arm des Mönchs zurück, der von neuem schlagen wollte.
»Das genügt! Er hatte zwanzig gesagt.«
Langsam und feierlich schritt er zum Grab, beugte das Knie, legte die goldenen Sporen nieder und kehrte dann zu Hughes zurück, der, von den Mönchen nach Ausführung ihres Amtes verlassen, noch immer quer über den Stufen lag.
»Bruder Bran«, sagte Bertrand, »wollt Ihr mir helfen, ihn fortzuschaffen und ihn ein letztes Mal pflegen? Adieu, Dame Marjolaine, adieu, Aveline.«
Doch weder die eine noch die andere hörte ihn. Marjolaine schluchzte in den Armen Pernettes, und Aveline war in denen Agnès de Chelles' ohnmächtig geworden.
Die Orgel präludierte. Die Chorsänger der Kathedrale stimmten das *Veni Creator* an, während sich der Zug des Bischofs in Bewegung setzte, der in einem goldschimmernden, schönen Chorrock eingetreten war, um das Hochamt zu zelebrieren. Ein Diakon beeilte sich, vor ihm die die Stufen des Hauptaltars befleckenden Blutspuren fortzuwischen.

Nachdem sie am folgenden Tage denen, die während dreier langer Monate ihre Weggefährten gewesen waren, adieu gesagt hatten, verließen Marjolaine, Aveline, Pernette und Colin Compostela durch das dem Südwesten zugewandte Fajera-Tor. Bran Maelduin hatte sich entschlossen, sie, auf einem Esel reitend, ein kleines Stück zu begleiten.
Nicht weit von der Stadt entfernt verzweigte sich der Weg an einer Kreuzung. Dort hielt Bran an. Sein knorriger Arm wies auf den wieder nordwärts führenden Pfad.
»Hier La Coruña«, sagte er.
Dann veranlaßte er seinen Esel zu einer halben Wendung und wies auf einen zweiten Pfad.
»Hier Noya!«
Er trieb sein Reittier zu Marjolaine und nahm ohne abzusteigen ihre Hände in die seinen.
»Morgen«, sagte er liebevoll, »Sire Hughes nehmen diese Weg. Du nichts bedauern, meine Schwester?«

»Doch. Unermeßlich... ohne Ende. Ich werde es mein ganzes Leben wie ein Kreuz tragen müssen. Nichts war möglich zwischen uns, dennoch liebe ich ihn sehr, Bruder Bran! Er wird mich bis zum Tage der Erlösung niemals verlassen. Sagt ihm das. Es wird seinen Schmerz vielleicht mildern.«

»Ich sagen! Gott gehe mit dir, kleine Marjolaine, und mit dir, Aveline, und mit dir, Colin, und mit dir, Pernette.«

»Ich schäme mich«, sagte die junge Frau. »Ich bin die einzige, die zu dem geht, den sie liebt.«

Marjolaine hatte Pernette in der Tat vorgeschlagen, sie selbst wieder zu Pierre zu bringen. Von Blaye nach Rochella konnte der Weg nicht allzu weit sein. Sie lächelte ihrer jungen Freundin zu.

»Du mußt dich nicht schämen, Pernette. Du hast dein Glück verdient. Es gibt mir den Mut, bis zum Ende zu gehen. Lebwohl jetzt, Bruder Bran, denn wir werden uns nicht mehr wiedersehen.«

Jäh stieg zornige Röte in Bran Maelduins Gesicht.

»Du nicht diktieren Gott, was er muß tun! Ich niemals sagen Lebewohl!«

Und seinen Esel zu einer akkuraten Wendung antreibend, schlug er wieder den Weg nach Compostela ein.

»Vorwärts«, sagte Marjolaine. »Wir haben zehn Meilen zurückzulegen.«

Darauf lenkte sie ihr Maultier auf den nach Norden führenden Pfad, in der Hoffnung, daß der Wind ihre Tränen trocknen würde.

Epilog

Ein Weg in die Unendlichkeit

Der Schnee bedeckte alles. Es war kalt und dunkel, denn der Tag schien sich kaum aus der Nacht zu lösen, um ein wenig Licht zu bringen. Er hing einige Stunden über dem vereisten Land, unentschieden und fahl wie ein Kranker, der sich zwingt, einige Schritte zu tun, bevor er entkräftet in die Dunkelheit seines Bettes zurückfällt. Der Wind heulte von einem Ende der Ebene zum anderen.
Vor dem Kamin des großen Saals sitzend, in dem ein Holzkloben brannte, bückte sich Hughes nach einem Krug Kräuterwein, den ein Page auf den erhitzten Kaminstein gestellt hatte, damit er heiß bliebe. Mit einem Zug leerte er ihn gut zur Hälfte.
Stark und würzig, ergoß sich der Wein in ihn wie eine duftende Flamme, die sich alsbald ausbreitete und ihre Wärme bis in seine Fingerspitzen ausstrahlte. Das war der flüchtige Augenblick, in dem Hughes die Empfindung hatte, wieder zum Leben zu erwachen. Dann leerte er den Rest des Kruges, um dieses göttliche Gefühl zu verlängern, und stellte ihn mit einer Grimasse zurück, bevor er nach einem neuen rief.
Diesmal war es eine Magd, die herbeilief, den Pagen entschuldigte, der in den Ställen sei, und ihm einen zweiten Krug brachte. Hughes ergriff ihn gierig, und da das Mädchen stehenblieb, sah er zu ihr auf.
»Na, geh schon! Worauf wartest du?« knurrte er.
Da sie nicht antwortete und sich nicht rührte, musterte er sie genauer und erkannte Perrine, die Magd, die er früher immer gerufen hatte, wenn er in die Badekammern ging, denn sie verstand sich genausogut darauf, einen Mann zu waschen wie ihn zu lieben.
»Sieh an! Wo warst du denn in letzter Zeit. Ich habe dich seit meiner Rückkehr nicht gesehen.«
»Ich war schwanger, und Dame Ersende wünscht nicht, daß Frauen arbeiten, wenn sie in Hoffnung sind, auch nicht nach der Ankunft des Kindes, wenigstens während einiger Wochen. Jetzt bin ich da... ganz zu Euern Diensten, Seigneur.«

Ihre Stimme klang unruhig, aber ihre Augen strahlten, und ihre feuchten Lippen bebten ein wenig. Unter dem Vorwand, das Stroh unter den Füßen des Barons besser verteilen zu wollen, kniete sie sich so neben ihn, daß sein Blick leichter in den losen Ausschnitt ihres Hemdes tauchen konnte, das sie diskret geöffnet hatte. Sie hatte schöne, blaßblau geäderte, durch die Mutterschaft noch voller gewordene Brüste. Doch wenn einst solcher Anblick das Blut des Barons zum Sieden gebracht hatte, ließ er ihn nun völlig gleichgültig.

»Für meinen Dienst genügen Männer«, sagte er ohne Härte. »Bleib im Dienst Dame Ersendes. Sie ist gut, und du bist dort gut aufgehoben. Und da du jetzt einen Sohn hast ... es ist doch ein Sohn?«

Sie nickte, sichtlich von Stolz erfüllt.

»... befaß dich mit ihm. Und vor allem befaß dich mehr mit deinem Mann. Laß mich jetzt. Ah, nein. Geh in die Ställe und sag dem jungen Geoffroy, er soll sich gefälligst damit befassen, mir Wein zu bringen.«

Sie entfernte sich sichtlich enttäuscht mit schleppenden Schritten, während Hughes seinen Wein hinunterzustürzen begann und dabei vagen Blicks dem Züngeln der Flämmchen inmitten des Holzklobens zusah. Ein leichtes Lachen unterbrach ihn von neuem.

»Die Perrine gefällt dir nicht mehr? Dabei will mir scheinen, als sei sie noch appetitlicher als vor deinem Aufbruch. Damals hättest du sie mit Haut und Haaren vernascht.«

Gerbert de Fresnoy war eingetreten, schüttelte den Schnee von seinem weiten blauen Mantel, öffnete die goldene Schnalle und warf ihn auf eine Bank, bevor er zu seinem Bruder vor den Kamin trat, um dem Feuer seine durchnäßten Stiefel zu bieten, die zu qualmen begannen.

»Du stinkst!« knurrte der Ältere. »Was Perrine betrifft, nein, wirklich, sie bedeutet mir nichts mehr. Auch keine der anderen, übrigens! Ich bin dieser Schmutzliesen müde, auf denen ich mich wie ein Schwein gewälzt habe!«

»Du hast dich verändert.«

Schweigen hüllte die beiden Männer ein, bald durch das vorsichtige Eintreten des jungen Pagen Geoffroy de Cérizy unterbrochen, eines kleinen Vetters Ersendes, der einen Krug Wein trug, als handle es sich um das Heilige Sakrament.

»Verzeiht mir, Sire Hughes«, begann er, »aber ich war...«
»Komm, gib mir das!« unterbrach Gerbert fröhlich. »Ich bin völlig erfroren...«
»He!« protestierte Hughes. »Das war für mich.«
»Du brauchst nur einen anderen bringen zu lassen. Außerdem wird man bald die Tische fürs Abendessen decken und das Wasser eingießen. Und im übrigen trinkst du zuviel!«
»Was willst du anderes tun bei solchem Wetter?«
»Eine Menge Dinge. Früher warst du nicht verlegen darum, wenn du Zeit vor dir hattest.«
»Bei Gott!« spottete der andere. »Ich bin mit einem Mädchen ins Bett gegangen.«
»In gewisser Weise wär's mir lieber, wenn du's noch tätest. Das wäre weniger schlecht für deine Gesundheit.«
Gerbert trank langsam zwei oder drei Schlucke, während er den Älteren über den Rand seines Kruges betrachtete, den er bald zurücksetzte. Er kannte seinen Bruder nicht wieder. Seitdem er vor etwa achtzehn Monaten von dieser unglaublichen Pilgerfahrt nach Saint-Jacques-de-Compostela zurückgekehrt war, die er unternommen hatte, ohne jemand etwas davon zu sagen, weshalb man ihn für tot hielt, war Hughes de Fresnoy nie mehr derselbe gewesen. Seine außerordentliche Vitalität, diese Art Lebensgier, die ihn zu den schlimmsten Exzessen trieb, diese Umtriebigkeit und Schlemmerei von frischem Fleisch, die ihn zum unermüdlichsten Hahn in mindestens drei Grafschaften gemacht hatte, all das war verschwunden, weggewischt, verweht von Gott weiß was für einem widrigen Wind. Gerbert und seine junge Frau Ersende hatten einen Mann zurückkehren sehen, ausgedörrt wie ein abgeschnittenes Stück Rebholz, braun wie ein Sarazene, finster und traurig wie ein lange Zeit verlassenes Haus.
Daran übrigens mußte man bei seinem Anblick vor allem denken: eine leere Wohnstatt. Hughes de Fresnoy bewegte sich wie ein großer Körper ohne Seele, eine Ansammlung von Knochen, Muskeln und Nerven, die nichts mehr zu erregen imstande schien. Ohne sich offenbar im geringsten dafür zu interessieren, hatte Hughes zugehört, wie sein Bruder ihm die Abrechnungen seiner Verwaltung vorgelegt hatte, hatte ihn mit monotoner Stimme dazu be-

glückwünscht und ihn dann gebeten, weiterzumachen, als sei er nicht da.
»Du holst viel mehr heraus als ich. Dem Besitz bekommt es gut.«
Auch hatte er nicht gelacht, als er von der Heimkehr Gippuin Le Houssets erfuhr, bedeckt mit Ruhm und schimmernden sarazenischen Stoffen, schwarzbraune Sklaven und eine gewisse große Truhe in seinem Gefolge, von der man Wunderdinge berichtete. Das hatte etwa zwei Monate nach Hughes' Aufbruch stattgefunden. Man erzählte sich allerwärts, daß er seine Frau, wie es sich gehöre, verprügelt habe, als er sie bis über die Ohren schwanger fand, dann aber nur allzu froh gewesen sei, einen fix und fertigen Erben vorzufinden – eine Leistung, zu der er selbst kaum instande war –, worauf er sich zu großzügiger Verzeihung bereitgefunden habe. Seither führe Dame Osilie, glückliche Mutter eines Knaben, der offenbar niemand ähnlich sehe, am allerwenigsten Gippuin, allenthalben Sultansroben, seltsamen Schmuck aus Goldfiligran und runderes, üppigeres Fleisch denn je spazieren. Den neuesten Nachrichten zufolge flüsterte man, sie könne durchaus wieder schwanger sein, und die Wetten standen offen, wer wohl der glückliche Vater wäre.
Über diese Schelmengeschichte hatte Hughes nicht einmal gelächelt.
»Gut bekomm's ihr«, hatte er nur gesagt. »Ich wünsche nur, nicht mehr von ihr sprechen zu hören.«
Schließlich hatte er nicht die geringste Gemütsbewegung gezeigt, als Anselme de Ribemont gekommen war, um ihm zu sagen, daß Hermelinde bereit sei, die eheliche Gemeinschaft wieder aufzunehmen. Das Gerücht von der Pilgerfahrt nach Galicia hatte in der Tat in der Provinz die Runde gemacht. Höchst erbaut auf Rechnung eines Schwiegersohns, den sie einer solchen Tat nicht für fähig hielt, hatte Ida de Ribemont ihrer Tochter geraten, ihren Platz als Dame de Fresnoy wieder einzunehmen.
»Ich kann sie weder bitten, zurückzukommen, noch sie daran hindern«, hatte Hughes nur gesagt, der neuerdings Geschmack an kurzen Sätzen zu finden schien. »Sie ist immer noch vor Gott meine Frau.«
Ohne Genaueres darüber zu sagen, bis zu welchem Punkt er es bedauerte.

Hermelinde war daher erheblich zaghafter ins Schloß zurückgekehrt, als sie es verlassen hatte. Sie war auch erheblich weniger dick, und ihr bis dahin so strahlender Teint war merkwürdig gebräunt, bleiern sogar. Sie schien krank zu sein, und vielleicht war es deswegen, daß Hughes sie mit Artigkeit begrüßt hatte.

»Dies Haus ist immer das Eure, holde Dame«, sagte er und küßte ihre abgemagerte Hand. »Ihr könnt hier leben, wie es Euch beliebt, und ich werde alles tun, damit Ihr glücklich seid.«

Alles? Nicht ganz. Niemals hatte Hughes wieder ins eheliche Bett zurückgefunden. Erstens, weil er keine Lust dazu hatte, und weil Hermelinde ihm noch gleichgültiger geworden war als Mädchen vom Schlage Perrines, die ihm einstmals so freudig Vergnügen bereitet hatten. Und außerdem einer gewissen Warnung wegen, die er Bertrand verdankte.

Wenig erfreut über die Rückkehr, hatte der Stallmeister nach einem Umtrunk den Leuten der Ribemonts, die Dame Fresnoy gebracht hatten, einige Fragen gestellt und so erfahren, daß Hermelinde, überzeugt, daß ihre Ehe bald von der Kirche annulliert werden würde, den Liebesbeteuerungen des Grafen Bohain, den sie anschließend zu heiraten gedachte, etwas vorzeitig Gehör geschenkt hatte. Bohain hatte sich jedoch im Heiligen Land eine böse Krankheit geholt, und man flüsterte, er habe sie auf die Dame seiner Träume übertragen, was das fahle Gesicht Hermelindes vollauf erklärte.

Doch auch darüber machte sich Hughes keine Sorgen mehr. Er und seine Gattin trafen sich bei den Mahlzeiten, wenn die Dame de Fresnoy sie nicht in ihrem Zimmer einnahm, was immer häufiger geschah. Der Apotheker des Schlosses besuchte sie regelmäßig und ließ sie nicht nur das gesamte Arzneibuch der Epoche durchprobieren, sondern auch jede neue Medizin, von der ihm etwas zu Ohren kam. Vergebens, so schien es.

Was Hughes betraf, glich sein Leben mehr dem eines Mönchs als dem eines anständigen Seigneurs. Er ging nicht mehr zu den Turnieren, jagte kaum noch außer in Gesellschaft Bertrands und jenes sonderbaren Mannes, eines Försters namens Guegan, den er mitgebracht hatte, und der mit seinen Jagdhunden die Dienstboten erschreckte. Manchmal sprang er kopfüber in den Weiher oder machte lange Spaziergänge, Guegan und seine Hunde auf den Fersen. Aber am häufigsten saß er vor einem Fenster oder vor dem Feuer, ohne etwas zu sagen, und begnügte sich damit zu trinken, wie er es in diesem Augenblick tat.

»Das kann so nicht lange weitergehen«, dachte Gerbert beunruhigt. »Etwas ist auf dem Jakobsweg geschehen. Aber was?«

Als man an diesem Abend nach dem Essen, zu dem Hermelinde nicht erschienen war, die Tafeln aufgehoben hatte, trat der Jüngere zu seinem Bruder, der seinen Platz am Feuer wieder eingenommen hatte. Er hatte Ersende, die die Kinder zu Bett bringen wollte, umarmt und ihr zugeflüstert, nicht auf ihn zu warten und schlafen zu gehen. Sie hatte mit einem zärtlichen Lächeln eingewilligt, ohne ein Wort zu sagen. Ersende war eine Frau, die immer alles verstand, ohne daß man ihr etwas sagen mußte.

Gerbert holte das Schachbrett aus Elfenbein und brachte es zu seinem Bruder.

»Möchtest du spielen?«

Hughes lehnte mit einem Kopfschütteln ab, ohne den Blick von der Flamme zu wenden. Darauf setzte Gerbert sich selbst auf den Kaminstein, streckte seine langen Beine aus und sagte:

»Wenn du es mir erzähltest?«

»Was?«

»Ich weiß nicht... Alles! Alles, was nicht stimmt, alles, was dir widerfahren ist. Du kannst den Rest deines Lebens nicht damit verbringen, das Feuer brennen zu sehen, ohne etwas zu tun, ohne etwas zu sagen. Du hast dich verändert, Hughes. Und ich möchte wissen, warum.«

»Was kann dir das nützen? Du hast eine Frau, Kinder, du bist glücklich. Also laß mich!«

»Nein. Ich habe in der Tat all das, aber ich bin dein Bruder. Und weder Ersende noch ich können es ertragen, dich unglücklich zu sehen. Widersprich nicht, du bist es! Es steht auf deinem Gesicht geschrieben, das nicht mehr lächeln kann, in deinen Augen, in denen kein Leben mehr ist. Erzähl mir, was dir den ganzen Tag durch den Kopf geht. Vielleicht werde ich nichts für dich tun können. Aber ich glaube, hinterher wirst du dich besser fühlen.«

»Glaubst du das wirklich?«

»Ich bin dessen sicher. Wenn eine Wunde sich infiziert, muß man sie öffnen.«
Hughes seufzte, wendete den Kopf. Sein müder Blick traf den freundschaftlichen, warmen Blick seines Bruders. Keine böswillige Neugier in diesem schmalen Gesicht mit den gemeißelten Zügen. Nichts als die keusche Zärtlichkeit eines Mannes für seinesgleichen. Zum erstenmal seit seiner Rückkehr deutete er ein Lächeln an.
»Du hast recht. Dir kann ich alles sagen.«
Und er sprach.
Leise zuerst, dann mit ständig wachsender Glut und Leidenschaft berichtete er von der langen Reise, vom Weg bei jedem Wetter und zu allen Stunden des Tages, von der Erschöpfung, der Gefahr, den Fallen der Natur und der Menschen. Auch von der Liebe, und um die zu beschreiben, deren Bild seine Erinnerung verzauberte und sein Leben vergiftete, fand er so lebendige, so beschwörende Worte, daß Gerbert plötzlich glaubte, die blonde Gestalt mit den meerfarbenen Augen auf den Fliesen des Saals stehen zu sehen, die süße Dame, die das Herz seines Bruders gefangen hielt. Und als er sah, wie sich bei der Erzählung des letzten Abschieds die grünen Augen mit Tränen füllten, begriff er, daß diese Liebe von der Art war, von der man nicht genas.
»Und du weißt nicht, was aus ihr geworden ist?« fragte er, als sich zwischen ihnen wieder Schweigen einstellte.
»Nein. In Rochella, wohin ich mich mit meinen Gefährten begab, um Bénigne das zu übergeben, was zu holen Odon de Lusigny mir aufgetragen hatte, sah ich Pernette. Sie war glücklich. Sie hatte ihren Pierre wiedergefunden. Er arbeitete am Bau eines hölzernen Deichs, um den neuen Hafen zu schützen. Bénigne entwarf Schiffspläne und auch solche für eine Kirche. Pernette lebt jetzt am Rand eines grünen Moors, in einem kleinen, schilfgedeckten Haus, das ihr wie der schönste Palast der Welt vorkommt. Aber sie weiß nicht, wo Marjolaine ist. Diese hat sie zu ihrem Mann gebracht und ist dann mit Aveline und Colin nach Norden aufgebrochen, wie man mir gesagt hat.«
»Du bist ihr sicher auf dem gleichen Weg gefolgt. Zweifellos haben Leute sie gesehen. Hast du ihre Spur nicht wiedergefunden?«
»Nein. Am Suchen hat es jedoch nicht gefehlt.«

Mit Bertrand und den anderen hatte er längs der ganzen Strecke alle möglichen Erkundigungen eingezogen, die Bauern befragt, denen er begegnete, in den Klöstern, Abteien und Herbergen, die die Straße säumten, nach ihr geforscht. Aber niemand hatte ihnen etwas sagen können. Es war, als hätten sich Marjolaine und ihre Begleiter nach Verlassen Rochellas irgendeines geflügelten Gefährts bedient, um sich in den Himmel entführen zu lassen, wenn sich nicht die Erde unter ihren Füßen geöffnet und sie verschlungen hatte.
In Paris angelangt, hatte Hughes wieder Hoffnung geschöpft. Mit Léon Mallet und Ausbert Ancelin war er in das Viertel von Saint-Barthélemy zum Kürschnerhaus des verblichenen Gontran Foletier gegangen, denn ungeachtet dessen, was Marjolaine von ihm verlangt hatte, beabsichtigte er, Etienne Grimaud all das Böse sühnen zu lassen, was er getan hatte. Aber den, den er suchte, fand er nicht. Die Gerechtigkeit Gottes war ihm zuvorgekommen: Eines Nachts, als der neue Bürger ein Bordell am Hafen von Saint-Landy verließ, wo er sich mit einem gewissen leichten Mädchen zu vergnügen pflegte, war er von einem Landstreicher, der es auf seine Geldtasche abgesehen hatte, umgebracht worden.
Bevor er Ausbert Ancelin und den armen, immer noch wahnsinnigen Fulgence zu Abbé Suger brachte, hatte Hughes nicht ohne Rührung das Haus in Saint-Denis aufgesucht, denn dies war das Haus, das Marjolaine liebte, in dem sie die wenigen guten Augenblicke ihres Lebens als Ehefrau verbracht hatte. Er hatte Dame Aubierge dort gesehen, in tiefer Trauer, wie es sich für jemand schickte, der eben zum zweitenmal seinen Herrn verloren hat, doch ansonsten über das Ereignis nicht sonderlich traurig. Auch sie hatte von Marjolaine nichts gewußt und glaubte sie noch unterwegs.
»Ich wünschte sehr, daß sie wiederkommt, jetzt, da sie nichts mehr zu fürchten hat. Sie ist frei, reich und schön! Es wäre gut, wenn sie einen liebenswerten Gefährten fände, der es verstünde, sie ihre Qualen vergessen zu lassen und ihr schöne Kinder zu machen.«
Diese Vorstellung hatte Hughes nicht sehr behagt. Dennoch hatte er der Haushälterin das Versprechen abgenommen, ihm Nachricht zu geben, sobald sie etwas erfuhr. Und Aubierge hatte es versprochen.
»Aber in den Monaten, seitdem ich wieder zurück bin, hat sie mir nichts zukommen lassen. Sie hat ihr Versprechen vergessen.«

»Oder man hat es ihr nicht erlaubt, es zu halten. Du hast mir selbst gesagt, daß deine süße Freundin dich niemals wiedersehen wollte.«

»Ich weiß. Aber ich kann mich nicht mit dem Gedanken abfinden, sie für immer verloren zu haben. Alles Weitere weißt du schon: Ich habe meine Pariser Leute in Paris gelassen und bin mit Bertrand und Guegan hierher zurückgekehrt. Das ist alles.«

»Nein, du hast mir nicht alles gesagt«, beklagte Gerbert sich sanft. »Erzähl mir von diesen Leuten, die du in Noya besucht hast. Von dem, was sie dir gegeben haben. Haben sie es ohne Umschweife getan, einfach nur angesichts des Kleinods, das man dir gegeben hatte?«

Unversehens erhellte sich Hughes' Blick. Noya, das war eine erfrischende Rast in der Wüste seines Schmerzes gewesen. Dort hatte er Menschen von einer Art gefunden, wie er sie nicht für möglich gehalten hatte, und eine so schöne Landschaft, daß er gern dort geblieben wäre. Und plötzlich wurde er wieder redselig, wie er es gewesen war, um Marjolaine heraufzubeschwören, denn in seiner Phantasie vereinten sich Noya und die junge Frau: dieses war die Rast, jene war die Quelle, und das höchste Glück wäre es, bei der einen im köstlichen Klima der anderen zu leben.

Noya aber war nur ein Fischerdorf am Rande einer jener tiefen galicischen Buchten, in denen das Meer sich mit einem kleinen Fluß vereint. Ein Dorf mitten im Grünen mit weißen Häusern, einer geduckten Kirche, mit Booten, aufgefädelt wie Fische im Schutze eines kleinen Hafens, Netzen, die in der Sonne trockneten, und, fast überall verteilt, seltsamen, großen Steinen, die merkwürdige Zeichen trugen, Zeichen, die vielleicht eine Schrift waren, labyrinthhafte Formen, vor denen Bran Maelduin vor Glück geweint und erklärt hatte, daß es in seiner Heimat Irland ähnliche Steine gäbe. Und dann die Bewohner, ganz anders als das Volk Galicias: große, meist blonde Männer von stolzer, herrschaftlicher Haltung, Mädchen, von denen manche die Schönheit antiker Göttinnen besaßen, mit reinen Gemmen-Profilen, goldfarbenem oder nachtschwarzem Haar, großen Augen, die nicht von dieser Welt zu sein schienen. Sie sprachen eine fremde Sprache untereinander, die Bran Maelduin zu Hughes großer Überraschung beherrschte. Ihm zufolge war die

Sache übrigens höchst einfach: Nach der großen Sintflut, die die Insel Atlantis zerstört hatte, war es einem kleinen Teil der Bevölkerung, den Seefahrern vor allem, zu fliehen gelungen. Sie waren an verschiedenen Punkten der europäischen Küste gelandet: in Irland, in Armorika, in Galicia und weiter südlich in Tartessos, das schon eine atlantische Kolonie war. Die allgemeine Landessprache war von ihnen mitgebracht worden.

Und dann war da Arganthonios, der Dorfälteste, der große alte Mann, den alle verehrten, weil er das Wissen und die alte Tradition bewahrte. Und Hughes, der damit gerechnet hatte, vielleicht kämpfen zu müssen, um das zu erhalten, was er suchte, oder um das seltsame Kleinod zu verteidigen, das man ihm anvertraut hatte, fand sich plötzlich einem Mann mit langem weißem Haar gegenüber, hoheitsvoll und von so majestätischer Haltung, daß er tiefen Eindruck machte. Und dieser Mann hatte sich niedergeworfen, die Stirn im Staub, als Odon de Lusignys Bote ihm den Dreizack mit der Sonne und den Seepferdchen gezeigt hatte. Dann hatte er den Reisenden den Weg zu seinem Haus gewiesen, wo er ihnen Brot und Wein, Fisch und Honig auf einer kleinen weißen Terrasse anbot, die ein üppiger Weinstock mit violetten Ranken beschattete.

Im Austausch für den Dreizack hatte Hughes einen an einem Lederband hängenden Fisch aus ziseliertem Metall erhalten, dessen Maul immer in die gleiche Richtung wies: nach Süden, wenn man ihn in eine Schale mit Wasser legte. Mit Hilfe dieses einfachen Instruments hatten die atlantischen Seefahrer damals die Meere befahren.

»Wir haben hier alle welche«, sagte Arganthonios, »denn die Herstellung ist einfach. Es genügt, das als Fisch zugeschnittene Stück Eisen zu Weißglut zu erhitzen und dann schnell in kaltes Wasser zu werfen. Das ist kein sehr wertvolles Geschenk für dich, der uns das alte königliche Emblem unserer Väter gebracht hat.«

Er hatte dann eine Rolle aus feinem gewalzten und gespannten Leder hinzugefügt, auf das die Umrisse der versunkenen Insel und der den großen Ozean, der sie umgab, begrenzenden Länder gemalt war.

»Wenn du den Mut hast, dich einzuschiffen und den Gefahren des großen Meeres auszusetzen«, sagte er zu Hughes, »entdeckst du vielleicht die Reste dessen, was Atlantis war.«

»Hast du es nie versucht?«

»Nein. Wir haben das Geheimnis des Baus der großen Schiffe verloren, die unseren Reichtum brachten. Und wozu wäre es auch gut? Ich bin alt. Seit langem ist unser Land hier. Meine Söhne werden es suchen, wenn sie es wünschen.«

Nach einer Nacht, die er im Hause des Alten verbracht hatte, waren Hughes und seine Gefährten wieder aufgebrochen und hatten die Erinnerung an einen außerordentlichen Augenblick mit sich genommen. Auch sie hatten La Coruña erreicht, um sich dort einzuschiffen, denn keiner hatte mehr den Mut, den endlosen Weg noch einmal zu gehen. Sie hatten es eilig, Rochella zu erreichen, wo Bénigne ihnen einen begeisterten Empfang bereitete. Doch als er ihnen anbot, bei ihm zu bleiben, in diesem Hafen, an diesen Schiffen zu arbeiten, die dazu ausersehen waren, ins Unbekannte vorzustoßen, hatte keiner eingewilligt, denn in gleichem Maße, in dem sie sich von Noya entfernten, verloren die Träume ihre Farben. Und dann waren fast alle seekrank gewesen. Jeder wollte zu seinem Leben, zu seinen Gewohnheiten zurück.

»Es gibt jedoch Tage, an denen ich an all das denke. Vielleicht hätte ich in Rochella bleiben sollen.«

»Du bist verrückt. Ich habe schon von dem großen westlichen Meer reden hören. Jedermann weiß, daß es nur zu einem bodenlosen Abgrund führt, ins Nichts. Ein Fresnoy hat in einem solchen verrückten Abenteuer nichts zu suchen.«

»Wenn aber von diesem versunkenen Land nun doch etwas übriggeblieben wäre?«

»Wenn es existiert hat, muß es gleichfalls in den Abgrund gesunken sein. Man soll Gott nicht versuchen. Laß uns jetzt schlafen gehen. Die Nacht ist fast zu Ende. Wie fühlst du dich?«

Hughes streckte sich, gähnte.

»Ich weiß noch nicht. Besser, glaube ich. Es hat mir gut getan, von ihr zu sprechen.«

Am Morgen ausgegangen, um den Amtmann eines seiner Dörfer zu überraschen, von dessen fehlerhafter Amtsführung Gerbert ihm berichtet hatte, traf Hughes bei der Rückkehr nach Fresnoy Bertrand dabei, mit Pfeil und Bogen in der Nähe des vereisten Weihers nach Raben zu schießen.

Der Stallmeister war zwei Tage fort gewesen, um seinen Vater zu besuchen, einen kleinen Lehnsherrn in der Umgebung Laons, aber nach der äußerst düsteren Miene, die er zur Schau trug, und dem Grad der Wut zu schließen, mit der er seine Pfeile – übrigens sehr schlecht – abschoß, schien dieser Besuch nicht so angenehm gewesen zu sein, wie er es hätte sein sollen.

»Du bist zurück?« fragte Hughes, während er sein Pferd über das gefrorene Gras zu ihm lenkte. »Wie geht es Sire Guillaume und Dame Cécile?«

»Gut«, knurrte Bertrand, ohne sich über den Gegenstand weiter auszulassen.

Bei ihm angelangt, bemerkte Hughes, daß seine Augen voller Tränen waren, und daß er heftig kämpfte, um sie zurückzuhalten. Mit einem Satz sprang er vom Pferd.

»Was ist geschehen, Bertrand?« fragte er. »Ich habe dich nie mit so verdrossenem Gesicht gesehen.«

Zugleich seinen Bogen und das, was ihm das Herz bedrückte, fallen lassend, setzte sich Bertrand, die Ellenbogen auf den Knien.

»Mein Vater will mich verheiraten. Er hat um die Hand einer Cousine von mir angehalten, ohne sich Gedanken darüber zu machen, was ich davon denke.«

Hughes hatte sich neben ihn gesetzt.

»Du hättest dir denken können, daß das eines Tages geschehen würde. Es ist normal, wenn dein Vater sehen möchte, daß du eine Familie gründest.«

»Um ihm was zu verschaffen? Wir haben nichts. Ich bin nicht einmal Ritter und werde es zweifellos niemals sein, denn allein der Kauf eines Panzerhemds würde die ganze Familie ruinieren.«

»Das sollte dich nicht quälen. Für diese Art von Dingen bin ich da.«

»Ich weiß, Sire Hughes, aber darum geht es nicht. Ich mache mir überhaupt nichts daraus, Ritter zu sein. Ich fühle mich wohl bei Euch. Aber ich will nicht heiraten, wenn es nicht möglich ist, die zu heiraten, die ich liebe.«

»Was wirst du also tun?«
»Ich weiß nicht. Fortgehen.«
»Und was wird mit mir bei all dem? Du bist mein Stallmeister und kannst ohne meine Erlaubnis nicht gehen.«
Nun rollten die Tränen gegen Bertrands Willen.
»Ihr werdet es mir nicht verwehren, nicht wahr, Sire Hughes? Außerdem benötigt Ihr kaum noch einen Stallmeister für das, was wir hier seit der Rückkehr tun.«
Der Vorwurf traf Hughes an seiner empfindlichsten Stelle, denn er war das Echo seiner eigenen Gedanken.
»Nicht sehr viel, ich geb's zu. Ich würde auch gern fortgehen. Warum nicht ins Heilige Land wie Gippuin Le Housset und die anderen?«
»Und was würde das ändern? Wenn wir nicht getötet werden, müßten wir wieder hierher zurückkehren.«
»Oh, nichts würde uns dazu zwingen. Wir könnten Templer werden.«
Bertrands unzufriedene Miene verriet ihm, daß er kaum Lust verspürte, sich nach Palästina zu begeben.
»Also? Was schlägst du vor? Wohin willst du gehen, wenn die Verteidigung des Grabes Christi dich nicht reizt?«
Bertrand trocknete zornig seine Tränen. Dann warf er seinem Herrn einen unsicheren Blick zu.
»Ihr werdet mich für einen Narren halten.«
»Wir sind es alle mehr oder weniger. Sag's nur!«
»Ich möchte zu Bénigne, Pierre und den Leuten des Tempels zurück, die Rochella aufbauen.«
»Du willst Zimmermann, Steinmetz, Kalfaterer oder so etwas werden? Komische Idee!«
»Tut nicht, als ob Ihr nicht verstündet. Ich möchte auf eins der Schiffe, die sie bauen. Ich will hinaus auf den großen Ozean auf der Suche nach den Resten von Atlantis.«
»Du bist verrückt! Nichts ist davon geblieben. Die Sintflut hat ganze Arbeit geleistet. Trotz allem, was er sich zu glauben zwingt, ist Arganthonios selbst davon überzeugt, daß das Meer alles verschlungen hat und die große Insel im Abgrund am Ende des Ozeans versunken ist.«

»Wenn ich verrückt bin, ist Bénigne es auch, und verrückt ist dann auch Robert de Craon, der Großmeister des Templerordens, der ihn darin bestärkt, wie er Odon de Lusigny darin bestärkt hat. Diese Männer glauben, daß es dort etwas gibt, und auch ich möchte dorthin und es sehen.«
»Wenn nichts da ist«, sagte Hughes trübe, »kämst du nicht zurück.«
»Na, und? Ich will nicht zurückkommen. Wenigstens würde ich auf der Suche nach etwas Wertvollem sterben, nicht für ein paar Steine, mit denen Christus seit langem nichts mehr zu tun hat. Wenn Ihr alles wissen wollt, ich habe die Reliquien, die Predigten, all das, was wir auf dieser endlosen Reise gesehen haben, satt. Und wenn es gut ist, zum Ruhme Gottes neue, prächtige und immer zahlreichere Tempel zu bauen, kommt mir diese Andacht vor ein paar Knochenresten wie ein Hohn vor. Gott hat eine unermeßlich große Welt geschaffen: ich will sehen, wie weit sie reicht.«
Hughes bewahrte einen Augenblick Schweigen. Dann seufzte er: »Einverstanden! Aber sag mir die reine Wahrheit. Du hoffst, daß Pernette in Rochella einige Neuigkeiten hat?«
»Vielleicht. In diesem Fall gehe ich zu Aveline und bitte sie, mir zu folgen. Entweder bauen wir gemeinsam eine andere Welt, oder wir gehen gemeinsam zugrunde. Unsere einzige Möglichkeit, zusammen zu sein, und sei es im Tode, ist, all dem hier den Rücken zu kehren. Mein Vater hat höhnisch gelacht, als ich ihm sagte, daß ich eine andere liebe. Daß Aveline schön und gut und süß ist, bedeutet ihm nichts: Sie ist nur eine Dienerin. Die andere, mit der er mich verheiraten will, schielt, hat eine ständig laufende Nase, aber sie hat eine goldene Kette und drei Stückchen Land. Ich will ihr nicht mein Leben opfern. Möge ich sterben, aber glücklich und frei! Und auf dem schönsten Weg, den Gott geschaffen hat, um zur Ewigkeit zu gelangen: auf dem Meer.«
Das Meer! Hughes wußte, daß auch er diese Unermeßlichkeit liebte, deren Farbe Marjolaines Augen besaßen. Auf dem Schiff, das sie von La Coruña zurückbrachte, hatte er ihr tiefes Brausen unter seinen Füßen verspürt. Statt seekrank zu werden, hatte er eine Art animalischer Freude empfunden.
Er erhob sich, reichte Bertrand die Hand, um ihm zu helfen, ein gleiches zu tun.

»Komm! Man erfriert hier. Laß uns hineingehen. Wir werden bald wieder über all das sprechen. Vielleicht hast du recht: Es ist ein schöner Weg zur Ewigkeit.«
Sie sprachen eher darüber, als sie gedacht hatten.
Am nächsten Abend, während die Diener die Kerzen anzündeten und die Tische deckten, kam einer der Wachsoldaten von der Zugbrücke und meldete Hughes, daß drei Männer ihn zu sehen wünschten.
»Ich wollte sie fortjagen«, sagte der Wächter, »weil sie Leute von niederem Stand zu sein schienen, aber sie bestanden darauf. Sie sind im Wächterhaus.«
»Wer erlaubt dir, darüber zu entscheiden, ob jemand, der an meine Tür klopft, eingelassen oder fortgejagt wird?« knurrte Hughes. »Tu das nicht wieder, oder ich lasse dich auspeitschen.«
Der Mann entschuldigte sich mit dem geringen Aussehen der Ankömmlinge. Es war ein junger Soldat, der die Gewohnheiten des Schlosses noch nicht kannte. Bei manchen empfing man bei völliger Dunkelheit nur Leute, die man kannte, oder Leute der Kirche.
»Haben sie einen Namen genannt?« fragte Hughes.
»Ja. Der, der ihr Anführer zu sein scheint, sagte mir, er hieße Arcelin ... oder Aucelin.«
»Ancelin, Dummkopf! Ich gehe schon!«
Von unerklärlicher Freude erfaßt, wenn man die geringe Sympathie bedenkt, die er einst für den Büßer gehegt hatte, stürzte Hughes zum Wächterhaus und fand dort drei Männer damit beschäftigt, den Schnee aus ihren Mänteln zu schütteln. Es war nicht nur tatsächlich Ausbert Ancelin, sondern auch die, die ihn begleiteten, waren niemand anders als Nicolas Troussel und Léon Mallet.
Fresnoy begrüßte sie herzlich, wie er jeden begrüßt hätte, der mehr oder weniger mit Marjolaine zusammenhing, aber er verbarg seine Überraschung nicht.
»Es ist mir eine Freude, euch zu sehen, Freunde! Aber welcher Wind hat euch hierher geführt, und zu dieser Jahreszeit?«
»Wir mußten Euch sehen, Sire Hughes«, sagte Nicolas. »Durch Zufall sind wir uns vor drei Tagen in der Taverne der *Trois Maillets* begegnet. Wir haben uns unser Leben erzählt und festgestellt, daß es uns nicht mehr gefällt. Ich habe auf der Wallfahrt zu viele Dinge

gesehen und interessiere mich nicht mehr für studentische Streitigkeiten zwischen Kollegs, noch für Abhandlungen über nebelhafte Dinge. Und vor allem habe ich keine Lust, Priester zu werden, wie mein Vormund, der Prior von Longpont, es wünscht. Er war einverstanden, daß ich nach Compostela ging, in der Hoffnung, daß ich sanft wie ein Lamm zurückkommen würde und er mich in das Joch spannen könnte, das er für mich vorbereitet hat. Als ich ihm sagte, daß es damit nichts sei, hat er mich peitschen und einsperren lassen. Ich bin entflohen. Seitdem habe ich unter Bettlern gelebt.«
»Ich«, sagte Ausbert, »ich bin nach der Begnadigung durch den Abt zu meinem Haus in Cercelles gegangen. Aber ich fand nichts mehr vor. Meine Frau war fort, und sie hatte alles mitgenommen, sogar mein Küfer-Werkzeug. Zuerst versuchte ich, sie wiederzufinden, aber als ich wußte, wo sie war, hetzte der Herr des Hauses seine Hunde auf mich. Dann versuchte ich, in meinem Dorf zu leben, aber selbst, nachdem man mich für unschuldig erklärt hatte, gab es noch Leute, die es nicht glauben wollten. Sie sagten, ich hätte Glück gehabt, aber das beweise nicht, daß ich ihn nicht getötet habe. Dann suchte ich Zuflucht in Saint-Denis, um nicht zu verhungern. Doch der Abt hat andere Küfer genommen. Man hat mich im Schweinestall beschäftigt, aber da ich nicht mehr mit Holz arbeiten, meine Fässer nicht mehr machen konnte, interessierte es mich nicht, obwohl ich zu essen hatte und etwas Geld.«
»Ich«, sagte Léon Mallet, »ich habe meinen Laden wiedergefunden, und man hatte mir nichts gestohlen, denn ich habe gute Nachbarn. Aber ich habe kein Herz mehr für den Kramwarenhandel. Band messen, Nadeln verkaufen, den ganzen Tag den Klatschbasen zuhören – das konnte ich nicht mehr. Ja, wenn Modestine mit mir zurückgekommen wäre, aber ohne sie... Also habe ich meinen Laden verkauft und angefangen zu trinken.«
»... in den *Trois Maillets*«, fiel Nicolas wieder ein. »Dort hat er uns getroffen, und wenn wir anständig gekleidet vor Euch erscheinen können, dann ist das ihm zu verdanken. Und so sind wir hergekommen.«
»Das sehe ich«, sagte Hughes und reichte jedem von ihnen einen großen Becher mit heißem Wein. »Und es macht mir wirklich Freude, euch zu sehen. Aber was wollt ihr von mir?«

Die drei Männer sahen einander an, endlich entschloß sich Ausbert. »Wir sind gekommen, Euch zu sagen, daß wir gern wieder mit Euch fortgehen würden, wenn Ihr auch die Absicht habt. Ihr seid uns ein guter Herr und Anführer gewesen.«

»Und außerdem«, fügte Nicolas hinzu, »haben wir auch gedacht, daß Ihr vielleicht auch nicht glücklicher seid, Eure Gewohnheiten wiedergefunden zu haben. Wenn Ihr also Lust habt, eine neue Reise zu machen, irgendwohin... ich weiß nicht...«

»Ins Heilige Land?«

»Warum nicht, wenn Euch das beliebt. Dorthin oder woandershin! Die Sarazenen dürften nicht schlimmer sein als die Leute von Paris, wenn sie jemand verdächtigen. Und irgendwo muß man ja sterben.«

»Und wenn ich nicht fort will?« sagte Hughes. »Was macht ihr dann? Wollt ihr hier bleiben? Ihr werdet vielleicht kein sehr aufregendes Leben haben, aber ihr werdet ein Obdach haben, beschützt sein, und man wird versuchen, euch Arbeit zu geben.«

»Nein«, sagte Ausbert. »Wenn Ihr nicht die Absicht habt, aufzubrechen, gehen wir. Ich ginge gern nach Rochella, zu Bénigne.«

»Ich auch«, sagte Nicolas.

»Ich auch«, sagte Léon.

»Aber warum, zum Teufel, seid ihr dann nicht gleich geblieben, als Bénigne es euch vorschlug?«

»Weil wir Idioten waren«, seufzte Léon. »Wir hofften, die Dinge wiederzufinden, die die Entfernung und die Reise viel schöner gemacht hatten, als sie sind. Wir wußten es nicht!«

»Ihr wollt zur See fahren, obwohl ihr seekrank wart wie die Tiere?«

»Wer spricht von Seefahren? Wir haben Arme, um zu arbeiten«, antwortete Ancelin. »Bénigne und Pierre arbeiten als Zimmerleute. Ich kann damit anfangen.«

»Und sie werden Segel für ihre Schiffe brauchen. Ich kann sie nähen«, beteuerte Léon.

»Und du?« fragte Hughes und sah Nicolas an.

»Ich? Ich will mich einschiffen!« rief der Bursche, und seine Augen waren plötzlich voller Sterne. »Ihr wißt sehr wohl, daß Reisen mich lockt. Ich bin neugierig.«

»Ich weiß. Aber da ihr wißt, wohin ihr gehen wollt, warum seid ihr dann hierher gekommen, auf die Gefahr hin, woandershin geführt zu werden? Ihr hättet euch direkt auf den Weg nach Rochella machen sollen.«

»Ich werde es Euch sagen«, erklärte Ausbert, nachdem er seine Gefährten mit Blicken befragt hatte. »Aber vergebt uns, wenn es so aussieht, als kümmerten wir uns um Dinge, die uns nichts angehen. Folgendes war's: Als wir Rochella verließen, kam's uns so vor, als hättet Ihr nicht wirklich Lust gehabt, fortzugehen. Ihr habt lange angehalten und vom Rücken Eures Pferdes aus aufs Meer geblickt. Und dann habt Ihr auch Dame Pernette angesehen, als wärt Ihr am Ertrinken und sie ein kleiner Ast. Dreimal seid Ihr zu ihr zurückgekehrt.«

Es war wahr. Es hatte Hughes sehr weh getan, Pernette zu verlassen. Sie war Marjolaines Gefährtin gewesen, hatte sie geliebt, für sie gesorgt, und er hatte den Eindruck, wenn irgend jemand auf der Welt wissen konnte, wo sie sich versteckte, konnte nur sie es sein. Pernette aber war rein, durchsichtig wie eine Quelle. Wenn sie sagte, daß sie nichts wußte, mußte man ihr glauben.

Plötzlich fragte Hughes:

»Habt ihr Nachrichten von Dame Marjolaine? Wißt ihr, was aus ihr geworden ist?«

»Nein. Ich würde es jedoch gern wissen. Aber man möchte meinen, sie sei von der Oberfläche der Welt verschwunden, als habe der Wind sie fortgeweht, und ohne die geringste Spur zu hinterlassen. Übrigens ist das vielleicht normal. Sie muß in irgendeinem Kloster sein, aber in welchem? Es gibt so viele in Frankreich. Habt Ihr nicht nachgeforscht?«

»Doch. In der Umgebung von Paris und in der Gegend, wo sie geboren ist. Ich habe sogar ihr Elternhaus aufgesucht. Niemand hat mir irgend etwas sagen können. Niemand weiß, wo sie ist.«

»Deshalb haben wir gedacht, daß Ihr Euch vielleicht gern mit uns auf den Weg machen würdet. Vielleicht hat Dame Pernette seitdem etwas erfahren.«

»Ich gehe mit euch«, sagte Bertrand, der von niemand bemerkt eingetreten war. »Laßt Messire Hughes. Sein ganzes Leben ist hier. Warum wollt ihr, daß er wieder fortgeht? Welchem nebelhaften Traum, welcher unmöglichen Hoffnung entgegen? Spiegelt ihm

keine falschen Erwartungen vor. Dame Marjolaine hat ihr Verschwinden selbst betrieben. Ich glaube, niemand wird mehr von ihr hören.«
»Aber was willst du, daß ich hier jetzt tue?« fragte Hughes leise.
»Das Meer wird mich wenigstens an ihre Augen erinnern. Ich gehe mit euch, meine Freunde. Es wird aufregender sein, dem Unendlichen zuzusteuern, als in irgendeinem Kloster zu verkommen.«

Einige Tage später nahm Hughes von allem, was bis zu diesem Tag sein Leben gewesen war, Abschied. Seinem Bruder Gerbert hatte er die Vollmacht über all seine Güter, Ländereien und Titel übertragen mit der Auflage, Dame Hermelinde Kostgeld zu zahlen, wenn sie in Fresnoy zu bleiben wünsche. Seinen Vasallen, seinen Dienern hatte er im Verlauf einer schönen und eindrucksvollen Zeremonie mit Fackeln im Schloßhof Lebewohl gesagt, jedem ein Silberstück gegeben und ihnen anempfohlen, Sire Gerbert so zu dienen, wie sie ihm gedient hatten. Ein paar Schritte von ihm entfernt hatte der neue Baron de Fresnoy, ohne sich zu schämen, neben seiner jungen Frau geweint.
Danach war er gegangen, um ein letztes Mal die zu begrüßen, die seine Frau gewesen war. Sie hatte ihm aus der Tiefe ihres riesigen, mit Pelzen bedeckten Bettes entgegengesehen, das sie nicht mehr verließ, und es hatte ihm das Herz eingeschnürt, zu sehen, wie wenig Platz sie jetzt in ihm einnahm. Ihr Gesicht war schmal und grau wie Pergament, und auf der Decke aus feinem Rehfell glichen ihre Hände Krallen.
»So geht Ihr also fort, Sire Hughes«, murmelte sie, »und Ihr geht ohne Hoffnung auf Wiederkehr, hat man mir gesagt?«
»Ja, Dame. Der schwere Weg nach Compostela hat den Wunsch in mir erweckt, einen anderen, noch schwereren zu gehen als Sühne für meine Fehler, die ohne Zahl sind. Aber bevor ich das unternehme, wollte ich zu Euch kommen, um Euch demütig um Vergebung zu bitten für alles, was Ihr meinetwegen erlitten habt.«
Ihr kleines Lachen überraschte ihn.
»Ich habe durch Euch nicht gelitten, Hughes, nur mein Hochmut. Ich liebte Euch nicht genug. Jedenfalls nicht mehr, als Ihr mich liebtet. Und ich kann Euch keinen Vorwurf machen, weil Ihr geht,

vor allem nicht für eine so edle Sache. Auch ich werde bald gehen.«
»Wünscht Ihr, nach Ribemont zurückzukehren?«
»Nein. Ich werde in jenes Land gehen, das man nur allein erreichen kann. Es ist nah. Nachts höre ich schon seine Boten, die mich rufen. Hättet Ihr ein wenig Geduld gehabt, wären wir vielleicht zusammen aufgebrochen.«
Als Hughes sich bewegt über sie beugte, um ein letztes Mal ihre Hand zu küssen, an der der breite goldene Ehering glänzte, streifte sie ihn vom Finger und legte ihn in seine Hand.
»Nehmt! Ich befreie Euch von mir. Möge Gott Euch beschützen, mein Seigneur! Ich werde bei ihm für Euch bitten, wenn er mir die unendliche Gnade erweist, mich in seine Nähe zu lassen.«
Sie wendete den Kopf auf dem Kissen, und Hughes sah nur noch undeutlich ihr Profil. Er sah nicht, daß ihre Lippen zitterten.
Er verließ das Zimmer auf Zehenspitzen, als wäre es schon ein Sterbezimmer, und ging zum letztenmal die Treppe dieses Schlosses hinunter, das nicht mehr das seine war. Im Hof stampften die Pferde. Ausbert, Nicolas und Léon saßen bereits im Sattel. Nur Bertrand, der das Pferd seines Herrn am Zaum hielt, war noch auf den Füßen. Um sie herum bildete das gesamte Hauspersonal einen stummen, aber nicht lautlosen Kreis. Viele weinten...
Um den schmerzlichen Abschied nicht in die Länge zu ziehen, umarmte Hughes Ersende, ihre Kinder, und schließlich nahm er seinen Bruder in die Arme.
»Laß mich wenigstens hoffen, daß du eines Tages zu uns zurückkommst«, murmelte Gerbert an seinem Ohr. »Es wäre zu grausam!«
»Es wird geschehen, wie Gott will. Auch ich liebe dich, Bruder.«
Ergriffenheit machte die letzten Worte heiser. Er sprang auf sein Pferd, ließ es eine Wendung machen und den Arm zu einem letzten Lebewohl erhebend, preschte er im Galopp unter das dröhnende Gewölbe der Zugbrücke. Er war nichts anderes mehr als ein fahrender Ritter auf der Suche nach seiner letzten Geliebten: dem tödlichen Abenteuer.

Rochella überraschte sie, als sie es nach einem ereignislosen Ritt erreichten. Der benachbarte Wald war zurückgewichen, um zahlreichen Gerüsten Platz zu machen, von denen einige bis ans Meer reichten, und auf denen viele Arbeiter tätig waren. Die kleinen, schilfgedeckten Häuser am Rande des Weihers waren zahlreicher geworden. Zwei oder drei neue Steinbauten waren ebenfalls entstanden. Auf einem flatterte die schwarz-weiße Standarte des Templerordens. Das Wetter war mild, das Meer ausnahmsweise friedlich und glatt, vom gleichen Grün wie die jungen Blätter, die an den Bäumen zu sprießen begannen.

Der erste Mensch, dem sie auf dem kleinen Dorfplatz begegneten, war Pernette. Mit einem großen Krug bewaffnet, holte sie Wasser vom Brunnen. Und ihre Überraschung bei ihrem Anblick war so überwältigend, daß sie besagten Krug losließ, den Nicolas im Fallen auffing.

Sie bedankte sich bei ihm mit einem dicken Kuß auf seine schlecht rasierte Wange.

»Was? Du hier, du Taugenichts? Und Ausbert! Und Meister Mallet und Sire Bertrand! Und ... Gott verzeih mir, auch Ihr, Sire Baron?«

»Ich bin nicht mehr Baron, Pernette. Mein Bruder ist es jetzt. Ich habe Fresnoy verlassen, um nie wieder zurückzukehren. Ich will Bénigne bitten, mich aufs Meer zu schicken auf die Suche nach den Ländern, an die er glaubt. Bertrand hat den gleichen Wunsch, und ebenso Nicolas. Die anderen wollen hier nur mit Euerm Gatten arbeiten.«

»Gut. So sollen sie zum Meer gehen. Sie werden Pierre beim großen Deich finden und Bénigne bei der Kirche oder am Schiffsbauplatz. Ein kleiner Weg wird ihnen bei diesem schönen Wetter gut tun.«

»Einverstanden«, sagte Hughes fröhlich. »Wir gehen hin.«

»Nein, Ihr nicht, Sire Hughes! Bitte kommt mit zu mir. Ich möchte, daß wir uns ein wenig unterhalten.«

»Gern. In diesem Fall gebt mir Euern Krug.«

»Ihr werdet doch nicht! Ein Seigneur wie Ihr.«

»Ich bin kein Seigneur mehr, Pernette, ich wiederhole es Euch. Ein einfacher Ritter ohne Geld, aber frei.«

Er hob den überlaufenden Krug auf seine Schulter und setzte sich neben Pernette in Marsch. Sie schien ihm vor Gesundheit zu strahlen, und unter Schürze und Kleid war sogar eine neue Wölbung zu sehen.

»Ihr erwartet ein Kind, nicht wahr?«
»Ja. Pierre ist so glücklich! Und Bruder Bran behauptet, die Geburt werde dem Dorf Glück bringen.«
»Wie? Er ist auch hier?«
»Aber gewiß! Er ist kurz vor dem Winter aus Irland gekommen. Auch er will sich einschiffen, um, wie er sagt, den Spuren seines geliebten Heiligen Brendah zu folgen, der das Paradies entdeckt hat. Aber ich gestehe, daß mich das ängstigt, und ich bin glücklich, daß Pierre nur ein einfacher Zimmermann ist. Dieses schreckliche Abenteuer reizt ihn nicht. Aber kommen wir zu Euch zurück. Ihr habt vorhin gesagt, daß Ihr frei seid. Wie versteht Ihr das?«
»Auf sehr einfache Art. Ich habe alle meine Güter und Titel meinem Bruder überlassen. Seitdem ich Marjolaine verloren habe, ist mir all das ohne Interesse, ja lächerlich vorgekommen. Wozu braucht man ein Schloß, reiche Kleidung, Gold und Edelsteine, wenn nicht, um sie der zu geben, die man liebt? Sie ist verschwunden, und ich weiß, daß ich sie nie in meinem Leben wiedersehen werde. Warum also nicht das verrückte Abenteuer versuchen, das der Templerorden vorbereitet? Wenn das Meer keinen Grund hat, wird es mich wenigstens dahin bringen, wo ich sicher sein kann, Marjolaine wiederzufinden.«
»Aber Eure Gemahlin? Habt Ihr sie verstoßen?«
»Nein. Wir haben jedoch voneinander Abschied genommen«, sagte Hughes und zeigte den schweren Ring, den Hermelinde ihm zurückgegeben hatte. »Sie war sehr krank, als ich sie verließ. Zu dieser Stunde hat sie zweifellos aufgehört zu leben. Nun wißt Ihr alles, Pernette. Ich bin glücklich, alles zurückgelassen zu haben und hier bei Euch zu sein. Bis der Tag der großen Abreise kommt, kann ich wenigstens mit Euch über sie sprechen.«
»Ich glaube, es gibt noch jemand anders, mit dem Ihr darüber sprechen könnt.«
Sie hatten die kleinen Häuser und das Meer erreicht. Etwas abseits erkannte Hughes das Haus Pernettes an den Büscheln von Wasserlilien, die es auf einer Seite flankierten, und an der großen Weide, die es überdachte. Pernette stieß den Zaun auf und führte Hughes durch den winzigen Garten, den sie eigenhändig angelegt hatte, aber statt ins Haus zu treten, ging sie drum herum.

Dahinter erstreckte sich ein Gemüsegarten, und jenseits davon stand ein anderes Haus, das von dem ersten verdeckt wurde, wenn man den Weg entlangkam. Zwischen beiden Häusern sah Hughes eine Frau, groß und schlank, in blauen Barchent gekleidet, den Kopf von einer großen weißen Haube bedeckt. Mit erhobenen Armen hing sie Wäsche zum Trocknen über eine ausgespannte Leine.

Etwas in der Haltung dieser Frau ließ Hughes' Herz in schnellerem Rhythmus schlagen. Zweifellos die Erscheinung und die Anmut selbst dieser schlichten Bewegungen. Pernette, die Hände als Sprachrohr um den Mund gelegt, rief in den Wind:

»Ich bringe Euch Besuch! Hier ist jemand, der Euch begrüßen und Euch sagen möchte, daß er nichts mehr auf der Welt hat als Euch, wenn Ihr ihn wollt.«

Die Frau wandte sich jäh um. Ihr noch erhobener Arm brachte die leinene Haube ins Wanken. Sie fiel zu Boden und gab den dicken Zopf von der Farbe heller Seide frei.

»Marjolaine!« flüsterte Hughes versteinert. »Sie hier?«

»Aber ja«, sagte Pernette hoch befriedigt. »Weder sie noch Aveline haben sich je von Rochella entfernt. Pierre und ich wollten nicht, daß sie allein Gott weiß welchem Geschick entgegengingen. Das Kloster, soviel verstanden wir schnell, erschien ihr nur noch als letzter Ausweg. Und zudem hatte sie vor einem bescheidenen Leben keine Angst. Sie sagt, sie habe hier ihre Kindheit wiedergefunden.«

Drüben war auch Marjolaine erstarrt. Das Herz klopfte schwer in ihrer Brust, als sie die hohe dunkle Gestalt sah, die ihre Freundin begleitete. Langsam, mit zögerndem Schritt, näherte sie sich ein wenig in dem hohen Gras, das sich in ihrem Rock verfing, als wolle es sie vor einer Illusion bewahren, aus der zu erwachen grausam wäre. So oft schon hatte sie davon geträumt, ihn wiederzusehen. Dann war es Hughes, der auf sie zustürzte.

Pernette sah, wie sie sich trafen, sich umarmten, nur noch eine einzige Gestalt waren, die Körper ineinander verschmolzen, berauscht von einer so großen Freude, daß sie sie wie in Licht zu hüllen schien. Sie brauchten niemand mehr auf der Welt.

Den Krug nehmend, den Hughes stehengelassen hatte, ging Pernette in ihr Haus.